三俠五義

书名题字／周兴禄

*插图本*

中国古典小说藏本

三侠五义（上）

石玉昆 述
王述 校点

人民文学出版社

图书在版编目（CIP）数据

三侠五义：全2册/（清）石玉昆述；王述校点.—北京：人民文学出版社，2020（2023.7重印）
（中国古典小说藏本：插图本）
ISBN 978-7-02-013860-9

Ⅰ.①三… Ⅱ.①石…②王… Ⅲ.①侠义小说—中国—清代 Ⅳ.①I242.4

中国版本图书馆CIP数据核字（2018）第037690号

| | |
|---|---|
| 责任编辑 | 李　俊 |
| 装帧设计 | 刘　静 |
| 责任印制 | 任　祎 |

出版发行　人民文学出版社
社　　址　北京市朝内大街166号
邮政编码　100705

印　　刷　北京新华印刷有限公司
经　　销　全国新华书店等

字　　数　599千字
开　　本　787毫米×1092毫米　1/32
印　　张　28.5　插页12
印　　数　11001—14000
版　　次　2001年1月北京第1版
印　　次　2023年7月第3次印刷

书　　号　978-7-02-013860-9
定　　价　68.00元（全两册）

如有印装质量问题，请与本社图书销售中心调换。电话：010-65233595

宋仁宗

包拯

公孫策

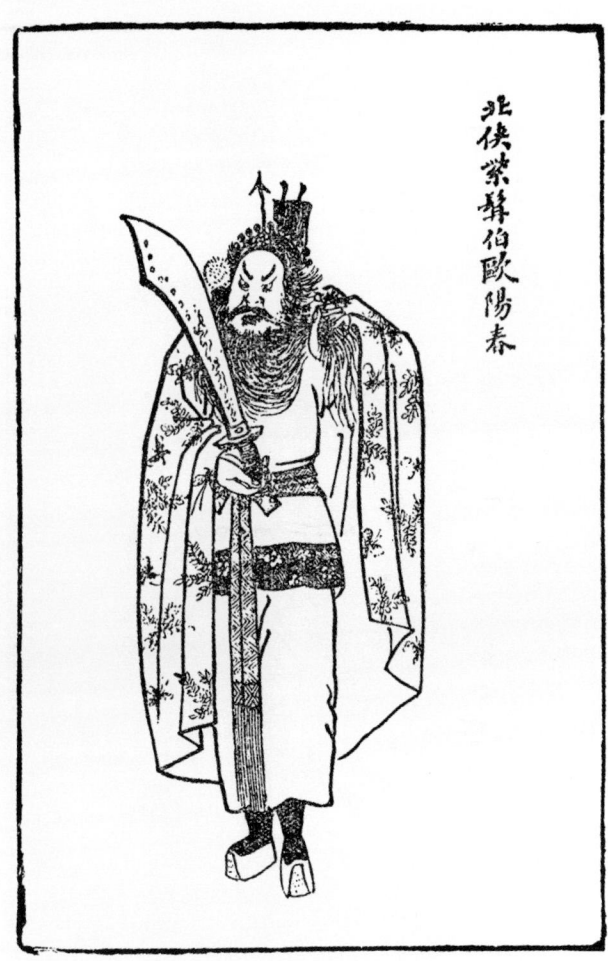

飛叉太保鍾雄

双侠丁兆兰

双侠丁兆蕙

小俠艾虎

钻天鼠卢方

徹地鼠韓彰

穿山鼠徐慶

锦毛鼠白玉堂

# 出版说明

中国古典小说源远流长、佳作如林,是蕴含与传承中华优秀传统文化的重要文学体裁,在中国文学史乃至世界文学史上占有重要地位。人民文学出版社在成立之初即致力于中国古典小说的整理与出版,半个多世纪以来陆续出版了几乎所有重要的中国古典小说作品。这些作品的整理者,均为古典文学研究名家,如聂绀弩、张友鸾、张友鹤、张慧剑、黄肃秋、顾学颉、陈迩冬、戴鸿森、启功、冯其庸、袁世硕、朱其铠、李伯齐等,他们精心的校勘、标点、注释使这些读本成为影响几代读者的经典。

此次我们推出"中国古典小说藏本(插图本)"丛书,将这些优秀的经典之作集结在一起,再次进行全面细致的修订和编校,以期更加完善;所选插图为名家绘图或精美绣像,如孙温绘《红楼梦》、孙继芳绘《镜花缘》、金协中绘《三国演义》、程十髮绘《儒林外史》等,以丰富读者的阅读体验。

人民文学出版社编辑部<br>
2020 年 1 月

# 目　录

前言＿＿001

《侠义传》序　问竹主人＿＿020

序　入迷道人＿＿022

序　退思主人＿＿023

第 一 回　设阴谋临产换太子　奋侠义替死救皇娘＿＿001
第 二 回　奎星兆梦忠良降生　雷部宣威狐狸避难＿＿012
第 三 回　金龙寺英雄初救难　隐逸村狐狸三报恩＿＿021
第 四 回　除妖魅包文正联姻　受皇恩定远县赴任＿＿032
第 五 回　墨斗剖明皮熊犯案　乌盆诉苦别古鸣冤＿＿041
第 六 回　罢官职逢义士高僧　应龙图审冤魂怨鬼＿＿054
第 七 回　得古今盆完婚淑女　收公孙策密访奸人＿＿062
第 八 回　救义仆除凶铁仙观　访疑案得线七里村＿＿069
第 九 回　断奇冤奏参封学士　造御刑查赈赴陈州＿＿077
第 十 回　买猪首书生遭横祸　扮花子勇士获贼人＿＿085
第十一回　审叶阡儿包公断案　遇杨婆子侠客挥金＿＿093
第十二回　展义士巧换藏春酒　庞奸侯设计软红堂＿＿101
第十三回　安平镇五鼠单行义　苗家集双侠对分金＿＿107

| 第 十 四 回 | 小包兴偷试游仙枕 | 勇熊飞助擒安乐侯 113 |
| 第 十 五 回 | 斩庞昱初试龙头铡 | 遇国母晚宿天齐庙 119 |
| 第 十 六 回 | 学士怀忠假言认母 | 夫人尽孝祈露医睛 127 |
| 第 十 七 回 | 开封府总管参包相 | 南清宫太后认狄妃 133 |
| 第 十 八 回 | 奏沉疴仁宗认国母 | 宣密诏良相审郭槐 141 |
| 第 十 九 回 | 巧取供单郭槐受戮 | 明颁诏旨李后还宫 149 |
| 第 二 十 回 | 受魇魔忠良遭大难 | 杀妖道豪杰立奇功 156 |
| 第二十一回 | 掷人头南侠惊佞党 | 除邪祟学士审庋婆 163 |
| 第二十二回 | 金銮殿包相参太师 | 耀武楼南侠封护卫 170 |
| 第二十三回 | 洪义赠金夫妻遭变 | 白雄打虎甥舅相逢 177 |
| 第二十四回 | 受乱棍范状元疯癫 | 贪多杯屈胡子丧命 184 |
| 第二十五回 | 白氏还魂阳差阴错 | 屈申附体醉死梦生 191 |
| 第二十六回 | 聆音察理贤愚立判 | 鉴貌辨色男女不分 198 |
| 第二十七回 | 仙枕示梦古镜还魂 | 仲禹抡元熊飞祭祖 205 |
| 第二十八回 | 许约期湖亭欣慨助 | 探底细酒肆巧相逢 212 |
| 第二十九回 | 丁兆蕙茶铺偷郑新 | 展熊飞湖亭会周老 219 |
| 第 三 十 回 | 济弱扶倾资助周老 | 交友投分邀请南侠 226 |
| 第三十一回 | 展熊飞比剑定良姻 | 钻天鼠夺鱼甘赔罪 233 |
| 第三十二回 | 夜救老仆颜生赴考 | 晚逢寒士金客扬言 240 |
| 第三十三回 | 真名士初交白玉堂 | 美英雄三试颜查散 247 |
| 第三十四回 | 定兰谱颜生识英雄 | 看鱼书柳老嫌寒士 255 |
| 第三十五回 | 柳老赖婚狠心难测 | 冯生联句狗屁不通 262 |

| 第三十六回 | 园内赠金丫鬟丧命 | 厅前盗尸恶仆忘恩 | 268 |
| 第三十七回 | 小姐还魂牛儿遭报 | 幼童侍主侠士挥金 | 274 |
| 第三十八回 | 替主鸣冤拦舆告状 | 因朋涉险寄柬留刀 | 281 |
| 第三十九回 | 铡斩君衡书生开罪 | 石惊赵虎侠客争锋 | 288 |
| 第四十回 | 思寻盟弟遣使三雄 | 欲盗赃金纠合五义 | 295 |
| 第四十一回 | 忠烈题诗郭安丧命 | 开封奉旨赵虎乔装 | 302 |
| 第四十二回 | 以假为真误拿要犯 | 将差就错巧讯赃金 | 308 |
| 第四十三回 | 翡翠瓶污羊脂玉秽 | 太师口臭美妾身亡 | 315 |
| 第四十四回 | 花神庙英雄救难女 | 开封府众义露真名 | 323 |
| 第四十五回 | 义释卢方史丹抵命 | 误伤马汉徐庆遭擒 | 331 |
| 第四十六回 | 设谋诓药气走韩彰 | 遣兴济贫欣逢赵庆 | 337 |
| 第四十七回 | 错递呈权奸施毒计 | 巧结案公子辨奇冤 | 343 |
| 第四十八回 | 访奸人假公子正法 | 贬佞党真义士面君 | 351 |
| 第四十九回 | 金殿试艺三鼠封官 | 佛门递呈双乌告状 | 358 |
| 第五十回 | 彻地鼠恩救二公差 | 白玉堂智偷三件宝 | 364 |
| 第五十一回 | 寻猛虎双雄陷深坑 | 获凶徒三贼归平县 | 371 |
| 第五十二回 | 感恩情许婚方老丈 | 投书信多亏宁婆娘 | 381 |
| 第五十三回 | 蒋义士二上翠云峰 | 展南侠初到陷空岛 | 388 |
| 第五十四回 | 通天窟南侠逢郭老 | 芦花荡北岸获胡奇 | 396 |
| 第五十五回 | 透消息遭困螺蛳轩 | 设机谋夜投蚯蚓岭 | 403 |
| 第五十六回 | 救妹夫巧离通天窟 | 获三宝惊走白玉堂 | 411 |
| 第五十七回 | 独龙桥盟兄擒义弟 | 开封府恩相保贤豪 | 419 |

| | | |
|---|---|---|
| 第五十八回 | 锦毛鼠龙楼封护卫 | 邓九如饭店遇恩星___428 |
| 第五十九回 | 倪生偿银包兴进县 | 金令赠马九如来京___436 |
| 第 六 十 回 | 紫髯伯有意除马刚 | 丁兆兰无心遇莽汉___443 |
| 第六十一回 | 大夫居饮酒逢土棍 | 卞家疃偷银惊恶徒___451 |
| 第六十二回 | 遇拐带松林救巧姐 | 寻奸淫铁岭战花冲___457 |
| 第六十三回 | 救莽汉暗刺吴道成 | 寻盟兄巧逢桑花镇___464 |
| 第六十四回 | 论前情感化彻地鼠 | 观古迹游赏诛龙桥___471 |
| 第六十五回 | 北侠探奇毫无情趣 | 花蝶隐迹别有心机___478 |
| 第六十六回 | 盗珠灯花蝶遭擒获 | 救恶贼张华窃负逃___485 |
| 第六十七回 | 紫髯伯庭前敌邓车 | 蒋泽长桥下擒花蝶___491 |
| 第六十八回 | 花蝶正法展昭完姻 | 双侠伐行静修测字___498 |
| 第六十九回 | 杜雍课读侍妾调奸 | 秦昌赔罪丫鬟丧命___503 |
| 第 七 十 回 | 秦员外无辞甘认罪 | 金琴堂有计立明冤___510 |
| 第七十一回 | 杨芳怀忠彼此见礼 | 继祖尽孝母子相逢___518 |
| 第七十二回 | 认明师学艺招贤馆 | 查恶棍私访霸王庄___525 |
| 第七十三回 | 恶姚成识破旧伙计 | 美绛贞私放新黄堂___533 |
| 第七十四回 | 淫方貂误救朱烈女 | 贪贺豹狭逢紫髯伯___540 |
| 第七十五回 | 倪太守途中重遇难 | 黑妖狐牢内暗杀奸___549 |
| 第七十六回 | 割帐绦北侠擒恶霸 | 对莲瓣太守定良缘___556 |
| 第七十七回 | 倪太守解任赴京师 | 白护卫乔装逢侠客___564 |
| 第七十八回 | 紫髯伯艺高服五鼠 | 白玉堂气短拜双雄___572 |
| 第七十九回 | 智公子定计盗珠冠 | 裴老仆改装扮难叟___580 |

| 第八十回 | 假做工御河挖泥土 | 认方向高树捉猴狲 | 587 |
| 第八十一回 | 盗御冠交托丁兆蕙 | 拦相轿出首马朝贤 | 595 |
| 第八十二回 | 试御刑小侠经初审 | 遵钦命内宫会五堂 | 602 |
| 第八十三回 | 矢口不移心灵性巧 | 真赃实犯理短情屈 | 609 |
| 第八十四回 | 复原职倪继祖成亲 | 观水灾白玉堂捉怪 | 616 |
| 第八十五回 | 公孙策探水遇毛生 | 蒋泽长沿湖逢邬寇 | 623 |
| 第八十六回 | 按图治水父子加封 | 好酒贪杯叔侄会面 | 632 |
| 第八十七回 | 为知己三雄访沙龙 | 因救人四义撇艾虎 | 638 |
| 第八十八回 | 抢鱼夺酒少弟拜兄 | 谈文论诗老翁择婿 | 645 |
| 第八十九回 | 憨锦笺暗藏白玉钗 | 痴佳蕙遗失紫金坠 | 652 |
| 第九十回 | 避严亲牡丹投何令 | 充小姐佳蕙拜邵公 | 659 |
| 第九十一回 | 死里生千金认张立 | 苦中乐小侠服史云 | 666 |
| 第九十二回 | 小侠挥金贪杯大醉 | 老葛抢雉惹祸着伤 | 674 |
| 第九十三回 | 辞绿鸭渔猎同合伙 | 归卧虎姊妹共谈心 | 680 |
| 第九十四回 | 赤子居心寻师觅父 | 小人得志断义绝情 | 686 |
| 第九十五回 | 暗昧人偏遭暗昧害 | 豪侠客每动豪侠心 | 694 |
| 第九十六回 | 连升店差役拿书生 | 翠芳塘县官验醉鬼 | 702 |
| 第九十七回 | 长沙府施俊纳丫鬟 | 黑狼山金辉逢盗寇 | 709 |
| 第九十八回 | 沙龙遭困母女重逢 | 智化运筹弟兄奋勇 | 716 |
| 第九十九回 | 见牡丹金辉深后悔 | 提艾虎焦赤践前言 | 722 |
| 第一百回 | 探行踪王府遣刺客 | 赶道路酒楼问书童 | 730 |
| 第一百一回 | 两个千金真假已辨 | 一双刺客妍媸自分 | 737 |

| 第一百二回 | 锦毛鼠初探冲霄楼 | 黑妖狐重到铜网阵 __ 744 |
| 第一百三回 | 巡按府气走白玉堂 | 逆水泉搜求黄金印 __ 751 |
| 第一百四回 | 救村妇刘立保泄机 | 遇豪杰陈起望探信 __ 758 |
| 第一百五回 | 三探冲霄玉堂遭害 | 一封印信赵爵耽惊 __ 765 |
| 第一百六回 | 公孙先生假扮按院 | 神手大圣暗中机谋 __ 772 |
| 第一百七回 | 愣徐庆拜求展熊飞 | 病蒋平指引陈起望 __ 779 |
| 第一百八回 | 图财害命旅店营生 | 相女配夫闺阁本分 __ 786 |
| 第一百九回 | 骗豪杰贪婪一万两 | 作媒妁识认二千金 __ 794 |
| 第一百十回 | 陷御猫削城入水面 | 救三鼠盗骨上峰头 __ 801 |
| 第一百十一回 | 定日盗簪逢场作戏 | 先期祝寿改扮乔装 __ 808 |
| 第一百十二回 | 招贤纳士准其投诚 | 合意同心何妨结拜 __ 815 |
| 第一百十三回 | 钟太保贻书招贤士 | 蒋泽长冒雨访宾朋 __ 822 |
| 第一百十四回 | 忍饥挨饿进庙杀僧 | 少水无茶开门揖盗 __ 829 |
| 第一百十五回 | 随意戏耍智服柳青 | 有心提防结交姜铠 __ 836 |
| 第一百十六回 | 计出万全极其容易 | 算失一着事甚为难 __ 843 |
| 第一百十七回 | 智公子负伤追儿女 | 武伯南逃难遇豺狼 __ 850 |
| 第一百十八回 | 除奸淫错投大木场 | 救急困赶奔神树岗 __ 857 |
| 第一百十九回 | 神树岗小侠救幼子 | 陈起望众义服英雄 __ 864 |
| 第一百二十回 | 安定军山同归大道 | 功成湖北别有收缘 __ 871 |

# 前　言

《忠烈侠义传》在我国算得是一部古老的白话武侠小说。小说分三部分,早出的为《三侠五义》,初刻于光绪五年(1879),随后的《小五义》、《续小五义》,刊行于光绪十六年(1890),距今均已过百年。这期间,经先贤的大力推荐并加揄扬,使其在不甚景气的晚清小说中脱颖而出,在文学史上占了一席之地。

俞樾(曲园)在1889年撰写的《三侠五义》序文中,肯定《三侠五义》"事迹新奇,笔意酣恣,描写既细入豪芒,点染又曲中筋节","如此笔墨,方许作平话小说;如此平话小说,方算得天地间另是一种笔墨"。

胡适在1925年的《三侠五义》序文中,将《三侠五义》与其据以改编的《龙图公案》加以比较,认为《三侠五义》使"神话变成了人话,志怪之书变成了写侠义之书了。这样的改变真是'翻旧出新',可算是一种极大的进步"。

鲁迅在1930年出版的《中国小说史略·清之武侠小说及公案》一节中,更明确地肯定"《三侠五义》为市井细民写心,乃似较有《水浒》遗韵,然亦仅其外貌,而非精神"。

或"平话",或"人话",或"写心",都从不同角度、不同深度上揭示了《三侠五义》的价值及其生命力之所在。因此,不论时代的变迁,文化的发展,也不曾影响其流传。以至近二三十年来,虽新武侠小说风靡于世,波诡云谲,光怪陆离,惹人耳目,而关于三侠和五义的古老故事依然传播不息,维系着自己的听众、观众和读者群。

下面,仅就《三侠五义》的成书过程、欣赏价值,试作探讨,以代本书出版的序言。

包公断案的故事,在元人编纂的《宋史》本传中便已经附以强烈的民间传说的色彩,诸如:"人以包拯笑比黄河清。童稚妇女亦知其名,呼曰'包待制'。京师为之语曰:'关节不到,有阎罗包老。'"一个在人们理想中居官刚正,不畏权势,不徇私情,为民做主,甚至能够日断阳、夜断阴的清官形象就这样诞生了。到了元代,在争奇斗艳的杂剧舞台上,包公断案故事更成了演绎的大宗。口耳相传的包公断案故事肯定也在不断的编织之中,而且越编越多,越传越神,最终在明代刊印出来一部集大成式的小说《龙图公案》了。

《龙图公案》又名《包公案》,存明刊本,不著编撰人。书中零零散散而又洋洋洒洒地记述了一系列包公断案的故事,既无一定章法,也无一定联系,唯篇目凑足一百之数。值得注意的是,其中一则名《玉面猫》,写的是"五鼠闹东京"的奇闻。所谓"五鼠",原来是五个耗子精,它们变幻人形,惑乱视听,使人真伪难辨,一时间,丞相、太后、皇上,连同包公都出现了"双包案",朝野陷入一片混乱。最后是真包公奏明玉皇大帝,从西方雷音寺借来一只"玉面猫",始将五鼠一网打尽。而我们在《三侠五义》里看到的"五鼠闹东京"故事,除了借用其名目,内容已全然不同。所谓"五鼠",不过是五位义士的绰号;所谓的"玉面猫"也成了"御猫",不过是皇上对艺高人的随口赞誉;而所谓的"五鼠闹东京",也只是江湖上的意气之争,且在误会消除之后形成了三侠和五义的结合,一起从事仗义行侠的壮举。于是,一个荒诞不经的妖魔鬼怪的神话传说,就这样被巧妙地改造成为入情入理而又有血有肉的绿林故事,从天上拉到了人间,具备了真实的属性。这番改造功夫,实乃点石成金、化腐朽为神奇之笔,难怪胡适是那样地激赏,说它"在近百回的大文章里竟没有一点神话的踪迹,这真可算是完全的'人话化',这也是很值得表彰的一点了"。

那末,这位值得表彰的改编者是谁呢?他就是活跃于清季咸丰、同治年间京城书场以弹唱西城调子弟书闻名的石玉昆。

石玉昆,生平事迹不详,只知他是天津人,大约生于嘉庆十五年(1810),卒于同治十年(1871)。据说这位说书艺人于演唱诗词赋赞之中多施"巧腔",能够赢得"诸公一句一夸一字一赞,合心同悦众口同音"(转引金梯云抄本《子弟书·叹石玉昆》),今日单弦曲牌《石韵书》相传就是石氏之遗韵。《叹石玉昆》还特别提到:"编来宋代包公案,成就当时石玉昆。"可见当时的听众即已将成功地改编《包公案》视作他的最高成就。

石玉昆改编《包公案》的名声如此之大,以至有文良等人在其说书的现场做了笔录。该笔录只取白文,略去唱词部分,成为一部完整的白话小说,定名为《龙图耳录》,至今仍有抄本传世。二十世纪八十年代,上海古籍出版社出版的《龙图耳录》,就是采用同治六年抄本与谢蓝斋抄本详加比勘的本子。由此至少可以断定,《耳录》之完稿不会晚于同治六年(1867),此其一。其二,将光绪五年(1879)刊行的《三侠五义》与《龙图耳录》相较,其关目情节、语言风格基本相同,说明《龙图耳录》正是《三侠五义》的工作底本。

对此,还可以通过另外的线索得到印证。一、《三侠五义》卷首题署"石玉昆述",既有"述"者,自应有"录"者,始能成书,这已隐约透露了所依据的是《龙图耳录》,只是隐去了录者之名。二、在谢蓝斋抄本《龙图耳录》的正文前有一引言,即上起"《龙图公案》一书,原有成稿,说部中演了三十馀回,野史内续了六十多本(按:正合原《龙图公案》共计一百则之数)。虽则传奇志异,难免鬼怪妖邪。今将此书翻旧出新,不但删去异端邪说之事,另具一番慧妙,却又攒出惊天动地之文",下至"莫若先君后臣,将仁宗的根由叙明,然后再叙包公,方不紊乱;就是后文草桥遇后,也觉省笔,听书也觉明白"的一段。如此讲述改编初衷、全书大义,乃至情节安排,颇不合平话体例,亦不类说书人口吻,更像是整理者——即"耳录"者的说明文字。故而才被别的《耳录》抄本(即如同治六年抄本)视作可有可无而不取。耐人寻味的是,这一引言经过改头换面、修改补充竟成了《三侠五义》问竹主人的序文。如此看来,这位"问竹主人"很可能就是"耳录"者文良等人的名号。虽然也可能是出版者的伪托,但绝不可能是石玉昆本人的夫子自道。理由很简单,石氏早于《三侠五义》出版前已经谢世,焉能再为该书写序?

至此,我们大致可以清楚《三侠五义》整理出版的过程。

先是文良等人根据石玉昆的平话记录整理完成了《龙图耳录》,时在同治年间。

之后是入迷道人于"辛未春(同治十年,1871),由友人问竹主人处得是书(即《龙图耳录》)","草录一部而珍藏之。乙亥(光绪元年,1875)司榷淮安,公馀时从新校阅,另录成编,订为四函,年馀始获告成。去冬(光绪四年,1878)有世好友人退思主人者,亦癖于斯,因携去。久假不归……竟已付刻于珍版矣"(引文俱见书前入迷道人序)。可见入迷道人也是《耳录》的校订整理人。

而退思主人于序中则云:"戊寅(光绪四年,1878)冬,于友人入迷道人处得是书之写本,知为(疑脱'与'字)友人问竹主人互相参合删定,汇而成卷。携归卒读,爱不释手,缘商两友……云尔。"知其不只为该书之出版者,且透露了该书之定稿是经过入迷道人与问竹主人二人互相参合删定的。

孙楷第在比较了《三侠五义》的刊本和《龙图耳录》的抄本之后,认为刊本"大抵袭用钞本,而或增其未备,或删其浮文,或更易字句,而短长互见,亦未易遽定其高低。而自活字本流布,钞本遂湮而不传,虽借印行之力,要其刮垢磨光编次厘定之功,亦有足尚者焉"(引见《戏曲小说书录解题》),更充分肯定了《龙图耳录》在《三侠五义》成书过程中的不可泯灭的贡献。

前文既及,"耳录"的过程就是对平话语言加工的过程,随后又经与入迷道人的互相参合删定,因之《三侠五义》叙事干净利索,文字明白晓畅,不仅保持了平话的艺术特色,也避免了一般平话常有的冗赘絮叨的毛病,具有较高的文学欣赏价值。相较而言,其续书《小五义》则没有这样的幸运。诚如出版者文光楼主人(即名石振之者。以此而知"石玉昆字振之"之不确)所言:乃其友人从石玉昆门徒那里"将石玉昆原稿携来,共三百馀回,计七八十本,三千多篇,分上中下三部,总名《忠烈侠义传》"。"余故不惜重资,购求到手。本拟全刻,奈资财不足,一时难于并成。因有前刻《三侠五义》,不便再为重刊,兹特将中部急付之剞劂,以公世之同好云"。这大致是准确的。唯因其"急",也就不及做何加工,致其文字水平差之《三侠五义》远甚。除此之外,尚有可说者数端。

一、既然未对原稿进行加工,自然就保留了《小五义》的某些"初生态"。即如原稿系说唱本,本有大量的歌词赋赞点染其间,《三侠五义》中已悉数删去,《小五义》则多予保留。其中多的是英雄谱赞,如第一回赞白玉堂,第二十二回赞智化、欧阳春二侠,第一百十四回赞云中鹤魏真;也有铺演紧张气氛,如第六十一回遇虎,第七十四回动刑;也有抒发闲情逸兴,如第二十三回对君山胜境,第五十四回对牧牛童子,皆"有赞为证"。凡此,反映出石玉昆表演的风格特色。不过,这份原稿又经其门徒的修订补充,也是可以肯定的,这也符合平话艺术师徒相授、口耳相传、不断润色、不断丰富的规律。试看第八十九回的开头语:"光绪四年二月间,正在王府说《小五义》,有人专要听听孝顺歌。余下自可顺口开河,自纂一段,添在《小五义》内,另起口调,将柳真人(似指明末著名说书艺人柳敬亭)所传之孝敬

(疑下脱'歌'字),焚香说起。"这段文字显系在石玉昆身后,其门徒所为。连同第七十六回回首所引的"戒赌歌",很可能都是当年石玉昆的保留节目,经常被听众要求点唱的,在这里被门徒继承了下来。

二、《小五义》中还有一部分极为陈腐的内容,即常于卷首进行将今比古、以古鉴今的说教。第八十五回便有这样一段话:"这套书虽是小说,可是以忠烈侠义为主,所以将今比古,往往隔几回搜讨故典,作为榜样。"依其顺序,搜讨到的故典就有刘邦自称不如其臣、蔡京诱君侈靡、女娟救父、绿珠坠楼、无盐女、唐玄宗选县令、晏子之御者、义婢蔡枝、母师守信、宿瘤女采桑遇闵王、节乳母护魏太子、魏徵曲谏等十数则。这些故事不同于宋元话本的"得胜头回",亦不同于一般平话的"入话",或用作定场,或用作起兴,以引入正题,而是凭空插入的对忠孝节义的图解,且半文不白,完全不类全书的风格、平话的语气。这种情况在前之《三侠五义》、后之《续小五义》皆不曾出现过,何以为《小五义》所独有呢?知非子序言中写道:"书既成,('我友文光楼主人')即告余曰:'此《小五义》一书,皆忠烈侠义之事,并附以节孝、戒淫、戒赌诸则,原为劝人,非专网利。'"庆森宝书氏的序言写得更明确:"稿中凡有忠义者,存之;淫邪者,汰之;间附己说,不尽原稿也。"前者"并附以节孝、戒淫、戒赌诸则",乃文光楼主人的自供;后者"间附己说,不尽原稿",乃时人之认定,这就完全坐实了文光楼主人(即"振之石君")始作俑者的真面目,其"搜讨故典"掺杂于各回目中的也都是自家的私货。《忠烈侠义传》本来不乏"忠烈侠义"的渲染,但大部还是通过人物性格、故事情节自然流露出来，尚具一定的感动人、激励人、光彩照人之处，而《小五义》的出版者竟如此大贴标签，进行赤裸裸的封建说教，这无疑是赘瘤，是对全书风格的扭曲。

三、关于《小五义》不与《三侠五义》衔接的问题。对此，《小五义》曾附署名风迷道人《〈小五义〉辨》一文加以说明。风迷道人，无考，从辨文语气判断，似即"与石玉昆门徒素相往来"的文光楼主人的"友人"，他也应是文光楼主人不惜重金购求此书的中介人。这种特殊身份决定他更迫切地为《小五义》的真伪价值辩护。他在辨文中是这样写的："或问于余曰：《小五义》一书，宜紧接君山续刻，君独于颜按院查办荆襄起首，何哉？余曰：'似子之说，余讵不谓然？但前套《忠烈侠义传》与余所得石玉昆原稿，详略不同，人名稍异，知非出于一人之手。……'"以下具体说明文字，毋宁赘引。他说"前套《忠烈侠义传》"即《三侠五义》与"石玉昆原稿"非出自一人之手，这一判断应是对的。不会有人怀疑"石玉昆原稿"的存在——说书人总有自己的底本。同样，也不会有人怀疑《三侠五义》有别于"石玉昆原稿"的相应部分——因为它所依据的是《龙图耳录》，而《龙图耳录》乃是石玉昆说书的现场笔录，其中既有说书人的临场发挥以及笔录人的加工整理，继之又经过多人的"参合删定"，最终完成的《三侠五义》势必与"石玉昆原稿"已多出入（诸如"详略不同，人名稍异"之属），从而造成了"非出自一人之手"的事实。应该说，这是完全可能的。如今却要将"非出自一人之手"的两部作品磨合到一起，意即让《三侠五义》与"石玉昆原稿"的中、后两部——《小五义》、

《续小五义》接榫,这则又是完全不可能的了。既然如此,出版者索性不顾部分情节的重叠,把"始末根由"交代给读者,以保持自身故事的完整,也算是合情合理的决断。

《续小五义》于正文起首处有一引言,写道:"因上部《小五义》未破铜网阵,看书之人纷纷议论,屡续到本铺购买下部者,不下数百人。……故此,本坊急续刊刻,以快人心。"出版者急功切利,使之来不及像《小五义》那样强行加入许多词曰、诗曰以及典故说教之类的赘物,这样一来反倒使得续书读起来更为细致传神,直白通畅。恰如鲁迅所评价的那样:"较之上部(指《三侠五义》),则中部(指《小五义》)荒率殊甚,入下(指《续小五义》)又稍细,因疑草创或出一个,润色则由众手,其伎俩有工拙,故正续遂差异也。"其中,"草创或出一个"自然是指石玉昆,"润色则由众手"应指石氏门徒。草创而后不断的润色加工,终而形成定本,完全符合说唱文学的发展轨迹。《忠烈侠义传》的问世说明这一轨迹一直延续到近代。

孙楷第先生在论及李笠翁及其《十二楼》的文章中,曾提到文学史上这样一个有趣的现象,"明清两代的戏曲与小说文学,从时间上观察有一种不同的地方:就是明朝中叶以后,戏曲小说最发达;清朝中叶以后,戏曲小说最不发达。直到清末,因为一般人思想之转变,小说一类的书才稍稍抬起头来"。对于戏曲小说"最发达"与"最不发达"的原因,孙先生的解释是:明朝人"不喜考证",而清朝人"好读古书，好讲考据","学者默想到嘉道间朴学如何之盛，便知道戏曲小说在当时有不得不低微的理由了"。此说揭示了认识问题的一个方面是毋庸置疑的，而且，照此逻辑，到了清末，"因为一般人思想之转变，小说一类的书才稍稍抬起头来"，这种"思想之转变"自然也和对待读书、考据的态度不无关系了。事实上，嘉、道以降，面对国家颓势之日显，内忧外侮之频仍，士大夫人物已很难鸵鸟般处世，继续在故纸堆里讨生活。以龚自珍、魏源为代表的思想先驱，跳脱"稽古穷经"的窠臼，倡导经世致用，即取经世之益，将"实用"、"救时"视为作文的准绳。一时间，议论政事得失，探讨治国方略，以求清廷纳谏，成为朝野上下的时尚。于道光六年（1826）成书、由魏源等编纂的多达一百二十卷的《皇朝经世文编》就是从清初以来经世文章的集大成者。到了光绪中期，继《皇朝经世文编》之后，更有"新增"、"续编"，乃至二编、三编的相继问世，一时之盛直开戊戌变法之先河。凡此，不都说明思想之转变吗？

　　思想的转变固然来自社会生活的变迁，反过来，思想的转变也促使生活志趣、审美观念发生了变化，这在对小说对戏曲的态度上也突出地表现出来。比如一向为人所重之昆曲的音律文采，已渐为人所轻，倒是逐渐演化出来的皮黄戏成了公卿士大夫的新宠。此外，一向难登大雅之堂的说唱文学也引起他们的浓厚兴趣，成了达官贵人堂会上的不可或缺的节目。前文提到的《龙图耳录》，就是当时文人根据石玉昆讲唱的《龙图公案》记录整理的白话小说。而当时的经学大师俞樾对《三侠五义》的揄扬提掖，其意义更非同小可。且看其

《重编〈七侠五义传〉序》起首的一段文字：

> 往年潘郑盦尚书奉讳家居，与余吴下寓庐相距甚近，时相过从。偶与言及今人学问远不如昔，无论所作诗文，即院本传奇、平话小说，凡出于近时者，皆不如乾、嘉以前所出者远甚。尚书云："有《三侠五义》一书，虽近时所出，而颇可观。"余携归阅之，笑曰："此《龙图公案》耳，何足辱郑盦之一盼？"及阅至终篇，见其事迹新奇，笔意酣恣，描写既细入豪芒，点染又曲中筋节。正如柳麻子说《武松打店》，初到店内无人，蓦地一吼，店中空缸空盆皆瓮瓮有声。闲中着色，精神百倍。如此笔墨，方许作平话小说；如此平话小说，方算得天地间另是一种笔墨。乃叹郑盦尚书欣赏之不虚也。

这是一篇极为生动的夫子自道。一部《三侠五义》把他征服了，而且是心服口服，让他改变了传统偏见，变不屑一顾而为醉心其间，甚至比之如听明末著名说书艺人柳敬亭的表演，赞美之情，可谓无以复加。

此说出自俞樾之口，意义非比寻常。俞樾乃经学大师，也是经世文的倡导者；既维持旧说，又推动新学，此双重身份更确立了其在学术、在舆论导向方面的权威地位。因而，其欣赏趣味的转变、其对《三侠五义》的揄扬，也就具有了不同一般的分量。自俞的改订本——《七侠五义》问世后，这部以北方说话艺人口气写成的"其中方言俚字连篇累牍"的小说竟大盛于南方，不仅与《三侠五义》并行，且有取代之势。应该说，俞樾在《三侠五义》传播，并使之在文学史上占一席地位方面,是功不可没的。

然而,对以下三事,他又犯了考据穿凿的老毛病,始证"狸猫换太子"故事殊涉不经,次计"三侠"之数名实不副,三疑"颜查散"乃"颜眘敏"之形近而讹。看来经学大师技痒难耐,把一部平话又错当成了儒家经典。

颜查散,即或颜眘敏,皆史无其人,所以名讳并无足重。书中交代:"你道这小主人是谁?乃是姓颜名查散。"(《三侠五义》第三十二回)可见"查散"既不是字,也不是号,仅名而已。一般来说,字与号是从名的涵义上衍生出来的美称,而名就没有必要像谥号那样依其生前作为封以美名,甚至拉来古字以附会。更何况,书中的这位颜巡按,除了任人构陷,害得众侠客义士为他忙得团团转之外,几毫无作为,更无"眘"("慎"的古字)、"敏"官声可言,倒显得俞老先生随意为之改名是过于执缪了。

三侠,指北侠、南侠和双侠。双侠者,一侠也。《三侠五义》第六十回,大爷丁兆兰说过这样的话:"今晚马到成功,也叫他(指北侠欧阳春)知道知道我双侠的本领人物。"可见丁氏兄弟即或在单独行事时也是以"双侠"自命的。俞氏却以数出了四位而认为不确,非要再加上三位,成"七侠"之数。对此,当年黄摩西在《小说小话》中已进行了如下揶揄:"常笑曲园赅博而不知有三王(禹、汤、文、武亦四人,三侠盖用其例),岂非怪事?"

至于以"狸猫"换太子的故事虽属无稽,但也应看到正史确实也有这样的记载:即宋仁宗乃李宸妃所生,而仁宗一直以章献太后为生母;直至章献太后崩,宸妃亦薨逝多年之后,仁宗始明真相,成为宋廷一个很大的疑团。照此看来,狸猫换太子之说也不算空穴来风。而俞氏在对换太子故事进行了一番考证之后,"奋笔便改"了第一回,自以为得意,却反使这一动人心魄的宫廷揭秘变成兴味索然的考据文章了。难怪胡适先生做了如下评说:"其实《三侠五义》原本确有胜过曲园先生改本之处。就是曲园先生最不满意的第一回也远胜于改本。"

俞氏原来对《三侠五义》的笔墨文字是那样激赏:"如此笔墨,方许作平话小说;如此平话小说,方算得天地间另是一种笔墨。"但就其不以为然的三事来看,恰恰说明他对平话小说笔墨认识的模糊。

郑樵在《通志·乐略》关于琴操的后记中有这样一段话:

> 又如稗官之流,其理只在唇舌间,而其事亦有记载。虞舜之父、杞梁之妻,于经传所言者不过数十言耳,彼则演成千万言。东方朔三山之求、诸葛亮九曲之势,于史籍无其事,彼则肆为出入。

所谓"稗官之流",即指说话艺人。意即对于说话艺人来说,史籍有其事,固然可以将三言两语敷演成篇;即或史籍无其事,亦可于唇舌之间编排出有声有色的故事来,这正是说话艺人的看家本事。即如南宋耐得翁《都城纪胜·瓦舍众伎》的评述:"最畏小说人,盖小说者能以一朝一代故事,顷刻间提破(提破,吴自牧《梦粱录》作'捏合')。"凡此,都是宋代当时人对说话艺人所达到的艺术水平的盛情礼赞,也是对说话艺术的特点应有的基本了解。鲁迅先生在肯定了

"《三侠五义》及其续书,绘声状物甚有平话习气"之后,也是从上述特色评价其在文学史上地位的,"侠义小说之在清,正接宋人话本正脉,固平民文学之历七百馀年而再兴者也"。

进而言之,石玉昆创作的《三侠五义》不仅接续宋元话本的正脉,且在题材的开拓、语言的运用等方面还有新的发展,致使"侠义小说"成了小说的新门类,虽被史家讥为小说之"末流",却能在小说史上堂堂正正居一席之地,其意义也是不可低估的。

包拯于北宋太宗朝曾任天章阁待制、龙图阁直学士,不过是从四品、从三品的官吏,但以其为人刚毅、风骨清介、不畏权贵而声震朝野,无告的百姓更视之为青天,于是形象越传越神,故事也越传越多。这在南宋已有小说传诵,如《醉翁谈录》即载有《三现身》。元代自会更多,惜乎少见载籍,仅有《清平山堂话本》和《平妖传》各载一种;倒是当时盛行的杂剧多搬演包公故事,计有十六种之多,成了热门题材。至明代,小说集《龙图公案》已荟集包公故事百种,但经前人考订,"此书论其事则假冒赝造,除八篇以外,其馀无论在史实根据上或故事源流上说,都和包公无关系"(引自孙楷第《包公案与包公案故事》)。既然如此,那么,《三侠五义》在包公故事上的删繁就简、去芜取精的工夫就尤属难能可贵了。《三侠五义》中的包公依旧保持了刚正不阿、嫉恶如仇的清官形象,也依旧拥有在断案的关键时刻借助诸如游仙枕、古今盆、照胆镜等超自然的法力,这种若有神助的安排,实际反映的是百姓为弥补清官也有执法能力有限之时的缺憾,借助超自然法力的崇拜,以实现匡扶正义、平反冤狱的愿望。

凡此皆说明《三侠五义》尚未脱离传统的包公断案故事的窠臼。在无告的草民看来，包公凭借超自然的法力，终使善恶有报，虽然痛快淋漓，一扫胸中积郁，聊以慰藉心灵创伤，但毕竟缺乏真实的属性。平话的作者也不满足于此，故而在只用了不及全书四分之一的篇幅，交代了半人半神的包公断案故事之后，随即腾出手来，另辟蹊径，展开了有血有肉、有声有色的三侠五义的忠烈故事。这样一来，在清官和侠义之间，既保持了情节上的连贯性，又具有着形象上的互补性。

三侠五义的故事并非包公断案的续编，而是早有伏线，且已杂糅其间。包公于入道之初——赶考途中即邂逅南侠展熊飞，并得其搭救，事在第三回。罢官定远县又遇落草为寇的王朝、马汉、张龙、赵虎，这就是日后身边得力的四勇士，事在第六回。待到展南侠屡次破案有功，被包公荐至金殿试艺，得到"御猫"的绰号，包公断案故事已近尾声，引出的则是"五鼠闹东京"的大关目，事在第二十二回。至此，说话人有段插话："只因圣上金口说了'御猫'二字，南侠从此就得了这个绰号，人人称他为御猫。此号一传不大紧要，便惹起了多少英雄好汉，人人奇才，个个豪杰。也是大宋洪福齐天，若非这些异人出世，如何平定襄阳的大事。后文慢表。"这段话犹如"楔子"，将前后故事的连贯性和阶段性已表述得十分清楚。不仅于此，书中的包公也不断为侠义之士的作用及行事张目。第八十六回，仁宗见襄阳王已露反迹，决心早为剿除，包公有一密奏："若要发兵，彰明较著，惟恐将他激起，反为不美。莫若派人暗暗访查，须剪了他的羽翼，然后一鼓擒之，方保无虞。"其中提出的暗访查、剪羽翼的策略，正是侠义之士的拿手好戏，可以像侦察兵、别动队那样，为大队人马的一鼓擒之拓清道路；有此密奏，诸如智破铜网阵、活捉襄阳王的行为也就成了天子所恩准的忠烈侠义之举。

于是，清官与侠义在书中形成了相辅相成的两种形象。清官因着侠义之士的辅佐，使案情得以顺利侦破，从而维护了自己执法的公正；倘仅凭"官法如炉"的严峻，则常易招致主观妄断。侠义之士又因着有了清官的支持，使其济困扶危、剪恶除奸的绿林行径得以合法；而在过去，"侠以武犯禁"，侠义行为是为法所不容的。可见，二者之间，分开来各有局限，合起来则相得益彰。书中不乏这样的例证。自第七十二回起，写包公的门生倪继祖外任杭州太守，甫及上任即被横行乡里的恶霸马强所执，及被北侠救出，马强恶人先告状，倪太守反遭解任，并牵及北侠。此时马强依仗叔父在官中当差，自是有恃无恐，而包公却需回避，难做关照。明摆着忠臣义士含冤，朝廷一时难断，这才惊动了一辈绿林好汉，引出了黑妖狐智化充河工进皇城偷盗九龙冠置入马强府中，再由小侠艾虎冒死出首，告发主人马强窝藏九龙冠的滔天罪行这一系列惊心动魄的关目（事在第七十九至八十四回）。鸡鸣狗盗的绿林手段尽管写得十分精彩，却也掩饰不住栽赃陷害的事实，惟因陷害的对象是做恶多端的马强叔侄，所以非但不会招致非议，反而可视为忠烈侠义的壮举，智化的胆大心细、足智多谋，艾虎的年少志高、英勇刚烈，又曾让多少听众赞叹不已。对于天理难容而清官又难断之案，经侠义之士出手，竟能办得如此出奇制胜，大快人心，是对清官形象的补充乎，抑或是对绿林形象的肯定乎？

岂不颇值得玩味吗。《三侠五义》的续书《小五义》,在一百十一回的回首作者题有《西江月》一首:

> 世上般般皆盗,何必独怪绿林。盗名盗节盗金银,心比大盗更狠。　　为子偏思盗父,为臣偏要盗君。人前一派假斯文,不及绿林身分。

这虽是说书人的愤世嫉俗之论,但其肯定绿林行为的鲜明倾向,也恰好可以作为以上看法的佐证。

清官也好,侠义也罢,究其实,体现的只是一种理想、一种愿望。鲁迅先生在《中国小说史略》中提出的"《三侠五义》为市井细民写心"的命题,盖亦指此。在市井细民——即平头百姓看来,官府应具备公正廉明的品格和除暴安良的手段。公正廉明固然可以使其得到公正的待遇,手段的得力才能使这待遇落到实处。但因官府之铁面,加以手段之不力,对其只能心存畏惧,故有清官难遇之叹。而侠义之士就亲切多多了,路见不平,拔刀相助,来得何等迅捷。官府对侠义的支持,不仅使官府如虎添翼,也拉近了其与市井细民的距离。

市井细民对清官和侠义的这样一种较为普遍的心态,这样一种十分可怜的愿望,却也曾受到责难。原因是:清官作为统治者的忠臣,侠义作为忠臣的爪牙,他们除暴安良,救人于急难,实际上维持了封建秩序,起着调和阶级矛盾、抹煞阶级斗争的作用,所以,他们只应在批判之列,而不能抱之以幻想。不过,我们似乎也应该搞清楚这样一个原理,即国家作为统治阶级对被统治阶级的专政工具,其职能首先就在缓和阶级矛盾,控制阶级矛盾不被激化——这也是马列主义国家学说的基本常识。清官,连同他豢养下的侠义之士自然是封建正常秩序的维护者,但若这个社会的阶级矛盾尚未达到激化的程度,百姓对之抱以期望,愿意在正常秩序下继续生活,又有什么可责难的呢?毕竟,打碎国家机器是无产阶级革命的历史使命,我们何苛求于先民?

鲁迅先生的一段话颇具震撼力量:"以意度之,则俗文学之兴,当由二端,一为娱心,一为劝善,而尤以劝善为大宗。"(《中国小说史略·宋之话本》)对这一客观而平实的见解本不该大惊小怪,但因在相当长的一段时间里,俗文学的娱心作用被忽视,劝善的功能又遭怀疑,似乎市井细民绝无"娱心"的需要,而俗文学的"劝善"作用也只能麻痹斗志,所以,对鲁迅先生的话今天当有重新领会的必要。在我看来,娱心是手段,劝善是目的,市井细民在享受艺术快感的同时,才能接受劝善的启示,这是俗文学(包括平话小说)创作的初衷和一贯的传统,也是我中华民族善良而达观的品格所决定的。

事实上,平话界始终以娱心和劝善为本,因为平话艺人深知,不以此招徕听众,也就失去了自身存在的价值。曾见《王少堂传》一书,这位著名的扬州评话艺人提到他的前辈对他的一段教导:"我想,我们这一行的始祖当日所以要兴此道,其用意就是布醒世之道,作良言以醒世,道邪恶以扶正气,评忠奸以净官心,褒善贬恶以导民念,这就是吾道之宗旨,再苦再穷,死而无悔,只顾一心求道。"从中不难发现评书艺人"醒世"的责任感与文学史家"劝善"的论断的一致性。如果再将这段话与宋人罗烨赞赏小说家艺术造诣的那段话

"说国贼怀奸纵佞,遣愚夫等辈生嗔;说忠臣负屈衔冤,铁心肠也须下泪"(《醉翁谈录·小说开辟》)联系起来,足以表明,"娱心"与"劝善"犹如两个车轮,承载着平话小说滚滚向前。

王少堂所师从的前辈艺人大多以演说《水浒传》为宗,王少堂更以说《武松》著称,有"活武松"之美誉,自属侠义一类。《忠烈侠义传》亦是如此。《忠烈侠义传》首先以《三侠五义》面世,刻印发行在光绪八年(1883),距今不过一百一十馀年。说书界向有"墨刻"、"道活"之分。前者指说书人依据书局印售的本子再做铺演,因有刻本可循,其受听众欢迎的程度大打折扣。因此一般听众更喜欢听说书人根据私藏秘本的"道活"。可是云游客所著《江湖丛谈》却提到一个例外,那就是说《包公案》的著名评书艺人王杰魁。他列举从清末起就能在天桥"王八茶馆"(即"福海居")叫座的说书艺人中已有王杰魁,并强调"王杰魁在该馆献艺有三十馀年,可保能叫座儿"。《江湖丛谈》成书于三十年代,当时的王杰魁即已负盛名三十载,即或在后来,不管是在水深火热的四十年代,还是翻身做主的解放初,北京的市井细民于茶前饭后围坐在收音机旁,仍把收听他那苍劲的声波当成赏心乐事。一部《包公案》竟使这位评书艺人名扬半个多世纪。直至进入新时期的今日,在荧屏、在电台,也依然播放着从《忠烈侠义传》演绎出来的诸如"英杰小五义"之类的评书节目,使我们不能不惊叹其恒久的艺术魅力。由娱心与劝善驱动的欣赏情趣和道义力量,即或从接受美学的角度上,也是值得我们做深一步探讨的。

黄 克

## 《侠义传》序

是书本名《龙图公案》,又曰《包公案》。说部中演了三十馀回,从此书内又续成六十多本。虽是传奇志异,难免怪力乱神。兹将此书翻旧出新,添长补短,删去邪说之事,改出正大之文,极赞忠烈之臣、侠义之士。且其中烈妇烈女,义仆义鬟,以及吏役、平民、僧俗人等,好侠尚义者,不可枚举,故取传名曰"忠烈侠义"四字,集成一百二十回。虽系演义之词,理浅文粗,然叙事叙人皆能刻划尽致,接缝斗榫亦俱巧妙无痕。能以日用寻常之言,发挥惊天动地之事。所有三侠、五义,诸多豪杰之所行,诚是惊心落魄。有人不敢为而为,人不能作而作,才称得起"侠义"二字。至于善恶邪正,各有分别,真是善人必获福报,恶人总有祸临,邪者定遭凶殃,正者终逢吉庇。昭彰不爽,报应分明,使读者有拍案称快之乐,无废书长叹之时。无论此事有无,但能情理兼尽,使人可以悦目赏心,便是绝妙好辞。此书一部中,包公本是个纲领,起首应从包公说起,为何要先叙仁宗呢?其中有个缘故。只因包公事繁,仁宗事简,开口若说包公降生,如何坎坷,怎么受害,将来仁宗的书补出来时,反觉赘笔;莫若先君后臣,将仁宗事叙明,然后再言包公降生,一气文字贯通,方不紊乱。就是后文草桥遇后时,也觉省笔,读者一目了然。惟是书篇页过多,抄录匪易,是以藉聚珍板而攒成之,以供同好。第句中有因操土音,故书讹字,读者宜自明之。是为序。

光绪己卯孟夏,问竹主人识。

# 序

余由弱冠弃儒而仕,公馀之暇,即性好披览群书,每闻有传奇志异之编,必博探而旁求之。卅年来,搜罗构觅,案满箧盈,亦鄙人之一癖耳;暇时惟把卷流连,无他好焉。辛未春,由友人问竹主人处得是书而卒读之,爱不释手。虽系演义,无深文,喜其笔墨淋漓,叙事尚免冗泛,且无淫秽语言;至于报应昭彰,尤可感发善心,总为开卷有益之帙,是以草录一部而珍藏之。乙亥司榷淮安,公馀时从新校阅,另录成编,订为四函,年馀始获告成。去冬有世好友人退思主人者,亦癖于斯,因携去。久假不归,是以借书送迟嘲之。渠始嗫嚅言爱,竟已付刻于聚珍板矣。余亦笑其所好尚有甚于我者也,爰成短序,以供同好一粲奚疑。

光绪己卯夏月,入迷道人识。

# 序

原夫《龙图》一传,旧有新编,貂续千言,新成其帙。补就天衣无缝,独具匠心;裁来云锦缺痕,别开生面。百廿回之通络贯脉,三五人之义胆侠肠,信乎文正诸臣之忠也,金氏等辈之烈也,欧阳众士之侠也,玉堂多人之义也,命之以《忠烈侠义传》名,诚不诬矣!作者煞是费心,阅者能弗动目?虽非熔经铸史,且喜除旧翻新;勿论事之荒唐,最爱语无污秽。使读者能兴感发之善,不入温柔之乡。开笔悦闲情,雨窗月夜之馀,较读才子佳人杂书,满纸脂香粉艳,差足胜耳。况余素性喜闻说鬼,雅爱搜神,每遇志异各卷,莫不快心而浏览焉。戊寅冬,于友人入迷道人处得是书之写本,知为友人问竹主人互相参合删定,汇而成卷。携归卒读,爱不释手。缘商两友,就付聚珍板,以供同好云尔。

光绪己卯新秋,退思主人识。

## 第一回

### 设阴谋临产换太子　　奋侠义替死救皇娘

诗曰：

纷纷五代乱离间，一旦云开复见天。

草木百年新雨露，车书万里旧江山。

寻常巷陌陈罗绮，几处楼台奏管弦。

天下太平无事日，莺花无限日高眠。

话说宋朝自陈桥兵变，众将立太祖为君，江山一统，相传至太宗，又至真宗，四海升平，万民乐业，真是风调雨顺，君正臣良。

一日早朝，文武班齐，有西台御史兼钦天监文彦博出班奏道："臣夜观天象，见天狗星犯阙，恐于储君不利。恭绘形图一张，谨呈御览。"承奉接过，陈于御案之上。天子看罢，笑曰："朕观此图，虽则是上天垂象，但朕并无储君，有何不利之处？卿且归班，朕自有道理。"早朝已毕，众臣皆散。

转向宫内，真宗闷闷不乐，暗自忖道："自御妻薨后，正宫之位久虚，幸有李、刘二妃现今俱各有娠，难道上天垂象就应于他二人身上不成？"才要宣召二妃见驾，谁想二妃不宣而至。参见已毕，跪而奏曰："今日乃中秋佳节，妾妃等已将酒宴预备在御园之内，特请圣驾今夕赏月，作个不夜之欢。"天子大喜，即同二妃来到园中。但见秋色萧萧,花香馥馥,又搭着金风瑟瑟,不禁心旷神怡。真宗玩赏,进了宝殿,归了御座,李、刘二妃陪侍。宫娥献茶已毕,真宗道:"今日文彦博具奏,他道现时天狗星犯阙,主储君不利。朕虽乏嗣,且喜二妃俱各有孕,不知将来谁先谁后,是男是女。上天既然垂兆,朕赐汝二人玉玺龙袱各一个,镇压天狗冲犯;再朕有金丸一对,内藏九曲珠子一颗,系上皇所赐,无价之宝,朕幼时随身佩带。如今每人各赐一枚,将妃子等姓名、宫名刻在上面,随身佩带。"李、刘二妃听了,望上谢恩。天子即将金丸解下,命太监陈林拿到尚宝监,立时刻字去了。

这里二位妃子吩咐摆宴,安席进酒。登时鼓乐迭奏,彩戏俱陈,皇家富贵自不必说。到了晚间,皓月当空,照得满园如同白昼。君妃快乐,共赏冰轮,星斗齐辉,觥筹交错。天子饮到半酣,只见陈林手捧金丸,跪呈御前。天子接来细看,见金丸上面,一个刻着"玉宸宫李妃",一个刻着"金华宫刘妃",镌得甚是精巧。天子深喜,即赏了二妃。二妃跪领,钦遵佩带后,每人又各献金爵三杯。天子并不推辞,一连饮了,不觉大醉,哈哈大笑道:"二妃如有生太子者,立为正宫。"二妃又谢了恩。

天子酒后说了此话不知紧要,谁知生出无限风波。你道为何?皆因刘妃心地不良,久怀嫉妒之心。今一闻此言,惟恐李妃生下太子立了正宫,李妃居左,自己在右。自那日归宫之后,便与总管都堂郭槐暗暗铺谋定计,要害李妃。谁知一旁有个宫人名唤寇珠,乃刘妃承御的宫人。此女虽是刘妃心腹,他却为人正直,素怀忠义。见刘妃与郭槐计议,好生不乐,从此后各处留神,悄地窥探。

## 第一回 设阴谋临产换太子 奋侠义替死救皇娘

单言郭槐奉了刘妃之命,派了心腹亲随,找了个守喜婆尤氏,他就屁滚尿流,又把自己男人托付郭槐,也做了添喜郎了。一日,郭槐与尤氏秘密商议,将刘妃要害李妃之事细细告诉。奸婆听了,始而为难。郭槐道:"若能办成,你便有无穷富贵。"婆子闻听,不由满心欢喜,眉头一皱,计上心来,便对郭槐说:"如此如此,这般这般。"郭槐闻听,说:"妙,妙!真能办成,将来刘妃生下太子,你真有不世之功。"又嘱咐临期不要误事,并给了好些东西。婆子欢喜而去。郭槐进宫,将此事回明刘妃,欢喜无限,专等临期行事。

光阴迅速,不觉得到三月,圣驾到玉宸宫看视李妃。李妃参驾,天子说:"免参。"当下闲谈,忽然想起明日乃是南清宫八千岁的寿辰,便特派首领陈林前往御园办理果品,来日与八千岁祝寿。陈林奉旨去后,只见李妃双眉紧蹙,一时腹痛难禁。天子着惊,知是要分娩了,立刻起驾出宫,急召刘妃带领守喜婆前来守喜。刘妃奉旨,先往玉宸宫去了。郭槐急忙告诉尤氏,尤氏早已备办停当,双手捧定大盒,交付郭槐,一同齐往玉宸宫而来。

你道此盒内是什么东西?原来就是二人定的奸计,将狸猫剥去皮毛,血淋淋,光油油,认不出是何妖物,好生难看。二人来至玉宸宫内,别人以为盒内是吃食之物,那知其中就里。恰好李妃临蓐,刚然分娩,一时血晕,人事不知。刘妃、郭槐、尤氏做就活局,趁着忙乱之际,将狸猫换出太子,仍用大盒将太子就用龙袱包好装上,抱出玉宸宫,竟奔金华宫而来。刘妃即唤寇珠提篮暗藏太子,叫他到销金亭用裙绦勒死,丢在金水桥下。寇珠不敢不应,惟恐派了别人,此事更为不妥，只得提了篮篮，出凤右门至昭德门外，直奔销金亭上，忙将篮篮打开，抱出太子。且喜有龙袱包裹，安然无恙。抱在怀中，心中暗想："圣上半世乏嗣，好容易李妃产生太子，偏遇奸妃设计陷害。我若将太子谋死，天良何在？也罢，莫若抱着太子一同赴河，尽我一点忠心罢了。"刚然出得销金亭，只见那边来了一人，即忙抽身，隔窗细看。见一个公公打扮的人，踏过引仙桥。手中抱定一个宫盒，穿一件紫罗袍绣立蟒，粉底乌靴，胸前悬一挂念珠，斜插一个拂尘儿于项左；生的白面皮，精神好，一双目把神光显。这寇承御一见，满心欢喜，暗暗的念佛说："好了，得此人来，太子有了救了！"原来此人不是别人，就是素怀忠义首领陈林。只因奉旨到御园采办果品，手捧着金丝砌就龙妆盒，迎面而来。一见寇宫人怀抱小儿，细问情由，寇珠将始末根由说了一回。陈林闻听吃惊不小，又见有龙袱为证。二人商议，即将太子装入盒内，刚刚盛得下。偏偏太子啼哭，二人又暗暗的祷告。祝赞已毕，哭声顿止。二人暗暗念佛，保佑太子平安无事就是造化。二人又望空叩首罢，寇宫人急忙回宫去了。

　　陈林手捧妆盒，一腔忠义，不顾死生，直往禁门而来。才转过桥，走至禁门，只见郭槐拦住道："你往那里去？刘娘娘宣你，有话面问。"陈公公闻听，只得随往进宫。却见郭槐说："待我先去启奏。"不多时，出来说："娘娘宣你进去。"陈公公进宫，将妆盒放在一旁，朝上跪倒，口尊："娘娘，奴婢陈林参见。不知娘娘有何懿旨？"刘妃一言不发，手托茶杯，慢慢吃茶。半晌，方才问道："陈林，你提这盒子往那里去？上有皇封是何缘故？"陈林奏道："奉旨前往御园采拣果品，与南清宫八大王上寿,故有皇封封定,非是奴婢擅敢自专的。"刘妃听了,瞧瞧妆盒,又看看陈林,复又说道:"里面可有夹带,从实说来!倘有虚伪,你吃罪不起。"陈林当此之际,把生死付于度外,将心一横,不但不怕,反倒从容答道:"并无夹带。娘娘若是不信,请去皇封,当面开看。"说着话,就要去揭皇封。刘妃一见,连忙拦住道:"既是皇封封定,谁敢私行开看,难道你不知规矩么?"陈林叩头说:"不敢,不敢!"刘妃沉吟半晌,因明日果是八千岁寿辰,便说:"既是如此,去罢!"陈林起身,手提盒子才待转身,忽听刘妃说:"转来!"陈林只得转身。刘妃又将陈林上下打量一番,见他面上颜色丝毫不漏,方缓缓的说道:"去罢。"陈林这才出宫,倒觉的心中乱跳。这也是一片忠心至诚感格,始终瞒过奸妃,脱了这场大难。

出了禁门,直奔南清宫内,传:"旨意到!"八千岁接旨入内殿,将盒供奉上面,行礼已毕。因陈林是奉旨钦差,才要赐座,只见陈林扑簌簌泪流满面,双膝跪倒,放声大哭。八千岁一见,吓得惊疑不止,便问道:"伴伴,这是何故?有话起来说。"陈林目视左右。贤王心内明白,便吩咐:"左右回避了。"陈林见没人,便将情由细述一遍。八千岁便问:"你怎么就知道必是太子?"陈林说:"现有龙袱包定。"贤王听罢,急忙将妆盒打开,抱出太子一看,果有龙袱。只见太子哇的一声,竟痛哭不止,仿佛诉苦的一般。真是圣天子,百灵相助。贤王爷急忙抱入内室,并叫陈林随入里面,见了狄娘娘,又将原由说了一遍。大家商议,将太子暂寄南清宫抚养,候朝廷诸事安顿后,再做道理。陈林告别,回朝覆命。

谁知刘妃已将李妃产生妖孽奏明圣上。天子大怒,立将李妃贬入冷宫下院,加封刘妃为玉宸宫贵妃。可怜无靠的李妃受此不白之冤,向谁申诉!幸喜吉人天相,冷宫的总管姓秦名凤,为人忠诚,素与郭槐不睦,已料此事必有奸谋。今见李妃如此,好生不忍,向前百般安慰。又吩咐小太监余忠好生服侍娘娘,不可怠慢。谁知余忠更有奇异之处,他的面貌酷似李妃的玉容,而且素来做事豪侠,往往为他人奋不顾身。因此秦凤更加疼爱他,虽是师徒,情如父子。他今见娘娘受此苦楚,恨不能以身代之,每欲设计救出,只是再也想不出法子来,也只得罢了。

且说刘妃此计已成,满心欢喜,暗暗的重赏了郭槐与尤氏,并叫尤氏守自己的喜。到了十月满足,恰恰也产了一位太子。奏明圣上,天子大喜,即将刘妃立为正宫,颁行天下,从此人人皆知国母是刘妃了。待郭槐如开国元勋一般,尤氏就为掌院,寇珠为主管承御,清闲无事。

谁知乐极生悲,过了六年,刘后所生之子,竟至得病,一命呜呼。圣上大痛,自叹半世乏嗣,好容易得了太子,偏又夭亡,焉有不心疼的呢?因为伤心过度,竟是连日未能视朝。这日八千岁进宫问安,天子召见八千岁。奏对之下,赐座闲谈,问及"世子共有几人,年纪若干",八千岁一一奏对。说至三世子,恰与刘后所生之子岁数相仿,天子闻听,龙颜大悦,立刻召见。进宫见驾。一见世子,不由龙心大喜,更奇怪的是形容态度与自己分毫不差,因此一乐病就好了。即传旨将三世子承嗣,封为东宫守缺太子。便传旨叫陈林带东宫往参见刘后,并往各宫看视。陈林领旨,引着太子先到昭阳正院朝见刘后,并启奏说:"圣上将八千岁之三世子封为东宫太子,命奴婢引来朝见。"太子行礼毕,刘后见太子生的酷肖天子模样,心内暗暗诧异。陈林又奏还要到各宫看视。刘后说:"既如此,你就引去,快来见我,还有话说呢。"陈林答应着,随把太子引往各宫去。

路过冷宫,陈林便向太子说:"这是冷宫。李娘娘因产生妖物,圣上将李娘娘贬入此宫。若说这位娘娘,是最贤德的。"太子闻听产生妖物一事,心中就有几分不信。这太子乃一代帝王,何等天聪,如何信这怪异之事,可也断断想不到就在自己身上。便要进去看视。恰好秦凤走出宫来——陈林素与秦凤最好,已将换太子之事悄悄说明,如今八千岁的三世子就是抵换的太子。秦凤听了大喜——先参见了太子,便转身奏明李娘娘。不多时,出来说道:"请太子进宫。"陈林一同引进。见了娘娘,他不由得泪流满面,这正是母子天性攸关。陈林一见心内着忙,急将太子引出,仍回正宫去了。

刘后正在宫中闷坐细想,忽见太子进宫,面有泪痕,追问何故啼哭。太子又不敢隐瞒,便说:"适从冷宫经过,见李娘娘形容憔悴,心实不忍,奏明情由,还求母后遇便在父王跟前解劝解劝,使脱了沉埋,以慰孩儿凄惨之忱。"说着说着,便跪下去了。刘后闻听,便心中一惊,假意连忙搀起,口中夸赞道:"好一个仁德的殿下!只管放心,我得便就说便了。"太子仍随着陈林上东宫去了。

太子去后,刘后心中那里丢得下此事?心中暗想:"适才太子进宫,猛然一看,就有些李妃形景。何至见了李妃之后,就在哀家跟前求情，事有可疑。莫非六年前叫寇珠抱出宫去，并未勒死，不曾丢在金水桥下？"因又转想："曾记那年有陈林手提妆盒从御园而来，难道寇珠擅敢将太子交与陈林，携带出去不成？若要明白此事，须拷问寇珠这贱人，便知分晓。"越想越觉可疑，即将寇珠唤来，剥去衣服，细细拷问，与当初言语一字不差。刘后更觉恼怒，便召陈林当面对证，也无异词。刘后心内发焦，说："我何不以毒攻毒，叫陈林掌刑追问。他二人做的事，如今叫一人受苦，焉有不说的道理？"便命陈林掌刑，拷问寇珠。刘后虽是如此心毒，那知横了心的寇珠，视死如归。可怜他柔弱身躯，只打得身无完肤，也无一字招承。正在难解难分之时，见有圣旨来宣陈林。刘后惟恐耽延工夫，露了马脚，只得打发陈林去了。寇宫人见陈林已去，大约刘后必不干休，与其零碎受苦，莫若寻个自尽，因此触槛而死。刘后吩咐将尸抬出，就有寇珠心腹小宫人偷偷埋在玉宸宫后。刘后因无故打死宫人，威逼自尽，不敢启奏，也不敢追究了。

刘后不得真情，其妒愈深，转恨李妃不能忘怀。悄与郭槐商议，密访李妃嫌隙，必须置之死地方休。也是合当有事。且说李妃自见太子之后，每日伤感，多亏秦凤百般开解，暗将此事一一奏明。李妃听了如梦方醒，欢喜不尽，因此每夜烧香，祈保太子平安。被奸人访着，暗在天子前启奏，说李妃心下怨恨，每夜降香诅咒，心怀不善，情实难宥。天子大怒，即赐白绫七尺，立时赐死。

谁知早有人将信暗暗透于冷宫。秦凤一闻此言，胆裂魂飞，忙忙奏知李娘娘。李娘娘闻听，登时昏迷不醒。正在忙乱，只见余忠赶至面前说道："事不宜迟，快将娘娘衣服脱下与奴婢穿了，奴婢情愿自身替死。"李妃苏醒过来，一闻此言，只哭得哽气倒噎，如何还说得出话来。余忠不容分说，自己摘下花帽，扯去网巾，将发散开，挽了一个绺儿，又将衣服脱下放在一旁，只求娘娘早将衣服赐下。秦凤见他如此忠烈，又是心疼，又是羡慕，只得横了心在旁催促更衣。李妃不得已，将衣脱下与他换了，便哭说道："你二人是我大恩人了！"说罢，又昏过去了。秦凤不敢耽延，忙忙将李妃移至下房，装作余忠卧病在床。

刚然收拾完了，只见圣旨已到，钦派孟彩嫔验看。秦凤连忙迎出，让至偏殿暂坐，俟娘娘归天后，请贵人验看就是了。孟彩嫔一来年轻不敢细看，二来感念李妃素日恩德，如今遭此凶事，心中悲惨，如何想的到是别人替死呢。不多时，报道："娘娘已经归天了，请贵人验看。"孟彩嫔闻听，早已泪流满面，那里还忍近前细看，便道："我今回覆圣旨去了。"此事若非余忠与娘娘面貌仿佛，如何遮掩的过去。于是按礼埋葬。

此事已毕，秦凤便回明余忠病卧不起。郭槐原与秦公公不睦，今闻余忠患病，又去了秦凤膀臂，正中心中机关，便不容他调养，立刻逐出，回籍为民。因此秦凤将假余忠抬出，特派心腹人役送至陈州家内去了。后文再表。

从此秦凤踽踽凉凉，凄凄惨惨，时常思念徒儿死的可怜又可敬，又惦记着李娘娘在家中怕受了委屈。这日晚间正在伤心，只见本宫四面火起。秦凤一见，已知郭槐之计，一来要斩草除根，二来是公报私仇。"我总然逃出性命,也难免失火之罪,莫若自焚,也省的与他做对。"于是秦凤自己烧死在冷宫之内。此火果然是郭槐放的。此后,刘后与郭槐安心乐意,以为再无后患了。那知后来恶贯满盈,自有报应呢!就是太子也不知其中详细,谁也不敢泄漏。又奉旨钦派陈林督管东宫,总理一切,闲杂人等不准擅入。这陈林却是八千岁在天子面前保举的。从此太平无事了。如今将仁宗的事已叙明了,暂且搁起,后文自有交代。

便说包公降生,自离娘胎,受了多少折磨,较比仁宗,坎坷更加百倍,正所谓"天将降大任"之说。闲言少叙。单表江南庐州府合肥县内有个包家村,住一包员外,名怀,家富田多,骡马成群,为人乐善好施,安分守己,因此人人皆称他为包善人,又曰包百万。包怀原是谨慎之人,既有百万之称,自恐担当不起。他又难以拦阻众人,只得将包家村改为包村,一是自己谦和,二免财主名头。院君周氏,夫妻二人皆四旬以外。所生二子,长名包山,娶妻王氏,生了一子,尚未满月;次名包海,娶妻李氏,尚无儿女。他弟兄二人,虽是一母同胞,却大不相同。大爷包山为人忠厚老诚,正直无私,恰恰娶了王氏,也是个好人。二爷包海为人尖酸刻薄,奸险阴毒,偏偏娶了李氏,也是心地不端。亏得老员外治家有法,规范严肃;又喜大爷凡事宽和,诸般逊让兄弟,再也叫二爷说不出话来。就是妯娌之间,王氏也是从容和蔼,在小婶前毫不较量,李氏虽是刁悍,他也难以施展。因此一家尚为和睦,每日大家欢欢喜喜。父子兄弟春种秋收,务农为业,虽非诗书门第,却是勤俭人家。

不意老院君周氏安人年已四旬开外，忽然怀孕。员外并不乐意，终日忧愁。你说这是什么意思呢？老来得子是快乐，包员外为何不乐？只因夫妻皆是近五旬的人了，已有两个儿子，并皆娶妻生子，如今安人又养起儿女来了。再者院君偌大年纪，今又产生，未免受伤。何况乳哺三年更觉勤劳，如何禁得起呢！因此每日忧烦，闷闷不乐，竟是时刻不能忘怀。这正是家遇吉祥反不乐，时逢喜事顿添愁。

未审后事如何，且听下回分解。

第二回

奎星兆梦忠良降生　雷部宣威狐狸避难

且说包员外终日闷闷,这日独坐书斋,正踌躇此事,不觉双目困倦,伏几而卧。正朦胧之际,只见半空中祥云缭绕,瑞气氤氲。猛然红光一闪,面前落下个怪物来。头生双角,青面红发,巨口獠牙,左手拿一银锭,右手执一朱笔,跳舞着奔落前来。员外大叫一声醒来,却是一梦,心中尚觉乱跳。正自出神,忽见丫鬟掀帘而入,报道:"员外大喜了!方才安人产生一位公子,奴婢特来禀知。"员外闻听,抽了一口凉气,只唬得惊疑不止。怔了多时,咳了一声道:"罢了,罢了。家门不幸,生此妖邪,真是冤家到了。"急忙立起身来,一步一咳,来至后院看视。幸安人无恙,略问了几句话,连小孩也不瞧,回身仍往书房来了。这里伏侍安人的,包裹小孩的,殷实之家自然俱是便当的,不必细表。

单说包海之妻李氏,抽空儿回到自己房中,只见包海坐在那里发呆。李氏道:"好好儿的二一添作五的家当,如今弄成三一三十一了。你到底想个主意呀!"包海答道:"我正为此事发愁。方才老当家的将我叫到书房,告诉我梦见一个青脸红发的怪物,从空中掉将下来,把老当家的唬醒了,谁知就生此子。我细细想来,必是咱们东地里西瓜成了精了。"李氏闻听便撺掇道:"这还了得!若是留在家内,

## 第二回　奎星兆梦忠良降生　雷部宣威狐狸避难

他必做耗。自古书上说,妖精入门家败人亡的多着的呢!如今何不趁早儿告诉老当家的,将他抛弃在荒郊野外,岂不省了担着心,就是家私也省了三一三十一了。一举两得,你想好不好?"这妇人一套话,说得包海如梦初醒,连忙立身,来到书房。一见员外,便从头至尾的细说了一遍,止于不提起家私一事。谁知员外正因此烦恼,一闻包海之言,恰合了念头,连声说好:"此事就交付于你,快快办去。将来你母亲若问时,就说落草不多时就死了。"包海领命,回身来至卧房,托言公子已死,急忙抱出。用茶叶篓子装好,携至锦屏山后,见一坑深草,便将篓子放下。刚要撂出小儿,只见草丛里有绿光一闪,原来是一只猛虎眼光射将出来。包海一见,只唬得魂不附体,连尿都唬出来了,连篓带小孩一同抛弃,抽身跑将回来。气喘吁吁,不顾回禀员外,跑到自己房中,倒在炕上,连声说道:"唬杀我也,唬杀我也!"李氏忙问道:"你这等见神见鬼的,不是妖精作了耗了?"包海定了定神答道:"利害,利害!"一五一十说与李氏,道:"你说可怕不可怕?只是那茶叶篓子没得拿回来。"李氏笑道:"你真是'整篓洒油,满地捡芝麻',大处不算小处算咧!一个篓能值几何,一份家私省了,岂不乐吗!"包海笑嘻嘻道:"果然是'表壮不如里壮',这事多亏了贤妻你巧咧!这孩子这时候管保叫虎吧嗒咧!"谁知他二人在屋内说话,不防窗外有耳,恰遇贤人王氏从此经过,一一听去。急忙回至屋中,细想此事好生残忍,又着急又心痛,不觉落下泪来。正自悲泣,大爷包山从外边进来,见此光景,便问情由。王氏将此事一一说知。包山道:"原来有这等事!不要紧,锦屏山不过五六里地,待我前去看看再做道理。"说罢，立刻出房去了。王氏自丈夫去后，耽惊害怕，惟恐猛虎伤人，又恐找不着三弟，心中好生委决不下。

且言包山急急忙忙奔到锦屏山后，果见一片深草。正在四下找寻，只见茶叶篓子横躺在地，却无三弟。大爷着忙，连说："不好！大约是被虎吃了。"又往前走了数步，只见一片草俱各倒卧在地，足有一尺多厚，上爬着个黑漆漆、亮油油、赤条条的小儿。大爷一见满心欢喜，急忙打开衣服，将小儿抱起揣在怀内，转身竟奔家来，悄悄的归到自己屋内。

王氏正在盼望之际，一见丈夫回来，将心放下。又见抱了三弟回来，喜不自胜，连忙将自己衣襟解开，接过包公以胸膛偎抱。谁知包公到了贤人怀内，天生的聪俊，将头乱拱，仿佛要乳食吃的一般。贤人即将乳头放在包公口内，慢慢的喂哺。包山在旁便与贤人商议："如今虽将三弟救回，但我房中忽然有了两个小孩，别人看见岂不生疑么？"贤人闻听道："莫若将自己才满月的儿另寄别处，寻人抚养，妾身单单乳哺三弟岂不两全呢！"包山闻听大喜，便将自己孩儿偷偷抱出，寄于他处厮养。可巧就有本村的乡民张得禄，因妻子刚生一子，未满月已经死了，正在乳旺之时，如今得了包山之子，好生欢喜。这也是大爷夫妻一点至诚感格，故有此机会。可见人有善念，天必从之；人怀恶意，天必诛之。李氏他陷害包公，将来也必有报应的。

且说由春而夏，自秋徂冬，光阴迅速，转瞬过了六个年头。包公已到七岁，总以兄嫂呼为父母，起名就叫黑子。最奇怪的是，从小至七岁未尝哭过，也未尝笑过。每日里哭丧着小脸儿，不言不语，就是人家逗他,他也不理。因此人人皆嫌,除了包山夫妻百般护持外,人皆没有爱他的。一日,乃周氏安人生辰,不请外客,自家家宴。王氏贤人带领黑子与婆婆拜寿,行礼已毕,站立一旁。只见包黑跑到安人跟前,双膝跪倒,恭恭敬敬也磕了三个头。把个安人喜的眉开眼笑,将他抱在怀中,因说道:"曾记六年前产生一子,正在昏迷之时,不知怎么落草就死了。若是活着,也与他一般大了。"王氏闻听,见旁边无人,连忙跪倒禀道:"求婆婆恕媳妇胆大之罪。此子便是婆婆所生,媳妇恐婆婆年迈,乳食不足,担不得乳哺操劳,故此将此子暗暗抱至自己屋内抚养,不敢明言。今因婆婆问及,不敢不以实情禀告。"贤人并不提起李氏夫妻陷害一节。周氏老安人连忙将贤人扶起,说道:"如此说来,吾儿多亏媳妇抚养,又免我劳心,真是天下第一贤德人了。但只一件,我那小孙孙现在何处?"王氏禀道:"现在别处厮养。"安人闻听,立刻叫将小孙孙领来。面貌虽然不同,身量却不甚分别。急将员外请至,大家言明此事。员外心中虽乐,然而想起从前情事,对不过安人,如今事已如此,也就无可奈何了。从此包黑认过他父母,改称包山夫妻仍为兄嫂。安人是年老惜子,百般珍爱,改名为三黑。又有包山夫妻照应,各处留神,总然包海夫妇暗暗打算,也是不能凑手。

　　转眼之间又过了二年,包公到了九岁之时,包海夫妇心心念念要害包公。这一日,包海在家,便在员外跟前下了逸言,说:"咱们庄户人总以勤俭为本,不宜游荡,将来闲的好吃懒做的如何使得?现今三黑已九岁了,也不小了,应该叫他跟着庄村牧童,或是咱家的老周的儿子长保儿，学习牧放牛羊，一来学本事，二来也不吃闲饭。"一片话说得员外心活，便与安人说明，犹如三黑天天跟着闲逛的一般。安人应允，便嘱长工老周加意照料。老周又嘱咐长保儿："天天出去牧放牛羊，好好儿哄着三官人顽耍，倘有不到之处，我是现打不赊的。"因此三公子每日同长保出去牧放牛羊，或在村外，或在河边，或在锦屏山畔，总不过离村五六里之遥，再也不肯远去的。一日，驱逐牛羊来至锦屏山鹅头峰下，见一片青草，将牛羊就在此处牧放。乡中牧童彼此顽耍，独有包公一人或观山水，或在林木之下席地而坐，或在山环之中枕席而眠，却是无精打彩，仿佛心有所思的一般。正在山环之中石上歇息，只见阴云四合，雷闪交加，知道必有大雨，急忙立起身来，跑至山窝古庙之中。才走至殿内，只听得忽喇喇霹雳一声，风雨骤至。包公在供桌前盘膝端坐，忽觉背后有人一搂，将腰抱住。包公回头看时，却是一个女子，羞容满面，其惊怕之态令人可怜。包公暗自想道："不知谁家女子从此经过，遇此大雨，看他光景，想来是怕雷。慢说此柔弱女子，就是我三黑闻此雷声亦觉胆寒。"因此，索性将衣服展开遮护女子。外边雷声愈急，不离顶门。约有两三刻的工夫，雨声渐小，雷始止声。不多时，云散天晴，日已夕晖。回头看时，不见了那女子，心中纳闷，走出庙来，找着长保驱赶牛羊。

　　刚才到村头，只见伏侍二嫂嫂丫鬟秋香手托一碟油饼，说道："这是二奶奶给三官人做点心吃的。"包公一见，便说道："回去替我给嫂嫂道谢。"说着拿起要吃，不觉手指一麻，将饼落在地下。才待要捡，从后来了一只癞犬，竟自衔饼去了。长保在旁便说："可惜一张油饼,却被他吃了。这是我家癞犬,等我去赶回来。"包公拦住道:"他既衔去,总然拿回也吃不得了。咱们且交代牛羊要紧。"说着来到老周屋内。长保将牛羊赶入圈中,只听他在院内嚷道:"不好了,怎么癞狗七孔流血了。"老周闻听,同包公出得院来,只见犬倒在地,七窍流血。老周看了诧异道:"此犬乃服毒而死的,不知他吃了什么了。"长保在旁插言:"刚才二奶奶叫秋香送饼与三官人吃,失手落地,被咱们的癞狗吃了。"老周闻听,心下明白。请三官人来至屋内,暗暗的嘱咐:"以后二奶奶给的吃食,务要留神,不可坠入术中。"包公闻听,不但不信,反倒嗔怪他离间叔嫂不和,赌气别了老周回家,好生气闷。

过了几天,只见秋香来请,说二奶奶有要紧的事,包公只得随他来至二嫂屋内。李氏一见,满面笑容,说秋香昨日到后园,忽听古井内有人说话,因在井口往下一看,不想把金簪掉落井中,恐怕安人见怪。若叫别人打捞,井口又小,下不去,又恐声张出来。没奈何,故此叫他急请三官人来。问包公道:"三叔,因你身量又小,下井将金簪摸出,以免嫂嫂受责,不知三叔你肯下井么?"包公道:"这不打紧,待我下去给嫂嫂摸出来就是了。"于是李氏呼秋香拿绳子,同包公来到后园井边。包公将绳拴在腰间,手扶井口,叫李氏同秋香慢慢的松放。刚才系到多一半,只听上面说:"不好,揪不住了!"包公觉得绳子一松,身如败絮一般,噗通一声竟自落在井底。且喜是枯井无水,却未摔着,心中方才明白,暗暗思道:"怪不得老周叫我留神,原来二嫂嫂果有害我之心。只是如今既落井中,别人又不知道,我却如何出的去呢？"正在闷闷之际，只见前面忽有光明一闪。包公不知何物，暗忖道："莫非果有金钗放光么？"向前用手一扑，并未扑着，光明又往前去。包公诧异，又往前赶，越扑越远，再也扑他不着。心中焦躁，满面汗流，连说："怪事，怪事，井内如何有许多路径呢？"不免尽力追去，看是何物。因此扑赶有一里之遥，忽然光儿不动。包公急忙向前扑住，看时却是古镜一面。翻转细看，黑暗之处再也瞧不出来，只觉得冷气森森，透人心胆。正看之间，忽见前面明亮，忙将古镜揣起，爬将出来。看时，乃是场院后墙以外地沟。心内自思道："原来我们后园枯井竟与此道相通。不要管他，幸喜脱了枯井之内，且自回家便了。"走到家中，好生气闷，自己坐着，无处发泄这口闷气，走到王氏贤人屋内，撅着嘴发怔。贤人问道："老三，你从何处而来？为着何事这等没好气，莫不有人欺负你了？"包公说："我告诉嫂嫂，并无别人欺我，皆因秋香说二嫂嫂叫我赶着去见，谁知他叫我摸簪。"于是将赚入枯井之事，一一说了一回。王氏闻听，心中好生不平，又是难受，又无可奈何，只得解劝安慰，嘱咐以后要处处留神。包公连连称是。说话间，从怀中掏出古镜交与王氏，便说是从暗中得来的，嫂嫂好好收藏，不可失落。

　　包公去后，贤人独坐房中，心里暗想："叔叔、婶婶所作之事，深谋密略，莫说三弟孩提之人难以揣度，就是我夫妻二人，亦难测其阴谋。将来倘若弄出事端，如何是好？可笑他二人只为家私，却忘伦理。"正在嗟叹，只见大爷包山从外而入，贤人便将方才之话，说了一遍。大爷闻听连连摇首道："岂有此理！这必是三弟淘气，误掉入枯井之中，自己恐怕受责，故此捏造出这一片谎言，不可听他。日后总叫他时时在这里就是了，可也免许多口舌。"大爷口虽如此说，心中万分难受，暗自思道："二弟从前做的事体我岂不知，只是我做哥哥的焉能认真，只好含糊罢了。此事若是明言，一来伤了手足的和气，二来添妯娌疑忌。"沉吟半晌，不觉长叹一声，便向王氏说："我看三弟气宇不凡，行事奇异，将来必不可限量。我与二弟已然耽搁，自幼不曾读书，如今何不延师教训三弟，倘上天怜念，得个一官半职，一来改换门庭，二来省受那赃官污吏的闷气，你道好也不好？"贤人闻听，点头连连称是。又道："公公之前须善为语词方好。"大爷说："无妨，我自有道理。"

次日，大爷料理家务已毕，来见员外。便道："孩儿面见爹爹，有一事要禀。"员外问道："何事？"大爷说："只因三黑并无营生，与其叫他终日牧羊，在外游荡，也学不出好来，何不请个先生教训教训呢？就是孩儿等自幼失学，虽然后来补学一二，遇见为难的帐目，还有念不下去的，被人欺哄。如今请个先生，一来教三黑些书籍；二来有为难的字帖，亦可向先生请教；再者三黑学会了，也可以管些出入帐目。"员外闻听可管些帐目之说，便说："使得。但是一件，不必请饱学先生，只要比咱们强些的就是了，教个三年二载，认得字就得了。"大爷闻听员外允了，心中大喜，即退出来，便托乡邻延请饱学先生，是必要叫三弟一举成名。看官，这非是包山故违父命，只因见三弟一表非凡，终成大器，故此专请一名儒教训，以为将来显亲扬名，光宗耀祖。

闲言少叙。且表众乡邻闻得"包百万"家要请先生，谁不献勤，这个也来说，那个也来荐。谁知大爷非名儒不请。可巧隔村有一宁老先生，此人品行端正，学问渊深，兼有一个古怪脾气，教徒弟有三不教：笨了不教；到馆中只要书童一个，不许闲人出入；十年之内只许先生辞馆，不许东家辞先生。有此三不教，束脩不拘多少，故此无人敢请。一日，包山访听明白，急亲身往谒。见面叙礼，包山一见，真是好一位老先生，满面道德，品格端方，即将延请之事说明，并说："老夫子三样规矩，其二其三小子俱是敢应的，只是恐三弟笨些，望先生善导为幸。"当下言明，即择日上馆。是日，备席延请，递贽敬束脩，一切礼仪自不必说。即领了包公来至书房，拜了圣人，拜了老师。这也是前生缘分，师徒一见，彼此对看，爱慕非常。并派有伴童包兴，与包公同岁，一来伺候书房茶水，二来也叫他学几个字儿。这正是：英才得遇春风入，俊杰来从喜气生。

未审后事如何，下回分解。

## 第三回

### 金龙寺英雄初救难　　隐逸村狐狸三报恩

且说当下开馆节文已毕,宁老先生入了师位,包公呈上《大学》,老师点了句读,教道:"大学之道……"包公便说:"在明明德。"老师道:"我说的是'大学之道'。"包公说:"是。难道下句不是'在明明德'么?"老师道:"再说。"包公便道:"在新民,在止于至善。"老师闻听,甚为诧异,叫他往下念,依然丝毫不错。然仍不大信,疑是在家中有人教他的,或是听人家念学就了的,尚不在怀。谁知到后来,无论什么书籍俱是如此,教上句便会下句,有如温熟书的一般,真是把个老先生喜的乐不可支,自言道:"天下聪明子弟甚多,未有不教而成者,真是生就的神童,天下奇才,将来不可限量。哈哈,不想我宁某教读半世,今在此子身上成名。这正是孟子有云:'得天下英才而教育之,一乐也。'"遂乃给包公起了官印一个"拯"字,取意将来可拯民于水火之中;起字"文正",取其意,文与正岂不是"政"字么,言其将来理国政必为治世良臣之意。

不觉光阴荏苒,早过了五个年头,包公已长成十四岁,学得满腹经纶,诗文之佳自不必说。先生每每催促递名送考,怎奈那包员外是个勤俭之人,恐怕赴考有许多花费。从中大爷包山不时在员外跟前说道:"叫三黑赴考,若得进一步也是好的。"无奈员外不允。大爷只好向先生说:"三弟年纪太小,恐怕误事,临期反为不美。"于是又过了几年,包公已长成十六岁了。这年又逢小考,先生实在忍耐不住,急向大爷包山说道:"此次你们不送考,我可要替你们送了。"大爷闻听,急又向员外跟前禀说道:"这不过先生要显弄他的本领,莫若叫三黑去,这一次若是不中,先生也就死心塌地了。"大爷说的员外一时心活,就便允了。大爷见员外已应允许考,心中大喜,急来告知先生。先生当时写了名子报送。即到考期,一切全是大爷张罗,员外毫不介意,大爷却是谆谆盼望。到了揭晓之期,天尚未亮,只听得一阵喧哗,老员外以为必是本县差役前来,不是派差就是拿车。正在游疑之际,只见院公进来报喜道:"三公子中了生员了!"员外闻听倒抽了一口气,说道:"罢了,罢了!我上了先生的当了。这也是家运使然,活该是冤孽,再也躲不开的。"因此一烦,自己藏于密室,连亲友前来贺他也不见,就是先生他也不致谢一声。多亏了大爷一切周旋,方将此事完结。惟有先生暗暗的想道:"我自从到此课读,也有好几年了,从没见过本家老员外。如今教的他儿子中了秀才,何以仍不见面?连个谢字也不道,竟有如此不通情理之人,实实又令人纳闷了。又可气,又可恼!"每每见了包山,说了好些嗔怪的言语。包山连忙赔罪说道:"家父事务冗繁,必要定日相请,恳求先生宽恕。"宁公是个道学之人,听了此言,也就无可说了。亏得大爷暗暗求告太爷,求至再三,员外方才应允。定了日子,下了请帖,设席与先生酬谢。

　　是日,请先生到待客厅中,员外迎接,见面不过一揖,让至屋内,分宾主坐下。坐了多时,员外并无致谢之辞。然后摆上酒筵,将先生让至上座，员外在主位相陪。酒至三巡，菜上五味，只见员外愁容满面，举止失措，连酒他也不吃。先生见此光景，忍耐不住，只得说道："我学生在贵府打搅了六七年，虽有微劳开导指示，也是令郎天分聪明，所以方能进此一步。"员外闻听，呆了半晌，方才说道："好。"先生又说道："若论令郎刻下学问，慢说是秀才，就是举人、进士，也是绰绰有馀的了，将来不可限量，这也是尊府上德行。"员外听说至此，不觉双眉紧蹙，发狠道："什么德行，不过家门不幸，生此败家子。将来但能保得住不家败人亡，就是造化了。"先生闻听，不觉诧异道："贤东何出此言，世上那有不望儿孙中会作官之理呢？此话说来，真真令人不解。"员外无奈，只得将生包公之时所作恶梦说了一遍，如今提起，还是胆寒。宁公原是饱学之人，听见此梦之形景，似乎奎星。又见包公举止端方，更兼聪明过人，就知是有来历的，将来必是大贵，暗暗点头。员外又说道："以后望先生不必深教小儿，就是十年束脩断断不敢少的，请放心。"一句话将个正直宁公说得面红过耳，不悦道："如此说来，令郎是叫他不考的了。"员外连声道："不考了，不考了！"先生不觉勃然大怒道："当初你的儿子叫我教，原是由得你的。如今是我的徒弟，叫他考却是由得我的。以后不要你管，我自有主张罢了。"怒冲冲不等席完，竟自去了。你道宁公为何如此说？他因员外是个愚鲁之人，若是谏劝，他决不听，而且自己徒弟又保得必作脸，莫若自己拢来，一则不至误了包公，二则也免包山跟着为难。这也是他读书人一片苦心。

到了乡试年头，全是宁公作主，与包山一同商议，硬叫包公赴试，叫包山都推在老先生身上。到了挂榜之期，谁知又高高的中了乡魁。包山不胜欢喜，惟有员外愁个不了，仍是藏着不肯见人。大爷备办筵席，请了先生坐了上席，所有贺喜的乡亲两边相陪，大家热闹了一天。诸事已毕，便商议叫包公上京会试。禀明员外。员外到了此时，也就没的说了，只是不准多带跟人，惟恐耗费了盘川，只有伴童包兴一人。包公起身之时，拜别了父母，又辞了兄嫂。包山暗与了盘川。包公又到书房参见了先生，先生嘱咐了多少言语，又将自己的几两修金送给了包公。包兴备上马，大爷包山送至十里长亭，兄弟留恋多时，方才分手。包公认镫乘骑，带了包兴，竟奔京师。一路上少不得饥餐渴饮，夜宿晓行。

一日，到了座镇店，主仆两个找了一个饭店。包兴将马接过来，交与店小二喂好。找了一个座儿，包公坐在正面，包兴打横。虽系主仆，只因出外，又无外人，爷儿两个就在一处吃了。堂官过来安放杯筷，放下小菜。包公随便要一角酒，两样菜。包兴斟上酒，包公刚才要饮，只见对面桌上来了一个道人，坐下要了一角酒，且自出神，拿起壶来不向杯中斟，哗喇喇倒了一桌子。见他嗐声叹气，似有心事的一般。包公正然纳闷，又见从外进来一人，武生打扮，叠暴着英雄精神，面带着侠气。道人见了，连忙站起，只称："恩公请坐。"那人也不坐下，从怀中掏出一锭大银，递给道人道："将此银暂且拿去，等晚间再见。"那道人接过银子，趴在地下磕了一个头，出店去了。包公见此人年纪约有二十上下，气宇轩昂，令人可爱，因此立起身来，执手当胸道："尊兄请了。若不弃嫌，何不请过来彼此一叙。"那人闻听，便将包公上下打量了一番，便笑容满面道："既承错爱，敢不奉命。"包兴连忙站起，添份杯筷，又要了一角酒，二碟菜，满满斟上一杯。包兴便在一旁侍立，不敢坐了。包公与那人分宾主坐了，便问："尊兄贵姓？"那人答道："小弟姓展名昭，字熊飞。"包公也通了姓名。二人一文一武，言语投机，不觉饮了数角。展昭便道："小弟现有些小事情，不能奉陪尊兄，改日再会。"说罢，会了钱钞。包公也不谦让。包兴暗道："我们三爷嘴上抹石灰。"那人竟自作别去了。包公也料不出他是什么人。

吃饭已毕，主仆乘马登程。因店内耽误了工夫，天色看看已晚，不知路径。忽见牧子归来，包兴便向前问道："牧童哥，这是什么地方？"童子答道："由西南二十里方是三元镇，是个大去处。如今你们走差了路了，此是正西，若要绕回去，还有不足三十里之遥呢！"包兴见天色已晚，便问道："前面可有宿处么？"牧童道："前面叫做沙屯儿，并无店口，只好找个人家歇了罢。"说罢赶着牛羊去了。

包兴回复包公，竟奔沙屯儿而来。走了多时，见道旁有座庙宇，匾上大书"敕建护国金龙寺"。包公道："与其在人家借宿，不若在此庙住宿一夕，明日布施些香资，岂不方便。"包兴便下马，用鞭子前去叩门。里面出来了一个僧人，问明来历，便请进了山门。包兴将马拴好，喂在槽上。和尚让至云堂小院三间净室，叙礼归座。献罢茶汤，和尚问了包公家乡姓氏，知是上京的举子。包公问道："和尚上下？"回说："僧人法名叫法本，还有师弟法明，此庙就是我二人住持。"说罢，告辞出去。一会儿，小和尚摆上斋来，不过是素菜素饭。主仆二人用毕，天已将晚，包公即命包兴将家伙送至厨房，省得小和尚来回跑。包兴闻听，急忙把家伙拿起，因不知厨房在那里，出了云堂小院来至禅院，只见几个年轻的妇女，花枝招展，携手嘻笑，说道："西边云堂小院住下客了，咱们往后边去罢。"包兴无处可躲，只得退回，容他们过去才将厨房找着。家伙送去，急忙回至屋内告知包公，恐此庙不大安静。

正说话间，只见小和尚左手拿一只灯，右手提一壶茶来。走进来贼眉贼眼将灯放下，又将茶壶放在桌上，两只贼眼东瞧西看，连话也不说，回头就走。包兴一见连说不好，"这是个贼庙！"急来外边看时，山门已经倒锁了。又看别处，竟无出路，急忙跑回。包公尚可自主，包兴张口结舌说："三爷，咱们快想出路才好。"包公道："门已关锁，又无别路可出，往那里走？"包兴着急道："现有桌椅，待小人搬至墙边，公子赶紧跳墙逃生。等凶僧来时，小人与他拼命。"包公道："我自小儿不会登梯爬高，若是有墙可跳，你赶紧逃生。回家报信，也好报仇。"包兴哭道："三官人说那里话来，小人至死再也不离了相公的。"包公道："既是如此，咱主仆二人索性死在一处，等那僧人到来再作道理，只好听命由天罢了。"包公将椅子挪在中间门口，端然正坐。包兴无物可拿，将门栓擎在手中，立在包公之前，说："他若来时，我将门栓尽力向他一杵，给他个冷不防。"两只眼直勾勾的瞋瞅着板院门。正在凝神，忽听门外钉锦哴哧一声，仿佛砍掉一般，门已开了，进来一人。包兴唬了一跳，门栓已然落地，浑身乱抖，堆缩在一处。只见那人浑身是青，却是夜行打扮。包公细看，不是别人，就是白日在饭店遇见那个武生。包公猛然省悟,他与道人有晚间再见一语,此人必是侠客。

原来列位不知,白日饭店中那道人,也是在此庙中的。皆因法本、法明二人抢掠妇女,老和尚嗔责,二人不服,将老僧杀了。道人惟恐干连,又要与老和尚报仇,因此告至当官。不想凶僧有钱,常与书吏差役人等接交,买嘱通了,竟将道人重责二十大板,作为诬告良人,逐出境外。道人冤屈无处可伸,来到林中欲寻自尽,恰遇展爷行到此间,将他救下。问得明白,叫他在饭店等候,他却暗暗采访实在,方赶到饭店之内,赠了道人银两,不想遇见包公。同饮多时,他便告辞,先行回到旅店歇息。至天交初鼓,改扮行装,施展飞檐走壁之能,来至庙中,从外越墙而入,悄地行藏飞至宝阁。只见阁内有两个凶僧,旁列四五个妇女,正在饮酒作乐。又听得说:"云堂小院那个举子,等到三更时分再去下手不迟。"展爷闻听,暗道:"我何不先救好人,后杀凶僧,还怕他飞上天去不成。"因此来到云堂小院,用巨阙宝剑削去钉锔铁环,进来看时,不料就是包公。真是主仆五行有救。展爷上前拉住包公,携了包兴,道:"尊兄随我来。"出了小院,从旁边角门来至后墙,打百宝囊中掏出如意索来,系在包公腰间。自己提了绳头,飞身一跃上了墙头,骑马势蹲住,将手轻轻一提,便将包公提在墙上。悄悄附耳说道:"尊兄下去时,便将绳子解开,待我再救尊管。"说罢向下一放,包公两脚落地。急忙解开绳索,展爷将上去,又将包兴救出。向外低声道:"你主仆二人就此逃走去罢。"只见身形一晃就不见了。

包兴搀扶着包公，那敢稍停，深一步，浅一步，往前没命的好跑。好容易奔到一个村头，天已五鼓，远远有一灯光。包兴说："好了，有人家了。咱们暂且歇息歇息，等到天明再走不迟。"急忙上前叫门，柴扉开处，里面走出一个老者来，问是何人。包兴道："因我二人贪赶路程，起得早了，辨不出路径，望你老人家方便方便，俟天明便行。"老者看了包公是一儒流，又看了包兴是个书童打扮，却无行李，只当是近处的，便说道："既是如此，请到里边坐。"主仆二人来至屋中，原来是连舍三间，两明一暗。明间安一磨盘，并方屉罗桶等物，却是卖豆腐生理。那边有小小土炕，让包公坐下。包兴问道："老人家贵姓？"老者道："老汉姓孟，还有老伴，并无儿女，以卖豆腐为生。"包兴道："老人家，有热水讨一杯吃。"老者道："我这里有现成的豆腐浆儿，是刚出锅的。"包兴道："如此更好。"孟老道："待我拿个灯儿与你们盛浆。"说罢，在壁子里拿出一个三条腿的桌子放在炕上，又用土坯将那条腿儿支好。掀开旧布帘子，进里屋内拿出一个黄土泥的蜡台，又在席篓子里摸了半天，摸出一枝半截的蜡来，向油灯点着，安放在小桌上。包兴一旁道："小村中竟有胳膊粗的大蜡。"细看时，影影绰绰原来是绿的，上面尚有"冥路"二字，方才明白是吊祭用过的，孟老得来舍不得点，预备待客的。只见孟老从锅台上拿了一个黄砂碗，用水洗净，盛了一碗白亮亮热腾腾的浆，递与包兴。包兴捧与包公喝时，其香甜无比。包兴在旁看着，馋的好不难受。只见孟老又盛一碗递与包兴，包兴连忙接过，如饮甘露一般。他主仆劳碌了一夜，又受惊恐，今在草房之中，如到天堂；喝这豆腐浆，不亚如饮玉液琼浆。不多时,大豆腐得了。孟老化了盐水,又与每人盛了一碗。真是饥渴之下,吃可下去肚内暖烘烘的,好生快活。又与孟老闲谈,问明路途,方知离三元镇尚有不足二十里之遥。正在叙话之间,忽见火光冲天。孟老出院看时,只见东南角上一片红光,按方向好似金龙寺内走水。包公同包兴也到院中看望,心内料定必是侠士所为。只得问孟老:"这是何处走水?"孟老道:"天理昭彰,循环报应,老天爷是再不错的。二位不知,这金龙寺自老和尚没后,留下这两个徒弟,无法无天,时常谋杀人命,抢掠妇女。他比杀人放火的强盗还利害呢!不想他今日也有此报应!"说话之间,又进屋内歇了多时,只听鸡鸣茅店,催客前行。主仆二人深深致谢了孟老,"改日再来酬报。"孟老道:"些小微意,何劳齿及。"送至柴扉外,指引了路径:"出了村口,过了树林,便是三元镇的大路了。"包兴道:"多承指引了。"

主仆执手告别,出了村口,竟奔树林而来。又无行李马匹,连盘川银两俱已失落。包公却不着意,觉得两腿酸痛,步履艰难,只得一步捱一步,往前款款行走。爷儿两个一壁走着,说着话。包公道:"从此到京尚有几天路程,似这等走法,不知道多咱才到京中。况且又无盘川,这便如何是好?"包兴听了此言,又见相公形景可惨,恐怕愁出病来,只得要撒谎安慰,便道:"这也无妨,只要到了三元镇,我那里有个舅舅,向他借些盘川,再叫他备办一头驴子与相公骑坐,小人步下跟随,破着十天半月的工夫,焉有不到京师之理。"包公道:"若是如此甚好了,只是难为你了。"包兴道:"这有什么要紧,咱们走路仿佛闲游一般,包管就生出乐趣,也就不觉苦了。"这虽是包兴宽慰他主人，却是至理。主仆就说着话儿，不知不觉已离三元镇不远了。看看天气已有将午，包兴暗暗打算："真是，我那里有舅舅？已到镇上，且同公子吃饭，先从我身上卖起，混一时是一时，只不叫相公愁烦便了。"一时来到镇上，只见人烟稠密，铺户繁杂。包兴不找那南北碗菜应时小卖的大馆，单找那家常便饭的二荤铺，说："相公，咱爷儿俩在此吃饭罢。"包公却分不出那是贵贱，只不过吃饭而已。主仆二人来到铺内，虽是二荤铺，俱是连脊的高楼。包兴引着包公上楼，拣了个干净座儿，包公上座，包兴仍是下边打横。跑堂的过来放下杯筷，也有两碟小菜，要了随便的酒饭。登时间，主仆饱餐已毕，包兴立起身来，向包公悄悄的道："相公在此等候别动，小人去找我舅舅就来。"包公点头。包兴下楼出了铺子，只见镇上热闹非常，先抬头认准了饭铺字号，却是望春楼，这才迈步。原打算来找当铺，到了暗处，将自己内里青绸夹袍蛇蜕皮脱下来，暂当几串铜钱，雇上一头驴，就说是舅舅处借来的，且混上两天再作道理。不想四五里地长街，南北一直再没有一个当铺。及至问人时，原有一个当铺，如今却是止当候赎了。包兴闻听，急的浑身是汗。包兴说道："罢咧，这便如何是好？"正在为难，只见一簇人围绕着观看。包兴挤进去，见地下铺一张纸，上面字迹分明。忽听旁边有人侉声侉气说道："告白。"又说："白老四是我的朋友，为什么告他呢？"包兴闻听，不由笑道："不是这等，待我念来。上面是：'告白四方仁人君子知之。今有隐逸村内李老大人宅内，小姐被妖迷住，倘有能治邪捉妖者，谢纹银三百两，决不食言。谨此告白。'"包兴念完，心中暗想道："我何不如此如此。倘若事成,这一路上京便不吃苦了;即或不成,也混他两天吃喝也好。"想罢上前。这正是:难里巧逢机会事,急中生出智谋来。

未审后事如何,下回分解。

## 第四回

### 除妖魅包文正联姻　　受皇恩定远县赴任

且说包兴见了"告白",急中生出智来。见旁边站着一人,他即便向那人道:"这隐逸村离此多远?"那人见问,连忙答道:"不过三里之遥,你却问他怎的?"包兴道:"不瞒你们说,只因我家相公惯能驱逐邪祟,降妖捉怪,手到病除。只是一件,我们原是外乡之人,我家相公他虽有些神通,却不敢露头,惟恐妖言惑众,轻易不替人驱邪,必须来人至诚恳求。相公必然说是不会降妖,越说不会,越要恳求。他试探了来人果是真心,一片至诚,方能应允。"那人闻听,说:"这有何难。只要你家相公应允,我就是赴汤投火也是情愿的。"包兴道:"既然如此,闲话少说。你将这'告白'收起,随了我来。"两旁看热闹之人,闻听有人会捉邪的,不由的都要看看,后面就跟了不少的人。包兴带领那人来在二荤铺门口,便向众人说道:"众位乡亲,倘我家相公不肯应允,欲要走时,求列位拦阻拦阻。"那人也向众人说道:"相烦众位高邻,倘若法师不允,奉求帮衬帮衬。"包兴将门口儿埋伏了个结实,进了饭店,又向那人说道:"你先到柜上将我们钱会了,省得回来走时又要耽延工夫。"那人连连称是。来到柜上,只见柜内俱各执手相让,说:"李二爷请了,许久未来到小铺。"谁知此人姓李名保,乃李大人宅中主管。李保连忙答应道:"请了。借重,借重。楼上那位相公、这位管家吃了多少钱文，写在我帐上罢。"掌柜的连忙答应，暗暗告诉跑堂的知道。包兴同李保来至楼梯之前，叫李保听咳嗽为号，急便上楼恳求。李保答应，包兴方才上楼。

谁知包公在楼上等的心内焦躁，眼也望穿了，再也不见包兴回来，满腹中胡思乱想。先前犹以为见他母舅必有许多的缠绕，或是借贷不遂，不好意思前来见我。后又转想，从来没听见他说有这门亲戚，别是他见我行李盘费皆无，私自逃走了罢。或者他年轻幼小，错走了路头也未可知。疑惑之间，只见包兴从下面笑嘻嘻的上来。包公一见，不由的动怒，嗔道："你这狗才往那里去了，叫我在此好等！"包兴上前悄悄的道："我没找着我母舅，如今倒有一事。"便将隐逸村李宅小姐被妖迷住请人捉妖之事，说了一遍："如今请相公前去混他一混。"包公闻听不由的大怒，说："你这狗才！"包兴不容分说，在楼上连连咳嗽。只见李保上得楼来，对着包公双膝跪倒，道："相公在上，小人名叫李保，奉了主母之命，延请法官以救小姐。方才遇见相公的亲随，说相公神通广大，法力无边，望祈搭救我家小姐才好。"说罢磕头，再也不肯起来。包公说道："管家休听我那小价之言，我是不会捉妖的。"包兴一旁插言道："你听见了，说出不会来了，快磕头罢。"李保闻听，连连叩首，连楼板都碰了个山响。包兴又道："相公，你看他一片诚心，怪可怜的。没奈何，相公慈悲慈悲罢。"包公闻听，双眼一瞪道："你这狗才，满口胡说。"又向李保道："管家你起来，我还要赶路呢，我是不会捉妖的。"李保那里肯放，道："相公，如今是走不的了。小人已哀告众位乡邻，在楼下帮扶着小人拦阻。再者，众乡邻皆知相公是法官,相公若是走了,倘被小人主母知道,小人实实吃罪不起。"说罢又复叩首。包公被缠不过,只是暗恨包兴。复又转想道:"此事终属妄言,如何会有妖魅。我包某以正胜邪,莫若随他看看,再作脱身之计便了。"想罢,向李保道:"我不会捉妖,却不信邪。也罢,我随你去看看就是了。"李保闻听包公应允,满心欢喜,磕了头站起来,在前引路。包公下得楼来,只见铺子门口人山人海,俱是看法官的。李保一见,连忙向前说道:"有劳列位乡亲了。且喜我李保一片至诚,法官业已应允,不劳众位拦阻。望乞众位闪闪,让开一条路,实为方便。"说罢奉了一揖。众人闻听,往两旁一闪,当中让出一条胡同来。仍是李保引路,包公随着,后面是包兴。只听众人中有称赞的道:"好相貌,好神气!怪道有此等法术,只这一派的正气,也就可以避邪了。"其中还有好细儿的,不辞劳苦,跟随到隐逸村的也就不少。不知不觉进了村头,李保先行禀报去了。

且说这李大人不是别人,乃吏部天官李文业,告老退归林下。就是这隐逸村名,也是李大人起的,不过是退归林下之意。夫人张氏,膝下无儿,只生一位小姐。因游花园,偶然中了邪祟。原是不准声张,无奈夫人疼爱女儿的心盛,特差李保前去各处觅请法师退邪。李老爷无可奈何,只得应允。这日正在卧房,夫妻二人讲论小姐之病。只见李保禀道:"请到法师,是个少年儒流。"老爷闻听,心中暗想:"既是儒流,读圣贤之书,焉有攻乎异端之理? 待我出去责备他一番。"想罢,叫李保请至书房。李保回身来至大门外,将包公主仆引至书房。献茶后,复进来说道:"家老爷出见。"包公连忙站起。从外面进来一位须发半白、面若童颜的官长,包公见了,不慌不忙上前一揖,口称:"大人在上,晚生拜揖。"李大人看见包公气度不凡,相貌清奇,连忙还礼,分宾主坐下。便问:"贵姓仙乡,因何来到敝处?"包公便将上京会试、路途遭劫,毫无隐匿,和盘说出。李大人闻听,原来是个落难的书生,你看他言语直爽,倒是忠诚之人。但不知他学问如何,于是攀话之间,考问多少学业,包公竟是问一答十,就便是宿儒名流也不及他的学问渊博。李大人不胜欢喜,暗想道:"看此子骨格清奇,又有如此学问,将来必为人上之人。"谈不多时,暂且告别。并分付李保:"好生伏侍包相公,不可怠慢。晚间就在书房安歇。"说罢回内去了,所有捉妖之事,一字却也未提。

谁知夫人暗里差人告诉李保,务必求法官到小姐屋内捉妖,如今已将小姐挪至夫人卧房去了。李保便问:"法官应用何物趁早预备。"包兴便道:"用桌子三张,椅子一张,随围桌椅披,在小姐室内设坛。所有朱砂、新笔、黄纸、宝剑、香炉、烛台,俱要洁净的,等我家相公定性养神,二鼓上坛便了。"李保答应去了。不多时,回来告诉包兴道:"俱已齐备。"包兴道:"既已齐备,叫他们拿到小姐绣房,大家帮着我设坛去。"李保闻听,叫人抬桌搬椅,所有软片东西,俱是自己拿着,请了包兴,一同引至小姐卧房。只闻房内一股幽香。就在明间堂屋,先将两张桌子并好,然后搭了一张搁在前面桌子上,又把椅子放在后面桌子上,系好了桌围,搭好了椅披,然后摆设香炉烛台,安放墨砚、纸笔、宝剑等物。摆设停当,方才同李保出了绣房,竟奔书房而来。叫李保不可远去,听候呼唤即便前来,李保连声答应,包兴便进了书房。已有初更的时候。谁知包公劳碌了一夜,又走了许多路程,乏困已极,虽未安寝,已经困的前仰后合。包兴一见,说:"我们相公吃饱了食困,也不怕存住食。"便走到跟前,叫了一声相公。包公惊醒,见包兴,说:"你来的正好,伏侍我睡觉罢。"包兴道:"相公就是这么睡觉?还有什么说的?咱们不是捉妖来了吗。"包公道:"那不是你这狗才干的!我是不会捉妖的。"包兴悄悄道:"相公也不想想,小人费了多少心机,给相公找了这样住处,又吃那样的美馔,喝那样好陈绍酒,又香又陈。如今吃喝足了,就要睡觉。俗语话:'无功受禄,寝食不安。'相公也是这么过意的去么?咱们何不到小姐卧房看看,凭着相公正气,或者胜了邪魅,岂不两全其美呢!"一席话,说的包公心活;再者自己也不信妖邪,原要前来看看的。只得说道:"罢了,由着你这狗才闹罢了。"包兴见包公立起身来,急忙呼唤:"快掌灯呀!"只听外面连声答应:"伺候下了。"包公出了书房,李保提灯在前引道。来至小姐卧房一看,只见灯烛辉煌,桌椅高搭,设摆的齐备,心中早已明白是包兴闹的鬼。迈步来到屋中,只听包兴吩咐李保道:"所有闲杂人等,俱各回避,最忌的是妇女窥探。"李保闻听,连忙退出藏躲去了。

包兴拿起香来,烧放炉内,趴在地下又磕了三个头。包公不觉暗笑。只见他上了高桌,将朱砂墨研好,醮了新笔,又将黄纸撕了纸条儿。刚才要写,只觉得手腕一动,仿佛有人把着的一般。自己看时,上面写的:"淘气,淘气!该打,该打!"包兴心中有些发毛,急急在灯上烧了,忙忙的下了台。只见包公端坐在那边。包兴走至跟前道:

"相公与其在这里坐着的,何不在高台上坐着呢,岂不是好。"包公无奈,只得起身上了高台,坐在椅子上。只见桌子上面放着宝剑一口,又有朱砂、黄纸、笔砚等物。包公心内也暗自欢喜,难为他想的周到。因此不由的将笔提起,醮了朱砂,铺下黄纸。刚才要写,不觉腕随笔动,顺手写将下去。才要看时,只听得外面嗳呀了一声,咕咚栽倒在地。包公闻听,急忙提了宝剑,下了高台,来至卧房外看时,却是李保。见他惊惶失色,说道:"法官老爷,吓死小人了。方才来至院内,只见白光一道,冲户而出。是小人看见,不觉失色栽倒。"包公也觉纳闷。进得屋来却不见包兴,与李保寻时,只见包兴在桌子底下缩作一堆,见有人来,方敢出头。却见李保在旁,便遮饰道:"告诉你们,我家相公作法不可窥探,连我还在桌子底下藏着呢,你们何得不遵法令?幸亏我家相公法力无边。"一片谎言说的很像,这也是他的聪明机变的好处。李保方才说道:"只因我家老爷夫人惟恐相公夜深劳苦,叫小人前来照应,请相公早早安歇。"包公闻听,方叫包兴打了灯笼前往书房去了。

李保叫人来拆了法台,见有个朱砂黄纸字帖,以为法官留下的镇压符咒,连宝剑一同拿起,回身来到内堂,禀道:"包相公业已安歇了,这是宝剑,还有符咒,俱各交进。"丫鬟接进来。李保才待转身,忽听老爷说道:"且住,拿来我看。"丫鬟将黄纸字帖呈上。李老爷灯下一阅,原来不是符咒,却是一首诗句,道:"避劫山中受大恩,欺心毒饼落于尘。寻钗井底将君救,三次相酬结好姻。"李老爷细看诗中隐藏事迹,不甚明白。便叫李保暗向包兴探问其中事迹,并打听娶妻不曾,明日一早回话。李保领命。你道李老爷为何如此留心?只因昨日书房见了包公之后,回到内宅见了夫人,连声夸奖,说包公人品好,学问好,将来不可限量。张氏夫人闻听道:"既然如此,他若将我孩儿治好,何不就与他结为秦晋之好呢?"老爷道:"夫人之言正合我意。且看我儿病体何如再作道理。"所以老两口儿惦记此事。又听李保说,二鼓还要上坛捉妖,因此不敢早眠。天交二鼓,尚未安寝,特遣李保前来探听。不意李保拿了此帖回来,故叫他细细的访问。

到了次日,谁知小姐其病若失,竟自大愈,实是奇事。老爷夫人更加欢喜,急忙梳洗已毕,只见李保前来回话:"昨晚细问包兴,说这字帖上的事迹,是他相公自幼儿遭的魔难,皆是逢凶化吉,并未遇害。并且问明尚未定亲。"李老爷闻听,满心欢喜,心中已明白是狐狸报恩,成此一段良缘,便整衣襟来至书房。李保通报,包公迎出。只见李老爷满面笑容道:"小女多亏贤契救拔,如今沉疴已愈,实为奇异。老夫无儿,只生此女,尚未婚配,意欲奉为箕帚,不知贤契意下如何?"包公答道:"此事晚生实实不敢自专,须要禀明父母兄嫂方敢联姻。"李老爷见他不肯应允,便笑嘻嘻从袖中掏出黄纸帖儿递与包公道:"贤契请看此帖便知,不必推辞了。"包公接过一看,不觉面红过耳,暗暗思道:"我晚间恍惚之间,如何写出这些话来?"又想道:"原来我小时山中遇雨见那女子,竟是狐狸避劫。却蒙他累次救我,他竟知恩报恩。"包兴在旁着急,恨不的赞成相公应允此事,只是不敢插口。李老爷见包公沉吟不语,便道:"贤契不必沉吟,据老夫看来,并非妖邪作祟,竟为贤契来做红线来了。可见凡事自有一定道理,不可过于迂阔。"包公闻听,只得答道:"既承大人错爱,敢不从命。只是一件须要禀明:候晚生会试以后,回家禀明父母兄嫂,那时再行纳聘。"李老爷见包公应允,满心欢喜,便道:"正当如此。大丈夫一言为定,谅贤契绝不食言,老夫竟候佳音便了。"说话之间,排开桌椅,摆上酒饭,老爷亲自相陪。饮酒之间,又谈论些齐家治国之事,包公应答如流,说的有经有纬,把个李老爷乐的事不有馀,再不肯放他主仆就行,一连留住三日,又见过夫人。三日后,备得行囊、马匹、衣服、盘费,并派主管李保跟随上京。包公拜别了李老爷,复又嘱咐一番。包兴此时欢天喜地,精神百倍,跟了出来。只见李保牵马坠镫,包公上了坐骑。李保小心伺候,事事精心。一日,来到京师,找寻了下处。所有吏部投文之事,全不用包公操心,竟等临期下场而已。

　　且说朝廷国政,自从真宗皇帝驾崩,仁宗皇帝登了大宝,就封刘后为太后,立庞氏为皇后,封郭槐为总管都堂,庞吉为国丈加封太师。这庞吉原是个谗佞之臣,倚了国丈之势,每每欺压臣僚;又有一班趋炎附势之人,结成党羽,明欺圣上年幼,暗有擅自专权之意。谁知仁宗天子自幼历过多少魔难,乃是英明之主。先朝元老左右辅弼,一切正直之臣照旧供职,就是庞吉也奈何不得,因此朝政法律严明,尚不至紊乱。只因春闱在迩,奉旨钦点太师庞吉为总裁,因此会试举子就有走门路的,打关节的,纷纷不一,惟有包公自己仗着自己学问。考罢三场,到了揭晓之期,因无门路,将包公中了第二十三名进士,翰林无分。奉旨榜下即用知县,得了凤阳府定远县知县。包公领凭后,收拾行李,急急出京。先行回家拜见父母兄嫂,禀明路上遭险,并与李天官结亲一事。员外安人又惊又喜,择日祭祖,叩谢宁老夫子。过了数日,拜别父母兄嫂,带了李保、包兴起身赴任。将到定远县地界,包公叫李保押着行李慢慢行走,自己同包兴改装易服,沿路私访。

有话即长,无话即短。一日,包公与包兴暗暗进了定远县,找了个饭铺打尖。正在吃饭之时,只见从外面来了一人。酒保见了嚷道:"大爷少会呀!"那人拣个座儿坐下。酒保转身提了两壶酒,拿了两个杯子过来。那人便问:"我一人如何要两壶酒、两个杯子呢?"酒保答道:"方才大爷身后面有一个人一同进来,披头散发,血渍模糊。我只打量你是劝架给人和息事情,怎么一时就不见了?或者是我瞧恍惚了也未可知。"

不知那人闻听如何,且听下回分解。

## 第五回

### 墨斗剖明皮熊犯案　乌盆诉苦别古鸣冤

且说酒保回答那人说：方才还有一人，披头散发，血渍满面，跟了进来，一时就不见了，说了一遍。只见那人一闻此言，登时惊慌失色，举止失宜，大不像方才进来之时那等骄傲之状。只见坐不移时，发了回怔，连那壶酒也未吃便匆匆会了钱钞而去。包公看此光景，因问酒保道："这人是谁？"酒保道："他姓皮名熊，乃二十四名马贩之首。"包公记了姓名。吃完了饭，便先叫包兴到县传谕，就说老爷即刻到任。包公随后就出了饭铺，尚未到县，早有三班衙役书吏人等迎接上任。

到了县内，有署印的官交了印信，并一切交代，不必细说。包公便将秋审册籍细细稽察，见其中有个沈清伽蓝殿杀死僧人一案，情节支离，便即传出谕去，立刻升堂，审问沈清一案。所有衙役三班早知消息，老爷暗自一路私访而来，就知这位老爷的利害，一个个兢兢业业，早已预备齐全。一闻传唤，立刻一班班进来，分立两旁，喊了堂威。包公入座，标了禁牌，便吩咐带沈清。不多时，将沈清从监内提出，带至公堂，打去刑具，朝上跪倒。包公留神细看，只见此人不过三旬年纪，战战兢兢匍匐在埃尘，不像个行凶之人。包公看罢便道："沈清，你为何杀人，从实招来。"沈清哭诉道："只因小人探亲回来，天气太晚，那日又濛濛下雨，地下泥泞，实在难行。素来又胆小，又不敢夜行，因在这县南三里多地有个古庙暂避风雨。谁知次日天未明，有公差在路，见小人身后有血迹一片，公差便问小人从何而来。小人便将昨日探亲回来，天色太晚，在庙内伽蓝殿上存身的话说了一遍。不想公差拦住不放，务要同小人回至庙中一看。嗳呀太爷呀！小人同差役到庙看时，见佛爷之旁有一杀死的僧人，小人实是不知僧人是谁杀的，因此二位公差将小人解至县内，竟说小人谋杀和尚。小人真是冤枉，求青天大老爷照察！"包公闻听，便问道："你出庙时是什么时候？"沈清答道："天尚未明。"包公又问道："你这衣服因何沾了血迹？"沈清回道："小人原在神厨之下，血水流过，将小人衣服沾污了。"老爷闻听点头，吩咐带下，仍然收监。立刻传轿，打道伽蓝殿。包兴伺候主人上轿，安好扶手，包兴乘马跟随。

包公在轿内暗思："他既谋害僧人，为何衣服并无血迹，光有身后一片呢？再者，虽是刀伤，彼时并无凶器。"一路盘算，来到伽蓝殿。老爷下轿，吩咐跟役人等，不准跟随进去，独带包兴进庙。至殿前，只见佛像残朽败坏，两旁配像俱已坍塌。又转到佛像背后，上下细看，不觉暗暗点头。回身细看神厨之下，地上果有一片血迹迷乱。忽见那边地下放着一物，便捡起看时，一言不发，拢入袖中，即刻打道回衙。来至书房，包兴献茶，回道："李保押着行李来了。"包公闻听，叫他进来。李保连忙进来，给老爷叩头。老爷便叫包兴传该值的头目进来，包兴答应。去不多时，带了进来，朝上跪倒："小人胡成，给老爷叩头。"包公问道："咱们县中可有木匠么？"胡成应道："有。"包公道："你去多叫几名来，我有紧要活计要做的，明早务要俱各传到。"胡成连忙答应,转身去了。

到了次日,胡成禀道:"小人将木匠俱已传齐,现在外面伺候。"包公又吩咐道:"预备矮桌数张,笔砚数份,将木匠俱带至后花厅,不可有误。去罢。"胡成答应,连忙备办去了。这里包公梳洗已毕,即同包兴来至花厅,吩咐木匠俱各带进来。只见进来了九个人,俱各跪倒,口称:"老爷在上,小的叩头。"包公道:"如今我要做各样的花盆架子,务要新奇式样。你们每人画他一个,老爷拣好的用,并有重赏。"说罢吩咐拿矮桌笔砚来。两旁答应一声,登时齐备。只见九个木匠分在两旁,各自搜索枯肠,谁不愿新奇讨好呢。内中就有使惯了竹笔,拿不上笔来的;也有怯官的,战战哆嗦画不像样的;竟有从容不迫,一挥而就的。包公在座上,往下细细留神观看。不多时,俱各画完,挨次呈递。老爷接一张看一张,便问道:"你叫什么名字?"那人道:"小的叫吴良。"包公便向众木匠道:"你们散去,将吴良带至公堂。"左右答应一声,立刻点鼓升堂。

包公入座,将惊堂木一拍,叫道:"吴良,你为何杀死僧人?从实招来,免得皮肉受苦。"吴良听说,吃惊不小,回道:"小人以木匠做活为生,是极安分的,如何敢杀人呢?望乞老爷详察。"老爷道:"谅你这厮决不肯招。左右,尔等立刻到伽蓝殿将伽蓝神好好抬来。"左右答应一声,立刻去了。不多时,将伽蓝神抬至公堂。百姓们见把伽蓝神泥胎抬到县衙听审,谁不要看看新奇的事,都来。只见包公离了公座,迎将下来,向伽蓝神似有问答之状。左右观看,不觉好笑。连包兴也暗说道:"我们老爷这是装什么腔儿呢?"只见包公从新入座,叫道:"吴良,适才神圣言道,你那日行凶之时,已在神圣背后留下暗记,下去比来。"左右将吴良带下去。只见那神圣背后肩膀以下,果有左手六指儿的手印。谁知吴良左手却是六指儿,比上时丝毫不错。吴良唬的魂飞胆裂,左右的人无不吐舌,说:"这位太爷真是神仙,如何就知是木匠吴良呢?"殊不知包公那日上庙验看时,地下捡了一物,却是个墨斗。又见那伽蓝神身后有六指手的血印,因此想到木匠身上。左右又将吴良带至公堂跪倒,只见包公把惊堂一拍,一声断喝,说:"吴良,如今真赃实犯,还不实说么?"左右复又威吓说:"快招,快招!"吴良着忙道:"太爷不必动怒,小人实招就是了。"刑房书吏在一旁写供。吴良道:"小人原与庙内和尚交好,这和尚素来爱喝酒,小人也是酒头鬼儿。因那天和尚请我喝酒,谁知他就醉了。我因劝他收个徒弟,以为将来收缘结果。他便说:'如今徒弟实在难收,就是将来收缘结果,我也不怕。这几年的工夫,我也积攒了有二十多两银子了。'他原是醉后无心的话,小人便问他:'你这银子收藏在何处呢?若是丢了,岂不白费了这几年的工夫么。'他说:'我这银子是再丢不了的,放的地方人人再也想不到的。'小人就问他:'你到底搁在那里呢?'他就说:'咱们俩这样相好,我告诉你,你可不许告诉别人。'他方说出将银子放在伽蓝神脑袋以内。小人一时见财起意,又见他醉了,原要用斧子将他劈死了。回老爷,小人素来拿斧子劈木头惯了,从来未劈过人。乍乍儿的劈人,不想手就软了。头一斧子未劈中,偏遇和尚泼皮要夺我斧子,我如何肯让他?又将他按住,连劈几斧,他就死了,闹了两手血。因此上神桌,便将左手扶住神背,右手在神圣的脑袋内掏出银子,不意留下了个手印子。今被太爷神明断出,小人实实该死。"包公闻听所供是实,又将墨斗拿出与他看了。吴良认了是自己之物,因抽斧子落在地下。包公叫他画供,上了刑具收监。沈清无故遭屈,官赏银十两释放。

刚要退堂,只听有击鼓喊冤之声,包公即着带进来。但见从角门进来二人,一个年纪二十多岁,一个有四十上下,来到堂上二人跪倒。年轻的便道:"小人名叫匡必正,有一叔父开缎店,名叫匡天佑。只因小人叔父有一个珊瑚扇坠,重一两八钱,遗失三年未有下落,不想今日遇见此人,他腰间佩的正是此物。小人原要借过来看看,怕的是认错了。谁知他不但不借给看,开口就骂,还说小人讹他,扭住小人不放,太爷详察。"又只见那人道:"唔么是江苏人,姓吕名佩。今日狭路相逢,遇见这个后生,将唔拦住,硬说唔腰间佩的珊瑚坠子说是他的。青天白日竟敢拦路打抢,这后生实实可恶。求太爷与唔剖断剖断。"包公闻听,便将珊瑚坠子要来一看,果然是真的,淡红光润无比。便向匡必正道:"你方才说此坠重够多少?"匡必正道:"重一两八钱,倘若不对,或者东西一样的也有,小人再不敢讹人。"包公又问吕佩道:"你可知道此坠重够多少?"吕佩道:"此坠乃友人送的,并不晓得多少分两。"包公回头叫包兴取戥子来。包兴答应,连忙取戥平了,果然重一两八钱。包公便向吕佩道:"此坠若按分两,是他说的不差,理应是他的。"吕佩着急道:"嗳呀,太爷呀,此坠原是我的好朋友送唔的,又凭什么分两呢。唔们江苏人是不敢撒谎的。"包公道:"既是你相好朋友送的,他叫什么名字?实说。"吕佩道:"唔这朋友姓皮名熊，他是马贩头儿，人所共知的。"包公猛然听皮熊二字，触动心事。吩咐将他二人带下去，立刻出签传皮熊到案。包公暂且退堂，用了酒饭。不多时，人来回话，皮熊传到。包公复又升堂带皮熊。皮熊上堂跪倒，口称："太爷在上，传小人有何事故？"包公道："闻听你有珊瑚扇坠，可是有的？"皮熊道："有的，那是三年前小人捡的。"包公道："此坠你可送过人么？"皮熊道："小人不知何人失落，如何敢送人呢？"包公便问："此坠尚在何处？"皮熊道："现在小人家中。"包公吩咐将皮熊带在一边，叫把吕佩带来。包公问道："方才问过皮熊，他并未曾送你此坠。此坠如何到了你手，快说！"吕佩一时慌张，方说出是皮熊之妻柳氏给的。包公就知话内有因，连问道："柳氏他如何给你此坠呢？实说！"吕佩便不言语。包公吩咐掌嘴。两旁人役刚要上前，只见吕佩摇手道："唔呀，老爷不必动怒。唔说就是了。"便将与柳氏通奸，是柳氏私赠此坠的话说了一遍。皮熊在旁听见他女人和人通奸，很觉不够瞧的。包公立刻将柳氏传到。谁知柳氏深恨丈夫在外宿奸，不与自己一心一计，因此来到公堂，不用审问，便说出丈夫皮熊素与杨大成之妻毕氏通奸："此坠从毕氏处携来，交与小妇人收了二三年。小妇人与吕佩相好，私自赠他的。"包公立刻出签传毕氏到案。

正在审问之际，忽听得外面又有击鼓之声，暂将众人带在一旁，先带击鼓之人上堂。只见此人年有五旬，原来就是匡必正之叔匡天佑，因听见有人将他侄儿扭结到官，故此急急赶来，禀道："三年前不记日子，托杨大成到缎店取缎子，将此坠做为执照。过了几日，小人到铺问时,并未见杨大成到铺,亦未见此坠,因此小人到杨大成家内。谁知杨大成就是那日晚间死了,亦不知此坠的下落,只得隐忍不言。不料小人侄儿今日看见此坠,被人告到太爷台前。惟求太爷明镜高悬,伸此冤枉。"说罢磕下头去。包公闻听,心下明白,叫天佑下去,即带皮熊、毕氏上堂。便问毕氏:"你丈夫是何病死的?"毕氏尚未答言,皮熊在旁答道:"是心疼病死的。"包公便将惊堂木一拍,喝声:"该死的狗才!他丈夫心疼病死的,你如何知道?明是因奸谋命。快把怎生谋害杨大成致死情由从实招来!"两旁一齐威吓:"招,招,招!"皮熊惊慌说道:"小人与毕氏通奸是实,并无谋害杨大成之事。"包公闻听说:"你这刁嘴的奴才,曾记得前在饭店之中,你要吃酒,后面跟着带血之人。酒保说出,唬的你酒也未敢吃,立时会了钱钞而去。今日公堂之上还敢支吾!左右,抬上刑来。"皮熊只唬得哑口无言,暗暗自思道:"这位太爷连喝酒之事俱已知道,别的谅也瞒不过他去。莫若实说,也免得皮肉受苦。"想罢,连连叩头道:"太爷不必动怒,小人愿招。"包公道:"招来!"皮熊道:"只因小人与毕氏通奸,情投意合,惟恐杨大成知道将我二人拆散,因此定计将他灌醉,用刀杀死,暗用棺木盛殓,只说心疼暴病而死。彼时因见珊瑚坠,小人拿回家去,交付妻子收了。即此便是实情。"包公闻听,叫他画供。即将毕氏定了凌迟,皮熊定了斩决,将吕佩责四十板释放,柳氏官卖,匡家叔侄将珊瑚坠领回无事。因此人人皆知包公断事如神,各处传扬,就传到个行侠尚义的一个老者耳内。

且说小河窝内有一老者,姓张行三,为人梗直,好行侠义,因此人都称他为别古。与众不同谓之"别",不合时宜谓之"古"。原是打柴为生,皆因他有了年纪,挑不动柴草,众人就叫他看着过秤,得了利息大家平分,这也是他素日为人拿好儿换来的。一日闲暇无事,偶然想起:"三年前,东塔洼赵大欠我一担柴钱四百文。我若不要了,有点对不过众伙计们。他们不疑惑我使了,我自己居心实在的过意不去。今日无事,何不走走呢?"于是拄了竹杖,锁了房门,竟往东塔洼而来。

到了赵大门首,只见房舍焕然一新,不敢敲门。问了问邻右之人,方知赵大发财了,如今都称"赵大官人"了。老头子闻听,不由心中不悦,暗想道:"赵大这小子,长处掐,短处捏,那一种行为,连柴火钱都不想着还,他怎么配发财呢?"转到门口,便将竹杖敲门,口中道:"赵大,赵大。"只听里面答应道:"是谁这么赵大赵二的?"说话间门已开了。张三看时,只见赵大衣帽鲜明,果然不是先前光景。赵大见是张三,连忙说道:"我道是谁,原来是张三哥么!"张三道:"你先少合我论哥儿们,你欠我的柴火钱也该给我了。"赵大闻听道:"这什么要紧,老弟老兄的,请到家里坐。"张三道:"我不去,我没带着钱。"赵大说:"这是什么话?"张三道:"正经话。我若有钱,肯找你来要帐吗?"正说着,只见里面走出一个妇人来,打扮的怪模怪样的,问道:"官人,你同谁说话呢?"张三一见说:"好呀赵大,你干这营生呢,怨的发财呢!"赵大道:"休得胡说,这是你弟妹小婶。"又向妇人道:"这不是外人,是张三哥到了。"妇人便上前万福。张三道:"恕我腰疼,不能还礼。"赵大说:"还是这等爱顽笑,还请里面坐罢。"张三只得随着进来。到了屋内,只见一路一路的盆子堆的不少,彼此让坐,赵大叫妇人倒茶,张三道:"我不喝茶,你也不用闹酸款。欠我的四百多钱总要还我的,不用闹这个软局子。"赵大说:"张三哥你放心,我那就短了你四百文呢。"说话间,赵大拿了四百钱递与张三。张三接来,揣在怀内,站起身来说道:"不是我爱小便宜,我上了年纪,夜来时常爱起夜,你把那小盆给我一个,就算折了欠我的零儿罢。从此两下开交,彼此不认得却使得。"赵大道:"你这是'河苦吃井水!'这些盆子俱是挑出来的,没沙眼,拿一个就是了。"张三挑了一个趣黑的乌盆,挟在怀中转身就走,也不告别,竟自出门去了。

这东塔洼离小沙窝也有三里之遥。张三满怀不平,正遇着深秋景况,夕阳在山之时,来到树林之中,耳内只听一阵阵秋风飒飒,败叶飘飘。猛然间,滴溜溜一个旋风,只觉得寒毛眼里一冷,老头子将脖子一缩,腰儿一弓,刚说一个"好冷",不防将怀中盆子掉在尘埃,在地下咕噜噜乱转,隐隐悲哀之声,说:"掉了我的腰了。"张三闻听,连连唾了两口,捡起盆子,往前就走。有年纪之人,如何跑的动。只听后面说道:"张伯伯,等我一等。"回头又不见人。自己怨恨道:"真是时衰鬼弄人。我张三生平不做亏心之事,如何白日就会有鬼?想是我不久于人世了。"一边想一边走,好容易奔至草房。急忙放下盆子,撂了竹杖,开了锁儿,拿了竹杖,拾起盆子,进得屋来,将门顶好。觉得乏困已极,自己说:"管他什么鬼不鬼的,且梦周公。"刚才说完,只听得悲悲切切,口呼:"伯伯,我死的好苦也!"张三闻听道:"怎么的,竟自把鬼关在屋里了?"别古秉性忠直,不怕鬼邪,便说道:"你说罢,我这里听着呢。"隐隐说道:"我姓刘名世昌,在苏州阊门外八宝乡居住,家有老母周氏,妻子王氏,还有三岁的孩子乳名百岁,本是缎行生理。只因乘驴回家,行李沉重,那日天晚,在赵大家借宿。不料他夫妻好狠,将我杀害,谋了资财,将我血肉和泥焚化。到如今,闪了老母,抛却妻子,不能见面。九泉之下,冤魂不安。望求伯伯替我在包公前伸明此冤,报仇雪恨。就是冤魂在九泉之下,也感恩不尽。"说罢放声痛哭。张三闻听他说的可怜,不由的动了他豪侠的心肠,全不畏惧,便呼道:"乌盆。"只听应道:"有呀,伯伯。"张三道:"虽则替你鸣冤,惟恐包公不能准状,你须跟我前去。"乌盆应道:"愿随伯伯前往。"张三见他应叫应声,不觉满心欢喜,道:"这去告状,不怕包公不信。言虽如此,我是上了年纪之人,记性平常,必须将他姓名住处记清背熟了方好。"于是从新背了一回,样样记明。老头儿为人心热,一夜不曾合眼,不等天明,爬起来,挟了乌盆,拄起竹杖,锁了屋门,竟奔定远县而来。出得门时,冷风透体,寒气逼人,又在天亮之时,若非张三好心之人,谁肯冲寒冒冷替人鸣冤。及至到了定远县,天气过早,尚未开门。只冻得他哆哆嗦嗦,找了个避风的所在,席地而坐。喘息多时,身上觉得和暖,老头儿高起兴来了,将盆子扣在地下,用竹杖敲着盆底儿,唱起《什不闲》来了。刚唱了一句"八月中秋月照台",只听的一声响,门分两扇,太爷升堂。张三忙拿起盆子,跑向前来喊冤枉。就有该值的回禀,立刻带进。包公座上问道:"有何冤枉,诉上来。"张三就把东塔洼赵大家讨帐得了一个黑盆,遇见冤魂自述的话说了一遍:"现有乌盆为证。"包公闻听,便不以此事为妄谈。就在座上唤道："乌盆！"并不见答应。又连唤两声，亦无影响。包公见别古老年昏愦，也不动怒，便叫左右撵出去便了。

张老出了衙门，口呼"乌盆"。只听应道："有呀，伯伯！"张老道："你随我诉冤，你为何不进去呢？"乌盆说道："只因门上门神拦阻，冤魂不敢进去，求伯伯替我说明。"张老闻听又嚷冤枉。该值的出来嗔道："你这老头子还不走，又嚷的是什么。"张老道："求爷们替我回复一声，乌盆有门神拦阻，不敢进见。"该值的无奈，只得替他回禀。包公闻听，提笔写了一张，叫该值拿出门前焚化，仍将老头子带进来，再讯二次。张老抱着盆子上了公堂，将盆子放在当地，他跪在一旁。包公问道："此次叫他可应了？"张老说是。包公吩咐左右："尔等听着。"两边人役应声，洗耳静听。只见包公座上唤道："乌盆！"不见答应。包公不由动怒，将惊堂木一拍："我把你这狗才，本县念你年老之人，方才不加责于你，如今还敢如此。本县也是你愚弄的吗？"用手抽签，吩咐将他重责十板，以戒下次。两旁不容分说，将张老打了十板。闹的老头儿呲牙咧嘴，一拐一拐的挟了乌盆，拿了竹杖，出衙去了。转过影壁，便将乌盆一扔，只听得"嗳呀"一声，说："跐了我脚面了。"张老道："奇怪，你为何又不进去呢？"乌盆道："只因我赤身露体，难见星主。没奈何，再求伯伯替我伸诉明白。"张老道："我已然为你挨了十大板，如今再去，我这两条腿不用长着咧！"乌盆又苦苦哀求。张老是个心软的人，只得拿起盆子。他却又不敢伸冤，只得从角门溜溜啾啾往里便走。只见那边来了一个厨子，一眼看见，便叫："胡头儿，胡头儿，那老头儿又来了。"胡头儿正在班房谈论此事说笑,忽听老头子又来了,连忙跑出来要拉。张老却有主意,就势坐在地下叫起屈来了。包公那里也听见了,吩咐带上来,问道:"你这老头子为何又来,难道不怕打么?"张老叩头道:"方才小人出去又问乌盆,他说赤身露体,不敢见星主之面。恳求太爷赏件衣服遮盖遮盖,他才敢进来。"包公闻听,叫包兴拿件衣服与他。包兴连忙拿了一件夹袄,交与张老。张老拿着衣服出来,该值的说:"跟着他,看他是拐子。"只见他将盆子包好,拿起来,不放心,又叫道:"乌盆,随我进来。"只听应道:"有呀,伯伯。我在这里!"张老闻听他答应,这一回留上心了,便不住叫着进来。到了公堂,仍将乌盆放在当中,自己在一旁跪倒。

包公又吩咐两边仔细听着,两边答应:"是。"此所谓上命差遣,概不由己。有说老头子有了病了的,又有说太爷好性儿的,也有暗笑的,连包兴在旁也不由的暗笑:"老爷今日叫疯子磨住了。"只见包公座上大声呼唤道:"乌盆!"不想衣内答应说:"有呀,星主!"众人无不诧异。只见张老听见乌盆答应了,他便忽的跳将起来,恨不能要上公案桌子。两旁众人吆喝,他才复又跪下。包公细细问了张老。张老仿佛背书的一般:他姓甚名谁,家住那里,他家有何人,作何生理,怎么遇害,是谁害的,滔滔不断说了一回,清清楚楚。两旁听的,无不叹息。包公听罢,吩咐包兴取十两银子来,赏了张老,叫他回去听传。别古千恩万谢的去了。

包公立刻吩咐书吏办文一角,行到苏州,调取尸亲前来结案。即行出签,拿赵大夫妇。登时拿到,严加讯问,并无口供。包公沉吟半响,使吩咐:"赵大带下去,不准见刁氏。"即传刁氏上堂,包公说:"你丈夫供称:陷害刘世昌,全是你的主意。"刁氏闻听,恼恨丈夫,便说出赵大用绳子勒死的,并言现有未用完的银两。即行画招,押了手印。立刻派人将赃银起来。复又带上赵大,叫他女人质对。谁知这厮奸狠,横了心再也不招,言银子是积攒的。包公一时动怒,请了大刑来,夹棍套了两腿,问时仍然不招。包公一声断喝,说了一个"收"字,不想赵大不禁夹,就呜呼哀哉了。包公见赵大已死,只得叫人搭下去。立刻办详禀了本府,转又行文上去,至京启奏去了。此时尸亲已到,包公将未用完的银子,俱叫他婆媳领取讫;并将赵大家私奉官折变,以为婆媳养赡。婆媳感念张老替他鸣冤之恩,愿带到苏州养老送终。张老也因受了冤魂的嘱托,亦愿照看孀居孤儿。因此商量停当,一同起身往苏州去了。

要知后事如何,且听下回分解。

## 第六回

### 罢官职逢义士高僧　应龙图审冤魂怨鬼

且说包公断明了乌盆，虽然远近闻名这位老爷正直无私，断事如神，未免犯了上司之嫉，又有赵大刑毙，故此文书到时，包公例应革职。包公接到文书，将一切事宜交代署印之人，自己住庙。李保看此光景，竟将银两包袱收拾收拾，逃之夭夭了。包公临行，百姓遮道哭送。包公劝勉了一番，方才乘马，带着包兴，出了定远县，竟不知投奔何处才好。包公在马上自己叹息，暗里思量道："我包某命运如此淹蹇，自幼受了多少的颠险，好容易蒙兄嫂怜爱，聘请恩师，教诲我一举成名。不想妄动刑具，致毙人命。虽是他罪应如此，究竟是粗心浮躁，以至落了个革职，至死也无颜回家。无处投奔，莫若仍奔京师，再作计较。"只顾马上嗟叹。包兴跟随，明知老爷为难，又不敢问。信马由缰，来至一座山下，虽不是峻岭高峰，也觉得凶恶。正在观看之际，只听一棒锣响，出来了无数的喽兵，当中一个矮胖黑汉，赤着半边身的胳膊，雄赳赳，气昂昂，不容分说，将主仆两人拿下捆了，送上山去。谁知山中尚有三个大王，见缚了两人前来，吩咐绑在两边柱子上，等四大王到来再行发落。不一时，只见四大王慌慌张张，喘吁吁跑了来，嚷道："不好了，山下遇见一人好本领，强小弟十倍，才一交手，我便倒了。幸亏跑得快，不然吃了大亏了。那位哥哥去会会他？"只见大大王说："二弟，待劣兄前往。"二大王说："小弟奉陪。"于是二人下山。见一人气昂昂在山坡站立，大大王近前一看，不觉哈哈大笑道："原来是兄长，请到山中叙话。"

你道此山何名？名叫土龙岗，原是山贼窝居之所。原来张龙、赵虎误投庞府，见他是权奸之门，不肯逗留，偶过此山，将山贼杀走，他二人便作了寨主。后因王朝、马汉科考武场，亦被庞太师逐出，愤恨回家，路过此山，张、赵两个即请到寨，结为兄弟。王朝居长，马汉第二，张龙第三，赵虎第四。王、马、张、赵四人已表明来历。

且说马汉同定那人来至山中，走上大厅，见两旁柱上绑定二人，走近一看，不觉失声道："啊呀，县尊为何在此？"包公睁眼看时，说道："莫不是恩公展义士么？"王朝闻听，连忙上前解开，立刻让至厅上。坐定了，展爷问及，包公一一说了，大家俱各叹息。展爷又叫王、马、张、赵给包公赔了罪，分宾主坐下。立时摆酒，彼此谈心，甚是投机。包公问道："我看四位俱是豪杰，为何作这勾当？"王朝道："我等皆因功名未遂，亦不过暂借此安身，不得已而为之。"展爷道："我看众弟兄皆是异姓骨肉，今日恰逢包公在此，虽则目下革职，将来朝廷必要擢用。那时众位弟兄何不弃暗投明，与国出力，岂不是好？"王朝道："我等久有此心。老爷倘蒙朝廷擢用，我等俱效犬马之劳。"包公只得答应："岂敢，岂敢。"大家饮至四更方散。至次日，包公与展爷告辞。四人款留不住，只得送下山来。王朝素与展爷相好，又远送几里。包公与展爷恋恋不舍，无奈分别而去。

单言包公主仆，乘马竟奔京师。一日，来至大相国寺门前，包公头晕眼花，竟从马上栽将下来。包兴一见，连忙下马看时，只见包公二目双合，牙关紧闭，人事不知。包兴叫着不应，放声大哭。惊动庙中方丈，乃得道高僧，俗家复姓诸葛名遂，法号了然，学问渊深，以至医卜星相无一不精。闻得庙外人声，来到山门以外，近前诊了脉息，说："无妨，无妨。"又问了方才如何落马的光景，包兴告诉明白。了然便叫僧众帮扶抬到方丈东间，急忙开方抓药。包兴精心用意煎好，吃不多时，至二鼓天气，只听包公"啊呀"一声，睁开二目。见灯光明亮，包兴站在一旁，那边椅子上坐着个僧人，包公便问："此是何处？"包兴便将老爷昏过多时，亏这位师父慈悲，用药救活的话说了一回。包公刚要扎挣起来致谢，和尚过来按住道："不可劳动，须静静安心养神。"过了几日，包公转动如常，才致谢和尚。以至饮食用药调理，俱已知是和尚的，心中不胜感激。了然细看包公气色，心下明白，便问了年命，细算有百日之难，过了日子就好了，自有机缘，便留住包公庙内居住。于是将包公改作道人打扮，每日里与了然不是下棋便是吟诗，彼此爱慕。将过了三个月，一日，了然求包公写"冬季晔经祝国裕民"八字，叫僧人在山门两边粘贴。包公无事，同了然出来一旁观看。只见那壁厢来了一个厨子，手提菜筐，走至庙前，不住将包公上下打量，瞧了又瞧，看了又看，直瞧着包公进了庙，他才飞也似的跑了。包公却不在意，回庙去了。

你道此人是谁？他乃丞相府王芑的买办厨子。只因王老大人面奉御旨，赐图像一张，乃圣上梦中所见，醒来时宛然在目，御笔亲画了形像，特派王老大人暗暗密访此人。丞相遵旨，回府又叫妙手丹青照样画了几张，吩咐虞候、伴当、执事人员各处留神，细细访查。不想这日买办从大相国寺经过，恰遇包公，急忙跑回相府，找着该值的虞候，便将此事说了一遍。虞候闻听，不能深信，亦不敢就回，即同买办厨子暗到庙中闲游的一般，各处瞻仰。后来看到方丈，果见有一道人与老僧下棋，细看相貌，正是龙图之人。心中不胜惊骇，急忙赶回相府禀知相爷。王大人闻听，立刻传轿到大相国寺拈香。一是王大人奉旨所差之事不敢耽延，二是老大人为国求贤一番苦心。不多时来在庙内，小沙弥闻听，急忙跑至方丈室内，报与老和尚知道。只见了然与包公对弈，全然不理。倒是包公说道："吾师也当迎接。"了然道："老僧不走权贵之门，迎他则甚？"包公道："虽然如此，他乃是个忠臣，就是迎他，也不至于沾碍老师。"了然闻听，方起身道："他此来与我无沾碍，恐与足下有些瓜葛。"说罢迎出去了。接至禅堂，分宾主坐了。献茶已毕，便问了然："此庙有多少僧众，多少道人？老夫有一心愿，愿施僧鞋僧袜每人各一双，须当面领去。"了然明白，即吩咐僧道领取。一一看过，并无此人。王大人问道："完了么？你庙中还有人没有？"了然叹道："有是还有一人，只是他未必肯要大人这一双鞋袜。如要见这么人，大概还须大人以礼相见。"王宰相闻听忙道："就烦长老引见引见何如？"了然答应，领至方丈。包公隔窗一看，也不能回避了，只得上前一揖道："废员参见了。"王大人举目细看，形容与圣上御笔画的龙图分毫不差，不觉大惊，连忙让坐，问道："足下何人？"包公便道："废员包拯，曾在定远县。"因将断乌盆革职的话说了一遍。王大人道："此案终属妄诞，老夫实难凭信。"包公不觉正色答道:"虽则理之所无,却是事之必有。自古负屈含冤之魂,凭物伸诉者不可枚举,难道都是妄诞么?只要自己秉公断理民情,焉肯以'妄诞'二字就置之不问,岂不使怨鬼含冤于泉下乎?何况废员非攻乎异端之人,此事亦非攻乎异端之案。"王大人见包公说话梗直,忠正严肃,不觉满心欢喜。立刻鞴马,请包公随至相府。进了相府,大家看大人轿后一个道士,不知什么缘故。当下留在书房安歇。

次日早朝,仍将包公换了县令服色,先在朝房伺候。净鞭三下,天子升殿。王芑出班奏明,仁宗天子大喜:"立刻宣召见朕。"包公步上金阶跪倒,山呼已毕。天子闪龙目一看,果是梦中所见之人,满心欢喜,便问为何罢职。包公便将断乌盆将人犯刑毙身死情由,毫无遮饰,一一奏明。王芑在班中着急,恐圣上见怪。谁知天子不但不怪,反喜道:"卿家既能断乌盆负屈之冤魂,必能镇皇宫作祟之邪。今因玉宸宫内,每夕有怨鬼哀啼,甚属不净,不知是何妖邪,特派卿前往镇压一番。"即着王芑在内阁听候,钦派太监总管杨忠带领包公,至玉宸宫镇压。

这杨忠素来好武,胆量甚好,因此人皆称他为杨大胆。奉旨赐他宝剑一口,每夜在内巡逻。今日领包公进内,他那里瞧得起包公呢。先问了姓,后又问了名,一路称为老黑,又叫老包。来到昭德门,说道:"进了此门就是内廷了,想不到你七品前程如此造化,今日对了圣心,派你入宫,将来回到家乡里说古去罢。是不是?老黑呀,怎么我合你说话,你怎么纺丝吊面——布里儿呢?"包公无奈答道:"公公说的是。"杨忠又道:"你别合我闹这个整脸儿,我是好顽好乐的。这就是你,别人还巴结不上呢!"说着话,进了凤右门。只见有多少内侍垂手侍立,内中有一个头领上前执手道:"老爷今日有何贵干?"杨忠说:"辛苦,辛苦!咱家奉旨带领此位包先儿前到玉宸宫镇邪。此乃奉旨官差,我们完差之时,不定三更五更回来,可就不照门了,省得又劳动你们。请罢!请罢!"说罢,同着包公,竟奔玉宸宫。只见金碧交辉,光华灿烂,到了此地,不觉肃然起敬。连杨忠爱说爱笑,到了此地,也就哑口无言了。

来至殿门,杨忠止步,悄向包公道:"你是钦奉谕旨,理应进殿除邪。我就在这门槛上照看便了。"包公闻听,轻移慢步侧身而入。来至殿内,见正中设立宝座,连忙朝上行了三跪九叩之礼。又见旁边设立座位,包公躬身入座。杨忠见了,心下暗自佩服道:"瞧不得小小官儿,竟自颇知国礼。"又见包公如对君父一般,秉正端坐,凝神养性,二目不往四下观瞧,另有一番凛然难犯的神色,不觉的暗暗夸奖道:"怪不得圣上见了他喜欢呢!"正在思想之际,不觉的谯楼上漏下矣。猛然间听的呼呼风响,杨忠觉的毛发皆竖,连忙起身,手掣宝剑试舞一回。耍不了几路,已然气喘,只得归入殿内,锐气已消,顺步坐在门槛子上。包公在座上不由的暗暗发笑。杨忠正自发怔,只见丹墀以下,起了一个旋风,滴溜溜在竹丛里团团乱转,又隐隐的听得风中带着悲泣之声。包公闪目观瞧,只见灯光忽暗,杨忠在外扑倒。片刻工夫,见他复起,袅袅婷婷走进殿来,万福跪下。此时灯光复又明亮。包公以为杨忠戏耍,便以假作真开言问道:"你今此来有何冤枉,诉上来。"只听杨忠娇滴滴声音哭诉道:"奴婢寇珠,原是金华宫承御,只因救主遭屈,含冤地府,于今廿载,专等星主来临,完结此案。"便将当初定计陷害的原委,哭诉了一遍:"因李娘娘不日难满,故特来泄机。由星主细细搜查,以报前冤,千万不可泄漏。"包公闻听,点头道:"既有如此沉冤,包某必要搜查。但你必须隐形藏迹,恐惊主驾,获罪不浅。"冤魂说道:"谨遵星主台命。"叩头站起,转身出去,仍坐在门槛子上。

不多时,只见杨忠张牙欠嘴,仿佛睡醒的一般。看见包公仍在那边端坐,不由的悄悄的道:"老黑,你没见什么动静?咱家怎生回复圣旨?"包公道:"鬼已审明。只是你贪睡不醒,叫我在此呆等。"杨忠闻听,诧异道:"什么鬼?"包公道:"女鬼。"杨忠道:"女鬼是谁?"包公道:"名叫寇珠。"杨忠闻听,只唬得惊异不止,暗自思道:"寇珠之事,算来将近二十年之久,他竟如何知道?"连忙赔笑道:"寇珠他为什么事在此作祟呢?"包公道:"你是奉旨同我进宫除邪,谁知你贪睡。我已将鬼审明,只好明日见了圣上我奏我的,你说你的便了。"杨忠闻听,不由着急道:"啊呀,包、包先生,包、包老爷,我的亲亲的包、包大哥,你这不把我毁透了么!可是你说的,圣上命我同你进宫,归齐我不知道,睡着了,这是什么差使眼儿呢?怎的了,可见你老人家就不疼人了,过后就真没有用我们的地方了?看你老爷们这个劲儿,立刻给我个眼里插棒槌,也要我们搁的住吓!好包先生,你告诉我,我明日送你个小巴狗儿,这么短的小嘴儿。"包公见他央求可怜,方告诉他道:"明日见了圣上,就说审明了女鬼,系金华宫承御寇珠,含冤负屈来求超度他的冤魂。臣等业已相许,以后再不作祟。"杨忠听毕，记在心头，并谢了包公，如敬神的一般，他也不敢言语亵渎了。

出了玉宸宫，来至内阁，见了丞相王芑，将审明情由细述明白。少时圣上临朝，包公合杨忠一一奏明，只说冤魂求超度，却不提别的。圣上大悦，愈信乌盆之案，即升用开封府府尹、阴阳学士。包公谢恩。加封"阴阳"二字，从此人传包公善于审鬼，白日断阳，夜间断阴，一时哄传遍了。包公先拜了丞相，王芑爱慕非常；后谢了了然，又至开封府上任，每日查办事件。便差包兴回家送信，并具禀替宁老夫子请安。又至隐逸村投递书信，一来报喜，二来求婚毕姻。包兴奉命，即日起身先往包村去了。

未知后事如何，且听下回分解。

## 第七回

### 得古今盆完婚淑女　收公孙策密访奸人

且说包兴奉了包公之命,寄信回家,后又到隐逸村。这日包兴回来,叩见包公,呈上书信,言:"太老爷太夫人甚是康健,听见老爷得了府尹,欢喜非常,赏了小人五十两银子。小人又见大老爷大夫人,欢喜自不必说,也赏了小人三十两银子。惟有大夫人给小人带了个薄薄儿包袱,嘱咐小人好好收藏,到京时交付老爷。小人接在手中,虽然有些分两,不知是何物件,惟恐路上磕碰。还是大夫人见小人为难,方才说明,此包内是一面古镜,原是老爷井中捡的。因此镜光芒生亮,大夫人挂在屋内。有一日,二夫人使唤的秋香,走至大夫人门前滑了一交,头已跌破,进屋内就在挂镜处一照,谁知血滴镜面,忽然云翳开豁。秋香大叫一声,回头跑在二夫人屋内,冷不防按住二夫人,将右眼挖出;从此疯癫,至今锁禁,犹如活鬼一般。二夫人死去两三番,现在延医调治,尚未痊愈。小人见二老爷,他无精打彩的,也赏了小人二两银子。"说着话将包袱呈上。包公也不开看,吩咐好好收讫。包兴又回道:"小人又见宁师老爷,他看了书信十分欢喜,说叫老爷好好办事,尽忠报国,还教导了小人好些话。小人在家住了一天,即到隐逸村报喜投书。李大人大喜,满口应承随后便送小姐来就亲。赏了小人一个元宝、两匹尺头,并回书一封。"即将书呈上。包公接着看毕，原来是张氏夫人同着小姐于月内便可来京。立刻吩咐预备住处，仍然派人前去迎接。便叫包兴暂且歇息，次日再商量办喜事一节。不多几日，果然张氏夫人带领小姐俱各到了。一切定日迎娶事务，俱是包兴尽心备办妥当。到了吉期，也有多少官员前来贺喜，不必细表。

包公自毕姻后，见李氏小姐幽娴贞静，体态端庄，果然是大家模范，满心欢喜。而且妆奁中有一宝物，名曰古今盆，上有阴阳二孔，堪称希世奇珍。包公却不介意。过了三朝满月，张氏夫人别女回家。临行又将自己得用的一个小厮名唤李才，留下服侍包公。

一日，包公放告坐堂。见有个乡民，年纪约有五旬上下，口称冤枉，立刻带至堂上。包公问道："你姓甚名谁，有何冤枉，诉上来。"那人向上叩头道："小人姓张名致仁，在七里村居住。有一族弟名叫张有道，以货郎为生，相离小人不过数里之遥。有一天，小人到族弟家中探望，谁知三日前竟自死了。问我小婶刘氏是何病症，为何连信也不送呢？刘氏回答是心疼病死的，因家中无人，故此未能送信。小人因有道死的不明，在祥符县申诉情由，情愿开棺检验。县太爷准了小人状子，及至开棺检验，谁知并无伤痕。刘氏他就放起刁来，说了许多诬赖的话。县太爷将小人责了二十大板，讨保回家。越想此事，实实张有道死的不明，无奈何投到大老爷台前，求青天与小人作主。"说罢，眼泪汪汪，匍匐在地。包公便问道："你兄弟素来有病么？"张致仁道："并无疾病。"包公又问道："你几时没见张有道？"致仁道："素来弟兄和睦，小人常到他家，他也常来小人家。五日前，尚在小人家中。小人因他五六天没来，因此小人找到他家，谁知三日前竟自死了。"包公闻听想到：五日前尚在他家，他第六天去探望，又是三日前死的，其中相隔一两天，必有缘故。包公想罢，准了状子，立刻出签传刘氏到案。暂且退了堂来至书房，细看呈子，好生纳闷。包兴与李才旁边侍立。忽听外边有脚步声响，包兴连忙迎出，却是外班手持书信一封，道："外面有一儒流求见，此书乃了然和尚的。"包兴闻听，接过书信，进内回明，呈上书信。包公是极敬了然和尚的，急忙将书拆阅，原来是荐函，言此人学问品行。包公看罢，即命包兴去请。

包兴出来看时，只见那人穿戴的衣冠全是包公在庙时换下的衣服，又肥又长，勒里勒得的，并且帽子上面还捏着褶儿。包兴看罢，知是当初老爷的衣服，必是了然和尚与他穿戴的，也不说明，便向那人说道："我家老爷有请。"只见那人斯斯文文，随着包兴进来。到了书房，包兴掀帘。只见包公立起身来，那人向前一揖，包公答了一揖，让坐。包公便问："先生贵姓？"那人答道："晚生复姓公孙名策，因久困场屋，屡落孙山，故流落在大相国寺。多承了然禅师优待，特具书信前来，望祈老公祖推情收录。"包公见他举止端庄，言语明晰，又问了些书籍典故，见他对答如流，学问渊博，竟是个不得第的才子，包公大喜。正谈之间，只见外班禀道："刘氏现已传到。"包公吩咐："伺候。"便叫李才陪侍公孙先生，自己带了包兴，立刻升堂。

入了公座，便叫带刘氏。应役之人接声喊道："带刘氏，带刘氏！"只见从外角门进来一个妇人，年纪不过二十多岁，面上也无惧色，口中尚自言自语说道："好端端的人，死了叫他翻尸倒骨的，不知前生作了什么孽了。如今又把我传到这里来,难道还生出什么巧招儿来哩。"一边说,一边上堂,也不东瞧西看,他便袅袅婷婷朝上跪倒,是一个久惯打官司的样儿。包公便问道:"你就是张刘氏么?"妇人答道:"小妇人刘氏,嫁与货郎张有道为妻。"包公又问道:"你丈夫是什么病死的?"刘氏道:"那一天晚上,我丈夫回家,吃了晚饭,一更之后便睡了。到了二更多天,忽然心里怪疼的。小妇人唬的了不得,急忙起来,便嚷疼的利害,谁知不多一会就死了,害的小妇人好不苦也。"说罢泪流满面。包公把惊堂木一拍,喝道:"你丈夫到底是什么病死的,说来!"站堂喝道:"快讲!"刘氏向前跪爬半步说道:"老爷,我丈夫实是害心疼病死的,小妇人焉敢撒谎。"包公喝道:"既是害病死的,你为何不给他哥哥张致仁送信?实对你说,现在张致仁在本府堂前已经首告,实实招来免得皮肉受苦。"刘氏道:"不给张致仁送信,一则小妇人烦不出人来,二则也不敢给他送信。"包公闻听道:"这是为何?"刘氏道:"因小妇人丈夫在日,他时常到小妇人家中,每每见无人,他言来语去,小妇人总不理他。就是前次他到小妇人家内,小妇人告诉他兄弟已死,不但不哭,反倒向小妇人胡说乱道,连小妇人如今直学不出口来。当时被小妇人连嚷带骂,他才走了。谁知他羞恼成怒,在县告了,说他兄弟死的不明,要开棺检验。后来太爷到底检验了,并无伤痕,才将他打了二十板。不想他不肯歇心,如今又告到老爷台前。可怜小妇人丈夫死后,受如此罪孽,小妇人又担如此丑名,实实冤枉。恳老青天与小妇人作主呵!"说着说着就哭起来了。包公见他口似悬河,牙如利剑,说的有情有理。暗自思道:"此妇听他言语，必非善良。若与张致仁质对，我看他那诚朴老实形景，必要输与妇人口角之下。须得查访实在情形，妇人方能服输。"想罢，向刘氏说道："如此说来，你竟是无故被人诬赖了。张致仁着实可恶，我自有道理。你但下去，三日后听传罢了。"刘氏叩头下去，似有得色，包公更觉生疑。

退堂之后，来到书房，便将口供、呈词与公孙策观看。公孙策看毕，躬身说道："据晚生看此口供，张致仁疑的不差。只是刘氏言语狡猾，必须采访明白，方能折服妇人。"不料包公心中所思主见，被公孙策一言道破，不觉欢喜，道："似此如之奈何？"公孙策正欲作进见之礼，连忙立起身来道："待我晚生改扮行装，暗里访查，如有机缘，再来禀复。"包公闻听道："如此说，有劳先生了。"叫包兴将先生盘川并要何物件急忙预备，不可误了。包兴答应，跟随公孙策来至书房。公孙策告诉明白，包兴连忙办理去了。不多时，俱各齐整。原来一个小小药箱儿，一个招牌，还有道衣、丝绦、鞋袜等物。公孙策通身换了，背起药箱，连忙从角门暗暗溜出，到七里村查访。

谁知乘兴而来，败兴而返。闹了一天，并无机缘可寻。看看天晚，又觉得腹中饥饿，只得急忙且回开封府再做道理。不料慌不择路，原是往北，他却往东南岔下去了，多走数里之遥。好容易奔至镇店，问时，知是榆林镇，找了兴隆店投宿。又乏又饿，正要打算吃饭，只见来了一群人数匹马，内中有一黑矮之人，高声嚷道："凭他是谁，快快与我腾出，若要惹恼了你老爷的性儿，连你这店俱给你拆了。"旁有一人说道："四弟不可。凡事有个先来后到，就是叫人家腾挪，也要好说，不可如此啰唣。"又向店主人道："东人，你去说说看，皆因我们人多，两下住着不便，奉托，奉托！"店东无奈，走到上房，向公孙策说道："先生，没有什么说的，你老将就将就，我们说不得，屈尊你老在东间居住，把外间这两间让给我们罢。"说罢，深深一揖。公孙策道："来时原不要住上房，是你们小二再三说，我才住此房内。如今来的客既是人多，我情愿将三间满让，店东给我个单房我住就是了。皆是行路，纵有大厦千间，不过占七尺眼，何必为此吵闹呢。"正说之间，只见进来了黑凛凛一条大汉，满面笑容道："使不得，使不得，老先生请自尊便罢，这外边两间承情让与我等足以够了。我等从人，俱叫他们下房居住，再不敢劳动了。"公孙策再三谦逊，那大汉只是不肯，只得挪在东间去了。

那大汉叫从人搬下行李，揭下鞍辔，俱各安放妥协。又见上人却是四个，其余五六个俱是从人。要净面水，唤开水壶，吵嚷个不了。又见黑矮之人先自呼酒要菜，店小二一阵好忙，闹的公孙策竟喝了一壶空酒，菜总没来，又不敢催。忽听黑矮人说道："我不怕别的，明日到了开封府，恐他记念前仇，不肯收录，那却如何是好？"又听黑脸大汉道："四弟放心。我看包公决不是那样之人。"公孙策听至此言，不由站起身来，出了东间，对着四人举手道："四位原是上开封的，小弟不才，愿作引进之人。"四人听了连忙起身来。仍是那大汉道："足下何人？请过来坐，方好讲话。"公孙策又谦逊再三，方才坐下，各通姓名，原来这四人正是土龙岗的王朝、马汉、张龙、赵虎四条好汉。听说包公作了府尹，当初原有弃暗投明之话，故将山上喽啰粮草金银俱各分散，只带了得用伴当五六人，前来开封府投效，以全信行。他们又问公孙策，公孙策答道："小可现在开封府，因目下有件疑案，故此私行暗暗查访，不想在此得遇四位，实实三生有幸了。"彼此谈论多时，真是文武各尽其妙，大家欢喜非常。惟有赵四爷粗俗，却酒量颇豪。王朝恐怕他酒后失言，叫外人听之不雅，只得速速要饭。大家吃毕，闲谈饮茶，到二更以后。大家商议，今晚安歇后，明日可早早起来行路呢。这正是：只因清正声名远，致使英雄跋涉来。

未审明日王、马、张、赵投奔开封府如何，且听下回分解。

第八回

救义仆除凶铁仙观　　访疑案得线七里村

且说四爷赵虎因多贪了几杯酒,大家闲谈,他也连一句话插不上,在旁前仰后合,不觉的磕睡起来,后来索性放倒头酣睡如雷。因打呼,方把大家提醒。王朝说:"只顾说话儿,天已三更多了,先生也乏了,请安歇罢。"大家方才睡下。谁知赵四爷心内惦着上开封府,睡的容易,醒的剪绝。外边天气不过四鼓之半,他便一咕噜身爬起来,乱嚷道:"天亮了,快些起来赶路!"又喊道叫从人备马,捎行李,把大家吵醒。谁知公孙策心中有事尚未睡着,也只得随大家起来,这老先生算烟袋铺铁丝儿——通了杆了。只见大爷将从人留下一个,腾出一匹马叫公孙策乘坐。叫那人将药箱儿、招牌俟天亮时背至开封府,不可违误。吩咐已毕,叫店小二开了门,大家乘马,趁着月色,迤逦而行。天气尚未五更,正走之间,过了一带林子,却是一座庙宇。猛见墙角边人影一晃,再细看时,却是一个女子,身穿红衣,到了庙门挨身而入。大家看的明白,口称奇怪。张龙说:"深夜之间,女子入庙,必非好事。天气尚早,我们何不到庙看看呢?"马汉说:"半夜三更,无故敲打山门,见了僧人,怎么说呢?"王朝道:"不妨就说贪赶路程,口渴之甚,讨杯茶吃,有何不可?"公孙策道:"既如此,就将马匹行李叫从人在树林等候,省得僧人见了兵刃生疑。"大家闻听,齐说有理，有理。于是大家下马，叫从人在树林看守，从人答应，五位老爷迈步竟奔山门而来。到了庙门，趁着月光看的明白，匾上大书"铁仙观"。公孙策道："那女子挨身而入，未听见他插门，如何是关着呢？"赵虎上前，抡起拳头在山门上就是咚咚咚的三拳，口中嚷道："道爷开门来！"口中嚷着，随手又是三拳，险些儿把山门砸掉。只听里面道："是谁？是谁？半夜三更怎么说！"只听哗啦一声，山门开处见个道人。公孙策连忙上前施礼道："道爷，多有惊动了。我们一行人贪赶路程，口渴舌干，欲借宝刹歇息歇息，讨杯茶吃，自有香资奉上，望祈方便方便。"那道人闻听，便道："等我禀明白了院长，再来相请。"正说之间，只见走出一个浓眉大眼、膀阔腰粗、怪肉横生的道士来，说道："既是众位要吃茶，何妨请进来。"王朝等闻听，一拥而入。来至大殿，只见灯烛辉煌，彼此逊坐。见道人凶恶非常，并且酒气喷人，已知是不良之辈。

张龙、赵虎二人悄地出来寻那女子，来至后面，并无踪迹。又到一后院，只见一口大钟，并无别物。行至钟边，只听有人呻吟之声。赵虎说："在这里呢。"张龙说："贤弟，你去掀钟，我拉人。"赵虎挽挽袖子，单手抓住钟上铁爪，用力向上一掀。张龙说："贤弟，吃住劲，不可松手，等我把住底口。"往上一挺，就把钟内之人曳将出来。赵爷将手一松，仍将钟扣在那边。仔细看此人时，却不是女子，是个老者，捆做一堆，口内塞着棉花。急忙掏出，松了捆绑。那老者干呕做一团，定了定神，方才说："啊呀，苦死我也。"张龙便问："你是何人？因何被他们扣在钟下？"那老头儿道："小人名唤田忠，乃陈州人氏。

只因庞太师之子安乐侯庞昱奉旨前往赈济，不想庞昱到了那里，并不放赈，在彼盖造花园，抢掠民间女子。我主人田起元，主母金氏玉仙。因婆婆染病，割肉煎药，老太太病好，主母上庙还愿，被庞昱窥见，硬行抢去，又将我主人送县监禁。老太太一闻此信时，生生唬死。是我将老主母埋葬已毕，想此事一家被害，非上京控告不可。因此贪赶路程，过了宿头，于四更后投至此庙。原为歇息，谁知道人见我行李沉重，欲害小人。正在动手之时，忽听众位爷们敲门，便将小人扣在钟下，险些儿丧了性命。"正在说话间，只见那边有一道人探头缩脑。赵四爷急忙赶上，兜的一脚踢翻在地，将拳向面上一晃："你嚷，我就是一拳。"那贼道看见柳斗大的皮锤，那里还有魂咧，赵四爷便将他按住在钟边。

不想这前边凶道名唤萧道智，在殿上张罗烹茶，不见了张、赵二人，叫道人去请，也不见回来，便知事有不妥，悄悄的退出殿来，到了自己屋内，将长衣卸去，手提一把明亮亮的朴刀，竟奔后院而来。恰入后门，就瞧见老者已放，赵虎按着道人，不由心头火起，手举朴刀便搠张龙。张爷手急眼快，斜刺里就是一腿。道人将身躲过，一刀照定张龙面门削来。张爷手无寸铁，全仗步法巧妙，身体灵便，头一偏，将刀躲过，顺手就是一掌，恶道惟恐是暗器，急待侧身时，张爷下边又是一扫腿。好恶道，金丝绕腕势躲过，回手反背又是一刀。究竟有兵刃的气壮，无家伙的胆虚，张龙支持了几个照面，看看不敌。正在危急之际，只见王朝、马汉二人见张龙受敌，王朝赶近前来，虚晃一掌，左腿飞起，直奔肋下。恶道闪身时，马汉后边又是一拳打在背后。恶道往前一扑,急转身,甩手就是一刀。亏得马汉眼快,歪身一闪,刚然躲过,恶道倒垂势又奔了王朝而来。三个人赤着手,刚刚敌的住——就是防他的刀便了。王朝见恶道奔了自己,他便推月势等刀临近将身一撤,恶道把身使空,身往旁边一闪,后面张龙照腰就是一脚。恶道觉得后面有人,趁着月影,也不回头,伏身将脚往后一登。张龙脚刚落地,恰被恶道在迎面骨上登了一脚,力大势猛,身子站立不住,不由的斗了个豆墩。赵虎在旁看见,即忙叫道:"三哥,你来挡住那个道人。"张龙连忙起来,挡住道人。只见赵虎站起来,竟奔东角门边去了。张龙以为四爷必是到树林取兵刃去了。

迟了不多时,却见赵虎从西角门进来。张龙想道:"他取兵刃不能这么快,他必是解了解手儿回来了。"眼瞧着他迎面扑了恶道,将左手一扬,是个虚晃架式,对准面门一摔,口中说:"恶道,看我的法宝取你。"只见白扑扑一股烟云打在恶道面上,登时二目难睁,鼻口倒噎,连气也喘不过来。马汉又在小肚上尽力的一脚,恶道站立不住,咕咚栽倒在地,将刀扔在一边。赵虎赶进步一跪腿,用磕膝盖按住胸膛,左手按膀背,将右袖从新向恶道脸上一路乱抖。原来赵虎绕到前殿,将香炉内香灰装在袖内。俗话说的好,"光棍眼内揉不下沙子去",何况是一炉香灰,恶道如何禁得起?四个人一齐动手,将两个道人捆缚,预备送到祥符县去。此系祥符地面之事,由县解府,按劫掠杀命定案。四人复又搜寻,并无人烟。后又搜至旁院之中,却是菩萨殿三间,只见佛像身披红袍,大家方明白,红衣女子乃是菩萨现化。可见田忠有救,道人恶贯已满,报应不爽。此时,公孙策已将树林内伴当叫来拿获道人，便派从人四名，将恶道交送至县内，立刻祥符县申报到府。大家带了田忠，一同出庙。此时天已大亮，竟奔开封府而来，暂将四人寄在下处。

公孙策进内参见包公，言访查之事尚无确实，今有土龙岗王、马、张、赵四人投到，并铁仙观救了田忠，捉拿恶道交祥符县，不日解到的话说了一遍。复又立起身来说："晚生还要访查刘氏案去。"当下辞了包公至茶房，此时药箱、招牌俱已送到。公孙策先生打扮停当，仍从角门去了。且说包公见公孙策去后，暗叫包兴将田忠带至书房，问他替主明冤一切情形；叫左右领至茶房居住，不可露面，恐走漏了风声，庞府知道。又吩咐包兴，将四勇士暂在班房居住，俟有差听用。

且说公孙策离了衙门，复至七里村沿途暗访，心下自思："我公孙策时乖运蹇，屡试不第，幸赖了然和尚一封书函，荐至开封府，偏偏头一天到来，就遇见这一段公案，不知何日方能访出。总是我的运气不好，以致诸事不顺。"越思越想，心内越烦，不知不觉出了七里村。忽然想起，自己叫着自己说："公孙策你好呆，你是作什么来了？就是这么走着，有谁知你是医生呢？既不知道你是医生，你又焉能打听出来事情呢？实实呆的可笑。"原来公孙策只顾思索，忘了摇串铃了。这时想起，连忙将铃儿摇起，口中说道："有病早来治，莫要多延迟。养病如养虎，虎大伤人的。凡有疑难大症，管保手到病除。贫不计利。"正在念诵，可巧那一边一个老婆子唤道："先生，这里来，这里来。"公孙策闻听，向前问道："妈妈唤我么？"那婆子道："可不是。只因我媳妇身体有病，求先生医治医治。"公孙策闻听，说："既是如此，妈妈引路。"那婆子引进柴扉,掀起了蒿子杆的帘子,将先生请进。看时却是三间草房,一明两暗。婆子又掀起西里间单布帘子,请先生土炕上坐了。

公孙策放了药箱,倚了招牌,刚然坐下,只见婆子搬了个不带背的三条腿椅子,在地下相陪。婆子便说道:"我姓尤,丈夫早已去世,有个儿子名叫狗儿,在陈大户陈应杰家做长工。只因我的媳妇得病有了半月了,他的精神短少,饮食懒进,还有点午后发烧。求先生看看脉,吃点药儿。"公孙策道:"令媳现在那屋?"婆子道:"在东屋里呢,待我告诉他。"说着,站起往东屋里去了。只听说道:"媳妇,我给你请个先生来,求他老看看,管保就好咧!"只听妇人道:"母亲,不看也好,一来我没有什么大病,二来家无钱钞,何苦妄费钱文。"婆子道:"啊呀,媳妇啊!你听见先生说么,'贫不计利'。再者,养病如养虎。好孩子,请先生瞧瞧罢。你早些好了,也省得老娘悬心。我就是倚靠你了,我那儿子也不指望他了。"说至此,妇人便道:"请先生过来看看就是了。"婆子闻听,说:"还是我这孩子听说,好个孝顺的媳妇。"一边说着,便来到西屋请公孙策。公孙策跟定婆子,来至东间,与妇人诊脉。

原来医生有望、闻、问、切四条,给右科看病,也不可不望,不过一目了然。又道"医者易也,易者移也"。故有移重就轻之法。假如给老年人看准脉息不好,必要安慰说道:"不要紧,立个方儿,吃与不吃均可。"后至出来,方向本家说道:"老人家脉息不好得很,赶紧预备后事罢。"本家问道:"先生,你为何方才不说?"医家道:"我若不开导着说，上年纪的人听说利害，痰向上一涌，那不登时交代了么！"此是移重就轻之法。闲言少叙。且说公孙策与妇人看病，虽是私访，他素来原有实学，所有医理先生尽皆知晓。诊完脉息，已知病源。站起身来，仍然来至西间坐下，说道："我看令媳之脉，乃是双脉。"尤氏闻听，道："啊呀，何尝不是！他大约有四五个月没见。"公孙策又道："据我看来，病源因气恼所致，郁闷不舒，竟是个气裹胎了。若不早治，恐入痨症。必须将病源说明，方好用药。"婆子闻听，不由的吃惊："先生真是神仙，谁说不是气恼上得的呢！待我细细告诉先生。只因我儿子在陈大户家做长工，素日多亏大户帮些银钱。那一天，忽然我儿子拿了两个元宝回来……"说至此处，只听东屋妇人道："此事不必说了。"公孙策忙说道："用药必须说明，我听的确，下药方能见效。"婆子说："孩子，你养你的病，这怕什么？"又说道："我见元宝不免生疑，便问这元宝从何而来。我儿子说，只因大户与七里村张有道之妻不大清楚，这一天陈大户到张家去了，可巧叫他男人撞见，因此大户要害他男人。给我儿两个元宝……"说至此，东屋妇人又道："母亲不消说了，此事如何说得！"婆子道："儿呀，先生也不是外人，说明了好用药呀！"公孙策道："正是，正是。若不说明，药断不灵。"婆子接说："交给我儿子两个元宝，是叫他找什么东西的。原是我媳妇劝他不依，后来跪在地下央求。谁知我不肖的儿子不但不听，反将媳妇踢了几脚，揣起元宝，赌气走了未回。后来果然听张有道死了，又听见说，接三的那日晚上，棺材里连响了三阵，仿佛乍尸一般，连和尚都唬跑了。因此我媳妇更加忧闷，这便是得病的原由。"

公孙策听毕，提起笔来写了一方递与婆子。婆子接来一看，道："先生，我看别人方子有许多的字，怎么先生的方儿只一行字呢？"公孙策答道："药用当而通神，我这方乃是独用奇方。用红棉一张，阴阳瓦焙了，老酒冲服，最是安胎活血的。"婆子闻听记下。公孙策又道："你儿子做成此事，难道大户也无谢礼么？"公孙策问及此层，他算定此案一明，尤狗儿必死，婆媳二人全无养赡，就势要给他婆媳二人想出个主意。这也是公孙策文人妙用。话已说明。且说婆子说道："听说他许给我儿子六亩地。"先生道："这六亩地可有字样么？"婆子道："那有字样呢，还不定他给不给呢！"先生道："这如何使得！给他办此大事，若无字据，将来你如何养赡呢？也罢，待我替你写张字儿，倘若到官时，以此字合他要地。"真是乡里人好哄，当时婆子乐了个事不有馀，说："多谢先生！只是没有纸可怎么好呢？"公孙策道："不妨，我这里有纸。"打开药箱，拿出一大张纸来，立刻写就，假画了中保，押了个花押，交给婆子。婆子深深谢了。

先生背起药箱，拿了招牌，起身便走。婆子道："有劳先生，又无谢礼，连杯茶也没吃，叫婆子好过意不去。"公孙策道："好说！好说！"出了柴扉，此时精神百倍，快乐非常。原是屡试不第，如今仿佛金榜标了名的似的，连乏带饿全忘了，两脚如飞，竟奔开封府而来。这正是：心欢访得希奇事，意快听来确实音。

未审后事如何，且听下回分解。

## 第九回

### 断奇冤奏参封学士　　造御刑查赈赴陈州

且说公孙策回到开封府,仍从角门悄悄而入。来至茶房,放下药箱招牌,找着包兴回了包公。立刻请见。公孙策见礼已毕,便将密访的情由,如此如此,这般这般,细细述了一遍。包公闻听欢喜,暗想道:"此人果有才学,实在难为他访查此事。"便叫包兴与公孙策更衣,预备酒饭,请先生歇息。又叫李才将外班传进,立刻出签,拿尤狗儿到案。外班答应。去不多时,前来回说:"尤狗儿带到。"

老爷点鼓升堂,叫"带尤狗儿",上堂跪倒。包公问道:"你就是尤狗儿么?"回道:"老爷,小人叫驴子。"包公一声断喝:"咈,你明是狗儿,你为何叫驴子呢?"狗儿回道:"老爷,小人原叫狗儿来着,只因他们说狗的个儿小,改叫驴子岂不大些儿呢,因此就改了叫驴子。老爷若不爱叫驴子,还叫狗儿就是了。"两旁喝道:"少说,少说!"包公叫道:"狗儿。"应道:"有。""只因张有道的冤魂告到本府台前,说你与陈大户主仆定计,将他谋死。但此事皆是陈大户要图谋张有道的妻子刘氏,你不过是上人差遣,概不由己。虽然受了两个元宝,也是小事。你可要从实招来,自有本府与你作主,出脱你的罪名便了。你不必忙,慢慢的讲来。"狗儿听见冤魂告状,不由的心中害怕。后又见老爷和颜悦色的出脱他的罪名,与他作主,放了心了。即向上叩头道:"老爷既施大恩与小人作主,小人只得实说。因小人当家的与张有道的女人有交情,可合张有道没有交情。那一天被张有道撞见了,他跑回来就病了,总想念刘氏。他又不敢去,因此想出一个法子来,须得将张有道害了,他或上刘氏家去,或将刘氏娶到家里来方才遂心。故此将小人叫到跟前:'我托付你一宗事情。'我说:'当家的,有什么事呢?'他说:'这宗事情不容易,你须用心搜寻才有。'我就问:'找什么呢?'他说:'这宗东西叫尸龟,仿佛金头虫儿,尾巴上发亮,有蠛虫大小。'我就问:'这宗东西出在那里呢?'他说:'须在坟里找,总要尸首肉都化了,独有脑子未干,才有这虫儿。'小人一听就为了难了,说:'这可怎么找法呢?'他见小人为难,他便给小人两个元宝,叫小人且自拿着,'事成之后,再给你六亩地。不论日子,总要找了来,白日也不做活,养着精神,夜里好找。'可是老爷说的,上人差遣,概不由己。又说,受人之托,当忠人之事。因此小人每夜出去刨坟,刨到第十七个上,好容易得了此虫。晒成干,研了末,或茶或饭洒上,必是心疼而死,并无伤痕。惟有眉攒中间有小小红点,便是此毒。后来听见张有道死了,大约就是这宗东西害的。求老爷与小人作主。"包公听罢此话,大约无什么虚假。书吏将供单呈上,包公看了,拿下去叫狗儿画了招。立刻出签,将陈应杰拿来。老爷又吩咐狗儿道:"少时陈大户到案,你可要当面质对,老爷好与你作主。"狗儿应允。包公点头,吩咐带下去。

只见差人当堂跪倒,禀道:"陈应杰拿到。"包公又吩咐,传刘氏并尤氏婆媳。先将陈大户带上堂来,当堂去了刑具。包公问道:"陈应杰,为何谋死张有道,从实招来。"陈大户闻听,唬得惊疑不止,连忙说道:"并无此事呀,青天老爷。"包公将惊堂木一拍,道:"你这大胆的奴才,在本府堂前还敢支吾么?左右,带狗儿。"立刻将狗儿带上堂来,与陈应杰当面对证。大户只唬得抖衣而战,半晌方说道:"小人与刘氏通奸实情,并无谋死有道之事。这都是狗儿一片虚词,老爷千万莫信。"包公大怒,吩咐看大刑伺候。左右一声喊,将三木往堂上一掼,把陈大户唬的胆裂魂飞,连忙说道:"愿招,愿招。"便将狗儿找寻尸龟,悄悄交与刘氏,叫或茶或饭洒上,立刻心疼而死。并告诉他放心,并无一点伤痕,连血迹也无有,从头至尾说了一遍。包公看了供单,叫他画了招。只见差役禀道:"刘氏与尤氏婆媳俱各传到。"包公吩咐先带刘氏。只见刘氏仍是洋洋得意,上得堂来,一眼瞧见陈大户,不觉朱颜更变,形色张皇,免不得向上跪倒。包公却不问他,便叫陈大户与妇人当面质对。陈大户对着刘氏哭道:"你我干此事,以为机密,再也无人知道。谁知张有道冤魂告到老爷台前,事已败露,不能不招。我已经画招,你也画了罢,免得皮肉受苦。"妇人闻听,骂了一声冤家,"想不到你竟如此脓包,没能为。你今既招承,我又如何推托呢?"只得向上叩首道:"谋死亲夫张有道情实,再无别词。就是张致仁调戏一节,也是诬赖他的。"包公也叫画了手印。又将尤氏婆媳带上堂来。婆子哭诉前情,并言毫无养赡,"只因陈大户曾许过几亩地,婆子恐他诬赖,托人写了一张字儿。"说着话,从袖中将字儿拿出呈上。包公一看,认得是公孙策的笔迹,心中暗笑道:"说不得这可要讹陈大户了。"便向陈大户道:"你许给他地亩,怎不拨给他呢?"陈大户无可奈何,并且当初原有此言,只得应许拨给几亩地与尤氏婆媳。包公便饬发该县办理。包公又问陈大户道:"你这尸龟的方子是如何知道的?"陈大户回道:"是我家教书的先生说的。"包公立刻将此先生传来,问他如何知道的,为何教他这法子。先生费士奇回道:"小人素来学习些医家,因知药性,或于完了功课之时,或刮风下雨之日,不时合东人谈谈论论。因提及此药不可乱用,其中有六脉八反,乃是最毒之物,才提到尸龟。小人是无心闲谈,谁知东家却是有心记忆,故此生出事来。求老爷详察。"包公点头道:"此语虽是你无心说出,只是不当对匪人言论。此事亦当薄薄有罪,以为妄谈之戒。"即行办理文书,将他递解还乡。刘氏定了凌迟,陈大户定了斩立决,狗儿定了绞监候。原告张致仁无事。

　　包公退了堂,来至书房,即打了摺底,叫公孙策誊清。公孙策刚然写完,包兴进来,手中另持一纸,向公孙策道:"老爷说咧,叫把这个誊清,夹在摺内,明早随着摺子一同具奏。"先生接过一看,不觉目瞪神痴,半晌方说道:"就照此样写么?"包兴道:"老爷亲自写的,叫先生誊清,焉有不照样写的理呢?"公孙策点头道:"放下,我写就是了。"心中好不自在。原来这个夹片,是为陈州放粮不该信用椒房宠信之人,直说圣上用人不当,一味顶撞言语。公孙策焉有不耽惊之理呢?"写只管写了,明日若递上去,恐怕是辞官表一道。总是我公孙策时运不顺,偏偏遇的都是这些事,只好明日听信儿再为打算罢。"

　　至次日五鼓,包公上朝。此日正是老公公陈伴伴接摺子,递上多时,就召见包公。原来圣上见了包公摺子,初时龙心甚为不悦,后来转又一想，此乃直言敢谏，正是忠心为国，故尔转怒为喜，立刻召见。包公奏对之下，明系陈州放赈恐有情弊。因此圣上加封包公为龙图阁大学士，仍兼开封府事务，前往陈州稽察放赈之事，并统理民情。包公并不谢恩，跪奏道："臣无权柄，不能服众，难以奉诏。"圣上道："再赏卿御札三道，谁敢不服！"包公谢恩，领旨出朝。

且说公孙策自包公入朝后，他便提心吊胆，坐立不安，满心要打点行李起身，又恐谣言惑众，只得忍耐。忽听一片声喊，以为事体不妥。正在惊惶之际，只见包兴先自进来告诉，老爷圣上加封龙图大学士，派往陈州查赈。公孙策闻听，这一乐真是喜出望外。包兴道："特派我前来与先生商议，打发报喜人等，不准他们在此嘈杂。"公孙策欢欢喜喜与包兴斟酌妥协，赏了报喜的去后，不多时，包公下朝。大家叩喜已毕，便对公孙策道："圣上赐我御札三道，先生不可大意。你须替我仔细参详，莫要辜负圣恩。"说罢进内去了。这句话把个公孙策打了个闷葫芦，回至自己屋内，千思万想，猛然省悟说："是了，这是逐客之法。欲要不用我，又赖不过了然的情面，故用这样难题目。我何不如此如此，鬼混一番，一来显显我胸中的抱负，二来也看看包公胆量。左右是散伙罢咧！"于是研墨蘸笔，先度量了尺寸，注写明白。后又写了做法，并分上中下三品，龙虎狗的式样。他用笔画成三把铡刀，故意的以"札"字做"铡"字，"三道"做"三刀"，看包公有何话说。画毕来至书房，包兴回明了，包公请进。公孙策将画单呈上，以为包公必然大怒，彼此一拱手就完了。谁知包公不但不怒，将单一一看明，不由春风满面，口中急急称赞："先生真天才也！"立刻叫包兴传唤木匠，"就烦先生指点，务必连夜荡出样子来，明早还要恭呈御览。"公孙策听了此话，愣柯柯的连话也说不出来。此事就要说"这是我画着顽的"，也改不过口来了。又见包公连催外班快传匠役。公孙策见真要办理此事，只得退出，从新将单子细细的搜求，又添上如何包铜叶子，如何钉金钉子，如何安鬼王头，又添上许多样色。不多时，匠役人等来到。公孙策先叫看了样子，然后教他做法。众人不知有何用处，只得按着吩咐的样子荡起。一个个手忙脚乱，整整闹了一夜，方才荡得。包公临上朝时，俱各看了，吩咐用黄箱盛上，抬至朝中，预备御览。

包公坐轿来至朝中，三呼已毕，出班奏道："臣包拯昨蒙圣恩，赐御铡三刀，臣谨遵旨，拟得式样，不敢擅用，谨呈御览。"说着话，黄箱已然抬到，摆在丹墀。圣上闪目观瞻，原来是三口铡刀的样子，分龙虎狗三品。包公又奏："如有犯法者，各按品级行法。"圣上早已明白，包公用意是借"札"字之音教作"铡"字，做成三口铡刀，以为镇唬外官之用，不觉龙颜大喜，称赞包公奇才巧思，立刻准了所奏："不必定日请训，俟御刑造成，急速起身。"包公谢恩，出朝上轿。

刚到街市之上，见有父老十名，一齐跪倒，手持呈词。包公在轿内看的分明，将脚一跺轿底，这是暗号，登时轿夫止步打杵。包兴连忙将轿帘微掀，将呈子递进。不多时，包公吩咐掀起轿帘，包兴连忙将轿帘掀起。只见包公嗤嗤将呈子撕了个粉碎，掷在地下，口中说道："这些刁民，焉有此事！叫地方将他押去城外，惟恐在城内滋生是非。"说罢，起轿竟自去了。这些父老哭哭啼啼，报报怨怨说道：

"我们不辞辛苦奔至京师,指望伸冤报恨,谁知这位老爷也是惧权势的,真是闻名不如见面,我等冤枉再也无处诉了。"说罢,又大哭起来。旁边地方催促道:"走罢,别叫我们受罪,大小是个差使。哭也无益,何处没有屈死的呢?"众人闻听,只得跟随地方出城。刚到城外,只见一骑马飞奔前来,告诉地方道:"送他们出城,你就不必管了,回去罢。"地方连忙答应,抽身便回去了。来人却是包兴,跟定父老到无人处,方告诉他们道:"老爷不是不准呈子,因市街上耳目过多,走漏风声,反为不美。老爷吩咐你们俱不可散去,且找幽僻之处藏身,暗暗打听老爷多咱起身时,叫你们一同随去。如今先叫两个有年纪的,悄悄跟我进城,到衙门有话问呢。"众人闻听,俱各欢喜。其中单叫两个父老,远远跟定包兴。到了开封府,包兴进去回明,方将两个父老带至书房。包公又细细问了一遍,原来是十三家,其中有收监的,有不能来的。包公吩咐他们:"在外不可声张,俟我起身时一同随行便了。"二老者叩头谢了,仍然出城去了。

且说包公自奏明御刑之后,便吩咐公孙策督工监造,务要威严赫耀,更要纯厚结实。便派王、马、张、赵四勇士伏侍御刑,王朝掌刀,马汉卷席捆人,张龙、赵虎抬人入铡。公孙策每日除监造之外,便与四勇士服侍御刑,操演规矩,定了章程礼法,不可紊乱。不数日光景,御刑打造已成。包公具摺请训,便有无数官员前来饯行。包公将御刑供奉堂上,只等众官员到齐,同至公堂之上验看御刑。众人以为新奇,正要看看是何治度。不时俱到公堂,只见三口御铡上面俱有黄龙袱套,四位勇士雄赳赳,气昂昂,上前抖出黄套,露出刑外之刑,法外之法。真是光闪闪,令人毛发皆竖;冷飕飕,使人心胆俱寒。正大君子看了,尚可支持;奸邪小人见了,魂魄应飞。真算从古至今未有之刑也。众人看毕,也有称赞的,也有说奇的,就有暗说过苛的,并有暗说多事的,纷纷议论不一。大家只得告别,包公送至仪门,回归后面。所有内外执事人等,忙忙乱乱打点起身。包公又暗暗吩咐,叫田忠跟随公孙策同行。到了起行之日,有许多同僚在十里长亭送别,亦不必细表。沿途上,叫告状的父老也暗暗跟随。

这日包公走至三星镇,见地面肃静,暗暗想道:地方官制度有方。正自思想,忽听喊冤之声,却不见人。包兴早已下马,顺着声音找去,原来在路旁空柳树里,及至露出身来,却又是个妇人,头顶呈词,双膝跪倒。包兴连忙接过呈子。此时轿已打杵,上前将状子递入轿内。包公看毕,对那妇人道:"你这呈子上言家中无人,此呈却是何人所写?"妇人答道:"从小熟读诗书,父兄皆是举贡,嫁得丈夫也是秀才,笔墨常不释手。"包公将轿内随行纸墨笔砚,叫包兴递与妇人,另写一张。只见不加思索,援笔立就呈上。包公接过一看,连连点头道:"那妇人,你且先行回去听传。待本阁到了公馆,必与你审问此事。"那妇人磕了一个头说:"多谢青天大人!"当下包公起轿,直投公馆去了。

未识后事如何,且听下回分解。

第十回

买猪首书生遭横祸　扮花子勇士获贼人


且说包公在三星镇,接了妇人的呈子。原来那妇人,娘家姓文,嫁与韩门为妻。自从丈夫去世,膝下只有一子,名唤瑞龙,年方一十六岁,在白家堡租房三间居住。韩文氏做些针黹,训教儿子读书。子在东间读书,母在西间做活,娘儿两个将就度日,并无仆妇下人。一日晚间,韩瑞龙在灯下念书,猛回头见西间帘子一动,有人进入西间,是葱绿衣衫,大红朱履,连忙立起身赶入西间,见他母亲正在灯下做活。见瑞龙进来,便问道:"吾儿晚上功课完了么?"瑞龙道:"孩儿偶然想起个典故,一时忘怀,故此进来找书查看查看。"一壁说着,奔了书箱。虽则找书,却暗暗留神,并不见有什么。只得拿一本书出来,好生纳闷。又怕有贼藏在暗处,又不敢声张,恐怕母亲害怕,一夜也未合眼。到了次日晚间,读书到了初更之后,一时恍惚,又见西间帘子一动,仍是那朱履绿衫之人进入屋内。韩生连忙赶至屋中,口叫"母亲"。只这一声,倒把个韩文氏唬了一跳,说道:"你不念书,为何大惊小怪的?"韩生见问,一时不能答对,只得实诉道:"孩儿方才见有一人进来,及至赶入屋内却不见了,昨晚也是如此。"韩文氏闻听不觉诧异:"倘有歹人窝藏,这还了得!我儿持灯照看照看便了。"韩生接过灯来在床下一照,说:"母亲,这床下土为何高起许多呢?"韩文氏连忙看时，果是浮土，便道："且把床挪开细看。"娘儿两个抬起床来，将浮土略略扒开，却露出一只箱子，不觉心中一动，连忙找了铁器，将箱盖一开。不看则可，只因一看，便是时衰鬼弄人了。韩生见里面满满的一箱子黄白之物，不由满心欢喜，说道："母亲，原来是一箱子金银，敢则是财来寻人。"文氏闻听，喝道："胡说，焉有此事！总然是财，也是非义之财，不可混动。"无奈韩生年幼之人，见了许多金银，如何割舍得下；又因母子很窘，便对文氏道："母亲，自古掘土得金的不可枚举，况此物非是私行窃取的，又不是别人遗失捡了来的，何以谓之不义呢？这必是上天怜我母子孤苦，故尔才有此财发现，望乞母亲详察。"文氏听了也觉有理，便道："既如此，明早买些三牲祭礼，谢过神明之后，再做道理。"韩生闻听母亲应允，不胜欢喜，便将浮土仍然掩上，又将木床暂且安好，母子各自安寝。

韩生那里睡得着，翻来覆去，胡思乱想，好容易心血来潮入了梦乡，总是惦念此事。猛然惊醒，见天发亮，急忙起来禀明母亲，前去办买三牲祭礼。谁知出了门一看，只见月明如昼，天气尚早，只得慢慢行走。来至郑屠铺前，见里面却有灯光，连忙敲门要买猪头。忽然灯光不见了，半晌毫无人应，只得转身回来。刚走了几步，只听郑屠门响。回头看时，见灯光复明。又听郑屠道："谁买猪头？"韩生应道："是我赊个猪头。"郑屠道："原来是韩相公。既要猪头，为何不拿个家伙来？"韩生道："出门忙了就忘了，奈何？"郑屠道："不妨，拿一块垫布包了，明日再送来罢。"因此用垫布包好，交付韩生。韩生两手捧定，走不多时，便觉乏了，暂且放下歇息，然后又走。迎面恰遇巡更人来,见韩生两手捧定带血布包,又累的气喘吁吁,未免生疑,便问是何物件。韩生答道:"是猪头。"说话气喘,字儿不真,巡更人更觉疑心。一人说话,一人弯腰打开布包验看。月明之下,又有灯光照的真切,只见里面是一颗血淋淋发髻蓬松女子人头。韩生一见,只唬的魂飞魄散。巡更人不容分说,即将韩生解至郲县,俟天亮禀报。

县官见是人命,立刻升堂。带上韩生一看,却是个懦弱书生,便问道:"你叫何名?因何杀死人命?"韩生哭道:"小人叫韩瑞龙,到郑屠铺内买猪首,忘拿家伙,是郑屠用布包好递与小人。后遇巡更之人追问,打开看时,不想是颗人头。"说罢,痛哭不止。县官闻听,立刻出签拿郑屠到案。谁知郑屠拿到,不但不应,他便说连买猪头之事也是没有的。又问他:"垫布不是你的么?"他又说:"垫布是三日前韩生借去的,不想他包了人头,移祸于小人。"可怜年幼的书生如何敌的过这狠心屠户,幸亏官府明白,见韩生不像行凶之辈,不肯加刑,连屠户暂且收监,设法再问。

不想韩文氏在三星镇递了呈词,包公准状。及至来到公馆,县尹已然迎接,在外伺候。包公略为歇息吃茶,便请县尹相见,即问韩瑞龙之案。县官答道:"此案尚在审讯,未能结案。"包公吩咐,将此案人证俱各带至公馆听审。少刻带到,包公升堂入座。先带韩瑞龙上堂,见他满面泪痕,战战兢兢,跪倒堂前。包公叫道:"韩瑞龙,因何谋杀人命,诉上来。"韩生泪涟涟道:"只因小人在郑屠铺内买猪头,忘带家伙,是他用垫布包好递给小人,不想闹出这场官司。"包公道:"住了。你买猪头遇见巡更之人是什么时候?"韩生道:"天尚未亮。"

包公道："天未亮你就去买猪头何用？讲。"韩生到了此时，不能不说，便一五一十回明堂前，放声大哭："求大人超生草命。"包公暗暗点头道："这小孩子家贫，贪财心胜。看此光景，必无谋杀人命之事。"吩咐带下去。便对县官道："贵县，你带人役到韩瑞龙家相验板箱，务要搜查明白。"县官答应，出了公馆，乘马带了人役去了。

这里包公又将郑屠提出，带上堂来。见他凶眉恶眼，知是不良之辈。问他时，与前供相同。包公大怒，打了二十个嘴巴，又责了三十大板。好恶贼，一言不发，真会挺刑。吩咐带下去。只见县官回来，上堂禀道："卑职奉命前去韩瑞龙家验看板箱，打开看时，里面虽是金银，却是冥资纸锭。又往下搜寻，谁知有一无头死尸，却是男子。"包公问道："可验明是何物之伤？"一句话把个县官问了个怔，只得禀道："卑职见是无头之尸，未及验看是何物所伤。"包公嗔道："既去查验，为何不验看明白？"县尹连忙道："卑职粗心，粗心。"包公吩咐："下去！"县尹连忙退出，唬了一身冷汗，暗自说："好一位利害钦差大人，以后诸事小心便了。"

再说包公吩咐再将韩瑞龙带上来，便问道："韩瑞龙，你住的房屋是祖积，还是自己盖造的呢？"韩生回道："俱不是，乃是租赁居住的，并且住了不久。"包公又问："先前是何人居住？"韩生道："小人不知。"包公听罢，叫将韩生并郑屠寄监。老爷退堂，心中好生忧闷。叫人请公孙先生来，彼此参详此事。一个女子头，一个男子身，这便如何处治？公孙先生又要私访。包公摇头道："得意不宜再往，待我细细思索便了。"公孙策退出，与王、马、张、赵大家参详此事，俱各无有定见。公孙先生自回下处。

四爷赵虎便对三位哥哥言道:"你我投至开封府,并无寸箭之功。如今遇了为难的事,理应替老爷分忧,待小弟暗访一番。"三人听了不觉大笑说:"四弟,此乃机密细事,岂是你粗鲁之人干得的?千万莫要留个话柄。"说罢复又大笑。四爷脸上有些下不来,搭搭讪讪的回到自己屋内,没好谤气的。倒是跟四爷的从人有机变,向前悄悄对四爷到耳边说:"小人倒有个主意。"四爷说:"你有什么主意?"从人道:"他们三位不是笑话你老吗,你老倒要赌赌气,偏去私访,看是如何。然而必须乔妆打扮,叫人认不出来。那时若是访着了,固然是你老的功劳;就是访不着,悄悄儿回来也无人知觉,也不至于丢人。你老想好不好?"四爷闻听大喜,说:"好小子,好主意。你就替我办理。"从人连忙去了,半晌回来道:"四爷,为你这宗事,好不费事呢,好容易才找了来了,花了十六两五钱银子。"四爷说:"什么多少,只要办的事情妥当就是了。"从人说:"管保妥当。咱们找个僻静的地方,小人就把你老打扮起来好不好?"四爷闻听满心欢喜,跟着从人出了公馆,来至静处。打开包袱,叫四爷脱了衣衫。包袱内里面却是锅烟子,把四爷脸上一抹,身上手上俱各花花答答抹了,然后拿出一顶半零不落的开花儿的帽子与四爷戴上,又拿上一片滴零搭拉的破衣与四爷穿上,又叫四爷脱了裤子鞋袜,又拿条少腰没腿的破裤叉儿与四爷穿上,腿上给四爷贴了两个膏药,唾了几口吐沫,抹了些花红柳绿的,算是流的脓血,又有没脚跟的榨板鞋叫四爷趿拉上,馀外有个黄磁瓦罐,一根打狗棒,叫四爷拿定,登时把四爷打扮了个花铺盖相似。这一身行头,别说十六两五钱银子,连三十六个钱谁也不要他。只因四爷大秤分金,扒堆使银子,那里管他多少,况且又为的是官差私访,银子上更不打算盘了。临去时,从人说:"小人于起更时仍在此处等候你老。"四爷答应。左手提罐,右手拿棒,竟奔前村而去。

走着,走着,觉得脚趾扎的生疼。来到小庙前石上坐下,将鞋拿起一看,原来是鞋底的钉子透了。抡起鞋来,在石上拍搭拍搭紧摔,好容易将钉子摔下去。不想惊动了庙内的和尚,只当有人敲门。及至开门一看,是个叫花子在那里摔鞋。四爷抬头一看,猛然问:"和尚,你可知女子之身男子之头在于何处?"和尚闻听道:"原来是个疯子。"并不答言,关了山门进去了。四爷忽然省悟,自己笑道:"我原来是私访,为何顺口开河?好不是东西。快些走罢!"自己又想道:"既扮做花子,应当叫化才是。这个我可没有学过,说不得到那里说那里,胡乱叫两声便了。"便道:"可怜我一碗半碗,烧的黄的都好。"先前还高兴,以为我私访,到后来,见无人理他,自想道:"似此如何打听得事出来?"未免心中着急。又见日色西斜,看看的黑了。幸喜是月望之后,天气虽然黑了,东方却早一轮明月。走至前村,也是事有凑巧,只见一家后墙有个人影往里一跳。四爷心中一动,暗说:"才黑如何便有偷儿?不要管他,我也跟进去瞧瞧。那个要饭的有良心呢,非偷即摸。若有良心,也不要饭了。"思罢,放下瓦罐,丢了木棒,摔了破鞋,光着脚丫子,一伏身往上一纵,纵上墙头。看墙内有柴火垛一堆,就从柴垛顺溜下去。留神一看,见有一人趴伏在那里。

愣爷上前伸手按住,只听那人"啊呀"一声。四爷说:"你嚷我就捏死你。"那人道:"我不嚷,我不嚷,求爷爷饶命。"四爷道:"你叫什么名字?偷的什么包袱?放在那里?快说。"只听那人道:"我叫叶阡儿,家有八十岁老母。因无养赡,我是头次干这营生呀!爷爷!"四爷说:"你真没偷什么?"一面问,一面搜查细看。只见地下露着白绢条儿,四爷一拉,土却是松的,越拉越长,猛力一抖,见是一双小小金莲。复又将腿攥住,尽力一掀,原来是一个无头的女尸。四爷一见,道:"好呀,你杀了人还合我闹这个腔儿呢。实对你说,我非别个,乃开封府包大人阁下赵虎的便是。因为此事,特来暗暗私访。"叶阡儿闻听,只唬的胆裂魂飞,口中哀告道:"赵爷,赵爷!小人作贼情实,并没有杀人。"四爷说:"谁管你,且捆上再说。"就拿白绢条子绑上,又恐他嚷,又将白绢条子撕下一块,将他口内塞满,方才说:"小子,好好在这里,老爷去去就来。"四爷顺着柴垛跳出墙外,也不顾瓦罐木棒与那破鞋,光着脚奔走如飞,直向公馆而来。

　　此时天交初鼓,只见从人正在那里等候。瞧着像四爷,却听见脚底下呱咭呱咭的声响,连忙赶上去说:"事干的如何?"四爷说:"小子,好兴头得很!"说着话就往公馆飞跑。从人看此光景,必是闹出来了,一壁也就随着跟来。谁知公馆之内因钦差在此,各处俱有人把门,甚是严整。忽然见个花子从外面跑进,连忙上前拦阻,说道:"你这人好生撒野,这是什么地方……"话未说完,四爷将手向左右一分,一个个一溜歪斜,几乎栽倒,四爷已然进去。众人才待再嚷,只见跟四爷的从人进来说道:"别嚷,那是我们四老爷。"众人闻听,各皆发怔,不知什么缘故。这位愣爷跑到里面,恰遇包兴,一伸手拉住说:"来得甚好。"把个包兴唬了一跳,连忙问道:"你是谁?"后面从人赶到说:"是我们四爷。"包兴在黑影中看不明白,只听赵虎说:"你替我回禀回禀大人,就说赵虎求见。"包兴方才听出声音来:"啊呀,我的愣爷,你唬杀我咧!"一同来至灯下,一看,四爷好模样儿,真是难画难描,不由的好笑。四爷着急道:"你且别笑,快回老爷!你就说我有要紧事求见。快着,快着!"包兴见他这般光景,必是有什么事,连忙带着赵爷到了包公书房。包兴进内回禀,包公立刻叫进来。见了赵虎这个样子,也觉好笑,便问:"有什么事?"赵虎便将如何私访,如何遇着叶阡儿,如何见了无头女尸之话,从头至尾细述一回。包公正因此事没有头绪,今闻此言,不觉满心欢喜。

未知如何,且听下回分解。

第十一回

审叶阡儿包公断案　　遇杨婆子侠客挥金

且说包公听赵虎拿住叶阡儿，立刻派差头四名，着两个看守尸首，派两人急将叶阡儿押来。吩咐去后，方叫赵虎后面更衣，又极力夸说他一番。赵虎洋洋得意，退出门来。从人将净面水衣服等，俱各预备妥协。四爷进了门，就赏了从人十两银子，说："好小子，亏得你的主意，老爷方能立此功劳。"愣爷好生欢喜，慢慢的梳洗，安歇安歇。

且言差头去不多时，将叶阡儿带到，仍是捆着。大人立刻升堂，带上叶阡儿，当面松绑。包公问道："你叫何名，为何故杀人，讲来。"叶阡儿回道："小人名叫叶阡儿，家有老母，只因穷苦难当，方才做贼。不想头一次就被人拿住，望求老爷饶命。"包公道："你做贼已属不法，为何又去杀人呢？"叶阡儿道："小人做贼是真，并未杀人。"包公将惊堂木一拍："好个刁恶奴才，束手问你，断不肯招。左右，拉下去打二十大板。"只这二十下子，把个叶阡儿打了个横进，不由着急道："我叶阡儿怎么这们时运不顺，上次是那们着，这次又这们着，真是冤枉冤哉！"包公闻听话里有话，便问道："上次是那们着？快讲。"叶阡儿自知失言，便不言语。包公见他不语，吩咐："掌嘴，着实的打！"叶阡儿着急道："老爷不要动怒，我说，我说！只因白家堡有个白员外，名叫白熊，他的生日之时，小人便去张罗，为的是讨好儿，事完之后，得些赏钱，或得点子吃食。谁知他家管家白安，比员外更小气刻薄，事完之后，不但没有赏钱，连杂烩菜也没给我一点。因此小人一气，晚上便偷他去了。"包公说："你方才说道是头次做贼，如今是第二次了。"叶阡儿回道："偷白员外是头一次。"包公道："偷了怎么？讲！"叶阡儿道："他家道路小人是认得的，就从大门溜进去，竟奔东屋内隐藏。这东厢房便是员外的妾名玉蕊住的，小人知道他的箱柜东西多呢。正在隐藏之时，只听得有人弹槅扇响。只见玉蕊开门，进来一人，又把槅扇关上。小人在暗处一看，却是主管白安。见他二人笑嘻嘻的进了帐子。不多时，小人等他二人睡了，便悄悄的开柜子，一摸摸着木匣子，甚是沉重，便携出越墙回家。见上面有锁，旁边挂着钥匙，小人乐的了不得。及至打开一看，罢咧！谁知里面是个人头。这次又遇着这个死尸，故此小人说'上次是那们着，这次是这们着'。这不是小人时运不顺吗？"包公便问道："匣内人头是男是女，讲来。"叶阡儿回道："是个男头。"包公道："你将此头是埋了，还是报了官了呢？"叶阡儿道："也没有埋，也没有报官。"包公道："既没埋，又没报官，你将这人头丢在何处了呢？讲来。"叶阡儿道："只因小人村内有个邱老头子，名叫邱凤。因小人偷他的倭瓜，被他拿住……"包公道："偷倭瓜这是第三次了。"叶阡儿道："偷倭瓜才是头一次呢。这邱老头子恨急了，将井绳蘸水，将小人打了个扁饱，才把小人放了。因此怀恨在心，将人头掷在他家了。"包公便立刻出签两枝，差役四名，二人拿白安，二人拿邱凤，俱于明日听审。将叶阡儿押下去寄监。

　　至次日，包公正在梳洗，尚未升堂。只见看守女尸差人回来一名，禀道："小人昨晚奉命看守死尸。至今早查看，谁知这院子正是郑屠的后院，前门封锁，故此转来禀报。"包公闻听，心内明白，吩咐："知道了。"那人仍然回去。包公立刻升堂，先带郑屠，问道："你这该死的奴才，自己杀害人命，还要脱累他人。你既不知女子之头，如何你家后院埋着女子之尸？从实招来。讲！"两旁威喝："快说，快说！"郑屠以为女子之尸，必是老爷派人到他铺中搜出来的，一时惊的木塑相似，半晌说道："小人愿招。只因那天五鼓起来，刚要宰猪，听见有人扣门求救，小人连忙开门放入。又听得外面有追赶之声，口中说道：'既然没有，明早细细搜查。大约必是在那里窝藏下了。'说着话，仍归旧路回去了。小人等人静后方才点灯，一看却是个年幼女子。小人问他因何黑夜逃出，他说名叫锦娘，只因身遭拐骗，卖入烟花，'我是良家女子，不肯依从。后来有蒋太守之子，倚仗豪势，多许金帛，要买我为妾。我便假意殷勤，递酒戏媚，将太守之子灌得大醉，得便脱逃出来。'小人见他美貌，又是满头珠翠，不觉邪心顿起。谁知女子嚷叫不从。小人顺手提刀，原是威吓他，不想刀才到脖子上，头就掉了。小人见他已死，只得将外面衣服剥下，将尸埋在后院。回来正拔头上簪环，忽听有人叫门买猪头，小人连忙把灯吹灭了。后来一想，我何不将人头包了，叫他替我抛了呢。总是小人糊涂慌恐，也是冤魂缠绕，不知不觉就将人头用垫布包好，从新点上灯，开开门，将买猪头的叫回来，就是韩相公。可巧没拿家伙，因此将布包的人头递与他，他就走了。及至他走后，小人又后悔起来。此事如何叫人掷的呢？必要闹出事来。复又一想，他若替我掷了，也就没事；倘若闹出事来，总给他个不应就是了。不想老爷明断，竟把个尸首搜出来了。可怜小人杀了会子人，所有的衣服等物动也没动，就犯了事了。小人冤枉！"包公见他俱各招认，便叫他画招。

刚然带下去，只见差人禀道："邱凤拿到。"包公吩咐带上来，问他何故私埋人头。邱老儿不敢隐瞒，只得说："那夜听见外面咕咚一响，怕是歹人偷盗，连忙出屋看时，见是个人头，不由害怕，因叫长工刘三拿去掩埋。谁知刘三不肯，合小人要一百两银子。小人无奈，给了他五十两银子，他才肯埋了。"包公道："埋在何处？"邱老说："问刘三便知分晓。"包公又问："刘三现在何处？"邱老儿说："现在小人家内。"包公立刻吩咐县尹带领差役，押着邱老，找着刘三，即将人头刨来。

刚然去后，又有差役回来禀道："白安拿到。"立刻带上堂。见他身穿华服，美貌少年。包公问道："你就是白熊的主管白安么？"应道："小人是。""我且问你，你主人待你如何？"白安道："小人主人待小人如同骨肉，实在是恩同再造。"包公将惊堂木一拍："好一个乱伦的狗才！既如此说，为何与你主人侍妾通奸？讲。"白安闻听，不觉心惊，道："小人素日奉公守法，并无此事吓。"包公吩咐带叶阡儿。叶阡儿来至堂上，见了白安，说："大叔不用分辩了，应了罢！我已然替你回明了。你那晚弹榻扇与玉蕊同进了帐子，我就在那屋里来着。后来你们睡了，我开了柜，拿出木匣，以为发注财，谁知里面是个人脑袋。没什么说的,你们主仆做的事儿,你就从实招了罢。大约你不招也是不行的。"一席话说的白安张口结舌,面目变色。包公又在上面催促说:"那是谁的人头?从实说来。"白安无奈,爬半步道:"小人招就是了。那人头,乃是小人家主的表弟,名叫李克明。因家主当初穷时,借过他纹银五百两,总未还他。那一天,李克明到我们员外家,一来看望,二来讨取旧债。我主人相待酒饭。谁知李克明酒后失言,说他在路上遇一疯颠和尚,名叫陶然公,说他面上有晦气,给他一个游仙枕,叫他给与星主,他又不知星主是谁,问我主人。我主人也不知是谁,因此要借他游仙枕观看。他说,里面阆苑琼楼,奇花异草,奥妙非常。我主人一来贪看游仙枕,二来又省他五百两银子,因此将他杀死,叫我将尸埋在堆货屋子里。我想,我与玉蕊相好,倘被主人识破,如何是好?莫若将割下的人头灌下水银,收在玉蕊的柜内,以为将来主人识破的把柄。谁知被他偷去此头,今日闹出事来。"说罢往上叩头。包公又问道:"你埋尸首之屋,在于何处?"白安道:"自埋之后闹起鬼来了,因此将这三间屋子另行打出,开了门,租与韩瑞龙居住。"包公闻听,心内明白,叫白安画了招,立刻出签拿白熊到案。

　　此时县尹已回,上堂来禀道:"卑职押解邱凤,先找着刘三,前去刨头,却在井边。刘三指地基时,里面却是个男子之尸。验过额角,是铁器所伤。因问刘三,刘三方说道:'刨错了,这边才是埋人头的地方。'因此又刨,果有人头,系用水银灌过的男子头。卑职不敢自专,将刘三一干人证带到听审。"包公闻听县尹之言,又见他一番谨慎,不似先前的荒唐,心中暗喜,便道:"贵县辛苦,且歇息歇息去。"

叫带刘三上堂，包公问道："井边男子之尸，从何而来？讲。"两边威吓："快说！"刘三连忙叩头，说："老爷不必动怒，小人说就是了。回老爷，那男子之尸不是外人，是小人的叔伯兄弟刘四。只因小人得了当家的五十两银子，提了人头刚要去埋，谁知刘四跟在后面。他说：'私埋人头，应当何罪？'小人许了他十两银子，他还不依；又许他对半平分，他还不依。小人问他要多少呢，他说：'要四十五两。'小人一想，通共才五十两，小人才五两剩头。气他不过，小人于是假应，叫他帮着刨坑，要深深的。小人见他折腰撮土，小人就照着太阳上一锹头，就势儿先把他埋了。然后又刨一坑，才埋了人头。不想今日阴错阳差。"说罢，不住叩头。包公叫他画了招，且自带下去。此时白熊业已传到，所供与白安相符，并将游仙枕呈上。包公看了，交与包兴收好，即行断案：郑屠与女子抵命，白熊与李克明抵命，刘三与刘四抵命，俱各判斩；白安以小犯上，定了绞监候；叶阡儿充军；邱老儿私埋人头，畏罪行贿，定了徒罪；玉蕊官卖；韩瑞龙不听母训，贪财生事，理当责处，姑念年幼无知，释放回家，孝养孀母，上进攻书；韩文氏抚养课读，见财思义，教子有方，着县尹赏银二十两，以为旌表；县官理应奏参，念他勤劳，办事尚肯用心，照旧供职。包公断明此案，声名远振。歇息一天，再起身赴陈州便了。

且言常州府武进县遇杰村有侠客展昭，自从土龙岗与包公分手，独自遨游名山胜迹，到处玩赏。一日归家，见了老母甚好，多亏老家人展忠，料理家务井井有条，全不用主人操一点心。为人耿直，往往展爷常被他抢白几句。展爷念他是个义仆，又是有年纪的人，也不计较他。惟有在老母前,晨昏定省,克尽孝道。一日老母心内觉得不爽,展爷赶紧延医调治,衣不解带,昼夜侍奉。不想桑榆暮景,竟自一病不起,服药无效,一命归西去了。展爷呼天抢地,痛哭流血。所有丧仪,一切全是老仆展忠办理,风风光光将老太太殡葬了。展爷在家守制遵礼,到了百日服满,他仍是行侠作义,如何肯在家中。一切事体,俱交与展忠照管,他便只身出门,到处游山玩水。遇有不平之事,便与人分忧解难。

有一日,遇一群逃难之人,携男抱女,哭哭啼啼,好不伤心惨目。展爷便将钞包银两分散众人,又问他们从何处而来。众人同声回道:"公子爷,再休提起。我等俱是陈州良民,只因庞太师之子安乐侯庞昱奉旨放赈,到陈州原是为救饥民,不想他倚仗太师之子,不但不放赈,他反将百姓中年轻力壮之人,挑去造盖花园,并且抢掠民间妇女,美貌的作为姬妾,蠢笨者充当服役。这些穷民本就不能活,这一荼毒,岂不是活活要命么?因此我等往他方逃难去,以延残喘。"说罢大哭去了。展爷闻听,气破英雄之胆,暗说道:"我本无事,何妨往陈州走走。"主意已定,直奔陈州大路而来。

这日正走之间,看见一座坟茔,有个妇人在那里啼哭,甚是悲痛。暗暗想道:"偌大年纪,有何心事如此悲哀,必有古怪。"欲待上前,又恐男女嫌疑。偶见那边有一张烧纸,连忙捡起作为因由,便上前道:"老妈妈,不要啼哭,这里还有一张纸没烧呢。"那婆子止住悲声,接过纸去,归入堆中烧了。展爷便搭搭讪讪问道:"妈妈贵姓?为何一人在此啼哭?"婆子流泪道:"原是好好的人家,如今闹的剩了我一个，焉有不哭！"展爷道："难道妈妈家中俱遭了不幸了么？"婆子道："若都死了，也觉死心塌地了，惟有这不死不活的更觉难受。"说罢，又痛泪如梭。展爷见这婆子说话拉拢，不由心内着急，便道："妈妈，有甚为难之事，何不对我说说呢？"婆子拭拭眼泪，又瞧了展爷，见是武生打扮，知道不是歹人，便说道："我婆子姓杨，乃是田忠之妻。"便将主人田起元夫妻遇害之事，一行鼻涕两行泪，说了一遍。又说："丈夫田忠上京控告，至今杳无音信。现在小主人在监受罪，连饭俱不能送。"展爷闻听，这英雄又是凄惶，又是愤恨，便道："妈妈不必啼哭，田起元与我素日最相好。我因在外访友，不知他遭了此事。今既饔飧不济，我这里有白银十两，暂且拿去使用。"说罢，抛下银两，竟奔皇亲花园而来。

未知如何，且听下回分解。

## 第十二回

### 展义士巧换藏春酒　庞奸侯设计软红堂

且说展爷来至皇亲花园,只见一带簇新的粉墙,虽然不能看见,露出楼阁重重。用步丈量了一番,就在就近处租房住了。到了二更时分,英雄换上夜行的衣靠,将灯吹灭,听了片时,寓所已无动静,悄悄开门,回手带好,仍然放下软帘,飞上房,离了寓所,来到花园。白昼间已然丈量过了,约略远近,在百宝囊中掏出如意绦来,用力往上一抛,是练就准头,便落在墙头之上。用脚尖登住砖牙,飞身而上。到了墙头,将身趴伏,又在囊中取一块石子,轻轻抛下,侧耳细听。此名为投石问路,下面或是有沟,或是有水,就是落在实地,再没有听不出来的。又将钢抓转过,手搂丝绦,顺手而下。两脚落了实地,脊背贴墙,往前面与左右观看一回,方将五爪丝绦往上一抖,收下来装在百宝囊中。蹑足潜踪,脚尖儿着地,真有鹭浮鹤行之能。来至一处,见有灯光。细细看时,却是一明两暗,东间明亮,窗上透出人影,乃是一男一女二人饮酒。展爷悄立窗下。只听得男子说话,却是南方口音说道:"此酒吓,娘子只管吃的,是无妨的;外间案上那一瓶,断断动弗得哉。"又听妇人道:"那个酒叫什么名儿呢?"男子道:"叫做藏春酒。若是妇人吃了,欲火烧身,无不依从。只因侯爷抢了金玉仙来,这妇人至死不从,侯爷急的没法。是我在旁说道:'可以配药造酒,管保随心所欲。'侯爷闻听,立刻叫吾配酒。吾说此酒大费周折,须用三百两银子。"那妇人便道:"什么酒,费这许多银子?"男子道:"娘子你弗晓得。侯爷他恨不能妇人一时到手,吾不趁此时赚他的银两,如何发财呢? 吾告诉你说,配这酒不过高高花上十两头,这个财是发定了。"说毕哈哈大笑。又听妇人道:"虽然发财,岂不损德呢。况且又是个贞烈之妇,你如何助纣为虐呢?"男子说道:"吾是为穷乏所使,不得已而为之。"正在说话间,只听外面叫道:"臧先生。"展爷回头,见树梢头露出一点灯光,便闪身进入屋内,隐在软帘之外。又听男子道:"是那位?"一壁起身,一壁说:"娘子,你还是躲在西间去,不要抛头露面的。"妇人往西间去了。臧先生走出门来。

这时展爷进入屋内,将酒壶提出。见外面案上放着一个小小的玉瓶,又见那边有个红瓶,忙将壶中之酒倒在红瓶之内,拿起玉瓶的藏春酒倒入壶中,又把红瓶内的好酒倾入玉瓶之内。提起酒壶,仍然放在屋内,悄地出来,盘柱而上,贴住房檐往下观看。原来外面来的是跟侯爷的家丁庞福,奉了主人之命,一来取藏春酒,二来为合臧先生讲帐。这先生名唤臧能,乃是个落第的穷儒,半路儿看了些医书,记了些偏方,投在安乐侯处做帮衬。当下出来见了庞福,问道:"主管到此何事?"庞福说:"侯爷叫我来取藏春酒。叫你亲手拿去,当面就兑银子。可是先生,白花花的三百两,难道你就独吞吗? 我们辛辛苦苦白跑不成? 多少不拘,总要染染手儿呀。先生,你说怎么样?"臧能道:"当得,当得,再也白弗得的。倘若银子到手,必要请你吃酒的。"庞福道:"先生真是明白响快人。好的,咱们要交交咧。先生,取酒去罢。"臧能回来,进屋拿了玉瓶,关上门随庞福去了,直奔软红堂。那知南侠见他二人去后,盘柱而下,暗暗的也就跟将下去了。

这里妇人从西间屋内出来,到了东间,仍然坐在旧处,暗自思道:"丈夫如此伤天害理,作的都是不仁之事。"越思越想,好不愁烦。不由的拿起壶来斟了一杯,慢慢的独酌。谁知此酒入腹之后,药性发作,按纳不住。正在胡思乱想之际,只听有人叫门,连忙将门开放,却是庞禄,怀中抱定三百两银子送来。妇人让至屋内,庞禄将银子交代明白,回身要走。倒是妇人留住,叫他坐下,便七长八短的说。正在说时,只听外面咳嗽,却是臧能回来了。庞禄出来迎接着,张口结舌说道:"这三、三百两银子已交付大嫂子了。"说完抽身就走。臧能见此光景,忙进屋内一看,只见他女人红扑扑的脸,仍是坐在炕上发怔,心中好生不乐:"吾呀,这是怎么了?"说罢在对面坐了。这妇人因方才也是一惊,一时心内清醒,便道:"你把别人的妻子设计陷害,自己老婆如此防范。你拍心想想,别人恨你不恨?"一句话,问的臧能闭口无言,便拿壶来斟上一杯,一饮而尽。不多时,坐立不安,心痒难抓。便道:"弗好哉,奇怪的很。"拿起壶来一闻,忙道:"了弗得,了弗得!快拿凉水来。"自己等不得,立起身来,急找凉水吃下。又叫妇人吃了一口,方问道:"你才吃这酒来么?"妇人道:"因你去后,我刚吃得一杯酒……"将下句咽回去了。又道:"不想庞禄送银子来,才进屋内放下银子,你就回来了。"臧能道:"还好,还好,佛天保佑,险些儿把个绿头巾戴上。只是这酒在小玉瓶内,为何跑在这酒壶里来了?好生蹊跷。"妇人方明白,才吃的是藏春酒,险些儿败了名节,不由的流泪道:"全是你安心不善,用尽了机谋,害人不成,反害了自己。可见天理昭彰,报应不爽。"臧能道:"弗用说了,我竟是个混帐东西。看此地也弗是久居之地。如今有了这三百两银子,待明早托个事故,回咱老家便了。"

再说展爷随至软红堂,见庞昱叫使女掌灯,自己手执白玉瓶,前往丽芳楼而去。南侠到了软红堂,见当中鼎内焚香,上前抓了一把香灰;又见花瓶内插着蝇刷,拿起来插在领后,穿香径,先至丽芳楼,隐在软帘后面。只听得那众姬妾正在那里劝慰金玉仙,说:"我们抢来,当初也是不从。到后来弄的不死不活,无奈顺从了,倒得好吃好喝的……"金玉仙不等说完,口中大骂:"你这一群无耻贱人,我金玉仙有死而已。"说罢放声大哭。这些侍妾被他骂的闭口无言,正在发怔,只见丫鬟二名引着庞昱上得楼来,笑容满面道:"你等劝他从也不从?既然不从,我这里有酒一杯,叫他吃了便放他回去。"说罢执杯上前。金玉仙惟恐恶贼近身,劈手夺过掷于楼板之上。庞昱大怒,便要吩咐众姬妾一齐下手。只听楼梯上响,见使女杏花上楼喘吁吁禀道:"才庞福叫回禀侯爷,太守蒋完有要紧话回禀,立刻求见,现在软红堂恭候着呢。"庞昱闻听太守黑夜而来,必有要紧之事。回头吩咐众姬妾:"你们再将这贱人开导开导,再要扭性,我回来定然不饶。"说着话,站起身来直奔楼梯。刚下到一层,只见毛哄哄一拂,脑后灰尘飞扬,脚底下觉得一绊,站立不稳,咕噜噜滚下楼去;后面两个丫鬟也是如此。三个人滚到楼下,你拉我,我拉你,好容易才立起身来,奔至楼门。庞昱说道:"吓杀我也,吓杀我也!什么东西毛哄哄

第十二回　展义士巧换藏春酒　庞奸侯设计软红堂 | 105

的,好怕人也。"丫鬟执起灯一看,只见庞昱满头的香灰。庞昱见两个丫鬟也是如此,大叫道:"不好了,不好了！必是狐仙见了怪了,快走罢!"两个丫鬟那里还有魂咧！三个人不管高低,深一步,浅一步,竟奔软红堂而来。迎头遇见庞福,便问道:"有什么事?"庞福回道:"太守蒋完说紧急之事,要立刻求见,在软红堂恭候。"庞昱连忙掸去香灰,整理衣衿,大摇大摆步入软红堂来。

太守参见已毕,在下座坐了。庞昱问道:"太守深夜至此,有何要事?"太守回道:"卑府今早接得文书,圣上特派龙图阁大学士包公前来查赈,算来五日内必到。卑府一闻此信,不胜惊惶。特来禀知侯爷,早为准备才好。"庞昱道:"包黑子乃吾父门生,谅不敢不回避我。"蒋完道:"侯爷休如此说。闻得包公秉正无私,不畏权势,又有钦差御赐御铡三口,甚属可畏。"又往前凑了一凑道:"侯爷所做之事,难道包公不知道么?"庞昱听罢,虽有些发毛,便硬着嘴道:"他知道便把我怎么样吗?"蒋完着急道:"君子防未然,这事非同小可。除非是此时包公死了,万事皆休。"这一句话提醒了恶贼,便道:"这有何难,现在我手下有一个勇士,名唤项福。他会飞檐走壁之能,即可派他前往两三站去路上行刺,岂不完了此事?"太守道:"如此甚好,必须以速为妙。"庞昱连忙叫庞福去唤项福立刻来至堂上。恶奴去不多时,将项福带来。参过庞昱,又见了太守。此时南侠早在窗外窃听,一切定计话儿,俱各听的明白了。因不知项福是何等人物,便从窗外往里偷看。见果然身体魁梧,品貌雄壮,真是一条好汉,可惜错投门路。只听庞昱说:"你敢去行刺么?"项福道:"小人受侯爷大恩,别说行刺,就是赴汤投火也是情愿的。"南侠外边听了,不由骂道:"瞧不得这么一条大汉,原来是一个谄谀的狗才,可惜他辜负了好胎骨!"正自暗想,又听庞昱说:"太守,你将此人领去,应如何派往吩咐,务妥协机密为妙。"蒋完连连称是,告辞退出。太守在前,项福在后,走不几步,只听项福说:"太守慢行,我的帽子掉了。"太守只得站住。只见项福走出好几步,将帽子拾起。太守道:"帽子如何落得这们远呢?"项福道:"想是树枝一刮,礴出去的。"说罢,又走几步,只听项福说:"好奇怪,怎么又掉了。"回头看,又没人,太守也觉奇怪。一同来至门首,太守坐轿,项福骑马,一同回衙去了。

你道项福的帽子连落二次,是何原故?这是南侠试探项福学业何如。头次从树旁经过,即将帽子于项福头上提了抛去,隐在树后,见他毫不介意;二次走至太湖石畔,又将他帽子提了抛去,隐在石后。项福只回头观看,并不搜查左右。可见他粗心,学艺不精,就不把他放在心上,且回寓所歇息便了。

未识如何,且听下回分解。

## 第十三回

### 安平镇五鼠单行义　苗家集双侠对分金

且说展爷离了花园,暗暗回寓,天已五更,悄悄的进屋换下了夜行衣靠,包裹好了,放倒头便睡了。至次日,别了店主,即往太守衙门前私自窥探。影壁前拴着一匹黑马,鞍辔鲜明,后面梢绳上拴着一个小小包袱,又搭着个钱褡裢。有一个人,拿着鞭子席地而坐。便知项福尚未起身,即在对过酒楼之上,自己独酌眺望。不多一会,只见项福出了太守衙门。那人连忙站起,拉过马来,递了马鞭子。项福接过,认镫乘上,加了一鞭,便往前边去了。南侠下了酒楼,悄地跟随。到了安平镇地方,见路西也有一座酒楼,匾额上写着"潘家楼"。项福拴马,进去打尖,南侠跟了进去。见项福坐在南面座上,展爷便在北面拣了一个座头坐下。跑堂的擦抹桌面,问了酒菜。展爷随便要了,跑堂的传下楼去。展爷复又闲看,见西面有一老者,昂然而坐,仿佛是个乡宦,形景可恶,俗态不堪。不多时,跑堂的端了酒菜来,安放停当。展爷刚然饮酒,只听楼梯声响,又见一人上来,武生打扮,眉清目秀,年少焕然。展爷不由的放下酒杯,暗暗喝彩,又细细观看一番,好生的羡慕。那人才要拣个座头,只见南面项福连忙出席,向武生一揖,口中说道:"白兄,久违了!"那武生见了项福,还礼不迭,答道:"项兄,阔别多年,今日幸会。"说着话,彼此谦逊让至同席。项福将上座让了那人，那人不过略略推辞，即便坐了。展爷看了，心中好生不乐，暗想道："可怜这样一个人，却认得他，真是天渊之别了。"一壁细听他二人说些什么。只听项福说道："自别以来，今已三载有馀，久欲到尊府拜望，偏偏的小弟穷忙。令兄可好？"那武生听了，眉头一皱，叹口气道："家兄已去世了。"项福惊讶道："怎么，大恩人已故了？可惜，可惜！"又说了些欠情短礼没要紧的言语。

你道此人是谁？他乃陷空岛五义士，姓白名玉堂，绰号锦毛鼠的便是。当初项福原是耍拳棒卖膏药的，因在街前卖艺，与人角持，误伤了人命。多亏了白玉堂之兄白金堂，见他像个汉子，离乡在外，遭此官司，甚是可怜。因此将他极力救出，又助了盘川，叫他上京求取功名。他原想进京寻个进身之阶，可巧路途之间遇见安乐侯上陈州放赈。他打听明白，先婉转结交庞福，然后保荐与庞昱。庞昱正要寻觅一个勇士助己为虐，把他收留在府内，他便以为荣耀已极。似此行为，便是下贱不堪之人了。

闲言少叙。且说项福正与玉堂叙话，见有个老者上得楼来，衣衫褴褛，形容枯瘦。见了西面老者，紧行几步，双膝跪倒，二目滔滔落泪，口中苦苦哀求。那老者仰面摇头，只是不允。展爷在那边看着好生不忍，正要问时，只见白玉堂过来，问着老者道："你如何向他如此？有何事体，何不对我说来？"那老者见白玉堂这番形景，料非常人，口称："公子爷有所不知。因小老儿欠了员外的私债，员外要将小女抵偿，故此哀求，员外只是不允。求公子爷与小老儿排解排解。"白玉堂闻听，瞅了老者一眼，便道："他欠你多少银两？"那老者回过头来，见白玉堂满面怒色，只得执手答道："原欠我纹银五两，三年未给利息，就是三十两，共欠银三十五两。"白玉堂听了，冷笑道："原来欠银五两。"复又向老者道："当初他借的时，至今三年，利息就是三十两？这利息未免太轻些。"一回身，便叫跟人平三十五两，向老者道："当初有借约没有？"老者闻听立刻还银子，不觉立起身来道："有借约。"忙从怀中掏出，递与玉堂，玉堂看了。从人将银子平来，玉堂接过递与老者道："今日当着大众，银约两交，却不该你的了。"老者接过银子，笑嘻嘻答道："不该了，不该了。"拱拱手儿，即刻下楼去了。玉堂将借约交付老者："以后似此等利息银两，再也不可借他的了。"老者答道："不敢借了。"说罢叩下头去。玉堂拖起，仍然归座。那老者千恩万谢而去。刚走至展爷桌前，展爷说："老丈不要忙。这里有酒，请吃一杯，压压惊再走不迟。"那老者道："素不相识，怎好叨扰。"展爷笑道："别人费去银子，难道我连一杯水酒也花不起么？不要见外，请坐了。"那老者道："如此承蒙抬爱了。"便坐于下首。展爷与他要了一角酒吃着，便问："方才那老者姓甚名谁？在那里居住？"老儿说道："他住在苗家集，他名叫苗秀。只因他儿子苗恒义在太守衙门内当经承，他便成了封君了。每每的欺侮邻党，盘剥重利。非是小老儿受他的欺侮便说他这些忿恨之言，不信，爷上打听就知我的话不虚了。"展爷听在心里。老者吃了几杯酒，告别去了。

又见那边白玉堂问项福的近况如何，项福道："当初多蒙令兄抬爱，救出小弟，又赠银两，叫我上京求取功名。不想路遇安乐侯，蒙他另眼看待，收留在府。今特奉命前往天昌镇，专等要办宗紧要事件。"白玉堂闻听,便问道:"那个安乐侯?"项福道:"焉有两个呢。就是庞太师之子,安乐侯庞昱。"说罢,面有得色。玉堂不听则可,听了登时怒气喷喷,面红过耳,微微冷笑道:"你敢则投在他门下了。好!"急唤从人会了帐,立起身来,回头就走,一直下楼去了。展爷看的明白,不由暗暗称赞道:"这就是了。"又自忖道:"方才听项福说,他在天昌镇专等。我曾打听,包公还得等几天到天昌镇。我何不趁此时,且至苗家集走走呢?"想罢,会钱下楼去了。真是行侠作义之人,到处随遇而安。非是他务必要拔树搜根,只因见了不平之事,他便放不下,仿佛与自己的事一般,因此才不愧那个"侠"字。

闲言少叙。到了晚间初鼓之后,改扮行装,潜入苗家集。来到苗秀之家,所有躥房越脊自不必说。展爷在暗中见有待客厅三间,灯烛明亮,内有人说话。蹑足潜踪,悄立窗下细听。正是苗秀问他儿子苗恒义道:"你如何弄了许多银子? 我今日在潘家集也发了个小财,得了三十五两银子。"便将遇见了一个俊哥替还银子的话说了一遍,说罢大笑。苗恒义亦笑道:"爹爹除了本银,得了三十两银子的利息。如今孩儿一文不费,白得了三百两银子。"苗秀笑嘻嘻的问道:"这是什么缘故呢?"苗恒义道:"昨日太守打发项福起身之后,又与侯爷商议一计,说项福此去成功便罢,倘不成功,叫侯爷改扮行装,私由东皋林悄悄入京,在太师府内藏躲。候包公查赈之后有何本章,再作道理。又打点细软箱笼并抢来女子金玉仙,叫他们由观音庵岔路上船,暗暗进京。因问本府:'沿途盘川所有船只,须用银两多少,我好打点。'本府太爷那里敢要侯爷的银子呢,反倒躬身说道:'些须小事,俱在卑府身上。'因此，回到衙内，立刻平了三百两银子交付孩儿，叫我办理此事。我想，侯爷所行之事，全是无法无天的。如今临走，还把抢来的妇人暗送入京，况他又有许多的箱笼。到了临期，孩儿传与船户，叫他只管装去，到了京中，费用多少合他那里要；他若不给，叫他把细软留下作押帐为当头。爹爹想，侯爷所作的，俱是暗昧之事，一来不敢声张，二来也难考查。这项银两，原是本府太爷应允，给与不给，侯爷如何知道？这三百两银子，难道不算白得吗？"展爷在窗外听至此，暗自说道："真是恶人自有恶人磨，再不错的。"猛回头，见那边又有一个人影儿一晃，及至细看，仿佛潘家楼遇见的武生，就是那替人还银子的俊哥儿，不由暗笑道："白日替人还银子，夜间就讨帐来了。"忽然远远的灯光一闪，展爷惟恐有人来，一伏身盘柱而上，贴住房檐往下观看，却又不见了那个人，暗道："他也躲了。何不也盘在那根柱子上，我们二人闹个二龙戏珠呢。"正自暗笑，忽见丫鬟慌慌张张跑至厅上说："员外，不好了，安人不见了！"苗秀父子闻听吃了一惊，连忙一齐往后面跑去了。南侠急忙盘柱而下，侧身进入屋内，见桌上放着六包银子，外有一小包。他便揣起了三包，心中说道："三包一小包，留下给那花银子的，叫他也得点利息。"抽身出来，暗暗到后边去了。

　　原来，那个人影儿果是白玉堂。先见有人在窗外窃听，后见他盘柱而上，贴住房檐，也自暗暗喝彩，说："此人本领不在我下。"因见灯光，他便迎将上来，恰是苗秀之妻同丫鬟执灯前来登厕。丫鬟将灯放下，回身取纸。玉堂趁空，抽刀向着安人一晃，说道："要嚷，我就一刀。"妇人吓的骨软筋酥，那里嚷的出来。玉堂伸手将那妇人提出了茅厕，先撕下一块裙子塞住妇人之口。好狠玉堂，又将妇人削去双耳，用手提起掷在厕旁粮食囤内，他却在暗处偷看。见丫鬟寻主母不见，奔至前厅报信。听得苗秀父子从西边奔入，他却从东边转至前厅。此时南侠已揣银走了。玉堂进了屋内一看，桌上只剩了三封银子另一小包，心内明知是盘柱之人拿了一半，留下一半给我。暗暗承他的情，将银子揣起也就走去了也。

这里，苗家父子赶至后面，一面追问丫鬟，一面执灯找寻。至粮囤旁，听见呻吟之声，却是妇人，连忙搀起细看，浑身是血，口内塞着东西，急急掏出。苏醒了半晌，方才嗳哟出来，便将遇害的情由说一遍。这才瞧见两个耳朵没了。忙着丫鬟仆妇搀入屋内，喝了点糖水。苗恒义猛然想起，待客厅上还有三百两银子，连说："不好，中了贼人调虎离山之计了。"说罢向前飞跑。苗秀闻听，也就跟在后面。到了厅上一看，那里还有银子咧！父子二人怔了多时，无可如何，惟有心疼怨恨而已。

未知端底，且听下回分解。

## 第十四回

### 小包兴偷试游仙枕　勇熊飞助擒安乐侯

且说苗家父子丢了银子,因是暗昧之事,也不敢声张,竟吃了哑叭亏了。白玉堂揣着自奔前程,展爷是拿了银子一直奔天昌镇去了。这且不言。

单说包公在三星镇审完了案件歇马,正是无事之时。包兴记念着游仙枕,心中想道:"今晚我何不悄悄的睡睡游仙枕,岂不是好?"因此到晚间伺候包公安歇之后,便嘱咐李才说:"李哥,你今晚辛苦一夜,我连日未能歇息,今晚脱个空儿。你要惊醒些,老爷要茶水时,你就伺候。明日我再替你。"李才说:"你放心去罢,有我呢。彼此都是差使,何分你我。"包兴点头一笑,即回至自己屋内,又将游仙枕看了一番,不觉困倦,即将枕放倒。头刚着枕,便入梦乡。

出了屋门,见有一匹黑马,鞍鞯俱是黑的。两边有两个青衣,不容分说,搀上马去。迅速非常,来到一个所在,似开封府大堂一般。下了马,心中纳闷:"我如何还在衙门里呢?"又见上面挂着一匾,写着"阴阳宝殿"。正在纳闷,又见来了一个判官,说道:"你是何人,擅敢假充星主前来鬼混!"喝声:"拿下!"便出来了一个金甲力士,一声断喝,将包兴吓醒,出了一身冷汗。暗自思道:"凡事皆有先成的造化,我连一个枕头都消受不了。判官说我假充星主,将来此枕想是星主才睡得呢,怨得李克明要送与星主。"左思右想,那里睡得着呢。赌气子起来,听了听,方交四鼓,急忙来至包公住的屋内。只见李才坐在椅子上,前仰后合在那里打盹。又见灯花结了个如意儿,烧了多长,连忙用剪烛剪了一剪。只见桌上有个字帖儿,拿起一看,不觉失声道:"这是那里来的?"一句话,将李才吓醒,连忙说道:"我没有睡呀!"包兴说:"没睡,这字帖儿打那里来的?"李才尚未答言,只听包公问道:"什么字帖,拿来我看。"包兴执灯,李才掀帘,将字帖呈上。包公接来一看,便问道:"天有什么时候了?"包兴举灯向表上一看,说:"才交寅刻。"包公道:"也该起来了。"二人服侍包公穿衣净面时,包公便叫李才去请公孙先生。不多时,公孙先生来到,包公便将字帖与他观看。公孙策接来,只见上面写道:"明日天昌镇,谨防刺客凶。分派众人役,分为两路行。一路东皋林,捉拿恶庞昱。一路观音庵,救活烈妇人。要紧,要紧。"旁有一行小字:"烈妇人即金玉仙"。公孙策道:"此字从何而来呢?"包公道:"何必管他的来历。明日到天昌镇严加防范;再派人役,先生吩咐他们在两路稽查便了。"公孙策连忙退出,与王、马、张、赵四勇士商议,大家俱各小心留神。你道此字从何而来? 只因南侠离了苗家集,奔至天昌镇,见包公尚未到来,心中一想,恐包公促忙来至,不及提防,莫若我迎将上去,遇便泄漏机关,包公也好早作准备。好英雄,不辞辛苦,他便赶至三星镇。恰好三更,来至公馆,见李才睡着,也不去惊动他,便溜进去,将纸条儿放下,仍回天昌镇等候去了。

且说次日包公到了天昌镇,进了公馆,前后左右搜查明白。公孙策暗暗吩咐马快、步快两个头儿,一名耿春,一名郑平,二人分为左右,稽查出入之人。叫王、马、张、赵四人围住老爷的住所,前后巡逻。自己同定包兴、李才护持包公。倘有动静,大家知会,一齐动手。分派已定,看看到了掌灯之时,处处灯烛照如白昼。外面巡更之人,往来不断。别人以为是钦差大人在此居住,那里知道是暗防刺客呢。内里王、马、张、赵四人摩拳擦掌,暗藏兵器,百倍精神,准备捉拿刺客,真是防范的严谨。到了三更之后,并无动静。只见外面巡更的灯光明亮,照彻墙头;里面赵虎仰面各处里观瞧。顺着墙外灯光,走至一株大榆树下,赵虎忽然往上一看,便嚷道:"有人了!"只这一声,王、马、张三人亦皆赶到。外面巡更之人,也止住步了。掌灯一齐往树上观看,果然有个黑影儿。先前仍以为是树梃,后来树上之人见下面人声嘶喊,灯火辉煌,他便动手动脚的。大家一见,更觉鼎沸起来。只听外面人道:"跳下去了,里面防范着!"谁知树上之人趁着这一声,便攥住树杪,将身悠起,趁势落在耳房上面。一伏身,往起一纵,便到了大房前坡。赵虎嚷道:"好贼,那里走。"话未说完,迎面飞下一摞瓦来。楞爷急闪身,虽则躲过,他用力太猛,闹了个跟头。房上之人,趁势扬腿刚要迈脊,只听"嗳哟"一声,咕噜噜从房上滚将下来,恰落在四爷旁边。四爷一翻身,急将他按住。大家上前先拔去背上的单刀,方用绳子捆了,推推拥拥来见包公。

此时包公、公孙策便衣便帽,笑容满面。包公道:"好一个雄壮的勇士,堪称勇烈英雄。"回头对公孙策道:"先生,你替我松了绑。"公孙先生会意,假做吃惊道:"此人前来行刺,如何放得?"包公笑道:

"我求贤若渴,见了此等勇士,焉有不爱之理。况我与壮士又无仇恨,他如何肯害我?这无非是受小人的捉弄。快些松绑。"公孙策对那人道:"你听见了,老爷待你如此大恩,你将何以为报?"说罢,吩咐张、赵二人与他松了绑。王朝见他腿上钉着一枝袖箭,赶紧替他拔出。包公又吩咐包兴看座。那人见包公如此光景,又见王、马、张、赵分立两旁,虎势昂昂,不由良心发现,暗暗夸道:"闻听人说包公正直,又目识英雄,果不虚传。"一翻身扑倒在地,口中说道:"小人冒犯钦差大人,实实小人该死。"包公连忙说道:"壮士请起,坐下好讲。"那人道:"钦差大人在此,小人焉敢就座。"包公道:"壮士只管坐了何妨。"那人只得鞠躬坐了。包公道:"壮士贵姓尊名,到此何干?"那人见包公如此看待,不因不由的就顺口说出来了,答道:"小人名唤项福。只因奉庞昱所差……"便一五一十说了一遍,"不想大人如此厚待,使小人愧怍无地。"包公笑道:"这却是圣上隆眷过重,使我声名远播于外,故此招忌,谤我者极多。就是将来与安乐侯对面时,壮士当面证明,庶不失我与太师师生之谊。"项福连忙称是。包公便吩咐公孙策与壮士好好调养箭伤。公孙策领项福去了。包公暗暗叫王朝来,叫他将项福明是疏放,暗地拘留。王朝又将袖箭呈上说:"此乃南侠展爷之箭。"包公闻听道:"原来展义士暗中帮助。前日三星镇留下字柬,必也是义士所为。"心中不胜感羡之至。王朝退出。此时公孙先生已分派妥当:叫马汉带领马步头目耿春、郑平前往观音庵,解救金玉仙;又派张龙、赵虎前往东皋林,捉拿庞昱。

单说马汉带着耿春、郑平竟奔观音庵而来,只见驼轿一乘,直扑庙前去了。马汉看见，飞也似的赶来。及至赶到，见旁有一人叫道："贤弟，为何来迟？"马汉细看，却是南侠，便道："兄，此轿何往？"展爷道："劣兄已将驼轿截取，将金玉仙安顿在观音庵内。贤弟来得正好，咱二人一同到彼。"说话间，耿春、郑平亦皆赶到，围绕着驼轿来至庙前。打开山门，里面出来一个年老的妈妈，一个尼姑。这妈妈却是田忠之妻杨氏。众人搭下驼轿，搀出金玉仙来。主仆见面，抱头痛哭。原来杨氏也是南侠送信，叫他在此等候。又将轿内细软俱行搬下。南侠对杨氏道："你主仆二人就在此处等候。候你家相公官司完了时，叫他到此寻你。"又对尼姑道："师父用心服侍，田相公来时必有重谢。"吩咐已毕，便对马汉道："贤弟回去，多多拜上老大人，就说展昭另日再为禀见，后会有期。将金玉仙下落禀复明白，他乃贞烈之妇，不必当堂对质。拜托，拜托。请了！"竟自扬长而去。马汉也不敢挽留，只得同耿春、郑平二人回归旧路去禀知包公。这且不言。

再说张、赵二人到了东皋林，毫不见一点动静。赵虎道："难道这厮先过去了不成？"张爷道："前面一望无际，并无人行，焉有过去之理。"正说间，只见远远有一伙人乘马而来。赵爷一见，说："来咧，来咧。哥，你我如此如此，庶不致于舛错。"张龙点头，带领差役隐在树后。众人催马刚到此地，赵虎从马前一过，栽倒在地。张爷从树后转出来，便乱喊道："不好了，不好了，撞死人了！"上前将庞昱马环揪住道："你撞了人，还往那里去？"众差役一齐拥上。众恶奴发话道："你这些好大胆的人，竟敢拦挡侯爷不放。"张龙道："谁管他侯爷公爷的，只要将我们的人救活了便罢。"众恶奴道："好生撒野。此乃安乐侯,太师之子,改扮行装出来私访。你们竟敢拦阻去路,真是反了天了!"赵爷在地下听准是安乐侯再无舛错,一咕噜身爬起来,先照着说话的劈面一掌,喊道:"我们反了天了,我们净等着反了天的人呢!"说罢,先将庞昱拿下马来,差役掏出锁来套上。众恶奴见事不祥,个个加上一鞭,忽的一声俱各逃之夭夭了。张、赵追他不及,只顾庞昱,连追也不追。众人押解着奸侯,竟奔公馆而来。

要知端的,且听下回分解。

## 第十五回

### 斩庞昱初试龙头铡　遇国母晚宿天齐庙

且说张、赵二人押解庞昱到了公馆，即行将庞昱带上堂来。包公见他项带铁锁，连忙吩咐道："你等太不晓事，侯爷如何锁得。还不与我卸去！"差役连忙上前将锁卸下。庞昱到了此时，不觉就要屈膝。包公道："不要如此。虽则不可以私废公，然而我与太师有师生之谊，你我乃年家弟兄，有通家之好。不过因有此案要当面对质对质，务要实实说来，大家方有个计较，千万不要畏罪回避。"说毕，叫带上十父老并田忠、田起元及抢掠的妇女，立刻提到。包公按呈子一张一张讯问。庞昱因见包公方才言语，颇有护他的意思，又见和容悦色，一味的商量，必要设法救我。莫若我从实应了，求求包黑，或者看爹爹面上，往轻里改正改正，也就没了事了。想罢说道："钦差大人不必细问，这些事体，俱是犯官一时不明做成，此事后悔也是迟了。惟求大人笔下超生，犯官感恩不尽。"包公道："这些事既已招承，还有一事。项福是何人所差？"恶贼闻听，不由的一怔，半晌答道："项福乃太守蒋完差来，犯官不知。"包公吩咐："带项福。"只见项福走上堂来，仍是照常形色，并非囚禁的样子。包公道："项福，你与侯爷当面质对。"项福上前对恶贼道："侯爷不必隐瞒。一切事体，小人俱已回明大人了。侯爷只管实说了，大人自有主见。"恶贼见项福如此，也只得应了是自己派来的。包公便叫他画供。恶贼此时也不能不画了。

画招后，只见众人证俱到，包公便叫各家上前厮认。也有父认女的，也有兄认妹的，也有夫认妻的，也有婆认媳的，纷纷不一，嚎哭之声不忍入耳。包公吩咐，叫他们在堂阶两边听候判断；又派人去请太守速到。包公便对恶贼道："你今所为之事，理应解京。我想道途遥远，反受折磨。再者，到京必归三法司判断，那时难免皮肉受苦。倘若圣上大怒，必要从重治罪。那时如何辗转？莫若本阁在此发放了，倒觉得爽快。你想好不好？"庞昱道："但凭大人作主，犯官安敢不遵。"包公登时把黑脸放下，见虎目一瞪，吩咐："请御刑！"只这三个字，两边差役一声喊，堂威震赫。只见四名衙役将龙头铡抬至堂上，安放周正。王朝上前，抖开黄龙套，露出金煌煌、光闪闪、惊心落魄的新刑。恶贼一见，胆裂魂飞。才待开言，只见马汉早将他丢翻在地。四名差役过来，与他口内衔了木嚼，剥去衣服，将芦席铺放，恶贼那里还能挣扎，立刻卷起，用草绳束了三道。张龙、赵虎二人将他抬起，走至铡前，放入铡口，两头平均。此时，大汉王朝黑面向里，左手执定刀靶，右手按定刀背，直瞧座上。包公将袍袖一拂，虎项一扭，口说"行刑"二字。王朝将彪躯一纵，两膀用力，只听唿喳一声，将恶贼登时腰斩，分为两头一边齐的两段。四名差役，连忙跑上堂去，各各腰束白布裙，跑至铡前，有前有后，先将尸首往上一扶，抱将下去。张、赵二人又用白布擦抹铡口的血迹。堂阶之下，田起元主仆以及父老并田妇村姑，见铡了恶贼庞昱，方知老爷赤心为国，与民除害，有念佛的,有称愿的,就有胆小不敢看的。

包公上面吩咐:"换了御刑,与我拿下。"听了一个"拿"字,左右一伸手,便将项福把住。此时,这厮见铡了庞昱,心内已然突突乱跳,今又见拿他,不由的骨软筋酥,高声说道:"小人何罪?"包公一拍堂木,喝道:"你这背反的奴才!本阁乃奉命钦差,你擅敢前来行刺。行刺钦差即是叛朝廷,还说无罪?尚敢求生么?"项福不能答言。左右上前,照旧剥了衣服,带上木嚼,拉过一领粗席卷好。此时狗头铡已安放停当,将这无义贼行刑过了,擦抹御铡,打扫血迹,收拾已毕。只见传知府之人上堂跪倒,禀道:"小人奉命前去传唤知府,谁知蒋完畏罪自缢身死。"包公闻听道:"便宜了这厮。"另行委员前去验看。又吩咐将田起元带上堂来,训诲一番:不该放妻子上庙烧香,以致生出此事,以后家门务要严肃,并叫他上观音庵接取妻子;老仆田忠替主鸣冤,务要好好看待他;从此努力攻书,以求上进;所有驼轿内细软必系私蓄,勿庸验看,俱着田忠领讫。又吩咐父老:"各将妇女带回,好好安分度日。本阁还要按户稽查花名,秉公放赈,以抒民困,庶不负圣上体恤之鸿恩。"众人一齐叩头,欢欢喜喜而散。老爷立刻叫公孙策打了摺底看过,并将原呈招供一齐封妥,外附夹片一纸,请旨补放知府一缺。即日拜发,赍京启奏去了。一面出示委员稽查户口放赈。真是万民感仰,欢呼载道。

一日,批摺回来,包公恭接。叩拜毕,打开一看,见朱批甚属夸奖:"至公无私,所办甚是。知府一缺,即着拣员补放。"包公暗自沉吟道:"圣上总然隆眷优渥,现有老贼庞吉在京,见我铡了他的爱子,他焉有轻轻放过之理？这必是他别进逸言，安慰妥了，候我进京时他再摆布于我，一定是这个主意。老贼呀，老贼，我包某秉正无私，一心为国，焉怕你这鬼鬼祟祟！如今趁此权柄未失，放完赈后，偏要各处访查访查，要作几件惊天动地之事。一来不负朝廷，二来与民除害，三来也显显我包某胸中的抱负。"谁知老爷想到此地，下文就真生出一件惊天动地的事来。

你道是何事件？自从包公秉正放赈已完，立意要各处访查，便不肯从旧路回来，特特由新路而归。一日，来至一个所在，地名草州桥东，乘轿慢慢而行。猛然听的咯吱一阵乱响，连忙将轿落平。包兴下马，仔细看时，双杆皆有裂纹，幸喜落平实地，险些儿双杆齐折。禀明包公，吩咐带马。将马带过，老爷刚然扳鞍上去，那马"咮"的一声，往旁一闪。幸有李才在外首坠镫，连忙拢住。老爷从新搂搂扯手，翻身上马。虽然骑上，他却不走，尽在那里打旋转圈。老爷连加两鞭，那马鼻翅一扇，反到往后退了两步。老爷暗想："此马随我多年，他有三不走：遇歹人不走，见冤魂不走，有刺客不走。难道此处有事故不成？"将马带住，叫包兴唤地方。

不多时，地方来到马前跪倒。老爷闪目观瞧，见此人年有三旬上下，手提一根竹杆，口称："小人地方范宗华，与钦差大人叩头。"包公问道："此处是何地名？"范宗华道："不是河，名叫草州桥。虽然有个平桥，却没有桥，也无有草。不知当初是怎么起的这个名儿，连小人也闹的纳闷儿。"两旁吃喝："少说，少说！"老爷又问道："可有公馆没有？"范宗华道："此处虽是通衢大道，却不是镇店码头，也不过是荒凉幽僻的所在，如何能有公馆呢。再者，也不是站头……"包兴在马上着急道："没公馆你就说没公馆就完了，何必这许多的话。"老爷在马上用鞭指着问道："前面高大的房子是何所在？"范宗华回道："那是天齐庙。虽然是天齐庙，里面是菩萨殿、老爷殿、娘娘殿俱有，旁边跨所还有土地祠。就着老道看守，因没有什么香火，也不能多养活人。"包兴道："你太唠叨了，谁问你这些。"老爷吩咐："打道天齐庙。"两旁答应。老爷将马一带，驯驯顺顺的竟奔天齐庙，他也不闹了。马通灵性，真也奇怪。

包兴上马，一抖丝缰，先到天齐庙，撑开闲人，并告诉老道："钦差大人打此经过，一概茶水不用。你们伺候完了香，连忙躲开，我们大人是最爱清静的。"老道连连答应："是。"正说间，包公已到。包兴连忙接马。包公进得庙来，便吩咐李才在西殿廊下设了公座。老爷带包兴直奔正殿，老道已将香烛预备。伺候焚香已毕，包兴使个眼色，老道连忙回避。包公下殿来至西廊，入了公位，吩咐众人俱在庙外歇息，独留包兴在旁，暗将地方叫进来。包兴悄悄把范宗华叫到，他又给包兴打了个千儿。包兴道："我瞧你很机灵，就是话太多了。方才大人问你，你就拣近的说就完咧，什么枝儿叶儿的，闹一大郎当作什么。"范宗华连忙笑着说："小人惟恐话回的不明白，招大人嗔怪，故此要往清楚里说，谁知话又多了。没什么说的，求二太爷担待小人罢。"包兴道："谁来怪你？不过告诉你，恐其话太多，反招大人嗔怪。如今大人又叫你呢，你见了大人，问什么答应什么就是了，不必唠叨了。"范宗华连连答应，跟包兴来至西廊，朝上跪倒。包公问道:"此处四面可有人家没有?"范宗华禀道:"南通大道,东有榆树林,西有黄土岗,北边是破窑,共有不足二十家人家。"老爷便着地方掮了高脚牌,上面写"放告"二字,叫他知会各家,如有冤枉前来天齐庙伸诉。范宗华应"是",即掮了高脚牌奔至榆树林,见了张家便问:"张大哥,你打官司不打?"见了李家便问:"李老二,你冤枉不冤枉?"招的众人无不大骂:"你是地方,总盼人家打官司,你好讹钱。我们过的好好清静日子,你找上门来叫打官司。没有什么说的,要打官司儿就合你打。什么东西,趁早儿滚开!真他妈的丧气,你怎么配当地方呢?我告诉你,马二把打嘎,你给我走球罢!"范宗华无奈,又到黄土岗,也是如此被人通骂回来了。他却不怕骂,不辞辛苦,来到破窑地方,又嚷道:"今有包大人在天齐庙宿坛放告,有冤枉的没有,只管前去伸冤。"一言未了,只听有人应道:"我有冤枉,领我前去。"范宗华一看,说道:"啊呀,我的妈呀!你老人家有什么事情,也要打官司呢?"

谁知此位婆婆,范宗华他却认得,可不知底里,只知道是秦总管的亲戚,别的不知。这是什么缘故呢?只因当初余忠替了娘娘殉难,秦凤将娘娘顶了余忠之名抬出宫来,派亲信之人送到家中,吩咐与秦母一样侍奉。谁知娘娘终日思想储君,哭的二目失明。那时范宗华之父名唤范胜,当时众人俱叫他"剩饭",正在秦府打杂,为人忠厚老实好善。娘娘因他爱行好事,时常周济赏赐他,故此范胜受恩极多。后来秦凤被害身死,秦母亦相继而亡。所有子孙,不知娘娘是何等人,所谓人在人情在,人亡两无交。娘娘在秦宅存身不住,故此离了秦宅，无处栖身。范胜欲留在他家，娘娘决意不肯。幸喜有一破窑，范胜收拾了收拾，搀扶娘娘居住。多亏他时常照拂，每遇阴天下雨，他便送了饭来。又恐别人欺侮他，叫儿子范宗华在窑外搭了个窝铺，坐冷子看守。虽是他答报受德受恩之心，那里知道此位就是落难的娘娘。后来范胜临危，还告诉范宗华道："破窑内老婆婆你要好好侍奉，他当初是秦总管派人送到家中，此人是个有来历的，不可怠慢。"这也是他一生行好，竟得了一个孝顺的儿子。范宗华自父亡之后，真是遵依父训，侍奉不衰。平时即以老太太呼之，又叫妈妈。

现今娘娘要告状，故问："你老人家有什么事情，也要告状呢？"娘娘道："为我儿子不孝，故要告状。"范宗华道："你老人家可是悖晦了。这些年也没见你老人家说有儿子，今儿虎拉巴的又告起儿子来了。"娘娘道："我这儿子，非好官不能判断。我常听见人说，这包公老爷善于剖断阴阳，是个清正官儿，偏偏他总不从此经过，故此耽延了这些年。如今他既来了，我若不趁此时伸诉，还要等待何时呢？"范宗华听罢说："既是如此，我领了你老人家去。到了那里，我将竹杖儿一拉，你可就跪下，好歹别叫我受热。"说着话，拉着竹杖，领到庙前。先进内回禀，然后将娘娘领进庙内。

到了公座之下，范宗华将竹杖一拉，娘娘连理也不理。他又连拉了几拉，娘娘反将竹杖往回里一抽。范宗华好生的着急。只听娘娘说道："大人吩咐左右回避，我有话说。"包公闻听，便叫左右暂且退出，座上方说道："左右无人，有什么冤枉，诉将上来。"娘娘不觉失声道："啊呀包卿，苦煞哀家了！"只这一句，包公座上不胜惊讶。包兴在旁,急冷冷打了个冷战。登时,包公黑脸也黄了,包兴吓的也呆了,暗说:"我、我的妈呀,闹出'哀家'来咧! 我看这事怎么好呢。"

未识如何,且听下回分解。

## 第十六回

### 学士怀忠假言认母　　夫人尽孝祈露医睛

且说包公见贫婆口呼包卿,自称哀家,平人如何有这样口气？只见娘娘眼中流泪,便将已往之事,滔滔不断述说一番。包公闻听,唬的惊疑不止,连忙立起身来问道："言虽如此,不知有何证据？"娘娘从里衣内掏出一个油渍渍的包儿,包兴上前,不敢用手来接,撩起衣襟向前兜住,说道："松手罢。"娘娘放手,包儿落在衣襟。包兴连忙呈上。千层万裹,里面露出黄缎袱子来。打开袱子一看,里面却是金丸一粒,上刻着玉宸宫字样,并娘娘名号。包公看罢,急忙包好,叫包兴递过,自己离了座位。包兴会意,双手捧定包儿,来至娘娘面前,双膝跪倒,将包儿顶在头上,递将过去,然后一拉竹杖,领至上座。入了座位,包公秉正参拜。娘娘吩咐："卿家平身。哀家的冤枉,全仗卿家了。"包公奏道："娘娘但请放心,臣敢不尽心竭力以报君乎？只是目下耳目众多,恐有泄漏,实属不便。望祈娘娘赦臣冒昧之罪,权且认为母子,庶免众口纷纷,不知凤意如何？"娘娘道："既如此,但凭吾儿便了。"包公又望上叩头谢恩,连忙立起,暗暗吩咐包兴,如此如此。

包兴便跑至庙外,只见县官正在那里吆喝地方呢："怪！钦差大人在此宿坛,你为何不早早禀我知道？"范宗华分辩道："大人到此,问这个,又问那个,又派小人放告,多少差使,连一点空儿无有,难道小人还有什么分身法不成?"一句话惹恼了县官,一声断喝:"好奴才,你误了差使还敢强辩,就该打折了你的狗腿!"说至此,恰好包兴出来,便说道:"县太爷,算了罢。老爷自己误了,反倒怪他。他是张罗不过来吓!"县官听了笑道:"大人跟前,须是不好看。"包兴道:"大人也不嗔怪,不要如此了。大人吩咐咧,立刻叫贵县备新轿一乘,要伶俐丫鬟二名,并上好衣服簪环一份,急速办来。立等立等!再者,公馆要分内外预备。所有一切用度花费的银两,叫太爷务必开清,俟到京时再为奉还。"又向范宗华笑道:"你起来罢,不用跪着了。方才你带来的老婆婆,如今与大人母子相认了。老太太说你素日很照应,还要把你带进京去呢,你就是伺候老太太的人了。"范宗华闻听,犹如入云端的一般,乐的他不知怎么样才好。包兴又对县官道:"贵县将他的差使止了罢。大人吩咐,叫他随着上京,沿途上伺候老太太。怎么把他也打扮打扮才好,这可打老爷个秋丰罢。"县官连连答应道:"使得,使得。"包兴又道:"方才分派的事,太爷赶紧就办了罢。并将他带去,就教他押解前来就是了。务必先将衣服、首饰、丫鬟速速办来。"县官闻听,赶忙去了。包兴进庙禀复了包公,又叫老道将云堂小院打扫干净。不多时,丫鬟二名并衣服首饰一齐来到,伏侍娘娘在云堂小院沐浴更衣不必细说。包公就在西殿内安歇,连忙写了书信,密密封好,叫包兴乘马先行进京,路上务要小心。包兴去后,范宗华进来与包公叩头,并回明轿马齐备,县官沿途预备公馆等事。包公见他通身换了服色,真是人仗衣帽,却不似先前光景。包公便吩咐他:"一路小心伺候。老太太自有丫鬟伏侍,你无事不准入内。"范宗华答应退出。他却很知规矩,以为破窑内的婆婆如今作了钦差的母亲,自然非前可比。他那里知道,那婆婆便是天下的国母呢。

至次日,将轿抬至云堂小院的门首,丫鬟伏侍娘娘上轿。包公手扶轿杆,一同出庙。只见外面预备停当,拨了四名差役跟随老太太,范宗华随在轿后,也有匹马。县官又派了官兵四名护送。包公步行有一箭多地,便说道:"母亲先进公馆,孩儿随后即行。"娘娘说道:"吾儿,在路行程不必多礼,你也坐轿走罢。"包公连连称是,方才退下。众人见包公走后,一个个方才乘马,也就起了身了。这样一宗大事,别人可瞒过,惟有公孙先生心下好生疑惑,却又猜不出是什么底细。况且大人与包兴机密至甚,先差包兴入京送信去了,想来此事重大,不可泄漏的。因此更不敢问,亦不向王、马、张、赵提起,惟有心中纳闷而已。

单说包兴揣了密书,连夜赶到开封。所有在府看守之人,俱各相见。众人跪了老爷的钧安,马夫将马牵去喂养刷遛,不必细表。包兴来到内衙,敲响云牌。里面妇女出来问明,见是包兴,连忙告诉丫鬟禀明李氏诰命。诰命正因前次接了报摺,知道老爷已将庞昱铡死,惟恐太师怀恨,欲生奸计,每日提心吊胆。今日忽见包兴独自回来,不胜惊骇,急忙传进见面。夫人先问了老爷安好,包兴急忙请安,答道:"老爷甚是平安,先打发小人送来密书一封。"说罢双手一呈。丫鬟接过,呈与夫人。夫人接来,先看皮面上写着"平安"二字,即将外皮拆去,里面却是小小封套,正中签上写着"夫人密启"。夫人忙用金簪挑开封套,抽出书来一看,上言在陈州认了太后李娘娘,假作母子。即将佛堂东间打扫洁净,预备娘娘住宿;夫人以婆媳礼相见,遮掩众人耳目,千万不可走漏风声。后写着"看后付丙"。诰命看完,便问包兴:"你还回去么?"包兴回道:"老爷吩咐小人,面递了书信,仍然迎着回去。"夫人道:"正当如此。你回去迎着老爷,就说我按着书信内所云,俱已备办了,请老爷放心,这也不便写回信。"叫丫鬟拿二十两银子赏他。包兴连忙谢赏道:"夫人没有什么吩咐,小人喂喂牲口也就赶回去了。"说罢,又请了一个禀辞的安。夫人点头说:"去罢,好好的伺候老爷,你不用我嘱咐。告诉李才,不准懒惰,眼看差竣就回来了。"包兴连连应"是"。方才退出,自有相好众人约他吃饭。包兴一壁道谢,一壁擦面,然后大家坐下吃饭。未免提了些官事,路上怎么防刺客,怎么铡庞昱。说至此,包兴便问:"朝内老庞,没有什么动静吓?"伙伴答道:"可不是,他原参奏来着。上谕甚怒,将他儿子招供摔下来了。他瞧见,没有什么说的了,倒请了一回罪。皇上算是恩宽,也没有降不是。大约咱们老爷这个毒儿种得不小,将来总要提防便了。"包兴听罢,点了点头儿,又将陈州认母一节,略说大概,以安众心。惟恐娘娘轿来,大家盘诘之时不便。说罢,急忙吃毕,马夫拉过马来,包兴上去,拱拱手儿,加上一鞭,他便迎下包公去了。

这里诰命照书信预备停当,每日至至诚诚敬候凤驾。一日,只见前拨差役来了二名,进内衙敲响云牌,回道:"太夫人已然进城,离府不远了。"诰命忙换了吉服,带领仆妇丫鬟,在三堂后恭候。不多时,大轿抬至三堂落平,差役轿夫退出,掩了仪门,诰命方至轿前,早有丫鬟掀起轿帘。夫人亲手去下扶手，双膝跪倒，口称："不孝媳妇李氏接见娘亲，望婆婆恕罪。"太后伸手，李氏诰命忙将双手递过，彼此一拉。娘娘说道："媳妇吾儿起来。"诰命将娘娘轻轻扶出轿外，搀至佛堂净室，娘娘入座。诰命递茶，回头吩咐丫鬟等，将跟老太太的丫鬟让至别室歇息。诰命见屋内无人，复又跪下，方称："臣妾李氏，愿娘娘千岁，千千岁。"太后伸手相搀，说道："吾儿千万不可如此，以后总以婆媳相称就是了。惟恐拘了国体，倘有泄漏，反为不美，俟包卿回来再作道理。况且哀家姓李，媳妇你也姓李，咱娘儿就是母女，你不是我媳妇，是我女儿了。"诰命连忙谢恩。娘娘又将当初遇害情由，悄悄述说一番，不觉昏花二目又落下泪来，自言："二目皆是思君想子哭坏了，到如今诸物莫睹，只能略透三光，这可怎么好？"说罢又哭起来。诰命在旁流泪，猛然想起一物善能治目，"我何不虔诚祷告，倘能天露将娘娘凤目治好，一来是尽我一点忠心，二来也不辜负了此宝。"欲要奏明，惟恐无效，若是不奏，又恐娘娘临期不肯洗目。想了多时，只得勉强奏道："臣妾有一古今盆，上有阴阳二孔，取接天露，便能医目重明。待今晚臣妾叩求天露便了。"娘娘闻听，暗暗说道："好一个贤德的夫人，他见我痛伤于心，就如此的宽慰于我，莫要负他的好意。"便道："我儿，既如此，你就叩天求露。倘有至诚格天，二目复明，岂不大妙呢。"诰命领了懿旨，又叙了一回闲话，伺候晚膳已毕，诸事分派妥协，方才退出。

看看掌灯以后，诰命洗净了手，方将古今盆拿出。吩咐丫鬟秉烛来至园中，至诚焚香祷告天地，然后捧定金盆叩求天露。真是忠心感动天地,一来是诰命至诚,二来是该国母的难满。起初盆内潮润,继而攒聚露珠,犹如哈气一般。后来渐渐大了,只见滴溜溜满盆乱转,仿佛滚盘珠相似,左旋右转,皆流入阴阳孔内便不动了。诰命满心欢喜,手捧金盆,擎至净室,只累的两膀酸麻,汗下如雨。恰好娘娘尚未安寝,诰命捧上金盆,娘娘伸玉腕蘸露洗目,只觉冷冷泠泠通澈心腑,香馥馥透入泥丸,登时两额角微微出了点香汗,二目中稍觉转动。闭目息神,不多时,忽然心花开朗,胸膈畅然。眼乃心之苗,不由的将二目一睁,那知道云翳早退,瞳子重生,已然黑白分明,依旧的盈盈秋水了。娘娘这一欢喜,真是非常之乐。诰命更觉欢喜。娘娘把手一拉诰命,方才细细看了一番。只见两旁有多少丫鬟,只得说道:"亏我儿至诚感格,将老身二目医好,都是出于媳妇孝心。"说着说着,不由的一阵伤惨。诰命一见,连忙劝慰道:"母亲此病原因伤心过度,如今初愈,只有欢喜的,不要悲伤。"娘娘点头道:"此言甚是。我如今俱各看见了,再也不伤心了。我的儿,你也歇息去罢,有话咱们母女明日再说罢。可是你说的,我二目甫愈,也该闭目息神。"夫人见如此说,方才退出,叫丫鬟携了金盆,并嘱咐众人好生伏侍,又派两个得用的丫鬟前来帮替。吩咐已毕,慢慢回转卧室去了。次日,忽见包兴前来禀道:"老爷已然在大相国寺住了,明日面了圣方能回署。"夫人说:"知道了。"包兴退出。

　　未知如何,且听下回分解。

## 第十七回

### 开封府总管参包相　南清宫太后认狄妃

且说李太后自凤目重明之后,多亏了李诰命每日百般劝慰,诸事遂心,以致饮食起居无不合意,把个老太后哄的心儿里喜欢,已觉玉容焕发,精神倍长,不是破窑的形景了。惟有这包兴回来说:"老爷在大相国寺住宿,明日面圣。"诰命不由的有些悬心,惟恐见了圣上,提起庞昱之事,奏对抗直,致干圣怒,心内好生放心不下。谁知次日包公入朝见驾,奏明一切,天子甚夸办事正直,深为嘉赏。钦赐五爪蟒袍一袭,攒珠宝带一条,四喜白玉扳指一个,珊瑚豆大荷包一对。包公谢恩。早朝已毕,方回至开封府,所有差役人等叩安。老爷连忙退入内衙,照旧穿着朝服。诰命迎将出来,彼此见礼后,老爷对夫人说道:"欲要参见太后,有劳夫人代为启奏。"夫人领命。知道老爷必要参见,早将仆妇丫鬟吩咐不准跟随,引至佛堂净室。

夫人在前,包公在后,来至明间,包公便止步。夫人掀帘入内,跪奏:"启上太后,今有龙图阁大学士兼理开封府臣夫包拯,差竣回京,前来参叩凤驾。"太后闻听,便问道:"吾儿那里?"夫人奏道:"现在外间屋内。"太后吩咐:"快宣来。"夫人掀帘,早见包公跪倒尘埃,口称:"臣包拯参见娘娘,愿娘娘千岁,千千岁。臣荜室狭隘,有屈凤驾,伏乞赦宥。"说罢,匍匐在地。太后吩咐:"吾儿抬起头来。"包公秉正跪起。娘娘先前不过闻声,如今方才见面。见包公方面大耳,阔口微须,黑漆漆满面生光,闪灼灼双睛暴露,生成福相,长就威颜,跪在地下还有人高。真乃是丹心耿耿冲霄汉,黑面沉沉镇鬼神。太后看罢,心中大喜,以为仁宗有福,方能得这样能臣。又转想自己受此沉冤,不觉的滴下泪来,哭道:"哀家多亏你夫妇这一番的尽心。哀家之事,全仗包卿了。"包公叩头奏道:"娘娘且免圣虑,微臣见机而作,务要秉正除奸,以匡国典。"娘娘一壁拭泪,一壁点头说道:"卿家平身,歇息去罢。"包公谢恩,鞠躬退出。诰命仍将软帘放下,又劝娘娘一番。外面丫鬟见包公退出,方敢进来伺候。娘娘又对诰命说:"媳妇吓,你家老爷刚然回来,你也去罢,不必在此伺候了。"这原是娘娘一片爱惜之心,谁知反把个诰命说得不好意思,满面通红起来,招的娘娘也笑了。丫鬟掀帘,夫人只得退出,回转卧室。只见外边搬进行李,仆妇丫鬟正在那里接收。

诰命来至屋内,只见包公在那里吃茶,放下茶杯,立起身来笑道:"有劳夫人,传宣官差完了?"夫人也笑了,道了鞍马劳乏,彼此寒暄一番,方才坐下。夫人便问一路光景,"为庞昱一事,妾身好生耽心。"又悄悄问如何认了娘娘。包公略略述说一番,夫人也不敢细问,便传饭,夫妻共桌而食。食罢,吃茶闲谈几句,包公到书房料理公事。包兴回道:"草州桥的衙役回去,请示老爷有什么分派?"包公便问在天齐庙所要衣服簪环开了多少银子,就叫他带回,叫公孙先生写一封回书道谢。皆因老爷今日才下马,所有事件暂且未回。老爷也有些劳乏,便回后歇息去了。一宿不提。

第十七回　开封府总管参包相　南清宫太后认狄妃

　　至次日,老爷正在卧室梳洗,忽听包兴在廊下轻轻嗽了一声。包公便问:"什么事?"包兴隔窗禀道:"南清宫宁总管特来给老爷请安,说有话要面见。"包公素来从不接交内官,今见宁总管忽然亲身来到,未免将眉头一皱,说道:"他要见我作什么?你回复他,就说我办理公事,不能接见。如有要事,候明日朝房再见罢。"包兴刚要转身,只听夫人说:"且慢。"包兴只得站住,却又听不见里面说些什么。迟了多时,只听包公道:"夫人说的也是。"便叫包兴将他让在书房待茶,"说我梳洗毕即便出迎。"包兴转身出去了。你道夫人适才与包公悄悄相商说些什么?正是为娘娘之事,说:"南清宫现有狄娘娘,知道宁总管前来为着何事呢?老爷何不见他,问问来历。倘有机缘,娘娘若能与狄后见面,那时便好商量了。"包公方肯应允,连忙梳洗冠带,前往书房而来。

　　单说包兴奉命来请宁总管说:"我们老爷正在梳洗,略为少待便来相见,请太辅书房少坐。"老宁听见"相见"二字,乐了个眉开眼笑,道:"有劳管家引路。我说咱家既来了,没有不赏脸的。素来的交情,焉有不赏见之理呢。"说着说着,来至书房。李才连忙赶出掀帘。宁总管进入书房,见所有陈设,毫无奢华俗态,点缀而已,不觉的啧啧称羡。包兴连忙点茶让座,且在下首相陪。宁总管知道是大人的亲信,而且朝中时常见面,亦不敢小看于他。正在攀谈之际,忽听外面老爷问道:"请进来没有?"李才回道:"已然请至。"包兴连忙迎出,已将帘子掀起。

　　包公进屋,只见宁总管早已站立相迎,道:"咱家特来给大人请安。一路劳乏,辛苦辛苦。原要昨日就来,因大人乏乏的身子,不敢起动,故此今早前来,惟恐大人饭后有事。大人可歇过乏来了?"说罢到地一揖。包公连忙还礼,道:"多承太辅惦念。未能奉拜,反先劳驾,心实不安。"说罢让座,从新点茶。包公便道:"太辅降临,不知有何见教?望祈明示。"宁总管嘻嘻笑道:"咱家此来不是什么官事。只因六合王爷深敬大人忠正贤能,时常在狄娘娘跟前提及,娘娘听了甚为欢喜。新近大人为庞昱一事,先斩后奏,更显得赤心为国,不畏权奸。我们王爷下朝就把此事奏明娘娘,把个娘娘乐得了不得,说这才是匡扶社稷治世的贤臣呢。却又教导了王爷一番,说我们王爷年轻,总要跟着大人学习,作一个清心正直的贤王,庶不负圣上洪恩。我们王爷也是羡慕大人的很呢,只是无故的又不能亲近。咱家一想:目下就是娘娘千秋华诞,大人何不备一份水礼前去庆寿,彼此亲近亲近,一来不辜负娘娘一番爱喜之心,二来我们王爷也可以由此跟着大人学习些见识,岂不是件极好的事呢?故此今日我来特送此信。"包公闻听,暗自沉吟道:"我本不接交朝内权贵,奈因目下有太后之事。当今就知狄后是生母,那里知道生母受如此之冤。莫如将计就计,如此如此,倘有机缘,到省了许多曲折。再者,六合王亦是贤王,就是接交他也不玷辱于我。"想罢,便问道:"但不知娘娘圣诞在于何时?"宁总管道:"就是明日寿诞,后日生辰。不然,我们怎么赶獐的似的呢?只因事在临迩,故此特来送信。"包公道:"多承太辅指教挂心,敢不从命。还有一事,我想娘娘圣诞,我们外官是不能叩的。现在家慈在署,明日先送礼,后日正期,家慈欲亲身一往,岂不更亲近么?未知

第十七回　开封府总管参包相　南清宫太后认狄妃

可否？"宁总管闻听："啊呀，怎么老太太到了？如此更好。咱家回去，就在娘娘前奏明。"包公致谢道："又要劳动太辅了。"老宁道："好说，好说。既如此，咱家就回去了，先替我在老太太前请安罢。等后日，我在宫内再接待他老人家便了。"包公又托付了一回："家慈到宫时，还望照拂。"宁总管笑道："这还用着大人吩咐？老人家前当尽心的，咱们的交情要紧。不用送，请留步罢。"包公送至仪门，宁总管再三拦阻，方才作别而去。

包公进内，见了夫人细述一番，就叫夫人将才事暗暗奏明太后。夫人领命往静室去了。包公又来到书房，吩咐包兴备一份寿礼，明日送往南清宫去。又嘱他好好看待范宗华，事毕自有道理，千万不可泄漏底里与他。包兴也深知此事重大，漫说范宗华，就是公孙先生、王、马、张、赵诸人，也被他瞒个结实。真是有其主必有其奴，所谓强将手下无弱兵也。

至次日，包兴已办成寿礼八色，与包公过了目，也无非是酒、烛、桃、面等物，先叫差役挑往南清宫。自己随后乘马来至南清宫横街，已见人伕轿马，送礼物的，抬的抬，扛的扛，人声嘈杂，拥挤不开，只得下马，吩咐人役，俟这些人略散散时，再将马溜至王府，自己步行至府门。只见五间宫门，两边大炕上坐着多少官员。又见各处送礼的，俱是手捧名帖，低言回话。那些王府官们，还带理不理的。包兴见此光景，只得走上台阶，来至一位王官的跟前，从怀中掏出帖来，说道："有劳老爷们替我回禀一声……"才说至此，只见那人将眼一翻，说："你是那的？"包兴道："我乃开封府……"才说了三个字，忽见那人站起来说:"必是包大人送礼来的。"包兴道:"正是。"那人将包兴一拉,说:"好兄弟,辛苦辛苦。今早总管爷就传谕出来,说大人那里今日必送礼来。我这里正等候着呢。请罢,咱们里面坐着。"回头又吩咐本府差役:"开封府包大人的礼物在那里?你们倒是张罗张罗呀!"只听见有人早已问下去:"那是包大人礼物?挑往这里来。"此时,那王府官已将包兴引至书房,点茶陪坐,说道:"我们王爷今早就吩咐了,提到大人若送礼来,赶紧回禀。兄弟既来了,还是要见王爷,还是不见呢?"包兴答道:"既来了,敢则是见见好。只是又要劳动大老爷了。"那人闻听道:"好兄弟,以后把'老爷'收了,咱们都是好兄弟。我姓王行三,我比兄弟痴长几岁,你就叫我三哥。兄弟再来时,你问秃王三爷就是我。皆因我卸顶太早,人人皆叫我王三秃子。我可不会唱打童。"说罢一笑。只见礼物挑进,王三爷俱瞧过了,拿上帖,辞了包兴,进内回话去了。

不多时,王三爷出来,对包兴道:"王爷叫在殿上等着呢。"包兴连忙跟随王三来至大殿,步上玉阶,绕走丹墀,至殿门以外。但见高卷帘栊,正面一张太师椅上坐着一位束发金冠、蟒袍玉带的王爷,两边有多少内辅伺候。包兴连忙叩头。只听上面说道:"你回去上复你家老爷,说我问好。如此费心多礼,我却领了,改日朝中面见了再谢。"又吩咐内辅:"将原帖璧回,给他谢帖,赏他五十两银子。"内辅忙忙交与王三。王三在旁悄悄说:"谢赏。"包兴叩头站起,仍随王三爷才下银安阶,只见那旁宁总管笑嘻嘻迎来说道:"主管,你来了么!昨日叫你受乏。回去见了大人,就提我已在娘娘前奏明了,明日请老太太只管来。老娘娘说了,不在拜寿,为是说说话儿。"包兴答应。宁总管说:"恕我不陪了。"包兴回说:"太辅请治事罢。"方随着王三爷出来,仍要让至书房,包兴不肯。王三爷将帖子银两交与包兴,包兴道了乏,直至宫门,请王三爷留步。王三爷务必瞅着包兴上马。包兴无奈,道:"恕罪。"下了台阶,马已拉过,包兴认镫上马,口道:"磕头了,磕头了。"加鞭前行。心内思想:"我们八色水礼,才花了二十两银子,王爷到赏了五十两。真是待下恩宽。"

不多时,来至开封府,见了包公,将话一一回禀。包公点头。来在后面,便问:"夫人见了太后,启奏的如何?"夫人道:"妾身已然回明。先前听了,为难说:'我去穿何服色,行何礼节?'妾身道:'娘娘暂屈凤体,穿一品服色。到了那里,大约狄娘娘断没有居然受礼之理。事到临期,见景生情就混过去了。倘有机缘,泄漏实情,明是庆寿,暗里却是进宫之机会。不知凤意如何?'娘娘想了一想方才说:'事到临头,也不得不如此了,只好明日前往南清宫便了。'"包公听见太后已经应允,不胜欢喜,便告诉夫人,派两个伶俐丫鬟跟去,外面再派人护送。

至次日,仍将轿子搭至三堂之上上轿。轿夫退出,掩了仪门。此时,诰命已然伺候娘娘梳洗已毕,及至换了服色之时,娘娘不觉泪下。诰命又劝慰几句,总以大义为要,方才换了。收拾已完,夫人吩咐丫鬟等"俱在三堂伺候去罢"。众人散出,诰命从新叩拜。此一拜不甚紧要,漫说娘娘,连诰命夫人也止不住扑簌簌泪流满面。娘娘用手相搀,哽噎的连话也说不出来。还是诰命强忍悲痛,切嘱道:"娘娘此去,关乎国典礼法,千万见景生情透了真实,不可因小节误了大事。"娘娘点头含泪道:"哀家二十载沉冤,多亏了你夫妇二人。此去若能重入宫闱,那时宣召我儿,再叙心曲便了。"夫人道:"臣妾理应朝贺,敢不奉召。"说罢搀扶娘娘出了门,慢慢步至三堂之上。诰命伺候娘娘上轿坐稳,安好扶手,丫鬟放下轿帘。只听太后说:"媳妇我儿,回去罢,不必送了。"诰命答应,退入屏后。外面轿夫进来,将轿抬起,慢慢的出了仪门。却见包公鞠躬伺候,上前手扶轿杆,跟随出了衙署。娘娘看得明白,吩咐:"我儿回去罢,不必远送了。"包公答应"是",止住了步。看轿子落了台阶,又见那壁厢范宗华远远对着轿子磕了一个头。包公暗暗点首,道:"他不但有造化,并且有规矩,真乃福至心灵,不错的。"只见包兴打着顶马,后面拥护多人,围随着去了。

包公回身进内,来到后面,见夫人眼睛哭的红红儿的,知是方才与娘娘作别未免伤心,也不肯细问,不过悄悄的又议论一番:娘娘此去,不知见了狄后是何光景,且自静听消息便了。妄拟多时,又与诰命谈了些闲话。夫人又言道:"娘娘慈善,待人厚道,当初如何受此大害?这也是前生造定。"包公点头叹息,仍来至书房,料理官事。

不知娘娘此去如何,且听下回分解。

第十八回

奏沉疴仁宗认国母　宣密诏良相审郭槐

且说包兴跟随太后,在前打着顶马来到南清宫。今日比昨日更不相同,多半尽是关防轿。所有嫔妃、贵妃、王妃以及大员的命妇,往来不绝。包兴却懂规矩,预先催马来至王府门下马,将马拴在桩上,步上宫门。恰见秃王三爷在那里,忙执手上前道:"三老爷,我们老太太到了。"王三爷闻听,飞跑进内。不多时,只见里面出来了两个内辅,对着门上众人说道:"回事的老爷们听着:娘娘传谕,所有来的关防俱各道乏,一概回避,单请开封府老太太会面。"众人连声答应。包兴闻听,即催本府的轿夫抬至宫门,自有这两个内辅引进去了。然后王三爷出来张罗包兴,让至书房吃茶。今日见了,比昨日更觉亲热。

单说娘娘大轿抬至二门,早见出来了四个太监,将轿夫换出,又抬至三门,过了仪门,方才落平。早有宁总管来至轿前,揭起帘子,口中说道:"请太夫人安。"忙去了扶手,自有跟来的丫鬟搀扶下轿。娘娘也瞧了瞧宁总管,也回问了一声:"公公好。"宁总管便在前引路,来至寝宫。只见狄娘娘已在门外接待,远远的见了太夫人,吃了一惊,不觉心里思想,觉得面善,熟识得很,只是一时想不起来。娘娘来至跟前,欲行参拜之礼。狄后连忙用手拦住,说:"免礼。"娘娘也就不谦让了。彼此携手，一同入座。娘娘看狄后，比当时面目苍老了许多。狄后此时对面细看，忽然想起好像李妃，因已赐死，再也想不到却是当今国母，只是心里总觉不安。献茶已毕，叙起话来，问答如流，气度从容，真是大家风范，把个狄后乐了个了不得，甚是投缘，便留太夫人在宫住宿，多盘桓几天。此一留，正合娘娘之心，即便应允。遂叫内辅传出："所有轿马人等，不必等候了，娘娘留太夫人多住几日呢。跟役人等俱各照例赏赐。"早有值事的内辅，应声答应，传出去了。

这里传膳。狄后务要与太夫人并肩坐了，为的是接谈便宜。娘娘也不过让，更显得直爽大方，狄后尤其欢喜非常。饮酒间，狄后盛称包公忠正贤良，这皆是夫人教训之德。娘娘略略谦逊。狄后又问："太夫人年庚？"娘娘答言："四十二岁。"又问："令郎年岁几何？"一句话，把个娘娘问的闭口无言，登时急的满面通红，再也答对不来。狄后看此光景，不便追问，即以酒的冷暖遮饰过去。娘娘也不肯饮酒了，便传饭吃毕，散坐闲谈，又到各处瞻仰一番，皆是狄后相陪。越瞧越像去世的李后，心中好生的犯疑，暗暗想道："方才问他儿子的岁数，他如何答不上来，竟会急的满面通红？世间那有母亲不记得儿子岁数之理呢？其中实有可疑。难道他竟敢欺哄我不成？也罢，既已将他留下，晚间叫他与我同眠，明是与他亲热，暗里再细细盘诘他便了。"心中却是这等犯想，眼睛却不住的看，见娘娘举止动作，益发是李后无疑，心内更自委决不下了。

到了晚间，吃毕晚膳，仍是散坐闲话。狄后吩咐："将静室打扫

## 第十八回　秦况府仁宗认国母　宣密诏良相审郭槐　| 143

干净，并将枕衾亦铺设在净室之中，我还要与夫人谈心，以消永夜。"娘娘见此光景，正合心意。及至归寝之时，所有承御之人，连娘娘丫鬟自有安排，非呼唤不敢擅入。狄后因惦念着盘问为何不知儿子的岁数，便从此追问。即言："夫人有意欺哄，是何道理？"语语究的甚是紧急。娘娘不觉失声答道："皇姐，你难道不认得哀家了么？"虽然说出此语，已然悲不泄音。狄后闻听，不觉大惊道："难道夫人是李后娘娘么？"娘娘泪流满面，那里还说的出话来。狄后着急，催促道："此时房内无人，何不细细言来？"娘娘止住悲声，方将当初受害，怎么余忠替死，怎么送往陈州，怎么遇包公假认为母，怎么在开封府净室居住，多亏李氏诰命叩天求露，洗目重明，今日来给皇姐祝寿，为是吐露真情的话细细说了一遍，险些儿没有放声哭出来。狄后听了目瞪痴呆，不觉也落下泪来，半晌说道："不知有何证据？"娘娘即将金丸取出递将过去。狄后接在手中，灯下验明，连忙战兢兢将金丸递过，便双膝跪倒，口中说道："臣妃不知凤驾降临，实属多有冒犯，望乞太后娘娘赦宥！"李太后连忙还礼相搀，口称："皇姐不要如此。如何能叫圣上知道方好。"狄后谢道："娘娘放心，臣妃自有道理。"便将当日刘后与郭槐定计，用狸猫换出太子，多亏承御寇珠抱出太子，交付陈林用提盒送至南清宫抚养，后来刘后之子病夭，方将太后太子补了东宫之缺。因太子游宫，在寒宫见了娘娘，母子天性，面带泪痕，刘后生疑，拷问寇珠。寇珠怀忠，触阶而死。因此刘后在先皇前进了谗言，方将娘娘赐死情由也说了一遍。李太后如梦方醒，不由伤心。狄后再三劝慰，太后方才止泪，问道："皇姐，如何叫皇儿知道，使我母子重逢呢?"狄后道:"待臣妃装起病来,遣宁总管奏知当今,圣上必然亲来。那时,臣妃吐露真情便了。"娘娘称善,一宿不提。到了次日清晨,便派宁总管上朝奏明圣上,说狄后娘娘夜间偶然得病,甚是沉重。宁总管不知底里,不敢不去。只得遵懿旨,上朝去了。狄后又将此事告知六合王。

谁知圣上夜间得一奇梦,见彩凤一只,翎毛不全,望圣上哀叫三声。仁宗从梦中惊醒,心里纳闷,不知是何缘故。及至五鼓,刚要临朝,只见仁寿宫总管前来启奏,说:"太后夜间得病,一夜无眠。"天子闻听,以为应了梦兆,即先至仁寿宫请安。便悄悄吩咐,不可声张,恐惊了太后。轻轻迈步,进了寝殿,已听见了有呻吟之声。忽听见太后说:"寇宫人,你竟敢如此无理!"又听"啊呀"一声。此时宫人已将绣帘揭起,天子侧身进内,来至御榻之前。刘后猛然惊醒,见天子在旁,便说:"有劳皇儿挂念。哀家不过偶受风寒,没有什么大病。且请放心。"天子问安已毕,立刻传御医调治。惟恐太后心内不耐烦,略略安慰几句,即便退出。

才离了仁寿宫,刚至分宫楼,只见南清宫总管跪倒奏道:"狄后娘娘夜间得病甚重,奴婢特来启奏。"仁宗闻听,这一惊非同小可,立刻吩咐,亲临南清宫。只见六合王迎接,圣上先问了狄后得病的光景,六合王含糊奏对:"娘娘夜间得病,此时略觉好些。"圣上心内稍觉安慰,便吩咐随侍的俱各在外伺候,单带陈林跟随。

此旨一下,暗合六合王之心,侧身前引来至寝宫以内。但见静悄悄寂寞无声,连个承御丫鬟一个也无有。又见御榻之上,锦帐高悬,狄后面里而卧。仁宗连忙上前问安。狄后翻转身来,猛然间问道:"陛下,天下至重至大者,以何为先?"天子答道:"莫过于孝。"狄后叹了一口气道:"既是孝字为先,有为人子不知其母存亡的么? 又有人子为君,而不知其母在外飘零的么?"这两句话问的个天子茫然不懂,犹以为是狄后病中谵语。狄后又道:"此事臣妃尽知底蕴,惟恐陛下不信。"仁宗听狄后自称臣妃,不觉大惊,道:"皇娘何出此言,望乞明白垂训。"狄后转身,从帐内拉出一个黄匣来,便道:"陛下可知此物的来由么?"仁宗接过,打开一看,见是一块玉玺,龙袱上面有先皇的亲笔御记:"镇压天狗冲犯,故此用上宝印。"仁宗看罢,连忙站起。

谁知老伴伴陈林在旁睹物伤情,想起当年,早已泪流满面。天子猛回头,见陈林啼哭,更觉诧异,便追问此袱的来由。狄后方将郭槐与刘后图谋正宫,设计陷害李后。其中多亏了两个忠义之人:一个是金华宫承御寇珠,一个是陈林。寇珠奉刘后之命,将太子抱出宫来,那时就用此袱包裹,暗暗交付陈林。仁宗听至此,又瞅了陈林一眼,此时陈林已哭的泪人一般。狄后又道:"多亏陈林经了多少颠险,方将太子抱出,入南清宫内,在此抚养六年。陛下七岁时承嗣,与先皇补了东宫之缺。千不合,万不合,陛下见了寒宫母亲落泪,才惹起刘后疑忌,生生把个寇珠处死,又要赐死母后。其中又多亏了两个忠臣:一个小太监余忠,情愿替太后殉难,秦凤方将母后换出,送往陈州。后来秦凤死了,家中无主,母后不能存留,只落得破窑乞食。幸喜包卿在陈州放粮,由草桥认了母后,假称母子以掩耳目。昨日与臣妃作寿，方能与国母见面。"仁宗听罢，不胜惊骇，泪如雨下，道："如此说来，朕的皇娘现在何处？"只听得罩壁后悲声切切，出来了一位一品服色的夫人。仁宗见了发怔。太后恐天子生疑，连忙将金丸取出，付与仁宗。

天子接来一看，正与刘后金丸一般，只是上面刻的是玉宸宫，下书娘娘名号。仁宗抢行几步，双膝跪倒，道："孩儿不孝，苦煞皇娘了！"说至此，不由放声大哭。母子抱头悲痛不已。只见狄妃已然下床来，跪倒尘埃，匍匐请罪。连六合王及陈林俱各跪倒在旁，哀哀相劝。母子伤感多时，天子又叩谢了狄妃，搀扶起来。复又拉住陈林的手，哭道："若不亏你忠心为国，焉有朕躬！"陈林已然说不出话来，惟有流泪谢恩而已。大家平身。仁宗又向太后说道："皇娘如此受苦，孩儿枉为天子，何以对满朝文武，岂不得罪于天下乎？"说至此，又怨又愤。狄后在旁劝道："圣上还朝降旨，即着郭槐、陈林一同前往开封府宣读，包学士自有办法。"这却是包公之计，命李诰命奏明李太后的；太后告诉狄后，狄后才奏的。当下仁宗准奏，又安慰了太后许多言语，然后驾转回宫，立刻御笔草诏，密密封好，钦派郭槐、陈林往开封府宣读。郭槐以为必是加封包公，欣然同定陈林竟奔开封府而来。

且说包公自昨日伺候娘娘去后，迟不多时，包兴便押空轿回来说："狄后将太夫人留下，要多住几日，小人押空轿回来。那里赏了跟役人等二十两银子，赏了轿上二十吊钱。"包公点头吩咐道："明日五鼓，你到朝房打听，要悄悄的。如有什么事，急忙回来禀我知

第十八回　奏沉疴仁宗认国母　宣密诏良相审郭槐

道。"包兴领命。至次日黎明时便回来了,知道包公尚在卧室,连忙进内,在廊下轻轻咳嗽。包公便问:"你回来了,打听有什么事没有?"包兴禀道:"打听得刘后夜间欠安,圣上立刻驾至仁寿宫请安。后来又传旨,立刻亲临南清宫,说狄后娘娘也病了。大约此时圣驾还未还宫呢。"包公听毕,说:"知道了。"包兴退出。包公与夫人计议道:"这必是太后吐露真情,狄后设的机谋。"夫妻二人,暗暗欢喜。

才用完早饭,忽报圣旨到了。包公忙换朝服,接入公堂之上。只见郭槐在前,陈林在后,手捧圣旨。郭槐自以为是都堂,应宣读圣旨。展开御封,包公山呼已毕,郭槐便念道:"奉天承运皇帝诏曰:'今有太监郭……'"刚念至此,他看见自己的名字,便不能向下念了。旁边陈林接过来,宣读道:"'今有太监郭槐,谋逆不端,奸心叵测。先皇乏嗣,不思永祚之忠诚;太后怀胎,邃遭兴妖之暗算。怀抱龙袱,不遵凤诏,寇宫人之志可达天;离却北阙,竟赴南清,陈总管之忠堪贯日。因泪痕,生疑忌,将明朗朗初吐宝珠立毙杖下;假诅咒,进谗言,把气昂昂一点余忠替死梁间。致令堂堂国母,廿载沉冤,受尽了背井离乡之苦。若非耿耿包卿一腔忠赤,焉得有还珠返璧之期。似此灭伦悖理,宜当严审细推。按诏究出口供,依法剖其心腹。事关国典,理重君亲。钦交开封府严加审讯。上命钦哉!'望诏谢恩。"包公口呼万岁,立起身来接圣旨,吩咐一声:"拿下!"只见愣爷赵虎竟奔了贤伴伴陈林,伸手就要去拿。包公连忙喝住:"大胆,还不退下!"赵爷发怔。还是王朝、马汉将郭槐衣服冠履打去,提到当堂,向上跪倒。

上面供奉圣旨，包公向左设了公座，旁边设一侧座，叫陈林坐了。当日，包公入了公位，向郭槐说道："你快将已往之事从实招来。"

　　未识郭槐招与不招，且听下回分解。

第十九回

巧取供单郭槐受戮　明颁诏旨李后还宫

　　且说包公将郭槐拿下，喊了堂威，入了公座，旁边又设了个侧座，叫陈林坐了。包公便叫道："郭槐，将当初陷害李后，怎生抵换太子，从实招来。"郭槐说："大人何出此言？当初系李妃产生妖孽，先皇震怒，才贬冷宫。焉有抵换之理呢？"陈林接着说道："既无有抵换，为何叫寇承御抱出太子，用裙绦勒死丢在金水桥下呢？"郭槐闻听道："陈总管，你为何质证起咱家来？你我皆是进御之人，难道太后娘娘的性格，你是不知道的么？倘然回来太后懿旨到来，只怕你也吃罪不起。"包公闻听，微微冷笑道："郭槐，你敢以刘后欺压本阁么？你不提刘后便罢，既已提出，说不得可要得罪了。"吩咐拉下去，重责二十板。左右答应，一声呐喊，将他翻倒在地，打了二十。只打得皮开肉绽，呲牙咧嘴，哀声不绝。包公问道："郭槐，你还不招认么？"郭槐到了此时，岂不知事关重大，横了心，再也不招，说道："当日原是李妃产生妖孽，自招愆尤，与我郭槐什么相干。"包公道："既无抵换之事，为何又将寇承御处死？"郭槐道："那是因寇珠顶撞了太后，太后方才施刑。"陈林在旁又说道："此话你又说差了。当初拷问寇承御，还是我掌刑杖。刘后紧紧追问着他将太子抱出置于何地，你如何说是顶撞呢？"郭槐闻听，将双眼一瞪，道："既是你掌刑，生生是你下了毒手,将寇承御打的受刑不过,他才触阶而死。为何反来问我呢?"包公闻听道:"好恶贼,竟敢如此的狡展。"吩咐左右,"与我拶起来。"左右又一声喊,将郭槐双手并齐,套上拶子,把绳往左右一分,只闻郭槐杀猪也似的喊起来。包公问道:"郭槐,你还不招认么?"郭槐咬定牙根道:"没有什么招的呀!"见他汗似蒸笼,面目更色。包公吩咐卸刑。松放拶子时,郭槐又是哀声不绝,神魂不定。只得暂且收监,明日再问。先叫陈林将今日审问的情由,暂且复旨。

包公退堂来至书室,便叫包兴请公孙先生。不多时,公孙策来到,已知此事的底里,参见包公已毕,在侧坐了。包公道:"今日圣旨到来,宣读之时,先生想来已明白此事了,我也不用述说了。只是郭槐再不招认,我见拶他之时,头上出汗,面目更改,恐有他变。此乃奉旨的钦犯,他又搁不住大刑,这便如何是好? 故此,请了先生来,设想一个法子,只伤皮肉,不动筋骨,要叫他招承方好。"公孙策道:"待晚生思索了,画成式样,再为呈阅。"说罢退出。来到自己房内,筹思多时。偶然想起,急忙提笔画出,又拟了名儿,来到书房,回禀包公。包公接来一看,上面注明尺寸,仿佛大熨斗相似,却不是平面。上面皆是垂珠圆头钉儿,用铁打就。临用时,将炭烧红,把犯人肉厚处烫炙,再也不能损伤筋骨,止于皮肉受伤而已。包公看了问道:"此刑可有名号?"公孙策道:"名曰'杏花雨',取其落红点点之意。"包公笑道:"这样恶刑,却有这等雅名,先生真才人也。"即着公孙策立刻传铁匠打造。次日隔了一天,此刑业已打就。到了第三日,包公便升堂,提审郭槐。

第十九回　巧取供单郭槐受戮　明颁诏旨李后还宫

　　且说郭槐在监牢之中,又是手疼,又是板疮,呻吟不绝,饮食懒进。两日光景,便觉形容憔悴。他心中却暗自思道:"我如今在此三日,为何太后懿旨还不见到来呢?"猛然又想起太后欠安,"想来此事尚未得知。我是咬定牙根,横了心,再不招承。既无口供,包黑他也难以定案。只是圣上忽然间为何想起此事来呢?真真令人不解。"正在犯想之际,忽然一提牢前来说道:"老爷升堂,请郭总管呢。"郭槐就知又要审讯了,不觉的心内突突的乱跳,随着差役上了公堂。只见红焰焰的一盆炭火,内里烧着一物,却不知是何作用,只得朝上跪倒。只听包公问道:"郭槐,当初因何定计害了李后,用物抵换太子,从实招来,免得皮肉受苦。"郭槐道:"实无此事,叫咱家从何招起?若果有此事,漫说迟滞这些年,管保早已败露了。望祈大人详察。"包公闻听,不由怒发冲冠,将惊堂木一拍,道:"恶贼,你的奸谋业已败露,连圣上皆知,尚敢推诿,其实可恶!"吩咐左右,"将他剥去衣服。"上来了四个差役,剥去衣服,露出脊背。左右二人把住,只见一人用个布帕连发将头按下去。那边一人从火盆内攮起木把,拿起"杏花雨",站在恶贼背后。只听包公问道:"郭槐,你还不招么?"郭槐横了心,并不言语。包公吩咐:"用刑。"只见"杏花雨"往下一落,登时皮肤皆焦,臭味难闻。只疼得恶贼浑身乱抖,先前还有哀叫之声,后来只剩得发喘了。包公见此光景,只得吩咐住刑,容他喘息再问。左右将他扶住,郭槐那里还挣扎得来呢,早已瘫在地下。包公便叫搭下去。公孙策早已暗暗吩咐差役,叫搭在狱神庙内。

　　郭槐到了狱神庙,只见提牢手捧盖碗,笑容满面,到跟前悄悄的说道："太辅老爷，多有受惊了。小人无物可敬，觅得定痛丸药一服，特备黄酒一杯，请太辅老爷用了，管保益气安神。"郭槐见他劝慰殷勤，话言温和，不由的接过来道："生受你了。咱家倘有出头之日，再不忘你便了。"提牢道："老爷何出此言？如若离了开封，那时求太辅老爷略一伸手，小人便受赐多多矣。"一句话，奉承的恶贼满心欢喜，将药并酒服下，立时觉得心神俱安，便问道："此酒尚有否？"提牢道："有，有，多着呢。"便叫人急速送酒来。自己接过，仍叫那人退了，又恭恭敬敬的给恶贼斟上。郭槐见他如此光景，又精细，又周到，不胜欢喜。一壁饮酒，一壁问道："你这几日，可曾听见朝中有什么事情没有呢？"提牢道："没有听见什么咧，听见说太后欠安，因寇宫人作祟，如今全愈了，圣上天天在仁寿宫请安。大约不过迟一二日，太后必然懿旨到来，那时太辅老爷必然无事，就是我们大人也不敢违背懿旨。"郭槐听至此，心内畅然，连吃了几杯。谁知前两日肚内未曾吃饭，今日一连喝了几碗空心酒，不觉的面赤心跳，二目朦胧，登时醉醺醺起来，有些前仰后合。

提牢见此光景，便将酒撤去，自己也就回避了。只落得恶贼一人，踽踽凉凉，虽然多饮，心内却牵挂此事，不能去怀，暗暗踌躇道："方才听提牢说太后欠安，却因寇宫人作祟，幸喜如今全愈了，太后懿旨不一日也就下来了。"又想："寇宫人死的本来冤枉，难怪他作祟。"正在胡思乱想，觉得一阵阵凉风习习，尘沙簌簌，落在窗棂之上，而且又在春暮之时，对此凄凄惨惨的光景。猛见前面似有人形，若近若远，咿咿唔唔声音。郭槐一见，不由的心中胆怯起来。才要唤人，只见那人影儿来至面前说道："郭槐，你不要害怕。奴非别人，乃寇承御，特来求太辅质对一言。昨日与太后已在森罗殿证明，太后说此事皆是太辅主裁，故此放太后回宫。并且查得太后与太辅尚有阳寿一纪，奴家不能久在幽冥，今日特来与太辅辨明当初之事，奴便超生去也。"郭槐闻听，毛骨悚然。又见面前之人，披发，满面血痕，惟闻得嗓声细气，已知是寇宫人显魂，正对了方才提牢之话。不由的答道："寇宫人，真正委屈死你了。当初原是我与尤婆定计，用剥皮狸猫换出太子，陷害李后。你彼时并不知情，竟自含冤而死。如今我既有阳寿一纪，倘能出狱，我请高僧高道超度你便了。"又听女鬼哭道："郭太辅，你既有此好心，奴家感谢不尽。少时到了森罗殿，只要太辅将当初之事说明，奴家便得超生，何用僧道超度？若忏悔不至诚，反生罪孽。"

刚言至此，忽听鬼语啾啾，出来了两个小鬼，手执追命索牌，说："阎罗天子升殿，立召郭槐的生魂随屈死的怨鬼前往质对。"说罢，拉了郭槐就走。恶贼到了此时，恍恍惚惚，不因不由跟着，弯弯曲曲来到一座殿上。只见黑凄凄，阴惨惨，也辨不出东南西北。忽听小鬼说道："跪下。"恶贼连忙跪倒。便听叫道："郭槐，你与刘后所作之事，册籍业已注明，理应堕入轮回。奈你阳寿未终，必当回生阳世。惟有寇珠冤魂，地府不便收此游荡女鬼，你须将当初之事诉说明白，他便从此超生。事已如此，不可隐瞒了。"郭槐闻听，连忙朝上叩头。便将当初刘后图谋正宫，用剥皮狸猫抵换太子，陷害了李妃的情由述说一遍。忽见灯光明亮，上面坐着的正是包公。两旁衙役罗列，真不亚如森罗殿一般。早有书吏将口供呈上,又有狱神庙内书吏一名,亦将郭槐与女鬼说的言语一并呈上。包公一同看了,吩咐拿下去,叫他画供。恶贼到了此时,无奈已落在圈套,只得把招画了。你道女鬼是谁?乃是公孙策暗差耿春、郑平,到勾栏院将妓女王三巧唤来。多亏公孙策谆谆教演,便假扮女鬼,套出真情。赏了他五十两银子,打发他回去了。

此时,包公仍将郭槐寄监,派人好生看守,等次日五鼓上朝,奏明仁宗,将供招谨呈御览。仁宗袖了供招,朝散回宫,便往仁寿宫而来。见刘后昏沉之间,手舞足蹈,似有招架之态。猛然醒来,见天子立在面前,便道:"郭槐系先皇老臣,望皇儿格外赦宥。"仁宗闻听,也不答言,从袖中将郭槐的供招向刘后前一掷。刘后见此光景,拿起一看,登时胆裂魂飞,气堵咽喉。久病之人,如何禁得住罪犯天条。一吓,竟自呜呼哀哉了。仁宗吩咐,将刘后抬入偏殿,按妃礼殡殓了,草草奉移而已。传旨即刻打扫宫院。

次日升殿,群臣山呼已毕,圣上宣召包公,说道:"刘后已惊惧而亡,就着包卿代朕草诏,颁行天下,匡正国典。"从此黎民、内外臣宰方知国母太后姓李,却不姓刘。当时圣上着钦天监拣了吉日,斋戒沐浴,告祭各庙,然后排了銮舆,带领合朝文武,亲至南清宫迎请太后还宫。所有奉迎礼节仪注,不必细表。太后娘娘乘了御辇,狄后贤妃也乘了宝舆跟随入宫。仁宗天子请了太后之后,先行回銮,在宫内伺候。此时妃命妇俱各入朝,排班迎接凤驾。太后入宫,升座受贺已毕,起身更衣。传旨宣召龙图阁大学士包拯之妻李氏夫人进宫。太后与狄后仍以姐妹之礼相见,重加赏赐。仁宗亦有酬报,不必细表。外面众臣朝贺已毕,天子传旨将郭槐立剐。此时尤婆已死,照例戮尸。又传旨在仁寿宫寿山福海地面,丈量妥协,左边敕建寇宫人祠堂,名曰忠烈祠。右边敕建秦凤、余忠祠堂,名曰双义祠。工竣,亲诣拈香。

一日,老丞相王芑递了一本,因年老力衰,情愿告老休致。圣上怜念元老,仍赏食全俸,准其养老。即将包公加封为首相。包公又奏明公孙策与四勇士累有参赞功绩,仁宗于是封公孙策为主簿,四勇士俱赏六品校尉,仍在开封府供职。又奉太后懿旨,封陈林为都堂,范宗华为承信郎,将破窑改为庙宇,钦赐白银千两,香火地十顷,就叫范宗华为庙官,春秋两祭,永垂不朽。

未知后事如何,且听下回分解。

## 第二十回

### 受魇魔忠良遭大难　　杀妖道豪杰立奇功

且说包公自升为首相,每日勤劳王事,不畏权奸,秉正条陈,圣上无有不允。就是满朝文武,谁不钦仰。纵然素有仇隙之人,到了此时,也奈何他不得。一日,包公朝罢,来到开封,进了书房,亲自写了一封书信,叫包兴备厚礼一份,外带银三百两,选了个能干差役,前往常州府武进县遇杰村聘请南侠展熊飞;又写了家信,一并前去。

刚然去后,只见值班头目向上跪倒:"启上相爷,外面有男女二人,口称冤枉,前来伸诉。"包公吩咐:"点鼓升堂。"立刻带至堂上。包公见男女二人皆有五旬年纪,先叫将婆子带上来。婆子上前跪倒,诉说道:"婆子杨氏,丈夫姓黄,久已去世。有两个女儿,长名金香,次名玉香。我这小女儿,原许与赵国盛之子为妻,昨日他家娶去。婆子因女儿出嫁,未免伤心。及至去了之后,谁知我的大女儿却不见了。婆子又忙到各处寻找,再也没有,急的婆子要死。老爷想,婆子一生就仗着女儿。我寡妇失业的,原打算将来两个女婿有半子之分,可以照看寡妇。如今把个大女儿丢了,竟自不知去向。婆子又是急,又是伤心。正在啼哭之时,不想我们亲家赵国盛找了我来,合我不依,说我把女儿抵换了。彼此分争不清,故此前来求老爷替我们判断判断,找找我的女儿才好。"包公听罢,问道:"你家可有常来往的亲

第二十回　受魔魇忠良遭大难　杀妖道豪杰立奇功 | 157

眷没有？"杨氏道："漫说亲眷，就是街坊邻舍，无事也是不常往来的，婆子孤苦的很呢。"说至此就哭起来了。包公吩咐把婆子带下去，将赵国盛带上来。赵国盛上前跪倒，诉道："小人赵国盛，原与杨氏是亲家。他有两个女儿，大的丑陋，小的俊俏。小人与儿子定的是他小女儿，娶来一看，却是他大女儿。因此急急赶到他家与他分争为何抵换。不料杨氏他倒不依，说小人把他两个女儿都娶去了，欺侮他孀居寡妇了。因此到老爷台前，求老爷剖断剖断。"包公问道："赵国盛，你可认明是他大女儿么？"赵国盛道："怎么认得不明呢？当初有我们亲家在日，未作亲时，他两个女儿小人俱是见过的。大的极丑，小的甚俊。因小人爱他小女，才与小人儿子定了亲事。那个丑的，小人断不要的。"包公听罢，点了点头。便叫："你二人且自回去听候传讯。"

老爷退堂，来至书房，将此事揣度。包兴倒过茶来，恭恭敬敬送至包公面前。只见包公坐在椅上，身体乱晃，两眼发直，也不言语，也不接茶。包兴见此光景，连忙放下茶杯，悄悄问道："老爷怎么了？"包公忽然将身子一挺，说道："好血腥气吓！"往后便倒，昏迷不醒。包兴急急扶着，口中乱叫："老爷，老爷！"外面李才等一齐进来，彼此搀扶，抬至床榻之上。一时传到里面，李氏诰命闻听，唬得惊疑不止，连忙赶至书房看视，李才等急回避。只见包公躺在床上，双眉紧皱，二目难睁，四肢全然不动，一语也不发。夫人看毕，不知是何缘故。正在纳闷，包兴在窗外道："启上夫人，公孙主簿前来与老爷诊脉。"夫人闻听，只得带领丫鬟回避。包兴同着公孙先生来至书房榻前，公孙策细细搜求病源。诊了左脉，连说"无妨"；又诊右脉，便道"怪事"。包兴在旁问道："先生看相爷是何病症？"公孙策道："据我看来，相爷六脉平和，并无病症。"又摸了摸头上并心上，再听气息亦顺，仿佛睡着的一般。包兴将方才的形景述说一遍，公孙策闻听便觉纳闷，并断不出病从何处起的。只得先叫包兴进内安慰夫人一番，并禀明须要启奏。自己便写了告病折子，来日五鼓上朝呈递。

天子闻奏，钦派御医到开封府诊脉，也断不出是何病症。一时，太后也知道了，又派老伴伴陈林前来看视。此时开封府内外上下人等，也有求神问卜的，也有说偏方的。无奈包公昏迷不省，人事不知，饮食不进，止于酣睡而已。幸亏公孙先生颇晓医理，不时在书房诊脉照料。至于包兴、李才，更不消说了，昼夜环绕，不离左右。就是李氏诰命，一日也是要到书房几次。惟有外面公孙策与四勇士，个个急的擦拳摩掌，短叹长吁，竟自无法可施。谁知一连就是五天，公孙策看包公脉息渐渐的微弱起来，大家不由的着急。独包兴与别人不同，他见老爷这般光景，因想当初罢职之时，曾在大相国寺得病，与此次相同，那时多亏了然和尚医治，偏偏他又云游去了。由此便想起当初经了多少颠险，受了多少奔波，好容易熬到如此地步，不想旧病复发，竟自不能医治。越想越愁，不由的泪流满面。正在哭泣之际，只见前次派去常州的差役回来，言："展熊飞并未在家。老仆说：'我家官人若能早晚回来，必然急急的赶赴开封，决不负相爷大恩。'"又说："家信也送到了，现有带来的回信，老爷府上俱各平安。"差人说了许多的话，包兴也止于出神点头而已，把家信接过送进去了。信内无非是

"平安"二字。

你道南侠那里去了？他乃行义之人，浪迹萍踪，原无定向。自截了驼轿，将金玉仙送至观音庵，与马汉分别之后，他便朝游名山，暮宿古庙。凡有不平之事，他不知又作了多少。每日闲游，偶闻得人人传说，处处讲论，说当今国母原来姓李，却不姓刘，多亏了包公访查出来。现今包公入阁，拜了首相。当作一件新闻处处传闻。南侠听在耳内，心中暗暗欢喜道："我何不前往开封探望一番呢？"一日午间，来至榆林镇，上酒楼独坐饮酒。正在举杯要饮，忽见面前走过一个妇人来，年纪约有三旬上下，面黄肌瘦，憔悴形容，却有几分姿色。及至看他身上穿着，虽是粗布衣服，却又极其干净。见他欲言不言，迟疑半晌，羞的面红过耳，方才说道："奴家王氏，丈夫名叫胡成，现在三宝村居住。因年荒岁旱，家无生理，不想婆婆与丈夫俱各病倒，万分出于无奈，故此小妇人出来抛头露面，沿街乞化，望乞贵君子周济一二。"说罢，深深万福，不觉落下泪来。展爷见他说的可怜，一回手在兜肚中摸出半锭银子，放在桌上道："既是如此，将此银拿去，急急回家，赎帖药饵。馀者作为养病之资，不要沿街乞化了。"妇人见是一大半锭银子，约有三两多，却不敢受，便道："贵客方便，赐我几文钱足矣。如此厚赐，小妇人实不敢领的。"展爷道："岂有此理！我施舍于你，你为何拒而不纳呢？这却令人不解。"妇人道："贵客有所不知，小妇人求乞，全是出于无奈。今一旦将此银拿回家去，惟恐婆婆丈夫反生疑忌，那时恐负贵客一番美意。"展爷听罢，甚为有理。谁知堂官在旁插言道："你只管放心，这位既然施舍，你便拿回，若你婆婆丈夫嗔怪时，只管叫你丈夫前来见我，我便是个证见，难道你还不放心么？"展爷连忙称是，道："你只管拿去罢，不必疑惑了。"妇人又向展爷深深万福，拿起银子下楼去了。跑堂又向展爷添酒要菜，也下楼去了。

不料那边有一人，他见展爷给了那妇人半锭银子，便微微的一笑。此人名唤季娄儿，为人谲诈多端，极是个不良之辈。他向展爷说道："客官不当给这妇人许多银子。他乃故意作生理的。前次有个人赠银与他，后来被他丈夫讹诈，说调戏他女人了，逼索遮羞银一百两，方才完事。如今客官给他银两，惟恐少时他丈夫又来要讹诈呢。"展爷闻听，虽不介意，不由的心中辗转道："若依此人所说，天下人还敢有行善的么？他要果真讹诈，我却不怕他，惟恐别人就要入了他的局骗了。细细想来，似这样人，也就好生可恶呢。也罢，我原是无事，何不到三宝村走走。若果有此事，将他处治一番，以戒下次。"想罢，吃了酒饭，会钱下楼，出门向人问明三宝村而来。相离不远，见天色甚早，路旁有一道士庙叫作通真观，展爷便在此庙作了下处。因老道邢吉有事拜坛去，观内只有两个小道士，名唤谈明、谈月。就在庙二门外西殿内住下。

天交初鼓，展爷换了夜行衣服，离了通真观，来到三宝村胡成家内。早已听见婆子嗔声，男子恨怨，妇人啼哭，嘈嘈不休。忽听婆子道："若非有外心，何以有许多银子呢？"男子接着说道："母亲不必说了，明日叫他娘家领回就是了。"并听不见妇人折辩，惟有呜呜的哭泣而已。南侠听至此，想起白日妇人在酒楼之言，却有先见之明，叹息不止。猛抬头,忽见门外有一人影,又听得高声说道:"既拿我的银子,应了我的事,就该早些出来。如今既不出来,必须将银子早早还我。"南侠闻听,气冲斗牛。赶出篱门,一伸手把那人揪住。仔细看时,却是季娄儿。季娄儿害怕,哀告道:"大王爷饶命!"南侠也不答言,将他轻轻一提,扭至院内,也就高声说道:"吾乃夜游神是也。适遇日游神,曾言午间有贤孝节妇,因婆婆丈夫染病,含羞乞化,在酒楼上遇正直君子,怜念孝妇,赠银半锭。谁知被奸人看见,顿起不良之心,夜间前来讹诈。吾神在此,岂容奸人陷害。且随吾神到荒郊之外,免得连累良善之家。"说罢,提了季娄儿出篱门去了。胡家母子听了,方知媳妇得银之故,连忙安慰王氏一番,深感贤妇不题。

且说南侠将季娄儿提至旷野,拔剑斩讫。见斜刺里有一蚰蜒小路,以为从此可以奔至大路。信步行去,见面前一段高墙,细细看来,原来是通真观的后阁,不由的满心欢喜。自己暗暗道:"不想倒走近便了,我何不从后面而入,岂不省事?"将身子一纵,上了墙头,翻身躯轻轻落在里面。蹑步悄足行来,偶见跨所内灯光闪灼,心中想道:"此时已交三鼓之半,为何尚有灯光?我何不看看呢?"用手推门,却是关闭,只得飞身上了墙头。见人影照在窗上,仿佛小道士谈月光景。忽又听见妇人说道:"你我虽然定下此计,但不知我姐姐顶替去了,人家依与不依。"又听得小道士说:"他纵然不依,自有我那岳母答复他,怕他怎的?你休要多虑,趁此美景良宵,且自同赴阳台要紧。"说着,便立起身来。展爷听到此处,心中暗道:"原来小道士作此暧昧之事,也就不是出家的道理了。且待明日再作道理。"大凡夜行人，最忌的是采花，又忌的是听淫声。展爷刚转身，忽又听见妇人说道："我问问你，你说庞太师暗害包公，此事到底是怎么样了？"展爷听了此句，连忙缩脚侧听。只听谈月道："你不知道，我师父此法百发百中。现今在庞太师花园设坛，于今业已五日了，赶到七日，必然成功。那时得谢银一千两。我将此银偷出，咱们远走高飞，岂不是长久夫妻么。"

展爷听了，登时惊疑不止。连忙落下墙来，赶到前面殿内，束束包裹，并不换衣，也不告辞，竟奔汴梁城内而来。不过片时工夫，已至城下。见满天星斗，听了听，正打四更。展爷无奈何，绕过护城河，来至城下，将包袱打开，把爬城索取出，依法安好，一步一步上得城来；将爬城索取下，上面安好，缒城而下。脚落实地，将索抖下，收入包袱内，背在肩上，直奔庞太师府而来。来至花园墙外，找了棵小树，将包袱挂上，这才跳进花园。只见高结法台，点烛焚香，有一老道披着发在上面作法。展爷暗暗步上高台，在老道身后悄悄的抽出剑来。

不知老道性命如何，且听下回分解。

## 第二十一回

### 掷人头南侠惊佞党　　除邪祟学士审虔婆

且说邢吉正在作法,忽觉得脑后寒光一缕,急将身体一闪,已然看见展爷目光炯炯,煞气腾腾,一道阳光直奔瓶上。所谓邪不侵正,只听得啪的一声响亮,将个瓶子炸为两半。老道见他法术已破,不觉"啊呀"了一声,栽下法台。展爷恐他逃走,翻身赶下台来。老道刚然爬起要跑,展爷抽后就是一脚。老道往前一扑,趴在地下。展爷即上前,从脑后手起剑落,已然身首异处。展爷斩了老道,从新上台来细看,见桌上污血狼籍,当中有一个木头人儿,连忙轻轻提出。低头一看,见有围桌,便扯了一块将木头人儿包裹好了,揣在怀内。下得台来,提了人头,竟奔书房而来,此时已有五鼓之半。

且说庞吉正与庞福在书房说道:"今日天明已是六日,明日便可成功。虽然报了杀子之仇,只是便宜他全尸而死。"刚说至此,只听得唏嚓的一声,把窗户上大玻璃打破,掷进一个毛茸茸血淋淋的人头来。庞吉猛然吃这一吓,几乎在椅子上栽倒,旁边庞福吓得缩作一团。迟了半晌,并无动静,庞贼主仆方才仗着胆子,掌灯看时,却是老道邢吉的首级。庞吉忽然省悟:这必是开封府暗遣能人前来破了法术,杀了老道。即叫庞福传唤家人,四下里搜寻,那里有个人影。只得叫人打扫了花园,埋了老道尸首,撤去法台,忿忿悔恨而已。

且说南侠离了花园,来至墙外,树上将包裹取下,拿了大衫披在身上,直奔开封。只见内外灯烛辉煌,俱是守护相爷。连忙叫人通报。公孙先生闻声展爷到来,不胜欢喜,便同四勇士一并迎将出来。刚然见面,不及叙寒温,展爷便道:"相爷身体欠安么?"公孙先生诧异道:"吾兄何以知之?"展爷道:"且到里面,再为细讲。"大家拱手来至公所,将包裹放下,彼此逊坐。献茶已毕,公孙策便问展爷:"何以知道相爷染病?请道其详。"南侠道:"说起来话长,众位贤弟且看此物便知分晓。"说罢,怀中掏出一物,连忙打开,却是一块围桌片儿,里面裹定一个木头人儿。公孙策接来,与众人在灯下仔细端详,不解其故。公孙策又细细看出上面有字,仿佛是包公的名字与年庚,不觉失声道:"啊呀,这是使的魇魔法儿罢!"展爷道:"还是老先生大才,猜的不错。"众人便问展爷此物从何处得来,展爷才待要说,只见包兴从里跑出来道:"相爷已然醒来,今已坐起,现在书房喝粥呢!派我出来,说与展义士一同来的,叫我来请进书房一看。不知展爷来也不曾?"大家听了各各欢喜。原是灯下围绕着看木头人儿,包兴未看见展爷,到是展爷连忙站起,过来见了包兴。包兴只乐得心花开放,便道:"果然展爷来了。请罢,我们相爷在书房恭候呢。"

此时公孙先生同定展爷,立刻来至书房,参见包公。包公连忙让座,展爷告坐,在对面椅子上坐下。公孙主簿在侧首下位相陪。只听包公道:"本阁屡叨义士救护,何以酬报!即如今若非义士,我包某几乎一命休矣。从今后,务望义士常在开封,扶助一二,庶不负渴想之诚。"展爷连说:"不敢,不敢。"公孙策在旁答道:"前次相爷曾差人

第二十一回　掷人头南侠惊佞党　除邪祟学士审度婆

到尊府去聘请，吾兄恰值公出未回，不料吾兄今日才到。"展爷道："小弟萍踪无定，因闻得老爷拜了相，特来参贺。不想在通真观闻得老爷得病原由，故此连夜赶来。果然老爷病体痊愈，在下方能略尽微忱。这也是相爷洪福所致。"包公与公孙策闻听展爷之言，不甚明白，问："通真观在那里？如何在那里听得信呢？"展爷道："通真观离三宝庄不远。"便将夜间在跨所听见小道士与妇人的言语，因此急急赶到太师的花园，正见老道拜坛，瓶子炸了，将老道杀死，包了木人前来，滔滔不断述说了一遍。包公闻听，如梦方醒。公孙策在旁道："如此说来，黄寡妇一案也就好办了。"一句话提醒包公，说："是呀，前次那婆子他说不见了女儿，莫非是小道士偷拐去了不成？"公孙策连忙称是，"相爷所见不差。"复站起身来，将递摺子告病，圣上钦派陈林前来看视，并赏御医诊视，一并禀明。包公点头道："既如此，明日先生办一本参奏的摺子，一来恭请圣安，销假谢恩；二来参庞太师善用魇魔妖法，暗中谋害大臣，即以木人并杀死的老道邢吉为证。我于后日五鼓上朝呈递。"包公吩咐已毕，公孙策连忙称是。只见展爷起身告辞，因老爷初愈，惟恐劳了神思。包公便叫公孙策好生款待。二人作别，离了书房。

　　此时天已黎明，包公略为歇息，自有包兴、李才二人伺候。外面公所内，展爷与公孙先生、王、马、张、赵等各叙阔别之情。展爷又将新闻相爷欠安的情由述说一遍，大家闻听，方才省悟，不胜欢喜。虽然熬了几夜未能安眠，到了此时，各各精神焕发，把乏困俱各忘在九霄云外了。所谓人逢喜事精神爽，是再不能错的。彼此正在交谈，只见伴当人等安放杯筷，摆上酒肴，极其丰盛。却是四勇士于展爷见包公之时，便吩咐厨房赶办肴馔，一来与展爷接风掸尘，二来彼此大家庆贺。因这些日子相爷欠安，闹的上下沸腾，各各愁闷焦躁，谁还拿饭当事呢？不过是喝几杯闷酒而已。今日这一畅快，真是非常之乐。换盏传杯，高谈阔论。说到快活之时，投机之处，不由的哈哈大笑，欢呼震耳。惟有四爷赵虎比别人尤其放肆，杯杯净，盏盏干，乐的他手舞足蹈，未免的丑态毕露。包兴忽然从外面进来，大家彼此让座。包兴满面笑容道："我奉相爷之命，出来派差，抽空特来敬展爷一二杯。"展爷忙道："岂敢，岂敢。适才酒已过量，断难从命。"包兴那里肯依。赵虎在旁撺掇，定要叫展爷立饮三杯。还是王朝分解，叫包兴满满斟上了一盏敬展爷。展爷连忙接过，一饮而尽。大家又让包兴坐下。包兴道："我是不得空儿的，还要复命相爷。"公孙策问道："此时相爷又派出什么差使呢？"包兴道："相爷方才睡醒，喝了粥，吃了点心，便立刻出签，叫往通真观捉拿谈明、谈月合那妇人，并传黄寡妇、赵国盛一齐到案。大约传到就要升堂办事，可见相爷为国为民，时刻在念，真不愧首相之位，实乃国家之大幸也。"包兴告辞，上书房回话去了。这里众人听见相爷升堂，大家不敢多饮，惟有赵虎已经醉了。连忙用饭已毕，公孙策便约了展爷来至自己屋内，一壁说话，一壁打算参奏的摺底。

此时已将谈明、谈月并金香、玉香以及黄寡妇、赵国盛俱各传到，包公立刻升堂。喊了堂，入了座，便吩咐先带谈明。即将谈明带上堂来，双膝跪倒。见他有三旬以上，形容枯瘦，举止端详，不像个做恶之人。包公问道:"你就是叫谈明的么?快将所做之事报上来。"谈明向上叩头道:"小道士谈明,师父邢吉,在通真观内出家。当初原是我师徒二人,我师父邢吉每每行些暗昧之事,是小道时常谏劝,不但不肯听劝,反加责处,因此小道忧思成病。不料后来小道有一族弟,他来看视小道。因他赌博蓄娼,无所不为,闹的甚是狼狈,原是探病为由前来借贷。小道如何肯理他呢?他便哀求啼哭。谁知被师父邢吉听见,将他叫去,不知怎么,三言两语也出了家了。登时换了衣服鞋袜,起名叫作谈月。啊呀,老爷呀!自谈月到了庙中,我师父如虎生翼。他二人做的不尴不尬之事,难以尽言。后来我师父被庞太师请去,却是谈月跟随,小道在庙看守。忽见一日夜间,有人敲门,小道连忙开了山门一看,只见谈月带了个少年小道士一同进来。小道以为是同道,不然,又不知是他师徒行的什么鬼祟,小道也不敢管,关了山门,便自睡了。至次日,小道因谈月带了同道之人,也应当见礼,小道便到跨所,进去一看,就把小道吓慌了。谁知不是道士,却是个少年女子在那里梳头呢。小道才要抽身,却见谈月小解回来,便道:'师兄既已看见,我也不必隐瞒。此女乃是我暗里带来,无事便罢,如要有事,自有我一人承当,惟求师兄不要声张就是了。'老爷想,小道素来受他的挟制,他如此说,小道还能管他么?只得诺诺退去,求其不加害于我便是万幸了。自那日为始,他每日又到庞太师府中去,他便将跨所封锁。回来时,便同那女子吃喝耍笑。不想今日他刚要走,就被老爷这里去了多人将我等拿获。这便是实在事迹,小道敢作证见,再不敢撒谎的。"老爷听罢,暗暗点头道:"看此道不是作恶之人，果然不出所料。"便吩咐带在一旁，便带谈月。

只见谈月上堂跪倒。老爷留神细看，见他约有二旬年岁，生的甚是俏丽，两个眼睛滴溜嘟噜的乱转，已露出是个不良之辈了。又见他满身华裳，更不是出家人的形景。老爷将惊堂木一拍，道："奸人妇女，私行拐带，这也是你出家人作的么？讲！"谈月才待开言，只见谈明在旁厉声道："谈月，今日到了公堂之上，你可要从实招上去，我方才将你所作所为俱各禀明了。"一句话把个谈月噎的倒抽了一口气，只得据实招道："小道谈月，因从那黄寡妇门口经过，只见有两个女子，一个极丑，一个很俊，小道便留心。后来一来二去，渐渐的熟识。每日见那女子门前站立，彼此有眷恋之心，便暗定私约，悄从后门出入。不想被黄寡妇撞见，是小道多用金帛买嘱，黄寡妇便应允了。谁知后来赵家要迎娶，黄寡妇着了急了，便定了计策，就那日迎娶的夜里，趁着忙乱之际，小道算是俗家的亲戚，便将玉香改装，私行逃走。彼时已与金香说明，他原是长的丑陋，无人聘娶，莫若顶替去了，到了那里生米已成熟饭了，他也就反悔不来了。心想是个巧宗儿，谁知今日犯在当官。"说罢往上磕头。包公问道："你用多少银子买嘱了黄寡妇？"谈月道："纹银三百两。"包公问道："你一个小道士，那里有许多银子呢？"谈月道："是偷我师父的。"包公道："你师父那里有许多银子呢？"谈月道："我师父原有魇魔神法，百发百中。若要害人，只用桃木做个人儿，上面写着名姓年庚，用污血装在瓶内。我师父做起法来，只消七日，那人便气绝身亡。只因老包……"说至此，自己连忙啐了一口，"呸，呸！只因老爷有杀庞太师之子之仇，庞太师怀恨在心，将我师父请去，言明做成此事，谢银一千五百两。我师父先要五百两，下欠一千两，等候事成再给。"包公听罢，便道："怪得你还要偷你师父一千两，与玉香远走高飞，作长久夫妻呢！这就是了。"谈月听了此言，吃惊不小："此话是我与玉香说的，老爷如何知道呢？必是被谈明悄悄听去了。"他那里知道暗地里有个展爷与他泄了底呢。先将他二人带将下去，吩咐带黄寡妇母女上堂。

不知如何审办，且听下回分解。

## 第二十二回

### 金銮殿包相参太师　　耀武楼南侠封护卫

且说包公审明谈月,吩咐将黄寡妇母女三人带上来。只见金香果然丑陋不堪,玉香虽则俏丽,甚是妖淫。包公便问黄寡妇:"你受了谈月三百两在于何处?"黄寡妇已知谈月招承,只得吐实,禀道:"现藏在家中柜底内。"包公立刻派人前去起赃。将他母女每人拶了一拶,发在教坊司,母为虔婆,暗合了贪财卖奸之意;女为娼妓,又遂了倚门卖俏之心。金香自惭貌陋,无人聘娶,情愿身入空门为尼。赃银起到,偿了赵国盛银五十两,着他另行择娶。谈明素行谨慎,即着他在通真观为观主。谈月定了个边远充军,候参奏下来,质对明白,再行起解。审判已明,包公退堂,来至书房。此时公孙先生已将摺底办妥请示。包公看了,又将谈月的口供叙上了几句,方叫公孙策缮写,预备明日五鼓参奏。

至次日,天子临轩。包公出班,俯伏金阶。仁宗一见包公,满心欢喜,便知他病体痊愈,急速宣上殿来。包公先谢了恩,然后将折子高捧,谨呈御览。圣上看毕,又有桃木人儿等作证,不觉心中辗转道:"怪道包卿得病不知从何而起,原来暗中有人陷害。"又一转想:"庞吉,你乃堂堂国戚,如何行此小人暗昧之事,岂有此理!"想至此,即将庞吉宣上殿来。仁宗便将参摺掷下。庞吉见龙颜带怒,连忙捧读,不由的面目更色,双膝跪倒,惟有俯首伏罪而已。圣上痛加申饬,念他是椒房之戚,着从宽罚俸三年。天子又安慰了包公一番,立时叫庞吉当面与包公赔罪。庞贼遵旨,不敢违背,只得向包公跟前谢过。包公亦知他是国戚,皇上眷顾,而且又将他罚俸,也就罢了。此事幸亏和事的天子,才化为乌有。二人从新谢了恩。大家朝散,天子还宫。

包公五六日未能上朝,便在内阁料理这几日公事。只见圣上亲派内辅出来宣旨,道圣上在修文殿宣召包公。包公闻听,即随内辅进内,来至修文殿,朝了圣驾。天子赐座,包公谢恩。天子便问道:"卿六日未朝,朕如失股肱,不胜郁闷。今日见了卿家,才觉畅然。"包公奏道:"臣猝然遘疾,有劳圣虑,臣何以克当。"天子又问道:"卿参摺上云义士展昭,不知他是何如人?"包公奏道:"此人是个侠士,臣屡蒙此人救护。"又说:"当初赶考时路过金龙寺,遇凶僧陷害,多亏了展昭将臣救出;后来奉旨陈州放赈,路过天昌镇擒拿刺客项福,也是此人;即如前日在庞吉花园破了妖魔,也是此人。"天子闻听,龙颜大悦,道:"如此说来,此人不独与卿有恩,他的武艺竟是超群的了。"包公奏道:"若论展昭武艺,他有三绝:第一,剑法精奥;第二,袖箭百发百中;第三,他的纵跃法,真有飞檐走壁之能。"天子听至此,不觉鼓掌大笑道:"朕久已要选武艺超群的,未得其人。今听卿家之言,甚合朕意。此人可现在否?"包公奏道:"此人现在臣的衙内。"天子道:"既如此,明日卿家将此人带领入朝,朕亲往耀武楼试艺。"包公遵旨,叩辞圣驾,出了修文殿,又来到内阁。料理官事已毕,乘轿回到开封,至公堂落轿,复将官事料理一番。退堂,进了书房。包兴递茶,包公叫请展爷。

不多时,展爷来到书房。包公便将今日圣上旨意一一述说,"明早就要随本阁入朝,参见圣驾。"展爷到了此时虽不愿意,无奈包公已遵旨,只得谦虚了几句:"惟恐艺不惊人,反要辜负了相爷一番美意。"彼此又叙谈了多少时,方才辞了包相,来到公所之内。此时,公孙策与四勇士俱已知道展爷明日引见,一个个见了未免就要道喜,大家又聚饮一番。

至次日五鼓,包公乘轿,展爷乘马,一同入朝伺候。驾幸耀武楼,合朝文武扈从。天子来至耀武楼,升了宝座。包公便将展昭带往丹墀,跪倒参驾。圣上见他有三旬以内年纪,气宇不凡,举止合宜,龙心大悦。略问了问家乡籍贯,展昭一一奏对,甚是明晰。天子便叫他舞剑,展爷谢恩下了丹墀,早有公孙策与四勇士俱各暗暗跟来,将宝剑递过。展爷抱在怀中,步上丹墀,朝上叩了头。将袍襟略为掖了一掖,先有个开门式。只见光闪闪,冷森森,一缕银光翻腾上下。起初时,身随剑转,还可以注目留神;到后来,竟使人眼花缭乱。其中的删砍劈剁、勾挑拨刺,无一不精。合朝文武以及丹墀之下众人,无不暗暗喝彩。惟有四勇士更为关心,仰首翘望,捏着一把汗,在那里替他用力。见他舞到妙处,不由的甘心佩服:"真不愧南侠二字!"展爷这里施展平生学艺,着着用意,处处留心。将剑舞完,仍是怀中抱月的架式收住,复又朝上磕头。见他面不更色,气不发喘。

天子大乐,便问包公道:"真好剑法,怨不得卿家夸奖。他的袖箭又如何试法?"包公奏道:"展昭曾言,夜间能打灭香头之火。如今

第二十二回　金銮殿包相参太师　耀武楼南侠封护卫

白昼，只好用较射的木牌，上面糊上白纸，圣上随意点上三个朱点，试他的袖箭。不知圣意若何？"天子道："甚合朕意。"谁知包公早已吩咐预备下了，自有执事人员将木牌拿来。天子验看，上面糊定白纸，连个黑星皱纹一概没有，由不得提起朱笔，随意点了三个大点，叫执事人员随展昭去，该立于何处任他自便。因袖箭乃自己练就的步数，远近与别人的兵刃不同。展昭深体圣意，随执事人员下了丹墀，斜行约二三十步远近，估量圣上必看得见，方叫人把木牌立稳。左右俱各退后。展昭又在木牌之前，对着耀武楼遥拜。拜毕立起身来，看准红点，翻身竟奔耀武楼跑来。约有二十步，只见他将左手一扬，右手便递将出去，只听木牌上啪的一声；他便立住脚，正对了木牌，又是一扬手，只听那边木牌上又是一声啪；展爷此时却改了一个卧虎势，将腰一弓，脖项一扭，从胳肢窝内将右手往外一推，只听得啪，将木牌打的乱晃。展爷一伏身，来到丹墀之下，望上叩头。此时，已有人将木牌拿来，请圣上验看。见三枝八寸长短的袖箭，俱各钉在朱红点上，惟有末一枝已将木牌钉透。天子看了，甚觉罕然，连声称道："真绝技也！"

包公又奏："启上吾主，展昭第三技乃纵跃法，非登高不可。须脱去长衣，方能灵便。就叫他上对面五间高阁，我主可以登楼一望，看的始能真切。"天子道："卿言甚是。"圣上起身，刚登胡梯，便传旨："所有大臣俱各随朕登楼，馀者俱在楼下。"便有随侍内监回身传了圣旨。包公领班，慢慢登了高楼。天子凭栏入座，众臣环立左右。展昭此时已将袍服脱却，扎缚停当。四爷赵虎不知从何处暖了一杯酒来，说道："大哥且饮一杯，助助兴，提提气。"展爷道："多谢贤弟费心。"接过一饮而尽。赵爷还要斟时，见展爷已走出数步。愣爷却自己悄悄的饮了三杯，过来翘着脚儿，往对面阁上观看。单说展昭到了阁下，转身又向耀武楼上叩拜。立起来，他便在平地上鹭伏鹤行，徘徊了几步。忽见他身体一缩，腰背一弓，飕的一声，犹如云中飞燕一般，早已轻轻落在高阁之上。这边天子惊喜非常，道："卿等看他如何一展眼间就上了高阁呢？"众臣宰齐声夸赞。此时展爷显弄本领，走到高阁柱下，双手将柱一搂，身体一飘，两腿一飞，嗤嗤嗤嗤，顺柱倒爬而上。到了柁头，用左手把住，左腿盘在柱上，将虎体一挺，右手一扬，做了个探海势。天子看了，连声赞好。群臣以及楼下人等无不喝彩。又见他右手抓住橡头，滴溜溜身体一转，把众人唬了一跳。他却转过左手，抓住橡头，脚尖儿登定檩方，上面两手倒把，下面两脚拢步。由东边蹿到西边，由西边又蹿到东边。蹿来蹿去，蹿到中间，忽然把双脚一蜷，用了个卷身势往上一翻，脚跟登定瓦垄，平平的将身子翻上房去。天子看至此，不由失声道："奇哉，奇哉！这那里是个人，分明是朕的御猫一般。"谁知展爷在高处业已听见，便就在房上与圣上叩头。众人又是欢喜，又替他害怕。只因圣上金口说了"御猫"二字，南侠从此就得了这个绰号，人人称他为御猫。此号一传不大紧要，便惹起了多少英雄好汉，人人奇才，个个豪杰。也是大宋洪福齐天，若非这些异人出世，如何平定襄阳的大事。后文慢表。

当下仁宗天子亲试了展昭的三艺，当日驾转还宫，立刻传旨："展昭为御前四品带刀护卫，就在开封府供职。"包公带领展昭望阙叩头谢恩。诸事已毕,回转府中。包公进了书房,立刻叫包兴备了四品武职服色送与展爷。展爷连忙穿起,随着包兴来到书房,与包公行礼。包公那里肯受,逊让多时,只受了半礼,展爷又叫包兴进内,在夫人跟前代言,就说展昭与夫人磕头。包兴去了多时,回来说道:"夫人说,老爷屡蒙展老爷救护,实实感谢不尽,日后还要求展老爷时时帮助相爷。给展老爷道喜,礼是不敢当的。"展爷恭恭敬敬连连称"是"。包公又告诉他:"明早具公服上朝,本阁替你代奏谢恩。"展爷谢道:"卑职谨依钧命。"说罢退出,来到公所。公孙策与四勇士俱各上前道喜,彼此逊让一番,大家入座。不多时,摆上丰盛酒肴,这是众人与展爷贺喜的。公孙策为首,便要安席敬酒。展爷那里肯依,便道:"你我皆知己弟兄,若如此,便是拿我当外人看了。"大家见展爷如此,公议共敬三杯。展爷领了,谢过众人,彼此就座。饮酒之间,又提起今日试艺,大家赞不绝口。展爷再三谦逊,毫无自满之意,大家更为佩服。

正在饮酒之际,只见包兴进来,大家让座。包兴道:"实实不能相陪,相爷叫我来请公孙先生来了。"众人便问何事,包兴道:"方才老爷进内吃了饭,出来便到书房叫请公孙先生,不知为着何事。"公孙暂向众人告辞,同包兴进内往书房去了。这里众人纳闷,再也测度不出是为什么事来。不多会,只见公孙策出来。大家便问:"相爷呼唤,有何台谕?"公孙策道:"不为别的,一来给展大哥办理谢恩摺子;二来为前在修文殿召见之时,圣上说了一句几天没见咱家相爷,如失股肱。相爷因想起国家总以选拔人才为要,况有太后入宫大庆之典礼,宜加一科,为国求贤。叫我打个条陈摺底儿,请开恩科。"展爷道:"这也是一件极好的事。既如此,咱们吃饭罢,不可耽搁了贤弟正事。"公孙策道:"一个摺底也甚容易,何必太忙。"展爷道:"虽则如此,相爷既然吩咐,想来必是等着看呢。你我朝夕聚首,何争此一刻呢?"公孙策听展爷说得有理,只得要饭来,大家用毕,离席散坐吃茶。公孙先生得便来到自己屋内,略为思索,提笔一挥而就,交包兴请示相爷看过,即立刻缮写清楚,预备明日呈递。

至次日五鼓,包公带领展爷到了朝房,伺候谢恩。众人见了展爷,无不悄悄议论夸赞的。又见展爷穿着簇新的四品武职服色,越显得气宇昂昂,威风凛凛,真真令人羡慕之中可畏可亲。及至圣上升殿,展爷谢过恩后,包公便将加恩科的本章递上。天子看了甚喜,朱批依议。发到内阁,立刻出抄,颁行各省。所有各处,文书一下,人人皆知。

不识后文如何,且听下回分解。

## 第二十三回

### 洪义赠金夫妻遭变　　白雄打虎甥舅相逢

且说恩科文书行至湖广,便惊动了一个饱学之人。你道此人姓甚名谁? 他乃湖广武昌府江夏县南安善村居住,姓范名仲禹。妻子白氏玉莲,孩儿金哥年方七岁,一家三口度日。他虽是饱学名士,却是一介寒儒,家道艰难,止于餬口。一日会文回来,长吁短叹,闷闷不乐。白氏一见,不知丈夫为着何事,或者与人合了气了,便向前问道:"相公,今日会文回来,为何不悦呢?"范生道:"娘子有所不知。今日与同窗会文,却未作课。见他们一个个装束行李,张罗起身,我便问他,如此的忙迫,要往那里去? 同窗朋友道:'怎么,范兄你还不知道么? 如今圣上额外旷典,加了恩科,文书早已行到本省。我们尚要前去赴考,何况范兄呢? 范兄若到京时,必是鳌头独占了。'是我听了此言,不觉扫兴而归。娘子,你看家中一贫如洗,我学生焉能到得京中赴考呢?"说罢,不觉长叹了一声。白氏道:"相公原来如此。据妾身想来,此事也是徒愁无益。妾身亦久有此意。我自别了母亲,今已数年之久,原打算相公进京赴考时,妾身意欲同相公一同起身,一来相公赴考,二来妾身亦可顺便探望母亲。无奈事不遂心,家道艰难,也只好置之度外罢了。"白氏又劝慰了丈夫许多言语。范生一想,原是徒愁无益之事,也就只好丢开。

至次日清晨，正在梳洗，忽听有人叩门。范生连忙出去，开门一看，却是个知己的老朋友刘洪义，不胜欢喜，二人携手进了茅屋。因刘洪义是个年老之人，而且为人忠梗，素来白氏娘子俱不回避的，便上前与伯伯见礼；金哥亦来拜揖。刘老者好生欢喜。逊坐烹茶，刘老者道："我今来，特为一事与贤弟商议。当今额外旷典，加了恩科，贤弟可知道么？"范生道："昨日会文去方知。"刘老者道："贤弟既已知道，可有什么打算呢？"范生叹道："别人可瞒，似老兄跟前，小弟焉敢撒谎。兄看室如悬磬，叫小弟如之奈何？"说罢，不觉惨然。刘老一见便道："贤弟不要如此，但不知赴京费用须得多少呢？"范生道："此事说来，尤其叫人为难。"便将昨日白氏欲要顺便探母的话说了一遍。刘老闻听，连连点头："人生莫大于孝，这也是该当的。如此算来，约用几何？"范生答道："昨日小弟细细盘算，若三口人一同赴京，一切用度，至少也得需七八十两。一时如何措办的来呢？也只好丢开罢了。"刘老闻听，沉吟了半响，道："既如此，待我与你筹画筹画去。倘得事成，岂不是件好事呢。"范生连连称谢。刘老者立起身来要走，范生断不肯放，是必留下吃饭。刘老者道："吃饭是小事，惟恐耽误了正事。容我早早回去，张罗张罗事情要紧。"范生便不肯紧留，送出柴门。分别时，刘老者道："就是明日罢，贤弟务必在家中听我的信息。"说罢执手，扬长而去。范生送了刘老者回来，心中又是欢喜又是浩叹，欢喜的是事有凑巧；浩叹的是自己艰难，却又赘累朋友。又与白氏娘子望空扑影的盘算了一回。

　　到了次日，范生如坐针毡一般，坐立不安，时刻盼望。好容易天将交午，只听有人叩门。范生忙将门开了，只见刘老者拉进一头黑驴，满面是汗，喘吁吁的进来说道："好黑驴，许久不骑他，他就闹起手来了，一路上累的老汉通身是汗！"说着话，一同到屋内坐下，说道："幸喜事已成就，竟是贤弟的机遇。"一壁说着，将驴上的钱叉儿从外面拿下来，放在屋内桌上，掏出两封银子，又放在床上，说道："这是一百两银子。贤弟与弟妇带领侄儿可以进京了。"范生此时真是喜出望外，便道："如何用的了这许多呢？再者，不知老兄如何借来，望乞明白指示。"刘老者笑道："贤弟不必多虑。此银也是我相好借来的，并无利息；纵有利息，有我一面承管。再者银子虽多，贤弟只管拿去。俗语说的好：穷家富路。我又说句不吉祥的话儿，倘若贤弟落了孙山，就在京中居住，不必往返跋涉。到了明年，又是正科，岂不省事？总是敷馀些好。"范生听了此言有理，知道刘老为人豪爽，也不致谢，惟有铭感而已。刘老又道："贤弟起身应用何物，亦当办理。"范生道："如今有了银子便好办了。"刘老者道："既如此，贤弟便计虑明白。我今日也不回去了，同你上街办理行装。明日极好的黄道日期，就要起身了。"范生便同刘老者牵了黑驴出柴门，竟奔街市制办行装。白氏在家中，亦收拾起身之物。到了晚间，刘老与范生回来，一同收拾行李，直闹到三鼓方歇。所有粗使的家伙以及房屋，俱托刘老者照管。刘老者上了年纪之人，如何睡的着。范生又惦念着明日行路，也是不能安睡。二人闲谈，刘老者便嘱咐了多少言语，范生一一谨记。

刚到黎明，车子便来，急将行李装好。白氏拜别了刘伯伯，不觉泪下。母子二人上车。刘老者便道："贤弟，我有一言奉告。"指着黑驴道："此驴乃我蓄养多年，因他是个孤蹄，恐妨主人。我今将此驴奉送贤弟，遇便将他卖了，另买一头骑上京去便了。"范生道："既蒙兄赐，不敢推辞。卖是断断不卖的，人生穷通有命，显晦因时，皆有定数，岂在一畜？未闻有畜类而能妨人者，兄勿多疑。"刘老听了欢喜道："吾弟真达人也。"范生拉了黑驴出柴门，二人把握，难割难舍，不忍分离，范生哭的连话也说不出来。还是刘老者硬着心肠道："贤弟，请乘骑，恕我不远送了。"说罢，竟自进了柴门，范生只得含悲去了。这里刘老者封锁门户，照看房屋，这且不表。

单言范生一路赴京，无非是晓行夜宿，饥餐渴饮，却是平平安安的到了京都。找了住所，安顿家小，范生就要到万全山寻找岳母去。倒是白氏拦住道："相公不必太忙，原为的是科场而来，莫若场后诸事已毕再去不迟。一来别了数年，到了那里，未免有许多应酬，又要分心。目下且养心神，候场务完了，我母子与你同去。二来相别许久，何争此一时呢？"范生听白氏说的有理，只得且料理科考，投文投卷。到场期已近，却是奉旨钦派包公首相的主考，真是至正无私，诸弊全消。范生三场完竣，甚是得意。因想："妻子同来，原为探望岳母。场前贤妻体谅于我，恐我分心劳神，迟到至今。我若不体谅贤妻，他母子分别数载之久，今离咫尺，不能使他母子相逢，岂不显得我过于情薄了么？"于是备上黑驴，觅了车辆，言明送至万全山即回。夫妻父子三人，锁了寓所的门，一直竟奔万全山而来。

到了万全山，将车辆打发回去，便同妻子入山寻找白氏娘家。以为来到便可以找着，谁知问了多少行人俱各不知。范生不由的烦躁起来，后悔不该将车打发回去。原打算既到了万全山，纵然再有几里路程，叫妻子乘驴抱了孩儿，自己也可以步行。他却如何料的到，竟会找不着呢。因此，便叫妻子带同孩儿在一块青石之上歇息，将黑驴放青啃草，自己便放开脚步一直出了东山口。逢人便问，并无有一个知道白家的，心中好生气闷，又记念着妻子，更搭着两腿酸疼，只得慢慢踱将回来。及至来到青石之处，白氏娘子与金哥俱各不见了。这一惊非同小可，只急得眼似銮铃，四下瞭望，那里有个人儿呢？到了此时，不觉高声呼唤。声音响处，山鸣谷应，却有谁来答应？唤够多时，声哑口干，也就没有劲了，他就坐在石上放声大哭。正在悲恐之际，只见那边来个年老的樵人，连忙上前问道："老丈，你可曾见有一妇人带领个孩儿么？"樵人道："见可见个妇人，并没有小孩子。"范生即问道："这妇人在那里？"樵人摇首道："说起来凶的很呢！足下你不晓得，离此山五里远，有一村名唤独虎庄，庄中有个威烈侯名叫葛登云。此人凶悍非常，抢掠民间妇女。方才见他射猎回来，见马上驮一个啼哭的妇人，竟奔他庄内去了。"范生闻听，忙忙问道："此庄在山下何方？"樵人道："就在东南方。你看那边远远一丛树林，那里就是。"范生听了一看，也不作别，竟飞跑下山，投庄中去了。

你道金哥为何不见？只因葛登云带了一群豪奴，进山搜寻野兽，不想从深草丛中赶起一只猛虎。虎见人多，各执兵刃，不敢扬威，他便跑下山来。恰恰从青石经过，他就一张口把金哥衔去，就将白氏吓的昏晕过去。正遇葛登云赶下虎来，一见这白氏，他便令人驮在马上回庄去了。那虎往西去了，连越两小峰。不防那边树上有一樵夫正在伐柯，忽见猛虎衔一小孩，也是急中见识，将手中板斧照定虎头抛击下去，正打在虎背之上。那虎猛然被斧击中，将腰一塌，口一张，便将小儿落在尘埃。樵夫见虎受伤，便跳下树来，手急眼快，拉起扁担，照着虎的后胯就是一下，力量不小，只听吼的一声，那虎撺过岭去。樵夫忙将小儿扶起，抱在怀中。见他还有气息，看了看，虽有伤痕，却不甚重，呼唤多时，渐渐的苏醒过来，不由的满心欢喜。又恐再遇野兽，不是当耍的，急急搂定小儿，先寻着板斧掖在腰间，然后提扁担步下山来，一直竟奔西南，进了八宝村。走不多会，到了自己门首，便呼道："母亲开门，孩儿回来了。"只见里面走出一个半白头发的婆婆来，将门开放，不觉失声道："啊呀，你从何处抱了个小儿回来？"樵夫道："母亲，且到里面再为细述。"婆婆接过扁担，关了门户。

　　樵夫进屋，将小儿轻轻放在床上，自己拔去板斧，向婆婆道："母亲，可有热水取些来！"婆婆连忙拿过一盏。樵夫将小儿扶起，叫他喝了点热水，方才转过气来，"啊呀"一声道："吓死我了！"此时，那婆婆亦来看视。见他虽有尘垢，却是眉清目秀，心中疼爱的不知要怎么样才好。樵夫便将从虎口救出之话说了一回。那婆婆听了，又不胜惊骇，便抚摩着小儿道："你是虎口馀生，将来造化不小，富贵绵长。休要害怕，慢慢的将家乡住处告诉于我。"小儿道："我姓范，名叫金哥，年方七岁。"婆婆见他说话明白，又问他："可有父母没有？"金哥道："父母俱在。父名仲禹，母亲白氏。"婆婆听了，不觉诧异道："你家住那里？"金哥道："我不是京都人，乃是湖广武昌府江夏县安善村居住。"婆婆听了,连忙问道:"你母亲莫非乳名叫玉莲么?"金哥道:"正是。"婆婆闻听,将金哥一搂道:"啊呀,我的乖乖呀,你可疼煞我也!"说罢,就哭起来了。金哥怔了,不知为何。旁边樵夫道:"我告诉你,你不必发怔。我叫白雄,方才提的玉莲,乃是我的同胞姐姐,这婆婆便是我的母亲。"金哥道:"如此说来,你是我的母舅,他是我的外祖母了。"说罢,将小手儿把婆婆一搂,也就痛哭起来。

要知如何,且听下回分解。

## 第二十四回

### 受乱棍范状元疯癫　贪多杯屈胡子丧命

且说金哥认了母舅,与外祖母搂着痛哭。白雄含泪劝慰多时,方才住声。白老安人道:"既是你父母来京,为何不到我这里来?"金哥道:"皆因为寻找外祖母,我才被虎衔去。"便将父亲来京赴考,母亲顺便探母的话说了一遍:"是我父母商议,定于场后寻找外祖母,故此今日至万全山下。谁知问人俱各不知,因此我与母亲在青石之上等候,爹爹出东山口找寻去了。就在此时,猛然出来一个老虎,就把我衔着走了,我也不知道了,不想被母舅救到此间。只是我父母不知此时哭到什么地步,岂不伤感坏了呢!"说罢又哭起来了。白雄道:"此处离万全山有数里之遥,地名八宝村。你等在东山口找寻,如何有人知道呢?外甥不必啼哭,今日天气已晚,待我明日前往东山口找寻你父母便了。"说罢,忙收拾饭食,又拿出刀伤药来,白老安人与他掸尘洗梳,将药敷了伤痕。又怕他小孩子家想念父母,百般的哄他。

到了次日黎明,白雄掖了板斧,提着扁担,竟奔万全山而来。到了青石之旁,左右顾盼,那里有个人影儿。正在瞭望,忽见那边来了一人,头发蓬松,血渍满面,左手提着衣襟,右手执定一只朱履,慌慌张张竟奔前来。白雄一见,才待开言,只见那人举起鞋来,照着白雄就打,说道:"好狗头呀,你打得老爷好!你杀得老爷好!"白雄急急闪过，仔细一看，却像姐丈范仲禹的模样。及至问时，却是疯癫的言语，并不明白。白雄忽然想起："我何不回家背了外甥来叫他认认呢。"因说道："那疯汉，你在此略等一等，我去去便来。"他就直奔八宝村去了。

你道那疯汉是谁？原来就是范仲禹。只因听了老樵人之言，急急赶到独虎庄，便向威烈侯门前要他的妻子。可恨葛贼，暗用稳军计留下范生，到了夜间，说他无故将他家人杀害，一声喝令，一顿乱棍将范生打的气闭而亡。他却叫人弄个箱子，把范生装在里面，于五鼓时抬至荒郊抛弃。不想路上遇见一群报录的人将此箱劫去。这些报录的，原是报范生点了头名状元的，因见下处无人，封锁着门，问人时，说范生合家俱探亲往万全山去了。因此，他等连夜赶来。偶见二人抬定一只箱子，以为必是夤夜窃来的，又在旷野之间，倚仗人多，便将箱子劫下，抬箱子人跑了。众人算发了一注外财，抽去绳杠，连忙开看。不料范生死而复苏，一挺身跳出箱来，拿定朱履就是一顿乱打。众人见他披发带血，情景可怕，也就一哄而散。他便跟跟跄跄，信步来至万全山，恰与白雄相遇。

再说白雄回到家中，对母亲说知，背了金哥急往万全山而来。及至来到，疯汉早已不知往那里去了。白雄无可如何，只得背了金哥回转家中。他却不辞辛苦，问明了金哥在城内何方居住，从八宝山村要到城中，也有四十多里，他那管远近，一直竟奔城中而来。到了范生下处一看，却是仍然封锁。真是乘兴而来，败兴而返。忽听街市之上，人人传说新科状元范仲禹不知去向。他一听见，满心欢喜，暗道：

"他既已中了状元,自然有在官人役访查找寻,必是要有下落的了。且自回家报了喜信,我再细细盘问外甥一番便了。"白雄自城内回家,见了母亲备述一切。金哥闻听父母不知去向,便痛哭起来。白老安人劝慰多时方才住声,白雄便细细盘问外甥。金哥便将母子如何坐车,父亲骑驴到了山下,如何把驴放青啃草,我母子如何在青石之上等候,我父亲如何出东山口打听,此时就被虎衔了去的话说了一遍。白雄都一一记在心间,等次日再去寻找便了。你说白雄这一天多辛苦,来回跑了足有一百四五十里,也真难为他。只顾说他这一边的辛苦,就落了那一边的正文。野史有云:一张口难说两家话。真是果然。就是他辛苦这一天,便有许多事故在内。你道何事?

原来城中鼓楼大街西边有座兴隆木厂,却是山西人开张。弟兄二人,哥哥名叫屈申,兄弟名唤屈良。屈申长的相貌不扬,又搭着一嘴巴扎煞胡子,人人皆称他为"屈胡子"。他最爱杯中之物,每日醺醺,因此又得了个外号儿叫"酒曲子"。他虽然好喝,却与正事不误,又加屈良帮助,把个买卖做了个铁桶相似,甚为兴旺。因万全山南便是木商的船厂,这一天屈申与屈良商议道:"听说新货已到,乐(老)子要到那里看看,如若对劲儿,咱便批下些岂不便宜呢?"屈良也甚愿意,便拿褡裢钱叉子装上四百两纹银,备了一头酱色花白的叫驴。此驴最爱赶群,路上不见驴他不好生走,若见了驴他就追,也是惯了的毛病儿。屈申接过银子,褡裢搭在驴鞍上面,乘上驴竟奔万全山南。到了船厂,木商彼此相熟,看了多少木料,行市全然不对。买卖中的规矩,交易不成仁义在,虽然木料没批,酒肴是要预备的。屈申一见了酒,不觉钩起他的馋虫来。左一杯,右一杯,说也有,笑也有,竟自乐而忘归。猛然一抬头,看日色已然平西了,他便忙了,道:"乐子含(还)要净(进)沉(城)呢,天万(晚)拉(咧),天万拉。"说着话,便起身作揖拱腰儿,连忙拉了酱色花驴,竟奔万全山而来。

他越着急,驴越不走。左一鞭,右一鞭,骂道:"洼(王)八日的臭屎蛋!养军千日,用在一朝。老阳儿眼看着没拉,你含(合)我闹哩哩呢!"话未说完,忽见那驴两耳一支楞,"吗"的一声就叫起来,四个蹄子乱踯飞跑。屈申知道他的毛病,必是听见前面有叫驴唤,他必要追。因此拢住扯手,由他跑去,倒底比闹哩哩强。谁知跑来跑去,果见前面有一头驴。他这驴一见,便将前蹄扬起,连蹦带跳。屈申坐不住鞍心,顺着驴屁股掉将下来,连忙爬起,用鞭子乱打一回,只得揪住嚼子,将驴带转拴在那边一株小榆树上。过来一看,却是一头黑驴,鞍鞯俱全。这便是昨日范生骑来的黑驴,放青啃草,迫促之际将他撇下。黑驴一夜未吃麸料,信步由缰出了东山口外,故在此处仍啃青。屈申看了多时,便嚷道:"这是谁的黑驴?"连嚷几声,并无人应。自己说道:"好一头黑驴!"又瞧了瞧口,才四个牙,膘满肉肥,而且鞍鞯鲜明。暗暗想道:"趁着无人,乐子何不换他娘的!"即将钱叉子拿过来,搭在黑驴身上,一扯扯手,翻身上去。只见黑驴迤迤逦逦却是飞快的好走儿。屈申心中欢喜,以为得了便宜。忽然见天气改变,狂风骤起,一阵黄沙打的二目难睁。此时已有掌灯时候,屈申心中踌躇道:"这官(光)景城是进不去了,我还有四百两莹(银)子,这可咱(怎)的好?前面万全山,若遇见个打梦(闷)棍的,那才是早(糟)儿糕呢。只好找个仍（人）家借个休（宿）儿。"心里想着，只见前面有个褡裢坡儿，南上坡忽有灯光。屈申便下了黑驴，拉到上坡。

来到门前，忽听里面有妇人说道："嫁汉嫁汉，穿衣吃饭。有把老婆饿起来的么？"又听男子说话道："你饿着，谁又吃什么来呢？"妇人接着说道："你没吃什么，你到灌丧黄汤子了。"男子又道："谁又叫你不喝呢？"妇人道："我要会喝，我早喝了！既弄了来，不知籴柴米，你先张罗你的酒！"男子道："这难说，也是我的口头福儿。"妇人道："既爱吃现成儿的，索性明儿我挣了你吃爽利，叫你享享福儿。"男子道："你别胡说，我虽穷，可是好朋友。"妇人道："街市上那有你这样的好朋友呢？"屈申听至此，暗道："这个妇人才是薄哥儿们呢。"欲待不敲门，看了看四面黑，别处又无灯光，只得用鞭子敲户道："借官儿，寻个休儿。"里面却不言语了。屈申又叫了半天，方听妇人问道："找谁的？"屈申道："我是行路的，因天贺（黑）了，借官儿寻个休儿，明儿重礼相谢。"妇人道："你等等。"又迟了半天，方见有个男子出来，打着一个灯笼问道："做什么的？"屈申作个揖道："我是个走路儿的。因天万拉，难以行走，故此惊动，借个休儿。明儿重礼相谢。"男子道："原来如此，这有什么呢，请到家里坐。"屈申道："我还有一头驴。"男子道："只管拉进来。"将驴子拴在东边树上，便持灯引进来，让至屋内。屈申提了钱叉子随在后面。进来一看，却是两明一暗三间草房。屈申将叉子放在炕上，重新与那男子见礼。那男子还礼道："茅屋草舍，掌柜的不要见笑。"屈申道："好说，好说。"男子便问："尊姓？在那里发财？"屈申道："姓屈，名叫屈生（申），在沉（城）里故

(鼓)楼大该(街)开个心(兴)伦(隆)木厂。我含没吝(领)教你老贵信(姓)?"男子道:"我姓李,名叫李保。"屈申道:"原来是李大过(哥),失敬,失敬!"李保道:"好说,好说。屈大哥,久仰!久仰!"你道这李保是谁?他就是李天官派了跟包公上京赴考的李保。后因包公罢职,他以为包公再没有出头之日,因此将行李银两拐去逃走。每日花街柳巷,花了不多的日子,便将行李银两用尽,流落至此,投在李老儿店中。李老儿夫妻见他勤谨小心,膝下又无儿子,只有一女,便将他招赘作了养老的女婿。谁知他旧性不改,仍是嫖赌吃喝,生生把李老儿夫妻气死,他便接过店来,更无忌惮,放荡自由。加着李氏也是个好吃懒做的女人,不上一二年,便把店关了。后来闹的实在无法,就将前面家伙等项典卖与人,又将房屋拆毁卖了,只剩了三间草房。到今日,落得一贫如洗。偏偏遇见倒运的屈申前来投宿。

当日,李保与他攀话,见灯内无油,立起身来,向东间掀起破布帘子进内取油。只见他女人悄悄问道:"方才他往炕上一放,咕咚一声,是什么?"李保道:"是个钱叉子。"妇人欢喜道:"活该咱家要发财。"李保道:"怎见得?"妇人道:"我把你这傻兔子!他单单一个钱叉子,而且沉重,那必是硬头货了。你如今问他会喝不会喝,他若会喝,此事便有八分了。有的是酒,你尽力的将他灌醉了,自有道理。"李保会意,连忙将油罐拿了出来,添上灯,拨的亮亮儿的,他便大哥长、大哥短的问话。说到热闹之间,便问:"屈大哥,你老会喝不会?"一句话问的个屈申口角流涎,馋不可解,答道:"这们半夜三更的,那里讨酒哈(喝)呢?"李保道:"现成有酒。实对大哥说,我是最爱喝的。"屈申道："对净（劲）儿，我也是爱喝的，咱两个竟是知已的好盆（朋）友了。"李保说着话，便温起酒来，彼此对坐。一来屈申爱喝，二来李保有意，一让两让连三让，便把个屈申灌的酩酊大醉，连话也说不出来，前仰后合。他把钱叉子往里一推，将头刚然枕上，便呼呼酣睡。此时李氏已然出来，李保悄悄说道："他醉是醉了，只是有何方法呢？"妇人道："你找绳子来。"李保道："要绳子做什么？"妇人道："我把你这呆瓜日的！将他勒死就完了事咧。"李保摇头道："人命关天不是顽的。"妇人发怒道："既要发财，却又胆小。松忘八，难道老娘就跟着你挨饿不成？"李保到了此时，也顾不得天理昭彰，便将绳子拿来。妇人已将破炕桌儿挪开，见李保颤颤哆嗦，知道他不能下手，恶妇便将绳子夺过来，连忙上炕，绕到屈申里边，轻轻儿的从他枕的钱叉之下递过绳头，慢慢拴过来，紧了一扣。一点手，将李保叫上炕来，将一头递给李保，拢住了绳子，两个人往两下里一勒，妇人又将脚一登，只见屈申手脚扎煞。李保到了此时，虽然害怕，也不能不用力了。不多时屈申便不动了，李保也就瘫了。这恶妇连忙将钱叉子抽出，伸手掏时，见一封一封的却是八包，满心欢喜。

未知如何，且听下回分解。

第二十五回

白氏还魂阳差阴错　屈申附体醉死梦生

且说李保夫妇将屈申谋害,李氏将钱叉子抽出,伸手一封一封的掏出,携灯进屋,将炕面揭开,藏于里面。二人出来,李保便问:"尸首可怎么样呢?"妇人道:"趁此夜静无人,背至北上坡抛于庙后,又有谁人知晓。"李保无奈,叫妇人仍然上炕,将尸首扶起。李保背上才待起身,不想屈申的身体甚重,连李保俱各栽倒。复又站起来,尽力的背。妇人悄悄的开门,左右看了看,说道:"趁此无人,快背着走罢。"李保背定,竟奔北上坡而来。刚然走了不远,忽见那边个黑影儿一晃,李保觉得眼前金花乱迸,寒毛皆竖,身体一闪,将死尸掷于地上,他便不顾性命的往南上坡跑来。只听妇人道:"在这里呢,你往那里跑?"李保喘吁吁的道:"把我吓糊涂了。刚然到北上坡不远,谁知那边有个人。因此将尸首掷于地上,就跑回来了,不想跑过去了。"妇人道:"这是你疑心生暗鬼,你忘了北上坡那棵小柳树儿了,你必是拿他当作人了。"李保方才省悟,连忙道:"快关门罢。"妇人道:"门且别关,还没有完事呢。"李保问道:"还有什么事?"妇人道:"那头驴怎么样?留在家中岂不是个祸胎么?"李保道:"是呀,依你怎么样?"妇人道:"你连这么个主意也没有?把他轰出去就完了。"李保道:"岂不可惜了的?"妇人道:"你发了这么些财,还稀罕这个驴。"李保闻听,连忙到了院里,将偏缰解开,拉着往外就走。驴子到了门前,再不肯走。好狠妇人,提起门闩,照着驴子的后胯就是一下。驴子负痛,往外一蹿,李保顺手一撒,妇人又将门闩从后面一戳,那驴子便跑下坡去了。恶夫妇进门,这才将门关好。李保总是心跳不止,倒是妇人坦然自得,并教给李保:"明日依然照旧,只管井边汲水。倘若北上坡有人看见死尸,你只管前去看看,省得叫别人生疑心。候事情安静之后,咱们再慢慢受用。你说这件事情作的干净不干净?严密不严密?"妇人一片话,说的李保壮起胆来。

　　说着话,不觉的鸡已三唱,天光发晓,路上已有行人。有一人看见北上坡有一死尸首,便慢慢的积聚多人,就有好事的给地方送信。地方听见本段有了死尸,连忙跑来。见脖项有绳子一条,却是极松的,并未环扣。地方看了道:"原来是被勒死的。众位乡亲,大家照看些,好歹别叫野牲口嚼了。我找我们伙计去,叫他看着,我好报县。"地方嘱托了众人,他就往西去了。刚然走了数步,只听众人叫道:"苦头儿,苦头儿,回来,回来。活咧,活咧。"苦头儿回头道:"别顽笑吓,我是烧心的事,你们这是什么劲儿呢,还打我的糠登子。"众人道:"真的活咧,谁合你顽笑呢!"苦头听了只得回来,果见尸首蜷手蜷脚动弹,真是苏醒了。连忙将他扶起,盘上双腿。迟了半晌,只听得"啊呀"一声,气息甚是微弱。苦头在对面蹲下,便问道:"朋友,你苏醒苏醒,有什么话,只管对我说。"只见屈申微睁二目,看了看苦头儿,又瞧了瞧众人便道:"吓,你等是什么人,为何与奴家对面交谈?是何道理?还不与我退后些。"说罢,将袖子把面一遮,声音极其娇细。众人看了不觉笑将起来,说道:"好个奴家,好个奴家!"苦头儿忙拦道:"众位乡亲别笑,这是他刚然苏醒,神不守舍之故。众位压静,待我细细的问他。"众人方把笑声止住。苦头儿道:"朋友,你被何人谋害?是谁将你勒死的?只管对我说。"只见屈申羞羞惭惭的道:"奴家是自己悬梁自尽的,并不是被人勒死的。"众人听了乱说道:"这明是被人勒死的,如何说是吊死的?既是吊死,怎么能够项带绳子躺在这里呢?"苦头儿道:"众位不要多言,待我问他。"便道:"朋友,你为什么事上吊呢?"只听屈申道:"奴家与丈夫、儿子探望母亲,不想遇见什么威烈侯将奴家抢去,藏闭在后楼之上,欲行苟且。奴假意应允,支开了丫鬟,自尽而死。"苦头儿听了,向众人道:"众位听见了?"便伸个大拇指头来,"其中又有这个主儿,这个事情。怪呀,看他的外面,与他所说的话,有点底脸儿不对呀。"正在诧异,忽然脑后有人打了一下子。苦头儿将手一摸,"啊呀"道:"这是谁呀?"回头一看,见是个疯汉,拿着一只鞋,在那里赶打众人。苦头儿埋怨道:"大清早起,一个倒卧闹不清,又挨了一鞋底子,好生的晦气。"忽见屈申说道:"那拿鞋打人的,便是我的丈夫,求众位爷们将他拢住。"众人道:"好朋友,这个脑袋样儿,你还有丈夫呢?"

正在说笑,忽见有两个人扭结在一处,一同拉着花驴,高声乱喊:"地方,地方!我们是要打定官司了。"苦头发恨道:"真他妈的,我是什么时气儿,一宗不了又一宗。"只得上前说道:"二位松手,有话慢慢的说。"你道这二人是谁?一个是屈良,一个是白雄。只因白雄昨日回家,一到黎明,又到万全山,出东山口各处找寻范爷。忽见小榆树上拴着一头酱色花驴。白雄以为是他姐夫的驴子,只因金哥没说是黑驴,他也没问是什么毛片。有了驴子,便可找人,因此解了驴子牵着正走,恰恰的遇见屈良。屈良因哥哥一夜未回,又有四百两银子,甚不放心。因此等城门一开,急急的赶来,要到船厂询问。不想遇见白雄拉着花驴,正是他哥哥屈申骑坐的。他便上前一把揪住道:"你把我们的驴拉着到那里去?我哥哥呢?我们的银子呢?"白雄闻听,将眼一瞪道:"这是我亲戚的驴子,我还问你要我的姐夫、姐姐呢。"彼此扭结不放,是要找地方打官司呢。恰好巧遇地方,他只得上前说道:"二位松手,有话慢慢的说。"不料屈良他一眼瞧见他哥哥席地而坐,便嚷道:"好了,好了,这不是我哥哥么!"将手一松,连忙过来说道:"我哥哥,你怎的在此呢?脖子上怎的又拴着绳子呢?"忽听屈申道:"咦,你是甚等样人,竟敢如此无礼!还不与我退后。"屈良听他哥竟是妇人声音,也不是山西口气,不觉纳闷道:"你这是怎的了呢?咱们山西人是好朋友,你这个光景,以后怎的见人呢?"忽见屈申向着白雄道:"你不是我兄弟白雄么?啊呀,兄弟呀,你看姐姐好不苦也!"倒把个白雄听了一怔。忽然又听众人说道:"快闪开,快闪开!那疯汉又回来了。"白雄一看,正是前日山内遇见之人。又听见屈申高声说道:"兄弟,那边是你姐夫范仲禹,快些将他拢住。"白雄到了此时,也就顾不得了,将花驴偏缰递给地方,他便上前将疯汉揪了个结实,大家也就相帮才拢住。苦头儿便道:"这个事情我可闹不清。你们二位也不必分争,只好将你们一齐送到县里,你们那里说去罢。"

## 第二十五回　白氏还魂阳差阴错　屈申附体醉死梦生

刚说至此，只见那边来人。苦头儿便道："快来罢我的太爷，你还慢慢的蹭呢。"只听那人道："我才听见说，赶着就跑了来咧。"苦头道："牌头，你快快的找两辆车来。那个是被人谋害的，不能走；这个是个疯子。还有他们两个，俱是事中人。快快去罢。"那牌头听了，连忙转去。不多时，果然找了两辆车来，便叫屈申上车。屈申偏叫白雄搀扶，白雄却又不肯。还是大家说着，白雄无奈，只得将屈申搀起。见他两只大脚丫儿，仿佛是小小金莲一般，扭扭捏捏，一步挪不了四指儿的行走，招的众人大笑。屈良在旁看着，实在脸上磨不开，惟有嗐声叹气而已。屈申上了车，屈良要与哥哥同车，反被屈申叱下车来，却叫白雄坐上。屈良只得与疯汉同车，又被疯汉脑后打了一鞋底子，打下车来。及至要骑花驴，地方又不让。说此驴不定是你的不是你的，还是我骑着为是。屈良无可奈何，只得跟着车在地下跑，竟奔祥符县而来。正走中间，忽然来了个黑驴，花驴一见就追。地方在驴上紧勒扯手，那里勒得住。幸亏屈良步行，连忙上前将嚼子揪住，道："你不知道这个驴子的毛病儿，他惯闻骚儿，见驴就追。"说着话，见后面有一黑矮之人，敞着衣襟，跟着一个伴当，紧跟那驴往前去了。

你道此人是谁？原来是四爷赵虎。只因包公为新科状元遗失，入朝奏明。天子即着开封府访查。刚然下朝，只听前面人声聒耳，包公便脚跺轿底，立刻打杵，问："前面为何喧嚷？"包兴等俱各下马，连忙跑去问明。原来有个黑驴，鞍辔俱全，并无人骑着，竟奔大轿而来，板棍击打不开。包公听罢，暗暗道："莫非此驴有些冤枉么？"吩咐不必拦阻，看他如何。两旁执事左右一分，只见黑驴奔至轿前。可煞作怪,他将两只前蹄一屈,望着轿将头点了三点,众人道怪。包公看的明白,便道:"那黑驴,你果有冤枉,你可头南尾北,本阁便派人跟你前去。"包公刚然说完,那驴便站起转过身来,果然头南尾北。包公心下明白,即唤了声:"来……"谁知道赵虎早已欠着脚儿静听,估量着相爷必要叫人,刚听个来字,他便赶至轿前。包公即吩咐:"跟随此驴前去查看,有何情形异处,禀我知道。"

赵爷奉命下来,那驴便在前引路,愣爷紧紧跟随。刚然出了城,赵爷已跑的吁吁带喘,只得找块石头坐在上面歇息。只见自己的伴当从后面追来,满头是汗,喘着说道:"四爷要巴结差使,也打算打算。两条腿跟着四条腿跑,如何赶的上呢?黑驴呢?"赵爷说:"他在前面跑,我在后面追,不知他往那里去了。"伴当道:"这是什么差使呢?没有驴子如何交差呢?"正说着,只见那黑驴又跑回来了。四爷便向黑驴道:"呀呀呀,你果有冤枉,你须慢着些儿走,我老赵方能赶的上。不然我骑你几步,再走几步如何?"那黑驴果然抿耳攒蹄的不动。四爷便将他骑上,走了几里,不知不觉就到万全山的褡裢坡,那驴一直奔了北上坡去了。四爷走热了,敞开衣襟,跟定黑驴,亦到万全山。见是庙的后墙,黑驴站着不动。此时伴当已来到了,四面观望,并无形迹可疑之处。主仆二人心中纳闷。

忽听见庙墙之内,喊叫救人。四爷听见,便叫伴当蹲伏着身子,四爷登定肩头。伴当将身往上长,四爷把住墙头将身一纵,上了墙头。往里一看,只见有一口薄皮棺材,棺盖倒在一旁。那边有一个美貌妇人,按着老道厮打。四爷不管高低便跳下去,赶至跟前问道:

"你等男女授受不亲,如何混缠厮打?"只听妇人说道:"乐子被人谋害,图了我的四百两银子。不知怎的,乐子就跑到这棺材里头来了。谁知老道他来打开棺材盖,不知他安着什么心,我不打他怎的呢?"赵虎道:"既如此,你且放他起来,待我问他。"那妇人一松手,站在一旁。老道爬起来向赵爷道:"此庙乃是威烈侯的家庙,昨日抬了一口棺材来,说是主管葛寿之母病故,叫我即刻埋葬。只因目下禁土,暂且停于后院。今日早起,忽听棺内乱响,是小道连忙将棺盖撬开。谁知这妇人出来就将我一顿好打,不知是何原故?"赵虎听老道之言,又见那妇人虽是女形,却是像男子的口气,而且又是山西口音,说的都是图财害命之言。四爷听了不甚明白,心中有些不耐烦,便道:"俺老赵不管你们这些闲事。我是奉包老爷差遣,前来寻踪觅迹,你们只好随我到开封府说去。"说罢,便将老道束腰丝绦解下,就将老道拴上,拉着就走;叫那妇人后面跟随。绕到庙的前门,拔去插闩,开了山门。此时伴当已然牵驴来到。

不知出得庙门有何事体,且听下回分解。

## 第二十六回

### 聆音察理贤愚立判　鉴貌辨色男女不分

且说四爷赵虎出了庙门，便将老道交与伴当，自己接过驴来。忽听后面妇人说道："那南上坡站立那人，仿佛是害我之人。"紧行数步，口中说道："何尝不是他！"一直跑至南上坡，在井边揪住那人，嚷道："好李保吓，你将乐子勒死，你把我的四百两银子藏在那里？乐子是贪财不要命的，你趁早儿还我就完了。"只听那人说道："你这妇人好生无理，我与你素不相识，谁又拿了你的银子咧？"妇人更发急道："你这个忘八日的！图财害命，你还合乐子闹这个腔儿呢！"赵爷听了，不容分说，便叫从人将拴老道的丝绦那一头儿，也把李保儿拴上，带着就走，竟奔开封府而来。

此时，祥符县因有状元范仲禹，他不敢质讯，亲将此案的人证解到开封府，略将大概情形回禀了包公。包公立刻升堂，先叫将范仲禹带上堂来。差役左右护持。只见范生到了公堂，嚷道："好狗头们吓，你们打得老爷好，你们杀得老爷好！"说罢，拿着鞋就要打人。却是作公人手快，冷不防将他的朱履夺了过来，范仲禹便胡言乱语说将起来。公孙主簿在旁看出，他是气迷疯痰之症，便回了包公，必须用药调理于他。包公点头应允，叫差役押送至公孙先生那里去了。

包公又叫带上白雄来。白雄朝上跪倒。包公问道："你是什么人?作何生理?"白雄禀道:"小人白雄,在万全山西南八宝村居住,打猎为生。那日从虎口内救下小儿,细问姓名、家乡住处,才知是自己的外甥。因此细细盘问,说我姐夫乘驴而来,故此寻至东山口外,见小榆树上拴着一花驴,小人以为是我姐夫骑来的。不料路上遇见个山西人,说此驴是他的,还合小人要他哥哥并银子。因此我二人去找地方,却见众人围着一人,这山西人一见,说是他哥哥,向前相认。谁知他哥哥却是妇人的声音,不认他为兄弟,反将小人说是他的兄弟。求老爷与小人作主。"包公问道:"你姐夫叫甚么名字?"白雄道:"小人姐夫叫范仲禹,乃湖广武昌府江夏县人氏。"包公听了,正与新科状元籍贯相同,点了点头,叫他且自下去。带屈良上来。屈良跪下禀道:"小人叫作屈良,哥哥叫屈申,在鼓楼大街开一座兴隆木厂。只因我哥哥带了四百两银子上万全山南批木料,去了一夜没有回来。是小人不放心,等城门开了,赶到万全山东山口外,只见有个人拉着我哥哥的花驴。小人同他要驴,他不但不给驴,还合小人要他的什么姐夫。因此我二人去找地方,却见我哥哥坐在地下。不知他怎的改了形景,不认小人是他兄弟,反叫姓白的为兄弟。求老爷与我们明断明断。"包公问道:"你认明花驴是你的么?"屈良道:"怎的不认得呢?这个驴子有毛病儿,他最爱闻骚儿。"包公叫他也暂且下去。叫把屈申带上来。左右便道:"带屈申,带屈申!"只见屈胡子他却不动。差役只得近前说道:"大人叫你上堂呢。"只见他羞羞惭惭,扭扭捏捏走上堂来,临跪时,先用手扶地,仿佛袅娜的了不得。两边衙役看此光景,由不得要笑,又不敢笑。

只听包公问道:"你被何人谋害,诉上来。"只见屈申禀道:"小妇人白玉莲。丈夫范仲禹上京科考,小妇人同定丈夫来京,顺便探亲。就于场后,带领孩儿金哥,前往万全山寻问我母亲住处。我丈夫便进山访问去了,我母子在青石之上等候。忽然来了一只猛虎,将孩儿叼去。小妇人正在昏迷之际,只见一群人,内有一官长连忙说'抢',便将小妇人拉拽上马。到他家内,闭于楼中。是小妇人投缳自尽,恍惚之间,觉得凉风透体。睁眼看时,见围绕多人,小妇人改变了这般模样。"包公看他形景,听他言语,心中纳闷,便将屈良叫上堂来,问道:"你可认得他么?"屈良道:"是小人的哥哥。"又问屈申道:"你可认得他么?"屈申道:"小妇人并不认得他是什么人。"包公叫屈良下去,又将白雄叫上堂来,问道:"你可认得此人么?"白雄回道:"小人并不认得。"忽听屈申道:"我是你嫡亲姐姐,你如何不认得?岂有此理!"白雄惟有发怔而已。包公便知是魂错附了体了,只是如何办理呢?只得将他们俱各带下去。

只见愣爷赵虎上堂,便将跟了黑驴查看情形,述说了一遍,所有一干人犯俱各带到。包公便叫将道士带上来。道士上堂跪倒,禀道:"小道乃是给威烈侯看家庙的,姓业名苦修。只因昨日侯爷府中抬了口薄皮材来,说是主管葛寿的母亲病故,叫小道即刻埋葬。小道因目下禁土,故叫他们将此棺放在后院里。"包公听了道:"你这狗头,满口胡说。此时是什么节气,竟敢妄言禁土!左右,掌嘴。"道士忙了,道:"老爷不必动怒,小道实说,实说。因听见是主管的母亲,料他棺内必有首饰衣服。小道一时贪财心胜,故谎言禁土。以为撬开棺盖得些东西,不料刚将棺材起开,那妇人他就活了,把小道按住一顿好打。他却是一口的山西话,并且力量很大。小道又是怕,又是急,无奈喊叫救人。便见有人从墙外跳进来,就把小道拴了来了。"包公便叫他画了招,立刻出签拿葛寿到案。

道士带下去,叫带妇人。左右一叠连声道:"带妇人,带妇人!"那妇人却动也不动。还是差役上前说道:"那妇人,老爷叫你上堂呢!"只听妇人道:"乐子是好朋友,谁是妇人?你不要顽笑呀!"差役道:"你如今现在是个妇人,谁和你顽笑呢!你且上堂说去。"妇人听了,便大叉步儿走上堂来,咕咚一声跪倒。包公道:"那妇人,你有何冤枉,诉上来。"妇人道:"我不是妇人,我名叫屈申。只因带着四百两银子到万全山批木头去,不想买卖不成。因回来晚咧,在道儿上见个没主儿的黑驴,又是四个牙儿,因此我就把我的花驴拴在小榆树儿上,我就骑了黑驴,以为是个便宜。谁知刮起大风来了,天又晚了,就在南坡上一个人家寻宿儿。这个人名叫李保儿,他将我灌醉了,就把我勒死了。正在缓不过气儿来之时,忽见天光一亮,却是一个道士撬开棺盖。我也不知怎么跑到棺材里面去了。我又不见了四百两银子,因此我才把老道打了。不想刚出庙门,却见南坡上有个汲水的,就是害我的李保儿。我便将他揪住,一同拴了来了。我们山西人,千乡百里亦非容易,命却不要了,是要定了我的四百两银子咧。弄的我这个样儿,这是怎么说呢?"包公听了,叫把白雄带上来,道:"你可认的这个妇人么?"白雄一见,不觉失声道:"你不是我姐姐玉莲么?"刚要向前厮认,只听妇人道:"谁是你姐姐?乐子是好朋友哇。"白雄听了,反倒吓了一跳。包公叫他下去。把屈良叫上来,问妇人道:"你可认得他么?"此话尚未说完,只听妇人说道:"嗳呀,我的兄弟呀!你哥哥被人害了,千万想着咱们银子要紧。"屈良道:"这是咱的了,我多咱有这样儿的哥哥呢?"包公吩咐一齐带下去,心中早已明白,是男女二魂错附了体了,必无疑矣。又叫带李保上堂来。包公一见,正是逃走的恶奴。已往不究,单问他为何图财害命。李保到了此时,看见相爷的威严,又见身后包兴、李才,俱是七品郎官的服色,自己悔恨无地,惟求速死。也不推辞,他便从实招认。包公叫他画了招,即差人前去起赃,并带李氏前来。

刚然去后,差人禀道:"葛寿拿到。"包公立刻吩咐带上堂来,问道:"昨日抬到你家主的家庙内那一口棺材,死的是什么人?"葛寿一闻此言,登时惊慌失色,道:"是小人的母亲。"包公道:"你在侯爷府中当主管,自然是多年可靠之人。既是你母亲,为何用薄皮材盛殓?你即或不能,亦当求家主赏赐,竟自忍心如此了草完事,你也太不孝了。来!""有!""拉下去,先打四十大板!"两旁一声答应,将葛寿重责四十,打的满地乱滚。包公又问道:"你今年多大岁数了?"葛寿道:"今年三十六岁。"包公又问道:"你母亲多大年纪了?"一句话问的他张口结舌,半天说道:"小人不、不记得了。"包公怒道:"满口胡说!天下那有人子不记得母亲岁数的道理。可见你心中无母,是个忤逆之子。来!""有!""拉下去,再打四十大板!"葛寿听了忙道:"相爷不必动怒,小人实说,实说。"包公道:"讲!"左右公人催促:"快讲,快讲!"恶奴到了此时,无可如何,只得说道:"回老爷,棺材里那个死人,小人却不认得。只因前日,我们侯爷打围回来,在万全山看见一个妇人在那里啼哭,颇有姿色。旁边有个亲信之人,他叫刁三,就在侯爷跟前献勤,说了几句言语,便将那妇人抢到家中,闭于楼上,派了两仆妇劝慰于他。不想后来有个姓范的找他的妻子,也是刁三与侯爷定计,将姓范的请到书房,好好看待,又应许给他找寻妻子……"包公便问道:"这刁三现在何处?"葛寿道:"就是那天夜里死的。"包公道:"想是你与他有仇,将他谋害了。来!""有!""拉下去打!"葛寿着忙道:"小人不曾害他,是他自己死的。"包公道:"他如何自己死的呢?"葛寿道:"小人索性说了罢。因刁三与我们侯爷定计,将姓范的留在书房。到三更时分,刁三手持利刃,前往书房杀姓范的去。等到五更未回,我们侯爷又派人去查看。不料刁三自不小心,被门槛子绊了一跤,手中刀正中咽喉,穿透而死。我们侯爷便另着家丁,一同来到书房,说姓范的无故谋杀家人,一顿乱棍,就把他打死了。又用一个旧箱子,将尸首装好,趁着天未亮,就抬出去抛于山中了。"包公道:"这妇人如何又死了呢?"葛寿道:"这妇人被仆妇丫鬟劝慰的却应了。谁知他是假的,眼瞅不见他就上了吊咧。我们侯爷一想未能如意,枉自害了三条性命,因用棺木盛好女尸,假说是小人之母,抬往家庙埋葬。这是已往从前之事,小人不敢撒谎。"包公便叫他画了招。所有人犯,俱各寄监。惟白氏女身男魂,屈申男身女魂,只得在女牢分监,不准亵渎相戏。又派王朝、马汉前去带领差役捉拿葛登云,务于明日当堂听审。分派已毕,退了堂。大家也就陆续散去。

此时惟有地方苦头儿最苦。自天亮时整整儿闹了一天,不但挨饿,他又看着两头驴,谁也不理他。此时有人来,他便搭讪着给人道辛苦,问相爷退了堂了没有。那人应道:"退了堂了。"他刚要提那驴子,那人便走。一连问了多少人,谁也不理他,只急的抓耳挠腮,嗐声叹气。好容易等着跟四爷的人出来,他便上前央求。跟四爷的人见他可怜,才叫他拉了驴到马号里去。偏偏的花驴又有毛病儿不走,还是跟四爷的人帮着他拉到号中。见了管号的,交代明白,就在号里喂养,方叫地方回去,叫他明儿早早来听着。地方千恩万谢而去。

且说包公退堂用了饭,便在书房思想此案。明知是阴错阳差,却想不出如何办理的法子来。包兴见相爷双眉紧蹙,二目频翻,竟自出神,口中嘟哝嘟哝说道:"阴错阳差,阴错阳差,这怎么办呢?"包兴不由的跪下道:"此事据小人想来,非到阴阳宝殿查去不可。"包公问道:"这阴阳宝殿在于何处?"包兴道:"在阴司地府。"包公闻听,不由的大怒,断喝一声:"咦,好狗才,为何满口胡说?"

未知如何,且听下回分解。

## 第二十七回

### 仙枕示梦古镜还魂　仲禹抡元熊飞祭祖

且说包公听见包兴说在阴司地府,便厉声道:"你这狗才,竟敢胡说!"包兴道:"小人如何敢胡说。只因小人去过,才知道的。"包公问道:"你几时去过?"包兴便将白家堡为游仙枕害了他表弟李克明,后来将此枕当堂呈缴,"因相爷在三星镇歇马,小人就偷试此枕,到了阴阳宝殿,说小人冒充星主之名,被神赶了回来"的话说了一遍。包公听了"星主"二字,便想起:"当初审乌盆,后来又在玉宸宫审鬼,冤魂皆称我为星主。如此看来,竟有些意思。"便问:"此枕现在何处?"包兴道:"小人收藏。"连忙退出,不多时,将此枕捧来。包公见封固甚严,便叫:"打开我看。"包兴打开,双手捧至面前。包公细看了一回,仿佛一块朽木,上面有蝌蚪文字,却也不甚分明。包公看了,也不说用,也不说不用,只于点了点头。包兴早已心领神会,捧了仙枕来到里面屋内,将帐钩挂起,把仙枕安放周正。回身出来,又递了一杯茶。包公坐了多时,便立起身来,包兴连忙执灯引至屋内。包公见帐钩挂起,游仙枕已安放周正,暗暗合了心意,便上床和衣而卧。包兴放下帐子,将灯移出,寂寂无声,在外伺候。

包公虽然安歇,无奈心中有事,再也睡不着,不由翻身向里。头刚着枕,只觉自己在丹墀之上,见下面有二青衣牵着一匹黑马,鞍辔俱是黑的。忽听青衣说道："请星主上马。"包公便上了马，一抖丝缰，谁知此马迅速如飞，耳内只听风响。又见所过之地，俱是昏昏惨惨，虽然黑暗，瞧的却又真切。只见前面有座城池，双门紧闭，那马竟奔城门而来。包公心内着急，说是不好，必要碰上。一转瞬间，城门已过，进了个极大的衙门。到了丹墀，那马便不动了。只见有两个红黑判官迎出来，说道："星主升堂。"包公便下了马，步上丹墀。见大堂上有匾，大书"阴阳宝殿"四字，又见公位桌椅等项俱是黑的。包公不暇细看，便入公座。只听红判道："星主必是为阴错阳差之事而来。"便递过一本册子。包公打开看时，上面却无一字。才待要问，只见黑判官将册子拿起，翻上数篇，便放在公案之上。包公仔细看时，只见上面写着工工整整八句粗话，起首云："原是丑与寅，用了卯与辰。上司多误事，因此错还魂。若要明此事，井中古镜存。临时滴血照，磕破中指痕。"当下，包公看了，并无别的字迹。刚然要问，两判拿了册子而去，那黑马也没有了。包公一急，忽然惊醒，叫人，包兴连忙移灯近前。包公问道："什么时候了？"包兴回道："方交三鼓。"包公道："取杯茶来。"忽见李才进来禀道："公孙主簿求见。"包公便下了床，包兴打帘，来至外面。只见公孙策参见道："范生之病，晚生已将他医好。"包公听了大悦，道："先生用何方医治好的？"公孙回道："用五木汤。"包公道："何为五木汤？"公孙道："用桑、榆、桃、槐、柳五木熬汤，放在浴盆之内。将他搭在盆上，趁热烫洗，然后用被盖严，上露着面目，通身见汗为度。他的积痰瘀血化开，心内便觉明白。现在惟有软弱而已。"包公听了，赞道："先生真妙手奇方也！即烦先生好好将他调理便了。"公孙领命退出。包兴递上茶来,包公便叫他进内取那面古镜,又叫李才传外班在二堂伺候。

包兴将镜取来。包公升了二堂,立刻将屈申并白氏带至二堂。此时,包兴已将照胆镜悬挂起来。包公叫他二人分男左女右,将中指磕破,把血滴在镜上,叫他们自己来照。屈申听了,咬破右手中指,以为不是自己指头,也不心疼,将血滴在镜上。白氏到了此时,也无可如何,只得将左手中指咬破些须,把血也滴在镜上。只见血到镜面,滴溜溜乱转,将云翳俱各赶开。霎时光芒四射,照的二堂之上人人二目难睁,各各心胆俱冷。包公吩咐男女二人,对镜细看。二人及至看时,一个是上吊,一个是被勒,正是那气堵咽喉,万箭钻心之时,那一番的难受,不觉气闷神昏,登时一齐跌倒。但见宝镜光芒渐收,众人打了个冷战,却仍是古镜一面。包公吩咐将古镜、游仙枕并古今盆,俱各交包兴好好收藏。再看他二人时,屈申动手动脚的,猛然把眼一睁,说道:"好李保吓,你把乐子勒死到是小事,偷我四百两银子到是大事。我合你要定咧!"说着话,他便自己上下瞧了瞧,想了多时,忽把自己下巴一摸,欢喜道:"唔,是咧,是咧!这可是我咧。"便向上叩头:"求大人与我判判,银子是四百两呢,不是顽的咧。"此时,白氏已然苏醒过来,便觉羞容凄惨。包公吩咐将屈申交与外班房,将白氏交内茶房婆子好生看待。包公退堂歇息。

至次日清晨起来,先叫包兴问问公孙先生,范生可以行动么。去不多时,公孙便带领范生慢慢而来。到了书房,向前参见,叩谢大人再造之恩。包公连忙拦阻道:"不可,不可。"看他形容虽然憔悴,却不是先前疯癫之状。包公大喜，吩咐看座。公孙策与范生俱告了座。略述大概，又告诉他妻子无恙，只管放心调养。叫他无事时将场内文字抄录出来，"待本阁具本题奏，保你不失状元就是了。"范生听了，更加欢喜，深深的谢了。包公又嘱咐公孙好好将他调理。二人辞了包公，出外面去了。只见王朝、马汉进来禀道："葛登云今已拿到。"包公立刻升堂讯问。

葛登云仗着势力人情，自己又是侯爷，就是满招了，谅包公也无可如何。他便气昂昂的一一招认，毫无推辞。包公叫他画了招。相爷登时把黑脸沉下来，好不怕人，说一声："请御刑！"王、马、张、赵早已请示明白了，请到御刑，抖去龙袱，却是虎头铡。此铡乃初次用，想不到拿葛登云开了张了。此时，葛贼已经面如土色，后悔不来，竟死于铡下。又换狗头铡，将李保铡了。葛寿定了斩监候。李保之妻李氏，定了绞监候。业道士盗尸，发往陕西延安府充军。屈申、屈良当堂将银领去。因屈申贪便宜换驴，即将他的花驴入官。黑驴伸冤有功，奉官喂养。范生同白氏玉莲当堂叩谢了包公，同白雄一齐到八宝村居住，养息身体，再行听旨。至于范生与儿子相会，白氏与母亲见面，自有一番悲痛欢喜，不必细表。

且说包公完结此案，次日即具摺奏明：威烈侯葛登云作恶多端，已请御刑处死。并声明新科状元范仲禹，因场后探亲，遭此冤枉，现今病未痊愈，恳恩展限十日，着一体金殿传胪，恩赐琼林筵宴。仁宗天子看了摺子，甚是欢喜，深嘉包公秉正除奸，俱各批了依议。又有个夹片，乃是御前四品带刀护卫展昭因回籍祭祖，告假两个月。圣上亦准了他的假。凡是包公所奏的,圣上无有不依从。真是君正臣良,太平景象。

且说南侠展爷既已告下假来,他便要起身。公孙策等给他饯行,又留住几日,才束装就出了城门。到了幽僻之处,依然改作武生打扮,直奔常州府武进县遇杰村而来。到了门前,刚然击户,听得老仆在内说道:"我这门从无人敲打的。我又不欠人家帐目,我又不与人通来往,是谁这等敲门呢?"及至将门开放,见了展爷,他又道:"原来大官人回来了。一去就不想回来,也不管家中事体如何,只管叫老奴经理。将来老奴要来不及了,那可怎么样呢?嗳哟,又添了浇裹了。又是跟人,又是两匹马,要买去也得一百五六十两银子。连人带牲口,这一天也耗费好些呢。"唠唠叨叨,聒絮不休。南侠也不理他,一来念他是世仆老奴,二来爱他忠义持家,三来他说的句句皆是好话,又难以驳他。只得拿话岔他,说道:"房门可曾开着么?"老仆道:"自官人去后,又无人来,开着门预备谁呢?老奴怕的丢了东西,莫若把他锁上,老奴也好放心。如今官人回来了,说不得书房又要开了。"又向伴当道:"你年轻,腿脚灵便,随我进去取出钥匙,省得我奔奔波波的。"说着话,往里面去了。伴当随进,取出钥匙,开了书房。只见灰尘满案,积土多厚。伴当连忙打扫,安放行囊。

展爷刚然坐下,又见展忠端了一碗热茶来。展爷吩咐伴当接过来,口内说道:"你也歇歇去罢!"原是怕他说话的意思。谁知展忠说道:"老奴不乏。"又说道:"官人也该务些正事了。每日在外闲游,又无日期归来,耽误了多少事体。前月,开封府包大人那里打发人来请官人,又是礼物,又是聘金。老奴答言,官人不在家,不肯收礼。那人那里肯依,他将礼物放下,他就走了;还有书子一封。"说罢,从怀中掏出,递过去道:"官人看看,作何主意?俗语说的好:'无功受禄,寝食不安。'也该奋志往上巴结才是。"南侠也不答言,接过书来,拆开看了一遍,道:"你如今放心罢,我已然在开封府作了四品的武职官了。"展忠道:"官人又来说谎了,做官如何还是这等服色呢?"展爷闻听,道:"你不信,看我包袱内的衣服就知道了。我告诉你说,只因我得了官,如今特特的告假回家祭祖。明日预备祭礼,到坟前一拜。"此时伴当已将包袱打开。展忠看了,果有四品武职服色,不觉欢喜非常,笑嘻嘻道:"大官人真个作了官了,待老奴与官人叩喜头。"展爷连忙搀住道:"你乃是有年纪之人,不要多礼。"展忠道:"官人既然作了官,总以接续香烟为重,从此要早毕婚姻,成立家业要紧。"南侠趁口道:"我也是如此想。前在杭州有个朋友,曾提过门亲事。过了明日,后日我还要往杭州前去联姻呢。"展忠听了道:"如此甚好,老奴且备办祭礼去。"他就欢天喜地去了。

到了次日,便有多少乡亲邻里前来贺喜,帮忙往坟上搬运祭礼。及至展爷换了四品服色,骑了高头大马到坟前,便见男女老少俱是看热闹的乡党。展爷连忙下马步行,伴当接鞭牵马,在后随行。这些人看见展爷衣冠鲜明,像貌雄壮,而且知礼,谁不羡慕,谁不欢喜。你道如何有许多人呢?只因昨日展忠办祭礼去,乐他在路途上逢人便说,遇人便讲,说:"我们官人作了皇家四品带刀的御前护卫了,如今告假回家祭祖。"因此一传十,十传百,所以聚集多人。且说展爷到了坟上,礼拜已毕,又细细周围看视了一番。见坟冢树木俱各收拾齐整,益信老仆的忠义持家。留恋多时,方转身乘马回去,便吩咐伴当,帮着展忠张罗这些帮忙乡亲。展爷回家后,又出来与众人道乏。一个个张口结舌,竟有想不出说什么话来的。也有见过世面的,展老爷长,展老爷短,尊敬个不了。展爷在家一天,倒觉的分心劳神,定于次日起身上杭州,叫伴当收拾行李。到第二日,将马扣备停当,又嘱托了义仆一番,出门上马,竟奔杭州而来。

未知如何,且听下回分解。

## 第二十八回

### 许约期湖亭欣慨助　探底细酒肆巧相逢

且说展爷他那里是为联姻,皆因游过西湖一次,他时刻在念,不能去怀,因此谎言,特为赏玩西湖的景致,这也是他性之所爱。一日来至杭州,离西湖不远,将从者马匹寄在五柳居,他便慢慢步行至断桥亭上。徘徊瞻眺,真令人心旷神怡。正在畅快之际,忽见那边堤岸上有一老者,将衣搂起,把头一蒙,纵身跳入水内。展爷见了,不觉失声道:"嗳哟,不好了,有人投了水了!"自己又不会水,急的他在亭子上搓手跺脚,无法可施。猛然见有一只小小渔舟,犹如弩箭一般,飞也似赶来。到了老儿落水之处,见个少年渔郎,把身体向水中一顺,仿佛把水刺开的一般,虽有声息却不咕咚。展爷看了,便知此人水势精通,不由的凝眸注视。不多时,见少年渔郎将老者托起,身子浮于水面,荡悠悠竟奔岸而来。展爷满心欢喜,下了亭子,绕在那边堤岸之上。见少年渔郎将老者两足高高提起,头向下,控出多少水来。展爷且不看老者性命如何,他细细端详渔郎。见他年纪不过二旬光景,英华满面,气度不凡,心中暗暗称羡。又见少年渔郎将老者扶起,盘上双膝,在对面慢慢唤道:"老丈醒来,老丈醒来!"此时展爷方看老者。见他白发苍髯,形容枯瘦,半日方哼了一声,又吐了好些清水,"嗳哟"了一声苏醒过来。微微把眼一睁,道:"你这好人生生多事,为何将我救活？我是活不得的人了。"

此时已聚集许多看热闹之人，听老者之言，俱各道："这老头子竟如此无礼，人家把他救活了他倒抱怨。"只见渔郎儿并不动气，反笑嘻嘻的道："老丈不要如此。蝼蚁尚且贪生，何况是人呢？有什么委屈何不对小可说明。倘若真不可活，不妨我再把你送下水去。"旁人听了，俱悄悄道："只怕难罢。你既将他救活，谁又眼睁睁的瞅着容你把他又淹死呢。"只听老者道："小老儿姓周名增，原在中天竺开了一座茶楼。只因三年前冬天大雪，忽然我铺子门口卧倒一人。是我慈心一动，叫伙计们将他抬至屋中，暖被盖好，又与他热姜汤一碗，他便苏醒过来。自言姓郑名新，父母俱亡，又无兄弟，因家业破落，前来投亲，偏又不遇。一来肚内无食，遭此大雪，故此卧倒。老汉见他说的可怜，便将他留在铺中，慢慢的将养好了。谁知他又会写，又会算，在柜上帮着我办理，颇颇的殷勤。也是老汉一时错了主意。老汉有个女儿，就将他招赘为婿，料理买卖颇好。不料去年我女儿死了，又续娶了王家姑娘，就不像先前光景，也还罢了。后来因为收拾门面，郑新便向我说：'女婿有半子之劳，惟恐将来别人不服，何不将周家改个郑字，将来也免得人家讹赖。'老汉一想，也可以使得，就将周家茶楼改为郑家茶楼。谁知自改了字号之后，他们便不把我看在眼内了。一来二去，言语中渐渐露出说老汉白吃他们了，他们倒得养活我了，是我赖他们了。一闻此言，便与他分争。无奈他夫妻二人口出不逊，就以周家卖给郑家为题，说老汉讹了他了。因此老汉气忿不过，在本处仁和县将他告了一状。他又在县内打点通了，反将小老儿打了二十大板，逐出境外。渔哥你想，似此还有个活头儿么？不如死了，在阴司把他再告下来，出出这口气。"渔郎听罢笑了，道："老丈，你错打了算盘了。一个人既断了气，可还能出出气呢？再者，他有钱使的鬼推磨，难道他阴司就不会打点么？依我倒有个主意，莫若活着合他赌气，你说好不好？"周老道："怎么合他赌气呢？"渔郎说："再开个周家茶楼气气他，岂不好么？"周老者闻听，把眼一瞪道："你还是把我推下水去！老汉衣不遮体，食不充饥，如何还能够开茶楼呢？你还是让我死了好。"渔郎笑道："老丈不要着急。我问你，若要开这茶楼，可要用多少银两呢？"周老道："纵省俭，也要耗费三百多银子。"渔郎道："这不打紧。多了不能，这三四百银子，小可还可以巴结的来。"

展爷见渔郎说了此话，不由心中暗暗点头道："看这渔郎好大口气，竟能如此仗义疏财，真正难得。"连忙上前对老丈道："周老丈，你不要狐疑。如今渔哥既说此话，决不食言。你若不信，在下情愿作保如何？"只见那渔郎将展爷上下打量了一番，便道："老丈，你可曾听见了？这位公子爷谅也不是谎言的。咱们就定于明日午时，千万千万在那边断桥亭子上等我，断断不可过了午时。"说话之间，又从腰内掏出五两一锭银子来，托于掌上道："老丈，这是银子一锭，你先拿去做为衣食之资。你身上衣服皆湿，难以行走。我那边船上有干净衣服，你且换下来。待等明日午刻，见了银两，再将衣服对换，岂不是好。"周老儿连连称谢不尽。那渔郎回身一点手，将小船唤至岸边，便取衣服叫周老换了，把湿衣服抛在船上，一拱手道："老丈请了。

千万明日午时不可错过。"将身一纵,跳上小船,荡荡悠悠摇向那边去了。周老攥定五两银子,向大众一揖道:"多承众位看顾,小老儿告别了。"说罢也就往北去了。展爷悄悄跟在后面,见无人时便叫道:"老丈,明日午时断断不可失信的,倘那渔哥无银时,有我一面承管,准的叫你重开茶楼便了。"周老回身作谢道:"多承公子爷的错爱,明日小老儿再不敢失信的。"展爷道:"这便才是,请了。"急回身,竟奔五柳居而来。见了从人,叫他连马匹俱各回店安歇:"我因遇见知己邀请,今日不回去了。你明日午时,在断桥亭接我。"从人连声答应。

展爷回身,直往中天竺。租下客寓,问明郑家楼,便去踏看门户路径。走不多路,但见楼房高耸,茶幌飘扬。来至切近,见匾额上写一边是"兴隆斋",一边是"郑家楼",展爷便进了茶铺。只见柜堂竹椅上坐着一人,头带摺巾,身穿华氅,一手扶住磕膝,一手搭在柜上;又往脸上一看,却是形容瘦弱,尖嘴缩腮,一对眯缝眼,两个扎煞耳朵。他见展爷瞧他,他便连忙站起执手道:"爷上欲吃茶,或请登楼,又清净又豁亮。"展爷一执手道:"甚好,甚好。"便手扶栏杆,慢登楼梯。来至楼上一望,见一溜五间楼房,甚是宽敞,拣个座儿坐下。茶博士过来,用代手搌抹桌面。且不问茶问酒,先向那边端了一个方盘,上面蒙着纱罩。打开看时,却是四碟小巧茶果,四碟精致小菜,极其齐整干净。安放已毕,方问道:"爷是吃茶是饮酒,还是会客呢?"展爷道:"却不会客,是我要吃杯茶。"茶博士闻听,向那边摘下个水牌来,递给展爷道:"请爷吩咐吃什么茶?"展爷接过水牌,且不点茶名,先问茶博士何名。博士道:"小人名字,无非是三槐、四槐,若遇客官喜欢,七槐、八槐都使得。"展爷道:"少了不好,多了不好,我就叫你六槐罢。"博士道:"六槐极好,是最合乎中的。"展爷又问道:"你东家姓什么?"博士道:"姓郑。爷没看见门上匾额么?"展爷道:"我听见说,此楼原是姓周,为何姓郑呢?"博士道:"以先原是周家的,后来给了郑家了。"展爷道:"我听见说,周、郑二姓还是亲戚呢。"博士道:"爷上知道底细。他们是翁婿,只因周家的姑娘没了,如今又续娶了。"展爷道:"续娶的可是王家的姑娘么?"博士道:"何曾不是呢。"展爷道:"想是续娶的姑娘不好;但凡好么,如何他们翁婿会在仁和县打官司呢?"博士听至此,却不答言,惟有瞅着展爷而已。又听展爷道:"你们东家住于何处?"博士道:"就在这后面五间楼上。此楼原是钩连搭十间,自当中隔开。这面五间做客座,那面五间做住房。差不多的都知道离住房很近,承赐顾客到了楼上,皆不肯胡言乱道的。"展爷道:"这原是理当谨言的。但不知他家内还有何人?"博士暗想道:"此位是吃茶来咧,还是私访来咧?"只得答道:"家中并无多人,惟有东家夫妻二人,还有个丫鬟。"展爷道:"方才进门时,见柜前竹椅儿上坐的那人,就是你们东家么?"博士道:"正是,正是。"展爷道:"我看满面红光,准要发财。"博士道:"多谢老爷吉言。"展爷方看水牌,点了雨前茶。博士接过水牌,仍挂在原处。

方待下楼去泡一壶雨前茶来,忽听楼梯响处,又上来一位武生公子,衣服鲜艳,相貌英华,在那边拣一座,却与展爷斜对。博士不敢怠慢,显灵机,露熟识,便上前擦抹桌子,道:"公子爷,一向总没来,想是公忙。"只听那武生道:"我却无事,此楼我是初次才来。"茶博士见言语有些不相合,也不言语,便向那边也端了一方盘,也用纱罩儿蒙着,依旧是八碟,安放妥当。那武生道:"我茶酒尚未用着,你先弄这个做什么?"茶博士道:"这是小人一点敬意。公子爷爱用不用,休要介怀。请问公子爷是吃茶,是饮酒,还是会客呢?"那武生道:"且自吃杯茶,我是不会客的。"茶博士便向那边摘下水牌来,递将过去。忽听下边说道:"雨前茶泡好了。"茶博士道:"公子爷先请看水牌,小人与那位取茶去。"转身不多时,擎了一壶茶,一个杯子,拿至展爷那边。又应酬了几句,回身又仍到武生桌前,问道:"公子爷吃什么茶?"那武生道:"雨前罢。"茶博士便吆喝道:"再泡一壶雨前来!"

刚要下楼,只听那武生唤道:"你这里来。"茶博士连忙上前问道:"公子爷有什么吩咐?"那武生道:"我还没问你贵姓?"茶博士道:"承公子爷一问足已够了,如何耽的起'贵'字?小人姓李。"武生道:"大号呢?"茶博士道:"小人岂敢称大号呢?无非是三槐、四槐,或七槐、八槐,爷们随意呼唤便了。"那武生道:"少了不可,多了也不妥,莫若就叫你六槐罢。"茶博士道:"六槐就是六槐,总要公子爷合心。"说着话,他却回头望了望展爷。又听那武生道:"你们东家原先不是姓周么,为何又改姓郑呢?"茶博士听了,心中纳闷道:"怎么今日这二位吃茶,全是问这些的呢?"他先望了望展爷,方对武生说道:"本是周家的,如今给了郑家了。"那武生道:"周、郑两家原是亲戚,不拘谁给谁都使得。大约续娶的这位姑娘有些不好罢?"茶博士道:"公子爷如何知道这等详细?"那武生道:"我是测度。若是好的,他翁婿如何会打官司呢?"茶博士道:"这是公子爷的明鉴。"口中虽如此说,他却望了望展爷。那武生道:"你们东家住在那里?"茶博士暗道:"怪事! 我莫若告诉他,省得再问。"便将后面还有五间楼房,并家中无有多人,只有一个丫鬟,合盘的全说出来。说完了,他却望了望展爷。那武生道:"方才我进门时,见你们东家满面红光,准要发财。"茶博士听了此言,更觉诧异,只得含糊答应,搭讪着下楼取茶。他却回头,狠狠的望了望展爷。

未知后文如何,且听下回分解。

## 第二十九回

### 丁兆蕙茶铺偷郑新　展熊飞湖亭会周老

且说那边展爷,自从那武生一上楼时,看去便觉熟识。后又听他与茶博士说了许多话,恰与自己问答的一一相对。细听声音,再看面庞,恰就是救周老的渔郎。心中踌躇道:"他既是武生,为何又是渔郎呢?"一壁思想,一壁擎杯,不觉出神,独自呆呆的看着那武生。忽见那武生立起,向着展爷一拱手道:"尊兄请了!"展爷连忙放下茶杯,答礼道:"兄台请了!若不弃嫌,何不屈驾这边一叙。"那武生道:"既承雅爱,敢不领教。"于是过来,彼此一揖。展爷将前首座儿让与武生坐了,自己在对面相陪。此时茶博士将茶取过来,见二人坐在一处,方才明白:"他两个敢是一路同来的,怨不得问的话语相同呢。"笑嘻嘻将他一壶雨前茶、一个茶杯也放在那边。那边八碟儿外敬,算他白安放了。刚然放下茶壶,只听武生道:"六槐,你将茶且放过一边,我们要上好的酒拿两角来。菜蔬不必吩咐,只要应时配口的拿来就是了。"六槐连忙答应,下楼去了。

那武生便问展爷道:"尊兄贵姓?仙乡何处?"展爷道:"小弟常州府武进县,姓展名昭,字熊飞。"那武生道:"莫非新升四品带刀护卫钦赐'御猫',人称南侠展老爷么?"展爷道:"惶恐,惶恐。岂敢,岂敢。请问兄台贵姓?"那武生道:"小弟松江府茉花村姓丁名兆蕙。"

展爷惊讶道:"莫非令兄名兆兰,人称为双侠丁二官人么?"丁二爷道:"惭愧,惭愧。贱名何足挂齿。"展爷道:"久仰尊昆仲名誉,屡欲拜访,不意今日邂逅,实为万幸。"丁二爷道:"家兄时常思念吾兄,原要上常州地面,未得其便。后来又听得吾兄荣升,因此不敢仰攀。不料今日在此幸遇,实慰渴想。"展爷道:"兄台再休提那封职,小弟其实不愿意。似乎你我弟兄疏散惯了,寻山觅水,何等的潇洒。今一旦为官羁绊,反觉心中不能畅快,实实出于不得已也。"丁二爷道:"大丈夫生于天地之间,理宜与国家出力报效。吾兄何出此言,莫非言与心违么?"展爷道:"小弟从不撒谎。其中若非关碍着包相爷一番情意,弟早已的挂冠远隐了。"说至此,茶博士将酒馔俱已摆上。丁二爷提壶斟酒,展爷回敬,彼此略为谦逊,饮酒畅叙。

展爷便问:"丁二兄如何有渔郎装束?"丁二爷笑道:"小弟奉母命上灵隐寺进香,行至湖畔,见此名山,对此名泉,一时技痒,因此改扮了渔郎。原为遣兴作耍,无意中救了周老,也是机缘凑巧,兄台休要见笑。"正说之间,忽见有个小童上得楼来便道:"小人打谅二官人必是在此,果然就在此间。"丁二爷道:"你来作什么?"小童道:"方才大官人打发人来,请二官人早些回去,现有书信一封。"丁二爷接过来看了道:"你回去告诉他说,我明日即回去。"略顿了一顿,又道:"你叫他暂且等等罢。"展爷见他有事,连忙道:"吾兄有事,何不请去。难道以小弟当外人看待么?"丁二爷道:"其实也无什么事,既如此,暂告别。请吾兄明日午刻千万到桥亭一会。"展爷道:"谨当从命。"丁二爷便将六槐叫过来道:"我们用了多少,俱在柜上算帐。"展爷也不谦逊,当面就作谢了。丁二爷执手告别,下楼去了。

展爷自己又独酌了一会,方慢慢下楼,在左近处找了寓所。歇至二更以后,他也不用夜行衣,就将衣襟拽了一拽,袖子卷了一卷,佩了宝剑,悄悄出寓所。至郑家后楼,见有墙角,纵身上去。绕至楼边,又一跃,到了楼檐之下。见窗上灯光有妇人影儿,又听杯箸声音。忽听妇人问道:"你请官人如何不来呢?"丫鬟道:"官人与茶行兑银两呢,兑完了也就来了。"又停一会,妇人道:"你再去看看,天已三更,如何还不来呢?"丫鬟应答下楼。猛又听得楼梯乱响,只听有人唠叨道:"没有银子要银子,及至有了银子,他又说黉夜之间难拿,暂且寄存,明日再拿罢。可恶的很!上上下下,叫人费事。"说着话,只听唧叮咕咚一阵响,是将银子放在桌子上的光景。展爷便临窗牖偷看,见此人果是白昼在竹椅上坐的那人;又见桌上堆定八封银子,俱是西纸包妥,上面影影绰绰有花押。只见郑新一壁说话,一壁开那边的假门儿,口内说道:"我是为交易买卖,娘子又叫丫鬟屡次请我,不知有什么紧要事?"手中却一封一封将银收入格子里面,仍将假门儿扣好。只听妇人道:"我因想起一宗事来,故此请你。"郑新道:"什么事?"妇人道:"就是为那老厌物。虽则逐出境外,我细想来,他既敢在县里告下你来,就保不住他在别处告你,或府里,或京控,俱是不免的。那时怎么好呢?"郑新听了,半晌叹道:"若论当初,原受过他的大恩。如今将他闹到这步田地,我也就对不过我那亡妻了。"说至此,声音却甚惨切。

展爷在窗外听,暗道:"这小子尚有良心。"忽听有摔筷箸蹾酒杯之声，再细听时，又有抽抽噎噎之音，敢则是妇人哭了。只听郑新说道："娘子不要生气，我不过是那么说。"妇人道："你既惦着前妻，就不该叫他死吓，也不该又把我娶来吓。"郑新道："这原是因话提话，人已死了，我还惦记作什么？再者，他要紧你要紧呢？"说着话，便凑过妇人那边去央告道："娘子，是我的不是，你不要生气，明日再设法出脱那老厌物便了。"又叫丫鬟烫酒，"与你奶奶换酒。"一路紧央告，那妇人方不哭了。

大凡妇人晓得三从四德，不消说，那便是贤德的了；惟有这不贤之妇，他不晓三从为何物，四德为何事。他单有三个字的诀窍，是那三个字呢？乃惑、触、吓也。一进门时，尊敬丈夫，言语和气。丈夫说这个好，他便说妙不可言；丈夫说那个不好，他便说断不可用。真是百依百随，哄的丈夫心花俱开。趁着欢喜之际，他便暗下针砭，这就用着蛊惑了。说那个不当这么着，说这个不当那么着。看丈夫的光景，若是有主意的男子，迎头拦住，他这惑字便用不着，只好另打主意；若遇无主意的男子，听了那蛊惑之言，渐渐的心地就贴服了妇人。妇人便大施神威，处处全以惑字当先，管保叫丈夫再也逃不出这惑字圈儿去。此是第一诀窍，算用着了。将丈夫的心笼络住了，他便渐渐的放肆起来。稍有不合心意之处，不是蹾摔，就是嚷闹，故意的触动丈夫之怒，看丈夫能受不能受。若刚强的男子，便怒上加怒，不是喝骂，就是殴打。见他触字不能行，他便敛声息气，赶早收起来。偏有一等不做脸儿男子，本是自己生气来着，忽见妇人一闹，他不但没气，反倒笑了。只落得妇人聒絮不休，那男子竟会无言可对。从此后，再要想他不触而不可得。至于吓，又是从触中生出来的变格文字。今日也触，明日也触，触得丈夫全然不知不觉习惯成自然了，他又从触字之馀波，改成了吓字之机变。三行鼻涕，两行泪，无故的关门不语，呼之不应；平空的嘱托后事，仿佛是临别赠言。更有一等可恶者，寻刀觅剪，明说大卖，就犹如明火执仗的强盗相似。弄的男人抿耳攒蹄束手待毙，恨不得歃血盟誓。自朝至夕，但得承一时之欢颜，不亚如放赦的一般。家庭之间若真如此，虽则男子的乾刚不振，然而妇人之能为从此已毕矣。即如郑新之妇，便是用了三绝艺，已至于惑触之局中，尚未用吓字之变格。

且说丫鬟奉命温酒，刚然下楼，忽听"嗳哟"一声，转身就跑上楼来，只唬得他张口结舌，惊慌失措。郑新一见，便问道："你是怎么样了？"丫鬟喘吁吁方说道："了、了不得，楼、楼底下火、火球儿乱、乱滚。"妇人听了便接言道："这也犯的上唬的这个样儿？这别是财罢？想来是那老厌物攒下的私蓄，埋藏在那里罢。我们何不下去瞧瞧，记明白了地方儿，明日慢慢的再刨。"一席话，说的郑新贪心顿起，忙叫丫鬟点灯笼。丫鬟他却不敢下楼取灯笼，就在蜡台上见有个蜡头儿，在灯上对着，手里拿着，在前引路。妇人后面跟随，郑新也随在后，同下楼来。此时，窗外展爷满心欢喜，暗道："我何不趁此时撬窗而入，偷取他的银两呢？"刚要抽剑，忽见灯光一幌，却是个人影儿。连忙从窗牖孔中一望，只乐了个事不有馀。原来不是别人，却是救周老儿的渔郎到了。暗暗笑道："敢则他也是向这里挪借来了。只是他不知放银之处，这却如何能告诉他呢？"心中正自思想，眼睛却往里留神。只见丁二爷也不东瞧西望,他竟奔假门而来。将手一按,门已开放,只见他一封一封往怀里就揣。屋里在那里揣,展爷在外头记数儿,见他一连揣了九次,仍然将假门儿关上。展爷心中暗想:"银子是八封,他却揣了九次,不知那一包是什么?"正自揣度,忽听楼梯一阵乱响。有人抱怨道:"小孩子家,看不真切就这们大惊小怪的!"正是郑新夫妇同着丫鬟上楼来了。展爷在窗外不由的暗暗着急道:"他们将楼门堵住,我这朋友他却如何脱身呢?他若是持刀威吓,那就不是侠客的行为了。"忽然眼前一黑,再一看时,屋内已将灯吹灭了。展爷大喜,暗暗称妙。忽听郑新嗳哟道:"怎么楼上灯也灭了?你又把蜡头儿掷了,灯笼也忘了捡起来,这还得下楼取火去。"展爷在外听的明白,暗道:"丁二官人真好灵机,并借着灭灯他就走了,真正的爽快。"忽又自己笑道:"银两业已到手,我还在此做什么?难道人家偷驴,我还等着拔橛儿不成。"将身一顺,早已跳下楼来,复又上了墙角,落在外面,暗暗回到下处。真是神安梦稳,已然睡去了。再说郑新叫丫鬟取了火来,一看格子门仿佛有人开了。自己过去开了一看,里面的银子一封也没有了,忙嚷道:"有了贼了!"他妻子便问:"银子失了么?"郑新道:"不但才拿来的八封不见了,连旧存的那一包二十两银子也不见了。"夫妻二人又下楼寻找了一番,那里有个人影儿。两口子就只齐声叫苦,这且不言。

展熊飞直睡至次日红日东升,方才起来梳洗,就在客寓吃了早饭,方慢慢往断桥亭而来。刚至亭上,只见周老儿坐在栏杆上打盹儿呢。展爷悄悄过去,将他扶住了方唤道:"老丈醒来,老丈醒来。"周老猛然惊醒,见是展爷,连忙道:"公子爷来了,老汉久等多时了。"展爷道:"那渔哥还没来么?"周老道:"尚未来呢。"展爷暗忖道:"看他来时是何光景。"正犯想间,只见丁二爷带着仆从二人竟奔亭上而来。展爷道:"送银子的来了。"周老儿看时,却不是渔郎,也是一位武生公子。及至来到切近细细看时,谁说不是渔郎呢?周老者怔了一怔,方才见礼。丁二爷道:"展兄早来了么?真信人也。"又对周老道:"老丈,银子已有在此。不知你可有地基么?"周老道:"有地基。就在郑家楼有一箭之地,有座书画楼,乃是小老儿相好孟先生的。因他年老力衰,将买卖收了,临别时就将此楼托付我了。"丁二爷道:"如此甚好。可有帮手么?"周老道:"有帮手,就是我的外甥乌小乙。当初原是与我照应茶楼,后因郑新改了字号,就把他撵了。"丁二爷道:"既如此,这茶楼是开定了,这口气也是要赌准了。如今我将我的仆人留下,帮着与你料理一切事体,此人是极可靠的。"说罢,叫小童将包袱打开。展爷在旁细细留神。

不知改换的如何,且听下回分解。

## 第三十回

### 济弱扶倾资助周老　交友投分邀请南侠

且说丁二爷叫小童打开包袱。仔细一看，却不是西纸，全换了桑皮纸，而且大小不同，仍旧是八包。丁二爷道："此八包分两不同，有轻有重，通共是四百二十两。"展爷方明白，晚间揣了九次，原来是饶了二十两来。周老儿欢喜非常，千恩万谢。丁二爷道："若有人问你银子从何而来，你就说镇守雄关总兵之子丁兆蕙给的，在松江府茉花村居住。"展爷也道："老丈，若有人问谁是保人，你就说常州府武进县遇杰村姓展名昭的保人。"周老一一记了。又将昨日丁二爷给的那一锭银子拿出来，双手捧与丁二爷道："这是昨日公子爷所赐，小老儿尚未敢动。今日奉还。"丁二爷笑道："我晓得你的意思了。昨日我原是渔家打扮，给你银两，你恐使了被我讹诈。你如今放心罢。既然给你银两，再没有又收回来的道理。就是这四百多两银子，也不合你要利息。若后日有事，到了你这里，只要好好的预备一碗香茶，那便是利息了。"周老儿连声应道："当得。当得。"丁二爷又叫小童将昨日的渔船唤了来，将周老的衣服业已洗净晒干，叫他将渔衣换了。又赏了渔船上二两银子。就叫仆从帮着周老儿拿着银两，随去料理。周老儿便要跪倒叩头，丁二爷与展爷连忙搀起，又嘱咐道："倘若茶楼开了之后，再不要粗心改换字号。"周老儿连说："再不改了,再不改了。"随着仆人欢欢喜喜去了。

此时展爷从人已到,拉着马匹在一边伺候。丁二爷问道:"那是展兄的尊骑么?"展爷道:"正是。"丁二爷道:"昨日家兄遣人来唤小弟,小弟叫来人带信回禀家兄,说与吾兄巧遇。家兄欲见吾兄,如渴想浆。弟要敦请展兄到敝庄盘桓几日,不知肯光顾否?"展爷想了一想,自己原是无事,况假满尚有日期,趁此何不会会知己,也是快事,便道:"小弟久已要到宝庄奉谒,未得其便。今既承雅爱,敢不从命。"便叫过从人来告诉道:"我上松江府茉花村丁大员外丁二员外那里去了。我们乘舟,你将马匹俱各带回家去罢。不过五六日,我也就回家了。"从人连连答应。刚要转身,展爷又唤住悄悄的道:"展忠问时,你就说为联姻之事去了。"从者奉命,拉着马匹各自回去不提。

且说展爷与丁二爷带领小童一同登舟,竟奔松江府。水路极近,丁二爷乘舟惯了,不甚理会;惟有展爷今日坐在船上,玩赏沿途景致,不觉的神清气爽,快乐非常,与丁二爷说说笑笑,情投意合。彼此方叙明年庚。丁二爷小,展爷大两岁,便以大哥呼之。展爷便称丁二爷为贤弟。因叙话间又提起周老儿一事,展爷问道:"贤弟奉伯母之命前来进香,如何带许多银两呢?"丁二爷道:"原是要买办东西的。"展爷道:"如今将此银赠了周老,又拿什么买办东西呢?"丁二爷道:"弟虽不才,还可以借得出来。"展爷笑道:"借得出来更好,他若不借,必然将灯吹灭,便可借来。"丁二爷听了,不觉诧异道:"展大哥,此话怎讲?"展爷笑道:"莫道人行早,还有早行人。"便将昨晚之事说明。二人鼓掌大笑。

说话间，舟已停泊，搭了跳板，二人弃舟登岸。丁二爷叫小童先由捷径送信，他却陪定展爷慢慢而行。展爷见一条路径，俱是三合土垒成，一半是天然，一半是人力，平平坦坦，干干净净。两边皆是密林，树木丛杂。中间单有引路树，树下各有一人，俱是浓眉大眼，阔腰厚背。头上无网巾，发挽高绺，戴定芦苇编的圈儿。身上各穿着背心，赤着双膊，青筋暴露，抄手而立。却赤着双足，也有穿着草鞋的，俱将裤腿卷在膝盖之上，不言不语。一对树下有两个人，展爷往那边一望，一对一对的实在不少。心中纳闷，便问丁二爷道："贤弟，这些人俱是做什么的？"二爷道："大哥有所不知，只因江中有船五百馀只，每每的械斗伤人。因在江中芦花荡分为交界，每人各管船二百馀只。十船一小头目，百船一大头目，又有一总首领。奉府内明文，芦花荡这边俱是我弟兄二人掌管。除了府内的官用鱼虾，其下定行市开秤，惟我弟兄命令是从。这些人俱是头目，特来站班朝面的。"展爷听罢，点了点头。

走过土基的树林，又有一片青石鱼鳞路，方是庄门。只见广梁大门，左右站立多少庄丁伴当。台阶之上，当中立着一人，后面又围随着多少小童执事之人。展爷临近，见那人降阶迎将上来，倒把展爷唬了一跳。原来兆兰弟兄乃是同胞双生，兆兰比兆蕙大一个时辰，因此面貌相同。从小儿兆蕙就淘气，庄前有卖吃食的来，他吃了不给钱，抽身就走。少时卖吃食的等急了，在门前乱嚷，他便同哥哥兆兰一齐出来，叫卖吃食的厮认，那卖吃食的竟会分不出来是谁吃的。再不然，他兄弟二人倒替着吃了，也竟分不出是谁多吃，是谁少吃。必须卖吃食的着急，央告他二人，方把钱文付给，以博一笑而已。如今展爷若非与丁二官人同来，也竟分不出是大爷来。彼此相见，欢喜非常。携手刚至门前，展爷便从腰间把宝剑摘下来，递给旁边一个小童。一来初到友家，不当腰悬宝剑；二来又知丁家弟兄有老伯母在堂，不宜携带利刃，这是展爷细心处。

　　三个人来至待客厅上，彼此又从新见礼。展爷与丁母太君请安。丁二爷正要进内请安去，便道："大哥暂且请坐。小弟必替大哥在家母前禀明。"说罢进内去了。厅上丁大爷相陪，又嘱咐预备洗面水，烹茗献茶，彼此畅谈。丁二爷进内有二刻的工夫方才出来说："家母先叫小弟问大哥好。让大哥歇息歇息，少时还要见面呢。"展爷连忙立起身来，恭敬答应。只见丁二爷改了面皮，不似路上的光景，嘻嘻笑笑，又是顽戏，又是刻薄，竟自放肆起来。展爷以为他到了家，在哥哥的面前娇痴惯了，也不介意。丁二爷便问展爷道："可是吓大哥，包公待你甚厚，听说你救过他多少次，是怎么件事情呀？小弟要领教，何不对我说说呢。"展爷道："其实也无要紧。"便将金龙寺遇凶僧，土龙岗逢劫夺，天昌镇拿刺客，以及庞太师花园冲破邪魔之事，滔滔说了一回。道："此事皆是你我行侠之人当作之事，不足挂齿。"二爷道："也倒有趣，听着怪热闹的。"又问道："大哥又如何面君呢？听说耀武楼试三绝技，敕赐'御猫'的外号儿，这又是什么事情呢？"展爷道："此事便是包相爷的情面了。"又说包公如何递摺，圣上如何见面："至于演试武艺，言之实觉可愧。无奈皇恩浩荡，赏了'御猫'二字，又加封四品之职。原是个潇洒的身子，如今倒弄的被官拘束住了。"二爷道:"大哥休出此言。想来是你的本事道的去,不然圣上如何加恩呢? 大哥提舞剑,请宝剑一观。"展爷道:"方才交付盛价了。"丁二爷回首道:"你们谁接了展老爷的剑了? 拿来我看。"只见一个小童将宝剑捧过来呈上。二爷接过来,先瞧了瞧剑鞘,然后拢住剑靶,将剑抽出,隐隐有钟磬之音。连说:"好剑,好剑! 但不知此剑何名?"展爷暗道:"看他这半天言语嘻笑于我,我何不叫他认认此宝,试试他的目力如何。"便道:"此剑乃先父手泽,劣兄虽然佩带,却不知是何名色,正要在贤弟跟前领教。"二爷暗道:"这是难我来了。倒要细细看看。"瞧了一会道:"据小弟看,此剑仿佛是'巨阙'。"说罢,递与展爷。展爷暗暗称奇道:"真好眼力,不愧他是将门之子!"便道:"贤弟说是'巨阙',想来是'巨阙'无疑了。"便要将剑入鞘。

二爷道:"好哥哥,方才听说舞剑,弟不胜钦仰。大哥何不试舞一番,小弟也长长学问。"展爷是断断不肯,二爷是苦苦相求。丁大爷在旁却不拦挡,止于说道:"二弟不必太忙,让大哥喝杯酒助助兴,再舞不迟。"说罢,吩咐道:"快摆酒来。"左右连声答应。展爷见此光景,不得不舞,再要推托,便是小家气了。只得站起身来,将袍襟掖了一掖,袖子挽了一挽,说道:"劣兄剑法疏略,不到之处,望祈二位贤弟指教为幸。"大爷、二爷连说:"岂敢,岂敢!"一齐出了大厅。在月台之上,展爷便舞起剑来。丁大爷在那边恭恭敬敬留神细看,丁二爷却靠着厅柱,跐着脚儿观瞧。见舞到妙处,他便连声叫好。展爷舞了多时,煞住脚步道:"献丑,献丑! 二位贤弟看着如何?"丁大爷连声道好称妙。二爷道:"大哥剑法虽好,惜乎此剑有些押手。弟有一剑,管保合式。"说罢便叫过一个小童来,密密吩咐数语。小童去了。

此时,丁大爷已将展爷让进厅来,见桌前摆列酒肴,丁大爷便执壶斟酒,将展爷让至上面,弟兄左右相陪。刚饮了几杯,只见小童从后面捧了剑来。二爷接过来,噌楞一声将剑抽出,便递与展爷道:"大哥请看。此剑也是先父遗留,弟等不知是何名色,请大哥看看,弟领教。"展爷暗道:"丁二真正淘气,立刻他就报仇,也来难我来了。倒要看看。"接过来弹了弹,掂了掂,便道:"好剑!此乃'湛卢'也。未知是与不是?"丁二爷道:"大哥所言不差。但不知此剑舞起来又当何如?大哥尚肯赐教么?"展爷却瞧了瞧丁大爷,意思叫他拦阻。谁知大爷乃是个老实人,便道:"大哥不要忙,先请饮酒助助兴,再舞未迟。"展爷听了道:"莫若舞完了再饮罢。"出了席,来至月台,又舞一回。丁二爷接过来道:"此剑大哥舞着吃力么?"展爷满心不乐,答道:"此剑比劣兄的轻多了。"二爷道:"大哥休要多言,轻剑即是轻人。此剑却另有个主儿,只怕大哥惹他不起。"一句话激恼了南侠,便道:"老弟,你休要害怕。任凭是谁的,自有劣兄一面承管,怕他怎的!你且说出这个主儿来。"二爷道:"大哥悄言,此剑乃小妹的。"展爷听了,瞅了二爷一眼,便不言语了。大爷连忙递酒。

忽见丫鬟出来说道:"太君来了。"展爷闻听,连忙出席整衣,向前参拜。丁母只略略谦逊,便以子侄礼见毕。丁母坐下,展爷将座位往侧座挪了一挪,也就告坐坐了。此时,丁母又细细留神将展爷相看了一番,比屏后看的更真切了。见展爷一表人材,不觉满心欢喜,开口便以贤侄相称。这却是二爷与丁母商酌明白的:若老太太看了中意,就呼为贤侄;倘若不愿意,便以贵客呼之。再者男婚女配,两下愿意,也须暗暗通个消息,妹子愿意方好。二爷见母亲称呼展爷为贤侄,就知老太太是愿意了,他便悄悄儿溜出,竟往小姐绣户而来。

未知说些什么,且听下回分解。

## 第三十一回

### 展熊飞比剑定良姻　钻天鼠夺鱼甘赔罪

且说丁二爷到了院中，只见丫鬟抱着花瓶换水插花。见了二爷进来，丫鬟扬声道："二官人进来了。"屋内月华小姐答言："请二哥哥屋内坐。"丁二爷掀起绣帘来至屋内，见小姐正在炕上弄针黹呢。二爷问道："妹子做什么活计？"小姐说："锁镜边上头口儿呢。二哥，前厅有客，你怎么进了里面来了呢？"丁二爷佯问道："妹子如何知道前厅有客呢？"月华道："方才取剑，说有客要领教，故此方知。"丁二爷道："再休提剑。只因这人乃常州府武进县遇杰村姓展名昭，表字熊飞，人皆称他为南侠，如今现作皇家四品带刀的护卫。哥哥久已知道此人，但未会面。今日见了，果然好人品，好相貌，好本事，好武艺。未免才高必狂，艺高必傲，竟将咱们家的湛卢剑贬的不成样子。哥哥说此剑是另有个主儿的，他问是谁，哥哥就告诉他是妹子的。他便鼻孔里一笑道：'一个闺中弱秀，焉有本领！'"月华听至此，把脸一红，眉头一皱，便将活计放下了。丁二爷暗说："有因，待我再激他一激。"又说道："我就说：'我们将门中岂无虎女？'他就说：'虽是这么说哟，未必有真本领。'妹子，你真有胆量，何不与他较量较量呢？倘若胆怯，也只好由他说去罢。现在老太太也在厅上，故此我来对妹妹说说。"小姐听毕，怒容满面道："既如此，二哥先请，小妹随后就到。"

二爷得了这个口气,便急忙来到前厅,在丁母耳边悄悄说道:"妹子要与展哥比武。"话刚然说完,只见丫鬟报道:"小姐到!"丁母便叫过来与展爷见礼。展爷心中纳闷道:"功勋世胄,如此家风?"只得立起身来一揖。小姐还了万福。展爷见小姐庄静秀美,却是一脸的怒气。又见丁二爷转身过来,悄悄的道:"大哥,都是你褒贬人家剑,如今小妹出来不依来了。"展爷道:"岂有此理!"二爷道:"什么理不理的,我们将门虎女,焉有怕见人的理呢?"展爷听了,便觉不悦。丁二爷却又到小姐身后悄悄道:"展大哥要与妹子较量呢。"小姐点头首肯。二爷又转到展爷身后道:"小妹要领教大哥的武艺呢。"展爷此时更不耐烦了,便道:"既如此,劣兄奉陪就是了。"谁知此时小姐已脱去外面衣服,穿着绣花大红小袄,系定素罗百摺单裙,头罩玉色绫帕,更显得妩媚娉婷。丁二爷已然回禀丁母,说不过是虚耍假试,请母亲在廊下观看。先挪出一张圈椅,丁母坐下。月华小姐怀抱宝剑,抢在东边上首站定。展爷此时也无可奈何,只得勉强披袍挽袖。二爷捧过宝剑,展爷接过,只得在西边下首站了。说了一声"请",便各拉开架式。兆兰、兆蕙在丁母背后站立。才对了不多几个回合,丁母便道:"算了罢。剑对剑俱是锋芒,不是顽的。"二爷道:"母亲放心,且再看看,不妨事的。"

只见他二人比并多时,不分胜负。展爷先前不过搪塞虚架,后见小姐颇有门路,不由暗暗夸奖,反到高起兴来。凡有不到之处,俱各点到,点到却又抽回。来来往往,忽见展爷用了个垂华势,斜刺里将剑递进,即便抽回,就随着剑尖滴溜溜落下一物。又见小姐用了个风吹败叶势，展爷忙把头一低，将剑躲过。才要转身，不想小姐一翻玉腕，又使了个推窗撑月势，将展爷的头巾削落。南侠一伏身，跳出圈外声言道："我输了，我输了！"丁二爷过来拾起头巾，掸去尘土。丁大爷过来捡起先落的物件一看，却是小姐耳上之环。便上前对展爷道："是小妹输了，休要见怪。"二爷将头巾交过。展爷挽发整巾，连声赞道："令妹真好剑法也！"丁母差丫鬟即请展爷进厅，小姐自往后边去了。

丁母对展爷道："此女乃老身侄女，自叔叔婶婶亡后，老身视如亲生女儿一般。久已闻贤侄名望，就欲联姻，未得其便。不意贤侄今日降临寒舍，实乃彩丝系足，美满良缘。又知贤侄此处并无亲眷，又请谁来相看，必要推诿；故此将小女激诱出来比剑，彼此一会，令贤侄放心，非是我世胄人家毫无规范也。"丁大爷亦过来道："非是小弟在旁不肯拦阻，皆因弟等与家母已有定算，故此多有亵渎。"丁二爷亦赔罪道："全是小弟之过，惟恐吾兄推诿，故用此诡计诓哄仁兄，望乞恕罪。"展爷到此时方才明白。也是姻缘，更不推辞，慨然允许，便拜了丁母，又与兆兰、兆蕙彼此拜了。就将巨阙、湛卢二剑彼此换了，作为定礼。

二爷手托耳环，提了宝剑，一直来到小姐卧室。小姐正自纳闷："我的耳环何时削去，竟不知道，也就险的很呢。"忽见二爷笑嘻嘻的手托耳环道："妹子，耳环在这里。"掷在一边，又笑道："湛卢剑也被人家留下了。"小姐才待发话，二爷连忙说道："这都是太太的主意，妹子休要问我，少时问太太便知，大约妹子是大喜了。"说完，放下剑,笑嘻嘻的就跑了。小姐心下明白,也就不言语了。丁二爷来至前厅,此时丁母已然回后去了。他三人从新入座,彼此说明,仍论旧交,不论新亲。大爷、二爷仍呼展爷为兄,脱了俗套,更觉亲热。饮酒吃饭,对坐闲谈。

不觉展爷在茉花村住了三日,就要告别,丁氏昆仲那里肯放。展爷再三要行,丁二爷说:"既如此,明日弟等在望海台设一席,你我弟兄赏玩江景,畅叙一日,后日大哥再去如何?"展爷应允。

到了次日早饭后,三人出了庄门。往西走了有一里之遥,弯弯曲曲绕到山岭之上,乃是极高的所在,便是丁家庄的后背。上面盖了高台五间,甚是宽阔。遥望江面一带,水势茫茫,犹如雪练一般。再看船只往来,络绎不绝。郎舅三人观望江景,实实畅怀。不多时,摆上酒肴,慢慢消饮。正在快乐之际,只见来一渔人在丁大爷旁边悄语数言。大爷吩咐:"告诉头目办去罢。"丁二爷也不理会,展爷更难细问,仍然饮酒。迟不多时,又见来一渔人,甚是慌张,向大爷说了几句。此次二爷却留神,听了一半就道:"这还了得!若要如此,以后还有个规矩么?"对那渔人道:"你把他叫来我瞧瞧。"展爷见此光景,似乎有事,方问道:"二位贤弟,为着何事?"丁二爷道:"我这松江的渔船原分两处,以芦花荡为界。荡南有一个陷空岛,岛内有一个卢家庄。当初有卢太公在日,乐善好施,家中巨富。待至生了卢方,此人和睦乡党,人人钦敬。因他有爬杆之能,大家送了他个绰号叫做钻天鼠。他却结了四个朋友,共成五义。大爷就是卢方;二爷乃黄州人,名叫韩彰,是个行伍出身,会做地沟地雷,因此他的绰号儿叫做彻地鼠；三爷乃山西人，名叫徐庆，是个铁匠出身，能探山中十八孔，因此绰号叫穿山鼠；至于四爷，身材瘦小，形如病夫，为人机巧伶便，智谋甚好，是个大客商出身，乃金陵人，姓蒋名平字泽长，能在水中居住，开目视物，绰号人称翻江鼠；惟有五爷，少年华美，气宇不凡，为人阴险狠毒，却好行侠作义，就是行事刻毒，是个武生员，金华人氏，姓白名玉堂。因他形容秀美，文武双全，人呼他绰号为锦毛鼠。"展爷听说白玉堂，便道："此人我却认得，愚兄正要访他。"丁二爷问道："大哥如何认得他呢？"展爷便将苗家集之事述说一回。

正说时，只见来了一伙渔户，其中有一人怒目横眉，伸出掌来说道："二位员外看见了？他们过来抢鱼，咱们拦阻，他就拒起捕来了。抢了鱼不算，还把我削去四指，光光的剩了一个大拇指头，这才是好朋友呢！"丁大爷连忙拦道："不要多言。你等急唤船来，待我等亲身前往。"众人一听员外要去，唿的一声俱各飞跑去了。展爷道："劣兄无事，何不一同前往？"丁二爷道："如此甚好。"三人下了高台，一同来至庄前。只见从人伴当伺候多人，各执器械。丁家兄弟、展爷俱各佩了宝剑，来至停泊之处。只见大船两只，是预备二位员外的。大爷独上了一只大船，二爷同展爷上了一只大船，其馀小船纷纷乱乱，不计其数，竟奔芦花荡而来。

才至荡边，见一队船皆是荡南的字号，便知是抢鱼的贼人。丁大爷催船前进，二爷紧紧相随。来至切近，见那边船上立着一人，凶恶非常，手托七股鱼叉，在那里尽候斯杀。大爷的大船先到，便说："这人好不晓事。我们素有旧规，以芦花荡为交界，你如何擅敢过荡，抢了我们的鱼，还伤了我们的渔户，是何道理？"那边船上那人道："什么交界不交界，咱全不管！只因我们那边鱼少，你们这边鱼多，今日暂且借用。你若不服，咱就比试比试。"丁大爷听了这话有些不说理，便问道："你叫什么名字？"那人道："咱叫分水兽邓彪，你问咱怎的？"丁大爷道："你家员外那个在此？"邓彪道："我家员外俱不在此，此一队船只就是咱管领的。你敢与咱合气么？"说着话就要托七股叉刺来。丁大爷才待拔剑，只见邓彪翻身落水。这边渔户立刻下水将邓彪擒住，托出水面，交到丁二爷船上。二爷却跳在大爷船上，前来帮助。

你道邓彪为何落水？原来丁大爷问答之际，二爷船已赶到，见他出言不逊，却用弹丸将他打落水中。你道什么弹丸？这是二爷自幼练就的。用竹板一块，长够一尺八寸，宽有二寸五分，厚五分，上面有个槽儿，用黄蜡掺铁渣子团成核桃大小，临用时安上，在数步中打出，百发百中。又不是弹弓，又不是弩弓，自己纂名儿叫做竹弹丸。这原是二爷小时顽耍的小顽艺儿，今日拿着偌大的一个分水兽，竟会叫英雄的一个小小铁丸打下水去咧！这才是真本领呢。且言邓彪虽然落水，他原是会水之人，虽被擒，不肯服气，连声喊道："好吓，好吓！你敢用暗器伤人，万不与你们干休！"展爷听至此句，说用暗器伤人，方才留神细看，见他眉攒里肿起一个大紫包来，便喝道："你既被擒，还喊什么！我且问你，你家五员外他可姓白么？"邓彪答道："姓白怎么样？他如今已下山了。"展爷问道："往那里去了？"邓彪道："数日之前，上东京找什么'御猫'去了。"展爷闻听，不由的心下着忙。

只听得那边一人嚷道:"丁家贤弟呀,看我卢方之面,恕我失察之罪,我情愿认罚呀!"众人抬头,只见一只小船飞也似赶来,嚷的声音渐近了。展爷留神细看来人,见他一张紫面皮,一部好胡须,面皮光而生亮,胡须润而且长,身量魁梧,气宇轩昂。丁氏兄弟亦执手道:"卢兄请了。"卢方道:"邓彪乃新收头目,不遵约束,实是劣兄之过。违了成约,任凭二位贤弟吩咐。"丁大爷道:"他既不知,也难谴责。此次乃无心之过也。"回头吩咐将邓彪放了。这边渔户便道:"他们还抢了咱们好些鱼罟呢。"丁二爷连忙喝住:"休要多言!"卢方听见,急急吩咐:"快将那边鱼罟连咱们鱼罟俱给送过去。"这边送人,那边送罟。卢方立刻将邓彪革去头目,即差人送往府里究治。丁大爷吩咐:"是咱们鱼罟收下,是那边的俱各退回。"两下里又说了多少谦让的言语,无非论交情,讲过节,彼此方执手各自归庄去了。

未知后事如何,且听下回分解。

## 第三十二回

### 夜救老仆颜生赴考　　晚逢寒士金客扬言

且说丁氏兄弟同定展爷来至庄中,赏了削去四指的渔户拾两银子,叫他调养伤痕。展爷便提起:"邓彪说白玉堂不在山中,已往东京找寻劣兄去了。刻下还望二位仁弟备只快船,我须急急回家,赶赴东京方好。"丁家兄弟听了展爷之言,再也难以阻留,只得应允。便于次日备了饯行之酒,殷勤送别,反觉得恋恋不舍。展爷又进内叩别了丁母。丁氏兄弟送至停泊之处,瞧着展爷上船,分手作别。

展爷真是归心似箭。这一日,天有二鼓,已到了武进县,以为连夜可以到家。刚走到一带榆树林中,忽听有人喊道:"救人吓!了不得了,有了打扛子的了!"展爷顺着声音迎将上去,却是个老者背着包袱,喘的连嚷也嚷不出来。又听后面有人追着,却喊得洪亮道:"了不得,有人抢了我的包袱去了!"展爷心下明白,便道:"老者,你且隐藏。待我拦阻。"老者才往树后一隐,展爷便蹲下身去。后面赶的只顾往前,展爷将腿一伸,那人来的势猛,噗哧的一声闹了个嘴吃屎。展爷赶上前按住,解下他的腰间褡包,寒鸦儿凫水的将他捆了。见他还有一根木棍,就从腰间插入,斜担的支起来。将老者唤出问道:"你姓甚名谁,家住那里,慢慢讲来。"老者从树后出来,先叩谢了。此时喘已定了,道:"小人姓颜,名叫颜福,在榆林村居住。只因我家相公要上京投亲,差老奴到窗友金必正处借了衣服银两。多承金相公一番好意,留下小人吃饭,临走又交付老奴三十两银子,是赠我家相公作路费的。不想年老力衰,又加目力迟钝,因此来路晚了。刚走到榆树林之内,便遇见这人一声断喝,要什么'买路钱'。小人一听,那里还有魂咧,一路好跑,喘的气也换不上来了。幸亏大老爷相救,不然我这老命必丧于他手。"展爷听了便道:"榆林村乃我必由之路,我就送你到家如何?"颜福复又叩谢。展爷对那人道:"你这厮,黉夜劫人,你还嚷人家抢了你的包袱去了。幸遇某家,这也是你昭彰报应。我也不加害于你,你就在此歇歇罢,再等个人来救你便了。"说罢叫老者背了包袱,出了林子,竟奔榆林村。到了颜家门首,老者道:"此处便是。请老爷里面待茶。"一壁说话,用手叩门。只听里面道:"外面可是颜福回来了么?"展爷听的明白,便道:"我不吃茶了,还要赶路呢。"说毕迈开大步,竟奔遇杰村而来。

单说颜福听得是小主人的声音,便道:"老奴回来了。"门开处,颜福提包进来,仍然将门关好。你道这小主人是谁?乃是姓颜名查散,年方二十二岁。寡母郑氏,连老奴颜福,主仆三口度日。因颜老爷在日,为人正直,作了一任县尹,两袖清风,一贫如洗,清如秋水,严似寒霜。可惜一病身亡,家业零落。颜生素有大志,总要克绍书香,学得满腹经纶。屡欲赴京考试,无奈家道寒难,不能如愿。因明年就是考试的年头,还是郑氏安人想出个计较来,便对颜生道:"你姑母家道丰富,何不投托在彼。一来可以用功,二来可以就亲,岂不两全其美呢?"颜生道:"母亲想的虽是,但姑母处已有多年不通信息,父亲在日还时常寄信问候，自父亲亡后，遣人报信，并未见遣一人前来吊唁，至今音梗信杳。虽是老亲，又是姑舅结下新亲，奈目下孩儿功名未成，如今时势，恐到那里也是枉然。再者孩儿这一进京，母亲在家也无人侍奉。二来盘费短少，也是无可如何之事。"母子正在商议之间，恰恰的颜生窗友金生名必正特来探访。彼此相见，颜生就将母亲之意对金生说了。金生一力担当，慨然允许，便叫颜福跟了他去打点进京的用度。颜生好生欢喜，即禀明老人家。安人闻听，感之不尽。母子又计议了一番，郑氏安人亲笔写了一封书信，言言哀恳，大约姑母无有不收留孩儿之理。娘儿两个呆等颜福回来，天已二更，尚不见到。颜生劝老母安息，自己把卷独对青灯，等到四更。心中正自急躁，颜福方回来了。交了衣服银两，颜生大悦，叫老仆且去歇息。颜福一路劳乏，又受惊恐，已然支持不住，有话明日再说，也就告退了。

到了次日，颜生将衣服银两与母亲看了。正要商酌如何进京，只见老仆颜福进来说道："相公进京，敢则是自己去么？"颜生道："家内无人，你须好好侍奉老太太，我是要自己进京的。"老仆道："相公若是一人赴京，是断断去不得的。"颜生道："却是为何？"颜福便将昨晚遇劫之事说了一遍。郑氏安人听了颜福之言，说："是吓，若要如此，老身是不放心的。莫若你主仆二人同去方好。"颜生道："孩儿带了他去，家内无人，母亲叫谁侍奉？孩儿放心不下。"正在计算为难，忽听有人叩门。老仆答应。开门看时，见是一个小童，一见面就说道："你老人家昨晚回来好吓，也就不早了罢。"颜福尚觑着眼儿瞧他，那小童道:"你老人家瞧什么,我是金相公那里的,昨日给你老人家斟酒不是么?"颜福道:"哦,哦,是,是。我倒忘了,你到此何事?"小童道:"我们相公打发我见颜相公来了。"老仆听了,将他带至屋内见了颜生,又参拜了安人。颜生便问道:"你做什么来了?你叫什么?"小童答道:"小人叫雨墨。我们相公知道相公无人,惟恐上京路途遥远不便,叫小人特来伏侍相公进京。"又说:"这位老主管有了年纪,眼力不行,可以在家伺候老太太,照看门户,彼此都可以放心。又叫小人带来十两银子,惟恐路上盘川不足,是要敷馀些个好。"安人与颜生听了不胜欢喜,不胜感激,连颜福俱乐的了不得。安人又见雨墨说话伶俐明白,便问:"你今年多大了?"雨墨道:"小人十四岁了。"安人道:"你小儿家能够走路吗?"雨墨笑道:"回禀老太太得知,小人自八岁上,就跟着小人的父亲在外贸易,漫说走路,什么处儿的风俗,遇事眉高眼低,那算瞒不过小人的了。差不多的道儿,小人都认得。至于上京,更是熟路了,不然我们相公就派我来跟相公呢!"安人闻听,更觉欢喜放心。颜生便拜了老母。安人未免伤心落泪,将亲笔写的书信交与颜生道:"你到京中祥符县问双星巷,便知你姑父的居址了。"雨墨在旁道:"祥符县南有个双星巷,又名双星桥,小人认得的。"安人道:"如此甚好,你要好好伏侍相公。"雨墨道:"不用老太太嘱咐,小人知道。"颜生又吩咐老仆颜福一番,暗暗将十两银子交付颜福供养老母。雨墨已将小小包裹背起来,主仆二人出门上路。

颜生是从未出过门的,走了一二十里便觉两腿酸疼,问雨墨道:"咱们自离家门,如今走了也有五六十里路了罢?"雨墨道:"可见相公没有出过门。这才离家有多大工夫,就会走了五六十里,那不成飞腿么？告诉相公说,共总走了没有三十里路。"颜生吃惊道:"如此说来,路途遥远,竟自难行的很呢。"雨墨道:"相公不要着急,走道儿有个法子,越不到越急越走不上来,必须心平气和,不紧不慢,仿佛游山玩景的一般。路上虽无景致,拿着一村一寺皆算是幽景奇观,遇着一石一木亦当做是点缀的美景。如此走来走去,心也宽了,眼也亮了,乏也就忘了,道儿也就走的多了。"颜生被雨墨说的高起兴来,真果沿途玩赏。不知不觉又走了一二十里,觉得腹中有些饥饿,便对雨墨道:"我此时虽不觉乏,只是腹中有点空空儿的,可怎么好？"雨墨用手一指说:"那边不是镇店么？到了那里,买些饭食吃了再走。"又走了多会,到了镇市。颜相公见个饭铺,就要进去。雨墨道:"这里吃不现成,相公随我来。"把颜生带了二荤铺里去了。一来为省事,二来为省钱,这才透出他是久惯出外的油子手儿来了呢。

主仆二人用了饭,再往前走了十多里,或树下,或道旁,随意歇息歇息再走。到了天晚,来到一个热闹地方,地名双义镇。雨墨道:"相公,咱们就在此处住了罢,再往前走就太远了。"颜生道:"既如此,就住了罢。"雨墨道:"住是住了,若是投店,相公千万不要多言,自有小人答复他。"颜生点头应允。及至来到店门,挡槽儿的便道:"有干净房屋,天气不早了,再要走可就太晚了。"雨墨便问道:"有单间厢房没有？或有耳房也使得。"挡槽儿的道:"请升进去看看就是了。"雨墨道:"若是有呢,我们好看哪;若没有,我们上那边住去。"挡槽儿的道:"请进去看看何妨,不如意再走如何？"颜生道:"咱们且看看就是了。"雨墨道:"相公不知,咱们若进去,他就不叫出来了。店里的脾气我是知道的。"正说着,又出来了一个小二道:"请进去,不用犹疑,讹不住你们二位。"颜生便向里走,雨墨只得跟随。只听店小二道:"相公请看,很好的正房三间,裱糊的又干净又豁亮。"雨墨道:"是不是? 不进来,你们紧让,及至进来,就是上房三间。我们爷儿两个,又没有许多行李,住三间上房,你这还不讹了我们呢! 告诉你,除了单厢房或耳房,别的我们不住。"说罢回身就要走。小二一把拉住道:"怎的了我的二爷! 上房三间,两明一暗。你们二位住那暗间,我们算一间的房钱好不好?"颜生道:"就是这样罢。"雨墨道:"咱们先小人后君子,说明了,我可就给一间的房钱。"小二连连答应。

主仆二人来至上房,进了暗间,将包裹放下,小二便用手擦外间桌子道:"你们二位在外间用饭罢,不宽阔么!"雨墨道:"你不用诱。就是外间吃饭,也是住这暗间,我也是给你一间的房钱。况且我们不喝酒,早起吃的,这时候还饱着呢,我们不过找补点就是了。"小二听了,光景没有什么大来头,便道:"闷一壶高香片茶来罢?"雨墨道:"路上灌的凉水,这时候还满着呢,不喝。"小二道:"点个烛灯罢?"雨墨道:"怎么你们店里没有油灯吗?"小二道:"有呵,怕你们二位嫌油烟子气,又怕油了衣服。"雨墨道:"你只管拿来,我们不怕。"小二才回身,雨墨便道:"他倒会顽。我们花钱买烛,他却省油,敢则是里外里。"小二回头瞅了一眼,取灯取了半天方点了来,问道:"二位吃什么?"雨墨道:"说了找补吃点。不用别的,给我们一个烩锅炸,就带了饭来罢。"店小二估量着没有什么想头，抽身就走了，连影儿也不见了。等的急催他，他说没得。再催他，他说："就得，已经下了杓了，就得，就得。"

正在等着，忽听外面嚷道："你这地方就敢小看人么？小菜碟儿，一个大钱，吾是照顾你，赏你们脸哪！你不住我，还要凌辱斯文，这等可恶！吾将你这狗店用火烧了！"雨墨道："该！这到替咱们出了气了。"又听店东道："都住满了，真没有屋子了，难道为你现盖吗？"又听那人更高声道："放狗屁不臭，满口胡说！你现盖？现盖也要吾等得吓！你就敢凌辱斯文？你打听打听，念书的人也是你敢欺侮得的吗？"颜生听至此，不由的出了门外。雨墨道："相公，别管闲事。"刚然拦阻，只见院内那人向着颜生道："老兄，你评评这个理。他不叫吾住使得，就将我这等一推，这不岂有此理么！还要与我现盖房去，这等可恶！"颜生答道："兄台若不弃嫌，何不将就在这边屋内同住呢？"只听那人道："萍水相逢，如何打搅呢？"雨墨一听，暗说："此事不好，我们相公要上当。"连忙迎出，见相公与那人已携手登阶，来至屋内，就在明间彼此坐了。

未知如何，且听下回分解。

## 第三十三回

### 真名士初交白玉堂　　美英雄三试颜查散

且说颜生同那人进屋坐下。雨墨在灯下一看,见他头戴一顶开花儒巾,身上穿一件零碎蓝衫,足下穿一双无根底破皂靴头儿,满脸尘土,实在不像念书之人,倒像个无赖子。正思想却他之法,又见店东亲来赔罪。那人道:"你不必如此。大人不记小人过,饶恕你便了。"店东去后,颜生便问道:"尊兄贵姓?"那人道:"吾姓金,名懋叔。"雨墨暗道:"他也配姓金!我主人才姓金呢,那是何等体面仗义。像他这个穷样子,连银也不配姓吓!常言说,姓金没有金,一定穷断筋。我们相公是要上他的当。"又听那人道:"没领教兄台贵姓。"颜生也通了姓名。金生道:"原来是颜兄,失敬,失敬。请问颜兄用过了饭了没有?"颜生道:"尚未,金兄可用过了?"金生道:"不曾,何不共桌而食呢?叫小二来。"此时,店小二拿了一壶香片茶来放在桌上。金生便问道:"你们这里有什么饭食?"小二道:"上等饮食八两,中等饭六两,下等饭……"刚说至此,金生拦道:"谁吃下等饭呢,就是上等饭罢。吾且问你,这上等饭是什么肴馔?"小二道:"两海碗,两镟子,六大碗,四中碗,还有八个碟儿。无非鸡鸭鱼肉翅子海参等类,调度的总要合心配口。"金生道:"这鱼是'包鱼'吓还是'漂儿'呢?"小二道:"是'漂儿'。"金生道:"你说是'漂儿',那就是

'包鱼'。可有活鲤鱼么？"小二道："要活鲤鱼，是大的，一两二钱银子一尾。"金生道："既要吃，不怕花钱。吾告诉你，鲤鱼不过一斤的叫做'拐子'，过了一斤的才是鲤鱼。不独要活的，还要尾巴像那胭脂瓣儿相似，那才是新鲜的呢。你拿来吾看。"又问酒是什么酒，小二道："不过随便常行酒。"金生道："不要那个，吾要喝陈年女贞陈绍。"小二道："有十年蠲下的女贞陈绍，就是不零卖，那是四两银子一坛。"金生道："你好贫哪！什么四两五两，不拘多少，你搭一坛来，当面开开吾尝就是了。吾告诉你说，吾要那金红颜色浓浓香，倒了碗内要挂碗，犹如琥珀一般，那才是好的呢。"小二道："搭一坛来当面锥尝，不好不要钱，如何？"金生道："那是自然的。"

说话间，已经掌上两枝灯烛。此时店小二欢喜非常，小心殷勤自不必说。少时端了一个腰子形儿的木盆来，里面欢蹦乱跳、足一斤多重的鲤鱼，说道："爷上请看，这尾鲤鱼何如？"金生道："鱼却是鲤鱼，你务必用这半盆水叫那鱼躺着，一来显大，二来水浅他必扑腾，算是活跳跳的，卖这个手法儿。你不要拿着走，就在此处开了膛，省得抵换。"店小二只得当面收拾。金生又道："你收拾好了，把他鲜汆。可是你们加什么作料？"店小二道："无非是香菌、口蘑，加些紫菜。"金生道："吾是要'尖上尖'的。"小二却不明白。金生道："怎么，你不晓得'尖上尖'？就是那青笋尖儿上头的尖儿，总要嫩，切成条儿，要吃那们咯吱咯吱的才好。"店小二答应。不多时又搭了一坛酒来，拿着锥子、倒流儿，并有个磁盆。当面锥透，下上倒流儿，撤出酒来，果然美味真香。先斟一杯递与金生尝了尝,道:"也还罢了。"又斟了一杯递与颜生尝了尝,自然也说好。便倒了一盆灌入壶内,略烫一烫,二人对面消饮。小二放下小菜,便一样一样端上来。金生连箸也不动,只于就佛手疙疸慢饮,尽等吃活鱼。二人饮酒闲谈,越说越投机,颜生欢喜非常。少时,大盘盛了鱼来,金生便拿起箸子来让颜生道:"鱼是要吃热的,冷了就要发腥了。"布了颜生一块,自己便将鱼脊背拿箸子一划,要了姜醋碟,吃一块鱼,喝一杯酒,连声称赞:"妙哉!妙哉!"将这面吃完,箸子往鱼腮里一插,一翻手就将鱼的那面翻过来。又布了颜生一块,仍用箸子一划,又是一块鱼一杯酒,将这面也吃了。然后要了一个中碗来,将蒸食双落一对掰在碗内,一连掰了四个,舀了鱼汤,泡了个稀糟,喊喽喊喽吃了。又将碟子扣上,将盘子那边支起,从这边舀了三匙汤喝了,便道:"吾是饱了,颜兄自便,莫拘莫拘。"颜生也饱了,二人出席。金生吩咐:"吾们就只一个小童,该蒸的该热的,不可与他冷吃。想来还有酒,他若喝时,只管给他。"店小二连连答应。说着话,他二人便进里间屋内去了。

雨墨此时见剩了许多东西全然不动,明日走路又拿不得,瞅着又是心疼,他那里吃得下去,止于喝了两杯闷酒就算了。连忙来到屋内,只见金生张牙欠口,前仰后合,已有困意。颜生道:"金兄既已乏倦,何不安歇呢?"金生道:"如此,吾就要告罪了。"说罢往床上一躺,呱哒一声,皂靴头儿掉了一只。他又将这条腿向膝盖一敲,又听噗哧一声,把那只皂靴头儿扣在地下。不一会,已然呼声震耳。颜生使眼色,叫雨墨将灯移出,自己也就悄悄睡了。雨墨移出灯来，坐在明间，心中发烦，那里睡得着。好容易睡着，忽听有脚步之声。睁眼看时，天已大亮。见相公悄悄从里间出来，低言道："取脸水去。"雨墨取来，颜生净了面。忽听屋内有咳嗽之声，雨墨连忙进来。见金生伸懒腰打哈声，两只脚却露着黑漆漆的底板儿，敢则是没袜底儿。忽听他口中念道："大梦谁先觉，平生我自知。草堂春睡足，窗外日迟迟。"念完，一咕噜爬起来道："略略歇息，天就亮了。"雨墨道："店家，给金相公打脸水。"金生道："吾是不洗脸的，怕伤水。叫店小二开开我们的帐，拿来吾看。"雨墨暗道："有意思，他竟要会帐。"只见店小二开了单来，上面共银十三两四钱八分。金生道："不多不多，外赏你们小二、灶上连打杂的二两。"店小二谢了。金生道："颜兄，我也不闹虚了，咱们京中再见，吾要先走了。"他拉他拉竟自出店去了。

这里颜生便唤："雨墨，雨墨！"叫了半天，雨墨才答应："有。"颜生道："会了银两走路。"雨墨又迟了多会，答应："哦。"赌气子拿了银子到了柜上，争争夺夺，连外赏给了十四两银子，方同相公出了店。来到村外，到无人之处，便说："相公看金相公是个什么人？"颜生道："是个念书的好人咧。"雨墨道："如何？相公还是没有出过门，不知路上有许多艰险呢。有诓嘴吃的，有拐东西的，甚至有设下圈套害人的，奇奇怪怪的样子多着呢。相公如今拿着姓金的当好人，将来必要上他的当。据小人看来，他也不过是个篾片之流。"颜生正色嗔怪道："休得胡说！小小的人，造这样的口过。我看金相公斯文中含着一股英雄的气概，将来必非等闲之人。你不要管，纵然他就是诓嘴，也无非多花几两银子,有甚要紧!你休再来管我。"雨墨听了相公之言,暗暗笑道:"怪道人人常言书呆子,果然不错。我原来为好,倒嗔怪起来,只好暂且由他老人家,再做道理罢了。"

走不多时,已到打尖之所,雨墨赌气子要了个热闹锅炸。吃了早饭又走。到了天晚,来到兴隆镇又住宿了,仍是三间上房,言给一间的钱。这个店小二比昨日的却和气多了。刚然坐了未暖席,忽见店小二进来笑容满面问道:"相公是姓颜么?"雨墨道:"不错,你怎么知道?"小二道:"外面有一位金相公找来了。"颜生闻听,说:"快请,快请。"雨墨暗暗道:"这个得了,他是吃着甜头儿了。但只一件,我们花钱,他出主意,未免太冤。今晚我何不如此如此呢?"想罢,迎出门来道:"金相公来了,很好。我们相公在这里恭候着呢。"金生道:"巧极,巧极!又遇见了。"颜生连忙执手相让,彼此就座,今日更比昨日亲热了。说了数语之后,雨墨在旁道:"我们相公尚未吃饭。金相公必是未曾,何不同桌而食?叫了小二来,先商议叫他备办去呢。"金生道:"是极,是极。"正说时,小二拿了茶来放在桌上。雨墨便问道:"你们是什么饭食?"小二道:"等次不同。上等是八两,中等饭是六两,下等……"刚说了一个"下"字,雨墨就说:"谁吃下等饭,就是上等罢。我也不问什么肴馔,无非鸡鸭鱼肉翅子海参等类。你们这鱼是'包鱼'吓,是'漂儿'呢?必然是'漂儿'。'漂儿'就是'包鱼'。我问你,有活鲤鱼没有呢?"小二道:"有,不过贵些。"雨墨道:"既要吃,还怕花钱吗?我告诉你,鲤鱼不过一斤叫'拐子',总得一斤多,那才是鲤鱼呢。必须尾巴要像胭脂瓣儿相似,那才新鲜呢。你拿来我瞧就是了。还有酒,我们可不要常行酒,要十年的女贞陈绍,管保是四两银子一坛。"店小二说:"是。要用多少?"雨墨道:"你好贫吓,什么多少,你搭一坛来当面尝。先说明,我可要金红颜色浓浓香的,倒了碗内要挂碗,犹如琥珀一般。错过了,我可不要。"小二答应。

不多时,点上灯来。小二端了鱼来,雨墨上前,便道:"鱼可却是鲤鱼。你务必用半盆水躺着,一来显大,二来水浅他必扑腾,算是欢蹦乱跳,卖这个手法儿。你就在此处开膛,省得抵换。把他鲜余。看你们作料,不过香菌、口蘑、紫菜,可有'尖上尖'没有?你管保不明白。这'尖上尖'就是青笋尖儿上头的尖儿,可要切成嫩条儿,要吃那们咯吱咯吱的。"小二答应,又搭了酒来锥开。雨墨酉了一杯,递给金生,说道:"相公尝,管保喝的过。"金生尝了道:"满好个,满好个。"雨墨也就不叫颜生尝了,便灌入壶中,略烫烫拿来斟上。只见小二安放小菜,雨墨道:"你把佛手疙疸放在这边,这位相公爱吃。"金生瞅了雨墨一眼道:"你也该歇歇了。他这里上菜,你少时再来。"雨墨退出,单等鱼来。小二往来端菜,不一时,拿了鱼来,雨墨跟着进来道:"带姜醋碟儿。"小二道:"来了。"雨墨便将酒壶提起,站在金生旁边,满满斟了一杯,道:"金相公,拿起筷子来。鱼是要吃热的,冷了就要发腥了。"金生又瞅了他一眼。雨墨道:"先布我们相公一块?"金生道:"那是自然的。"果然布过一块。刚要用筷子再夹,雨墨道:"金相公还没有用筷子一划呢。"金生道:"吾倒忘了。"从新打鱼脊背上一划,方夹到醋碟一蘸,吃了。端起杯来,一饮而尽。雨墨道:"酒是我斟的,相公只管吃鱼。"金生道:"妙极,妙极!吾倒省了事了。"仍是一杯一块。雨墨道："妙哉，妙哉！"金生道："妙哉的很，妙哉的很！"雨墨道："又该把筷子往腮里一插了。"金生道："那是自然的了。将鱼翻过来，吾还是布你们相公一块，再用筷子一划，省得你又提拨吾。"雨墨见鱼剩了不多，便叫小二拿一个中碗来。小二将碗拿到。雨墨说："金相公，还是将蒸食双落儿掰上四个泡上汤？"金生道："是的，是的。"泡了汤，喊喽之时，雨墨便将碟子扣在那盘子上，那边支起来，道："金相公，从这边舀三匙汤喝了也就饱了，也不用陪我们相公了。"又对小二道："我们二位相公吃完了，你瞧该热的该蒸的捡下去，我可不吃凉的。酒是有，在那里我自己喝就是了。"小二答应，便往下捡。忽听金生道："颜兄，这个小管家叫他跟吾倒好，我倒省话。"颜生也笑了。今日雨墨可想开了，到在外头盘膝稳坐，叫小二伏侍，吃了那个又吃这个，吃完了来到屋内，就在明间坐下，竟等呼声。少时，听呼声震耳，进里间将灯移出，也不愁烦，竟自睡了。

至次日天亮，仍是颜生先醒，来到明间，雨墨伺候净面水。忽听金生咳嗽，连忙来到里间。只见金生伸懒腰打哈声，雨墨急念道："大梦谁先觉，平生我自知。草堂春睡足，窗外日迟迟。"金生睁眼道："你真聪明，都记得。好的，好的。"雨墨道："不用给相公打脸水了，怕伤了水。叫店小二开了单来算帐。"一时开上单来，共用银十四两六钱五分。雨墨道："金相公，十四两六钱五分不多罢。外赏他们小二、灶上、打杂的二两罢。"金生道："使得的，使得的。"雨墨道："金相公管保不闹虚了，京中再见罢，有事只管先请罢。"金生道："说的是，说的是，吾就先走了。"便对颜生执手告别，他拉他拉出店去了。雨墨暗道："一斤肉包的饺子，好大皮子！我打算今个扰他呢，谁知反被他扰去。"正在发笑，忽听相公呼唤。

　　未知如何，且听下回分解。

## 第三十四回

### 定兰谱颜生识英雄　　看鱼书柳老嫌寒士

且说颜生见金生去了,便叫雨墨会帐。雨墨道:"银子不够了,短的不足四两呢。我算给相公听:咱们出门时共剩了二十八两有零,两天两顿早尖连零用共费了一两二三钱,昨晚吃了十四两,再加今日的十六两六钱,共合银三十一两九钱零。岂不是短了不足四两么!"颜生道:"且将衣服典当几两银子,还了帐目,馀下的作盘费就是了。"雨墨道:"刚出门两天就当当。我看除了这几件衣服,今日当了,明日还有什么!"颜生也不理他。雨墨去了多时,回来道:"衣服共当了八两银子,除还饭帐,下剩四两有零。"颜生道:"咱们走路罢。"雨墨道:"不走还等什么呢?"出了店门,雨墨自言道:"轻松灵便,省得有包袱背着怪沉的。"颜生道:"你不要多说了。事已如此,不过多费去些银两,有甚要紧。今晚前途任凭你的主意就是了。"雨墨道:"这金相公也真真的奇怪。若说他是诓嘴吃的,怎么要了那些菜来,他连筷子也不动呢?就是爱喝好酒,也不犯上要一坛来,却又酒量不很大,一坛子喝不了一零儿,就全剩下了,白便宜了店家。就是爱吃活鱼,何不竟要活鱼呢?说他有意要冤咱们,却又素不相识,无仇无恨。饶白吃白喝,还要冤人,更无此理。小人测不出他是什么意思来。"颜生道:"据我看来,他是个潇洒儒流,总有些放浪形骸之外。"

主仆二人途次闲谈,仍是打了早尖,多歇息歇息,便一直赶到宿头。雨墨便出主意道:"相公,咱们今晚住小店,吃顿饭每人不过花上二钱银子,再也没的耗费了。"颜生道:"依你,依你。"主仆二人竟投小店。刚然就坐,只见小二进来道:"外面有位金相公找颜相公呢。"雨墨道:"很好,请进来。咱们多费上二钱银子,这个小店也没有什么出主意的了。"说话间,只见金生进来道:"吾与颜兄真是三生有幸,竟会到那里就遇得着。"颜生道:"实实小弟与兄台缘分不浅。"金生道:"这么样罢,咱们两个结盟拜把子罢。"雨墨暗道:"不好,他要出矿。"连忙上前道:"金相公要与我们相公结拜,这个小店备办不出祭礼来,只好改日再拜罢。"金生道:"无妨。隔壁太和店是个大店口,什么俱有,漫说是祭礼,就是酒饭回来也是那边要去。"雨墨暗暗顿足道:"活该,活该。算是吃定我们爷儿们了。"金生也不唤雨墨,就叫本店的小二将隔壁太和店的小二叫来,便吩咐如何先备猪头三牲祭礼,立等要用;又如何预备上等饭,要鲜佥活鱼;又如何搭一坛女贞陈绍,仍是按前两次一样。雨墨在旁惟有听着而已。又看见颜生与金生说说笑笑,真如异姓兄弟一般,毫不介意。雨墨暗道:"我们相公真是书呆子,看明早这个饥荒怎么打算。"不多时,三牲祭礼齐备,序齿烧香。谁知颜生比金生大两岁,理应先焚香。雨墨暗道:"这个定了,把弟吃准了把兄咧!"无奈何,在旁伏侍。结拜完了,焚化钱粮后,便是颜生在上首坐了,金生在下面相陪。你称仁兄,我称贤弟,更觉亲热。雨墨在旁听着好不耐烦。少时,酒至菜来,无非还是前两次的光景。雨墨也不多言,只等二人吃完,他便在外盘膝坐下道:"吃也是如此,不吃也是如此,且自乐一会儿是一会儿。"便叫:"小二,你把那酒抬过来。我有个主意,你把太和店的小二也叫了来,有的是酒,有的是菜,咱们大伙儿同吃,算是我一点敬意儿。你说好不好?"小二闻听,乐不可言,连忙把那边的小二叫了来。二人一壁伏侍着雨墨,一壁跟着吃喝,雨墨倒觉得畅快。吃喝完了,仍然进来等着移出灯来,也就睡了。

到了次日,颜生出来净面。雨墨悄悄道:"相公昨晚不该与金相公结义。不知道他家乡住处,知道他是什么人?倘若要是个篾片,相公的名头不坏了么!"颜生忙喝道:"你这奴才,休得胡说!我看金相公行止奇异,谈吐豪侠,绝不是那流人物。既已结拜,便是患难相扶的弟兄了。你何敢在此多言!别的罢了,这是你说的吗?"雨墨道:"非是小人多言,别的罢了,回来店里的酒饭银两,又当怎么样呢?"刚说至此,只见金生掀帘出来。雨墨忙迎上来道:"金相公,怎么今日伸了懒腰还没有念诗就起来呢?"金生笑道:"吾要念了你念什么?原是留着你念的,不想你也误了,竟把诗句两耽搁了。"说罢,便叫:"小二,开了单来吾看。"雨墨暗道:"不好,他要起翅。"只见小二开了单来,上面写着连祭礼共用银十八两三钱。雨墨递给金生,金生看了道:"不多,不多,也赏他二两。这边店里没用什么,赏他一两罢。"说完便对颜生道:"仁兄吓……"旁边雨墨吃这一惊不小,暗道:"不好,他要说'不闹虚了',这二十多两银子又往那里算去?"谁知金生今日却不说此句,他却问颜生道:"仁兄吓,你这上京投亲,就是这个样子,难道令亲那里就不憎嫌么?"颜生叹气道:"此事原是奉母命前来,愚兄却不愿意。况我姑父姑母又是多年不通音信的,恐到那里未免要费些唇舌呢。"金生道:"须要打算打算方好。"雨墨暗道:"真关心吓,结了盟就是另一个样儿了。"

正想着,只见外面走进一个人来。雨墨才待要问找谁的,话未说出,那人便与金生磕头,道:"家老爷打发小人前来,恐爷路上缺少盘费,特送四百两银子叫老爷将就用罢。"此时颜生听的明白,见来人身量高大,头戴鹰翅大帽,身穿皂布短袍,腰束皮鞓带,足下登一双大曳拔靸鞋,手里还提着个马鞭子。只听金生道:"吾行路焉用许多银两?既承你家老爷好意,也罢,留下二百银子,下剩仍然拿回去,替吾道谢。"那人听了,放下马鞭子,从褡裢叉子里一封一封掏出四封,摆在桌上。金生便打开一包,拿了两个锞子递与那人道:"难为你大远的来,赏你喝茶罢。"那人又趴在地下磕了个头,提了褡裢、马鞭子才要走时,忽听金生道:"你且慢着,你骑了牲口来了么?"那人道:"是。"金生道:"很好,索性一客不烦二主,吾还要烦你辛苦一趟。"那人道:"不知爷有何差遣?"金生便对颜生道:"仁兄,兴隆镇的当票子放在那里?"颜生暗想道:"我当衣服,他怎么知道了?"便问雨墨。雨墨此时看的都呆了,心中纳闷道:"这么个金相公,怎么会有人给他送银子来呢?果然我们相公眼力不差,从今我到长了多番见识。"正在呆想,忽听颜生问他当票子,他便从腰间掏出一个包儿来,连票子和那剩下的四两多银子俱搁在一处递将过来。金生将票子接在手中,又拿了两个锞子对那人道:"你拿此票到兴隆镇,把他赎回来。

除了本利,下剩的你作盘费就是了。你将这个褡裢子放在这里,回来再拿。吾还告诉你,你回时不必到这里了,就在隔壁太和店,吾在那里等你。"那人连连答应,竟拿了马鞭子出店去了。

金生又从新拿了两锭银子,叫雨墨道:"你这两天多有辛苦,这银子赏你罢。吾可不是篾片么?"雨墨那里还敢言语呢,只得也磕头谢了。金生对颜生道:"仁兄呀,咱们上那边店里去罢。"颜生道:"但凭贤弟。"金生便叫雨墨抱着桌子上的银子。雨墨又腾出手来,还要提那褡裢。金生在旁道:"你还拿那个?你不傻么!你拿的动么?叫这店小二拿着,跟咱们送过那边去呀。你都聪明,怎么此时又不聪明了?"说的雨墨也笑了。便叫了小二拿了褡裢,主仆一同出了小店,来到太和店,真正宽阔。雨墨也不用说,竟奔上房而来,先将抱着的银子放在桌上,又接了小二拿的褡裢。颜生与金生在迎门两边椅子上坐了,这边小二殷勤泡了茶来。金生便出主意,与颜生买马,治簇新的衣服靴帽,全是使他的银子。颜生也不谦让。到了晚间,那人回来,将当交明,提了褡裢去了。这一天,吃饭饮酒也不像先前那样,止于拣可吃的要来,吃剩的不过将够雨墨吃的。

到了次日,这二百两银子除了赏项、买马、赎当、治衣服等,并会了饭帐,共费去银八九十两,下仍有一百多两,金生便都赠了颜生。颜生那里肯受。金生道:"仁兄只管拿去,吾路上自有相知应付吾的盘费,吾是不用银子的。还是吾先走,咱们京都再会罢。"说罢执手告别,他拉他拉出店去了。颜生到觉得依恋不舍,眼巴巴的真真的目送出店。此时雨墨精神百倍,装束行囊,将银两收藏严密,止于将剩的四两有馀带在腰间。叫小二把行李搭在马上,扣备停当,请相公骑马,登时阔起来了。雨墨又把雨衣包了个小包袱背在肩头,以防天气不测。颜生也给他雇了一头驴,沿路盘脚。

一日来至祥符县,竟奔双星桥而来。到了双星桥,略问一问,柳家人人皆知,指引门户。主仆来到门前一看,果然气象不凡,是个殷实人家。原来颜生的姑父名叫柳洪,务农为业,为人固执,有个悭吝毛病,处处好打算盘,是个顾财不顾亲的人。他与颜老爷虽是郎舅,却有些水火不同炉。只因颜老爷是个堂堂的县尹,以为将来必有发迹,故将自己的女儿柳金蝉自幼儿就许配了颜查散。不意后来颜老爷病故,送了信来,他就有些后悔,还关碍着颜氏安人,不好意思。谁知三年前,颜氏安人又一病呜呼了。他就决意的要断了这门亲事,因此连信息也不通了。他却又续娶冯氏,又是个面善心毒之人,幸喜他很疼爱小姐。他疼爱小姐又有他的一番意思,只因员外柳洪每每提起颜生,便嗐声叹气,说当初不该定这门亲事,已露出有退婚之意,冯氏便暗怀着鬼胎。因他有个侄儿名唤冯君衡,与金蝉小姐年纪相仿。他打算着把自己的侄儿作为养老的女婿,就是将来柳洪亡后,这一份家私也逃不出冯家之手。因此他却疼爱小姐,又叫侄儿冯君衡时常在员外跟前献些殷勤。员外虽则喜欢,无奈冯君衡的相貌不扬,又是一个白丁,因此柳洪总未露出口吻来。

一日,柳洪正在书房,偶然想起女儿金蝉,年已及岁,颜生那里杳无音信,闻得他家道艰窘,难以度日,惟恐女儿过去受罪,怎么想个法子退了此亲方好。正在烦思,忽见家人进来禀道:"武进县的颜姑爷来了。"柳洪听了,吃了一惊不小,登时就会没了主意。半天说道:"你就回复他,说我不在家。"那家人刚然回身,他又叫住问道:"是什么形相来的?"家人道:"穿着鲜明的衣服,骑着高头大马,带着书童,甚是齐整。"柳洪暗道:"颜生必是发了财了,特来就亲。幸亏细心一问,险些儿误了大事。"忙叫家人快请,自己也就迎了出来。只见颜生穿着簇新大衫,又搭着俊俏的容貌,后面又跟着个伶俐小童,拉着一匹润白大马,不由的心中羡慕,连忙上前相见。颜生即以子侄之礼参拜,柳洪那里肯受,谦让至再至三才受半礼。彼此就座,叙了寒暄。家人献茶已毕,颜生便渐渐的说到家业零落,特奉母命投亲,在此攻书,预备明年考试,并有家母亲笔书信一封。说话之间,雨墨已将书信拿出来交与颜生。颜生呈与柳洪,又奉了一揖。此时柳洪却把那黑脸面放下来,不是先前那等欢喜。无奈何将书信拆阅已毕,更觉烦了,便吩咐家人,将颜相公送至花园幽斋居住。颜生还要拜见姑母,老狗才道:"拙妻这几日有些不爽快,改日再见。"颜生看此光景,只得跟随家人上花园去了。幸亏金生打算,替颜生治办衣服马匹,不然老狗才绝不肯纳,可见金生奇异。

特不知柳洪是何主意,且听下回分解。

## 第三十五回

### 柳老赖婚狼心难测　冯生联句狗屁不通

话说柳洪便袖了书信来到后面,忧容满面。冯氏问道:"员外为着何事如此的烦闷?"柳洪便将颜生投亲的原由说了一遍。冯氏初时听了也是一怔,后来便假意欢喜,给员外道喜,说道:"此乃一件好事,员外该当做的。"柳洪闻听,不由的怒道:"什么好事!你往日明白,今日糊涂了。你且看书信,他上面写着,叫他在此读书,等到明年考试。这个用度须耗费多少?再者,若中了,还有许多的应酬;若不中,就叫我这里完婚。过一月后,叫我这里将他小两口儿送往武进县去。你白打算打算,这注财要耗费多少银子?归齐我落个人财两空。你如何还说做得呢?这不岂有此理么!"冯氏趁机便探柳洪的口气道:"若依员外,此事便怎么样呢?"柳洪道:"也没有什么主意,不过是想把婚姻退了,另找个财主女婿,省得女儿过去受罪,也免得我将来受累。"冯氏见柳洪吐出退婚的话来,他便随机应变,冒出坏包来了。对柳洪道:"员外既有此心,暂且将颜生在幽斋冷落几天。我保不出十日,管叫他自己退婚,叫他自去之计。"柳洪听了喜道:"安人果能如此,方去我心头大病。"

两个人在屋中计议,不防跟小姐的乳母田氏从窗外经过,这些话一一俱各听了去了。他急急的奔到后楼,来到香闺,见了小姐一五一十俱各说了,便道:"小姐不可为俗礼所拘,仍作闺门之态。一来解救颜姑爷,二来并救颜老母。此事关系非浅,不可因小节而坏大事,小姐早早拿个主意。"小姐道:"总是我那亲娘去世,叫我向谁伸诉呢?"田氏道:"我倒有个主意。他们商议原不出十天,咱们就在这三五日内,小姐与颜相公不论夫妻,仍论兄妹,写一字柬,叫绣红约他在内书房夜间相会。将原委告诉明白了颜相公,小姐将私蓄赠些与他,叫他另寻安身之处。俟科考后功名成就,那时再来就亲,大约员外无有不允之理。"小姐闻听,尚然不肯。还是田氏与绣红百般开导解劝,小姐无奈才应允了。

　　大凡为人各有私念。似乳母、丫鬟这一番私念,原是为顾惜颜生,疼爱小姐,是一片好心。这个私念,理应如此。竟有一等人,无故一心私念,闹的他自己亡魂失魄,仿佛热地蚂蚁一般,行踪无定,居止不安。就是冯君衡这小子,自从听见他姑妈有意将金蝉小姐许配于他,他便每日跑破了门,不时的往来。若遇见员外,他便卑躬下气,假作斯文。那一宗胁肩谄笑,便叫人宁耐不得。员外看了,总不大合心。若是员外不在跟前,他便合他姑妈讪皮讪脸,百般的央告,甚至于屈膝,只要求冯氏早晚在员外跟前玉成其事。偏偏的有一日,凑巧恰值金蝉小姐给冯氏问安。娘儿两个正在闲谈,这小子他就一步儿跑进来了。小姐躲闪不及,冯氏便道:"你们是表兄妹,皆是骨肉,是见得的,彼此见了。"小姐无奈,把袖子福了一福。他便作下一揖去,半天直不起腰来。那一双贼眼,直勾勾的瞧着小姐。旁边绣红看不上眼,拥簇着小姐回绣阁去了。他就呆了半晌。他这一瞧,直不是人,瞧人没有那么瞧的。往往书上多有眉目传情,又云眉来眼去,仔细想来,这个眉毛竟无用处。眼睛为的是瞧,眉毛跟在里头可搅什么呢?不是这么说嘛,要是没有他真砢碜。就犹如笑话上说的嘴合鼻说话:"哈,老鼻呀,你有什么本事,竟敢居在我的上头呢?"鼻子答道:"你若不亏我闻见,你如何分的出香臭来呢?"鼻子又合眼睛说话:"哈,老眼呀,你有什么本事,竟敢居在我的上头呢?"眼睛答道:"你若不亏我瞧见,你如何知道好歹呢?"眼睛又合眉毛说话:"哈,老眉呀,你有什么本事,竟敢居在我的上头呢?"眉毛答道:"我原没有什么本事,不过是你的配搭儿。你若不愿意在你上头,我就挪在你的底下去,看你得样儿不得样儿。"冯君衡他这一瞧,直是把眉毛错安了位了。自那一天见了小姐之后,他便谋求的狠了,恨不得立刻到手,天天来至柳家探望。

这一天刚进门来,见院内拴着一匹白马,便问家人道:"此马从何而来?"家人回道:"是武进县颜姑爷骑来的。"他一闻此言,就犹如平空的打了个焦雷,只惊得目瞪痴呆,魂飞天外,半响方透过一口气来。暗想:"此事却怎么处?"只得来到书房,见了柳洪。见员外愁眉不展,他知道必是为此事发愁:"想来颜生必然穷苦至甚,我何不见他,看看他到是怎么的光景。如若真不像样,就当面奚落他一场,也出了我胸中恶气。"想罢,便对柳洪言明要见颜生。柳洪无奈,只得将他带入幽斋。他原打算奚落一场,谁知见了颜生,不但衣冠鲜明,而且像貌俊美,谈吐风雅,反觉得跼蹐不安,自惭形秽,竟自无地可容,连一句整话也说不出来。柳洪在旁观瞧,也觉得妍媸自分,暗道:

"据颜生像貌才情,堪配吾女。可惜他家道贫寒,是一宗大病。"又看冯君衡,耸肩缩背,挤眉弄眼,竟不知如何是可。柳洪倒觉不好意思,搭讪着道:"你二人在此攀话,我料理我的事去了。"说罢就走开了。冯君衡见柳洪去后,他便抓头不是尾,险些儿没急出毛病来。略坐一坐,便回书房去了。一进门来,自己便对穿衣镜一照,自己叫道:"冯君衡吓,冯君衡,你瞧瞧人家是怎么长来着,你是怎么长来着!我也不怨别的,怨只怨我那爷娘,既要好儿子,为何不下上点好好的工夫呢?教导教导,调理调理,真是好好儿的,也不至于见了人说不出话来。"自己怨恨一番,忽又想道:"颜生也是一个人,我也是一个人,我又何必怕他呢?这不是我自损志气么?明日倒要乍着胆子与他盘桓盘桓,看是如何。"想罢,就在书房睡了。

到了次日,吃毕早饭,依然犹疑了半天,后来发了一个狠儿,便上幽斋而来。见了颜生,彼此坐了。冯君衡便问道:"请问你老高寿?"颜生道:"念有二岁。"冯君衡听了不明白,便"念"呀"念"的尽着念。颜生便在桌上写出来。冯君衡见了道:"哦,敢则是单写的二十呀。若是这们说,我敢则是念了。"颜生道:"冯兄尊齿二十了么?"冯君衡道:"我的牙却是二十八个,连槽牙。我的岁数却是二十。"颜生笑道:"尊齿便是岁数。"冯君衡便知是自己答应错了,便道:"颜大哥,我是个粗人,你和我总别闹文。"颜生又问道:"冯兄在家作何功课?"冯君衡却明白"功课"二字,便道:"我家也有个先生,可不是瞎子,也是睁眼儿先生。他教给我作什么诗,五个字一句,说四句是一首。还有什么韵不韵的,我那里弄的上来呢?后来作惯了,觉得顺溜了,就只能作半截儿,任凭怎么使劲儿,再也作不下去了。有一遭儿,先生出了个'鹅群'叫我作。我如何作的下去呢?好容易作了半截儿。"颜生道:"可还记得么?"冯君衡道:"记得的很呢。我好容易作的,焉有不记得呢。我记得是:'远看一群鹅,见人就下河。'"颜生道:"底下呢?"冯君衡道:"说过就作半截儿,如何能够满作了呢?"颜生道:"待我与你续上半截如何?"冯君衡道:"那敢则好。"颜生道:"白毛分绿水,红掌荡清波。"冯君衡道:"似乎是好,念着怪有个听头儿的。还有一遭,因我们书房院子里有棵枇杷,先生以此为题。我作的是:'一棵枇杷树,两个大槎桠。'"颜生道:"我也与你续上罢:未结黄金果,先开白玉花。"

冯君衡见颜生又续上了,他却不讲诗,便道:"我最爱对对子。怎么原故呢?作诗须得论平仄押韵,对对子就平空的想出来。若有上句,按着那边字儿一对就得了。颜大哥,你出个对子我对。"颜生暗道:"今日重阳,而且风鸣树吼。"便写了一联道:"九日重阳风落叶。"冯君衡看了半天,猛然想起,对道:"八月中秋月照台。颜大哥,你看我对的如何?你再出个我对。"颜生见他无甚行止,便写一联道:"立品修身,谁能效子游子夏。"冯君衡按着字儿扣了一会,便对道:"交朋结友,我敢比刘六刘七。"颜生便又写了一联,却是明褒暗贬之意。冯君衡接来一看,写的是:"三坟五典,你乃百宝箱。"便又想了对道:"一转两晃,我是万花筒。"他又磨着颜生出对。颜生实在不耐烦了,便道:"愿安承教你无门。"这明是说他请教不得其门。冯君衡他却呆想,忽然笑道:"可对上了。"便道:"不敢从命我有窗。"

他见颜生手中摇着扇子,上面有字,便道:"颜大哥,我瞧瞧扇

## 第三十五回　柳老赖婚狼心难测　冯生联句狗屁不通

子。"颜生递过来,他就连声夸道:"好字,好字,真写了个龙争虎斗。"又翻着那面,却是素纸,连声可惜道:"这一面如何不画上几个人儿呢?颜大哥,你瞧我的扇子却是画了一面,那一面却没有字,求颜大哥的大笔写上几个字儿罢。"颜生道:"我那扇子是相好朋友写了送我的,现有双款为证,不敢虚言。我那拙笔焉能奉命,惟恐有污尊摇。"冯君衡道:"说了不闹文么,什么'尊摇'不'尊摇'的呢!我那扇子也是朋友送我的,如今再求颜大哥一写,更成全起来了。颜大哥,你看看那画的神情儿颇好。"颜生一看,见有一只船,上面有一妇人摇桨,旁边跪着一个小伙拉着桨绳。冯君衡又道:"颜大哥,你看那边岸上,那一人拿着千里眼镜儿,哈着腰儿瞧的神情儿,真是活的一般。"颜生便问道:"这是什么名色?"冯君衡道:"怎么,颜大哥连'次姑咙咚呛'也不知道吗?"颜生道:"这话我不明白。"冯君衡道:"本名儿就叫荡湖船。千万求颜大哥把那面与我写了。我先拿了颜大哥扇子去,俟写得时再换。"颜生无奈,将他的扇子插入笔筒之内。

冯君衡告辞转身,回了书房,暗暗想道:"颜生他将我两次诗不用思想开口就续上了,他的学问哪,比我强多咧。而且像貌又好,他若在此了呵,只怕我那表妹被他夺了去。这便如何是好呢?"他也不想想,人家原是许过的,他却是要图谋人家的,可见这恶贼利欲熏心,什么天理全不顾了。他便思前想后,总要把颜生害了才合心意。翻来覆去,一夜不曾合眼,再也想不出计策来。到了次日,吃毕早饭,又往花园而来。

不知后文如何,且听下回分解。

## 第三十六回

### 园内赠金丫鬟丧命　厅前盗尸恶仆忘恩

且说冯君衡来至花园,忽见迎头来了个女子,仔细看时,却是绣红,心中陡然疑惑起来,便问道:"你到花园来做什么?"绣红道:"小姐派我来掐花儿。"冯君衡道:"掐的花儿在那里?"绣红道:"我到那边看了,花儿尚未开呢,因此空手回来。你查问我做什么?这是柳家花园,又不是你们冯家的花园,用你多管闲事!好没来由呀。"说罢扬长去了。气的个冯君衡直瞪瞪的一双贼眼,再也对答不出来。心中更加疑惑,急忙奔至幽斋。偏偏雨墨又进内烹茶去了,见颜生拿着个字帖儿,正要开看。猛抬头见了冯君衡,连忙让座,顺手将字帖儿掖在书内,彼此闲谈。冯君衡道:"颜大哥可有什么浅近的诗书借给我看看呢?"颜生因他借书,便立起身来,向书架上找书去了。冯君衡便留神,见方才掖在书内字帖儿露着个纸角儿,他便轻轻抽出,暗盗在袖里。及至颜生找了书来,急忙接过,执手告别,回转书房而来。

进了书房,将书放下,便从袖中掏出字儿一看,只吓的惊疑不止,暗道:"这还了得,险些儿坏了大事!"原来此字正是前次乳母与小姐商议的,定于今晚二鼓,在内角门相会,私赠银两,偏偏的被冯贼偷了来。他便暗暗想道:"今晚他们若相会了,小姐一定身许颜生,我的姻缘岂不付之流水!这便如何是好?"忽又转念一想道:"无妨,无妨。如今字儿既落吾手，大约颜生恐我识破，他绝不敢前去。我何不于二鼓时假冒颜生，倘能到手，岂不仍是我的姻缘。即便露出马脚，他若不依，就拿着此字作个见证。就是姑爷知道，也是他开门揖盗，却也不能奈何于我。"心中越想此计越妙，不由的满心欢喜，恨不得立刻就交二鼓。

且说金蝉小姐虽则叫绣红寄柬与颜生，他便暗暗打点了私蓄银两并首饰衣服，到了临期，却派了绣红持了包袱银两去赠颜生。田氏在旁劝道："何不小姐亲身一往？"小姐道："此事已是越礼之举，再要亲身前去，更失了闺阁体统。我是断断不肯去的。"绣红无奈，提了包袱银两，刚来到角门以外，见个人伛偻而来，细看形色不是颜生，便问道："你是谁？"只听那人道："我是颜生。"细听语音却不对。忽见那人向前就要动手，绣红见不是势头，才嚷道"有贼"二字，冯君衡着忙，急伸手，本欲蒙嘴，不意蠢夫使的力莽，丫鬟人小软弱，往后仰面便倒。恶贼收手不及，扑跌在丫鬟身上，以至手按在绣红喉间一挤。及至强徒起来，丫鬟已气绝身亡，将包袱银两抛于地上。冯贼见丫鬟已死，急忙提了包袱，捡起银两包儿来，竟回书房去了。将颜生的扇子并字帖儿留于一旁。小姐与乳母在楼上提心吊胆，等绣红不见回来，好生着急。乳母便要到角门一看。谁知此时走更之人见丫鬟倒毙在角门之外，早已禀知员外、安人了。乳母听了此信，魂飞天外，回转绣阁给小姐送信。只见灯笼火把，仆夫、丫鬟同定员外、安人竟奔内角门而来。柳洪将灯一照，果是小绣红。见他旁边摺着一把扇子，又见那边地上有个字帖儿，连忙俱各捡起。打开扇子，却是颜生的，心中已然不悦。又将字帖儿一看,登时气冲牛斗。也不言语,竟奔小姐的绣阁。冯氏不知是何缘故,便随在后面。

柳洪见了小姐说:"干的好事!"将字帖儿就当面掷去。小姐此时已知绣红已死,又见爹爹如此,真是万箭攒心,一时难以分辩,惟有痛哭而已。亏得冯氏赶到,见此光景,忙将字帖儿拾起看了一遍,说道:"原来为着此事。员外你好糊涂,焉知不是绣红那丫头干的鬼呢?他素来笔迹原与女儿一样,女儿现在未出绣阁,他却死在角门以外,你如何不分皂白就埋怨女儿来呢?只是这颜姑爷,既已得了财物,为何又将丫鬟掐死呢?竟自不知是什么意思。"一句话提醒了柳洪,便把一天愁恨俱搁在颜生身上。他就连忙写一张呈子,说颜生无故杀害丫鬟,并不提私赠银两之事,惟恐与自己名声不好听,便把颜生送往祥符县内。可怜颜生睡在梦里,连个影儿也不知。幸喜雨墨机灵,暗暗打听明白,告诉了颜生。颜生听了,他便立了个百折不回的主意。且说冯氏安慰小姐,叫乳母好生看顾,他便回至后边,将机就计,在柳洪跟前竭力撺掇,务将颜生置之死地,恰恰又暗合柳洪之心。柳洪等候县尹来相验了,绣红实是扣喉而死,并无别的情形。柳洪便咬定牙说是颜生谋害的,总要颜生抵命。

县尹回至衙门,立刻升堂,将颜生带上堂来。仔细一看,却是个懦弱书生,不像那杀人的凶手,便有怜惜他的意思,问道:"颜查散,你为何谋害绣红,从实招上来。"颜生禀道:"只因绣红素来不服呼唤,屡屡逆命。昨又因他口出不逊,一时气愤难当,将他赶至后角门。不想刚然扣喉,他就倒毙而亡。这也是前世冤缠,做了今生的孽报。

望祈老父母早早定案,犯人再也无怨的了。"说罢向上叩头。县宰见他满口应承,毫无推诿,而且情甘认罪,绝无异词,不由心下为难。暗暗思忖道:"看此光景,绝非行凶行恶之人。难道他素有疯癫不成?或者其中别有情节,碍难吐露,他情愿就死亦未可知。此事本县倒要细细访查,再行定案。"想罢,吩咐将颜生带下去寄监。县官退入后堂,自然另有一番思索。你道颜生为何情甘认罪?只因他怜念小姐一番好心,不料自己粗心失去字帖儿,致令绣红遭此惨祸,已然对不过小姐了;若再当堂和盘托出,岂不败坏了小姐名节呢?莫若自己应承,省得小姐出头露面,有伤闺门的风范。这便是颜生的一番衷曲,他却那里知道暗中苦了一个雨墨呢。

且说雨墨从相公被人拿去之后,他便暗暗揣了银两,赶赴县前,悄悄打听。听说相公满口应承,当堂全认了,只吓得他胆裂魂飞,泪流满面。后来见颜生入监,他便上前苦苦哀求禁子,并言有薄敬奉上。禁子与牢头相商明白,容他在内伏侍相公。雨墨便将银子交付了牢头,嘱托一切俱要看顾。牢头见了白花花一包银子,满心欢喜,满口应承。雨墨见了颜生,又痛哭,又是抱怨说:"相公不该应承了此事。"见颜生微微含笑,毫不介意,雨墨竟自不知是何缘故。

谁知此时柳洪那里俱各知道颜生当堂招认了,老贼乐的满心欢喜,仿佛去了一块大病的一般。苦只苦了金蝉小姐,一闻此言,只道颜生绝无生理。仔细想来,全是自己将他害了。"他既无命,我岂独生?莫若以死相酬。"将乳母支出去烹茶,他便倚了绣阁,投缳自尽身亡。及至乳母端了茶来,见门户关闭,就知不好,便高声呼唤,也不见应。再从门缝看时,见小姐高高的悬起,只吓得他骨软筋酥,跟跟跄跄报与员外安人。

柳洪一闻此言,也就顾不得了,先带领家人奔到楼上,打开绣户,上前便把小姐抱住,家人忙上前解了罗帕。此时冯氏已然赶到。夫妻二人打量还可以解救,谁知香魂已渺,不由的痛哭起来。更加着冯氏数数落落,一壁里哭小姐,一壁里骂柳洪道:"都是你这老乌龟,老杀才,不分青红皂白,生生儿的要了你的女儿命了。那一个刚然送县,这一个就上了吊了。这个名声传扬出去才好听呢!"柳洪听了此言,格登的把泪收住道:"幸亏你提拨我,似此事如何办理?哭是小事,且先想个主意要紧。"冯氏道:"还有别的什么主意吗?只好说小姐得了个暴病,有些不妥。先着人悄悄抬个棺材来,算是预备后事,与小姐冲冲喜。却暗暗的将小姐盛殓了,浮厝在花园敞厅上。候过了三朝五日,便说小姐因病身亡,也就遮了外面的耳目,也省得人家谈论了。"柳洪听了,再也想不出别的高主意,只好依计而行。便嘱咐家人搭棺材去,倘有人问,就说小姐得病甚重,为的是冲冲喜。家人领命。去不多时,便搭了来了,悄悄抬至后楼。此时冯氏与乳母已将小姐穿戴齐备,所有小姐素日惜爱的簪环、首饰、衣服俱各盛殓了。且不下销,便叫家人等暗暗抬至花园敞厅停放。员外、安人又不敢放声大哭,惟有呜呜悲泣而已。停放已毕,惟恐有人看见,便将花园门倒锁起来。所有家人,每人赏了四两银子,以压口舌。

谁知家人之中,有一人姓牛名唤驴子。他爹爹牛三,原是柳家的老仆。只因双目失明,柳洪念他出力多年,便在花园后门外盖了三间草房，叫他与他儿子并媳妇马氏一同居住，又可以看守花园。这日，牛驴子拿了四两银子回来，马氏问道："此银从何而来？"驴子便将小姐自尽，并员外、安人定计，暂且停放花园敞厅，并未下销的情由说了一遍，"这四两银子便是员外赏的，叫我们严密此事，不可声张。"说罢，又言小姐的盛殓的东西实在的是不少，什么凤头钗，又是什么珍珠花、翡翠环，这个那个说了一套。马氏闻听，便觉垂涎道："可惜了儿的这些好东西。你就是没有胆子，你若有胆量，到了夜间，只隔着一段墙，偷偷儿的进去……"刚说至此，只听那屋牛三道："媳妇，你说的这是什么话。咱家员外遭了此事，已是不幸，人人听见该当叹息，替他难受。怎么你还要就热窝儿去偷盗尸首的东西？人要天理良心，看昭彰报应要紧。驴儿呀驴儿，此事是断断做不得的。"老头儿说罢，恨恨不已。谁知牛三刚说话时，驴子便对着他女人摆手儿，后来又听见叫他不可做此事，驴子便赌气子道："我知道，他不过是那们说，那里我就做了呢？"说着话，便打手势叫他女人预备饭，自己便打酒去。少时酒也有了，菜也得了。且不打发牛三吃，自己便先喝酒。女人一壁伏侍，一壁跟着吃，却不言语，尽打手势。到吃喝完了，两口子便将家伙归着起来。驴子便在院内找了一把板斧掖在腰间，等到将有二鼓，他直奔到花园后门，拣了个地势高耸之处，扳住墙头，纵将上去，他便往里一跳，直奔敞厅而来。

未知如何，且听下回分解。

## 第三十七回

### 小姐还魂牛儿遭报　幼童侍主侠士挥金

且说牛驴子于起更时来至花园，扳住墙头纵身上去，他便往里一跳，只听噗咚一声，自己把自己倒吓了一跳。但见树林中透出月色，满园中花影摇曳，仿佛都是人影儿一般。毛手毛脚，贼头贼脑，他却认得路径，一直竟奔敞厅而来。见棺材停放中间，猛然想起小姐入殓之时形景，不觉从脊梁骨上一阵发麻灌海，登时头发根根倒竖，害起怕来，又连打了几个寒噤。暗暗说："不好，我别要不得。"身子觉软，就坐在敞厅栏杆踏板之上，略定了定神，回手拔出板斧，心里想道："我此来原为发财，这一上去，打开棺盖，财帛便可到手，你却怕他怎的？这总是自己心虚之过。漫说无鬼，就是有鬼，也不过是闺中弱女，有什么大本事呢？"想至此，不觉的雄心陡起，提了板斧便来到敞厅之上。对了棺木，一时天良难昧，便双膝跪倒，暗暗祝道："牛驴子实在是个苦小子，今日暂借小姐的簪环衣服一用，日后充足了，我再多多的给小姐烧些纸锞罢。"祝毕起来，将板斧放下，只用双手从前面托住棺盖，尽力往上一起，那棺盖就离了位了。他便往左边一跨，又绕到后边，也是用双手托住，往上一起，他却往右边一跨，那材盖便横斜在材上。才要动手，忽听"嗳哟"一声，便吓的他把脖子一缩，跑下厅来，格嗒嗒一个整颤，半晌还不过气来。又见小姐挣扎起来，口中说道："多承公公指引。"便不言语了。

驴子喘息了喘息，想道："小姐他会还了魂了？"又一转念："他纵然还魂，正在气息微弱之时，我这上去将他掐住咽喉，他依然是死。我照旧发财，有何不可呢？"想至此，又煞神附体，立起身来，从老远的就将两手比着要掐的式样。尚未来到敞厅，忽有一物飞来，正打在左手之上。驴子又不敢嗳哟，只疼的他咬着牙摔着手，在厅下打转。只见从太湖石后来了一人，身穿夜行衣服，竟奔驴子而来。瞧着不好，刚然要跑，已被那人一个箭步赶上，就是一脚，驴子便跌倒在地，口中叫道："爷爷饶命！"那人便将驴子按在地上，用刀一晃道："我且问你，棺木内死的是谁？"驴子道："是我家小姐，昨日吊死的。"那人吃惊道："你家小姐如何吊死呢？"驴子道："只因颜生当堂招认了，我家小姐就吊死了，不知是什么缘故。只求爷爷饶命！"那人道："你初念贪财，还可饶恕，后来又生害人之心，便是可杀不可留了。"说到"可杀"二字，刀已落将下来，登时，驴子入了汤锅了。

你道此人是谁？他便是改名金懋叔的白玉堂。自从赠了颜生银两之后，他便先到祥符县，将柳洪打听明白，已知道此人悭吝，必然嫌贫爱富。后来打听颜生到此甚是相安，正在欢喜，忽听得颜生被祥符县拿去，甚觉诧异，故此夤夜到此，打听个水落石出。已知颜生负屈贪冤，并不知小姐又有自缢之事。适才问了驴子方才明白，即将驴子杀了。又见小姐还魂，本欲上前搀扶，又要避盟嫂之嫌疑，猛然心生一计："我何不如此如此呢？"想罢，便高声嚷道："你们小姐还了魂了！快来救人吓！"又向那角门上噎的一脚，连门带框俱各歪在一边。他却飞身上房,竟奔柳洪住房去了。

且说巡更之人原是四个,前后半夜倒换。这前半夜的二人正在巡更,猛听得有人说小姐还魂之事,又听得哐嚓一声响亮,二人吓了一跳。连忙顺着声音打着灯笼一照,见花园角门连门框俱各歪在一边。二人乍着胆子进了花园,趁着月色先往敞厅上一看,见棺材盖横在材上。连忙过去细看,见小姐坐在棺内,闭着双睛,口内尚在咕哝。二人见了悄悄说道:"谁说不是活了呢?快报员外、安人去。"刚然回身,只见那边有一块黑忽忽的,不知是什么,打过灯笼一照,却是一个人。内中有个眼尖的道:"伙计,这不是牛驴子么?他如何躺在这里呢?难道昨日停放之后把他落在这里了?"又听那人道:"这是什么,稀泞的踩了我一脚。啊呀,怎么他脖子上有个口子呢?敢则是被人杀了。快快报与员外,说小姐还魂了。"柳洪听了,即刻叫开角门。冯氏也连忙起来,唤齐仆妇丫鬟,俱往花园而来。谁知乳母田氏一闻此言,预先跑来扶着小姐呼唤。只听小姐咕哝道:"多承公公指引,叫奴家何以报答?"柳洪、冯氏见小姐果然活了,不胜欢喜。大家搀扶出来,田氏转身背负着小姐,仆妇帮扶,左右围随,一直来到绣阁。安放妥协,又灌姜汤,少许渐渐的苏醒过来。容小姐静一静,定定神,止于乳母田氏与安人小丫鬟等在左右看顾,柳洪就慢慢的下楼去了。只见更夫仍在楼门之外伺候,柳洪便道:"你二人还不巡更,在此作甚?"二人道:"等着员外回话,还有一宗事呢!"柳洪道:"还有什么事呢?不是要讨赏么?"二人道:"讨赏忙什么呢,咱们花园躺着一个死人呢!"柳洪闻听大惊道:"如何有死人呢?"二人道:"员外随我们看看就知道了，不是生人，却是个熟人。"

柳洪跟定更夫进了花园，来至敞厅，更夫举起灯笼照着，柳洪见满地是血，战战兢兢看了多时，道："这不是牛驴子吗？他如何被人杀了呢？"又见棺盖横着，旁边又有一把板斧，猛然省悟道："别是他前来开棺盗尸罢？如何棺盖横过来呢？"更夫说道："员外爷想的不错，只是他被何人杀死呢？难道他见小姐活了，他自己抹了脖子？"柳洪无奈，只得派人看守，准备报官相验。先叫人找了地保来，告诉他此事。地保道："日前掐死了一个丫鬟尚未结案，如今又杀了一个家人，所有这些喜庆事情全出在尊府。此事就说不得了，只好员外爷辛苦辛苦同我走一趟。"柳洪知道是故意的拿捏，只得进内取些银两给他们就完了。不料来至套间屋内见银柜的锁头落地，柜盖已开，这一惊非同小可。连忙查对，散碎银两俱各未动，单单整封银两短了十封，心内这一阵难受，又不是疼，又不是痒，竟不知如何是好。发了会子怔，叫丫鬟去请安人。一面平了一两六钱有零的银，算是二两，央求地保呈报。地保得了银子，自己去了。

柳洪急回身来至屋内，不觉泪下。冯氏便问："叫我有什么事？女儿活了，应该喜欢，为何反倒哭起来了呢？莫不成牛驴子死了，你心疼他吗？"柳洪道："那盗尸贼，我心疼他做什么！"冯氏道："既不为此，你哭什么？"柳洪便将银子失去十封的话说了一遍，"因为心疼银子，不觉泪流。这如今意欲报官，故此请你来商议商议。"冯氏听了也觉一惊，后来听柳洪说要报官，连说："不可，不可。现在咱们家有两宗人命的大案尚未完结，如今为丢银子又去报官，别的都不遗失，单单的丢了十封银子,这不是提官府的醒儿吗?可见咱家积蓄多金。他若往歪里一问,只怕再花上十封也未必能结案。依我说,这十封银子只好忍个肚子疼,算是丢了罢。"柳洪听了此言深为有理,只得罢了。不过一时时揪着心系子怪疼的。

且说马氏撺掇丈夫前去盗尸,以为手到成功,不想呆呆的等了一夜,未见回来,看看的天已发晓,不由的埋怨道:"这王八蛋好生可恶!他不亏我指引明路,教他发财,如今得了手,且不回家,又不知填还那个小妈儿去了。少时他瞎爹若问起来,又该无故唠叨。"正在自言自语埋怨,忽听有人敲门道:"牛三哥,牛三哥!"妇人答道:"是谁呀?这们早就来叫门。"说罢,将门开了一看,原来是捡粪的李二。李二一见马氏便道:"侄儿媳妇,你烦恼吓!"马氏听了啐道:"呸!大清早起的,也不嫌个丧气。这是怎么说呢。"李二说:"敢则是丧气。你们驴子叫人杀了,怎么不丧气!"牛三已在屋内听见,便接言道:"李老二,你进屋里来告诉明白了我,这是怎么一件事情。"李二便进屋内,见了牛三说:"告诉哥哥说,驴子侄儿不知为何被人杀死在那边花园子里。你们员外报官了,少时就要来相验呢。"牛三道:"好吓,你们干的好事呀!有报应没有?昨日那们拦你们,你们不听,到底儿遭了报了。这不叫员外受累吗?李老二,你拉了我去。等着官府来了,我拦验就是了。这不是吗,我的儿子既死了,我那儿妇是断不能守的,莫若叫他回娘家去罢。这才应了俗语儿了:'驴的朝东,马的朝西。'"说着话,拿了明仗,叫李二拉着他竟奔员外宅里来。见了柳洪,便将要拦验的话说了。柳洪甚是欢喜,又教导了好些话,那个说的,那个说不的,怎么具结领尸。编派停当,又将装小姐的棺木挪在间屋,算是为他买的寿木。及至官府到来,牛三拦验,情愿具结领尸。官府细问情由,方准所呈,不必细表。

且说颜生在监,多亏了雨墨伏侍,不至受苦。自从那日过下堂来,至今并未提审,竟不知定了案不曾,反觉得心神不定。忽见牢头将雨墨叫将出来,在狱神庙前便发话道:"小伙子,你今儿得出去了,我不能只是替你耽惊儿。再者,你们相公今儿晚上也该叫他受用受用了。"雨墨见不是话头,便道:"贾大叔,可怜我家相公负屈含冤,望大叔将就将就。"贾牢头道:"我们早已可怜过了。我们若遇见都像你们这样打官司,我们都饿死了。你打量里里外外费用轻呢?就是你那点子银子,一哄儿就结了。俗语说:'衙门的钱,下水的船。'这总要现了现。你总得想个主意才好呢,难道你们相公就没个朋友吗?"雨墨哭道:"我们从远方投亲而来,这里如何有相知呢?没奈何,还是求大叔可怜我们相公才好。"贾牢头道:"你那是白说。我倒有个主意,你们相公有个亲戚,他不是财主吗,你为甚不弄他的钱呢?"雨墨流泪道:"那是我家相公对头,他如何肯资助呢?"贾牢头道:"不是那们说。你与相公商量商量,怎么想个法子,将他的亲戚咬出来,我们弄他的银钱,好照应你们相公吓。是这么个主意。"雨墨摇头道:"这个主意却难,只怕我家相公做不出来罢。"贾牢头道:"既如此,你今儿就出去,直不准你在这里。"雨墨见他如此神情,心中好生为难,急得泪流满面,痛哭不止,恨不得跪在地下哀求。

忽听监门口有人叫:"贾头儿,贾头儿,快来哟!"贾牢头道:"是了，我这里说话呢。"那人又道："你快来，有话说。"贾牢头道："什么事这们忙，难道弄出钱来我一人使吗？也是大家伙儿分。"那外面说话的乃是禁子吴头儿。他便问道："你又驳办谁呢？"贾牢头道："就是颜查散的小童儿。"吴头儿道："啊呀我的太爷，你怎么惹他呢，人家的照应到了。此人姓白，刚才上衙门口，略一点染就是一百两呀！少时就进来了，你快快好好儿的预备着伺候着罢。"牢头听了，连忙回身。见雨墨还在那里哭呢，连忙上前道："老雨呀，你怎么不禁呕呢？说说笑笑，嗷嗷呕呕，这有什么呢？你怎么就认起真来？我问问你，你家相公可有个姓白的朋友吗？"雨墨道："并没有姓白的。"贾牢头道："你藏奸，你还恼着我呢？我告诉你，如今外面有个姓白的，瞧你们相公来了。"

说话间，只见该值的头目陪着一人进来，头带武生巾，身穿月白花氅，内衬一件桃红衬袍，足登官靴，另有一番英雄气概。雨墨看了，很像金相公，却不敢认。只听那武生叫道："雨墨，你敢则也在此么？好孩子，真正难为你。"雨墨听了此言，不觉的落下泪来，连忙上前参见道："谁说不是金相公呢！"暗暗忖道："如何连音也改了呢？"他却那里知道，金相公就是白玉堂呢？白五爷将雨墨扶起道："你家相公在那里？"

不知雨墨如何回答，且听下回分解。

## 第三十八回

### 替主鸣冤拦舆告状　因朋涉险寄柬留刀

且说白玉堂将雨墨扶起道："你家相公在那里？"贾牢头不容雨墨答言，他便说："颜相公在这单间屋内，都是小人们伺候。"白五爷道："好。你们用心伏侍，我自有赏赐。"贾牢头连连答应几个"是"。此时雨墨已然告诉了颜生。白五爷来至屋内，见颜生蓬头垢面，虽无刑具加身，已然形容憔悴。连忙上前执手道："仁兄如何遭此冤枉？"说至此，声音有些惨切。谁知颜生他却毫不动念，便说道："嘻，愚兄愧见贤弟。贤弟到此何干？"那白五爷见颜生并无忧愁哭泣之状，惟有羞容满面，心中暗暗点头夸道："颜生真乃英雄也。"便问此事因何而起。颜生道："贤弟问他怎么？"白玉堂道："你我知己弟兄，非泛泛可比。难道仁兄还瞒着小弟不成？"颜生无奈，只得说道："此事皆是愚兄之过。"便将绣红寄柬："愚兄并未看明柬上是何言词，因有人来，便将柬儿放在书内，谁知此柬遗失，到了夜间就生出此事，柳洪便将愚兄呈送本县。后来亏得雨墨暗暗打听，方知是小姐一片苦心，全是为顾愚兄。愚兄自恨遗失柬约，酿成祸端。兄若不应承，难道还攀扯闺阁弱质，坏他的清白？愚兄惟有一死而已。"白玉堂听了颜生之言，颇觉有理。复转念一想道："仁兄知恩报恩，舍己成人，原是大丈夫所为。独不念老伯母在家悬念乎？"一句话却把颜生的伤心招起，不由的泪如雨下。半晌说道:"事成不改。命中所造,大料难逃。这也是前世冤孽,今生报应。奈何,奈何!愚兄死后,望贤弟照看家母,兄在九泉之下亦得瞑目。"说罢痛哭不止,雨墨在旁亦落泪。白玉堂道:"何至如此。仁兄且自宽心,凡事还要再思。虽则为人,亦当为己。闻得开封府包相断事如神,何不到那里去伸诉呢?"颜生道:"贤弟此言差矣。此事非是官府屈打成招的,乃是兄自行承认的,又何必向包公那里分辩去呢?"白玉堂道:"仁兄虽如此说,小弟惟恐本县详文若到开封,只怕包相就不容仁兄招认了。那时又当如何?"颜生道:"书云:'匹夫不可夺志也。'况愚兄乎?"

白玉堂见颜生毫无回转之心,他便另有个算计了。便叫雨墨将禁子牢头叫进来。雨墨刚然来到院中,只见禁子牢头正在那里喊喊喳喳,指手划脚。忽见雨墨出来,便有二人迎将上来道:"老雨呀,有什么吩咐的吗?"雨墨道:"白老爷请你二人呢。"二人听得此话,便狗颠屁股垂儿似的跑向前来。白五爷叫伴当拿出四封银子,对他二人说道:"这是银子四封,赏你二人一封,表散众人一封,馀下二封便是伺候颜相公的。从此后,颜相公一切事体全是你二人照管。倘有不到之处,我若闻知,却是不依你们的。"二人屈膝谢赏,满口应承。白五爷又对颜生道:"这里诸事妥协,小弟要借雨墨随我几日,不知仁兄叫他去否?"颜生道:"他也在此无事,况此处俱已安置妥协,愚兄也用他不着,贤弟只管将他带去。"谁知雨墨早已领会白五爷之意,便欣然叩辞了颜生,跟随白五爷出了监中。

到了无人之处,雨墨便问白五爷道:"老爷将小人带出监来,莫非叫小人瞒着我家相公,上开封府呈控么?"一句话问的白五爷满心欢喜,道:"怪哉,怪哉!你小小年纪,竟有如此聪明,真正罕有。我原有此意,但不知你敢去不敢去?"雨墨道:"小人若不敢去,也就不问了。自从那日我家相公招承之后,小人就要上京内开封府控告去。只因监内无人伺候,故此耽延至今。今日又见老爷话语之中提拨我家相公,我家相公毫不省悟。故此方才老爷一说要借小人跟随几天,小人就明白了是为着此事。"白五爷哈哈大笑道:"我的意思竟被你猜着了。我告诉你,你相公入了情魔了,一时也化解不开。须到开封府告去,方能打破迷关。你明日就到开封府,就把你家相公无故招承认罪原由伸诉一番,包公自有断法。我在暗中给你安置安置,大约你家相公就可脱了此灾了。"说罢便叫伴当给他十两银子。雨墨道:"老爷前次赏过两个锞子,小人还没使呢。老爷改日再赏罢。再者小人告状去,腰间也不好多带银子。"白五爷点头道:"你说的也是。你今日就往开封府去,在附近处住下,明日好去伸冤。"雨墨连连称是,竟奔开封府去了。

谁知就是此夜,开封府出了一件诧异的事。包公每日五更上朝,包兴、李才预备伺候,一切冠带、袍服、茶水、羹汤俱各停当,只等包公一呼唤便诸事齐整。二人正在静候,忽听包公咳嗽,包兴连忙执灯掀起帘子来至里屋内。刚要将灯往桌上一放,不觉骇目惊心,失声道:"哎呀!"包公在帐子内便问道:"什么事?"包兴道:"这是那里来的刀、刀、刀吓?"包公听见,急披衣坐起,撩起帐子一看,果见是明晃晃的一把钢刀横在桌上,刀下还压着柬帖儿。便叫包兴:"将柬帖拿来我看。"包兴将柬帖从刀下抽出,持着灯递给相爷一看,见上面有四个大字,写着:"颜查散冤。"包公忖度了一会,不解其意,只得净面穿衣,且自上朝,俟散朝后,再慢慢的访查。

到了朝中,诸事已完,便乘轿而回。刚至衙门,只见从人丛中跑出个小孩子来,在轿旁跪倒,口称冤枉。却好王朝走到,将他获住。包公轿至公堂,落下轿,立刻升堂,便叫带那小孩子。该班的传出。此时王朝正在角门外问雨墨的名姓,忽听叫带小孩子,王朝嘱咐道:"见了相爷,不要害怕,不可胡说。"雨墨道:"多承老爷教导。"王朝进了角门,将雨墨带上堂去,雨墨便跪倒向上叩头。包公问道:"那小孩子叫什么名字,为着何事,诉上来。"雨墨道:"小人名叫雨墨,乃武进县人。只因同我家主人到祥符县投亲……"包公道:"你主人叫什么名字?"雨墨道:"姓颜名查散。"包公听了"颜查散"三字,暗暗道:"原来果有颜查散。"便问道:"投在什么人家?"雨墨道:"就是双星桥柳员外家。这员外名叫柳洪,他是小主人的姑夫。谁知小主人的姑母三年前就死了,此时却是续娶的冯氏安人。只因柳洪膝下有个姑娘,名柳金蝉,是从小儿就许与我家相公为妻。小人的主人原奉母命前来投亲,一来在此读书,预备明年科考;二来又为的是完姻。谁知柳洪将我主仆二人留在花园居住,敢则是他不怀好意。住了才四天,那日清早,便有本县的衙役前来把我主人拿去了,说我主人无故的将小姐的丫鬟绣红掐死在内角门以外。回相爷,小人与小人的主人时刻不离左右,小人的主人并未出花园的书斋,如何会在内角门掐死了丫鬟呢?不想小人的主人被县里拿去,刚过头一堂,就满口应承,说是自己将丫鬟掐死，情愿抵命，不知是什么缘故。因此小人到相爷台前，恳求相爷与小人的主人作主。"说罢，复又叩头。

包公听了，沉吟半晌，便问道："你家相公既与柳洪是亲戚，想来出入是不避的了？"雨墨道："柳洪为人极其固执，漫说别人，就是这个续娶的冯氏，也未容我家主人相见。主仆在那里四五天，尽在花园书斋居住，所有饭食茶水，俱是小人进内自取，并未派人伏侍，很不像待亲戚的道理。菜里头连一点儿肉星也没有。"包公又问道："你可知道小姐那里，除了绣红还有几个丫头呢？"雨墨道："听得说小姐那里就只一个丫鬟绣红，还有个乳母田氏。这个乳母却是个好人。"包公忙问道："怎见得？"雨墨道："小人进内取茶饭时，他就向小人说：'园子空落，你们主仆在那里居住须要小心，恐有不测之事。依我说，莫若过一两天，你们还是离了此处好。'不想果然就遭了此事了。"包公暗暗的踌躇道："莫非乳母晓得其中原委呢？何不如此如此，看是如何。"想罢，便叫将雨墨带下去，就在班房听候。立刻吩咐差役，将柳洪并他家乳母田氏分别传来，不许串供。又吩咐到祥符县提颜查散到府听审。

包公暂退堂。用饭毕，正要歇息，只见传柳洪的差役回来禀道："柳洪到案。"老爷吩咐伺候升堂。将柳洪带上堂来问道："颜查散是你什么人？"柳洪道："是小老儿的内侄。"包公道："他来此作什么来了？"柳洪道："他在小老儿家读书，为的是明年科考。"包公道："闻听得他与你女儿自幼联姻，可是有的么？"柳洪暗暗的纳闷道："怨不得人说包公断事如神，我家里事他如何知道呢？"至此无奈，只得说道：

"是从小儿定下的婚姻。他此来一则为读书预备科考,二则为完姻。"包公道:"你可曾将他留下?"柳洪道:"留他在小老儿家居住。"包公道:"你家丫头绣红,可是伏侍你女儿的么?"柳洪道:"是从小儿跟随小女儿,极其聪明,又会写,又会算,实实死的可惜。"包公道:"为何死的?"柳洪道:"就是被颜查散扣喉而死。"包公道:"什么时候死的?死于何处?"柳洪道:"及至小老儿知道,已有二鼓之半,却是死在内角门以外。"包公听罢,将惊堂木一拍道:"我把你这老狗,满口胡说。方才你说,及至你知道的时节已有二鼓之半,自然是你的家人报与你知道的。你并未亲眼看见是谁掐死的,如何就知是颜查散相害?这明明是你嫌贫爱富,将丫鬟掐死,有意诬赖颜生。你还敢在本阁跟前支吾么?"柳洪见包公动怒,连忙叩头道:"相爷请息怒,容小老儿细细的说。丫鬟被人掐死,小老儿原也不知是谁掐死的,只因死尸之旁落下一把扇子,却是颜生的名款,因此才知道是颜生所害。"说罢,复又叩头。包公听了,思想了半晌:"如此看来,定是颜生作下不才之事了。"

又见差役回道:"乳母田氏传到。"包公叫把柳洪带下去,即将田氏带上堂来。田氏那里见过这样堂威,已然吓得魂不附体,浑身抖衣而战。包公问道:"你就是柳金蝉的乳母么?"田氏道:"婆、婆子便是。"包公道:"丫鬟绣红为何死的,从实说来。"田氏到了此时,那敢撒谎,便把如何听见我家员外、安人私语要害颜生,自己如何与小姐商议要救颜生,如何叫绣红私赠颜生银两,"谁知颜姑爷得了财物,不知何故竟将绣红掐死了,偏偏的又落下一把扇子连那个字帖儿。

我家员外见了，气的了不得，就把颜姑爷送了县了，谁知我家的小姐就上了吊了。"包公听至此，不觉愕然道："怎么柳金蝉竟自死了么？"田氏道："死了之后又活了。"包公又问道："如何又会活了呢？"田氏道："皆因我家员外、安人商量此事，说道颜姑爷是头一天进了监，第二天姑娘就吊死了，况且又是未过门之女。这要是吵嚷出去，这个名声儿不好听的。因此就说是小姐病的要死，买口棺材来冲一冲，却悄悄的把小姐装殓了，停放后花园内敞厅上。谁知半夜里有人嚷说：'你们小姐还了魂了！'大家伙儿听见了，连忙过去一看，谁说不是活了呢！棺材盖也横过来了，小姐在棺材里坐着呢。"包公道："棺材盖如何会横过来呢？"田氏道："听说是宅内的下人牛驴子偷偷儿盗尸去，他见小姐活了，不知怎么他又抹了脖子了。"

包公听毕，暗暗思想道："可惜金蝉一番节烈，竟被无义的颜生辜负了。可恨颜生既得财物，又将绣红掐死，其为人的品行就不问可知了。如何又有寄柬留刀之事，并有小童雨墨替他伸冤呢？"想至此，便叫带雨墨。左右即将雨墨带上堂来。包公把惊堂木一拍道："好狗才，你小小年纪竟敢大胆蒙混本阁，该当何罪？"雨墨见包公动怒，便向上叩头道："小人句句是实话，焉敢蒙混相爷。"包公一声断喝："你这狗才，就该掌嘴！你说你主人并未离书房，他的扇子如何又在内角门以外呢？讲！"

不知雨墨回答什么言语，且听下回分解。

第三十九回

铡斩君衡书生开罪　石惊赵虎侠客争锋

且说包公一声断喝："哎,你这狗才,就该掌嘴!你说你主人并未离了书房,他的扇子如何又在内角门以外呢?"雨墨道："相爷若说扇子,其中有个情节。只因柳洪内侄名叫冯君衡,就是现在冯氏安人的侄儿。那一天合我主人谈诗对对子,后来他要我主人扇子瞧,却把他的扇子求我主人写。我家主人不肯写,他不依,就把我主人的扇子拿去,他说写得了再换。相爷不信,打发人取来,现时仍在笔筒内插着。那把'次姑咙咚呛'的扇子,就是冯君衡的。小人断不敢撒谎。"忽见包公哈哈大笑,雨墨只当包公听见这"次姑咙咚呛"乐了呢,他那里知道包公因问出扇子的根由,心中早已明白此事,不由哈哈大笑,十分畅快。立刻出签,捉拿冯君衡到案。此时祥符县已将颜查散解到,包公便叫将田氏带下去,叫雨墨跪在一旁。将颜生的招状看了一遍,已然看出破绽,不由暗暗笑道："一个情愿甘心抵命,一个以死相酬自尽,他二人也堪称为义夫节妇了。"便叫带颜查散。

颜生此时镯镣加身,来至堂上,一眼看见雨墨,心中纳闷道："他到此何干?"左右上来去了刑具,颜生跪倒。包公道："颜查散抬起头来。"颜生仰起面来。包公见他虽然蓬头垢面,却是形容秀美,良善之人,便问："你如何将绣红掐死?"颜生便将在县内口供,一字不改,诉将上去。包公点了点头,道:"绣红也真正的可恶。你是柳洪的亲戚,又是客居他家,他竟敢不服呼唤,口出不逊,无怪你愤恨。我且问你,你是什么时候出了书斋?由何路径到内角门?什么时候掐死绣红?他死于何处?讲!"颜生听包公问到此处,竟不能答,暗暗的道:"好利害,好利害!我何尝掐死绣红,不过是恐金蝉出头露面,名节攸关,故此我才招认掐死绣红。如今相爷细细的审问,何时出了书斋,由何路径到内角门,我如何说得出来?"正在为难之际,忽听雨墨在旁哭道:"相公此时还不说明,真个就不念老安人在家悬念么?"颜生一闻此言,触动肝腑,又是着急又惭愧,不觉泪流满面,向上叩头道:"犯人实实罪该万死,惟求相爷笔下超生。"说罢,痛哭不止。包公道:"还有一事问你:柳金蝉既已寄柬与你,你为何不去?是何缘故?"颜生哭道:"嗳呀,相爷呀,千错万错,错在此处。那日绣红送柬之后,犯人刚然要看,恰值冯君衡前来借书,犯人便将此柬掖在案头书内。谁知冯君衡去后,遍寻不见,再也无有。犯人并不知柬中是何言词,如何知道有内角门之约呢?"包公听了,便觉了然。

只见差役回道:"冯君衡拿到。"包公便叫颜生主仆下去,立刻带冯君衡上堂。包公见他兔耳鹰腮,蛇眉鼠眼,已知是不良之辈。把惊堂木一拍道:"冯君衡,快将假名盗柬,因奸致命,从实招来!"左右连声催吓:"讲,讲,讲!"冯君衡道:"没有什么招的。"包公道:"请大刑!"左右将三根木往堂上一撂,冯君衡害怕,只得口吐实情,将如何换扇,如何盗柬,如何二更之时拿了扇柬冒名前去,只因绣红要嚷,如何将他扣喉而死,又如何撒下扇柬,提了包袱银两回转书房,从头至尾述说一遍。包公问明，叫他画了供，立刻请御刑。王、马、张、赵将狗头铡抬来，还是照旧章程，登时将冯君衡铡了。丹墀之下，只吓得柳洪、田氏以及颜生主仆谁敢仰视。

刚将尸首打扫完毕，御刑仍然安放堂上。忽听包公道："带柳洪！"这一声把个柳洪吓得胆裂魂飞，筋酥骨软，好容易挣扎爬至公堂之上。包公道："我把你这老狗！颜生受害，金蝉悬梁，绣红遭害，驴子被杀，以及冯君衡遭刑，全由你这老狗嫌贫爱富的起见，致令生者、死者、死而复生者受此大害。今将你废于铡下，大概不委屈你罢？"柳洪听了叩头碰地道："实在不屈。望相爷开天地之恩，饶恕小老儿改过自新，以赎前愆。"包公道："你既知要赎罪，听本阁吩咐：今将颜生交付与你，就在你家攻书，所有一切费用，你要好好看待。俟明年科考之后，中与不中，即便毕姻。倘颜查散稍有疏虞，我便把你拿来，仍然废于铡下。你敢么么？"柳洪道："小老儿愿意，小老儿愿意。"包公便将颜查散、雨墨叫上堂来道："你读书要明大义，为何失大义而全小节，便非志士，乃系腐儒。自今以后，必须改过。务要好好读书，按日期将窗课送来，本阁与你看视。倘得寸进，庶不负雨墨一片为主之心。就是平素之间，也要将他好好看待。"颜生向上叩头道："谨遵台命。"三个人又从新向上叩头。柳洪携了颜生的手，颜生携了雨墨手，又是欢喜，又是伤心，下了丹墀，同了田氏一齐回家去了。

此案已结，包公退堂来至书房，便叫包兴请展护卫。你道展爷几时回来的？他却来在颜查散、白玉堂之先，只因腾不出笔来，不能叙写。事有缓急,况颜生之案是一气的文字,再也间断不得,如何还有工夫提展爷呢?如今颜生之案已完,必须要说一番。

展爷自从救了老仆颜福之后,那夜便赶到家中。见了展忠,将茉花村比剑联姻之事述说一回。彼此换剑作了定礼,便将湛卢宝剑给他看了。展忠满心欢喜。展爷又告诉他,现在开封府有一件紧要之事,故此连夜赶回家中,必须早赴东京。展忠道:"作皇家官,理应报效朝廷。家中之事,全有老奴照管,爷自请放心。"展爷便叫伴当收拾行李鞴马,立刻起程,竟奔开封府而来。

及至到了开封府,便先见了公孙先生与王、马、张、赵等,却不提白玉堂来京,不过略问了问一向有什么事故没有。大家俱言无事。又问展爷道:"大哥原告两个月的假,如何恁早回来?"展爷道:"回家祭扫完了,在家无事,莫若早些回来,省得临期匆忙。"也就遮掩过去。他却参见了相爷,暗暗将白玉堂之事回了。包公听了,吩咐严加防范,设法擒拿。展爷退回公所,自有众人与他接风掸尘,一连热闹了几天。展爷却每夜防范,并不见什么动静。

不想由颜查散案中,生出寄柬留刀之事。包公虽然疑心,尚未知虚实,如今此案已经断明,果系"颜查散冤",应了柬上之言。包公想起留刀之人,退堂后来至书房,便请展爷。展爷随着包兴进了书房,参见包公。包公便提起寄柬留刀之人行踪诡密,令人可疑,"护卫须要严加防范才好。"展爷道:"卑职前日听见主管包兴述说此事,也就有些疑心。这明是给颜查散辨冤,暗里却是透信。据卑职想,留刀之人恐是白玉堂了。卑职且与公孙策计议去。"包公点头。

展爷退出,来至公所,已然秉上灯烛。大家摆上酒饭,彼此就座。公孙先生便问展爷道:"相爷请吾兄有何见谕?"展爷道:"相爷为寄柬留刀之事,叫大家防范些。"王朝道:"此事原为替颜查散明冤,如今既已断明,颜生已归柳家去了,此时又何必防什么呢?"展爷此时却不能不告诉众人白玉堂来京找寻之事。便将在茉花村比剑联姻,后至芦花荡方知白玉堂进京来找"御猫","故此劣兄一闻此言,就急急赶来。"张龙道:"原来大哥定了亲了,还瞒着我们呢,恐怕兄弟们要吃大哥的喜酒。如今既已说出来,明日是要加倍罚的。"马汉道:"吃酒是小事。但不知锦毛鼠是怎么个人?"展爷道:"此人姓白名玉堂,乃五义中的朋友。"赵虎道:"什么五义? 小弟不明白。"展爷便将陷空岛的众人说出,又将绰号儿说与众人听了。公孙先生在旁听得明白,猛然省悟道:"此人来找大哥,却是要与大哥合气的。"展爷道:"他与我素无仇隙,与我合什么气呢?"公孙策道:"大哥你自想想,他们五人号称'五鼠',你却号称'御猫',焉有猫儿不捕鼠之理? 这明是嗔大哥号称'御猫'之故,所以知道他要与大哥合气。"展爷道:"贤弟所说似乎有理。但我这'御猫'乃圣上所赐,非是劣兄立意称'猫',要欺压朋友。他若真个为此事而来,劣兄甘拜下风,从此后不称'御猫'也未为不可。"众人尚未答言,惟赵虎正在豪饮之间,听见展爷说出此话,他却有些不服气,拿着酒杯,立起身来道:"大哥,你老素昔胆量过人,今日何自馁如此。这'御猫'二字,乃圣上所赐,如何改得? 倘若是那个什么白糖咧,黑糖咧,他不来便罢,他若来时,我烧一壶开开的水把他冲着喝了,也去去我的滞气。"展爷连忙摆手说:"四弟悄言。岂不闻窗外有耳?"

刚说至此,只听拍的一声,从外面飞进一物,不偏不歪,正打在赵虎擎的那个酒杯之上,只听当啷啷一声,将酒杯打了个粉碎。赵爷吓了一跳,众人无不惊骇。只见展爷早已出席,将槅扇虚掩,回身复又将灯吹灭,便把外衣脱下,里面却是早已结束停当的。暗暗的将宝剑拿在手中,却把槅扇假做一开,只听拍的一声,又是一物打在槅扇上。展爷这才把槅扇一开,随着劲一伏身蹿将出去。只觉得迎面一股寒风,飕的就是一刀。展爷将剑扁着往上一迎,随招随架,用目在星光之下仔细观瞧。见来人穿着簇青的夜行衣靠,脚步伶俐,依稀是前在苗家集见的那人。二人也不言语,惟听刀剑之声叮当乱响。展爷不过招架,并不还手。见他刀刀逼紧,门路精奇,南侠暗暗喝彩。又想道:"这朋友好不知进退。我让着你,不肯伤你,又何必赶尽杀绝?难道我还怕你不成?"暗道:"也叫他知道知道。"便把宝剑一横,等刀临近,用个鹤唳长空势,用力往上一削,只听噌的一声,那人的刀已分为两段,不敢进步。只见他将身一纵,已上了墙头。展爷一跃身,也跟上去。那人却上了耳房,展爷又跃身而上。及至到了耳房,那人却上了大堂的房上。展爷赶至大堂房上,那人一伏身越过脊去。展爷不敢紧追,恐有暗器,却退了几步。从这边房脊刚要越过,瞥见眼前一道红光,忙说:"不好!"把头一低,刚躲过面门,却把头巾打落。那物落在房上,咕噜噜滚将下去,方知是个石子。

原来夜行人另有一番眼力,能暗中视物,虽不真切,却能分别。最怕猛然火光一亮,反觉眼前一黑。犹如黑天在灯光之下,乍从屋内来，必须略站片时方觉眼前光亮些。展爷方才觉眼前有火光亮一晃，已知那人必有暗器，赶紧把头一低，所以将头巾打落。要是些微力笨点的，不是打在面门之上，重点打下房来咧！此时展爷再往脊的那边一望，那人早已去了。此际公所之内，王、马、张、赵带领差役，灯笼火把，各执器械，俱从角门绕过，遍处搜查，那里有个人影儿呢？惟有愣爷赵虎怪叫吆喝，一路乱嚷。

展爷已从房上下来，找着头巾，同到公所，连忙穿了衣服与公孙先生来找包兴。恰遇包兴奉了相爷之命来请二人，二人即便随同包兴一同来至书房，参见了包公，便说方才与那人交手情形，"未能拿获，实卑职之过。"包公道："黑夜之间，焉能一战成功？据我想来，惟恐他别生枝叶，那时更难拿获，倒要大费周折呢。"又嘱咐了一番，阖署务要小心。展爷与公孙先生连连答应。二人退出，来至公所，大家计议。惟有赵虎噘着嘴，再也不言语了。自此夜之后，却也无甚动静，惟有小心而已。

未知后事如何，且听下回分解。

## 第四十回

### 思寻盟弟遣使三雄　　欲盗赃金纠合五义

且说陷空岛卢家庄,那钻天鼠卢方,自从白玉堂离庄,算来将有两月,未见回来,又无音信,甚是放心不下。每日里嗐声叹气,坐卧不安,连饮食俱各减了。虽有韩、徐、蒋三人劝慰,无奈卢方实心忠厚,再也解释不开。一日,兄弟四人同聚于待客厅上。卢方道:"自我弟兄结拜以来,朝夕相聚,何等快乐。偏是五弟少年心性,好事逞强,务必要与什么'御猫'较量。至今去了两月有馀,未见回来,劣兄好生放心不下。"四爷蒋平道:"五弟未免过于心高气傲,而且不服人劝。小弟前次略略说了几句,险些儿与我反目。据我看来,惟恐五弟将来要从这上头受害呢。"徐庆道:"四弟再休提起。那日要不是你说他,他如何会私自赌气走了呢?全是你多嘴的不好。那有你三哥也不会说话,也不劝他的好呢?"卢方见徐庆抱怨蒋平,惟恐他二人分争起来,便道:"事已至此,别的暂且不必提了。只是五弟此去倘有疏虞,那时怎了?劣兄意欲亲赴东京寻找寻找,不知众位贤弟以为如何?"蒋平道:"此事又何必大哥前往。既是小弟多言,他赌气去了,莫若小弟去寻他回来就是了。"韩彰道:"四弟是断然去不得的。"蒋平:"却是为何?"韩彰道:"五弟这一去必要与姓展的分个上下,倘若得了上风,那还罢了;他若拜了下风,再想起你的前言,为何还肯回来?

你是断去不得的。"徐庆接言道:"待小弟前去如何?"卢方听了却不言语,知道徐庆为人粗鲁,是个浑愣。他这一去,不但不能找回五弟,巧咧倒要闹出事来。韩彰见卢方不语,心中早已明白了,便道:"三弟要去,待劣兄与你同去如何?"卢方听韩彰要与徐庆同去,方答言道:"若得二弟同去,劣兄稍觉放心。"蒋平道:"此事因我起见,如何二哥、三哥辛苦,小弟倒安逸呢?莫若小弟也同去走一遭如何?"卢方也不等韩彰、徐庆说,便答言道:"若是四弟同去,劣兄更觉放心。明日就与三位贤弟饯行便了。"

忽见庄丁进来禀道:"外面有凤阳府柳家庄柳员外求见。"卢方听了,问道:"此系何人?"蒋平道:"弟知此人。他乃金头太岁甘豹的徒弟,姓柳名青,绰号白面判官。不知他来此为着何事。"卢方道:"三位贤弟且先回避,待劣兄见他,看是如何。"吩咐庄丁快请,卢方也就迎了出去。柳青同了庄丁进来。见他身量却不高大,衣服甚是鲜明;白馥馥一张面皮,暗含着恶态;叠暴着环睛,明露着诡计多端。彼此相见,各通姓名,卢方便执手让至待客厅上,就座献茶。卢爷便问道:"久仰芳名,未能奉谒。今蒙降临,有屈台驾。不知有何见教,敢乞明示。"柳青道:"小弟此来不为别事,只因仰慕卢兄行侠尚义,故此斗胆前来,殊觉冒昧。大约说出此事,决不见责。只因敝处太守孙珍,乃兵马司孙荣之子,却是太师庞吉之外孙。此人淫欲贪婪,剥削民脂,造恶多端,概难尽述。刻下,为与庞吉庆寿,他备得松景八盆,其中暗藏黄金千两,以为趋奉献媚之资。小弟打听得真实,意欲将此金劫下。非是小弟贪爱此金,因敝处连年荒旱,即以此金变了价,买粮米赈济,以抒民困。奈弟独力难成,故此不辞跋涉,仰望卢兄帮助是幸。"卢方听了,便道:"弟蜗居山庄,原是本分人家。虽有微名,并非要结而得。至行劫窃取之事,更不是我卢方所为。足下此来,竟自徒劳。本欲款留盘桓几日,惟恐有误足下正事,反为不美。莫若足下早早另为打算。"说罢,一执手道:"请了。"柳青听卢方之言,只羞的满面通红,把个白面判官竟成了红面判官了。暗道:"真乃闻名不如见面,原来卢方是这等人!如此看来,义在那里?我柳青来的不是路了。"站起身来,也说一个"请"字,头也不回竟出门去了。

谁知庄门却是两个相连,只见那边庄门出来了一个庄丁,迎头拦住道:"柳员外暂停贵步,我们三位员外到了。"柳青回头一看,只见三个人自那边过来。仔细留神,见三个人高矮不等,胖瘦不一,各具一种豪侠气概。柳青只得止步,问道:"你家大员外既已拒绝于我,三位又系何人?请言其详。"蒋平向前道:"柳兄不认得小弟了么?小弟蒋平。"指着二爷、三爷道:"此是我二哥韩彰,此是我三哥徐庆。"柳青道:"久仰,久仰!失敬,失敬!请了。"说罢回身就走。蒋平赶上前,说道:"柳兄不要如此。方才之事,弟等皆知。非是俺大哥见义不为,只因这些日子心绪不定,无暇及此,诚非有意拒绝尊兄,望乞海涵。弟等情愿替大哥赔罪!"说罢就是一揖。柳青见蒋平和容悦色,殷勤劝慰,只得止步,转身道:"小弟原是仰慕众兄的义气干云,故不辞跋涉而来。不料令兄竟如此固执,使小弟好生的抱愧。"二爷韩彰道:"实是大兄长心中有事,言语梗直,多有得罪,柳兄不要介怀。弟等请柳兄在这边一叙。"徐庆道:"有话不必在此叙谈,咱们且到那边再说不迟。"柳青只得转步。进了那边庄门,也有五间客厅。韩爷将柳青让至上面,三人陪坐,庄丁献茶。蒋平又问了一番凤阳太守贪赃受贿,剥削民膏的过恶。又问:"柳兄既有此举,但不知用何计策?"柳青道:"弟有师传的蒙汗药、断魂香,到了临期,只须如此如此,便可成功。"蒋爷、韩爷点了点头,惟有徐爷鼓掌大笑,连说:"好计,好计!"大家欢喜。

蒋爷又对韩、徐二位道:"二位哥哥在此陪着柳兄,小弟还要到大哥那边一看。此事须要瞒着大哥。如今你我俱在这边,惟恐工夫大了,大哥又要烦闷。莫若小弟去到那里,只说二哥、三哥在这里打点行装。小弟在那里陪着大哥,二位兄长在此陪着柳兄,庶乎两便。"韩爷道:"四弟所言甚是,你就过那边去罢。"徐庆道:"还是四弟有算计。快去,快去。"蒋爷别了柳青,与卢方解闷去了。这里柳青便问道:"卢兄为着何事烦恼?"韩爷道:"哎,说起此事来,全是五弟任性胡为。"柳青道:"可是呀,方才卢兄提白五兄进京去了,不知为着何事?"韩彰道:"听得东京有个号称'御猫'姓展的,是老五气他不过,特前去会他。不想两月有余,毫无信息。因此大哥又是思念,又是着急。"柳青听至此,叹道:"原来卢兄特为五弟不耐烦,这样爱友的朋友,小弟几乎错怪了。然而大哥与其徒思无益,何不前去找寻找寻呢?"徐庆道:"何尝不是呢,原是俺要去找老五,偏偏的二哥、四弟要与俺同去。若非他二人耽搁,此时俺也走了五六十里路了。"韩爷道:"虽则耽延程途,幸喜柳兄前来,明日正好同往。一来为寻五弟,二来又可暗办此事,岂不是两全其美么?"柳青道:"既如此,二位兄长就打点行装,小弟在前途恭候,省得卢兄看见又要生疑。"韩爷道:"到此焉有不待酒饭之理!"柳青笑道:"你我非酒肉朋友,吃喝是小事,还是在前途恭候的为是。"说罢立起身来。韩爷、徐庆也不强留,定准了时刻地方,执手告别。韩徐二人送了柳青去后,也到这边来见了卢方,却不提柳青之事。到了次日,卢方预备了送行的酒席,兄弟四人吃喝已毕,卢方又嘱咐了许多的言语,方将三人送出庄门,亲看他们去了,立了多时,才转身回去。他三人赶步向前,竟赴柳青的约会去了。

他等只顾讨取孙珍的寿礼,未免耽延时日。不想白玉堂此时在东京闹下出类拔萃的乱子来了。自从开封府夤夜与南侠比试之后,悄悄回到旅店,暗暗思忖道:"我看姓展的本领果然不差。当初我在苗家集曾遇夜行之人,至今耿耿在心。今见他步法形景,颇似当初所见之人,莫非苗家集遇见的就是此人?若真是他,则是我意中朋友。再者南侠称'猫'之号,原不是他出于本心,乃是圣上所赐。圣上只知他的技艺巧于猫,如何能够知道我锦毛鼠的本领呢?我既到了东京,何不到皇宫内走走,倘有机缘,略略施展施展。一来使当今知道我白玉堂;二来也显显我们陷空岛的人物;三来我做的事圣上知道,必交开封府,既交到开封府,再没有不叫南侠出头的。那时我再设个计策,将他诓入陷空岛,奚落他一场:是猫儿捕了耗子,还是耗子咬了猫?纵然罪犯天条,斧钺加身,也不枉我白玉堂虚生一世。那怕从此倾生,也可以名传天下。但只一件,我在店中存身不大稳便。待我明日找个很好的去处隐了身体,那时叫他们望风捕影,也知道姓白的利害！"他既横了心立下此志，就不顾什么纪律了。

单说内苑万代寿山有总管姓郭名安，他乃郭槐之侄。自从郭槐遭诛之后，他也不想想所做之事该剐不该剐，他却自具一偏之见，每每暗想道："当初咱叔叔谋害储君，偏偏的被陈林救出，以致久后事犯被戮。细细想来，全是陈林之过，必是有意与郭门作对。再者，当初我叔叔是都堂，他是总管，尚且被他治倒，置之死地。何况如今他是都堂，我是总管，倘或想起前仇，咱家如何逃出他的手心里呢？以大压小更是容易。怎么想个法子将他害了，一来与叔叔报仇，二来也免得每日耽心。"一日晚间，正然思想，只见小太监何常喜端了茶来，双手捧至郭安面前。郭安接茶慢饮。这何太监年纪不过十五六岁，极其伶俐，郭安素来最喜欢他。他见郭安默默不语，如有所思，便知必有心事，又不敢问，只得搭讪着说道："前日雨前茶你老人家喝着没味儿，今日奴婢特向都堂那里合伙伴们寻一瓶上用的龙井茶来，给你老人家泡了一小壶儿。你老人家喝着这个如何？"郭安道："也还罢了。只是以后你倒少要往都堂那边去，他那里黑心人多。你小孩子家懂的什么，万一叫他们害了，岂不白白把个小命送了么？"

何常喜听了，暗暗辗转道："听他之言，话内有因。他别与都堂有什么拉拢罢？我何不就棍打腿探探呢？"便道："敢则是这们着吗？若不是你老人家教导，奴婢那里知道呢？但只一件，他们是上司衙门，往往的捏个短儿，拿个错儿，你老人家还担的起，若是奴婢，那里搁的住呢！一来年轻，二来又不懂事，时常去到那里，叔叔长，大爷短，合他们鬼混。明是讨他们好儿，暗里却是打听他们的事情。就是他们安着坏心，也不过仗着都堂的威势欺人罢了。"郭安听了，猛然心内一动，便道："你常去，可听见他们有什么事没有呢？"何常喜道："却倒没有听见什么事。就是昨日奴婢寻茶去，见他们拿着一匣人参，说是圣上赏都堂的。因为都堂有了年纪，神虚气喘，嗽声不止，未免是当初操劳太过，如今百病趁虚而入。因此赏参，要加上别的药味，配什么药酒，每日早晚喝些，最是消除百病，益寿延年。"郭安闻听，不觉发恨道："他还要益寿延年！恨不能他立刻倾生，方消我心头之恨！"

不知郭安怎生谋害陈林，且听下回分解。

## 第四十一回

### 忠烈题诗郭安丧命　开封奉旨赵虎乔装

且说何太监听了一怔,道:"奴婢瞧都堂为人行事却是极好的,而且待你老人家不错,怎么这样恨他呢?想来都堂是他跟的人不好,把你老人家闹寒了心咧。"郭安道:"你小人家不懂的圣人的道理。圣人说:'父母之仇,不共戴天。'他害了我的叔叔,就如父母一般,我若不报此仇,岂不被人耻笑呢?我久怀此心,未得其便。如今他既用人参做酒,这是天赐其便。"何太监暗暗想道:"敢则与都堂原有仇隙,怨不得他每每的如有所思呢。但不知如何害法?我且问明白了,再做道理。"便道:"他用人参乃是补气养神的,你老人家怎么倒说天赐其便呢?"郭安道:"我且问你,我待你如何?"常喜道:"你老人家是最疼爱我的,真是吃虱子落不下大腿,不亚如父子一般,谁不知道呢?"郭安道:"既如此,我这一宗事也不瞒你。你若能帮着我办成了,我便另眼看待于你,咱们就认义为父子,你心下如何呢?"

何太监听了,暗忖道:"我若不应允,必与他人商议。那时不但我不能知道,反叫他记了我的仇了。"便连忙跪下道:"你老人家若不憎嫌,儿子与爹爹磕头。"郭安见他如此,真是乐的了不得,连忙扶起来道:"好孩子,真令人可疼!往后必要提拔于你。只是此事须要严密,千万不可泄漏。"何太监道:"那是自然,何用你老人家嘱咐呢。

但不知用儿子做什么？"郭安道："我有个漫毒散的方子，也是当初老太爷在日，与尤奶奶商议的，没有用着，我却记下这个方子。此乃最忌的是人参，若吃此药误用人参，犹如火上浇油，不出七天，必要命尽无常，这都是'八反'里头的。如今将此药放在酒里，请他来吃。他若吃了，回去再一喝人参酒，毒气相攻，虽然不能七日身亡，大约他有年纪的人了，也就不能多延时日，又不露痕迹。你说好不好？"何太监说："此事却用儿子做什么呢？"郭安道："你小人家又不明白了。你想想，跟都堂的那一个不是鬼灵精儿似的，若请他吃酒，用两壶斟酒，将来有个好歹，他们必疑惑是酒里有了毒了，那还了得么？如今只用一把壶斟酒，这可就用着你了。"何太监道："一个壶里怎么能装两样酒呢？这可闷杀人呢！"郭安道："原是呀，为什么必得用你呢？你进屋里去，在博古阁子上把那把洋錾填金的银酒壶拿来。"

何常喜果然拿来在灯下一看：见此壶比平常酒壶略粗些，底儿上却有两个窟窿。打开盖一瞧，见里面中间却有一层隔膜圆桶儿，看了半天却不明白。郭安道："你瞧不明白，我告诉你罢。这是人家送我的顽意儿，若要灌人的酒，叫他醉了，就用着这个了。此壶名叫转心壶，待我试给你看。"将方才喝的茶还有半碗，揭开盖灌入左边。又叫常喜舀了半碗凉水，顺着右边灌入，将盖盖好。递与何常喜，叫他斟。常喜接过，斟了半天也斟不出来。郭安哈哈大笑道："傻孩子，你拿来罢，别呕我了。待我斟给你看。"常喜递过壶去，郭安接来道："我先斟一杯水。"将壶一低，果然斟出水来。又道："我再斟一杯茶。"将壶一低，果然斟出茶来。常喜看了纳闷，道："这是什么缘故呢？好老爷子,你老细细告诉孩儿罢。"郭安笑道:"你执着壶把,用手托住壶底。要斟左边,你将右边窟窿堵住,要斟右边,将左边窟窿堵住,再没有斟不出来的,千万要记明白了。你可知道了?"何太监道:"话虽如此说,难道这壶嘴儿他也不过味么?"郭安道:"灯下难瞧。你明日细细看来,这壶嘴里面也是有隔膜的,不过灯下斟酒,再也看不出来的。不然,如何人家不能犯疑呢?一个壶里吃酒还有两样么?那里知道真是两样呢!这也是能人巧制想出这蹊跷法子来。且不要说这些,我就写个帖儿,你此时就请去。明日是十五,约他在此赏月。他若果来,你可抱定酒壶,千万记了左右窟窿,好歹别斟错了,那可不是顽的!"何常喜答应,拿了帖子,便奔都堂这边来了。

刚过太湖石畔,只见柳阴中蓦然出来一人,手中钢刀一晃,光华夺目。又听那人说道:"你要嚷就是一刀!"何常喜唬的哆嗦做一团。那人悄悄道:"俺将你捆缚好了,放在太湖石畔柳树之下,若明日将你交到三法司或开封府,你可要直言伸诉。倘若隐瞒,我明晚割你的首级!"何太监连连答应,束手就缚。那人一提,将他放在太湖石畔柳阴之下。又叫他张口,填了一块棉絮。执着明晃晃的刀,竟奔郭安屋中而来。

这里郭安呆等小太监何常喜,忽听脚步声响,以为是他回来,便问道:"你回来了么?"外面答道:"俺来也。"郭安一抬头,见一人手持利刃,只唬得嚷了一声:"有贼!"谁知头已落地。外面巡更太监忽听嚷了一声,不见动静,赶来一看,但见郭安已然被人杀死在地。这一惊非同小可,急去回禀了执事太监,不敢耽延,回禀都堂陈公公,立刻

第四十一回　忠烈题诗郭安丧命　开封奉旨赵虎乔装

派人查验。又在各处搜寻,于柳阴之下救了何常喜,松了绑背,掏出棉絮,容他喘息。问他,他却不敢说,止于说:"捆我的那个人曾说来,叫我到三法司或开封府方敢直言实说,若说错了,他明晚还要取我的首级呢。"众人见他说的话内有因,也不敢追问,便先回禀了都堂。都堂添派人好生看守,待明早启奏便了。

次日五鼓,天子尚未临朝,陈公公进内请了安,便将万代寿山总管郭安不知被何人杀死,并将小太监何常喜被缚一切言语,俱各奏明。仁宗闻奏,不由的诧异道:"朕之内苑,如何敢有动手行凶之人?此胆量也就不小呢。"就将何常喜交开封府审讯。陈公公领旨,才待转身,天子又道:"今乃望日,朕要到忠烈祠拈香,老伴伴随朕一往。"陈林领旨出来,先传了将何常喜交开封府的旨意,然后又传圣上到忠烈祠拈香的旨意。

掌管忠烈祠太监知道圣上每逢朔望必来拈香,早已预备。圣上排驾到忠烈祠,只见杆上黄幡飘荡,两边鼓响钟鸣。圣上来至内殿,陈伴伴紧紧跟随。正面塑着忠烈寇承御之像,仍是宫妆打扮,却是站像。两边也塑着随侍四个配像。天子朝上默祝拈香,虽不下拜,那一番恭敬也就至诚的很呢。拈香已毕,仰观金像。惟有陈公公在旁,见塑像面貌如生,不觉的滴下泪来。又不敢哭,连忙拭去。谁知圣上早已看见,便不肯正视,反仰面瞧了瞧佛门宝幡。猛回头,见西山墙山花之内字迹淋漓,心中暗道:"此处却有何人写字?"不觉移步近前仰视。老伴伴见圣上仰面看视,心中也自狐疑:"此字是何人写的呢?"幸喜字体极大,看的真切,却是一首五言绝句诗。写的是:"忠烈保君王,哀哉杖下亡。芳名垂不朽,博得一炉香。"词语虽然粗俗,笔气极其纵横,而且言简意深,包括不遗。圣上便问道:"此诗何人所写?"陈林道:"奴婢不知,待奴婢问来。"转身将管祠的太监唤来,问此诗的来由。这人听了,只唬得惊疑不止,跪奏道:"奴婢等知道今日十五,圣上必要亲临。昨日带领多人细细撣扫,拂去浮尘,各处留神,并未见有此诗句。如何一夜之间竟有人擅敢题诗呢?奴婢实系不知。"仁宗猛然省悟道:"老伴伴,你也不必问了,朕却明白此事。你看题诗之处,非有出奇的本领之人,再也不能题写;郭安之死,非有出奇的本领之人,再也不能杀死。据朕想来,题诗的即是杀人的,杀人的就是题诗的。且将首相包卿宣来见朕。"

不多时,包公来到,参见了圣驾。天子便将题诗杀命的原由说了一番。包公听了,正因白玉堂闹了开封之后,这些日子并无动静,不想他却来在禁苑来了。不好明言,只得启奏:"待臣慢慢访查。"却又踏看了一番,并无形迹,便护从圣驾还宫,然后急急乘轿回衙。立刻升堂,将何常喜审问。何太监便将郭安定计如何要谋害陈林,现有转心壶,还有茶水为证。并将捆他那人如何形相、面貌、衣服,说的是何言语,一字不敢撒谎,从实诉将出来。包公听了,暂将何太监令人看守,便回转书房,请了展爷、公孙策来,大家商酌一番。二人也说:"此事必是白玉堂所为无疑,须要细细访拿才好。"二人别了包公,来到官厅,又与四义士一同聚议。次日,包公入朝,将审何常喜的情由奏明。天子闻听,更觉欢喜,称赞道:"此人虽是暗昧,他却秉公除奸,行侠作义,却也是个好人。卿家必须细细访查,不拘时日,务要将此人拿住,朕要亲览。"包公领旨,到了开封,又传与众人。谁不要建立此功?从此后,处处留神,人人小心,再也毫无影响。

不料愣爷赵虎,他又想起当初扮花子访得一案实然的兴头,如今何不照旧再走一遭呢?因此叫小子又备了行头。此次却不隐藏,改扮停当,他就从开封府角门内大摇大摆的出来,招的众人无不嘲笑。他却鼓着腮帮子,当正经事办,以为是查访,不可亵渎。其中就有好性儿的跟着他,三三两两在背后指指戳戳。后来这三两个人见跟的人多了,他们却煞住脚步,别人却跟着不离左右。赵虎一想:"可恨这些人没有开过眼,连一个讨饭的也没看见过。真是可厌的很咧!"

要知端底,且听下回分解。

## 第四十二回

### 以假为真误拿要犯　将差就错巧讯赃金

且说赵虎扮做花子,见跟的人多了,一时性发,他便拽开大步飞也似的跑了二三里之遥。看了看左右无人,方将脚步放缓了往前慢走。谁知方才众人围绕着,自己以为得意,却不理会,及至剩了一人,他把一团高兴也过去了,就觉着一阵阵的风凉。先前还挣扎的住,后来便哈着腰儿,渐渐捂住胸脯。没奈何,又双手抱了肩头往前颠跑。偏偏的日色西斜,金风透体,那里还搁的住呢。两只眼睛好似鷩鸡,东瞧西望。见那壁厢有一破庙,山门倒坏,殿宇坍塌,东西山墙孤立,便奔到山墙之下,蹲下身体,以避北风。自己未免后悔,不该穿着这样单寒行头,理应穿一份破烂的棉衣才是,凡事不可粗心。

正在思想,只见那边来了一人,衣衫褴褛,与自己相同,却夹着一捆干草,竟奔到大柳树之下,扬手将草掷在里面。却见他扳住柳枝,将身一纵,钻在树窟窿里面去了。赵虎此时见那人,觉得比自己暖和多了,恨不得也钻在里面暖和暖和才好。暗暗想道:"往往到了饱暖之时,便忘却了饥寒之苦。似我赵虎,每日在开封府饱食暖衣,何等快乐。今日为私访而来,遭此秋风,便觉得寒冷至甚。见他钻入树窟,又有干草铺垫,似这等看来,他那人就比我这六品校尉强多了。"心里如此想,身上更觉得打噤儿。忽见那边又来一人,也是褴褛不堪,却也抱着一捆干草,也奔了这棵枯柳而来。到了跟前,不容分说,将草往里一抛。只听里面人"啊呀"道:"这是怎么了?"探出头来一看,道:"你要留点神吓,为何闹了我一头干草呢?"外边那人道:"老兄恕我不知,敢则是你早来了。没奈何,匀便匀便,咱二人将就在一处,又暖和又不寂寞,我还有话合你说呢。"说着话,将树枝扳住,身子一纵,也钻入树窟之内。只听先前那人道:"我一人正好安眠,偏偏的你又来了,说不得只好打坐便了。"又听后来那人道:"大厦千间,不过身眠七尺。咱二人虽则穷苦,现有干草铺垫,又温又暖,也算罢了。此时管保就有不如你我的!"

赵虎听了,暗道:"好小子,这是说我呢。我何不也钻进去作个不速之客呢?"刚然走到树下,又听那人道:"就以开封府说吧,堂堂的首相,他竟会一夜一夜大瞪着眼睛,不能安睡。难道他老人家还短了暖床热被么?只因国事操心,日夜烦劳,把个大人愁的没有困了!"赵虎听了,暗暗点头。又听这个问道:"相爷为什么睡不着呢?"那人又道:"怎么,你不知道么?只因新近宫内不知什么人在忠烈祠题诗,又在万化寿山杀命,奉旨将此事交到开封府查问细访。你说这个无影无形的事情,往那里查去?"忽听这个道:"此事我虽知道,我可没那们大胆子上开封府。我怕惹乱子,不是顽的。"那人道:"这怕什么呢?你还丢什么吗?你告诉我,我帮着你好不好?"这人道:"既是如此,我告诉你。前日,咱们鼓楼大街路北,那不是吉升店么,来了一个人,年纪不大,好俊样儿,手下带着从人,骑着大马,将那们一个大店满占了。说要等他们伙伴,声势很阔。因此我暗暗打听,止于听说,此人姓孙,他与宫中有什么拉拢,这不是这件事么?"赵虎听见,不由的满心欢喜,把冷付于九霄云外,一口气便跑回开封府,立刻找了包兴回禀相爷,如此如此。

包公听了,不能不信,只得多派差役,跟随赵虎,又派马汉、张龙一同前往,竟奔吉升店门。将差役安放妥当,然后叫开店门。店里不知为着何事,连忙开门。只见愣爷赵虎当先便问道:"你这店内可有姓孙的么?"小二含笑道:"正是前日来的。"四爷道:"在那里?"小二道:"现在上房居住,业已安歇了。"愣爷道:"我们乃开封府,奉相爷钧谕,前来拿人。逃走了,惟你是问!"店小二听罢,忙了手脚。愣爷便唤差役人等,叫小二来将上房门口堵住,叫小二叫唤,说有同事人找呢。只听里面应道:"想是伙计赶到了,快请。"只见跟从之人开了槅扇,赵虎当先来到屋内。从人见不是来头,往旁边一闪。愣爷却将软帘向上一掀,只见那人刚才下地,衣服尚在掩着。赵爷急上前一把抓住,说道:"好贼呀,你的事犯了!"只听那人道:"足下何人?放手,有话好说。"赵虎道:"我若放手,你不跑了么?实对你说,我们乃开封府来的。"那人听了"开封府"三字,便知此事不妥。赵爷道:"奉相爷钧谕,特来拿你。若不访查明白,敢拿人么?有什么话,你只好上堂说去。"说罢将那人往外一拉,喝声:"捆了!"又吩咐各处搜寻,却无别物。惟查包袱内有书信一包,赵爷却不认得字,将书信撂在一边。此时马汉、张龙知道赵爷成功,连忙进来。正见赵爷将书信撂在一边,张龙忙拿起灯来一看,上写"内信二封",中间写"平安家报",后面有年月日,"凤阳府署密封"。张爷看了,就知此事有些舛错,当着大众不好明言,暗将书信揣起,押着此人且回衙门再作道理。店家也不知何故,难免提心吊胆。

单言众人来到开封府,急速禀了相爷。相爷立刻升堂。赵虎当堂交差,当面去缚。张龙却将书信呈上。包公看了,便知此事错了,只得问道:"你叫何名,因何来京,讲!"左右连声催喝。那人磕头在地有声,他却早已知道开封府非别的衙门可比,战兢兢回道:"小人乃、乃凤阳府太守孙、孙珍的家人,名唤松、松福。奉了我们老爷之命,押解寿礼给庞太师上寿。"包公道:"什么寿礼?现在那里?"松福道:"是八盆松景。小人有个同伴之人,名唤松寿,是他押着寿礼,尚在路上,还没到呢。小人是前站,故此在吉升店住着等候。"包公听了,已知此事错拿无疑。只是如何开放呢?此时,赵爷听了松福之言,好生难受。忽见包公将书皮往复看了,便问道:"你家寿礼内,你们老爷可有什么夹带,从实诉上来。"只此一问,把个松福唬的抖衣而战,形色仓皇。包公是何等样人,见他如此光景,把惊堂木一拍道:"好狗才,你还不快说么?"松福连连叩头道:"相爷不必动怒,小人实说,实说。"心中暗想道:"好利害!怨的人说开封府的官司难打,果不虚传。怪道方才拿我时说我事犯了,'若不访查明白,如何敢拿人呢?'这些话明是知道,我如何隐瞒呢?不如实说了,省得皮肉受苦。"便道:"实系八盆松景内暗藏着万两黄金。惟恐路上被人识破,故此埋在花盆之内。不想相爷神目如电,早已明察秋毫,小人再不敢隐瞒。不信老爷看书信便知。"包公便道:"这里面书信二封,是给何人的?"松福道:"一封是小人的老爷给小人的太老爷的,一封是给庞太师的。我们老爷原是庞太师的外孙子。"包公听了点头,叫将松福带下去,好生看守。你道包公如何知道有夹带呢?只因书皮上有"密封"二字,必有怕人知觉之事,故此揣度必有夹带。这便是才略过人,心思活泼之处。

包公回转书房,便叫公孙先生急缮奏摺,连书信一并封入。次日,进朝奏明圣上。天子因是包公参奏之摺,不便交开封审讯,只得着大理寺文彦博讯问。包公便将原供并松福俱交大理寺。文彦博过了一堂,口供相符,便派差役人等前去,要截凤阳太守的礼物,不准落于别人之手。立刻抬至当堂,将八盆松景从板箱抬出一看,却是用松针扎成的"福如东海寿比南山"八个大字,却也做的新奇。此时也顾不的松景,先将"福"字拔出一看,里面并无黄金,却是空的。随即逐字看去,俱是空的,并无黄金。惟独"山"字盆内有一个象牙牌子,上面却有字迹,一面写着"无义之财",一面写着"有意查收"。文大人看了,便知此事诧异,即将松寿带上堂来,问他路上曾遇何人。松寿禀道:"路上曾遇四个人,带着五六个伴当,说是开封府六品校尉王、马、张、赵。我们一处住宿,彼此投机。同桌吃饭饮酒,不知怎么沉醉,人事不知,竟被这些人将金子盗去。"文大人问明此事,连牙牌子回奏圣上。仁宗天子又问包公。包公回奏:"四勇士天天随朝,并未远去,不知是何人托言诡计。"圣上又将此事交包公访查,并传旨内阁发抄,说:"凤阳府知府孙珍年幼无知,不称斯职,着立刻解职来京。松福、松寿即行释放,着无庸议。"庞太师与他女婿孙荣知道此事,不能不递摺请罪。圣上一概宽免。惟独包公又添上一宗为难事,暗暗访查,一时如何能得。就是赵虎听了旁言误拿了人,虽不是此案,幸喜究出赃金,也可以减去老庞的威势。

谁知庞吉果因此事一烦,到了生辰之日不肯见客,独自躲在花园先月楼中去了。所有客来,全托了他女婿孙荣照料。自己在园中也不观花,也不玩景,惟有思前想后,叹气嗟声。暗暗道:"这包黑真是我的对头。好好一桩事,如今闹的黄金失去,还带累外孙解职。真也难为他,如何访查得来呢? 实实令人气他不过!"正在暗恨,忽见小童上楼禀道:"二位姨奶奶特来与太师爷上寿。"老贼闻听,不由的满面堆下笑来,问道:"在那里?"小童道:"小人方才在楼下看见,刚过莲花浦的小桥。"庞贼道:"既如此,他们来时就叫他们上楼来罢。"小童下楼,自己却凭栏而望。果见两个爱妾姹紫、嫣红,俱有丫鬟搀扶。他二人打扮的袅袅娜娜,整整齐齐。又搭着满院中花红柳绿,更显得百媚千娇,把个老贼乐的姥姥家都忘了,在楼上手舞足蹈,登时心花大放,把一天的愁闷俱散在"哈蜜国"去了。

不多时二妾来到楼上,丫鬟搀扶步上胡梯。这个说,你踩了我的裙子咧;那个说,你碰了我的花儿了。一阵咭咭呱呱方才上楼来,一个个娇喘吁吁。先向太师万福,禀道:"你老人家会乐呀! 躲在这里来了,叫我们两个好找。让我们歇歇再行礼罢。"老贼哈哈笑道:"你二人来了就是了,又何必行什么礼呢?"姹紫道:"太师爷千秋,焉有不行礼的呢?"嫣红道:"若不行礼,显得我们来的不志诚了。"说话间,丫鬟已将红毡铺下。二人行礼毕,立起身来又禀道:"今晚妾身二人在水晶楼备下酒肴,特与太师爷祝寿。务求老人家赏个脸儿,千万不可辜负了我们一片志诚。"老贼道:"又叫你二人费心,我是必去的。"二人见太师应允必去,方才在左右坐了。彼此嬉笑戏谑,弄的个老贼丑态百出,不一而足。正在欢乐之际,忽听小童楼下咳嗽,胡梯响亮。

不知小童又回何事,且听下回分解。

## 第四十三回

### 翡翠瓶污羊脂玉秽　太师口臭美妾身亡

且说老贼庞吉正在先月楼与二妾欢语,只见小童手持着一个手本,上得楼来递与丫鬟,口中说道:"这是咱们本府十二位先生特与太师爷祝寿,并且求见,要亲身觌面行礼,还有寿礼面呈。"丫鬟接来,呈与庞吉。庞吉看了,便道:"既是本府先生前来,不得不见。"对着二妾道:"你二人只好下楼回避。"丫鬟便告诉小童先下楼去,叫先生们躲避躲避,让二位姨奶奶走后再进来。这里姹紫、嫣红立起身来,向庞吉道:"倘若你老人家不去,我们是要狠狠的咒得你老人家心神也是不定的!"老贼听了,哈哈大笑。又叮嘱一回水晶楼之约,庞贼满口应承必要去的。看着二妾下楼去远,方叫小童去请师爷们,自己也不出去迎,在太师椅上端然而坐。

不多时,只见小童引路来至楼下,打起帘栊,众位先生衣冠齐楚,鞠躬而入,外面随进多少仆从虞候。庞吉慢慢立起身来,执手道:"众位先生光降,使老夫心甚不安。千万不可行礼,只行常礼罢。"众先生又谦让一番,只得彼此一揖,复又各人递各人的寿礼:也有一画的,也有一对的,也有一字的,也有一扇的,无非俱是秀才人情而已。老庞一一谢了。此时仆从已将座位调开,仍是太师中间坐定,众师爷分列两旁。左右献茶,彼此叙话,无非高抬庞吉,说些寿言寿语,吉祥话头。谈不多时,仆从便放杯箸,摆上果品,众先生又要与庞吉安席敬寿酒。还是老庞拦阻道:"今日乃因老夫贱辰,有劳众位台驾,理应老夫各敬一杯才是,莫若大家免了,也不用安席敬酒,彼此就座,开怀畅饮,倒觉爽快。"众人道:"既是太师吩咐,晚生等便从命了。"说罢,各人朝上一躬,仍按次序入席。酒过三巡之后,未免脱帽露顶,舒手豁拳,呼么喝六,壶倒杯干。

正饮在半酣之际,只见仆从抬进一个盆来,说是孙姑老爷孝敬太师爷的河豚鱼,极其新鲜,并且不少。众先生听说是新鲜河豚,一个个口角垂涎,俱各称赞道:"妙哉,妙哉!河豚乃鱼中至味,鲜美异常。"庞太师见大家夸奖,又是自己女婿孝敬,当着众人颇有得色,吩咐搭下去,叫厨子急速做来,按桌俱要。众先生听了,个个喜欢,竟有立刻杯箸不动,单等吃河豚鱼的。不多时,只见从人各端了一个大盘,先从太师桌上放起,然后左右挨次放下。庞吉便举箸向众人让了一声:"请呀。"众师爷答应如流,俱各道:"请,请!"只听杯箸一阵乱响,风卷残云,立刻杯盘狼籍。众人舔嘴咂舌无不称妙。忽听那边咕咚一声响亮,大家看时,只见麴先生连椅儿栽倒在地,俱各诧异。又听那边米先生嚷道:"哇呀,了弗得,了弗得!河豚有毒,河豚有毒!这是受了毒了。大家俱要栽倒的,俱要丧命呀!这还了得,怎么一时吾就忘了有毒呢?总是口头馋的弗好。"旁边便有插言的道:"如此说来,吾们是没得救星的了。"米先生猛然想起道:"还好,还好。有个方子可解,非金汁不可,如不然人中黄亦可,若要速快,便是粪汤更妙。"庞贼听了,立刻叫虞候仆从快快拿粪汤来。

## 第四十三回　翡翠瓶污羊脂玉秽　太师口臭美妾身亡

一时间，下人手忙脚乱，抓头不是尾，拿拿这个不好，动动那个不妥。还是有个虞候有主意，叫了两个仆从，将大案上摆的翡翠碧玉闹龙瓶，两边兽面衔着金环，叫二人抬起；又从多宝格上拿下一个净白光亮的羊脂白玉荷叶式的碗，交付二人。叫他们到茅厕里即刻舀来，越多越好。二人问道："要多何用？"虞候道："你看人多吃的多，粪汤也必要多，少了是灌不过来的。二人来到粪窖之内，捂着鼻子闭着气，用羊脂白玉碗连屎带尿一碗一碗舀了，往翡翠碧玉瓶里灌。可惜这两样古玩落在权奸府第，也跟着遭此污秽，真也是劫数使然，无可如何。足足灌了个八分满，二人提住金环，直奔到先月楼而来。

虞候上前，先拿白玉碗盛了一碗，奉与太师爷。庞吉若要不喝，又恐毒发丧命；若要喝时，其臭难闻，实难下咽。正在犹豫，只见众先生各自动手，也有用酒杯的，也有用小菜碟的，儒雅些的却用羹匙，就有鲁莽的，扳倒瓶，嘴对嘴，紧赶一气用了个不少。庞吉看了，不因不由端起玉碗，一连也就饮了好几口。米先生又怜念同寅，将先倒的麴先生令人扶住，自己蹲在身旁，用羹匙也灌了几口，以尽他疾病扶持之谊。迟了不多时，只见麴先生苏醒过来，觉得口内臭味难当，只道是自己酒醉，出而哇之，那里知道别人用好东西灌了他呢？米先生便问道："麴兄怎么样呢？"麴先生道："不怎的。为何吾这口边粪臭得紧咧？"米先生道："麴兄，你是受了河豚毒了。是小弟用粪汤灌活吾兄，以尽朋友之情的。"那知道，这位麴先生方才因有一块河豚被人抢去吃了，自己未能到口，心内一烦恼，犯了旧病，因此栽倒在地。今闻用粪汤灌了他，爬起来道："哇呀，怪道，怪道！臭得很，臭得很！

吾是羊角疯吓,为何用粪汤灌吾?"说罢呕吐不止。他这一吐不打紧,招的众人谁不恶心,一张口洋溢泛滥。吐不及的逆流而上,从鼻孔中也就开了闸了。登时之间,先月楼中异味扑鼻,连虞候、伴当、仆从,无不是唢呐、喇叭,齐吹出儿儿哇、哇哇儿的不止。好容易吐声渐止,这才用凉水嗽口,喷的满地汪洋。米先生不好意思,抽空儿他就溜之乎也了。闹的众人走又不是,坐又不是。老庞终是东人,碍不过脸去,只得吩咐:"往芍药轩敞厅去罢。大家快快离开此地,省得闻这臭味难当。"众人俱各来在敞厅,一时间心清目朗。又用上等雨前喝了许多,方觉的心中快活。庞贼便吩咐摆酒,索性大家痛饮,尽醉方休。众人谁敢不遵,不多时,秉上灯烛,摆下酒馔,大家又喝起来,依然是豁拳行令,直喝至二鼓方散。

庞贼醺醺酒醉,踏着明月,手扶小童,竟奔水晶楼而来。趔趔趄趄的问道:"天有几鼓了?"小童道:"已交二鼓。"庞吉道:"二位姨奶奶等急了,不知如何盼望呢。到了那里,不要声张,听他们说些什么。你看那边为何发亮?"小童道:"前面是莲花浦,那是月光照的水面。"说话间过了小桥,老贼又吃惊道:"那边好像一个人!"小童道:"太师爷忘了,那是补栽的河柳,衬着月色摇曳,仿佛人影儿一般。"谁知老庞疑心生暗鬼,竟是以邪招邪了。及至到了水晶楼,刚到楼下,见槅扇虚掩,不用窃听,已闻得里面有男女的声音,连忙止步。只听男子说道:"难得今日有此机会,方能遂你我之意。"又听女子说道:"趁老贼陪客,你我且到楼上欢乐片时,岂不美哉。"隐隐听的嘻嘻笑笑上楼去了。庞吉听至此,不由气冲牛斗,暗叫小童将主管庞福唤来,叫他带领虞候准备来拿人,自己却轻轻推开槅扇,竟奔楼梯。上得楼来,见满桌酒肴,杯中尚有馀酒。又见烛上结成花蕊,忙忙剪了蜡花。回头一看,见绣帐金钩挂起,里面却有男女二人相抱而卧。老贼看了,一把无明火往上一攻,见壁间悬挂宝剑,立刻抽出,对准男子用力一挥,头已落地。嫣红睡眼朦胧,才待起来,庞贼也挥了一剑。可怜两个献媚之人,无故遭此摧折。谁知男子之头落在楼板之上,将头巾脱落,却也是个女子。仔细看时,却是姹紫。老贼"啊呀"了一声,当啷啷宝剑落地。此时,楼的下面,庞福带领多人俱各到了。听得楼上又是"啊呀",又是响亮,连忙跑上楼来一看,见太师杀了二妾,已然哀不成音了。

这老贼乐的也不像,叫他这里哭一会儿,腾出笔来说个理儿。姹紫、嫣红死的冤屈之中不很冤屈,庞吉气的糊涂之中却极糊涂。何以见得呢?原来二妾因老贼不来,心中十分怨恨,以酒杀气,你推我让。盼的没有遣兴的了,这姹紫与嫣红假扮男女,来至绣帐,将金钩挂起,同上牙床相抱而卧。姹紫又将庞吉的软巾戴上,彼此戏耍,便自昏沉睡去。这便是招杀的由头。至于庞吉的糊涂,虽系酒后,亦不应如此冒失。你就要杀,也该想想,方才来到楼下,刚听见二人才上楼,如何就能够沉睡呢?不论情由,他便手起剑落,连伤二命,这岂不是他极其糊涂么?然而,千不怨万不怨,怨只怨这个行事的人真是促狭狠毒,又装什么像声儿呢,所谓贼出飞智也。是老贼的素日行为过于不堪,故惹的这行侠尚义之人单单的与他过不去,生生儿将他两个爱妾的性命断送。

庞吉哭够多时，又气又恼又后悔，便吩咐庞福将二妾收拾盛殓。立刻派人请他得意门生，乃乌台御史官名廖天成，急速前来商议此事。自己带了小童，离了水晶楼，来至前边大厅之上，等候门生。

及至廖天成来时，天已三鼓之半，见了庞吉，师生就座。庞吉便将误杀二妾的情由说了一遍。这廖天成原是个谄媚之人，立刻逢迎道："若据门生想来，多半是开封府与老师作对。他那里能人极多，必是悄地差人探访，见二位姨奶奶酒后戏耍酣眠，他便生出巧智，特装男女声音，使之闻之，叫老师听见焉有不怒之理！因此二位姨奶奶倾生。此计也就毒的狠呢，这明是搅乱太师家宅不安，暗里是与老师做对。"他这几句话说的个庞贼咬牙切齿，愤恨难当，气忿忿的问道："似此如之奈何？怎么想个法子以消我心头之恨。"廖天成犯想多时，道："依门生愚见，莫若写个摺子，直说开封府遣人杀害二命，将包黑参倒，以警将来。不知老师钧意若何？"庞吉听了道："若能参倒包黑，老夫生平之愿足矣。即求贤契大才，此处不方便，且到内书房去说罢。"师弟立起身来，小童持着灯引至书房。现成笔墨，廖天成便拈笔构思。难为他凭空立意，竟敢直陈，真是糊涂人对糊涂人，办得糊涂事。不多时，已脱草稿。老贼看了，连说："妥当结实，就劳贤契大笔一挥。"廖天成又端端楷楷缮写已毕，后面又将同党之人派上五个，算是联衔参奏。庞吉一壁吩咐小童："快给廖老爷倒茶。"

小童领命来至茶房，用茶盘托了两碗现烹的香茶。刚进了月亮门，只听竹声乱响，仔细看时，却见一人蹲伏在地，怀抱钢刀。这一唬非同小可，丢了茶盘，一叠连声嚷道："有了贼了！"就望书房跑来，连声儿都嚷岔了。庞贼听了,连忙放下奏摺,赶出院内。廖天成也就跟了出来,便问小童:"贼在那里?"小童道:"在那边月亮门竹林之下。"庞吉与廖天成竟奔月亮门而来。此时,仆从人等已然听见,即同庞福各执棍棒赶来。一看,虽是一人,却是捆绑停当,前面腰间插着一把宰猪的尖刀,仿佛抱着相似。大家向前将他提出,再一看时,却是本府厨子刘三。问他不应,止于仰头张口。连忙松了绑缚,他便从口内掏出一块代手来,干呕了半天,方才转过气来。庞吉便问道:"却是何人将你捆绑在此?"刘三对着庞吉叩头道:"小人方才在厨房磕睡,忽见飕的进来一人,穿着一身青靠,年纪不过二十岁,眉清目朗,手持一把明晃晃的钢刀。他对小人说:'你要嚷,我就是一刀!'因此小人不敢嚷。他便将小人捆了,又撕了一块揎布,给小人填在口内,把小人一提就来在此处。临走,他在小人胸前就把这把刀插上,不知是什么缘故。"庞贼听了,便问廖天成道:"你看此事,这明是水晶楼装男女声音之人了。"廖天成闻听,忽然心机一动,道:"老师且回书房要紧。"老贼不知何故,只得跟了回来。进了书房,廖天成先拿起奏摺逐行逐字细细看了,笔画并未改讹,也未沾污。看罢说道:"还好,还好。幸喜摺子未坏。"即放在黄匣之内。庞吉在旁夸奖道:"贤契细心,想的周到。"又叫各处搜查,那里有个人影。

不多时,天已五鼓,随便用了些点心羹汤,庞吉与廖天成一同入朝,敬候圣上临殿,将本呈上。仁宗一看就有些不悦。你道为何?圣上知道包、庞二人不对,偏偏今日此本又是参包公的,未免有些不耐烦。何故他二人冤仇再不解呢?心中虽然不乐,又不能不看。见开笔写着："臣庞吉跪奏。为开封府遣人谋杀二命事。"后面叙着二妾如何被杀。仁宗看到杀妾二命，更觉诧异。因此反复翻阅，见背后忽露出个纸条儿来。

抽出看时，不知上面写着是何言语，且听下回分解。

## 第四十四回

### 花神庙英雄救难女　　开封府众义露真名

且说仁宗天子细看纸条,上面写道:"可笑,可笑,误杀反诬告。胡闹,胡闹,老庞害老包。"共十八个字。天子看了,这明是自杀,反要陷害别人。又看笔迹有些熟识,猛然想起忠烈祠墙上的字体,却与此字相同。真是聪明不过帝王,暗道:"此帖又是那人写的了。他屡次做的俱是磊磊落落之事,又何为隐隐藏藏,再也不肯当面呢?实在令人不解。只好还是催促包卿便了。"想罢,便将摺子连纸条儿俱各掷下,交大理寺审讯。庞贼见圣上从摺内翻出个纸条儿来,已然唬得魂不附体;联衔之人俱各暗暗耽惊。一时散朝之后,庞贼悄向廖天成道:"这纸条儿从何而来?"廖乌台猛然醒悟道:"是了,是了。他捆刘三者,正为调出老师与门生来,他就于此时放在摺背后的。实实门生粗心之过。"庞吉听了连连点首,道:"不错,不错。贤契不要多心,此事如何料的到呢?"及至到了大理寺,庞吉一力担当,从实说了,惟求文大人婉转复奏。文大人只得将他畏罪的情形,代为陈奏。圣上传旨:"庞吉着罚俸三年,不准抵销。联衔的罚俸一年,不准抵销。"圣上却暗暗传旨与包公,务必要题诗杀命之人,定限严拿。包公奉了此旨,回到开封,便与展爷、公孙先生计议。无法可施,只得连王、马、张、赵俱各天天出去到处访查,那里有个影响。偏又值隆冬年近,转瞬间又早新春。过了元宵佳节，看看到了二月光景，包公屡屡奉旨，总无影响。幸亏圣眷优渥，尚未嗔怪。

一日，王朝与马汉商议道："咱们天天出去访查，大约无人不知。人既知道，更难探访。莫若咱二人悄悄出城，看个动静。贤弟以为何如？"马汉道："出城虽好，但不知往何处去呢？"王朝道："咱们信步行去，固然在热闹丛中踩访，难道反往幽僻之处去么？"二人说毕，脱去校尉服色，各穿便衣，离了衙门，竟往城外而来，沿路上细细赏玩艳阳景色。见了多少人，带着香袋的，执着花的，不知是往那里去的。及至问人时，原来花神庙开庙，热闹非常，正是开庙正期。二人满心欢喜，随着众人来至花神庙各处游玩。却见后面有块空地，甚是宽阔，搭着极大的芦棚，内中设摆着许多兵器架子。那边单有一座客棚，里面坐着许多人。内中有一少年公子，年纪约有三旬，横眉立目，旁若无人。王、马二人见了，便向人暗暗打听，方知此人姓严名奇，他乃是已故威烈侯葛登云的外甥，极其强梁霸道，无恶不作。只因他爱眠花宿柳，自己起了个外号叫花花太岁。又恐有人欺负他，便用多金请了无数的打手，自己也跟着学了些三角毛儿四门斗儿，以为天下无敌。因此庙期热闹非常，他在庙后便搭一芦棚，比试棒棍拳脚。谁知设了一连几日，并无人敢上前比试，他更心高气傲，自以为绝无对手。

二人正观望，只见外面多少恶奴推推拥拥，搀搀架架，却是一个女子哭哭啼啼被众人簇拥着过了芦棚，进了后面敞厅去了。王、马二人心中纳闷，不知为了何事。忽又见从外面进来一个婆子，嚷道："你们这伙强盗，青天白日就敢抢良家女子，是何道理？你们若将他

## 第四十四回　花神庙英雄救难女　开封府众义露真名

好好还我便罢,你们若要不放,我这老命就合你们拚了!"众恶奴一面拦挡,一面吆喝。忽见从棚内又出来两个恶奴,说道:"方才公子说了,这女子本是府中丫鬟,私行逃走,总未寻着,并且拐了好些东西。今日既然遇见,把他拿住,还要追问拐的东西呢。你这老婆子趁早儿走罢,倘若不依,公子说咧,就把你送县。"婆子闻听,只急的嚎啕痛哭。又被众恶奴往外面拖拽,这婆子如何支撑得住,便脚不沾地往外去了。

王朝见此光景,便与马汉送目。马汉会意,即便跟下去打听底细,二人随后也就出来。刚走到二层殿的夹道,只见外面进来一人,迎头拦住道:"有话好说。这是什么意思?请道其详。"声音洪亮,汉仗高大,紫巍巍一张面皮,黑漆漆满部髭须,又是军官打扮,更显得威严壮健。王、马二人见了,便暗暗喝彩称羡。忽听恶奴说道:"朋友,这个事你别管。我劝你有事治事,无事趁早儿请,别讨没趣儿。"那军官听了冷笑道:"天下人管天下事,那有管不得的道理。你们不对我说,何不对着众人说说。你们如不肯说,何妨叫那妈妈自己说说呢。"众恶奴闻听道:"伙计,你们听见了。这个光景他是管定了。"忽听婆子道:"军官爷爷,快救婆子性命吓!"旁边恶奴顺手就要打那婆子。只见那军官把手一隔,恶奴倒退了好几步,呲牙咧嘴把胳膊乱甩。王、马二人看了,暗暗欢喜。又听军官道:"妈妈不必害怕,慢慢讲来。"那婆子哭着道:"我姓王,这女儿乃是我街坊。因他母亲病了,许在花神庙烧香。如今他母亲虽然好了,尚未复元,因此求我带了他来还愿,不想竟被他们抢去。求军官爷搭救搭救。"说罢痛哭。

只见那军官听了，把眉一皱道："妈妈不必啼哭，我与你寻来就是了。"谁知众恶奴方才见那人把手略略一隔，他们伙计就呲牙咧嘴，便知这军汉手头儿凶。大约婆子必要说出根由，怕军官先拿他们出气，他们便一个个溜了。来到后面，一五一十俱告诉花花太岁。这严奇一听，便气冲牛斗。以为今日若不显显本领，以后别人怎肯甘心佩服呢。便一声断喝："引路！"众恶奴狐假虎威，来至前面，嚷道："公子来了，公子来了！"众人见严奇来到，一个个俱替那军官担心，以为太岁不是好惹的。

此时王、马二人看的明白，见恶霸前来，知道必有一番较量，惟恐军汉寡不敌众。若到为难之时，我二人助他一膀之力。那知那军汉早已看见，撇了婆子便迎将上去。众恶奴指手划脚道："就是他，就是他！"严奇一看，不由的暗暗吃惊道："好大身量！我别不是他的个儿罢。"便发话道："你这人好生无礼，谁叫你多管闲事？"只见那军汉抱拳赔笑道："非是在下多管闲事，因那婆子形色仓皇，哭的可怜。恻隐之心，人皆有之。望乞公子贵手高抬，开一线之恩，饶他们去罢。"说毕就是一揖。严奇若是有眼力的，就依了此人，从此做个相识，只怕还有个好处。谁知这恶贼恶贯已满，难以躲避。他见军官谦恭和蔼，又是外乡之人，以为可以欺侮，竟敢拿鸡蛋往鹅卵石上碰，登时把眼一翻道："好狗才，谁许你多管？"冷不防飕的就是一脚迎面踢来。这恶贼原想着是个暗算，趁着军汉作下揖去，不能防备，这一脚定然鼻青脸肿。那知那军汉不慌不忙，瞧着脚临切近，略一扬手，在脚面上一拂，口中说道："公子休得无礼！"此话未完，只见公子"啊呀",半天挣扎不起。众恶奴一见,便嚷道:"你这厮竟敢动手!"一拥齐上,以为好汉打不过人多。谁知那人只用手往左右一分,一个个便东倒西歪,那个还敢上前!

忽听那边有人喊了一声:"闪开,俺来也!"手中木棍高扬,就照军汉劈面打来。军汉见来得势猛,将身往旁边一闪。不想严奇刚刚的站起,恰恰的太岁头就受了此棍,吧的一声,打了个脑浆迸裂。众恶奴发了一声喊,道:"了不得了,公子被军汉打死了!快拿呀,快拿呀!"早有保甲、地方并本县官役,一齐将军汉围住。只听那军官道:"众位不必动手,俺随你们到县就是了。"众人齐说道:"好朋友,好朋友!敢作敢当,这才是汉子呢。"忽见那边走过两个人来,道:"众位,事要公平。方才原是他用棍打人,误打在公子头上,难道他不随着赴县么?理应一同解县才是。"众人闻听讲得有理,就要拿那使棍之人。那人将眼一瞪道:"俺史丹不是好惹的,你们谁敢前来?"众人唬的往后倒退。只见两个人之中有一人道:"你慢说是史丹,就是屎蛋,也要推你一推。"说时迟那时快,顺手一掠,将那棍也就逼住,拢过来往怀里一带,又向外一推,真成了屎蛋咧,叽哩咕噜滚在一边。那人上前按住,对保甲道:"将他锁了!"你道这二人是谁?原来是王朝、马汉。又听军汉说道:"俺遭逢此事,所为何来?原为救那女子,如今为人不能为彻,这便如何是好?"王、马二人听了,满口应承:"此事全在我二人身上,朋友,你只管放心。"军汉道:"既如此,就仰仗二位了。"说罢执手,随众人赴县去了。

这里,王、马二人带领婆子到后面。此时众恶奴见公子已死,也就一哄而散,谁也不敢出头。王、马二人一直进了敞厅,将女子领出,交付婆子护送出庙。问明了住处姓名,恐有提问质对之事,方叫他们去了。二人不辞辛苦,即奔祥符县而来。到了县里,说明姓名。门上急忙回禀了县官,立刻请二位到书房坐了。王、马二人将始末情由说了一遍,"此事皆系我二人目睹,贵县不必过堂,立刻解往开封府便了。"正说间,外面拿进个略节来,却是此案的名姓。死的名严奇,军汉名张大,持棍的名史丹。县官将略节递与王、马二人,便吩咐将一干人犯多派衙役,立刻解往开封。

王、马二人先到了开封府,见了展爷、公孙先生,便将此事说明。公孙策尚未开言,展爷忙问道:"这军官是何形色?"王、马二人将脸盘儿、身体儿说了一番。展爷听了大喜,道:"如此说来,别是他罢?"对着公孙先生伸出大指。公孙策道:"既如此,少时此案解来,先在外班房等候,悄悄叫展兄看看。若要不是那人也就罢了,倘若是那人冒名,展兄不妨直呼其名,使他不好改口。"众人听了,俱各称善。王、马二人又找了包兴,来到书房,回禀了包公,深赞张大的品貌行事豪侠。包公听了,虽不是寄柬留刀之人,或者由这人身上也可以追出那人的下落,心中也自暗暗忖度。王、马又将公孙策先生叫南侠偷看,也回明了。包公点了点头,二人出来。

不多时,此案解到,俱在外班房等候。王、马二人先换了衣服,前往班房,现放下帘子。随后展爷已到,便掀起帘缝一瞧,不由的满心欢喜,对着王、马二人悄悄道:"果然是他。妙极,妙极!"王、马二人连忙问道:"此人是谁?"展爷道:"贤弟休问,等我进去呼出名姓,二位便知。二位贤弟即随我进来,劣兄给你们彼此一引见,他也不能改口了。"王、马二人领命。展爷一掀帘子进来,道:"小弟打量是谁?原来是卢方兄到了。久违吓,久违!"说着,王、马二人进来。展爷给引见道:"二位贤弟不认得么?这位便是陷空岛卢家庄号称钻天鼠名卢方的卢大员外。二位贤弟快来见礼。"王、马急速上前。展爷又向卢方道:"卢兄,这便是开封府四义士之中的王朝、马汉两位老弟。"三个人彼此执手作揖。卢方到了此时,也不能说我是张大,不是姓卢的。人家连家乡住处俱各说明,还隐瞒什么呢?卢方反倒问展爷道:"足下何人?为何知道卢方的贱名?"展爷道:"小弟名唤展昭,曾在茉花村芦花荡,为邓彪之事,小弟见过尊兄。终日渴想至甚,不想今日幸会。"卢方听了方才知道是南侠,便是号"御猫"的。他见展爷人品气度和蔼之甚,毫无自满之意,便想起五弟任意胡为,全是自寻苦恼,不觉暗暗感叹。面上却赔着笑道:"原来是展老爷。就是这二位老爷,方才在庙上多承垂青看顾,我卢方感之不尽。"三人听了不觉哈哈大笑道:"卢兄太外道了,何得以老爷相呼?显见得我等不堪为弟了。"卢方道:"三位老爷太言重了。一来三位现居皇家护卫之职,二来卢方刻下乃人命重犯,何敢以弟兄相称?岂不是太不知自量了么!"展爷道:"卢兄过于能言了。"王、马二人道:"此处不是讲话的所在,请卢兄到后面一叙。"卢方道:"犯人尚未过堂,如何敢蒙如此厚待!断难从命。"展爷道:"卢兄放心,全在小弟等身上。请到后面,还有众人等着要与老兄会面。"卢方不能推辞,只得随着三人来到后面公厅。早见张、赵、公孙三位降阶而迎,展爷便一一引见,欢若平生。

　　来到屋内，大家让卢方上座。卢方断断不肯，总以犯人自居，"理当侍立，能够不罚跪，足见高情。"大家那里肯依。还是愣爷赵虎道："彼此见了，放着话不说，且自闹这些个虚套子。卢大哥，你是远来，你就上面坐。"说着把卢方拉至首座。卢方见此光景，只得从权坐下。王朝道："还是四弟爽快。再者卢兄从此什么犯人咧、老爷咧，也要免免才好，省得闹的人怪肉麻的。"卢方道："既是众位兄台抬爱，拿我卢某当个人看待，我卢方便从命了。"左右伴当献茶已毕，还是卢方先提起花神庙之事。王、马二人道："我等俱在相爷台前回明，小弟二人便是证见。凡事有理，断不能难为我兄。"只见公孙先生和展爷彼此告过失陪，出了公所，往书房去了。

　　未知相爷如何，且听下回分解。

## 第四十五回

### 义释卢方史丹抵命　　误伤马汉徐庆遭擒

且说公孙先生同展爷去不多时,转来道:"相爷此时已升二堂,特请卢兄一见。"卢方闻听只打量要过堂了,连忙立起身来,道:"卢方乃人命要犯,如何这样见得相爷?卢方岂是不知规矩的么?"展爷连声道"好",一回头吩咐伴当快看刑具。众人无不点头称羡。少时,刑具拿到,连忙与卢方上好,大家围随来至二堂以下。王朝进内禀道:"卢方带到。"忽听包公说道:"请。"这一声,连卢方都听见了,自己登时反倒不得主意了。随着王朝来至公堂,双膝跪倒,匍匐在地。忽听包公一声断喝道:"本阁着你去请卢义士,如何用刑具拿到,是何道理?还不快快卸去!"左右连忙上前卸去刑具。包公道:"卢义士,有话起来慢慢讲。"卢方那里敢起来,连头也不敢抬,便道:"罪民卢方,身犯人命重案,望乞相爷从公判断,感恩不尽。"包公道:"卢义士休如此迂直。花神庙之事,本阁尽知。你乃行侠尚义,济弱扶倾。就是严奇丧命,自有史丹对抵,与你什么相干?他等强恶,助纣为虐,冤冤相报,暗有循环。本阁已有办法,即将史丹定了误伤的罪名,完结此案。卢义士理应释放无事。只管起来,本阁还有话讲。"展爷向前悄悄道:"卢兄休要辜负相爷一片爱慕之心,快些起来,莫要违悖钧谕。"那卢方到了此时,概不由己,朝上叩头。展爷顺手将他扶起，包公又吩咐看座。卢方那里敢坐，鞠躬侍立。偷眼向上观瞧，见包公端然正坐，不怒而威，那一派的严肃正气，实令人可畏而可敬，心中暗暗夸奖。

忽见包公含笑问道："卢义士因何来京，请道其详。"一句话问的个卢方紫面上套着紫，半晌答道："罪民因寻盟弟白玉堂，故此来京。"包公又道："是义士一人前来，还有别人？"卢方道："上年初冬之时，罪民已遣韩彰、徐庆、蒋平三个盟弟一同来京。不料自去冬至今，杳无音信。罪民因不放心，故此亲身来寻。今日方到花神庙。"包公听卢方直言无隐，便知此人忠厚笃实，遂道："原来众义士俱各来了。义士既以实言相告，本阁也就不隐瞒了。令弟五义士在京中做了几件出类拔萃之事，连圣上俱各知道。并且圣上还夸奖他是个侠义之人，钦派本阁细细访查。如今义士既已来京，肯替本阁代为细细访查么？"卢方听至此，连忙跪倒道："白玉堂年幼无知，惹下滔天大祸，致干圣怒，理应罪民寻找擒拿到案，任凭圣上天恩，相爷的垂照。"包公见他应了，便叫："展护卫。""有。""同公孙先生好生款待，恕本阁不陪。留去但凭义士，不必拘束。"卢方听了，复又叩头，起来同定展爷出来。到了公所之内，只见酒肴早已齐备，却是公孙先生预先吩咐的。仍将卢方让至上座，众人左右相陪。饮酒之间，便提此事。卢爷是个豪爽忠诚之人，应了三日之内有与无必来复信，酒也不肯多饮，便告别了众人。众人送出衙外，也无赘话烦言，彼此一执手，卢方便扬长去了。

展爷等回至公所，又议论卢方一番：为人忠厚、老诚、豪爽。公孙策道:"卢兄虽然诚实,惟恐别人却不似他。方才听卢方之言,说那三义已于客冬之时来京,想来也必在暗中探访。今日花神庙之事,人人皆知解到开封府,他们如何知道立刻就把卢兄释放了呢?必以为人命重案,寄监收禁。他们若因此事,贪夜前来淘气,却也不可不防。"众人听了,俱各称是,"似此如之奈何?"公孙策道:"说不得大家辛苦些,出入巡逻,第一保护相爷要紧。"此时天已初鼓,展爷先将里衣扎缚停当,佩了宝剑,外面罩了长衣,同公孙先生竟进书房去了。这里四勇士也就各各防备,暗藏兵刃,俱各留神小心。

单言卢方离了开封府之时,已将掌灯,又不知伴当避于何处,有了寓所不曾,自己虽然应了找寻白玉堂,却又不知他落于何处。心内思索,竟自无处可归。忽见迎面来了一人,天气昏黑,看不真切。及至临近一看,却是自己伴当,满心欢喜。伴当见了卢方,反倒一怔,悄悄问道:"员外如何能够回来?小人已知员外解到开封,故此急急进京,城内找了下处,安放了行李。带上银两,特要到开封府去与员外安置,不想员外竟会回来了。"卢方道:"一言难尽,且到下处再讲。"伴当道:"小人还有一事,也要告禀员外呢。"

说着话,伴当在前引路,主仆二人来到下处。卢方掸尘净面之时,酒饭已然齐备。卢方入座,一壁饮酒,一壁对伴当悄悄说道:"开封府遇见南侠,给我引见了多少朋友,真是人人义气,个个豪杰。多亏了他们在相爷跟前竭力分晰,全推在那姓史的身上,我是一点事儿没有。"又言:"包公相待甚好,义士长义士短的称呼,赐座说话。我便偷眼观瞧,相爷真好品貌,真好气度,实在是国家的栋梁,万民之福！后来问话之间，就提起五员外来了。相爷觌面吩咐，托我找寻。我焉有不应的呢？后来大家又在公所之内设了酒肴，众朋友方说出五员外许多的事来。敢则他做的事不少，什么寄柬留刀，与人辨冤，夜间大闹开封府，南侠比试，这还庶乎可以。谁知他又上皇宫内苑，题什么诗，又杀了总管太监。你说五员外胡闹不胡闹？并且还有奏摺内夹纸条儿，又是什么盗取黄金，我也说不了许多了。我应了三日之内，找的着找不着，必去覆信，故此我就回来了。你想，那知五员外下落？往那里去找呢？你方才说还有一事，是什么事呢？"伴当道："若依员外说来，要找五员外却甚容易。"卢方听了，欢喜道："在那里呢？"伴当道："就是小人寻找下处之时，遇见了跟二爷的人。小人便问他众位员外在那里居住。他便告诉小人说，在庞太师花园后楼，名叫文光楼，是个堆书籍之所，同五员外都在那里居住呢。小人已问明了，庞太师的府第却离此不远，出了下处，往西一片松林，高大的房子便是。"卢方听了，满心畅快，连忙用毕了饭。

此时天气已有初更，卢方便暗暗装束停当，穿上夜行衣靠，吩咐伴当看守行李，悄悄的竟奔了庞吉府的花园文光楼而来。到了墙外，他便施展飞檐走壁之能，上了文光楼。恰恰遇见白玉堂独自一人在那里，见面之时，不由的长者之心，落下几点忠厚泪来。白玉堂却毫不在意。卢方述说了许多思念之苦，方问道："你三个兄长往那里去了？"白玉堂道："因听见大哥遭了人命官司，解往开封府，他们哥儿三方才俱换了夜行衣服，上开封府了。"卢方听了大吃一惊，想道："他们这一去，必要生出事来，岂不辜负相爷一团美意？倘若有些差池,我卢某何以见开封众位朋友呢?"想至此,坐立不安,好生的着急。直盼到交了三鼓,还不见回来。

你道韩彰、徐庆、蒋平为何去许久?只因他等来到开封府,见内外防范甚严,便越墙从房上而入。刚到跨所大房之上,恰好包兴由茶房而来,猛一抬头,见有人影,不觉失声道:"房上有人!"对面便是书房,展爷早已听见。脱去长衣,拔出宝剑,一伏身斜刺里一个健步。往房上一望,见一人已到檐前。展爷看的真切,从囊中一伸手,掏出袖箭,反背就是一箭。只见那人站不稳身体,一歪掉下房来。外面王、马、张、赵已然赶进来了,赵虎紧赶一步,按住那人,张龙上前帮助绑了。展爷正要纵身上房,忽见房上一人,把手一扬,向下一指。展爷见一缕寒光,竟奔面门,知是暗器,把头一低,刚刚躲过。不想身后是马汉,肩头之下已中了弩箭。展爷一飞身已到房上,竟奔了使暗器之人。那人用了个风扫败叶势,一顺手就是一朴刀。一片冷光奔了展爷的下三路。南侠忙用了个金鸡独立回身势,用剑往旁边一削,只听当的一声,朴刀却短了一段。只见那人,一转身越过房脊,又见金光一闪,却是三棱鹅眉刺,竟奔眉攒而来。展爷将身一闪,刚用宝剑一迎,谁知钢刺抽回,剑却使空。南侠身体一晃,几乎栽倒。忙一伏身,将宝剑一拄,脚下立住。用剑逼住面门,长起身来。再一看时,连个人影儿也不见了。展爷只得跳下房来,进了书房,参见包公。

此时已将捆缚之人带至屋内。包公问道:"你是何人?为何夤夜至此?"只听那人道:"俺乃穿山鼠徐庆,特为救俺大哥卢方而来,不想中了暗器遭擒。不用多言,只要叫俺见大哥一面,俺徐庆死也甘心瞑目。"包公道："原来三义士到了。"即命左右松了绑,看座。徐庆也不致谢,也不逊让,便一屁股坐下。将左脚一伸,顺手将袖箭拔出,道："是谁的暗器,拿了去。"展爷过来接去。徐庆道："你这袖箭不及俺二哥的弩箭。他那弩箭有毒,若是着上,药性一发,便不省人事。"正说间,只见王朝进来禀道："马汉中了弩箭,昏迷不醒。"徐庆道："如何?千万不可拔出,还可以多活一日。明日这时候,也就呜呼了。"包公听了,连忙问道："可有解药没有?"徐庆道："有呵。却是俺二哥带着,从不传人。受了此毒,总在十二个时辰之内用了解药,即刻回生。若过了十二个时辰,纵有解药也不能好了。这是俺二哥独得的奇方,再也不告诉人的。"包公见他说话虽然粗鲁,却是个直爽之人,堪与赵虎称为伯仲。徐庆忽又问道："俺大哥卢方在那里?"包公便道："昨晚已然释放,卢义士已不在此了。"徐庆听了,哈哈大笑道："怪道人称包老爷是个好相爷,忠正为民。如今果不虚传。俺徐庆倒要谢谢了!"说罢,噗通趴在地下就是一个头,招的众人不觉要笑。徐庆起来就要找卢方去。包公见他天真烂漫,不拘礼法,只要合了心就乐,便道："三义士,你看外面已交四鼓,黉夜之间,哪里寻找?暂且坐下,我还有话问你。"徐庆却又坐下。包公便问白玉堂所作之事。愣爷徐庆一一招承："惟有劫黄金一事,却是俺二哥、四弟并有柳青,假冒王、马、张、赵之名,用蒙汗药酒将那群人药倒,我们盗取了黄金。"众人听了,个个点头舒指。徐庆正在高谈阔论之时,只见差役进来禀道："卢义士在外求见。"包公听了,急着展爷请来相见。

不知卢方来此为了何事,且听下回分解。

## 第四十六回

### 设谋诓药气走韩彰　遣兴济贫欣逢赵庆

且说卢方又到开封府求见,你道却为何事?只因他在文光楼上盼到三更之后,方见韩彰、蒋平。二人见了卢方,更觉诧异,忙问道:"大哥如何能在此呢?"卢方便将包相以恩相待,释放无事的情由说了一遍。蒋平听了,对着韩、白二人道:"我说不用去,三哥务必不依。这如今闹的到不成事了!"卢方道:"你三哥那里去了?"韩彰把到了开封,彼此对垒的话说了一遍。卢方听了,只急的搓手,半晌叹了口气道:"千不是,万不是,全是五弟不是。"蒋平道:"此事如何抱怨五弟呢?"卢方道:"他若不找什么姓展的,咱们如何来到这里?"韩彰听了却不言语。蒋平道:"事已如此,也不必抱怨了。难道五弟有了英名,你我作哥哥的岂不光彩么?只是如今依大哥怎么样呢?"卢方道:"再无别说,只好劣兄将五弟带至开封府,一来恳求相爷在圣驾前保奏,二来当与南侠赔个礼儿,也就没事了。"玉堂听了,登时气的双眉紧皱,二目圆睁,若非在文光楼上,早已怪叫吆喝起来。便怒道:"大哥,此话从何说起?小弟既来寻找南侠,便与他誓不两立。虽不能他死我活,总要叫他甘心拜服于我,方能出这口恶气。若非如此,小弟至死也是不从的!"蒋平听了,在旁赞道:"好兄弟,好志气!真与我们陷空岛争气!"韩彰在旁瞅了蒋平一眼,仍是不语。

卢方道："据五弟说来，你与南侠有什么仇么？"玉堂道："并无仇隙。"卢方道："既无仇隙，你为何恨他到如此地步呢？"玉堂道："小弟也不恨他，只恨这'御猫'二字。我也不管他是有意，我也不管是圣上所赐，只是有个御猫，便觉五鼠减色，是必将他治倒方休。如不然，大哥就求包公回奏圣上，将南侠的'御猫'二字去了，或改了，小弟也就情甘认罪。"卢方道："五弟，你这不是为难劣么？劣兄受包相知遇之恩，应许寻找五弟。如今既已见着，我却回去求包公改'御猫'二字，此话劣兄如何说的出口来？"玉堂听了，冷笑道："哦，敢则大哥受了包公知遇之恩。既如此，就该拿了小弟去请功候赏吓！"

只这一句话，把个仁义的卢方噎的默默无言，站起身来，出了文光楼，跃身下去，便在后面大墙以外走来走去。暗道："我卢方交结了四个兄弟，不想为此事，五弟竟如此与我翻脸。他还把我这长兄放在心里么？"又转想包公相待的那一番情义，自己对众人说的话，更觉心中难受。左思右想，心乱如麻。一时间浊气上攻，自己把脚一跺道："嗳，莫若死了，由着五弟闹去，也省得我提心吊胆。"想罢一抬头，只见那边从墙上斜插一枝杈桠，甚是老干，自己暗暗点头道："不想我卢方竟自结果在此地了。"说罢，从腰间解下丝绦，往上一扔，搭在树上，将两头比齐，刚要结扣，只见这丝绦哧哧哧自己跑到树上去了。卢方怪道："可见时衰鬼弄人了。怎么丝绦也会活了呢？"正自思忖，忽见顺着枝干下来一人，却是蒋四爷，说道："五弟糊涂了，怎么大哥也背晦了呢？"卢方见了蒋平，不觉滴下泪来，道："四弟，你看适才五弟是何言语？叫劣兄有何面目生于天地之间？"蒋平道："五弟此时一味的心高气傲,难以治服。不然小弟如何肯随和他呢。须要另设别法,折服于他便了。"卢方道:"此时你我往何方去好呢?"蒋平道:"赶着上开封府。就算大哥方才听见我等到了,故此急急前来赔罪。再者,也打听打听三哥的下落。"卢方听了,只得接过丝绦,将腰束好,一同竟奔开封府而来。

　　见了差役,说明来历。差役去不多时,便见南侠迎了出来。彼此相见,又与蒋平引见。随即来到书房。刚一进门,见包公穿着便服,在上面端坐,连忙双膝跪倒,口中说道:"卢方罪该万死,望乞恩相赦宥。"蒋平也就跪在一旁。徐庆正在那里坐着,见卢方与蒋平跪倒,他便顺着座儿一溜,也就跪下了。包公见他们这番光景,真是豪侠义气,连忙说道:"卢义士,他等前来,原不知本阁已将义士释放,故此为义气而来。本阁也不见罪,只管起来,还有话说。"卢方等听了,只得向上叩头,立起身来。包公见蒋平骨瘦如柴,形如病夫,便问:"此是何人?"卢方一一回禀。包公方知就是善会水的蒋泽长。忙命左右看座。连展爷与公孙策俱各坐了。包公便将马汉中了毒药弩箭,昏迷不醒的话说了一回。依卢方就要回去向韩彰取药。蒋平拦道:"大哥若取药,惟恐二哥当着五弟总不肯给的;莫若小弟使个计策,将药诓来,再将二哥激发走了,剩了五弟一人,孤掌难鸣,也就好擒了。"卢方听说,便问:"计将安出?"蒋平附耳道:"如此如此。二哥焉有不走之理。"卢方听了道:"这一来,你二哥与我岂不又分散了么?"蒋平道:"目下虽然分别,日后自然团聚。现在外面已交五鼓,事不宜迟,且自取药要紧。"连忙向展爷要了纸笔墨砚,提笔一挥而就。

折叠了，叫卢方打上花押，便回明包公，仍从房上回去，又近又快。包公应允，蒋平出了书房，将身一纵，上房越脊，登时不见。众人无不称羡。

单说蒋爷来至文光楼，还听见韩彰在那里劝慰白玉堂。原来玉堂的馀气还未消呢。蒋平见了二人道："我与大哥将三哥好容易救回，不想三哥中了毒药袖箭，大哥背负到前面树林，再也不能走了。小弟又背他不动，只得二哥与小弟同去走走。"韩爷听了，连忙离了文光楼。蒋平便问："二哥，药在何处？"韩彰从腰间摘下个小荷包来，递与蒋平。蒋平接过，摸了摸，却有两丸，急忙掏出。将衣边钮子咬下两个，咬去鼻儿，滴溜圆，又将方才写的字帖裹了裹，塞在荷包之内，仍递与韩彰。将身形略转了几转，他便抽身竟奔开封而来。

这里韩爷只顾奔前面树林，以为蒋平拿了药去，先解救徐庆去了，那里知道他是奔了开封呢？韩二爷来到树林，四下里寻觅，并不见大哥、三弟，不由心下纳闷。摸摸荷包，药仍二丸未动，更觉不解。四爷也不见了，只得仍回文光楼来。见了白玉堂，说了此事，未免彼此狐疑。韩爷回手又摸了摸荷包道："呀！这不像药。"连忙叫白玉堂敲着火种，隐着光亮一看，原来是字帖儿裹着钮子。忙将字儿打开观看，却有卢方花押，上面写着叫韩彰绊住白玉堂，作为内应，方好擒拿。白玉堂看了，不由的设疑，道："二哥，就把小弟绑了罢，交付开封就是了。"韩爷听了急道："五弟休出此言。这明是你四哥恐我帮助于你，故用此反间之计。好好好，这才是结义的好弟兄呢！我韩彰也不能作内应，也不能帮扶五弟，俺就此去也！"说罢，立起身来，出了文光楼,跃身去了。

这时,蒋平诓了药回转开封,已有五鼓之半。连忙将药研好,一丸灌将下去,不多时马汉回转过来,吐了许多毒水,心下方觉明白。大家也就放了心了,略略歇息,天已大亮。到了次日晚间,蒋平又暗暗到文光楼。谁知玉堂却不在彼,不知投何方去了。卢方又到下处,叫伴当将行李搬来。从此,开封府又添了陷空岛的三义,帮扶着访查此事。却分为两班:白日却是王、马、张、赵细细缉访,夜晚却是南侠同着三义暗暗搜寻。

不想这一日,赵虎因包公入闱,闲暇无事,想起王、马二人在花神庙巧遇卢方,暗自想道:"我何不也出城走走呢?"因此,扮了个客人的模样,悄悄出城,信步行走。正走着觉得腹中饥饿,便在村头小饭馆内意欲独酌,吃些点心。刚然坐下,要了酒,随意自饮,只见那边桌上有一老头儿,却是外乡行景,满面愁容,眼泪汪汪,也不吃,也不喝,只是瞅着赵爷。赵爷见他可怜,便问道:"你这老头儿,瞧俺则甚?"那老者见问,忙立起身来道:"非是小老儿敢瞧客官,只因腹中饥饿,缺少钱钞。见客官这里饮酒,又不好启齿,望乞见怜。"赵虎听了哈哈大笑道:"敢则是你饿了,这有何妨呢?你便过来,俺二人同桌而食,有何不可?"那老儿听了欢喜,未免脸上有些羞惭。及至过来,赵爷要了点心、馍馍叫他吃。他却一壁吃着,一壁落泪。赵爷看了,心中不悦,道:"你这老头儿好不晓事。你说饿了,俺给你吃,你又哭什么呢?"老者道:"小老儿有心事,难以告诉客官。"赵爷道:"原来你有心事,这也罢了。我且问你,你姓什么?"老儿道:"老儿姓赵。"赵虎道:"嗳哟！原来是当家子。"老者又接着道:"小老儿姓赵名庆,乃是仁和县的承差。只因包三公子太原进香……"赵虎听了道:"什么包三公子?"老者道:"便是当朝宰相包相爷的侄儿。"赵虎道:"哦,哦。包三公子进香怎么样?"老者道:"他故意的绕走苏州,一来为游山玩景,二来为勒索州县的银两。"赵虎道:"竟有这等事? 你讲,你讲。"老者道:"只因路过管城县,我家老爷派我预备酒饭,迎至公馆款待。谁想三公子说铺垫不好,预备的不佳,他要勒索程仪三百两。我家老爷乃是一个清官,并无许多银两。又说小人借水行舟,希图这三百两银子,将我打了二十板子。幸喜衙门上下,俱是相好,却未打着。后来见了包三公子,将我吊在马棚,这一顿马鞭子,打的却不轻。还是应了另改公馆,孝敬银两,方将我放出来。小老儿一时无法,因此脱逃,意欲到京,寻找一个亲戚。不想投亲不着,只落得有家难奔,有国难投。衣服典当已尽,看看不能餬口,将来难免饿死,作定他乡之鬼呀!"说罢痛哭。赵爷听至此,又是心疼赵庆,又是气恨包公子,恨不得立刻拿来出这口恶气。因对赵庆道:"老人家,你负此沉冤,何不写个诉呈,在上司处分晰呢?"

未知赵庆如何答对,且听下回分解。

## 第四十七回

### 错递呈权奸施毒计　巧结案公子辨奇冤

且说赵虎暗道："我家相爷,赤心为国,谁知他的子侄如此不法。我何不将他指引到开封府,看我们相爷如何办理? 是秉公呵,还是徇私呢?"想罢道:"你正该写个呈子分诉。"赵庆道:"小老儿上京投亲,正为递呈分诉。"赵虎道:"不知你想在何处去告呢?"赵庆道:"小老儿闻得大理寺文大人那里颇好。"赵爷道:"文大人虽好,总不如开封府包太师那里好。"赵庆道:"包太师虽好,惟恐这是他本家之人,未免要有些袒护,与事反为不美。"赵虎道:"你不知道,包太师办事极其公道,无论亲疏,总要秉正除奸。若在别人手里告了,他倒可托个人情,或者官府做个人情,那到有的。你若在他本人手里告了,他便得秉公办理,再也不能偏向的。"赵庆听了有理,便道:"既承指教,明日就在太师跟前告就是了。"赵虎道:"你且不要忙。如今相爷现在场内,约于十五日后,你再进城拦轿呈诉。"当下叫他吃饱了,却又在肚兜内摸出半锭银子来,道:"这还有五六天工夫呢,莫不成饿着吗? 拿去做盘费用罢。"赵庆道:"小老儿既蒙赏吃点心,如何还敢受赐银两?"赵虎道:"这有什么要紧,你只管拿去。你若不要,俺就恼了。"赵庆只得接过来,千恩万谢的去了。

赵虎见赵庆去后,自己又饮了几杯,才出了饭铺,也不访查了,便往旧路归来。心中暗暗盘算,倒替相爷为难。此事要接了呈子,生气是不消说了,只是如何办法呢?自己又嘱咐:"赵虎吓赵虎,你今日回开封,可千万莫露风声,这可是要紧的吓!"他虽如此想,那里知道凡事不可预料。他若是将赵庆带至开封,倒不能错,谁知他又细起心来了,这才闹的错大发了呢。赵虎在开封府等了几天,却不见赵庆鸣冤,心中暗暗辗转道:"那老儿说是必来,如何总未到呢?难道他是个诓嘴吃的?若是如此,我那半锭银子花的才冤呢!"

你道赵庆为何不来?只因他过了五天,这日一早赶进城来,正走到热闹丛中,忽见两旁人一分,嚷道:"闪开,闪开!太师爷来了,太师爷来了!"赵庆听见"太师"二字,便煞住脚步,等着轿子临近,便高举呈词,双膝跪倒,口中喊道:"冤枉吓,冤枉!"只见轿已打杵,有人下马接过呈子,递入轿内。不多时,只听轿内说道:"将这人带至府中问去。"左右答应一声。轿夫抬起轿来,如飞的竟奔庞府去了。你道这轿内是谁?却是太师庞吉。这老奸贼得了这张呈子,如拾珍宝一般,立刻派人请女婿孙荣与门生廖天成。及至二人来到,老贼将呈子与他等看了,只乐得手舞足蹈,屁滚尿流,以为此次可将包黑参倒了。又将赵庆叫到书房,好言好语,细细的问了一番。便大家商议,缮起奏摺,预备明日呈递。又暗暗定计,如何行文搜查勒索的银两,又如何到了临期使他再不能更改。洋洋得意,乐不可言。

至次日,圣上临殿。庞吉出班,将呈子谨呈御览。圣上看了,心中有些不悦,立刻宣包公上殿,便问道:"卿有几个侄儿?"包公不知圣意,只得奏道:"臣有三个侄男。长次俱务农,惟有第三个却是生员,名叫包世荣。"圣上又问道:"你这侄男可曾见过没有?"包公奏道:"微臣自在京供职以来,并未回家。惟有臣的大侄见过,其余二侄、三侄俱未见过。"仁宗天子点了点头,便叫陈伴伴:"将此摺递与包卿看。"包公恭敬捧过一看,连忙跪倒奏道:"臣子侄不肖,理应严拿,押解来京,严加审讯。臣有家教不严之罪,亦当从重究治。仰恳天恩依律施行。"奏罢,便匍匐在地。圣上见包公毫无遮饰之词,又见他惶愧至甚,圣心反觉不安,道:"卿家日夜勤劳王事,并未回家,如何能够知道家中事体?卿且平身,俟押解来京时,朕自有道理。"包公叩头,平身归班。圣上即传旨意:立刻行文,着该府、州、县,无论包世荣行至何方,立即押解驰驿来京。

此钞一发,如星飞电转,迅速之极。不一日,便将包三公子押解来京。刚到城内热闹丛中,见那壁厢一骑马飞也似跑来。相离不远,将马收住,滚鞍下来,便在旁边屈膝禀道:"小人包兴,奉相爷钧谕,求众押解老爷略留情面,容小人与公子微述一言,再不能久停。"押解的官员听是包太师差人前来,谁也不好意思的,只得将马勒住道:"你就是包兴么?既是相爷有命,容你与公子见面就是了。但你主仆在那里说话呢?"那包兴道:"就在这边饭铺罢,不过三言两语而已。"这官员便吩咐将闲人逐开。此时,看热闹的人山人海,谁不知包相爷的人情到了。又见这包三公子人品却也不俗,同定包兴进铺,自有差役暗暗跟随。不多会,便见出来。包兴又见了那位老爷,屈膝跪倒道:"多承老爷厚情,容小人与公子一见。小人回去必对相爷细禀。"那官儿也只得说:"给相爷请安。"包兴连声答应,退下来,抓鬃上马，如飞的去了。这里，押解三公子的先到兵马司挂号，然后便到大理寺听候纶音。谁知此时庞吉已奏明圣上，就交大理寺，额外添派兵马司、都察院三堂会审。圣上准奏。你道此贼又添此二处为何？只因兵马司是他女婿孙荣，都察院是他门生廖天成，全是老贼心腹。惟恐文彦博审的袒护，故此添派二处。他那里知道，文老大人忠正办事，毫无徇私呢？

不多时，孙荣、廖天成来到大理寺，与文大人相见。皆系钦命，难分主客，仍是文大人居了正位，孙、廖二人两旁侧坐。喊了堂威，便将包世荣带上堂来。便问他如何进香，如何勒索州县银两。包三公子因在饭铺听了包兴之言，说相爷已在各处托嘱明白，审讯之时，不必推诿，只管实说，相爷自有救公子之法。因此，三公子便道："生员奉祖母之命，太原进香。闻得苏杭名山秀水极多，莫若趁此进香，就便游玩。只因路上盘川缺少，先前原是在州县借用，谁知后来他们俱送程仪，并非有意勒索。"文大人道："既无勒索，那赵显谟如何休致？"包世荣道："生员乃一介儒生，何敢妄干国政？他休致不休致生员不得而知，想来是他才力不及罢了。"孙荣便道："你一路逢州遇县，到底勒索了多少银两？"包世荣道："随来随用，也记不清了。"

正问至此，只见进来一个虞候，却是庞太师寄了一封字儿，叫面交孙姑老爷的。孙荣接来看了，道："这还了得！竟有如此之多！"文大人便问道："孙大人，却是何事？"孙荣道："就是此子在外勒索的数目，家岳已令人暗暗查来。"文大人道："请借一观。"孙荣便道："请看。"递将过去。文大人见上面有各州县的销耗数目，后面又见有庞吉嘱托孙荣极力参奏包公的话头。看完了也不递给孙荣,便笼入袖内,望着来人说道:"此系公堂之上,你如何擅敢妄传书信,是何道理? 本当按照搅乱公堂办理,念你是太师的虞候,权且饶恕。左右,与我用棍打出去!"虞候唬了个心惊胆怕,左右一喊,连忙逐下堂去。文大人对孙荣道:"令岳做事太率意了。此乃法堂,竟敢遣人送书,于理说不去罢?"孙荣连连称"是",字柬儿也不敢往回要了。廖天成见孙荣理屈,他却搭讪着问包世荣道:"方才押解官回禀:包太师曾命人拦住马头,要见你说话,可是有的?"包世荣道:"有的。无非告诉生员不必推诿,总要实说,求众位大人庇佑之意。"廖天成道:"那人他叫什么名字?"包世荣道:"叫包兴。"廖天成立刻吩咐差役,传包兴到案,暂将包世荣带下去。

不多时,包兴传到。孙荣一肚子闷气无处发挥,如今见了包兴,却作起威来,道:"好狗才,你如何擅敢拦住钦犯,传说信息,该当何罪。讲!"包兴道:"小人只知伺候相爷,不离左右,何尝拦住钦犯,又擅敢私传信息? 此事包兴实实不知。"孙荣一声断喝道:"好狗才,还敢强辩。拉下去重打二十!"可怜包兴无故遭此惨毒,二十板打得死而复生,心中想道:"我跟了相爷多年,从来没受过这等重责。相爷审过多少案件,也从来没有这般的乱打。今日活该,我包兴遇见对头了。"早已横了心,再不招认此事。孙荣又问道:"包兴,快快招上来!"包兴道:"实实没有此事,小人一概不知。"孙荣听了,怒上加怒,吩咐左右请大刑。只见左右将三根木往堂上一掼。包兴虽是懦弱身躯,他却是雄心豪气,早已把死付于度外。何况这样刑具,他是看惯了的了，全然不惧，反冷笑道："大人不必动怒。大人既说小人拦住钦犯，私传信息，似乎也该把我家公子带上堂来，质对质对才是。"孙荣道："那有工夫与你闲讲，左右，与我夹起来！"文大人在上，实实看不过，听不上，便叫左右把包世荣带上，当面对证。

包世荣上堂见了包兴，看了半天道："生员见的那人虽与他相仿，只是黑瘦些，却不是这等白胖。"孙荣听了，自觉着有些不妥。忽见差役禀道："开封府差主簿公孙策，赍有文书，当堂投递。"文大人不知何事，便叫领进来。公孙策当下投了文书，在一旁站立。文大人当堂拆封，将来文一看，笑容满面，对公孙策道："他三个俱在此么？"公孙策道："是，现在外面。"文大人道："着他们进来。"公孙策转身出去。文大人方将来文与孙、廖二人看了。两个贼登时就目瞪痴呆，面目更色，竟不知如何是好。

不多时，只见公孙策领进了三个少年，俱是英俊非常，独有第三个尤觉清秀。三个人向上打躬。文大人立起身来道："三位公子免礼。"大公子包世恩、二公子包世勋却不言语，独有三公子包世荣道："家叔多多上复文老伯，叫晚生亲至公堂，与假冒名的当堂质对。此事关系生员的声名，故敢冒昧直陈，望乞宽宥。"不料大公子一眼看见当堂跪的那人，便问道："你不是武吉祥么？"谁知那人见了三位公子到来，已然唬的魂不附体，如今又听大爷一问，不觉的抖衣而战，那里还答应的出来呢。文大人听了，问道："怎么，你认得此人么？"大公子道："他是弟兄两个，他叫武吉祥，他兄弟叫武平安，原是晚生家的仆从。只因他二人不守本分，因此将他二人撵出去了。不知他为何又假冒我三弟之名前来。"文大人又看了看武吉祥,面貌果与三公子有些相仿,心中早已明白,便道:"三位公子请回衙署。"又向公孙策道:"主簿回去多多上复阁台,就说我这里即刻具本复奏,并将包兴带回,且听纶音便了。"三位公子又向上一躬,退下堂来。公孙策扶着包兴,一同回开封去了。

且说包公自那日被庞吉参了一本,始知三公子在外胡为。回到衙中,又气又恨又惭愧。气的是大老爷养子不教;恨的是三公子年少无知,在外闯此大祸,恨不能自己把他拿住,依法处治;所愧者,自己励精图治,为国忘家,不想后辈子侄不能恪守家范,以致生出事来,使我在大廷之上碰头请罪,真真令人羞死。从此后有何面目在相位忝居呢?越想越烦恼,这些日连饮食俱各减了。后来又听得三公子解到,圣上添了三堂会审,便觉心上难安。偏偏又把包兴传去,不知为着何事。正在踟蹰不安之时,忽见差役带进一人,包公虽然认得,一时想不起来。只见那人朝上跪倒道:"小人包旺,与老爷叩头。"包公听了,方想起果是包旺,心中暗道:"他必是为三公子之事而来。"暂且按住心头之火,问道:"你来此何事?"包旺道:"小人奉了太老爷、太夫人、大老爷、大夫人之命,带领三位公子前来与相爷庆寿。"包公听了,不觉诧异道:"三位公子在那里?"包旺道:"少刻就到。"包公便叫李才同定包旺在外立等,三位公子到了,即刻领来。二人领命去了。包公此时早已料到此事有些蹊跷了。少时,只见李才领定三位公子进来。包公一见,满心欢喜。三位公子参见已毕,包公搀扶起来,请了父母的安好,候了兄嫂的起居。又见三人中,惟有三公子相貌清奇，更觉喜爱，便叫李才带领三位公子进内给夫人请安。包公既见了三位公子，便料定那个是假冒名的了。立刻请公孙先生来，告诉了此事，急办文书，带领三位公子到大理寺当面质对。

此时，展爷与卢义士、四勇士俱各听明了，惟有赵虎暗暗更加欢喜。展南侠便带领三义四勇，来到书房，与相爷称贺。包公此时把连日闷气登时消尽，见了众人进来，更觉欢喜畅快，便命大家坐了。就此，将此事测度了一番。然后又问了问这几日访查的光景，俱各回言并无下落。还是卢方忠厚的心肠，立了个主意道："恩相为此事甚是焦心，而且钦限又紧，莫若恩相再遇圣上追问之时，且先将卢方等三人奏知圣上，一来且安圣心，二来理当请罪。如能够讨下限来，岂不又缓一步么？"包公道："卢义士说的也是，且看机会便了。"正说间，公孙策带领三位公子回来，到了书房参见。

未知后事如何，且听下回分解。

## 第四十八回

### 访奸人假公子正法　　贬佞党真义士面君

且说公孙策与三位公子回来,将文大人之言一一禀明。大公子又将认得冒名的武吉祥也回了。惟有包兴一瘸一拐,见了包公,将孙荣蛮打的情节述了一遍。包公安慰了他一番,叫他且自歇息将养。众人彼此见了三位公子,也就告别了。来至公厅,大家设席与包兴压惊。里面却是相爷与三位公子接风掸尘,就在后面同定夫人、三位公子叙天伦之乐。

单言文大人具了奏摺,连庞吉的书信与开封府的文书,俱各随摺奏闻。天子看了又喜又恼,喜的是包卿子侄并无此事,可见他传家有法,不愧诗书门第,将来总可以继绍簪缨。恼的是庞吉屡与包卿作对,总是他的理亏。如今索性与孙荣等竟成群党,全无顾忌,这不是有意要陷害大臣么?他真要如此,叫朕也难护庇了。便将文彦博原摺、案卷、人犯,俱交开封府问讯。

包公接到此旨,看了案卷,升堂略问了问赵庆。将武吉祥带上堂来,一鞫即服。又问他:"同事者多少人?"武吉祥道:"小人有个兄弟,名叫武平安,他原假充包旺,还有两个伴当。不想风声一露,他们就预先逃走了。"包公因有庞吉私书,上面有查来各处数目,不得不问。果然数目相符。又问他:"有个包兴曾给你送信,却在何处?说的是何言语？"武吉祥便将在饭铺内说的话一一回明。包公道："若见了此人，你可认得么？"武吉祥道："若见了面，自然认得。"包公叫他画招，暂且收监。包公问道："今日当值的是谁？"只见下面上来二人，跪禀道："是小人江樊、黄茂。"包公看了，又添派了马、步快头耿春、郑平二人，吩咐道："你四人前往庞府左右细细访查，如有面貌与包兴相仿的只管拿来。"四个人领命去了。包公退堂来至书房，请了公孙先生来商议具摺复奏，并定罪名处分等事不表。

且言领了相谕的四人，暗暗来到庞府，分为两路细细访查。及至两下里四个人走个对头，俱各摇头。四人会意，这是没有的缘故。彼此纳闷，可往那里去寻呢？真真事有凑巧，只见那边来了个醉汉，旁边有一人用手相搀，恰恰的仿佛包兴。四人喜不自胜，就迎了上来。只听那醉汉道："老二吓，你今儿请了我了，你算包兴兄弟了；你要是不请我呀，你可就是包兴的儿子了。"说罢哈哈大笑。又听那道："你满嘴里说的是些什么！喝点酒儿混闹。这叫人听见，是什么意思？"说话之间，四人已来到跟前，将二人一同获住，套上铁链，拉着就走。这人唬得面目焦黄，不知何事。那醉汉还胡言乱语的讲交情过节儿，四个人也不理他。及至来到开封府，着二人看守，二人回话。

包公正在书房与公孙先生商议奏摺，见江樊、耿春二人进来，便将如何拿的一一禀明。包公听了，立刻升堂。先将醉汉带上来问道："你叫什么名字？"醉汉道："小人叫庞明，在庞府帐房里写帐。"包公问道："那一个，他叫什么？"庞明道："他叫庞光，也在庞府帐房里。我们俩是同手儿伙计。"包公道："他既叫庞光，为何你又叫他包兴呢？讲！"庞明说："这个……那个……他是什么件事情。他……这……那么……这么件事情呢。"包公吩咐："掌嘴！"庞明忙道："我说，我说！他原当过包兴，得了十两银子。小人才呕着他，喝了他个酒儿。就是说兄弟咧，儿子咧，我们原本顽笑，并没有打架拌嘴，不知为什么就把我们拿来了。"包公吩咐将他带下去，把庞光带上堂来。包公看了，果然有些仿佛包兴，把惊堂木一拍道："庞光，你把假冒包兴情由诉上来！"庞光道："并无此事吓。庞明是喝醉了，满口里胡说。"包公叫提武吉祥上堂，当面认来。武吉祥见了庞光道："合小人在饭铺说话的正是此人。"庞光听了，心下慌张。包公吩咐拉下去，重打二十大板。打的他叫苦连天，不能不说。便将庞吉与孙荣、廖天成在书房如何定计，"恐包三公子不应，故此叫小人假扮包兴，告诉三公子只管应承，自有相爷解救。别的，小人一概不知。"包公叫他画了供，同武吉祥一并寄监，俟参奏下来再行释放。庞明无事，叫他去了。

　　包公仍来至书房，将此事也叙入摺内。定了武吉祥御刑处死："至于庞吉与孙荣、廖天成私定阴谋，拦截钦犯，传递私信，皆属挟私陷害，臣不敢妄拟罪名，仰乞圣聪明示，睿鉴施行。"此本一上，仁宗看毕，心中十分不悦。即明发上谕："庞吉屡设奸谋，频施毒计，挟制首相，逸害大臣，理宜贬为庶民，以惩其罪。姑念其在朝有年，身为国戚，着仍加恩赏给太师衔，赏食全俸，不准入朝从政。倘再不知自励，暗生事端，即当从重治罪。孙荣、廖天成阿附庞吉，结成党类，实属不知自爱，俱着降三级调用。馀依议。钦此。"此旨一下，众人无不称快。包公奉旨,用狗头铡将武吉祥正法,庞光释放。赵庆亦着他回去,额外赏银十两。立刻行文到管城县,赵庆仍然在役当差。此事已结,包公便庆寿辰,圣上与太后俱有赏赐。至于众官祝贺,凡送礼者俱是璧回,众官亦多有不敢送者,因知相爷为人忠梗无私。不必细述。过了生辰,即叫三位公子回去。惟有三公子,包公甚是喜爱,叫他回去禀明了祖父、祖母与他父母,仍来开封府,在衙内读书,自己与他改正诗文,就是科考亦甚就近。打发他等去后,办下谢恩摺子,预备明日上朝呈递。

次日入内递摺请安。圣上召见,便问访查的那人如何。包公趁机奏道:"那人虽未拿获,现有他同伙三人自行投到。臣已讯明,他等是陷空岛内卢家庄的五鼠。"圣上听了问道:"何以谓之五鼠?"包公奏道:"是他五个人的绰号:第一盘桅鼠卢方,第二是彻地鼠韩彰,第三是穿山鼠徐庆,第四是混江鼠蒋平,第五是锦毛鼠白玉堂。"圣上听了,喜动天颜,道:"听他们这些绰号,想来就是他们本领了。"包公道:"正是。现今惟有韩彰、白玉堂不知去向,其馀三人俱在臣衙内。"仁宗道:"既如此,卿明日将此三人带进朝内,朕在寿山福海御审。"包公听了,心下早已明白。这是天子要看看他们的本领,故意的以御审为名。若果要御审,又何必单在寿山福海呢?再者,包公为何说盘桅鼠、混江鼠呢?包公为此筹画已久,恐说出"钻天"、"翻江",有犯圣忌,故此改了,这也是怜才的一番苦心。当日早朝已毕,回到开封,将事告诉了卢方等三人,并着展爷与公孙先生等明日俱随入朝,为照应他们三人。又嘱咐了他三人多少言语,无非是敬谨小心而已。

　　到了次日,卢方等绝早的就披上罪裙罪衣。包公见了,吩咐不必,俟圣旨召见时,再穿不迟。卢方道:"罪民等今日朝见天颜,理宜奉公守法。若临期再穿,未免简慢,不是敬君上之理。"包公点头道:"好,所论极是。若如此,本阁可以不必再嘱咐了。"便上轿入朝。展爷等一群英雄,跟随来至朝房,照应卢方等三人,不时的问问茶水等项。卢方到了此时,惟有低头不语,蒋平也是暗自沉吟,独有愣爷徐庆,东瞧西望,问了这里,又打听那边,连一点安顿气儿也是没有。忽见包兴从那边跑来,口内打咴,又点手儿。展爷已知是圣上过寿山福海那边去了,连忙同定卢方等随着包兴往内里而来。包兴又悄悄嘱咐卢方道:"卢员外不要害怕,圣上要问话时,总要据实陈奏。若问别的,自有相爷代奏。"卢方连连点头。

　　刚来至寿山福海,只见宫殿楼阁,金碧交辉;宝鼎香烟,氤氲结彩;丹墀之上,文武排班。忽听钟磬之音嘹亮,一对对提炉引着圣上升了宝殿,顷刻肃然寂静。却见包相牙笏上捧定一本,却是卢方等的名字,跪在丹墀。圣上宣至殿上,略问数语,出来了。老伴伴陈林来至丹墀之上道:"旨意带卢方、徐庆、蒋平。"此话刚完,早有御前侍卫,将卢方等一边一个架起胳膊,上了丹墀。任你英雄好汉,到了此时没有不动心的。慢说卢、蒋二人,连浑愣儿的徐庆,他也觉心中乱跳。两边的侍卫又将他等一按,悄悄说道:"跪下。"三人匍匐在地,侍卫往两边一闪。圣上见他等觳觫战栗,不敢抬头。叫卢方抬起头来。卢方秉正向上,仁宗看了,点了点头,暗道:"看他相貌出众,武艺必定超群。"因问道："居住何方？结义几人？作何生理？"卢方一一奏罢。圣上又问他："因何投到开封府？"卢方连忙叩首奏道："罪民因白玉堂年幼无知，惹下滔天大祸，全是罪民素日不能规箴忠告善导，致令酿成此事。惟有仰恳天恩，将罪民重治其罪。"奏罢，叩头碰地。

仁宗见他情甘替白玉堂认罪，真不愧结盟的义气，圣心大悦。忽见那边忠烈祠旗杆上黄旗被风刮的唿喇喇乱响，又见两旁的飘带有一根却裹住滑车。圣上却借题发挥道："卢方，你为何叫作盘桅鼠？"卢方奏道："只因罪民船上篷索断落，罪民曾爬桅结索，因此叫为盘桅鼠，实乃罪民末技。"圣上道："你看，那旗杆上飘带缠绕不清，你可能够上去解开么？"卢方跪着，扭项一看，奏道："罪民可以勉力巴结。"圣上命陈林将卢方领下丹墀，脱去罪衣罪裙，来到旗杆之下。他便挽掖衣袖，将身一纵，蹲在夹杆石上，只用手一扶旗杆，两膝一蜷，只听哧哧哧哧，犹如猿猴一般，迅速之极，早已到了挂旗之处。先将绕在旗杆上的解开，只见他用腿盘旗杆，将身形一探，却把滑车上的也就脱落下来。此时，圣上与群臣看的明白，无不喝彩。忽又见他伸开一腿，只用一腿盘住旗杆，将身体一平，双手一伸，却在黄旗一旁又添上了一个顺风旗。众人看了，谁不替他耽惊。忽又用了个拨云探月架式，将左手一甩，将那一条腿早离了杆。这一下，把众人唬了一跳。及至看时，他早用左手单挽旗杆，又使了个单展翅。下面自圣上以下，无不喝彩连声。猛见他把头一低，滴溜溜顺将下来，仿佛失手的一般。却把众人唬着了，齐说："不好！"再一看时，他却从夹杆石上跳将下来,众人方才放心。天子满心欢喜,连声赞道:"真不愧'盘桅'二字。"陈林仍带卢方上了丹墀,跪在旁边。

看第二名的叫彻地鼠韩彰,不知去向。圣上即看第三的,名叫穿山鼠徐庆,便问道:"徐庆。"徐庆抬起头来,道:"有!"他这声答应的极其脆亮。天子把他一看,见他黑漆漆一张面皮,光闪闪两个环睛,卤莽非常,毫无畏惧。

不知仁宗看了问出什么话来,且听下回分解。

## 第四十九回

### 金殿试艺三鼠封官　佛门递呈双乌告状

话说天子见那徐庆卤莽非常,因问他如何穿山。徐庆道:"只因我……"蒋平在后面悄悄拉他,提拨道:"罪民,罪民!"徐庆听了,方说道:"我——罪民在陷空岛连钻十八孔,故此人人叫我——罪民穿山鼠。"圣上道:"朕这万寿山也有山窟,你可穿得过去么?"徐庆道:"只要是通的就钻的过去。"圣上又派了陈林将徐庆领至万寿山下,徐庆脱去罪衣罪裙。陈林嘱咐他道:"你只要穿山窟过去,应个景儿即便下来,不要耽延工夫。"徐庆只管答应,谁知他到了半山之间,见个山窟,把身子一顺就不见了,足有两盏茶时不见出来。陈林着急道:"徐庆,你往那里去了?"忽见徐庆在南山尖之上应道:"唔,俺在这里。"这一声,连圣上与群臣俱各听见了。卢方在一旁跪着暗暗着急,恐圣上见怪。谁知徐庆应了一声又不见了,陈林更自着急。等了多会,方见他从山窟内穿出。陈林连忙点手呼他下来。此时,徐庆已不成模样,浑身青苔,满头尘垢。陈林仍把他带在丹墀,跪在一旁。圣上连连夸奖:"果真不愧'穿山'二字。"

又见单上第四名混江鼠蒋平。天子往下一看,见他身材渺小,再搭着匍匐在地,更显猥琐。及至叫他抬起头来,却是面黄肌瘦,形如病夫。仁宗有些不悦,暗想道:"看他这光景,如何配称混江鼠呢?"

无奈何问道:"你既叫混江鼠,想是会水了?"蒋平道:"罪民在水间能开目视物,能水中整个月住宿,颇识水性,因此唤作混江鼠。这不过是罪民小巧之技。"仁宗听说"颇识水性"四字,更不喜悦。立刻吩咐备船,叫陈林:"进内取朕的金蟾来。"少时,陈伴伴取到。天子命包公细看,只见金漆木桶之中,内有一个三足蟾。宽有三寸按三才,长有五寸遵五行,两个眼睛如琥珀一般,一张大口恰似胭脂,碧绿的身子,雪白的肚儿,更趁着两个金睛圈儿,周身的金点儿,实实好看,真是稀奇之物。包公看了赞道:"真乃奇宝。"天子命陈林带着蒋平上一只小船。却命太监提了木桶,圣上带领首相及诸大臣登在大船之上。此时,陈林看蒋平光景,惟恐他不能捉蟾,悄悄告诉他道:"此蟾乃圣上心爱之物,你若不能捉时,趁早言语。我与你奏明圣上,省得吃罪不起。"蒋平笑道:"公公但请放心,不要多虑。有水靠求借一件。"陈林道:"有,有。"立刻叫小太监拿几件来。蒋平挑了一身极小的,脱了罪衣罪裙,穿上水靠,刚刚合体。只听圣上那边大船上太监手提木桶,道:"蒋平,咱家这就放蟾了。"说罢,将木桶口儿向下,底儿朝上,连蟾带水俱各倒在海内。只见那蟾在水皮之上发愣。陈林这边紧催蒋平:"下去,下去!"蒋平却不动。不多时,那蟾灵性清醒,三足一晃就不见了。蒋平方向船头将身一顺,连个声息也无,也不见了。

天子那边看的真切,暗道:"看他入水势颇有能为,只是金蟾惟恐遗失。"眼睁睁往水中观看,半天不见影响。天子暗说:"不好!朕看他懦弱身躯,如何禁的住在水中许久。别是他捉不住金蟾,畏罪自溺死了罢？这是怎么说！朕为一蟾，要人一命，岂是为君的道理。"正在着急，忽见水中咕嘟嘟翻起泡来。此泡一翻，连众人俱各猜疑了：这必是沉了底儿了。仁宗好生难受。君臣只顾远处观望，未想到船头以前，忽然水上起波，波纹往四下里一开，发了一个极大的圈儿。从当中露出人来，却是面向下，背朝上，真是河漂子一般。圣上看了，不由的一怔。猛见他将腰一拱，仰起头来。却是蒋平在水中跪着，两手上下合拢。将手一张，只听金蟾在掌中呱呱的乱叫。天子大喜道："岂但颇识水性，竟是水势精通了！真是好混江鼠，不愧其称。"忙吩咐太监，将木桶另注新水。蒋平将金蟾放在里面，跪在水皮上，恭恭敬敬向上叩了三个头。圣上及众人无不夸赞。见他仍然踏水奔至小船，脱了衣靠。陈林更喜，仍把他带往金銮殿来。

此时圣上已回转殿内，宣包公进殿，道："朕看他等技艺超群，豪侠尚义。国家总以鼓励人材为重，朕欲加封他等职衔，以后也令有本领的各怀向上之心。卿家以为何如？"包公原有此心，恐圣上设疑，不敢启奏，今一闻此旨，连忙跪倒奏道："圣主神明，天恩浩荡。从此大开进贤之门，实国家之大幸也。"仁宗大悦，立刻传旨，赏了卢方等三人，也是六品校尉之职，俱在开封供职。又传旨，务必访查白玉堂、韩彰二人，不拘时日。包公带领卢方等谢恩。天子驾转回宫。

包公散朝来到衙署，卢方等三人从新又叩谢了包公。包公甚喜，却又谆谆嘱咐："务要访查二义士、五义士，莫要辜负圣恩。"公孙策与展爷、王、马、张、赵俱各与三人贺喜，独有赵虎心中不乐，暗自思道："我们辛苦了多年，方才挣得个校尉。如今他三人不发一刀一枪,便也是校尉,竟自与我等为伍。若论卢大哥,他的人品轩昂,为人忠厚,武艺超群,原是好的。就是徐三哥,直直爽爽,就合我赵虎的脾气似的,也还可以。独有那姓蒋的,三分不像人,七分不像鬼,瘦的那个样儿,眼看着成了干儿了,不是筋连着也就散了!他还说动话儿,闹雁儿孤,尖酸刻薄,怎么配与我老赵同堂办事呢?"心中老大不乐。因此,每每聚谈饮酒之间,赵虎独独与蒋平不对,蒋爷毫不介意。他等一壁里访查正事,一壁里彼此聚会,又耽延了一个月的光景。

这一天,包公下朝,忽见两个乌鸦随着轿呱呱乱叫,再不飞去。包公心中有些疑惑。又见有个和尚迎轿跪倒,双手举呈,口呼"冤枉"。包兴接了呈子,随轿进了衙门。包公立刻升堂,将诉呈看毕,把和尚带上来问了一堂。原来此僧名叫法明,为替他师兄法聪辨冤。即刻命将和尚暂带下去,忽听乌鸦又来乱叫。及至退堂来到书房,包兴递了一盏茶,刚然接过,那两个乌鸦又在檐前呱呱乱叫。包公放下茶杯,出书房一看,仍是那两个乌鸦。包公暗暗道:"这乌鸦必有事故。"吩咐李才将江樊、黄茂二人唤进来,李才答应。不多时,二人跟了李才进来,到书房门首。包公就差他二人跟随乌鸦前去,看有何动静。江、黄二人忙跪下禀道:"相爷叫小人跟随乌鸦往那里去?请即示下。"包公一声断喝道:"哇,好狗才,谁许你等多说?派你二人跟随,你便跟去。无论是何地方,但有形迹可疑的即便拿来见我。"说罢,转身进了书房。

江、黄二人彼此对瞧了瞧,不敢多言,只得站起,对乌鸦道:"往那里去?走吓!"可煞作怪,那乌鸦便展翅飞起,出衙去了。二人那敢怠慢，赶出了衙门。却见乌鸦在前，二人不管别的，低头看看脚底下，却又仰面瞧瞧乌鸦，不分高低，没有理会已到城外旷野之地。二人吁吁带喘。江樊道："好差使眼儿，两条腿跟着带翅儿的跑。"黄茂道："我可顽不开了。再要跑，我就要暴脱了。你瞧我这浑身汗，全透了。"忽见那边飞了一群乌鸦来，连这两个裹住。江樊道："不好咧，完了，咱们这两个呀呀儿哟了，好汉打不过人多。"说着话，两个便坐在地下，仰面观瞧。只见左旋右舞，飞腾上下，如何分的出来呢？江、黄二人为难："这可怎么样呢？"猛听得那边树上呱呱乱叫。江樊立起身来一看，道："伙计，你在这里呢。好吓，他两个会顽吓，敢则躲在树里藏着呢。"黄茂道："知道是不是？"江樊道："咱们叫他一声儿。老鸦吓，该走咧！"只见两个乌鸦飞起，向着二人乱叫，又往南飞去了。江樊道："真奇怪！"黄茂道："别管他，咱们且跟他到那里。"二人赶步向前。刚然来至宝善庄，乌鸦却不见了，见有两个穿青衣的，一个大汉，一个后生。江樊猛然省悟道："伙计，二青吓。"黄茂道："不错，双皂吓。"

二人说完，尚在犹疑，只见那二人从小路上岔走。大汉在前；后生在后，赶不上大汉，一着急却跌倒了，把靴子脱落了一只，却露出尖尖的金莲来。那大汉看见，转回来身将他扶起，又把靴子拾起叫他穿上。黄茂早赶过来道："你这汉子，要拐那妇人往那里去？"一伸手就要拿人。那知大汉眼快，反把黄茂腕子拢住往怀里一领，黄茂难以扎挣，便就顺水推舟的趴下了。江樊过来嚷道："故意的女扮男装，必有事故，反将我们伙计摔倒，你这厮有多大胆？"说罢，才要动手，只见那大汉将手一晃,一展眼间,右胁下就是一拳。江樊往后倒退了几步,身不由己的也就仰面朝天的躺下了。他二人却好,虽则一个趴着,一个躺着,却骂不绝口,又不敢起来合他较量。只听那大汉对后生说:"你顺着小路过去,有一树林,过了树林,就看见庄门了。你告诉庄丁们,叫他等前来绑人。"那后生忙忙顺着小路去了。不多时,果见来了几个庄丁,短棍铁尺,口称:"主管,拿什么人?"大汉用手往地下一指道:"将他二人捆了,带至庄中见员外去。"庄丁听了,一齐上前,捆了就走。绕过树林,果见一个广梁大门。江、黄二人正要探听探听,一直进了庄门,大汉将他二人带至群房道:"我回员外去。"不多时,员外出来,见了公差江樊,只唬得惊疑不止。

不知为了何事,且听下回分解。

## 第五十回

### 彻地鼠恩救二公差　　白玉堂智偷三件宝

且说那员外迎面见了两个公差,谁知他却认得江樊,连忙吩咐家丁快快松了绑缚,请到里面去坐。你道这员外却是何等样人?他姓林,单名一个春字,也是个不安本分的。当初同江樊他两个人,原是破落户出身,只因林春发了一注外财,便与江樊分手。江樊却又上了开封府当皂隶,暗暗的熬上了差役头目。林春久已听得江樊在开封府当差,就要仍然结识于他。谁知江樊见了相爷秉正除奸,又见展爷等英雄豪侠,心中羡慕,颇有向上之心。他竟改邪归正,将凤日所为之事一想,全然不是在规矩之中,以后总要做好事、当好人才是。不想今日被林春主管雷洪拿来,见了员外却是林春。林春连声"恕罪",即刻将江樊、黄茂让至待客厅上。献茶已毕,林春欠身道:"实实不知是二位上差,多有得罪。望乞看当初的分上,务求遮盖一二。"江樊道:"你我原是同过患难的,这有什么要紧?但请放心。"说罢执手,别过头来,就要起身,这本是个脱身之计。不想林春更是奸滑油透的,忙拦道:"江贤弟,且不必忙。"便向小童一使眼色。小童连忙端出一个盘子,里面放定四封银子。林春笑道:"些须薄礼,望乞笑纳。"江樊道:"林兄,你这就错了。似这点事儿,有甚要紧,难道用这银子买嘱小弟不成?断难从命。"林春听了,登时放下脸来道:

"江樊,你好不知时务。我好意念昔日之情,赏脸给你银两,你竟敢推托。想来你是仗着开封府,藐视于我。好,好!"回头叫声:"雷洪,将他二人吊起来,给我着实拷打。立刻叫他写下字样,再回我知道。"

雷洪即吩咐庄丁捆了二人,带至东院三间屋内。江樊、黄茂也不言语,被庄丁推至东院,甚是宽阔,却有三间屋子,是两明一暗。正中柁上有两个大环,环内有链,链上有钩。从背缚之处伸下钩来钩住腰间丝绦,往上一拉,吊的脚刚离地,前后并无倚靠。雷洪叫庄丁搬个座位坐下,又吩咐庄丁用皮鞭先抽江樊。江樊到了此时,便把当初的泼皮施展出来,骂不绝口。庄丁连抽数下,江樊谈笑自若道:"松小子,你们当家的惯会打算盘,一点荤腥儿也不给你们吃,尽与你们豆腐,吃的你们一点劲儿也没有。你这是打人呢,还是与我去痒痒呢?"雷洪闻听,接过鞭子来,一连抽了几下。江樊道:"还是大小子好。他到底儿给我抓抓痒痒,孝顺孝顺我呀。"雷洪也不理他,又抽了数下。又叫庄丁抽黄茂。黄茂也不言语,闭眼合睛,惟有咬牙忍疼而已。江樊见黄茂捱死打,惟恐他一哼出来就不是劲儿了。他却拿话往这边领着说:"你们不必抽他了,他的困大,抽着抽着就睡着了。你们还是孝顺我来罢。"雷洪听了,不觉怒气填胸,向庄丁手内接过皮鞭子来,又打江樊。江樊却是嘻皮笑脸。闹的雷洪无法,只得歇息歇息。

此时日已衔山,将有掌灯时候,只听小童说道:"雷大叔,员外叫你老吃饭呢。"雷洪叫庄丁等皆吃饭去,自己出来将门带上,扣了锦儿，同小童去了。这屋内江、黄二人听了听外面寂静无声，黄茂悄悄说道："江大哥，方才要不是你拿话儿领过去，我有点顽不开了。"江樊道："你等着罢，回来他来了，这顿打那才够驮的呢。"黄茂道："这可怎么好呢？"忽见里间屋内一人啼哭，却看不出是什么模样。江樊问道："你是什么人？"那人道："小老儿姓豆，只因同小女上汴梁投亲去，就在前面宝善庄打尖。不想这员外由庄上回来，看见小女，就要抢掠。多亏了一位义士姓韩名彰，救了小老儿父女二人，又赠了五两银子。不料不识路径，竟自走入庄内，却就是这员外庄里。因此被他仍然抢回，将我拘禁在此，尚不知我女儿性命如何？"说着说着就哭了。江、黄二人听了说是韩彰，满心欢喜道："咱们倘能脱了此难，要是找着韩彰，这才是一件美差呢。"

正说至此，忽听钉锦儿一响，将门闪开一缝，却进来了一人。火扇一晃，江、黄二人见他穿着夜行衣靠，一色是青。忽听豆老儿说道："原来是恩公到了。"江、黄听了此言，知是韩彰，忙道："二员外爷，你老快救我们才好。"韩彰道："不要忙。"从背后抽出刀来，将绳索割断，又把铁链钩子摘下，江、黄二人已觉痛快。又放了豆老儿。那豆老儿因捆他的工夫大了，又有了年纪，一时血脉不能周流。韩彰便将他等领出屋来，悄悄道："你们在何处等等，我将林春拿住，交付你二人好去请功。再找找豆老的女儿在何处。只是这院内并无藏身之所，你们在何处等呢？"忽见西墙下有个极大的马槽扣在那里，韩彰道："有了，你们就藏在马槽之下如何呢？"江樊道："叫他二人藏在里面罢，我是闷不惯的。我一人好找地方，另藏在别处罢。"说着就将马槽一头掀起,黄茂与豆老儿跑进去,仍然扣好。

二义士却从后面上房,见各屋内灯光明亮,他却伏在檐前往下细听。有一个婆子说道:"安人,你这一片好心,每日烧香念佛的,只保佑员外平安无事罢。"安人道:"但愿如此。只是再也劝不过来的,今日又抢了一个女子来,还锁在那边屋里呢,不知又是什么主意?"婆子道:"今日不顾那女子了。"韩爷暗喜:"幸而女子尚未失身。"又听婆子道:"还有一宗事最恶呢!原来咱们庄南有个锡匠,叫什么季广,他的女人倪氏,合咱们员外不大清楚。只因锡匠病才好了,咱们员外就叫主管雷洪定下一计策,叫倪氏告诉他男人,说他病时曾许下在宝珠寺烧香。这寺中有个后院子,是一块空地,并丘着一口棺材,墙却倒塌不整。咱们雷洪就在那里等他。"安人问道:"等他做什么?"婆子道:"这就是他们定的计策。那倪氏烧完了香,就要上后院子小解,解下裙子来搭在丘子上,及至小解完了就不见了,因此他就回了家。到了半夜,有人敲门嚷道:'送裙子来了。'倪氏叫他男人出去,就被人割了头去了。这倪氏就告到祥符县,说庙内昨日失去裙子,夜间夫主就被人杀了。县官听罢,就疑惑庙内和尚身上,即派人前去搜寻。却于庙内后院丘子旁边,见有浮土一堆,刨开看时,就是那条裙子包着季广的脑袋呢。差人就把本庙的和尚法聪拿了去了。用酷刑审问,他如何能招呢?谁知法聪有个师弟名叫法明,募化回来听见此事,他却在开封府告了。咱们员外听见此信,恐怕开封问事利害,万一露出马脚来不大稳便。因此,又叫雷洪拿了青衣小帽,叫倪氏改装藏在咱们家里,就在东跨所,听说今晚成亲。你老人家想想,这是什么事？平白无故的生出这等毒计！"

韩爷听毕，便绕至东跨所，轻轻落下。只听屋内说道："那开封府断事如神，你若到了那里，三言两语包管露出马脚来，那还了得。如今这个法子，谁想的到你在这里呢？这才是万年无忧呢。"妇人说道："就只一宗，我今日来时，遇见两个公差，偏偏的又把靴子掉了，露出脚来。喜的好在拿住了，千万别要把他们放走了。"林春道："我已告诉雷洪，三更时把他们结果了就完了。"妇人道："若如此，事情才得干净呢。"韩二爷听至此，不由气往上撞，暗道："好恶贼！"却用手轻轻的掀起帘栊，来至堂屋之内。见那边放着软帘，走至跟前，猛然的将帘一掀，口中说道："嚷就是一刀！"却把刀一晃，满屋明亮。林春这一唬不小，见来人身量高大，穿着一身青靠，手持明亮亮的刀，借灯光一照，更觉难看，便跪倒哀告道："大王爷饶命！若用银两，我去取去。"韩彰道："俺自会取，何用你去！且先把你捆了再说。"见他穿着短衣，一回头看见丝绦放在那里，就一伸手拿过来，将刀咬在口中，用手将他捆了个结实。又见有一条绢子，叫林春张开口，给他塞上。再看那妇人时，已经哆嗦在一堆。顺手提将过来，却把拴帐钩的绦子割下来，将妇人捆了。又割下一副飘带，将妇人的口也塞上。正要回身出来找江樊等，忽听一声嚷，却是雷洪到东院持刀杀人去了，不见江、黄、豆老，连忙呼唤庄丁搜寻，却在马槽下搜出黄茂、豆老，独独不见了江樊，只得来禀员外。韩爷早迎至院中，劈面就是一刀。雷洪眼快，用手中刀尽力一磕，几乎把韩爷的刀磕飞。韩爷暗道："好力量！"二人往来多时，韩爷技艺虽强，吃亏了力软；雷洪的本领不济，便宜力大，所谓"一力降十会"。韩爷看看不敌,猛见一块石头飞来,正打在雷洪的脖项之上,不由的向前一栽。韩爷手快,反背就是一刀背,打在脊梁骨上。这两下才把小子闹了个嘴吃屎。韩爷刚要上前,忽听道:"二员外不必动手,待我来。"却是江樊,上前将雷洪捆了。

原来江樊见雷洪呼唤庄丁搜查,他却隐在黑暗之处。后见拿了黄茂、豆老,雷洪吩咐庄丁:"好生看守,待我回员外去。"雷洪前脚走,江樊却后边暗暗跟随。因无兵刃,走着随便拣了一块石头儿,在手内拿着。可巧遇韩爷同雷洪交手,他却暗打一石,不想就在此石上成功。韩爷又搜出豆女,交付与林春之妻,吩咐候案完结时,好叫豆老儿领去。复又放了黄茂、豆老。江樊等又求韩爷护送,便把窃听设计谋害季广,法聪含冤之事一一叙说明白。江樊又说:"求二员外亲至开封府去。"并言卢方等已然受职。韩爷听了却不言语,转眼之间就不见了。江、黄二人却无奈何,只得押解二人来到开封。把二义士解救,以及拿获林春、倪氏、雷洪,并韩彰说的谋害季广,法聪冤枉之事,俱各禀明了。

包公先差人到祥符县提法聪到案,然后立刻升堂带上林春、倪氏、雷洪等一干人犯,严加审讯。他三人皆知包公断事如神,俱各一一招认。包公命他们俱画招具结收禁,按例定罪。仍派江樊、黄茂带了豆老儿到宝善庄,将他女儿交代明白,投亲去罢。及至法聪提到,又把原告法明带上堂来,问他等乌鸦之事。二人发怔,想了多时,方才想起。原来这两个乌鸦是宝珠寺庙内槐树上的,因被风雨吹落,两个雏鸦将翎摔伤。多亏法聪好好装在筐箩内将养,任其飞腾去,不意竟有鸣冤之事。包公听了点头,将他二人释放无事。

此案已结,包公来到书房,用毕晚饭,将有初鼓之际,江、黄二人从宝善庄回来,将带领豆老儿将他女儿交代明白的话回了一遍。包公念他二人勤劳辛苦,每人赏银二十两。二人叩谢,一齐立起。刚要转身,又听包公唤道:"转来。"二人连忙止步,向上侍立。包公又细细询问韩彰,二人从新细禀一番,方才出来。包公细想:"韩彰不肯来之事,是何缘故?并且告诉他卢方等圣上并不加罪,已皆受职。他听了此言,应当有向上之心,如何又隐密而不来呢?"猛然省悟道:"哦,是了,是了。他因白玉堂未来,他是绝不肯先来的。"正在思索之际,忽听院内"拍"的一声,不知是何物落下。包兴连忙出去,却拾进一个纸包儿来,上写着"急速拆阅"四字。包公看了,以为必是匿名帖子,或是其中别有隐情。拆阅看时,里面包一个石子,有个字柬儿上面写着:"我今特来借三宝,暂且携归陷空岛。南侠若到卢家庄,管叫'御猫'跑不了。"包公看罢,便叫包兴前去看视三宝,又令李才请展护卫来。不多时展爷来至书房,包公即将字柬与展爷看了。展爷忙问道:"相爷可曾差人看三宝去了没有?"包公道:"已差包兴看视去了。"展爷不胜惊骇道:"相爷中了他拍门投石问路之计了。"包公问道:"何以谓之投石问路呢?"展爷道:"这来人本不知三宝在于何处,故写此字,令人设疑。若不使人看视,他却无法可施;如今已差人看视,这是领了他去了。此三宝必失无疑了。"正说至此,忽听那边一片声喧,展爷吃了一惊。

不知所嚷为何,且听下回分解。

## 第五十一回

### 寻猛虎双雄陷深坑　获凶徒三贼归平县

且说包公正与展爷议论石子来由,忽听一片声喧,乃是西耳房走了水了。展爷连忙赶至那里,早已听见有人嚷道:"房上有人!"展爷借火光一看,果然房上站立一人。连忙用手一指,放出一枝袖箭。只听噗哧一声,展爷道:"不好,又中了计了。"一眼却瞧见包兴在那里张罗救火,急忙问道:"印官看视三宝如何?"包兴道:"方才看了,丝毫没动。"展爷道:"你再看看去。"正说间,三义、四勇俱各到了。此时,耳房之火已然扑灭。原是前面窗户纸引着,无甚要紧。只见包兴慌张跑来,说道:"三宝真是失去不见了!"展爷即飞身上房。卢方等闻听,亦皆上房。四个人四下搜寻,并无影响。下面却是王、马、张、赵前后稽查,也无下落。展爷与卢爷等仍从房上回来,却见方才用箭射的乃是一个皮人子,脚上用鸡爪钉扣定瓦垄,原是吹膨了的,因用袖箭打透冒了风,也就瘫在房上了。愣爷徐庆看了道:"这是老五的。"蒋爷捏了他一把。展爷却不言语,卢方听了好生难受,暗道:"五弟做事太阴毒了。你知我等现在开封府,你却盗去三宝,叫我等如何见相爷?如何对的起众位朋友?"他那里知道相爷处还有个知照帖儿呢。

四人下得房来,一同来至书房。此时,包兴已回禀包公,说三宝失去。包公叫他不用声张。却好见众人进来参见包公,俱各认罪。包公道:"此事原是我派人瞧的不好了,况且三宝亦非急需之物,有甚稀罕。你等莫要声张,俟明日慢慢访查便了。"众英雄见相爷毫不介意,只得退出。来到公所之内,依卢方还要前去追赶,蒋平道:"知道五弟向何方而去,不是望风扑影么?"展爷道:"五弟回了陷空岛了。"卢方问道:"何以知之?"展爷道:"他回明了相爷,还要约小弟前去,故此知之。"便把方才字柬上的言语念出。卢方听了好不难受,惭愧满面,半晌道:"五弟做事太任性了,这还了得!还是我等赶了他去为是。"展爷知道卢方乃是忠厚热肠,忙拦道:"大哥是断断去不得的。"卢方道:"却是为何?"展爷道:"请问大哥,赶上五弟,合五弟要三宝不要?"卢方道:"焉有不要之理。"展爷道:"却又来。合他要,他给了便罢,他若不给,难道真个翻脸拒捕,从此就义断情绝了么?我想此事还是小弟去的是理。"蒋平道:"展兄,你去了恐有些不妥,五弟他不是好惹的。"展爷听了不悦道:"难道陷空岛是龙潭虎穴不成?"蒋平道:"虽不是龙潭虎穴,只是五弟作事令人难测,阴毒得很。他这一去,必要设下埋伏。一来陷空岛大哥路径不熟,二来知道他设下什么圈套?莫若小弟明日回禀了相爷,先找我二哥。我二哥若来了,还是我等回至陷空岛将他稳住,做为内应,大哥再去,方是万全之策。"展爷听了,才待开言,只听公孙策道:"四弟言之有理,展大哥莫要辜负四弟一番好意。"展爷见公孙先生如此说,只得将话咽住,不肯往下说了,惟有心中暗暗不平而已。

到了次日,蒋平见了相爷,回明要找韩彰去。并因赵虎每每有不合之意,要同张龙、赵虎同去。包公听说要找韩彰,甚合心意,因问向何方去找。蒋平回道:"就在平县翠云峰。因韩彰的母亲坟墓在此峰下,年年韩彰必于此时拜扫,故此要到那里寻找一番。"包公甚喜,就叫张、赵二人同往。张龙却无可说,独有赵虎一路上合蒋平闹了好些闲话。蒋爷只是不理,张龙在中间劝阻。这一日打尖吃饭,刚然坐下,赵虎就说:"咱们同桌儿吃饭,各自会钱,谁也不必扰谁。你道好么?"蒋爷笑道:"很好,如此方无拘束。"因此各自要的各自吃,我也不吃你的,你也不吃我的。幸亏张龙惟恐蒋平脸上下不来,反在其中周旋打和儿。赵虎还要说闲话,蒋爷止于笑笑而已。及至吃完,堂官算帐,赵虎务必要分算。张龙道:"且自算算,柜上再分去。"到柜上问时,柜上说蒋老爷已然都给了。却是跟蒋老爷的伴当,进门时就把银包交付柜上,说明了如有人问,就说蒋老爷给了。天天如此,张龙好觉过意不去。蒋平一路上听闲话,受作践,不一而足。

好容易到了翠云峰,半山之上有个灵佑寺。蒋爷却认得庙内和尚,因问道:"韩爷来了没有?"和尚答道:"却未到此扫墓。"蒋平听了满心欢喜,以为必遇韩彰无疑,就与张、赵二人商议在此庙内居住等候。赵虎前后看了一回,见云堂宽阔豁亮,就叫伴当将行李安放在云堂,同张龙住了。蒋平就在和尚屋内同居。偏偏的庙内和尚俱各吃素,赵虎他却耐不得,向庙内借了碗盏家伙,自己起灶,叫伴当打酒买肉,合心配口而食。

伴当这日提了竹筐,拿了银两下山去了。不多时,却又转来。赵虎见他空手回来,不觉发怒道:"你这厮向何方去了多时,酒肉尚未买来?"抡拳就要打。伴当连忙往后一退,道:"小人有事回爷。"张龙道:"贤弟,且容他说。"赵虎掣回拳来道:"快讲!说不是我再打。"伴当道:"小人方才下山,走到松林之内,见一人在那里上吊。见了是救呢是不救呢?"赵虎说:"那还用问吗?快些救去,救去!"伴当道:"小人已救下来,将他带了来了。"赵虎笑道:"好小子!这才是。快买酒肉去罢。"伴当道:"小人还有话回呢。"赵虎道:"好唠叨,还说什么?"张龙道:"贤弟,且叫他说明再买不迟。"赵虎道:"快,快,快。"伴当道:"小人问他为何上吊,他就哭了。他说他叫包旺。"赵虎听了,连忙站起身来,急问道:"叫什么?"伴当道:"叫包旺。"赵虎道:"包旺怎么样?讲,讲,讲!"伴当说:"他奉了太老爷、太夫人、大老爷、大夫人之命,特送三公子上开封府衙内攻书,昨晚就在山下前面客店之中住下。因月色颇好,出来玩赏。行至松林,猛然出来了一只猛虎,就把他相公背了走了。"赵虎听至此,不由怪叫吆喝道:"这还了得!这便怎么处?"张龙道:"贤弟不必着急,其中似有可疑。既是猛虎,为何不用口衔呢,却背了他去了?这个光景必然有诈。"叫伴当将包旺快让进来。

不多时,伴当领进。赵虎一看,果是包旺。彼此见了,让座道受惊。包旺因前次在开封府见过张、赵二人,略为谦让,即便坐了。张、赵又细细盘问了一番,果是虎背了去了。此时包旺便道:"自开封回家,一路平安。因相爷喜爱三公子,禀明太老爷、太夫人、大老爷、大夫人,就命我护送赴署。不想昨晚住在山下店里,公子要踏月。走至松林,出来一只猛虎,把公子背了去。我今日寻找一天,并无下落,因此要寻自尽。"说罢痛哭。张、赵二人听毕,果是虎会背人,事有可疑。他二人便商议,晚间在松林搜寻,倘然拿获,就可以问出公子的下落来了。此时,伴当已将酒肉买来,收拾妥当。叫包旺且免愁烦,他三人一处吃毕饭。赵虎喝的醉醺醺的就要走,张龙道:"你我也须装束伶便,各带兵刃。倘然真有猛虎,也可除此一方之害。咱们这个样儿如何与虎斗呢?"说罢,脱去外面衣服,将褡包勒紧。赵虎也就扎缚停当,各持了利刀,叫包旺同伴当在此等候。

他二人下了山峰,来到松林之下。趁着月色,赵虎大呼小叫道:"虎在那里?虎在那里?"左一刀,右一晃,乱砍乱晃。忽见那边树上跳下二人,咕噜噜的就往西飞跑。原来有二人在树上隐藏,远远见张、赵二人奔入林中,手持利刀,口中乱嚷虎在那里,又见明亮亮的钢刀在月光之下一闪一闪,光芒冷促。这两个人害怕,暗中计较道:"莫若如此如此,这般这般。"因此跳下树来,往西飞跑。张、赵二人见了,紧紧追来。

却见前面有破屋二间,墙垣倒塌,二人奔入屋内去了。张、赵亦随后追来。愣爷不管好歹,也就进了屋内。又无门窗,户壁四角俱空,那里有个人影。赵虎道:"怪呀,明明进了屋子,为何不见了呢?莫不是见了鬼咧!或者是什么妖怪?岂有此理!"东瞧西望,一步凑巧,忽听哗啷一声,蹲下身一摸,却是一个大铁环,钉在木板子上边。张龙亦进屋内,觉得脚下咕咚咕咚的响,就有些疑惑。忽听赵虎说:"有了,他藏在这下边呢!"张龙说:"贤弟如何知道?"赵虎说:"我揪住铁环了。"张龙道:"贤弟千万莫揭此板。你就在此看守,我回到庙内将伴当等唤来，多拿火亮，岂不拿个稳当的。"赵虎却耐烦不得道："两个毛贼，有什要紧？且自看看再做道理。"说罢一提铁环，将板掀起，里面黑洞洞任什么看不见。用刀往下一试探，却是土基台阶："哼，里面必有蹊跷，待俺下去。"张龙道："贤弟且慢。"此话未完，赵虎已然下去。张龙惟恐有失，也就跟将下去。谁知下面台阶狭窄而直，赵爷势猛，两脚收不住，咕碌碌竟自滚下去了。口内连说："不好！不好！"里面的二人早已备下绳索，见赵虎滚下来，那肯容情，两人伏侍一个人，登时捆了个结实。张爷在上面听见赵虎连说："不好不好"，不知何故，一时不得主意，心内一慌，脚下一跐，也就溜下去了。里面二人早已等候，又把张爷捆缚起来。

这且不言。再说包旺在庙内，自从张、赵二人去后，他方细细问明伴当，原来还有蒋平，他三人是奉相爷之命，前来访查韩二爷的。因问："蒋爷现在那里？"伴当便将赵爷与蒋爷不睦，一路上把蒋爷欺侮苦咧，到此还不肯同住。幸亏蒋爷有涵容，全不计较，故此自己在和尚屋内住了。包旺听了，心下明白。直等到天有三更，未见张、赵回来，不由满腹狐疑，对伴当说："你看已交半夜，张、赵二位还不回来，其中恐有差池。莫若你等随我同见蒋爷去。"伴当也因夜深不得主意，即领了包旺来见蒋爷。此时蒋平已然歇息，忽听说包旺来到，又听张、赵二人捉虎未回，连忙起来细问一番，方知他二人初鼓已去。自思："他二人此来，原是我在相爷跟前撺掇。如今他二人若有失闪，我却如何复命呢？"忙忙束缚伶便，背后插了三棱鹅眉刺，吩咐伴当等："好生看守行李，千万不准去寻我等。"

别了包旺,来至庙外,一纵身先步上高峰峻岭。见月光皎洁,山色晶莹,万籁无声,四围静寂。蒋爷侧耳留神,隐隐闻得西北上犬声乱吠,必有村庄。连忙下了山峰,按定方向奔去,果是小小村庄。自己蹑足潜踪,遮遮掩掩,留神细看。见一家门首站立二人,他却隐在一棵大树之后。忽听门开处,里面走出一人道:"二位贤弟,贪夜至此何干?"只听那二人道:"小弟等在地窨子里拿了二人,问他却是开封府的校尉。我等听了不得主意,是放好还是不放好呢?故此特来请示大哥。"又听那人说:"嗳呀,竟有这等事!那是断断放不得的。莫若你二人回去将他等结果,急速回来,咱三人远走高飞,趁早儿离开此地要紧。"二人道:"既如此,大哥就归着行李,我们先办了那宗事去。"说罢,回身竟奔东南,蒋泽长却暗暗跟随,二人慌慌张张的竟奔破房前来。

此时蒋爷从背后拔出钢刺,见前面的已进破墙,他却紧赶一步,照着后头走的这一个人的肩窝就是一刺,往怀里一带。那人站不稳,跌倒在地,一时挣扎不起。蒋爷却又蹿入墙内,只听前面的问道:"外面什么咕咚一响?"话未说完,好蒋平,钢刺已到。躲不及,右胁上已然着重,"嗳"的一声翻斤斗栽倒。蒋爷赶上一步,就势按倒,解他腰带,三环五扣的捆了一回。又到墙外,见那一人方才起来就要跑。真好泽长!赶上前,窝里炮踢倒,也就捆缚好了,将他一提,提到破屋之内。事有凑巧,脚却扫着铁环。又听得空洞之中似有板盖,即用手提环掀起木板,先将这个往下一扔,侧耳一听,只听咕噜咕噜的落在里面,摔的"嗳呀"一声。蒋爷又听无什动静,方用钢刺试步而下。到了里面一看,却有一间屋子大小,是一个瓮洞窨儿,那壁厢点着一个灯挂子。再一看时,见张、赵二人捆在那里。张龙羞见,却一言不发。赵虎却嚷道:"蒋四哥,你来的正好,快快救我二人吓!"蒋平却不理他。把那人一提,用钢刺一指问道:"你叫何名,共有几人,快说!"那人道:"小人叫刘豸,上面那个叫刘獬,方才邓家洼那一个叫武平安,原是我们三个。"蒋爷又问道:"昨晚你等假扮猛虎背去的人呢?放在哪里?"刘豸道:"那是武平安背去的,小人们不知。就知昨晚上他亲姐姐死了,我们帮着抬埋的。"蒋平问明此事,只听那边赵虎嚷道:"蒋四哥,小弟从此知道你是个好的了。我们两个人没有拿住一个,你一个人拿住二名。四哥敢则真有本事,我老赵佩服你了。"蒋平就过来将他二人放起,张、赵二人谢了。蒋平道:"莫谢,莫谢,还得上邓家洼呢,二位老弟随我来。"三人出了地窨,又将刘獬提起,也扔在地窨之内,将板盖又压上一块石头。

蒋平在前,张、赵在后,来至邓家洼。蒋平指与门户,悄悄说:"我先进去,然后二位老弟叩门,两下一挤,没他的跑儿。"说着一纵身体,一股黑烟进了墙头,连个声息也无,赵虎暗暗夸奖。张龙此时在外叩门,只听里面应道:"来了。"门未开时就问:"二位可将那二人结果了?"及至开门时,赵虎道:"结果了!"披胸就是一把,揪了个结实。武平安刚要挣扎,只觉背后一人揪住头发,他那里还能支持,立时缚住。三人又搜寻一遍,连个人影也无,惟有小小包裹放在那里。赵虎说:"别管他,且拿他娘的。"蒋爷道:"问他三公子现在何处?"武平安说:"已逃走了。"赵虎就要用拳来打。蒋爷拦住道:"贤弟,此处也不是审他的地方,先押着他走。"三人押定武平安到了破屋,又将刘豸、刘獬从地窖里提出,往回里便走。来至松林之内,天已微明,却见跟张、赵的伴当寻下山来,便叫他们好好押解,一同来至庙中,约了包旺,竟赴平县而来。

谁知县尹已坐早堂,为宋乡宦失盗之案。因有主管宋升,声言窝主是学究方善先生,因有金镯为证。正在那里审问方善一案,忽见门上进来禀道:"今有开封府包相爷差人到了。"县尹不知何事,一面吩咐快请,一面先将方善收监。这里才吩咐,已见四人到了面前。县官刚然站起,只听有一矮胖之人说道:"好县官吓!你为一方之主,竟敢纵虎伤人,并且伤的是包相爷的侄男。我看你这纱帽是要带不牢的了。"县官听了发怔,却不明白此话,只得道:"众位既奉相爷钧谕前来,有话请坐下慢慢的讲。"吩咐看座。坐了,包旺先将奉命送公子赴开封,路上如何住宿,因步月如何遇虎,将公子背去的话说了一遍。蒋爷又将拿获武平安、刘豸、刘獬的话说了一遍,并言俱已解到。

县官听得已将凶犯拿获,暗暗欢喜,立刻吩咐带上堂来,先问武平安将三公子藏于何处。武平安道:"只因那晚无心中背了一个人来,回到邓家洼小人的姐姐家中,此人却是包相爷的三公子包世荣。小人与他有杀兄之仇,因包相审问假公子一案,将小人胞兄武吉祥用狗头铡铡死。小人意欲将三公子与胞兄祭灵⋯⋯"赵虎听至此,站起来举手就要打,亏了蒋爷拦住。又听武平安道:"不想小人出去打酒买纸锞的工夫,小人姐姐就把三公子放他逃走了。"赵爷听至此,又哈哈的大笑说:"放得好!放得好!底下怎么样呢?"武平安道:

"我姐姐叫我外甥邓九如找我说：'三公子逃走了。'小人一闻此言急急回家，谁知我姐姐竟自上了吊死咧。小人无奈，烦人将我姐姐掩埋了。偏偏的我外甥邓九如，他也就死了。"

未知如何，且听下回分解。

## 第五十二回

### 感恩情许婚方老丈　投书信多亏宁婆娘

且说蒋平等来至平县,县官立刻审问武平安。武平安说他姐姐因私放了三公子后,竟自自缢身死。众人听了,已觉可惜。忽又听说他外甥邓九如也死了,更觉诧异。县官问道:"邓九如多大了?"武平安说:"今年才交七岁。"县官说:"他小小年纪如何也死了呢?"武平安道:"只因埋了他母亲之后,他苦苦的合小人要他妈。小人一时性起,就将他踢了一顿脚,他就死在山洼子里咧。"赵虎听至此,登时怒气填胸,站将起来,就把武平安尽力踢了几脚,踢的他满地打滚。还是蒋、张二人劝住。又问了问刘豸、刘獬,也就招认因贫起见,就帮着武平安每夜行劫度日。俱供是实,一齐寄监。县官又向蒋平等商议了一番,惟有赶急访查三公子下落要紧。

你道这三公子逃脱何方去了?他却奔至一家,正是学究方善,乃是一个饱学的寒儒。家中并无多少房屋,只是上房三间,却是方先生同女儿玉芝小姐居住,外有厢房三间做书房。那包世荣投到他家,就在这屋内居住。只因他年幼书生,自小娇生惯养,那里受的这样辛苦,又如此惊唬,一时之间就染起病来。多亏了方先生精心调理,方觉好些。一日,方善上街给公子打药,在路上拾了一只金镯,看了看,拿至银铺内去瞧成色,恰被宋升看见,讹作窝家,扭至县内,已成讼案。即有人送了信来,玉芝小姐一听他爹爹遭了官司,那里还有主意咧,便哭哭啼啼。家中又无别人,幸喜有个老街坊,是个婆子,姓宁,为人正直爽快,爱说爱笑,人人皆称他为宁妈妈。这妈妈听见此事,有些不平,连忙来到方家。见玉芝已哭成泪人相似,宁妈妈好生不忍。玉芝一见如亲人一般,就央求他到监中看视。那妈妈满口应承,即到了平县。

谁知那些衙役快头俱与他熟识,众人一见,彼此顽顽笑笑,嗷嗷呕呕,便领他到监中看视。见了方先生,又向众人说些浮情照应的话,并问官府审的如何。方先生说:"自从到时,刚要过堂,不想为什么包相爷的侄儿一事,故此未审。此时县官竟为此事为难,无暇及此。"方善又问了问女儿玉芝,就从袖中取出一封字束,递与宁妈妈道:"我有一事相求。只因我家外厢房中住着个荣相公,名唤世宝。我见他相貌非凡,品行出众,而且又是读书之人,堪与我女儿配偶,求妈妈玉成其事。"宁婆道:"先生现遇此事,何必忙在此一时呢?"方善道:"妈妈不知,我家中并无多馀的房屋,而且又无仆妇丫鬟,使怨女旷夫未免有瓜田李下之嫌疑。莫若把此事说定了,他与我有翁婿之谊,玉芝与他有夫妻之分,他也可以照料我家中,别人也就无的说了。我的主意已定,只求妈妈将此封字束与相公看了。倘若不允,就将我一番苦心向他说明,他再无不应之理。全仗妈妈玉成。"宁妈妈道:"先生只管放心,谅我这张口,说了此事必应。"方善又嘱托家中照料,宁婆一一应允,急忙回来。

见了玉芝,先告诉他先生在监无事,又悄悄告诉他许婚之意,

"现有书信在此,说这荣相公人品学问俱是好的,也活该是千里婚姻一线牵。"那玉芝小姐见有父命,也就不言语了。婆婆问道:"这荣相公在书房里么?"玉芝无奈答道:"现在书房。因染病才好,尚未痊愈。"妈妈说:"待我看看去。"来到厢房门口,故意高声问道:"荣相公在屋么?"只听里面应道:"小生在此,不知外面何人?请进屋内来坐。"妈妈来至屋内一看,见相公伏枕而卧,虽是病容,果然清秀,便道:"老身姓宁,乃是方先生的近邻。因玉芝小姐求老身往监中探望他父亲,方先生却托我带了一个字柬给相公看看。"说罢,从袖中取出递过。三公子拆开看毕,说道:"这如何使得?我受方恩公莫大之恩,尚未答报,如何赶他遇事,却又定他的女儿?这事难以从命。况且又无父母之命,如何敢做?"宁婆道:"相公这话就说差了。此事原非相公本心,却是出于方先生之意。再者他因家下无人,男女不便,有瓜李之嫌,是以托老身多多致意。相公既说受他莫大之恩,何妨应允了此事,再商量着救方先生呢。"三公子一想:"难得方老先生这番好心,而且又名分攸关,倒是应了的是。"

宁婆见三公子沉吟,知他有些允意,又道:"相公不必犹疑,这玉芝小姐谅相公也未见过,真是生的端庄美貌,赛画是的,而且贤德过人。又兼诗词歌赋无不通晓,皆是跟他父亲学的,至于女工针黹,更是精巧非常。相公若是允了,真是天配良缘咧。"三公子道:"多承妈妈劳心,小生应下就是了。"宁婆道:"相公既然应允,大小有点聘定,老身明日也好回复先生去。"三公子道:"聘礼尽有,只是遇难奔逃,不曾带在身边,这便怎么处?"宁婆婆道:"相公不必为难,只要相公拿定主意,不可食言就是了。"三公子道:"丈夫一言既出,如白染皂,何况受方夫子莫大之恩呢。"宁婆道:"相公实在说的不错。俗语说的好:'知恩不报恩,枉为世上人。'再者女婿有半子之情,想个什么法子救救方先生才好呢?"三公子说:"若要救方夫子,极其容易。只是小生病体甫愈,不能到县。若要寄一封书信,又怕无人敢递去,事在两难。"宁妈妈说:"相公若肯寄信,待老身与你送去如何?就是怕你的信不中用。"三公子说:"妈妈只管放心,你要敢送这书信,到了县内,叫他开中门,要见县官面为投递。他若不开中门,县官不见,千万不可将此书信落于别人之手。妈妈你可敢去么?"宁妈妈说:"这有什么呢,只要相公的书信灵应,我可怕怎的?待我取笔砚来,相公就写起来。"说着话,便向那边桌上拿了笔砚,又在那书夹子里取了个封套笺纸,递与三公子。三公子拈笔在手,只觉得手颤,再也写不下去。宁妈妈说:"相公素日喝冷酒吗?"三公子说:"妈妈有所不知,我病了两天,水米不曾进,心内空虚,如何提的起笔来。必须要进些饮食方可写,不然我实实写不来的。"宁婆道:"既如此,我做一碗汤来,喝了再写如何?"公子道:"多谢妈妈。"

　　宁婆离了书房,来至玉芝小姐屋内,将话一一说了,"只是公子手颤,不能写字,须进些羹汤,喝了好写。"玉芝听了此话,暗道:"要开中门,见官府亲手接信,必有来历。"忙与宁婆商议,又无荤腥,只得做碗素面汤,滴上点香油儿。宁婆端至书房,向公子道:"汤来了。"公子挣扎起来,已觉香味扑鼻,连忙喝了两口说:"很好!"及至将汤喝完,两鬓额角已见汗,登时神清气爽。略略歇息,提笔一挥而就。宁妈妈见三公子写信不加思索,迅速之极,满心欢喜,说道:"相公写完了,念与我听。"三公子说:"是念不得的,恐被人窃听了去,走漏风声,那还了得。"

宁妈妈是个精明老练之人,不戴头巾的男子,惟恐书中有了舛错,自己到了县内是要吃眼前亏的。他便搭讪着,袖了书信,悄悄的拿到玉芝屋内,叫小姐看了。不由暗暗欢喜,深服爹爹眼力不差。便把不是荣相公,却是包公子,他将名字颠倒瞒人耳目,以防被人陷害的话说了,"如今他这书上写着,奉相爷谕进京,不想行至松林,遭遇凶事,险些被害等情。妈妈只管前去投递,是不妨事的。这书上还要县官的轿子接他呢。"婆子听了,乐的两手拍不到一块,急急来至书房,先见了三公子,请罪道:"婆子实在不知是贵公子,多有简慢,望乞公子爷恕罪。"三公子说:"妈妈悄言,千万不要声张。"宁婆道:"公子爷放心,这院子内一个外人没有,再也没人听见。求公子将书信封妥,待婆子好去投递。"三公子这里封信,宁妈妈他便出去了。不多时,只见他打扮的齐整,虽无绫罗缎匹,却也干净朴素。三公子将书信递与他,他仿佛奉圣旨的一般,打开衫子,揣在贴身胸前主腰子里。临行,又向公子福了一福,方才出门,竟奔平县而来。

刚进衙内,只见从班房里出来了一人,见宁婆道:"呀,老宁,你这个样怎么来了?别是又要找个主儿罢?"宁婆道:"你不要胡说,我问你,今儿个谁的班?"那人道:"今个是魏头儿。"一壁说着,叫道:"魏头儿,有人找你!这个可是熟人。"早见魏头儿出来,宁婆道:"原来是老舅该班呢吗,辛苦咧!没有什么说的,好兄弟,姐姐劳动劳动你。"魏头儿说:"又是什么事?昨日进监探老方,许了我们一个酒儿还没给我喝呢,今日又怎么来了?"宁婆道:"口子大小总要缝,事情也要办。姐姐今儿来,特为此一封书信,可是要觌面见你们官府的。"魏头儿听了道:"嗳呀,你越闹越大咧!衙门里递书信或者使得,我们官府也是你轻易见得的?你别给我闹乱儿了,这可比不得昨日是私情儿。"宁婆道:"傻兄弟,姐姐是做什么的?当见的我才见呢,横竖不能叫你受热。"魏头儿道:"你只管这们说,我总有点不放心。倘或闹出乱子,那可不是顽的。"旁边有一人说:"老魏吓,你特胆小咧。他既这们说,想来有拿手,是当见的,你只管回去。老宁不是外人,回来可得喝你个酒儿。"宁婆道:"有咧,姐姐请你二人。"

说话间,魏头儿已回禀了出来道:"走罢,官府叫你呢。"宁婆道:"老舅,你还得辛苦辛苦。这封信,本人交与我时,叫我告诉衙内,不开中门不许投递。"魏老儿听了,将头一摇,手一摆,说:"你这可胡闹!为你这封信要开中门,你这不是搅么?"宁妈说:"你既不开,我就回去。"说罢,转身就走。魏头儿忙拦住道:"你别走吓。如今已回明了,你若走了,官府岂不怪我,这是什么差事呢?你真这么着,我了不了吓!"宁婆见他着急,不由笑道:"好兄弟,你不要着急。你只管回去,就说我说的,此事要紧,不是寻常书信,必须开中门方肯投递。管保官府见了此书,不但不怪,巧咧咱们姐们还有点彩头儿呢。"孙书吏在旁听宁婆之话有因,又知道他素日为人再不干荒唐事,就明白书信必有来历,是不能不依着他,便道:"魏头儿,再与他回禀一声,就说他是这们说的。"魏头儿无奈,复又进去,到了当堂。

此时蒋、张、赵三位爷连包旺四个人,正与县官要主意呢。忽听差役回禀,有一婆子投书。依县官是免见,还是蒋爷机变,就怕是三公子的密信,便在旁说:"容他相见何妨。"去了半晌,差役回禀,又说那婆子要叫开中门方投此信,他说事有要紧。县官闻听此言,不觉沉吟,料在必有关系,吩咐道:"就与他开中门,看他是何等书信。"差役应声,开放中门,出来对宁婆道:"全是你缠不清,差一点我没吃上。快走罢!"宁婆不慌不忙,迈开尺半的花鞋,咯噔咯噔进了中门,直上大堂,手中高举书信,来至堂前。县官见婆子毫无惧色,手擎书信,县官吩咐差役将书接上来。差人刚要上前,只听婆子道:"此书须太爷亲接,有机密事在内,来人吩咐的明白。"县官闻听事有来历,也不问是谁,就站起来出了公座,将书接过。婆子退在一旁。拆阅已毕,又是惊骇,又是欢悦。

蒋平已然偷看明白,便向前道:"贵县理宜派轿前往。"县官道:"那是理当。"此时,包旺已知有了公子的下落,就要跟随前往。赵虎也要跟,蒋爷拦住道:"你我奉相爷命,各有专司,比不得包旺,他是当去的,咱们还是在此等候便了。"赵虎道:"四哥说的有理,咱们就在此等罢。"差役魏头儿听得明白,方才放心。只见宁婆道:"婆子回禀老爷,既叫婆子引路,他们轿夫腿快,如何跟的上?与其空轿抬着,莫若婆子坐上,又引了路,又不误事,又叫包公子看看,知是太老爷敬公子之意。"县官见他是个正直稳实的老婆儿,即吩咐:"既如此,你即押轿前往。"

未识后文如何,且听下回分解。

## 第五十三回

### 蒋义士二上翠云峰　　展南侠初到陷空岛

且说县尹吩咐宁婆坐轿去接,那轿夫头儿悄悄说:"老宁吓,你太受用了。你坐过这个轿吗?"婆子说:"你夹着你那个嘴罢。就是这个轿子,告诉你说罢,姐姐连这回坐了三次了。"轿夫头儿听了也笑了,吩咐摘杆。宁婆迈进轿杆,身子往后一退,腰儿一哈,头儿一低,便坐上了。众轿夫俱各笑道:"瞧不起他真有门儿。"宁婆道:"唔,你打量妈妈是个怯条子呢。孩子们,给安上扶手。你们若走得好了,我还要赏你们稳轿钱呢。"此时,包旺已然乘马,又派四名衙役跟随,簇拥着去了。县官立刻升堂,将宋升带上,说他诬告良人,掌了十个嘴巴,逐出衙外,即吩咐带方善。方善上堂,太爷令去刑具,将话言明,又安慰了他几句。学究见县官如此看待,又想不到与贵公子联姻,心中快乐之极,满口应承:"见了公子,定当替老父台分解。"县官吩咐看座,大家俱各在公堂等候。

不多时,三公子来到。县官出迎,蒋、张、赵三位亦皆迎了出来。公子即要下轿,因是初愈,县官吩咐抬至当堂,蒋平等亦俱参见。三公子下轿,彼此各有多少谦逊的言词。公子向方善又说了多少感激的话头。县官将公子让至书房,备办酒席,大家逊坐。三公子与方善上座,蒋爷与张、赵左右相陪,县官坐了主位。包旺自有别人款待,饮酒叙话。县官道:"敝境出此恶事,幸将各犯拿获,惟邓九如不见尸身。武平安虽说他已死,此事还须细查。相爷跟前,还望公子善言。"公子满口应承,却又托付照应舍亲方夫子并宁妈妈。惟有蒋平等奉相谕访查韩彰之事,说明他三人还要到翠云峰探听探听,然后再与公子一同进京,就请公子暂在衙内将养。他等也不待席终,便先告辞去了。这里,方先生辞了公子,先回家看视女儿玉芝,又与宁妈妈道乏。他父女欢喜之至,自不必说。三公子处,自有包旺精心伏侍。县官除办公事,有闲暇之时,必来与公子闲谈,一切周旋,自不必细表。

且说蒋平等三人复又来至翠云峰灵佑寺庙内,见了和尚,先打听韩二爷来了不曾。和尚说道:"三位来的不巧,韩二爷昨日就来与老母祭扫坟墓,今早就走了。"三人听了,不由的一怔。蒋爷道:"我二哥可曾提往那里去么?"和尚说:"小僧已曾问过,韩爷说:'丈夫以天地为家,焉有定踪。'信步行去,不知去向。"蒋爷听了,半晌叹了一口气道:"此事虽是我做的不好,然而皆因五弟而起,致令二哥飘蓬无定,如今闹的连一个居址之处也是无有。这便如何是好呢?"张龙说:"四兄不必为难。咱们且在这方近左右访查访查,再做理会。"蒋平无奈,只得说道:"小弟还要到韩老伯母坟前看看,莫若一同前往。"说罢,三人离了灵佑寺,慢慢来到墓前,果见有新化的纸灰。蒋平对着荒丘,又叹息了一番,将身跪倒,拜了四拜,真个是乘兴而来,败兴而返。赵虎说:"既找不着韩二哥,咱们还是早回平县为是。"蒋平道:"今日天气已晚,赶不及了,只好仍在庙中居住,明早回县便了。"三人复回至庙中,同住在云堂之内,次日即回平县而去。你道韩爷果真走了么?他却仍在庙内,故意告诉和尚,倘若他等找来,你就如此如此的答对他们。他却在和尚屋内住了。偏偏此次赵虎务叫蒋爷在云堂居住,因此失了机会。不必细述。

且言蒋爷三人回至平县,见了三公子,说明未遇韩彰,只得且回东京,定于明日同三公子起身。县官仍用轿子送公子进京,已将旅店行李取来,派了四名衙役。却先到了方先生家叙了翁婿之情,言明到了开封,禀明相爷,即行纳聘。又将宁妈妈请来道乏,那婆子乐了个事不有馀。然后大家方才动身,竟奔东京而来。

一日,来到京师。进城之时,蒋、张、赵三人一拍坐骑先到了开封,进署见过相爷,先回明未遇韩彰,后言公子遇难之事,从头至尾说了一遍。相爷叫他们俱各歇息去了。不多时三公子来到,参见了包公。包公问他如何遇害,三公子又将已往情由细述了一番。事虽凶险,包公见三公子面上毫不露遭凶逢险之态,惟独提到邓九如深加爱惜。包公察公子的神情气色,心地志向,甚是合心。公子又将方善被诬,情愿联姻,侄儿因受他大恩,擅定姻盟的事也说了一遍。包公疼爱公子,满应全在自己身上。三公子又赞平县县官,很为侄儿费心,不但备了轿子送来,又派四名衙役护送。包公听了,立刻吩咐赏随来的衙役轿夫银两,并写回信道乏道谢。

不几日间,平县将武平安、刘豸、刘獬一同解到。包公又审讯了一番,与原供相符,便将武平安也用狗头铡铡了,将刘豸、刘獬定了斩监候。此案结后,包公即派包兴赍了聘礼,即行接取方善父女,送至合肥县小包村,将玉芝小姐交付大夫人好生看待,候三公子考试之后,再行授室。自己具了禀帖,回明了太老爷、太夫人、大兄嫂、二兄嫂,联此婚姻皆是自己的主意,并不提及三公子私定一节。三公子又叫包兴暗暗访查邓九如的下落。方老先生自到了包家村,独独与宁老先生合的来,也是前生的缘分。包公又派人查买了一顷田,纹银百两,库缎四匹,赏给宁婆,以为养老之资。

且言蒋平自那日来到开封,到了公所,诸位英雄俱各见了,单单不见了南侠,心中就有些疑惑,连忙问道:"展大哥那里去了?"卢方说:"三日前起了路引,上松江去了。"蒋爷听了着急道:"这是谁叫展兄去的?大家为何不拦阻他呢?"公孙先生说:"劣兄拦至再三,展大哥断不依从。自己见了相爷,起了路引,他就走了。"蒋平听了,跌足道:"这又是小弟多话不是了。"王朝问道:"如何是四弟多话的不是呢?"蒋平说:"大哥想前次小弟说的言语,叫展大哥等我,等找了韩二哥回来做为内应,句句原是实话。不料展大哥错会了意了,当做激他的言语,竟自一人前去。众位兄弟有所不知,我那五弟做事有些诡诈。展大哥此去,若有差池,这岂不是小弟多说的不是了么?"王朝听了,便不言语。蒋平又说:"此次小弟没有找着二哥,昨在路上又想了个计较。原打算我与卢大哥、徐三哥约会着展兄同到茉花村,找着双侠丁家二弟兄,大家商量个主意,找着老五要了三宝,一同前来以此案。不想展大哥竟自一人走了,此事倒要大费周折了。"公孙策说:"依四弟怎么样呢?"蒋爷道:"再无别的主意,只好我弟兄三人明日禀明相爷,且到茉花村见机行事便了。"大家闻听,深以为然。

这且不言。

原来南侠忍心耐性等了蒋平几天,不见回来,自己暗想道:"蒋泽长话语带激,我若真个等他,显见我展某非他等不行。莫若回明恩相,起个路引,单人独骑前去。"于是,展爷就回明此事,带了路引,来至松江府投了文书,要见太守。太守连忙请至书房。展爷见这太守,年纪不过三旬,旁边站一老管家。正与太守谈话时,忽见一个婆子把展爷看了看,便向老管家招手儿。管家退出,二人咬耳。管家点头后,便进来向太守耳边说了几句,回身退出,太守即请展爷到后面书房叙话。展爷不解何意,只得来至后面。刚然坐下,只见丫鬟仆妇簇拥着一位夫人,见了展爷连忙纳头便拜,连太守等俱各跪下。展爷不知所措,连忙伏身还礼不迭,心中好生纳闷。忽听太守道:"恩人,我非别个,名唤田起元,贱内就是金玉仙。多蒙恩公搭救,脱离了大难后,因考试得中,即以外任擢用。不几年间,如今叨恩公福庇,已做太守,皆出于恩公所赐。"展爷听了,方才明白,即请夫人回避。连老管家田忠与妻杨氏俱各与展爷叩头。展爷并皆扶起。仍然至外书房,已备得酒席。

饮酒之间,田太守因问道:"恩公到陷空岛何事?"展爷便将奉命捉钦犯白玉堂一一说明。田太守吃惊道:"闻得陷空岛道路崎岖,山势险恶。恩公一人如何去得?况白玉堂又是极有本领之人,他既归入山中,难免埋伏圈套。恩公须熟思之方好。"展爷道:"我与白玉堂虽无深交,却是道义相通,平素又无仇隙。见了他时,也不过以'义'字感化于他。他若省悟,同赴开封府,了结此案。并不是谆谆与他对垒,以死相拚的主意。"太守听了,略觉放心。展爷又道:"如今奉恳太守,倘得一人熟识路径,带我到卢家庄,足见厚情。"太守连连应允,"有,有。"即叫田忠将观察头领余彪唤来。不多时,余彪来到。见此人有五旬年纪,身量高大。参见了太守,又与展爷见了礼。便备办船只,约于初鼓起身。

展爷用毕饭,略为歇息,天已掌灯。急急扎束停当,别了太守,同余彪登舟,撑至卢家庄,到飞峰岭下将舟停住。展爷告诉余彪说:"你在此探听三日,如无音信,即刻回府禀告太守。候过旬日,我若不到府中,即刻详文到开封府便了。"余彪领命。展爷弃舟上岭,此时已有二鼓,趁着月色,来至卢家庄。只见一带高墙,极其坚固。见有哨门,是个大栅栏关闭,推了推却是锁着。弯腰捡了一块石片,敲着栅栏高声叫道:"里面有人么?"只听里面应道:"什么人?"展爷道:"俺姓展,特来拜访你家五员外。"里面道:"莫不是南侠称'御猫'、护卫展老爷么?"展爷道:"正是。你家员外可在家么?"里面的道:"在家,在家,等了展老爷好些日了。略为少待,容我禀报。"展爷在外呆等多时,总不见出来,一时性发,又敲又叫。忽听从西边来了一个人,声音却是醉了的一般,嘟嚷嘟嚷道:"你是谁吓?半夜三更这们大呼小叫的,连点规矩也没有。你若等不得,你敢进来,算你是好的。"说罢,他却走了。

展爷不由的大怒,暗道:"可恶,这些庄丁们岂有此理!这明是白玉堂吩咐,故意激怒于我。谅他纵有埋伏,吾何惧哉?"想罢,将手扳住栅栏,一翻身两脚飘起,倒垂式用脚扣住,将手一松身体卷起,斜刺里抓住墙头，两脚一弓上了墙头。往下窥看，却是平地。恐有埋伏，却又投石问了一问，方才转身落下，竟奔广梁大门而来。仔细看时，却是封锁，从门缝里观时，黑漆漆诸物莫睹。又到两旁房里看了看，连个人影儿也无，只得复往西去。又见一个广梁大门，与这边的一样。上了台阶一看，双门大开，门洞底下天花板上高悬铁丝灯笼，上面有朱红的"大门"二字。迎面影壁上挂着一个绢灯，上写"迎祥"二字。展爷暗道："姓白的必是在此了，待我进去看看如何。"一面迈步，一面留神，却用脚尖点地而行。转过影壁，早见垂花二门，迎面四扇屏风，上挂方角绢灯四个，也是红字，"元""亨""利""贞"。这二门又觉比外面高了些。展爷只得上了台阶，进了二门，仍是滑步而行。正中五间厅房，却无灯光，只见东角门内，隐隐透出亮儿来，不知是何所在。展爷即来到东角门内，又有台阶，比二门又觉高些。展爷猛然省悟，暗道："是了。他这房子一层高似一层，竟是随山势盖的。"

上了台阶，往里一看，见东面一溜五间平台轩子，俱是灯烛辉煌，门却开在尽北头。展爷暗说："这是什么样子，好好五间平台，如何不在正中间开门，在北间开门呢？可见山野与人家住房不同，只知任性，无论样式。"心中想着，早已来至游廊。到了北头，见开门处是一个子口风窗。将滑子拨开，往怀里一带，觉得甚紧，只听咯当当咯当当乱响，开门时，见迎面有桌，两边有椅，早见一人进里间屋去了，并且看见衣衿是松绿的花氅。展爷暗道："这必是白老五不肯见我，躲向里间去了。"连忙滑步跟入里间，掀起软帘，又见那人进了第三间，却露了半面,颇是玉堂形景,又有一个软帘相隔。展爷暗道:"到了此时,你纵然羞愧见我,难道你还跑的出这五间轩子去不成?"赶紧一步,已到门口。掀起软帘一看,这三间却是通栊。灯光照耀真切,见他背面而立,头戴武生巾,身穿花氅,露着藕色衬袍,足下官靴,俨然白玉堂一般。展爷呼道:"五贤弟请了,何妨相见。"呼之不应,及至向前一拉,那人转过身来,却是一个灯草做的假人。展爷说声:"不好,吾中计也!"

未知如何,且听下回分解。

## 第五十四回

### 通天窟南侠逢郭老　　芦花荡北岸获胡奇

且说展爷见了是假人,已知中计。才待转身,那知早将锁簧踏着,蹬翻了木板,落将下去。只听一阵锣声乱响,外面众人嚷道:"得咧,得咧!"原来木板之下,半空中悬着一个皮兜子,四面皆是活套,只要掉在里面往下一沉,四面的网套儿往下一拢,有一根大绒绳总结扣住,再也不能扎挣。原来五间轩子犹如楼房一般,早有人从下面东明儿开了槅扇进来。无数庄丁将绒绳系下,先把宝剑摘下来,后把展爷捆缚住了。捆缚之时,说了无数的刻薄挖苦话儿。展爷到了此时,只好置若罔闻,一言不发。又听有个庄丁说:"咱们员外同客饮酒,正入醉乡。此时天有三鼓,暂且不必回禀,且把他押在通天窟内收起来。我先去找着何头儿,将这宝剑交明,然后再去回话。"说罢,推推拥拥的往南而去。走不多时,只见有个石门,却是由山根开錾出来的。虽是双门,却是一扇活的,那一扇随石的假门。假门上有个大铜环,庄丁上前用力把铜环一拉,上面有消息,将那扇活门撑开,刚刚进去一人,便把展爷推进去。庄丁一松手,铜环住回里一拽,那扇门就关上了。此门非从外面拉环是再不能开的。

展爷到了里面,觉得冷森森一股寒气侵人。原来里面是个尜尜形儿,全无抓手,用油灰抹亮,惟独当中却有一缝,望时可以见天。展爷明白，叫通天窟。借着天光，又见有一小横匾，上写"气死猫"三个红字，匾是粉白地的。展爷到了此时，不觉长叹一声道："哎，我展熊飞枉自受了朝廷的四品护卫之职，不想今日误中奸谋，被擒在此。"刚然说完，只听有人叫苦，把个展爷倒唬了一跳，忙问道："你是何人，快说！"那人道："小人姓郭名彰，乃镇江人氏。只因带了女儿上瓜州投亲，不想在渡船遇见头领胡烈，将我父女抢至庄上，却要将我女儿与什么五员外为妻。我说我女儿已有人家，今到瓜州投亲，就是为完此事。谁知胡烈听了，登时翻脸，说小人不识抬举，就把我捆起来监禁在此。"展爷听罢，怒冲牛斗，一声怪叫道："好白玉堂吓，你作的好事！你还称什么义士，你只是绿林强寇一般。我展熊飞倘能出此陷阱，我与你誓不两立！"郭彰又问了问展爷因何至此，展爷便说了一遍。

忽听外面嚷道："带刺客，带刺客！员外立等。"此时已交四鼓，早见忽噜噜石门已开。展爷正要见白玉堂，述他罪恶，替郭老辨冤，急忙出来问道："你们员外可是白玉堂？我正要见他！"气忿忿的迈开大步，跟庄丁来至厅房以内。见灯烛光明，迎面设着酒筵，上面坐一人，白面微须，却是白面判官柳青，旁边陪坐的正是白玉堂。他明知展爷已到，故意的大言不惭，谈笑自若。展爷见此光景，如何按纳得住，双睛一瞪，一声吆喝道："白玉堂，你将俺展某获住，便要怎么，讲！"白玉堂方才回过头来，佯作吃惊道："嗳呀，原来是展兄。手下人如何回我说是刺客呢？实在不知。"连忙过来亲解其缚，又谢罪道："小弟实实不知展兄驾到，只说擒住刺客，不料却是'御猫'，真是意想不到之事。"又向柳青道："柳兄不认得么？此位便是南侠展熊飞，现授四品护卫之职，好本领，好剑法，天子亲赐封号'御猫'的便是。"

展爷听了冷笑道："可见山野的绿林，无知的草寇，不知法纪。你非君上，亦非官长，何敢妄言'刺客'二字，说的无伦无理。这也不用苛责于你。但只是我展某今日误坠于你等小巧奸术之中，遭擒被获。可惜我展某时乖运蹇，未能遇害于光明磊落之场，竟自葬送在山贼强徒之手，乃展某之大不幸也！"白玉堂听了此言，心中以为展爷是气忿的话头，他却嘻嘻笑道："小弟白玉堂行侠尚义，从不打劫抢掠，展兄何故口口声声呼小弟为山贼盗寇？此言太过，小弟实实不解。"展爷恶唾一口道："你此话哄谁？既不打劫抢掠，为何将郭老儿父女抢来，硬要霸占人家有婿之女？那老儿不允，你便把他囚禁在通天窟内。似此行为，非强寇而何？还敢大言不惭说'侠义'二字，岂不令人活活羞死，活活笑死！"玉堂听了，惊骇非常道："展兄此事从何说起？"展爷便将在通天窟遇郭老的话说了一遍。白玉堂道："既有胡烈，此事便好办了。展兄请坐，待小弟立剖此事。"急令人将郭彰带来。

不多时郭彰来到，伴当对他指着白玉堂道："这是我家五员外。"郭老连忙跪倒，向上叩头，口称："大王爷爷饶命吓，饶命！"展爷在旁听了呼他大王，不由哈哈大笑，忿恨难当。白玉堂却笑着道："那老儿不要害怕，我非山贼盗寇，不是什么大王、寨主。"伴当在旁道："你称呼员外。"郭老道："员外在上，听小老儿诉禀。"便将带领女儿上瓜州投亲,被胡烈截住,为给员外提亲:"因未允,将小老儿囚禁在山洞之内。"细细说了一遍。玉堂道:"你女儿现在何处?"郭彰道:"听胡烈说,将我女儿交在后面去,不知是何去处。"白玉堂立刻叫伴当近前道:"你去将胡烈好好唤来,不许提郭老者之事,倘有泄露,立追狗命。"伴当答应,即时奉命去了。

少时,同胡烈到来。胡烈面有得色,参见已毕。白玉堂已将郭老带在一边,笑容满面道:"胡头儿,你连日辛苦了。这几日船上可有什么事情没有?"胡烈道:"并无别事。小人正要回禀员外,只因昨日有父女二人乘舟过渡,小人见他女儿颇有姿色,却与员外年纪相仿。小人见员外无家室,意欲将此女留下,与员外成其美事,不知员外意下如何?"说罢,满面欣然,似乎得意。白玉堂听了胡烈一片言语,并不动气,反倒哈哈大笑道:"不想胡头儿你竟为我如此挂心。但只一件,你来的不多日期,如何深得我心呢?"原来胡烈他是弟兄两个,兄弟名叫胡奇,皆是柳青新近荐过来的。只听胡烈道:"小人既来伺候员外,必当尽心报效。倘若不秉天良,还敢望员外疼爱?"胡烈说至此,以为必合白玉堂之心。他那知玉堂狠毒至甚,耐着性儿道:"好好,真正难为你。此事可是我素来有这个意吓,还是别人告诉你的呢? 还是你自己的主意呢?"胡烈此时惟恐别人争功,连忙道:"是小人自己巴结,一团美意,不用员外吩咐,也无别人告诉。"白玉堂回头向展爷道:"展兄可听明白了?"展爷已知胡烈所为,便不言语。

白玉堂又问:"此女现在何处?"胡烈道:"已交小人妻子好生看待。"白玉堂道:"很好。"喜笑颜开凑至胡烈跟前,冷不防用了个冲天炮泰山式，将胡烈踢倒，急掣宝剑将胡烈左膀砍伤，疼的个胡烈满地打滚。上面柳青看了，白脸上青一块，红一块，心中好生难受，又不敢劝解，又不敢拦阻。只听白玉堂吩咐伴当，将胡烈搭下去，明日交松江府办理。立刻唤伴当到后面，将郭老女儿增娇叫丫鬟领至厅上，当面交与郭彰。又问他还有什么东西。郭彰道："还有两个棕箱。"白爷连忙命人即刻抬来，叫他当面点明。郭彰道："钥匙现在小老儿身上，箱子是不用检点的。"白爷叫伴当取了二十两银子赏了郭老，又派了头领何寿，带领水手二名，用妥船将他父女二人连夜送至瓜州，不可有误。郭彰千恩万谢而去。

此时已交五鼓。这里白爷笑盈盈的道："展兄，此事若非兄台被擒在山窟之内，小弟如何知道？胡烈所为，险些儿坏了小弟名头。但小弟的私事已结，只是展兄的官事如何呢？展兄此来，必是奉相谕，叫小弟跟随入都。但是我白某就这样随了兄台去么？"展爷道："依你便怎么样呢？"玉堂道："也无别的。小弟既将三宝盗来，如今展兄必须将三宝盗去。倘能如此，小弟甘拜下风，情愿跟随展兄上开封府去；如不能时，展兄也就不必再上陷空岛了。"此话说至此，明露着叫展爷从此后隐姓埋名，再也不必上开封府了。展爷听了，连声道："很好，很好。我须要问明，在于何日盗宝？"白玉堂道："日期近了、少了，显得为难展兄。如今定下十日限期；过了十日，展兄只可悄地回开封府罢。"展爷道："谁与你斗口？俺展熊飞只定于三日内就要得回三宝，那时不要改口。"玉堂道："如此很好。若要改口，岂是丈夫所为。"说罢，彼此击掌。白爷又叫伴当将展爷送到通天窟内。可怜南侠被禁在山洞之内,手中又无利刃,如何能够脱此陷阱。暂且不表。

再说郭彰父女跟随何寿来到船舱之内,何寿坐在船头,顺流而下。郭彰悄悄向女儿增娇道:"你被掠之后,在于何处?"增娇道:"是姓胡的将女儿交与他妻子,看承的颇好。"又问:"爹爹如何见的大王就能够释放呢?"郭老便将"在山洞内遇见开封府护卫展老爷号'御猫'的,多亏他见了员外,也不知是什么大王,分晰明白,才得释放。"增娇听了,感念展爷之至。正在谈论之际,忽听后面声言:"头里船,不要走了,五员外还有话呢。快些拢住吓!"何寿听了有些迟疑,道:"方才员外吩咐明白了,如何又有话说呢?难道此事反悔了不成?若真如此,不但对不过姓展的,连姓柳的也对不住了。慢说他等,就是我何寿,以后也就瞧不起他了。"只见那只船弩箭一般,及至切近,见一人噗的一声跳上船来。趁着月色看时,却是胡奇,手持利刃,怒目横眉道:"何头儿,且将他父女留下,俺要替哥哥报仇!"何寿道:"胡二哥此言差矣。此事原是令兄不是,与他父女何干?再者,我奉员外之命送他父女,如何私自留下与你?有什么话,你找员外去,莫要耽延我的事体。"胡奇听了,一瞪眼,一声怪叫道:"何寿,你敢不与我留下么?"何寿道:"不留便怎么样?"胡奇举起朴刀就砍将下来。何寿却未防备,不曾带得利刃,一哈腰提起一块船板,将刀迎住。此时,郭彰父女在舱内叠叠连声喊叫:"救人吓!救人!"胡奇与何寿动手,究竟跳板轮转太笨,何寿看看不敌,可巧脚下一跐,就势落下水去。两个水手一见,噗咚噗咚也跳在水内。胡奇满心得意,郭彰五内着急。

忽见上流头赶下一只快船，上有五六个人，已离此船不远，声声喝道："你这厮不知规矩，俺这芦花荡从不害人。你是晚生后辈吓，如何擅敢害人，坏人名头？俺来也，你往那里跑。"将身一纵，要跳过船来。不想船离过远，脚刚踏着船边，胡奇用朴刀一搠，那人将身一闪，只听噗咚一声，也落下水去。船已临近，上面飕飕飕跳过三人，将胡奇裹住，各举兵刃。好胡奇，力敌三人，全无惧怯。谁知那个先落水的探出头来，偷看热闹。见三个伙伴逼住胡奇，看看离自己不远，他却用两手把胡奇的踝子骨揪住，往下一拢，只听噗咚掉在水内。那人却提定两脚不放，忙用钩篙搭住，拽上船来捆好，头向下，脚朝上，且自控水。众人七手八脚，连郭彰父女船只驾起，竟奔芦花荡而来。

原来此船乃丁家夜巡船，因听见有人呼救，急急向前，不料拿住胡奇，救了郭老父女。赶至泊岸，胡奇已醒，虽然喝了两口水，无甚要紧。大家将他扶在岸上，推拥进庄。又着一个年老之人背定郭增娇，着个少年有力的背了郭彰，一同到了茉花村。先着人通报大官人二官人去。此时天有五鼓之半，这也是兆兰、兆蕙素日吩咐的：倘有紧急之事，无论三更半夜，只管通报，绝不嗔怪。今日弟兄二人听见拿住个私行劫掠谋害人命的，却在南荡境内，幸喜擒来，救了父女二人，连忙来到待客厅上。先把增娇交在小姐月华处，然后将郭彰带上来细细追问情由。又将胡奇来历问明，方知他是新近来的，怨得不知规矩则例。正在讯问间，忽见丫鬟进来道："太太叫二位官人呢。"

不知丁母为着何事，且听下回分解。

## 第五十五回

### 透消息遭困螺蛳轩　设机谋夜投蚯蚓岭

且说丁家弟兄听见丁母叫他二人说话，大爷道："原叫将此女交在妹子处，惟恐夜深惊动老人家，为何太太却知道了呢？"二爷道："不用犹疑，咱弟兄进去便知分晓了。"弟兄二人往后而来。原来郭增娇来到月华小姐处，众丫鬟围着他问。郭增娇便将为何被掠，如何遭逢姓展的搭救。刚说至此，跟小姐的亲近丫鬟就追问起姓展的是何等样人，郭增娇道："听说是什么'御猫'儿，现在也被擒困住了。"丫鬟听至展爷被擒，就告诉了小姐。小姐暗暗吃惊，就叫他悄悄回太太去，自己带了郭增娇来至太太房内。太太又细细的问了一番，暗自思道："展姑爷既来到松江，为何不到茉花村，反往陷空岛去呢？或者是兆兰、兆蕙明知此事，却暗暗的瞒着老身不成？"想至此，疼女婿的心盛，立刻叫他二人。

及至兆兰二人来至太太房中，见小姐躲出去了，丁母面上有些怒色，问道："你妹夫展熊飞来至松江，如今已被人擒获，你二人可知道么？"兆兰道："孩儿等实实不知。只因方才问那老头儿，方知展兄早已在陷空岛呢，他其实并未上茉花村来，孩儿等再不敢撒谎的。"丁母道："我也不管你们知道不知道，那怕你们上陷空岛跪门去呢，我只要我的好好女婿便了。我算是将姓展的交给你二人了，倘有差池，我是不依的。"兆蕙道："孩儿与哥哥明日急急访查就是了,请母亲安歇罢。"二人连忙退出。大爷道："此事太太如何知道的这般快呢?"二爷道："这明是妹子听了那女子言语,赶着回太太。此事全是妹子撺掇的,不然见了咱们进去,如何却躲开了呢?"大爷听了倒笑起来了。二人来到厅上,即派妥当伴当四名,另备船只,将棕箱抬过来,护送郭彰父女上瓜州,务要送到本处,叫他亲笔写回信来。郭彰父女千恩万谢的去了。

此时天已黎明,大爷便向二爷商议,以送胡奇为名,暗暗探访南侠的消息。丁二爷深以为然。次日便备了船只,带上两个伴当,押着胡奇并原来的船只,来至卢家庄内。早有人通知白玉堂。白玉堂已得了何寿从水内回庄说胡奇替兄报仇之信,后又听说胡奇被北荡的人拿去,将郭彰父女救了,料定茉花村必有人前来。如今听说丁大官人亲送胡奇而来,心中早已明白是为南侠,不是专专的为胡奇。略为忖度,便有了主意,连忙迎出门来。各道寒暄,执手让至厅房,又与柳青彼此见了。丁大爷先将胡奇交代。白玉堂自认失察之罪,又谢兆兰获送之情。谦逊了半晌,大家就座,便吩咐将胡奇、胡烈一同送往松江府究治。即留丁大爷饮酒畅叙。兆兰言语谨慎,毫不露于形色。

酒至半酣,丁大爷问起："五弟一向在东京作何行止?"白玉堂便夸张起来:如何寄简留刀,如何忠烈祠题诗,如何万寿山杀命,又如何搅扰庞太师误杀二妾,渐渐说至盗三宝回庄,"不想目下展熊飞自投罗网,已被擒获。我念他是个侠义之人,以礼相待。谁知姓展的不懂交情,是我一怒,将他一刀……"刚说至此,只听丁大爷不由的失声道："嗳呀！"虽然"嗳呀"出来，却连忙收神改口道："贤弟你此事却闹大了。岂不知姓展的他乃朝廷家的命官，现奉相爷包公之命前来，你若真要伤了他的性命，便是背叛，怎肯与你甘休。事体不妥。此事岂不是你闹大了么？"白玉堂笑吟吟的道："别说朝廷不肯甘休，包相爷那里不依，就是丁兄昆仲大约也不肯与小弟甘休罢？小弟虽然糊涂，也不至到如此田地。方才之言，特取笑耳。小弟已将展兄好好看承，候过几日，小弟将展兄交付仁兄便了。"丁大爷原是个厚道之人，叫白玉堂这一番奚落，也就无的话可说了。白玉堂却将丁大爷暗暗拘留在螺蛳轩内，左旋右转，再也不能出来。兆兰却也无可如何，又打听不出展爷在于何处，整整的闷了一天。

到了掌灯之后，将有初鼓，只见一老仆从轩后不知从何处过来，带领着小主约有八九岁，长的方面大耳，面庞儿颇似卢方。那老仆向前参见了丁大爷，又对小主说道："此位便是茉花村丁大员外。"小主上前拜见。只见这小孩子深深打了一躬，口称："丁叔父在上，侄儿卢珍拜见。奉母亲之命，特来与叔父送信。"丁兆兰已知是卢方之子，连忙还礼。便问老仆道："你主仆到此何事？"老仆道："小人名叫焦能，只因奉主母之命，惟恐员外不信，特命小主跟来。我的主母说道，自从五员外回庄以后，每日不过早间进内请安一次，并不面见，惟有传话而已。所有内外之事，任意而为，毫无商酌，我家主母也不计较与他。谁知上次五员外把护卫展老爷拘留在通天窟内，今闻得又把大员外拘留在螺蛳轩内，此处非本庄人不能出入。恐怕耽误日期，有伤护卫展老爷，故此特派小人送信。大员外须急急写信，小人即刻送至茉花村,交付二员外,早为计较方好。"又听卢珍道:"家母多多拜上丁叔父。此事须要找着我爹爹,大家共同计议方才妥当。叫侄儿告诉叔父千万不可迟疑,愈速愈妙。"丁大爷连连答应,立刻修起书来,交给焦能连夜赶至茉花村投递。焦能道:"小人须打听五员外安歇了,抽空方好到茉花村去,不然恐五员外犯疑。"丁大爷点头道:"既如此,随你的便罢了。"又对卢珍道:"贤侄回去替我给母亲请安,就说一切事体我已尽知。是必赶紧办理,再也不能耽延,勿庸挂念。"卢珍连连答应,同定焦能转向后面,绕了几个蜗角便不见了。

且说兆蕙在家直等了哥哥一天不见回来,至掌灯后,却见跟去的两个伴当回来说道:"大员外被白五爷留住了,要盘桓几日方回来。再者,大员外悄悄告诉小人说,展姑老爷尚然不知下落,须要细细访查。叫告诉二员外,太太跟前就说展爷在卢家庄颇好,并没什么大事。"丁二爷听了点了点头道:"是了,我知道了。你们歇着去罢。"两个伴当去后,二爷细揣此事,好生的犹疑,这一夜何曾合眼。天未黎明,忽见庄丁进来报道:"今有卢家庄一个老仆名叫焦能,说给咱们大员外送信来了。"二爷道:"将他带进来。"不多时,焦能进来,参见已毕,将丁大爷的书信呈上。二爷先看书皮,却是哥哥的亲笔,然后开看,方知白玉堂将自己的哥哥拘留在螺蛳轩内,不由的气闷。心中一转,又恐其中有诈,复又生起疑来:"别是他将我哥哥拘留住了,又来诓我来了罢?"

正在胡思,忽又见庄丁跑进来报道:"今有卢员外、徐员外、蒋员外俱各由东京而来,特来拜望,务祈一见。"二爷连声道:"快请。"自已也就迎了出来。彼此相见,各叙阔别之情,让至客厅。焦能早已上前参见。卢方便问道:"你如何在此?"焦能将投书前来一一回明。二爷又将救了郭彰父女,方知展兄在陷空岛被擒的话说了一遍。卢方刚要开言,只听蒋平说道:"此事只好众位哥哥们辛苦辛苦,小弟是要告病的。"二爷道:"四哥何出此言?"蒋平道:"咱们且到厅上再说。"大家也不谦逊,卢方在前,依次来至厅上。归座献茶毕,蒋平道:"不是小弟推诿,一来五弟与我不对劲儿,我要露了面,反为不美;二来我这几日肚腹不调,多半是痢疾,一路上大哥、三哥尽知。慢说我不当露面,就是众哥哥们去,也是暗暗去,不可叫老五知道。不过设着法子救出展兄,取了三宝。至于老五,不定拿的住他拿不住他,不定他归服不归服,巧咧他见事体不妥,他还会上开封府自行投首呢。要是那们一行,不但展大哥没趣儿,就是大家都对不起相爷。那才是一网打尽,把咱们全着吃了呢。"二爷道:"四哥说的不差,五弟的脾气竟是有的。"徐庆道:"他若真要如此,叫他先吃我一顿好拳头。"二爷笑道:"三哥又来了,你也要摸的着五弟呀。"卢方道:"似此如之奈何?"蒋平道:"小弟虽不去,真个的连个主意也不出么?此事全在丁二弟身上。"二爷道:"四哥派小弟差使,小弟焉敢违命。只是陷空岛的路径不熟,可怎么样呢?"蒋平道:"这到不妨。现有焦能在此,先叫他回去,省得叫老五设疑。叫他于二鼓时,在蚯蚓岭接待丁二弟,指引路径如何?"二爷道:"如此甚妙。但不知派我什么差使?"蒋平道:"二弟,你比大哥、三哥灵便,沉重就得你担。第一先救展大哥,其次取回三宝,你便同展大哥在五义厅的东竹林等候。大哥、三哥在五义厅的西竹林等候。彼此会了齐,一拥而入,那时五弟也就难以脱身了。"大家听了,俱各欢喜。先打发焦能立刻回去,叫他知会丁大爷放心,务于二更时在蚰蜒岭等候丁二爷,不可有误。焦能领命去了。

这里众人饮酒吃饭,也有闲谈的,也有歇息的,惟有蒋平攒眉挤眼的,说肚腹不快,连酒饭也未曾好生吃。看看的天色已晚,大家饱餐一顿,俱各装束起来。卢大爷、徐三爷先行去了。丁二爷吩咐伴当:"务要精心伺候四老爷,倘有不到之处,我要重责的。"蒋平道:"丁二贤弟,只管放心前去。劣兄偶染微疾,不过歇息两天就好了,贤弟治事要紧。"

丁二爷约有初鼓之后别了蒋平,来至泊岸,驾起小舟,竟奔蚰蜒岭而来。到了临期,辨了方向,与焦能所说无异。立刻弃舟上岭,叫水手将小船放至芦苇深处等候。兆蕙上得岭来,见蚰蜒小路崎岖难行,好容易上到高峰之处,却不见焦能在此。二爷心下纳闷,暗道:"此时已有二鼓,焦能如何不来呢?"就在平坦之地,趁着月色往前面一望,便见碧澄澄一片清波,光华荡漾,不觉诧异道:"原来此处还有如此的大水。"再细看时,汹涌异常,竟自无路可通。心中又是着急,又是懊悔道:"早知此处有水,就不该在此约会,理当乘舟而入。又不见焦能,难道他们另有什么诡计么?"

正在胡思乱想,忽见顺流而下,有一人竟奔前来。丁二爷留神一看,早听见那人道:"二员外早来了么?恕老奴来迟。"兆蕙道:"来的可是焦管家么?"彼此相迎,来至一处。兆蕙道:"你如何踏水前来?"

焦能道:"那里的水?"丁二爷道:"这一带汪洋,岂不是水?"焦能笑道:"二员外看差了。前面乃青石潭,此是我们员外随着天然势修成的。漫说夜间看着是水,就是白昼之间远远望去,也是一片大水。但凡不知道的,早已绕着路往别处去了。惟独本庄俱各知道,只管前进,极其平坦,全是一片一片青石砌成。二爷请看,凡有波浪处,全有石纹,这也是一半天然,一半人力凑成的景致,故取名叫做青石潭。"说话间,已然步下岭来。到了潭边,丁二爷慢步试探而行,果然平坦无疑,心下暗暗称奇,口内连说:"有趣。有趣。"又听焦能道:"过了青石潭,那边有个立峰石。穿过松林,便是上五义厅的正路,此处比进庄门近多了。员外记明白了,老奴也就要告退了,省得俺家五爷犯想生疑。"兆蕙道:"有劳管家指引,请治事罢。"只见焦能往斜刺里小路而去。

丁二爷放心前进,果见前面有个立峰石。过了石峰,但见松柏参天,黑黢黢的一望无际。隐隐的见东北一点灯光,忽悠忽悠而来。转眼间,又见正西一点灯光,也奔这条路来。丁二爷便测度,必是巡更人,暗暗隐在树后。正在两灯对面,忽听东北来的说道:"六哥,你此时往那里去?"又听正西来的道:"什么差使呢,冤不冤咧!弄了个姓展的,圈在通天窟内。员外说,李三一天一天的醉而不醒,醒而不醉的,不放心,偏偏的派了我帮着他看守。方才员外派人送了一桌菜,一坛酒给姓展的,我想他一个人也吃不了这些,也喝不了这些。我合李三儿商量商量,莫若给姓展的送进一半去,咱们留一半受用。谁知那姓展的不知好歹,他说菜是剩的,酒是浑的,坛子也摔了,盘子碗也砸了,还骂了个河涸海干。老七,你说可气不可气?因此,我叫李三儿看着,他又醉的不能动了,我只得回员外一声儿。这个差使我真干不来,别的罢了,这个骂我真不能答应。老七,你这时候往那里去?"那东北来的道:"六哥,再休提起,如今咱们五员外也不知是怎么咧。你才说弄了个姓展的,你还没细打听呢,我们那里还有个姓柳的呢。如今又添上茉花村的丁大爷,天天一块吃喝。吃喝完了,把他们送往咱们那个瞒心昧己的窟儿里一圈,也不叫人家出来,又不叫人家走,仿佛怕泄了什么天机似的。六哥,你说咱们五员外脾气儿改的还了得么?目下又合姓柳的姓丁的喝呢。偏偏那姓柳的要瞧什么三宝,故此我奉员外之命,特上连环窟去。六哥,你不用抱怨了,此时差使只好当到那儿是那儿罢,等着咱们大员外来了再说罢。"正西的道:"可不是这么呢,只好混罢咧。"说罢,二人各执灯笼,分手散去。

不知他二人是谁,且听下回分解。

## 第五十六回

### 救妹夫巧离通天窟　　获三宝惊走白玉堂

且说那正西来的姓姚行六,外号儿摇晃山;那东北来的姓费行七,外号儿叫爬山蛇。他二人路上说话,不提防树后有人窃听。姚六走的远了,这里费七被丁二爷追上,从后面一伸手,将脖项掐住,按倒在地道:"费七,你可认得我么?"费七细细一看道:"丁二爷,为何将小人擒住?"丁二爷道:"我且问你,通天窟在于何处?"费七道:"从此往西去不远,往南一稍头,便看见随山势的石门,那就是通天窟。"二爷道:"既如此,我合你借宗东西,将你的衣服腰牌借我一用。"费七连忙从腰间递过腰牌道:"二员外,你老让我起来,我好脱衣裳吓。"丁二爷将他一提,拢住发绺道:"快脱。"费七无奈,将衣裳脱下。丁二爷拿了他的褡包,又将他拉到背眼的去处,拣了一棵合抱的松树,叫他将树抱住,就用褡包捆缚结实。费七暗暗着急道:"不好,我别要栽了罢。"忽听丁二爷道:"张开口!"早把一块衣襟塞住道:"小子,你在此等到天亮,横竖有人前来救你。"费七哼了一声,口中不能说,心里却道:"好德行!亏了这个天不甚凉,要是冬天,饶冻死了,别人远远的瞧着,拿着我还当做旱魃呢。"

丁二爷此时已将腰牌掖起,披了衣服,竟奔通天窟而来。果然随山石门,那边又有草团瓢三间,已听见有人唱:"有一个柳迎春哪,他在那个井呵,井呵唔边哪,汲呦、汲呦水哟……"丁二爷高声叫道:"李三哥,李三哥!"只听醉李道:"谁吓?让我把这个巧腔儿唱完了啊。"早见他趔趔趄趄的出来,将二爷一看道:"哎呀,少会吓。尊驾是谁吓?"二爷道:"我姓费,行七,是五员外新挑来的。"说话间,已将腰牌取出给他看了。醉李道:"老七,休怪哥哥说,你这个小模样子伺候五员外,叫哥哥有点不放心吓。"丁二爷连忙喝道:"休得胡说!我奉员外之命,因姚六回了员外,说姓展的挑眼,将酒饭摔砸了,员外不信,叫我将姓展的带去,与姚六质对。"醉李听了道:"好兄弟,你快将这姓展的带了去罢。他没有一顿不闹的,把姚六骂的不吐核儿,却没有骂我。什么原故呢?我是不敢上前的。再者,那个门我也拉不动他。"丁二爷道:"员外立等,你不开门怎么样呢?"醉李道:"七兄弟,劳你的驾罢,你把这边假门的铜环拿住了往怀里一带,那边的活门就开了。哥哥喝的成了个醉泡儿,那里有这样的力气呢?你拉门,哥哥叫姓展的好不好?"丁二爷道:"就是如此。"上前拢住铜环,往怀里一拉,轻轻的门就开了。醉李道:"老七好兄弟,你的手头儿可以,怨得五员外把你挑上呢!"他又扒着石门道:"展老爷,展老爷,我们员外请你老呢。"只见里面出来一人道:"黉夜之间,你们员外又请我做什么?难道我怕他有什么埋伏么?快走,快走!"

丁二爷见展爷出来,将手一松,那石门已然关闭。向前引路,走不多远,便煞住脚步悄悄的道:"展兄,可认得小弟么?"展爷猛然听见,方细细留神,认出是兆蕙,不胜欢喜道:"贤弟从何而来?"二爷便将众兄弟俱各来了的话说了。又见迎面有灯光来了,他二人急闪入林。后见二人抬定一坛酒,前面是姚六,口中抱怨道:"真真的咱们员外也不知是安着什么心,好酒好菜的供养着他,还讨不出好来。也没见这姓展的,太不知好歹,成日价骂不绝口。"刚说至此,恰恰离丁二爷不远。二爷暗暗将脚一钩,姚六往前一扑,口中"啊呀"道:"不好!"咕咚——哐嚓——噗哧。"咕咚"是姚六趴下了,"哐嚓"是酒坛子砸了,"噗哧"是后面的人躺在撒的酒上了。丁二爷已将姚六按住,展爷早把那人提起。姚六认得丁二爷,道:"二员外,不干小人之事。"又见揪住那人的是展爷,连忙央告道:"展老爷,也没有他的事情,求二位爷饶恕。"展爷道:"你等不要害怕,断不伤害你等。"二爷道:"虽然如此,却放不得他们。"于是将他二人也捆缚在树上,塞住了口。然后,展爷与丁二爷悄悄来至五义厅东竹林内。听见白玉堂又派了亲信伴当白福快到连环窟催取三宝,展爷便悄悄的跟了白福而来。到了竹林冲要之地,展爷便煞住脚步,竟等截取三宝。

不多时,只见白福提着灯笼,托着包袱,嘴里哼哼着唱滦州影,又形容几句㸣㸣腔,末了儿改唱了一只西皮二簧。他可一壁唱着,一壁回头往后瞧,越唱越瞧的利害,心中有些害怕,觉得身后次拉次拉的响。将灯往身后一照,仔细一看,却是枳荆扎在衣襟之上,口中嘟囔道:"我说是什么响呢,怪害怕的,原来是他呀!"连忙撂下灯笼,放下包袱,回身摘去枳荆。转脸儿一看,灯笼灭了,包袱也不见了。这一惊非小,刚要找寻,早有人从背后抓住道:"白福,你可认得么?"白福仔细看时,却是展爷,连忙央告道:"展老爷,小人白福不敢得罪你老,这是何苦呢?"展爷道:"好小子,你放心,我断不伤害于你。须在此歇息歇息再去不迟。"说话间,已将他双手背剪。白福道:"怎么,我这么歇息吗?"展爷道:"你这么着不舒服,莫若趴下。"将他两腿往后一撩,手却往前一按。白福如何站得住,早已趴伏在地。展爷见旁边有一块石头,端起来道:"我与你盖上些儿,看夜静了着了凉。"白福道:"啊呀,展老爷,这个被儿太沉,小人不冷,不劳展老爷疼爱我。"展爷道:"动一动我瞧瞧,如若嫌轻,我再给你盖上一个。"白福忙接言道:"展老爷,小人就只盖一个被的命,若是再盖上一块,小人就折受死了。"展爷料他也不能动了,便奔树根之下来取包袱,谁知包袱却不见了。展爷吃这一惊,可也不小。

正在诧异间,只见那边人影儿一晃。展爷赶步上前,只听"噗哧"一声,那人笑了。展爷倒唬了一跳,忙问道:"谁?"一壁问,一壁看,原来是三爷徐庆。展爷便问:"三弟几时来的?"徐爷道:"小弟见展兄跟下他来,惟恐三宝有失,特来帮扶。不想展只顾给白福盖被,却把包袱抛露在此。若非小弟收藏,这包袱又不知落于何人之手了。"说话间,便从那边一块石下将包袱掏出,递给展爷。展爷道:"三弟如何知道此石之下可以藏得包袱呢?"徐爷道:"告诉大哥说,我把这陷空岛大小去处,凡有石块之处,或通或塞,别人皆不能知,小弟没有不知道的。"展爷点头道:"三弟真不愧穿山鼠了。"

二人离了松林,竟奔五义厅而来。只见大厅之上,中间桌上设着酒席,丁大爷坐在上首,柳青坐在东边,白玉堂坐在西边,左胁下佩着展爷的宝剑。见他前仰后合,也不知是真醉呀,也不知是假醉,信口开言道:"小弟告诉二位兄长说,总要叫姓展的服输到地儿,或将他革了职,连包相也得处分,那时节,小弟心满意足,方才出这口恶气。我只看将来我那些哥哥们怎么见我?怎么对的过开封府?"说罢,哈哈大笑。上面丁兆兰却不言语,柳青在旁,连声夸赞。

外面众人俱各听见,惟独徐爷心中按捺不住,一时性起,手持利刃,竟奔厅上而来。进得门来,口中说道:"姓白的,先吃我一刀!"白玉堂正在那里谈的得意,忽见进来一人,手举钢刀,竟奔上来了,忙取腰间宝剑,罢咧,不知何时失去。谁知丁大爷见徐爷进来,白五爷正在出神之际,已将宝剑窃到手中。白玉堂因无宝剑,又见刀临切近,将身向旁边一闪,将椅子举起往上一迎。只听拍的一声,将椅背砍得粉碎。徐爷又抡刀砍来,白玉堂闪在一旁说道:"姓徐的,你先住手,我有话说。"徐爷听了道:"你说!你说!"白玉堂道:"我知你的来意。知道拿住展昭,你会合丁家弟兄前来救他。但我有言在先,已向展昭言明,不拘时日,他如能盗回三宝,我必随他到开封府去。他说只用三天即刻盗回,如今虽未满限,他尚未将三宝盗回。你明知他断不能盗回三宝,恐伤他的脸面,今仗着人多,欲将他救出。三宝也不要了,也不管姓展的怎么回复开封府,怎么觍颜见我。你们不要脸,难道姓展的也不要脸么?"徐爷闻听哈哈大笑道:"姓白的,你还做梦呢!"即回身大叫:"展大哥,快将三宝拿来!"早见展爷托定三宝进了厅内,笑吟吟的道:"五弟,劣兄幸不辱命,果然未出三日,已将三宝取回,特来呈阅。"

白玉堂忽然见了展爷,心中纳闷,暗道:"他如何能出来呢?"又见他手托三宝,外面包的包袱还是自己亲手封的,一点也不差,更觉诧异。又见卢大爷、丁二爷在厅外站立，心中暗想道："我如今要随他们上开封府，又灭了我的锐气；若不同他们前往，又失却前言。"正在为难之际，忽听徐爷嚷道："姓白的，事到如今，你又有何说？"白玉堂正无计脱身，听见徐爷之言，他便拿起砍伤了的椅子向徐爷打去。徐爷急忙闪过，持刀砍来。白玉堂手无寸铁，便将葱绿氅脱下，从后身脊缝撕为两片，双手抡起，挡开利刃，急忙出了五义厅，竟奔西边竹林而去。卢方向前说道："五弟且慢，愚兄有话与你相商。"白玉堂并不答言，直往西去。丁二爷见卢大爷不肯相强，也就不好追赶。只见徐爷持刀紧紧跟随，白玉堂恐他赶上，到了竹林密处，即将一片葱绿氅搭在竹子之上。徐爷见了，以为白玉堂在此歇息，蹑足潜踪赶将上去，将身子往前一蹿，往下一按，一把抓住道："老五呀，你还跑到那里去？"用手一提，却是一片绿氅，玉堂不知去向。此时，白玉堂已出竹林，竟往后山而去。看见立峰石，又将那片绿氅搭在石峰之上，他便越过山去。这里徐爷明知中计，又往后山追来。远远见玉堂在那里站立，连忙上前仔细一看，却是立峰石上搭着半片绿氅。已知玉堂去远，追赶不及。暂且不表。

且说柳青正与白五爷饮酒，忽见徐庆等进来，徐爷就与白五爷交手。见他二人出了大厅就不见了，自己一想："我若偷偷儿的溜了，对不住众人；若与他等交手，断不能取胜。到了此时，说不得乍着胆子只好充一充朋友。"想罢将桌腿子卸下来，拿在手中嚷道："你等既与白五弟在神前结盟，生死共之。既有今日，何必当初？真乃叫我柳某好笑！"说罢，抡起桌腿向卢方就打。卢方一肚子的好气正无处可

第五十六回　救妹夫巧离通天窟　获三宝惊走白玉堂

出,见柳青打来,正好拿他出出气。见他临近,并不招架,将身一闪躲过,却使了个扫堂腿,只听噗通一声,柳青仰面跌倒。卢爷叫庄丁将他绑了,庄丁上前将柳青绑好。柳青白馥馥一张面皮,只羞得紫巍巍满面通红,好生难看。

卢方进了大厅,坐在上面。庄丁将柳青带至厅上,柳青便将二目圆睁,嚷道:"卢方,敢将柳某怎么样?"卢爷道:"我若将你伤害,岂是我行侠尚义所为。所怪你者,实系过于多事耳。至我五弟所为之事,无须与你细谈。"叫庄丁:"将他放了去罢!"柳青到了此时,走也不好,不走也不好。卢方道:"既放了你,你还不走,意欲何为?"柳青道:"走。可不走吗,难道说我还等着吃早饭么?"说着话,搭搭讪讪的就溜之乎也。

卢爷便向展爷、丁家弟兄说道:"你我仍须到竹林里寻找五弟去。"展爷等说道:"大哥所言甚是。"正要前往,只见徐爷回来说道:"五弟业已过了后山,去的踪影不见了。"卢爷跌足道:"众位贤弟不知,我这后山之下乃松江的江岔子,越过水面,那边松江,极是捷径之路,外人皆不能到。五弟在山时,他自己练就的独龙桥,时常飞越往来,行如平地。"大家听了,同声道:"既有此桥,咱们何不追了他去呢?"卢方摇头道:"去不得!去不得!名虽叫独龙桥,却不是桥,乃是一根大铁链。有桩二根,一根在山根之下,一根在那泊岸之上,当中就是铁链。五弟他因不知水性,他就生心暗练此桥,以为自己能够在水上飞腾越过。也是五弟好胜之心,不想他闲时治下,竟为今日忙时用了。"众人听了,俱各发怔。

忽听丁二爷道："这可要应了蒋四哥的话了。"大家忙问什么话。丁二爷道："蒋四哥早已说过，五弟不是没有心机之人，巧唰他要自行投到，把众弟兄们一网打尽。看他这个光景，当真的他要上开封府呢。"卢爷、展爷听了更觉为难，道："似此如之奈何？我们岂不白费了心么？怎么去见相爷呢？"丁二爷道："这倒不妨。还好，幸亏将三宝盗回，二位兄长亦可以交差，盖的过脸儿去。"丁大爷道："天已亮了，莫若俱到舍下，与蒋四哥共同商量个主意才好。"卢爷吩咐水手预备船只，同上茉花村。又派人到蚯蚓湾芦苇深处告诉丁二爷昨晚坐的小船，也就回庄，不必在那里等了；又派人到松江将姚六、费七、白福等松放回来。丁二爷仍将湛卢宝剑交付展爷佩带。卢爷进内略为安置，便一同上船，竟奔茉花村去了。

且说白玉堂越过后墙，竟奔后山而来。到了山根之下，以为飞身越过，可到松江。仔细看时，这一惊非小。原来铁链已断，沉落水底。玉堂又是着急，又是为难，又恐后面有人追来。忽听芦苇之中，咿呀咿呀摇出一只小小渔船。玉堂满心欢喜，连忙唤道："那渔船，快向这边来，将俺渡到那边，自有重谢。"只见那船上摇橹的却是个年老之人，对着白玉堂道："老汉以捕鱼为生，清早利市，不定得多少大鱼。如今渡了客官，耽延工夫，岂不误了生理？"玉堂道："老丈，你只管渡我过去。到了那边，我加倍赏你如何？"渔翁道："既如此，千万不可食言，老汉渡你就是了。"说罢将船摇至山根。

不知白玉堂上船不曾，且听下回分解。

## 第五十七回

### 独龙桥盟兄擒义弟　开封府恩相保贤豪

且说白玉堂纵身上船,那船就是一晃,渔翁连忙用篙点住道:"客官好不晓事。此船乃捕鱼小船,俗名划子,你如何用猛力一趁?幸亏我用篙撑住,不然连我也就翻下水去了。好生的荒唐吓!"白玉堂原有心事,恐被人追上难以脱身,幸得此船肯渡他,虽然叨叨数落,却也毫不介意。那渔翁慢慢的摇起船来,撑至江心,却不动了,便发话道:"大清早起的,总要发个利市。再者俗语说的是,'船家不打过河钱'。客官有酒资拿出来,老汉方好渡你过去。"白玉堂道:"老丈,你只管渡我过去,我是从不失信的。"渔翁道:"难,难,难,难!口说无凭,多少总要信行的。"白玉堂暗道:"叵耐这厮可恶!偏我来的仓猝,并未带得银两。也罢,且将我这件衬袄脱下给他。幸得里面还有一件旧衬袄,尚可遮体。疾渡到那面,再作道理。"想罢,只得脱下衬袄道:"老丈,此衣足可典当几贯钱钞,难道你还不凭信么?"渔翁接过,抖起来看道:"这件衣服若是典当了,可以比捕鱼有些利息了。客官休怪,这是我们船家的规矩。"正说间,忽见那边飞也似的赶了一只渔船来,有人嚷道:"好吓,清早发利市,见者有份,须要沽酒请我的。"说话间,船已临近。这边的渔翁道:"什么大利市,不过是件衣服。你看看,可典多少钱钞?"说罢,便将衣服掷过。那渔人将衣服抖开一看道:"别管典当多少,足够你我喝酒的了。老兄,你还不口头馋么?"渔翁道:"我正在思饮,咱们且吃酒去。"只听飕的一声,已然跳到那边船上。那边渔人将篙一支,登时飞也似的去了。

　　白玉堂见他们去了,白白的失去衣服,无奈何,自己将篙拿起来撑船。可煞作怪,那船不往前走,止于在江心打转儿。不多会,白玉堂累的通身是汗,喘吁不止。自己发恨道:"当初与其练那独龙桥的,何不下工夫练这渔船呢,今日也不至于受他的气了。"正在抱怨,忽见小小舱内出来一人,头戴斗笠。猛将斗笠摘下道:"五弟久违了。世上无有十全的人,也没有十全的事,你抱怨怎的?"白玉堂一看,却是蒋平,穿着水靠,不由的气冲霄汉,一声怪叫道:"啊呀,好病夫,那个是你五弟?"蒋爷道:"哥哥是病夫,好称呼呀!这也罢了。当初叫你练练船只,你总以为这没要紧,必要练那出奇的顽意儿。到如今,你那独龙桥那里去了?"白玉堂顺手就是一篙,蒋平他就顺手落下水去。白玉堂猛然省悟道:"不好,不好,他善识水性,我白玉堂必是被他暗算。"两眼尽往水中注视。再将篙拨船时,动也不动,只急得他两手扎煞。忽见蒋平露出头来,把住船边道:"老五吓,你喝水不喝?"白玉堂未及答言,那船已然底儿朝天,把个锦毛鼠弄成水老鼠了。蒋平恐他过于喝多了水不是当耍的,又恐他不喝一点儿水也是难缠的,莫若叫他喝两三口水,趁他昏迷之际,将就着到了茉花村就好说了。他左手揪住发绺,右手托定腿洼,两足踏水,不多时,即到北岸。见有小船三四只在那里等候,这是蒋平临过河拆桥时就吩咐下的。船上共有十数人,见蒋爷托定白玉堂,大家便嚷道:"来了,来了,四老爷成了功了!上这里来。"蒋爷来至切近,将白玉堂往上一举,众水手接过,便要控水。蒋爷道:"不消,不消。你们大家把五爷寒鸦凫水的背剪了,头面朝下,用木杠即刻抬至茉花村。赶到那里,大约五爷的水也控净了,就苏醒过来了。"众水手只得依命而行,七手八脚的捆了,用杠穿起,扯连扯连抬着个水淋淋的白玉堂,竟奔茉花村而来。

且说展熊飞同定卢方、徐庆,兆兰、兆蕙相陪来至茉花村内。刚一进门,二爷便问伴当道:"蒋四爷可好些了?"伴当道:"蒋四爷于昨晚二员外起身之后,也就走了。"众人诧异道:"往那里去了?"伴当道:"小人也曾问来,说:'四爷病着,往何方去呢?'四爷说:'你不知道,我这病是没要紧的。皆因有个约会,等个人,却是极要紧的。'小人也不敢深问,因此四爷就走了。"众人听了,心中纳闷。惟独卢爷着急道:"他的约会,我焉有不知的?从来没有提起,好生令人不解。"丁大爷道:"大哥不用着急,且到厅上坐下,大家再作商量。"说话间,来至厅上。丁大爷先要去见丁母,众人俱言:"代为叱名请安。"展爷说:"俟事体消停,再去面见老母。"丁大爷一一领命,进内去了。丁二爷吩咐伴当:"快快去预备酒饭,我们俱是闹了一夜的了,又渴又饿。快些,快些!"伴当忙忙的传往厨房去了。少时,丁大爷出来,又一一的替老母问了众人的好。又向展爷道:"家母听见兄长来了,好生欢喜,言事情完了,还要见兄长呢。"展爷连连答应。早见伴当调开桌椅,安放杯箸。上面是卢方,其次展昭、徐庆,兆兰、兆蕙在主位相陪。刚然入座,才待斟酒,忽见庄丁跑进来禀道:"蒋老爷回来了，把白五爷抬来了。"众人听了，又是惊骇，又是欢喜，连忙离座出厅，俱各迎将出来。

到了庄门，果见蒋四爷在那里，吩咐把五爷放下，抽杠解缚。此时白玉堂已然吐出水来，虽然苏醒，尚不明白。卢方见他面目焦黄，浑身犹如水鸡儿一般，不觉泪下。展爷早赶步上前，将白玉堂扶着坐起，慢慢唤道："五弟醒来，醒来。"不多时，只见白玉堂微睁二目，看了看展爷，复又闭上，半晌方嘟囔道："好病夫吓，淹得我好，淹得我好！"说罢，哇的一声，又吐出许多清水，心内方才明白了。睁睛往左右一看，见展爷蹲在身旁，见卢方在那里拭泪，惟独徐庆、蒋平二人，一个是怒目横眉，一个是嬉皮笑脸。白玉堂看蒋爷，便要挣扎起来，道："好病夫吓，我是不能与你干休的！"展爷连忙扶住道："五弟，且看愚兄薄面。此事始终皆由展昭而起，五弟如有责备，你就责备展昭就是了。"丁家弟兄连忙上前扶起玉堂，说道："五弟，且到厅上去，沐浴更衣后，有什么话再说不迟。"白玉堂低头一看，见浑身连泥带水，好生难看，又搭着处处皆湿，遍体难受的很。到此时也没了法子了，只得说："小弟从命。"

大家步入庄门，进了厅房。丁二爷叫小童掀起套间软帘，请白五爷进内。只见澡盆、浴布、香肥皂、胰子、香豆面俱已放好。床上放着洋布汗褟、中衣、月白洋绉套裤、靴袜、绿花氅、月白衬袄、丝绦、大红绣花武生头巾，样样俱是新的。又见小童端了一磁盆热水来，放在盆架之上。请白老爷坐了，打开发纂，先将发内泥土洗去，又换水添上香豆面洗了一回，然后用木梳通开，将发纂挽好，扎好网巾。又见进

## 第五十七回 独龙桥盟兄擒义弟 开封府恩相保贤豪

来一个小童,提着一桶热水,注在澡盆之内,请五老爷沐浴,两个小童就出来了。白玉堂即将湿衣脱去,坐在矮凳之上,周身洗了,用浴布擦干,穿了中衣等件。又见小童进来,换了热水,请五老爷净面。然后穿了衣服,戴了武生巾,其衣服靴帽尺寸长短,如同自己的一样,心中甚为感激丁氏弟兄。只是恼恨蒋平,心中忿忿。

只见丁二爷进来道:"五弟沐浴已毕,请到堂屋中谈话饮酒。"白玉堂只得随出。见他仍是怒容满面,卢方等立起身来说:"五弟,这边坐叙话。"玉堂也不言语。见方才之人皆在,惟不见蒋爷,心中纳闷。只见丁二爷吩咐伴当摆酒,片时工夫,已摆得齐整,皆是美味佳肴。丁大爷擎杯,丁二爷执壶道:"五弟想已饿了,且吃一杯,暖一暖寒气。"说罢斟上酒来,向玉堂说:"五弟请用。"玉堂此时欲不饮此酒,怎奈腹中饥饿,不作脸的肚子咕噜噜的乱响,只得接杯一饮而尽。又斟了门杯,又给卢爷、展爷、徐爷斟了酒,大家入座。卢爷道:"五弟,已往之事,一概不必提了。无论谁的不是,皆是愚兄的不是。惟求五弟同到开封府,就是给为兄的作了脸了。"白玉堂闻听,气冲斗牛,不好向卢方发作,只得说:"叫我上开封府万万不能。"展爷在旁插言道:"五弟不要如此,凡事必须三思而行,还是大哥所言不差。"玉堂道:"我管什么三思、四思,横竖我不上开封府去。"

展爷听了玉堂之言,有许多的话要问他,又恐他有不顺情理之言,还是与他闹是不闹呢?正在思想之际,忽见蒋爷进来说:"姓白的,你别过于任性了。当初你向展兄言明,盗回三宝,你就同他到开封府去。如今三宝取回,就该同他前往才是;即或你不肯同他前往,也该以情理相求,为何竟自逃走?不想又遇见我,救了你的性命,又亏丁兄给你换了衣服,如此看待,为的是成全朋友的义气。你如今不到开封府,不但失信于展兄,而且对不住丁家弟兄,你义气何在?"白玉堂听了,气的喊叫如雷,说:"好病夫呀,我与你势不两立了!"站起来就奔蒋爷拚命。丁家弟兄连忙上前揽住道:"五弟不可,有话慢说。"蒋爷笑道:"老五吓,我不与你打架,就是你打我,我也不还手。打死我,你给我偿命。我早已知道你是没见过大世面的,如今听你所说之言,真是没见过大世面。"白玉堂道:"你说我没见过大世面,你倒要说说我听。"

蒋爷笑道:"你愿听,我就说与你听。你说你到过皇宫内苑,忠义祠题诗,万代寿山前杀命,奏摺内夹带字条,大闹庞府,杀了侍妾。你说这都是人所不能的。这原算不了奇特,这不过是你仗着有飞檐走壁之能,黑夜里无人看见,就遇见了,皆是没本领之人。这如何算的是大能干呢?如何算得见过大世面呢?如若是见过世面,必须在光天化日之中,瞻仰过天子升殿:先是金钟声响,后见左右宫门一开,带刀护卫一对一对的按次序而出,雁翼排班侍立,一个个真似天神一般。然后文武臣工步上丹墀,分文东武西而立。丹墀下,御林军俱佩带绿皮鞘腰刀,一个个雄赳赳、气昂昂,按班而立。又听金鞭三下响,正宫门开处,先是提炉数对,见八人肩舆,上坐天子,后面龙凤扇二柄,紧紧相随。再后是御前太监,蜂拥跟随天子升殿。真是鸦雀无声,那一番严肃齐整,令人悚然。就是有不服王法的,到了此时,也就骨软筋酥。且慢说天子升殿,就是包相爷升堂问事,那一番的威严,也令人可畏。未升堂之时,先是有名头的皂班、各项捕快、各项的刑具、各班的皂役,也是一班一班的由角门而进,将铁链夹棍各样刑具往堂上一放,便阴风惨惨。又有王、马、张、赵,将御铡请出,喊了堂威,左右排班侍立。相爷从屏风后步入公座,那一番赤胆忠心为国为民一派的正气,姓白的,你见了虽不至骨软筋酥,也就威风顿灭。这些话仿佛我薄你,皆因你所为之事,都是黑夜之间,人皆睡着,由着你的性儿,该杀的就杀,该偷的就偷拿了走了。若在白昼之间,这样事全是不能行的。我说你没见过大世面,所以不敢上开封去,就是这个缘故。"

白玉堂不知蒋爷用的是激将法,气的他三尸神暴出,五陵豪气飞空,说:"好病夫,你把白某看作何等样人?漫说是开封府,就是刀山箭林,也是要走走的!"蒋爷笑嘻嘻道:"老五哇,这是你的真话呀,还是乍着胆子说的呢?"玉堂嚷道:"这也算不了什么大事,也不便与你撒谎!"蒋爷道:"你既愿意去,我还有话问你。这一起身,虽则同行,你万一故意落在后头,我们可不能等你。你若从屎遁里逃了,我们可不能找你。还有一件事更要说明:你在皇宫大内干的事情,这个罪名非同小可。到了开封府,见了相爷,必须小心谨慎,听包相爷的钧谕,才是大丈夫所为。若是你仗着自己有飞檐走壁之能,血气之勇,不知规矩,口出胡言大话,就算不了行侠尚义,英雄好汉,就是个浑小子,也就不必上开封府去了。你就请罢,再也不必出头露面了。"白玉堂是个心高气傲之人,如何能受得这些激发之言,说:"病夫,如今我也不合你论长论短,俟到了开封府,叫你看看白某是见过大世面还是没有见过大世面,那时再与你算帐便了。"蒋爷笑道:"结咧,看你的好好劲儿。好小子,敢做敢当才是好汉呢!"兆兰等恐他二人说翻了,连忙说道:"放着酒不吃,说这些不要紧的话作什么呢?"丁大爷斟了一杯酒递给玉堂,丁二爷斟了一杯酒递与蒋平,二人一饮而尽。然后大家归座,又说了些闲话。

白玉堂向着蒋爷道:"我与你有何仇何恨,将我翻下水去,是何缘故?"蒋爷道:"五弟,你说话太不公道。你想想,你作的事,那一样儿不利害?那一样儿留情分?甚至说话都叫人磨不开。就是今日,难道不是你先将我一篙打下水去么?幸亏我识水性,不然我就淹死了。怎么你倒恼我?我不冤死了么?"说的众人都笑起来了。丁二爷道:"既往之事,不必再说。莫若大家喝一回,吃了饭也该歇息歇息了。"说罢才要斟酒,展爷道:"二位贤弟且慢,愚兄有个道理。"说罢,接过杯来,斟了一杯向玉堂道:"五弟,此事皆因愚兄而起,其中却有区别。今日当着众位仁兄贤弟俱各在此,小弟说一句公平话。这件事实系五弟性傲之故,所以生出这些事来。如今五弟既愿到开封府去,无论何事,我展昭与五弟荣辱共之。五弟信的及,就饮此一杯。"大家俱称赞道:"展兄言简意深,真正痛快。"白玉堂接杯一饮而尽,道:"展大哥,小弟与兄台本无仇隙,原是义气相投的。诚然是小弟少年无知,不服气的起见。如到开封府,自有小弟招承,断不累及吾兄。再者,小弟屡屡唐突冒昧,蒙兄长的海涵,小弟也要敬一杯,赔个礼才是。"说罢,斟了一杯,递将过来。大家说道:"理当如此。"展爷连忙接过,一饮而尽,复又斟上一杯道:"五弟既不挂怀劣兄,五弟与蒋四兄也要对敬一杯。"蒋爷道:"甚是,甚是。"二人站起来,对敬了一杯。众人俱各大乐不止。然后归座,依然是兆兰、兆蕙斟了门杯,彼此畅饮,又说了一回本地风光的事体,到了开封府应当如何的光景。

酒饭已毕,外面已备办停当,展爷进内与丁母请安禀辞。临别时,留下一封谢柬,是给松江府知府的,求丁家弟兄派人投递。丁大爷、丁二爷送至庄外,眼看着五位英雄带领着伴当数人,蜂拥去了。一路无话。

及至到了开封府,展爷便先见公孙策,商议求包相保奏白玉堂;然后又与王、马、张、赵彼此见了。众人见白玉堂少年英雄,无不羡爱。白玉堂到此时也就循规蹈矩,诸事仗卢大爷提拨。展爷与公孙先生来到书房,见了包相,行参已毕,将三宝呈上。包公便吩咐李才送至后面收了。展爷便将如何自己被擒,多亏茉花村双侠搭救,又如何蒋平装病,悄地里拿获白玉堂的话说了一遍,惟求相爷在圣上面前递摺保奏。包公一一应允,也不升堂,便叫将白玉堂带至书房一见。展爷忙至公所道:"相爷请五弟书房相见。"白玉堂站起身来就要走,蒋平上前拦住道:"五弟且慢。你与相爷是亲戚是朋友?"玉堂道:"俱各不是。"蒋爷道:"既无亲故,你身犯何罪?就是这样见相爷,恐于理上说不去。"白玉堂猛然省悟道:"亏得四哥提拨,险些儿误了大事。"

未知如何,且听下回分解。

## 第五十八回

### 锦毛鼠龙楼封护卫　邓九如饭店遇恩星

且说白玉堂听蒋平之言,猛然省悟道:"是呀,亏得四哥提拨,不然我白玉堂岂不成了叛逆了么?展兄快拿刑具来。"展爷道:"暂且屈尊五弟。"吩咐伴当快拿刑具来。不多时,不但刑具拿来,连罪衣罪裙俱有,立刻将白玉堂打扮起来。此时,卢方同着众人,连王、马、张、赵俱随在后面。展爷先至书房,掀起帘栊,进内回禀。不多时,李才打起帘子,口中说道:"相爷请白义士。"只一句,弄得白玉堂欲前不前,要退难退,心中反倒不得主意。只见卢方在那里打手势,叫他屈膝。他便来至帘前,屈膝肘进,口内低低说道:"罪民白玉堂,有犯天条,恳祈相爷笔下超生。"说罢,匍匐在地。包相笑容满面道:"五义士不要如此,本阁自有保本。"回头吩咐展爷去了刑具,换上衣服看座。白玉堂那里肯坐。包相把白玉堂仔细一看,不由的满心欢喜。白玉堂看了包公,不觉的凛然敬畏。包相却将梗概略为盘诘,白玉堂再无推诿,满口应承。包相点了点头道:"圣上屡屡问本阁要五义士者,并非有意加罪,却是求贤若渴之意。五义士只管放心,明日本阁保奏,必有好处。"

外面卢方等听了,连忙进来,一齐跪倒。白玉堂早已的跪下。卢方道:"卑职等仰赖相爷的鸿慈,明日圣上倘不见怪,实属万幸;如若

第五十八回　锦毛鼠龙楼封护卫　邓九如饭店遇恩星

加罪时,卢方等情愿纳还职衔,以赎弟罪,从此做个安善良民,再也不敢妄为了。"包公笑道:"卢校尉不要如此,全在本阁身上,包管五义士无事。你等不知,圣上此时励精图治,惟恐野有遗贤,时常的训示本阁,叫细细访查贤豪俊义,焉有见怪之理?只要你等以后与国家出力报效,不负圣恩就是了。"说罢,吩咐众人起来。又对展爷道:"展护卫与公孙主簿,你二人替本阁好好看待五义士。"展爷与公孙先生一一领命,同定众人退了出来。

到了公厅之内,大家就座。只听蒋爷说道:"五弟,你看相爷如何?"白玉堂道:"好一位为国为民的恩相。"蒋爷笑道:"你也知是恩相了。可见大哥堪称是我的兄长,眼力不差,说个'知遇之恩',诚不愧也。"几句话,说的个白玉堂脸红过耳,瞅了蒋平一眼,再也不言语了。旁边公孙先生知道蒋爷打趣白玉堂,惟恐白玉堂年幼脸急,连忙说道:"今日我等虽奉相谕款待五弟,又算是我与五弟预为贺喜。候明日保奏下来,我们还要吃五弟喜酒呢。"白玉堂道:"只恐小弟命小福薄,无福消受皇恩。倘能无事,弟亦当备酒与众位兄长酬劳。"徐庆道:"不必套话,大家也该喝一杯了。"赵虎道:"我刚要说,三哥说了。还是三哥爽快。"回头叫伴当,快快摆桌子端酒席。登时进来几个伴当,调开桌椅,安放杯箸。展爷与公孙先生还要让白玉堂上座,却是马汉、王朝二人拦住说:"住了,卢大哥在此,五弟焉肯上座?依弟等愚见,莫若还是卢大哥的首座,其下挨次而坐到觉爽快。"徐庆道:"好,还是王、马二兄吩咐的是!我是挨着赵四弟一处坐。"赵虎道:"三哥咱两个就在这边坐,不要管他们。来,来,来,且喝一杯。"

说罢，一个提壶，一个执盏，二人就对喝起来。众人见他二人如此，不觉大笑，也不谦让了，彼此就座，饮酒畅谈，无不倾心。

及至酒饭已毕，公孙策便回至自己屋内写保奏摺底。开首先叙展护卫一人前往陷空岛拿获白玉堂，皆是展昭之功。次说白玉堂所作之事，虽暗昧小巧之行，却是光明正大之事，仰恳天恩赦宥封职，广开进贤之门等语。请示包相看了，缮写清楚，预备明日五鼓谨呈御览。

至次日，包公派展爷、卢大爷、王爷、马爷随同白玉堂入朝。白五爷依然是罪衣罪裙，预备召见。到了朝房，包相进内递摺。仁宗看了，龙心大悦，立刻召见包相。包相又密密保奏一番。天子即传言，派老伴伴陈林晓示白玉堂，不必罪衣罪裙，只平人服色，带领引见。陈公公念他杀郭安，有暗救自己之恩，见了白玉堂，又致谢了一番。然后明发上谕，叫白玉堂换了一身簇新的衣服，更显得少年英俊。及至天子临朝，陈公公将白玉堂领至丹墀之上。仁宗见白玉堂一表人物，再想见他所作之事，真有人所不能的本领，人所不能的胆量，圣心欢喜非常，就依着包卿的密奏，立刻传旨："加封展昭实受四品护卫之职。其所遗四品护卫之衔，即着白玉堂补授，与展昭同在开封府供职，以为辅弼。"白玉堂到了此时，心平气和，惟有俯首谢恩。下了丹墀，见了众人，大家道喜，惟卢方更觉欢喜。

至散朝之后，随到开封府。此时早有报录之人报到，大家俱知白五爷得了护卫，无不快乐。白玉堂换了服色，展爷带到书房，与相爷行参。包公又勉励了多少言语，仍叫公孙先生替白护卫具谢恩摺子，预备明早入朝，代奏谢恩。一切事宜完毕，白玉堂果然设了丰盛酒席，酬谢知己。这一日，群雄豪聚：上面是卢方，左有公孙先生，右有展爷，这壁厢王、马、张，那壁厢赵、徐、蒋，白玉堂却在下面相陪。大家开怀畅饮，独有卢爷有些愀然不乐之状。王朝道："卢大哥，今日兄弟相聚，而且五弟封职，理当快乐，为何大哥郁郁不乐呢？"蒋平道："大哥不乐，小弟知道。"马汉道："四弟，大哥端的为着何事？"蒋平道："二哥，你不晓得，我弟兄原是五人，如今四个人俱各受职，惟有我二哥不在座中。大哥焉有不想念的呢？"蒋平这里说着，谁知卢爷那里早已落下泪来，白玉堂便低下头去了。众人见此光景，登时的都默默无言。半晌，只听蒋平叹道："大哥不用为难。此事原是小弟作的，我明日便找二哥去如何？"白玉堂忙插言道："小弟与四哥同去。"卢方道："这到不消。你乃新受皇恩，不可远出。况且找你二哥，又不是私访缉捕，要去多人何用？只你四哥一人足矣。"白玉堂说："就依大哥吩咐。"公孙先生与展爷又用言语劝慰了一番，卢方才把愁眉展放。大家豁拳行令，快乐非常。到了次日，蒋平回明相爷去找韩彰，自己却扮了个道士行装，仍奔丹凤岭翠云峰而来。

且说韩彰自扫墓之后，打听得蒋平等由平县已然起身，他便离了灵佑寺，竟奔杭州而来，意欲游赏西湖。一日，来到仁和县，天气已晚，便在镇店找了客寓住了。吃毕晚饭后，刚要歇息，忽听隔壁房中有小孩子啼哭之声，又有个山西人唠哩唠叨不知说什么。心中委决不下，只得出房来到这边，悄悄张望。见那山西人左一掌，右一掌，打那小孩子，叫那小孩子叫他父亲，偏偏的那小孩子却又不肯。韩二爷看了，心中纳闷。又见那小孩子挨打可怜，不由的迈步上前劝道："朋友，这是为何？他一个小孩子家，如何禁的住你打呢？"那山西人道："客官，你不晓得。这怀（坏）小娃娃是哦（我）前途花了五两银子买来作干儿的。一炉（路）上哄着他迟（吃），哄着他哈（喝），他总叫哦大收（叔）。哦就说他：'你不要叫哦大收，你叫哦乐子。大收与乐子没有什么分别，不过是一蹭儿拔（罢）咧。'可奈这娃娃到了店里，他不但不叫哦乐子，连大收也不叫了，竟管着哦叫一蹭儿。客官，你想想，这一蹭儿是个什么敦希（东西）呢？"韩爷听了不由的要笑。又见那小孩子眉目清秀，瞅着韩爷，颇有望救之意。韩爷更觉不忍，连忙说道："人生各有缘分。我看这小孩子，很爱惜他。你若将他转卖于我，我便将原价奉还。"那山西人道："既如此，微赠些利息，哦便卖给客官。"韩二爷道："这也有限之事。"即向兜肚内摸出五六两一锭，额外又有一块不足二两，托于掌上道："这是五两一锭，添上这块，算作利息。你道如何？"那山西人看着银子眼中出火，道："求（就）是折（这）样罢。哦没有娃娃累赘，哦还要赶炉（路）呢。咱蒙（们）仍蝇（人银）两交，各无反悔。"说罢，他将小孩子领过来交与韩爷，韩爷却将银子递过。

这山西人接银在手，头也不回，扬长出店去了。韩爷反生疑忌。只听小孩子道："真便宜他，也难为他。"韩爷问道："此话怎讲？"小孩子道："请问伯伯住于何处？"韩爷道："就在间壁房内。"小孩子道："既如此，请到那边再为细述。"韩爷见小孩子说话灵变，满心欢喜，携着手来到自己屋内。先问他吃什么，小孩子道："前途已然用过，不吃什么了。"韩爷又给他斟了半盏茶,叫他喝了,方慢慢问道:"你姓甚名谁?家住那里?因何卖与山西人为子?"小孩子未语先流泪道:"伯伯听禀:我姓邓名叫九如,在平县邓家洼居住。只因父亲丧后,我与母亲娘儿两个度日。我有一个二舅,名叫武平安,为人甚实不端。一日,背负一人寄居我们家中,说是他的仇人,要与我大舅活活祭灵。不想此人是开封府包相爷的侄儿。我母亲私行将他释放,叫我找我二舅去,趁空儿我母亲就悬梁自尽了。"说至此,痛哭起来。韩爷闻听,亦觉惨然,将他劝慰多时,又问以后的情节。邓九如道:"只因我二舅所作之事无法无天,况我们又在山环居住,也不报官,便用棺材盛殓,于次日烦了几个无赖之人,帮着抬在山洼掩埋。是我一时思念母亲死的苦情,向我二舅啼哭。谁知我二舅不加怜悯,反生怨恨,将我踢打一顿,我就气闷在地,不知魂归何处。不料后来苏醒过来,觉得在人身上,就是方才那个山西人。一路上多亏他照应吃喝,来到此店。这是难为他。所便宜他的原故,他何尝花费五两银子,他不过在山洼将我捡来,折磨我叫他父亲,也不过是转卖之意。幸亏伯伯搭救,白白的叫他诈去银两。"韩爷听了,方知此子就是邓九如。见他伶俐非常,不由的满心欢喜,又是叹息。当初在灵佑寺居住时,听的不甚的确,如今听九如一说,心内方才明白。只见九如问道:"请问伯伯贵姓?因何到旅店之中?却要往何处去?"韩爷道:"我姓韩名彰,要往杭州有些公干。只是道路上带你不便,待我明日将你安置个妥当地方,候我回来,再带你上东京便了。"九如道:"但凭韩伯伯处置。使小侄不至漂泊,那便是伯父再生之德了。"说罢,流下泪来。韩爷听了好生不忍,道:"贤侄放心,休要忧虑。"又安慰了好些言语,哄着他睡了,自己也便和衣而卧。

到次日天明,算还了饭钱,出了店门。惟恐九如小孩子家吃惯点心,便向街头看了看,见路西有个汤圆铺,携了九如来到铺内,拣了个座头坐了,道:"盛一碗汤圆来。"只见有个老者端了一碗汤圆,外有四碟点心,无非是糖耳朵、蜜麻花、蜂糕等类,放在桌上。手持空盘,却不动身,两只眼睛直勾勾的瞅着九如,半晌叹了一口气,眼中几几乎落下泪来。韩二爷见此光景,不由的问道:"你这老儿,为何瞅着我侄儿?难道你认得他么?"那老者道:"小老儿认却不认得,只是这位小相公有些厮像……"韩爷道:"他像谁?"那老儿却不言语,眼泪早已滴下。韩爷更觉犯疑,连忙道:"他到底像谁,何不说来?"那老者拭了泪道:"军官爷若不怪时,小老儿便说了。只因小老儿半生乏嗣,好容易生了一子,活到六岁上,不幸老伴死了,撂下此子,因思娘也就呜呼哀哉了。今日看见小相公的面庞儿,颇颇的像我那……"说到这里,却又咽住不言语了。

韩爷听了,暗暗忖度道:"我看此老颇觉诚实,而且老来思子,若九如留在此间,他必加倍疼爱,小孩子断不至于受苦。"想罢便道:"老丈,你贵姓?"那老者道:"小老儿姓张,乃嘉兴府人氏,在此开汤圆铺多年。铺中也无多人,只有个伙计看火,所有座头俱是小老儿自己张罗。"韩爷道:"原来如此。我告诉你,他姓邓,名叫九如,乃是我侄儿。只因目下我到杭州有些公干,带着他行路甚属不便。我意欲将这侄儿寄居在此,老丈你可愿意么?"张老儿听了,眉开目笑道:

"军官既有公事,请将小相公留居在此。只管放心,小老儿是会看承的。"韩爷又问九如道:"侄儿,你的意下如何?我到了杭州,完了公事,即便前来接你。"九如道:"伯伯既有此意,就是这样罢,又何必问我呢?"韩爷听了,知他愿意,又见老者欢喜无限,真是两下情愿,事最好办。韩爷也想不到如此的爽快,回手在兜肚内掏出五两一锭银子来,递与老者道:"老丈,这是些须薄礼,聊算我侄儿的茶饭之资,请收了罢。"张老者那里肯受。

不知说些什么话来,且听下回分解。

## 第五十九回

### 倪生偿银包兴进县　金令赠马九如来京

且说张老见韩爷给了一锭银子，连忙道："军官爷太多心了。就是小相公每日所费无几，何用许多银两呢？如怕小相公受屈，留下些须银两也就够了。"韩爷道："老丈若要推辞，便是嫌轻了。"张老道："既如此说，小老儿就从命了。"连忙将银接过。韩爷又说道："我这侄儿，烦老丈务要分心的。"又对九如道："侄儿耐性在此，我完了公事，即便回来。"九如道："伯父只管放心料理公事，我在此与张老伯盘桓是不妨事的。"韩爷见九如居然大方，全无小孩子情态，不但韩二爷放心，而且张老者听见邓九如称他为张老伯，乐得他心花俱开，连称："不敢，不敢！军官爷只管放心，小相公交付小老儿，理当分心，不劳吩咐的。"韩二爷执了执手，邓九如又打了一躬，韩爷便出了汤圆铺，回头屡屡，颇有不舍之意。从此，韩二爷直奔杭州，邓九如便在汤圆铺安身不表。

且说包兴自奉相谕，送方善与玉芝小姐到合肥县小包村，诸事已毕。在太老爷、太夫人前请安叩辞，赏银五十两；又在大老爷、大夫人前请安禀辞，也赏了三十两；然后又替二老爷、二夫人请安禀辞，无奈何赏了五两银子；又到宁老先生处禀了辞，便吩咐伴当扣备鞍马，牢拴行李，出了合肥县，迤逦行来。

## 第五十九回　倪生偿银包兴进县　金令赠马九如来京

一日,路过一庄,但见树木丛杂,房屋高大,极其凶险。包兴暗暗想道:"此是何等样人家,竟有如此的楼阁大厦?又非世胄,又非乡宦,到底是个什么人呢?"正在思索,不提防咕咚的响了一枪。坐下马是极怕响的,忽的一声往前一蹿。包兴也未防备,身不由己掉下马来,那马咆哮着跑入庄中去了。幸喜包兴却未跌着,伴当连忙下马搀扶。包兴道:"不妨事,并未跌着。你快去进庄将马追来,我在此看守行李。"伴当领命进庄去了。不多时,喘吁吁跑了回来道:"了不得,了不得,好利害,世间竟有如此不讲理的!"包兴问道:"怎么样了?"伴当道:"小人追入庄中,见一人肩上担着一杆枪,拉着咱的马。小人上前讨取,他将眼一瞪道:'你这厮如何的可恶,俺打的好好树头鸟,被你的马来,将俺的树头鸟俱各惊飞了。你还敢来要马!如若要马时,须要还俺满树的鸟儿,让俺打的尽了,那时方还你的马。'小人打量他取笑儿,向前赔礼,央告道:'此马乃我主人所乘,只因闻枪怕响,所以惊蹿起来,将我主人闪落,跑入贵庄。爷爷休要取笑,乞赐见还是恳。'谁知那人道:'什么恳不恳,俺全不管。你打听打听,俺太岁庄有空过的么?你去回复你主人,如要此马,叫他拿五十两银子来此取赎。'说罢,他将马就拉进去了。想世间那有如此不讲理的呢?"包兴听了也觉可气,便问:"此处系何处所辖?"伴当道:"小人不知。"包兴道:"打听明白了,再作道理。"说罢,伴当牵了行李马匹先行,包兴慢慢在后步行。走不多路,伴当复道:"小人才已问明,此处乃仁和县地面,离街有四里之遥。县官姓金,名必正。"你道此人是谁?他便是颜查散的好友。自服阕之后,归部铨选,选了此处的知县。他已曾查访，此处有此等恶霸，屡屡要剪除他。无奈吏役舞弊欺瞒，尚未发觉。不想包兴今日为失马，特特的要拜会他。

且说包兴暂时骑了伴当所乘之马，叫伴当牵着马垛子，随后慢慢来到县衙相见。果然走了三里来路，便到镇市之上，虽不繁华，却也热闹。只见路东巷内路南便是县衙，包兴一押马进了巷口，到了衙前下马。早有该值的差役，见有人在县前下马，迎将上去，说了几句。只听那差役唤号里接马，恭恭敬敬将包兴让进，暂在科房略坐，急速进内回禀。不多时，请至书房相见。只见那位县爷有三旬年纪，见了包兴，先述未得迎接之罪，然后彼此就座。献茶已毕，包兴便将路过太岁庄，将马遗失，本庄勒揩不还的话说了一遍。金令听了先赔罪道："本县接任未久，地方竟有如此恶霸，欺侮上差，实乃下官之罪。"说罢一揖，包兴还礼。金令急忙唤书吏，派马快前去要马，书吏答应下来。金令却与包兴提起颜查散是他好友，包兴道："原来如此。颜相公乃是相爷得意门生，此时虽居翰苑，大约不久就要提升。"金令又要托包兴寄信一封，包兴一一应允。

正说话间，只见书吏去不多时，复又转来，悄悄的请老爷说话。金令只得暂且告罪失陪。不多时，金爷回来，不等包兴再问，便开口道："我已派人去了，诚恐到了那里，有些耽搁，贻误公事，下官实实吃罪不起。如今已吩咐将下官自己乘用之马备来，上差暂骑了去，俟将尊骑要来，下官再派人送去。"说罢，只见差役已将马拉进来，请包兴看视。包兴见此马比自己骑的马胜强百倍，而且鞍鞯鲜明，便道："既承贵县美意，实不敢辞。只是太岁庄在贵县地面，容留恶霸，恐

## 第五十九回　倪生偿银包兴进县　金令赠马九如来京

于太爷官声是不相宜的。"金令听了,连连称是道:"多承指教,下官必设法处治。恳求上差到了开封,在相爷跟前代下官善为说辞。"包兴满口应承。又见差役进来回道:"跟老爷的伴当,牵着行李垛子,现在衙外。"包兴立起身来辞了金令,差役将马牵至二堂之上。金令送至仪门,包兴拦住不许外送。到了二堂之上,包兴伴当接过马来,出了县衙,便乘上马,后面伴当拉着垛子。刚出巷口,伴当赶上一步回道:"此处极热闹的镇店,从清早直到此时,爷还不饿么?"包兴道:"我也有些心里发空,咱们就在此找个饭铺打尖罢。"伴当道:"往北去,路西里会仙楼是好的。"包兴道:"既如此,咱们就到那里去。"

不一时,到了酒楼门前。包兴下马,伴当接过去拴好。伴当却不上楼,就在门前走桌上吃饭。包兴独步登楼一看,见当门一张桌空闲,便坐在那里。抬头看时,见那边靠窗有二人坐在那里,另具一番英雄气概。一个是碧睛紫髯,一个是少年英俊,真是气度不凡,令人好生的羡慕。你道此二人是谁？那碧睛紫髯的便是北侠,复姓欧阳名春,因是紫巍巍一部长髯,人人皆称他为紫髯伯。那少年英俊的便是双侠的大官人丁兆兰,只因奉母命与南侠展爷修理房屋,以为来春毕姻。丁大官人与北侠,原是素来闻名未曾见面的朋友,不期途中相遇,今约在酒楼吃酒。包兴看了堂官过来,问了酒菜,传下去了。又见上来了主仆二人,相公有二十年纪,老仆却有五旬上下,与那二人对面坐了。因行路难以拘礼,也就叫老仆打横儿坐了。不多时,堂官端上酒来,包兴慢慢的消饮。

忽听楼梯声响,上来一人,携着一个小儿。却见小儿眼泪汪汪,那汉子怒气昂昂,就在包兴坐的座头斜对面坐了。小儿也不坐下,在那里拭泪。包兴看了,又是不忍又觉纳闷。早已听见楼梯响处,上来了一个老头儿,眼似銮铃,一眼看见那汉子,连忙上前跪倒,哭诉道:"求大叔千万不要动怒。小老儿虽然短欠银两,慢慢的必要还清,分文不敢少的。只是这孩子,大叔带他去不得的。他小小年纪,又不晓事,又不能干,大叔带去怎么样呢?"那汉子端坐,昂然不理。半晌说道:"俺将此子带去作个当头,俟你将帐目还清,方许你将他领回。"那老头儿着急道:"此子非是小老儿亲故,乃是一个客人的侄儿,寄在小老儿铺中的。倘若此人回来,小老儿拿什么还他的侄儿?望大叔开一线之恩,容小老儿将此子领回。缓至三日,小老儿将铺内折变,归还大叔的银子就是了。"说罢,连连叩头。只见那汉子将眼一瞪道:"谁耐烦这些。你只管折变你的去,等三日后到庄取赎此子。"

忽见那边老仆过来,对着那汉子道:"尊客,我家相公要来领教。"那汉子将眼皮儿一撩道:"你家相公是谁?素不相识,见我则甚?"说至此,早有位相公来到面前道:"尊公请了,学生姓倪名叫继祖。你与老丈为着何事,请道其详。"那汉子道:"他拖欠我的银两,总未归还。如今要将此子带去见我们庄主,作个当头。相公,你不要管这闲事。"倪继祖道:"如此说来,主管是替主索帐了。但不知老丈欠你庄主多少银两?"那汉子道:"他原借过银子五两,三年未还,每年应加利息银五两,共欠纹银二十两。"那老者道:"小老儿曾归还过二两银,如何欠的了许多?"那汉子道:"你总然归还过二两银,利息是照旧的。岂不闻'归本不抽利'么?"只这一句话,早惹起那边两个英雄豪侠，连忙过来，道："他除归还过的，还欠你多少？"那汉子道："尚欠十八两。"倪继祖见他二人满面怒气，惟恐生出事来，急忙拦道："些须小事，二兄不要计较于他。"回头向老仆道："倪忠，取纹银十八两来。"只见老仆向那边桌上打开包裹，拿出银来，连整带碎，约有十八两之数，递与相公。倪继祖接来才待要递给恶奴，却是丁兆兰问道："且慢。当初借银两时，可有借券？"恶奴道："有，在这里。"回手掏出，递给相公。相公将银两付给，那人接了银两下楼去了。

此时，包兴见相公代还银两，料着恶奴不能带去小儿，便过来将小儿带至自己桌上，哄着吃点心去了。这边老者起来，又给倪继祖叩头。倪继祖连忙搀起问道："老丈贵姓？"老者道："小老儿姓张，在这镇市之上开个汤圆铺生理。三年前曾借这太岁庄马二员外银五两，是托此人的说合，他名叫马禄。当初不多几月就归还他二两，谁知他仍按五两算了利息，生生的诈去许多，反累的相公妄费去银两，小老儿何以答报。请问相公意欲何往？"倪相公道："些须小事，何足挂齿。学生原是欲上东京预备明年科考，路过此处打尖，不想遇见此事，也也是事之偶然耳。"又见丁兆兰道："老丈你不吃酒么？相公既已耗去银两，难道我二人连个东道也不能么？"说罢大家执手道了个"请"字，各自归座。张老儿已瞧见邓九如在包兴那边吃点心呢，他也放了心了，就在这边同定欧阳春三人坐了。

丁大爷一壁吃酒，一壁盘问太岁庄。张老儿便说起马刚如何倚仗总管马朝贤的威势，强梁霸道，无所不为，每每竟有造反之心。丁大爷只管盘诘，北侠却毫不介意，置若罔闻。此时倪继祖主仆业已用毕酒饭,会了钱钞,又过来谦让。北侠二人各不相扰,彼此执手,主仆下楼去了。这里张老儿也就辞了二人,向包兴这张桌上而来。谁知包兴早已问明了邓九如的原委,只乐得心花俱开,暗道:"我临起身时,三公子谆谆嘱咐于我,叫我在邓家洼访查邓九如,务必带至京师,偏偏的再也访不着,不想却在此处相逢。若非失马,焉能到了这里?可见凡事自有一定的。"正思想时,见张老过来道谢。包兴连忙让座。一同吃毕饭,会钞下楼,随至汤圆铺内。包兴悄悄将来历说明,"如今要把邓九如带往开封,意欲叫老人家同去,不知你意下如何?"

要知张老儿说些什么,且听下回分解。

## 第六十回

### 紫髯伯有意除马刚　丁兆兰无心遇莽汉

且说包兴在汤圆铺内问张老儿："你这买卖一年有多大的来头？"张老道："除伙食人工，遇见好年头，一年不过剩上四五十吊钱。"包兴道："莫若跟随邓九如上东京，见了三公子，那时邓九如必是我家公子的义儿，你就照看他，吃碗现成的饭如何？"张老儿听了满心欢喜，又将韩爷将此子寄居于此的原由说了，"因他留下五两银子，小老儿一时宽裕，卸了一口袋面，被恶奴马禄看在眼里，立刻追索欠债。再也想不到有如此的奇遇。"包兴连连称是。又暗想道："原来韩爷也来到此处了。"一转想道："莫若仍找县令，叫他把邓九如打扮打扮，岂不省事么？"因对张老道："你收拾你起身的行李，我到县里去去就来。"说罢，出了汤圆铺上马，带着伴当竟奔县衙去了。

这里张老儿与伙计合计，做为两股生理，年齐算帐。一个本钱，一个人工，却很公道。自己将积蓄打点起来。不多时，只见包兴带领衙役四名，赶来的车辆，从车上拿下包袱一个。打开看时，却是簇新的小衣服，大衫衬衫无不全备——是金公子的小衣服。因说是三公子的义儿，焉有不尽心的呢？何况又有太岁庄留马一事，借此更要求包兴在相爷前遮盖遮盖。登时将九如打扮起来，真是人仗衣帽，更显他粉妆玉琢，齿白唇红。把张老儿乐的手舞足蹈。伙计帮着把行李装好，然后叫九如坐好，张老儿却在车边。临别又谆嘱了伙计一番："倘若韩二爷到来，就说在开封府恭候。"包兴乘马，伴当跟随，外有衙役护送，好不威势热闹，一直往开封去了。

且说欧阳爷与丁大爷在会仙楼上吃酒，自张老儿去后，丁大爷便向北侠道："方才眼看恶奴的形景，又耳听恶霸的强梁，兄台心下以为何如？"北侠道："善有善报，恶有恶报。贤弟，咱们且吃酒，莫管他人的闲事。"丁大爷听了暗道："闻得北侠武艺超群，豪侠无比。如今听他的口气，竟是置而不论了。或者他不知我的心迹，今日初遇，未免的含糊其词也是有的。待我索性说明了，看是如何。"想罢又道："似你我行侠尚义，理当济困扶危，剪恶除奸。若要依小弟的主意，莫若将他除却，方是正理。"北侠听了连忙摆手道："贤弟休得如此，岂不闻窗外有耳，倘漏风闻，不大稳便。难道贤弟醉了么？"丁大爷听了，便暗笑道："好一个北侠，何胆小到如此田地！真是'闻名不如见面'！惜乎我身边未带利刃，如有利刃，今晚马到成功，也叫他知道知道我双侠的本领人物。"又转念道："有了。今晚何不与他一同住宿，我暗暗盗了他的刀儿去行事。俟成功后，回来奚落他一场，岂不是件快事么？"主意已定，便道："果然小弟力不胜酒，有些儿醉了。兄台还不用饭么？"北侠道："劣兄早就饿了，特为陪着贤弟。"丁大爷暗道："我何用你陪呢？"便回头唤堂官，要了饭菜点心来。不多时，堂官端来，二人用毕，会钞下楼，天刚正午。

丁大爷便假装醉态，道："小弟今日懒怠行路，意欲在此住宿一宵。不知兄台意下如何？"北侠道："久仰贤弟，未获一见，今日幸会，焉有骤然就别之理。理当多盘桓几日为是,劣兄惟命是听。"丁大爷听了,暗合心意,道:"我岂愿意与你同住,不过要借你的刀一用耳。"正走间,来到一座庙宇门前。二人进内,见有个跛足道人,说明暂住一宵,明日多谢香资。道人连声答应,即引至一小院,三间小房,极其僻静。二人俱道:"甚好,甚好。"放下行李,北侠将宝刀带着皮鞘子挂在小墙之上。丁大爷用目注视了一番,便坐下对面闲谈。

丁大爷暗想道:"方才在酒楼上,惟恐耳目众多,或者他不肯吐实。这如今在庙内,又极僻静,待我再试探他一回,看是如何?"因又提起马刚的过恶,并怀造反之心,"你若举此义,不但与民除害,而且也算与国除害,岂不是件美事?"北侠笑道:"贤弟虽如此说,马刚既有此心,他岂不加意防备呢? 俗言'知己知彼,百战百胜'。岂可唐突? 倘机不密,反为不美。"丁大爷听了更不耐烦,暗道:"这明是他胆怯,反说这些,以败吾兴。不要管他,俟夜间人静,叫他瞧瞧俺的手段。"到了晚饭时,那瘸道人端了几碗素菜,馒首米饭,二人灯下囫囵吃完,道人撤去。彼此也不谦让,丁大爷因瞧不起北侠,有些怠慢,所谓"话不投机半句多"了。谁知北侠更有讨厌处。他闹了个吃饱了食困,刚然喝了点茶,他就张牙咧嘴的哈欠起来。丁大爷看了,更不如意。暗道:"这样的酒囊饭袋之人,也敢称个'侠'字,真真令人可笑。"却顺口儿道:"兄台既有些困倦,何不请先安歇呢?"北侠道:"贤弟若不见怪,劣兄就告罪了。"说罢,枕了包裹,不多时便呼声震耳。丁大爷不觉暗笑,自己也就盘膝打坐,闭目养神。

及至交了二鼓,丁大爷悄悄束缚,将大衫脱下来。未出屋子,先显了个手段,偷了宝刀,背在背后。只听北侠的呼声益发大了。却暗笑道:"无用之人,只好给我看衣服。少时事完成功,看他如何见我?"连忙出了屋门,越过墙头,竟奔太岁庄而来。一二里路,少刻就到。看了看墙垣极高,也不用软梯,便飞身跃上墙头。看时,原来此墙是外围墙,里面才是院墙。落下大墙,又上里面院墙。这院墙却是用瓦摆就的古老钱,丁大爷窄步而行。到了耳房,贴墙甚近,意欲由房上进去,岂不省事。两手扳住耳房的边砖,刚要纵身,觉得脚下砖一趿。低头看时,见登的砖已离位,若一抬脚,此砖必落。心中暗想,此砖一落,其声必响,那时惊动了人,反为不美。若要松手,却又赶不及了。只得用脚尖轻轻的碾力,慢慢的转动,好容易将那块砖稳住了,这才两手用力,身体一长,便上了耳房。又到大房,在后坡里略为喘息。只见仆妇、丫鬟往来行走,要酒要菜,彼此传唤。丁大爷趁此空儿,到了前坡,趴伏在房檐窃听。

只听众姬妾买俏争宠,道:"千岁爷,为何喝了捏捏红的酒,不喝我们挨挨酥的酒呢?奴婢是不依的。"又听有男子哈哈笑道:"你放心,你们八个人的酒,孤家挨次儿都要喝一杯。只是慢着些儿饮,孤家是喝不惯急酒的。"丁大爷听了,暗道:"怨不得张老儿说他有造反之心,果然他竟敢称孤道寡起来。这不除却,如何使得?"即用倒垂势,把住椽头,将身体贴在前檐之下。却用两手捏住椽头,倒把两脚撑住檩空,换步到了檐柱。用脚登定,将手一撒,身子向下一顺,便抱住大柱。两腿一抽,盘在柱上。头朝下,脚向上,咪咪咪顺流而下,脚已扶地。转身站起,瞧了瞧此时无人,隔帘往里偷看。见上面坐着一个人,年纪不过三旬向外,众姬妾围绕着胡言乱语。丁大爷一见,不由怒从心上起,恶向胆边生,回手抽刀。罢咧!竟不知宝刀于何时失去,只剩下皮鞘。猛然想起,要上耳房之时,脚下一踤,身体往前一栽,想是将刀甩出去了。自己在廊下手无寸铁,难以站立。又见灯光照耀,只得退下。见迎面有块太湖石,暂且藏于后面,往这边偷看。

只见厅上一时寂静。见众姬妾从帘下一个一个爬出来,方嚷道:"了不得了,千岁爷的头被妖精取了去了!"一时间,鼎沸起来。丁大爷在石后听的明白,暗道:"这个妖精有趣,想是此贼恶贯已满,遭此凶报。倒是北侠说着了,恶有恶报,丝毫不爽。我也不必在此了,且自回庙,再作道理。"想罢,从石后绕出,临墙将身一纵,出了院墙。又纵身上了外围墙,轻轻落下。脚刚着地,只见有个大汉奔过来飕的就是一棍,丁大爷忙闪身躲过。谁知大汉一连就是几棍,亏得丁大爷眼快,虽然躲过,然而也就吃力的很。正在危急,只见墙头坐着一人,掷下一物,将大汉打倒,丁大爷赶上一步按住。只见墙上那人飞身下来,将刀往大汉面前一晃,道:"你是何人,快说!"丁大爷细瞧飞下这人,不是别个,却是那胆小无能的北侠欧阳春,手内刀就是他的宝刀。心中早已明白,又是欢喜,又是佩服。只听大汉道:"罢了,罢了!花蝶呀,咱们是前生的冤孽,不想俺弟兄皆丧于你手。"丁大爷道:"这大汉好生无礼,那个是什么花蝶?"大汉道:"难道你不是花冲么?"丁大爷道:"我叫兆兰,却不姓花。"大汉道:"如此说来,是俺错认了。"丁大爷也就将他放起。大汉立起,掸了尘土,见衣服上一片血迹,道:"这是那里的血呀?"丁大爷一眼瞧见那边一颗首级,便知是北侠取的马刚之首,方才打倒大汉,就是此物。连忙道:"俺们且离此处,在那边说去。"

三人一壁走着,大爷丁兆兰问大汉道:"足下何人?"大汉道:"俺姓龙名涛。只因花蝴蝶花冲将俺哥哥龙渊杀害,是俺怀仇在心,时刻要替兄报仇。无奈这花冲形踪诡秘,谲诈多端,再也拿他不着。方才是我们伙计夜星子冯七告诉于我,说有人进马刚家内。俺想马刚家中姬妾众多,必是花冲又相中了那一个,因此持棍前来,不想遇见二位。才尊驾提兆兰二字,莫非是茉花村丁大员外么?"兆兰道:"我便是丁兆兰。"龙涛道:"俺久要拜访,未得其便,不想今日相遇,又险些儿误伤了好人。"又问:"此位是谁?"丁大爷道:"此位复姓欧阳,名春。"龙涛道:"啊呀,莫非是北侠紫髯伯么?"丁大爷道:"正是。"龙涛道:"妙极!俺要报杀兄之仇,屡欲拜访,恳求帮助,不期今日幸遇二位。无什么说的,恳求二位帮助小人则个。"说罢,纳头便拜。丁大爷连忙扶起道:"何必如此。"龙涛道:"大官人不知,小人在本县当个捕快差使,昨日奉县尊之命,要捉捕马刚。小人昨奉此差,一来查访马刚的破绽,二来暗踩花蝶的形踪,与兄报仇。无奈自己本领不济,恐不是他的对手。故此求二位官人帮助帮助。"北侠道:"既是这等,马刚他已遭天报,你也不必管了。只是这花冲,我们不认得他,怎么样呢?"龙涛道:"若论花冲的形景,也是少年公子模样,却是武艺高强。因他最爱采花,每逢夜间出入,鬓边必簪一枝蝴蝶,因此人皆唤他是花蝴蝶。每逢热闹场中,必要去游玩。若见了美貌妇女,他必要下工夫,到了人家采花。这厮造孽多端,作恶无数。前日还闻得他要上灶君祠去呢,小人还要上那里去访他。"北侠道:"灶君祠在那里?"龙涛道:"在此县的东南三十里,也是个热闹去处。"丁大爷道:"既如此,这时离开庙的日期尚有半个月的光景,我们还要到家中去。倘到临期,咱们俱在灶君祠会齐。如若他要往别处去,你可派人到茉花村给我们送个信,我们好帮助于你。"龙涛道:"大官人说得极是。小人就此告别。冯七还在那里等我听信呢!"

龙涛去后,二人离庙不远,仍然从后面越墙而入。来到屋中,宽了衣服。丁大爷将皮鞘交付北侠道:"原物奉还。仁兄何时将刀抽去?"北侠笑道:"就是贤弟用脚稳砖之时,此刀已归吾手。"丁大爷笑道:"仁兄真乃英雄,弟弗如也。"北侠道:"岂敢,岂敢。"丁大爷又问道:"姬妾何以声言妖精取了千岁之头?此言何故,小弟不解。"北侠道:"凡你我侠义作事,不要声张,总要机密。能够隐讳,宁可不露本来面目,只要剪恶除强,扶危济困就是了,又何必谆谆叫人知道呢?就是昨夕酒楼所谈,及庙内说的那些话,以后劝贤弟再不可如此。所谓'临事而惧,好谋而成',方于事有裨益。"丁兆兰听了,深为有理,连声道:"仁兄所言最是。"又见北侠从怀中掏出三个软搭搭的东西,递给丁大爷道:"贤弟请看妖怪。"兆兰接来一看,原是三个皮套做成鬼脸儿。不觉笑道:"小弟从今方知仁兄是两面人了。"北侠亦笑道:"劣兄虽有两面,也不过逢场作戏,幸喜不失本来面目。"丁大爷道:"嗳呀!仁兄虽是作戏然呀,而逢着的也不是当耍的呢!"北侠听罢,笑了一笑,又将刀归鞘搁起。开言道:"贤弟有所不知,劣兄虽逢场做戏杀了马刚,其中还有一个好处。"丁大爷道:"其中还有什么好处呢? 小弟请教,望乞说明,以开茅塞。"

未知北侠说出什么话来,且听下回分解。